民国武侠小说典藏文库·徐春羽卷

碧血鸳鸯

徐春羽◎著

（第一部）

中国文史出版社

"京味武侠"徐春羽（代序）

徐春羽，民国北派武侠作家，活跃在上个世纪三四十年代，作品常见诸京津两地的报纸杂志，尤其受到北京本地读者的喜爱。

1941 年出版的第 161 期《立言画刊》上有一则广告，内容是："武侠小说家徐春羽君著《铁观音》、还珠楼主著《边塞英雄谱》、白羽著《大泽龙蛇传》，三君均为第一流武侠小说家……"文中徐春羽排第一位，以次是还珠楼主和白羽。或许排名并非有意，但徐春羽的名气可见一斑。

六年后，北京有家叫《游艺报》的杂志刊登了一篇名为《本报作家介绍：徐春羽》的文章，里面有这样一段话："提起武侠小说家来，在十几年前，有'南有不肖生（向恺然），北有赵焕亭'之谚。曾几何时，向、赵二位的作品，我们已读不到了，而华北的武侠作家，却又分成了三派：一派是还珠楼主的'剑侠神仙派'，一派是郑证因先生、白羽先生的'江湖异闻派'，另一派就是徐春羽先生的'技击评话派'。现在还珠楼主在上海，白羽在天津，北平就仅有郑、徐两位了！于是这两位的文债，也就忙得不可开交。"

此时的徐春羽，不仅名气不减，而且居然自成一派，与还珠楼主、白羽和郑证因分庭抗礼，其小说显然相当受欢迎。笔者翻查民国旧报纸时曾经粗略统计了一下，1946—1948 两年时间里，徐春羽在四家北京本地小报上先后连载过八部武侠小说，在其他如《游艺报》《艺威画报》等杂志或画报这类刊物上也连载过武侠小说，前文提到的《游艺报》上那篇文章还写着这样一句话："打开报纸，若没有他（郑证因、徐春羽）两位的小说，真有'那个'之感。"

老北京的百姓看不到徐春羽的小说会觉得"那个"，武侠小说研究人员看到徐春羽的生平时却也有"那个"之感，因为名声如此响亮的徐春羽，竟仅在 1991 年出版的《民国通俗小说论稿》（作者张赣生）中有一点少得可怜的介绍：

"徐春羽（约 1905—?），北京人。据说是旗人。他通医术，曾开业以中医应诊；四十年代至天津，自办《天津新小报》；五十年代初，曾在北京西直门一家百货商店当售货员。其余不详。"连标点符号在内不过八十余字。

除了台湾武侠研究专家叶洪生先生曾在《武侠小说谈艺录》（1994 年出版）一书中对徐春羽略提两句外，再无关于其人其作的只言片语，更谈不上研究了。

近年，随着武侠小说逐渐为更多研究者所重视，关于民国武侠小说的研究也获得不少新进展，天津学者王振良撰写了《徐春羽家世生平初探》一文，内容系采访徐家后人与亲友，获得颇多第一手新资料。尽管因为年代久远，受访人年纪偏大，记忆减退，以及这样或那样的原因，徐春羽生平中仍留下不少空白，但较之以往已有很大改观，而张赣生先生留下的徐春羽简介也由此得到了修正和补充。

现在可以确定的是，徐春羽是江苏武进（即今江苏常州）人，并非北京人，也不在旗。他的出生时间是清光绪三十一年乙巳十月二十一日（1905 年 11 月 17 日），属蛇。

关于徐春羽的生平，青少年时期是空白，据其妹徐帼英女士说，抗战前徐春羽在天津教育局工作，按时间推算差不多三十岁。在津期间，徐春羽还应邀主持周孝怀创办的《天津新小报》，并经常撰写评论。笔者据此推测，1935 年 6 月有一位署名"春羽"的人在北京的《新北平报》副刊上开了一个评论专栏，写下了诸如《抽烟卷儿》《扯淡·说媒》《扯淡·牛皮税》等一批"豆腐块"大小的杂评，嬉笑调侃，京腔京味十足，此人或许就是徐春羽。同在 1935 年，北平《益世报》上刊登了一篇署名"春羽"的武侠小说连载，篇名是《英雄本色》，遗憾的是仅连载了几十期就不见了踪迹。目前没有发现更早的关于徐春羽写作武侠小说的资料，此

"春羽"若是徐本人，或许这篇无疾而终的连载可以视为他的武侠小说处女作。

抗战开始，华北沦陷长达八年，徐春羽在这一时期应该就居住在北京或天津，是否有正当职业尚不清楚，所能够知道的就是他写了几部武侠小说在北平的落水报纸上连载，并以此知名。另在《新民半月刊》杂志上发表过一部十一幕的历史旧剧剧本《林则徐》。

抗战胜利后，徐春羽似乎显得相当活跃，频频在京津各报刊上发表武侠小说，数量远超抗战期间，但半途而废者较多，也许是文债太多之故，也许本是玩票心态，终有为德不卒之憾，这一点后面还要谈到。

1949年后，他似乎与过去的生活做了彻底的切割，小说和文章不写了，大半时间在家行医。他也曾经短暂地打过零工，一次是在西直门一家商店做售货员，结果被一位通俗作家耿小的（本名郁溪）偶然发现，然后就没了人影；另一次是在新成立的中国科学院待过一段时间，1952年因故离开。

徐春羽的父亲做过伪满洲国"御医"。从能够找到的信息来看，做父亲的比做儿子的要多得多，也清楚得多。

徐父名思允，字裕斋（又作豫斋、愈斋），号苕雪，又号裕家，生于1876年2月13日。青少年时期情况不详，1906年（三十岁）入张之洞幕府，任两湖师范学堂文学教员。次年初，调充学部书记并在编译局任职。1911年，徐思允被京师大学堂聘为法政科教员，主讲《大清会典》。据徐春羽之妹徐帼英所述，其父于1912年任北京政府铨叙局勋章科科长，后又外放任安徽省宿县县长等职。

1919年，徐思允拜杨氏太极传人杨澄甫为师，习练太极拳，后又拜师李景林，学习武当剑法。徐思允的武功练得如何不得而知，以四十几岁的年纪学武，该是以健身、养生为目的。不过他所拜的均是当时的名家，与武术圈中人定有不少往来，其人文化水平在武术圈里大约也无人能比，杨澄甫门下陈微明曾撰《太极拳术》一书，就是请同门徐思允作的序。徐春羽小说中有不少武术功夫和江湖切口的描写与介绍，或许与其父的这段经历不无关系。

3

大约在二十世纪二十年代中后期，经周孝怀介绍，徐思允成为溥仪的随身医生。1931年溥仪出逃东北，徐思允也追随前往"新京"（今长春市），任伪满宫廷"御医"，并教授皇族子弟国文。

1945年苏军进入东北，徐思允随伪满皇后婉容等流亡至临江县大栗子沟（今吉林省临江市大栗子街道），婉容临终前，他就在其身边。他后来被苏军俘虏，送至伯力（今俄罗斯哈巴罗夫斯克），1949年获释回到长春，同年5月被接回北京，次年12月病逝。

徐思允国学功底很好，工诗，与陈衍、陈曾寿、郑孝胥、许宝蘅等人有长期的交游，彼此间屡有唱和。陈衍眼界很高，一般瞧不上什么人，而其《石遗室诗话》中收有徐诗数首，评价是"有古意无俗艳"，可谓相当不低。徐去世后，其儿女亲家许宝蘅（前清进士，曾任袁世凯秘书处秘书，解放后任中央文史馆馆员）整理其遗稿，编有《茗雪诗》二卷。

写诗之外，徐思允还会下围棋，水平应该不低。1935年，吴清源访问长春，与当时的日本名手木谷实在溥仪"御前"对局，连下三天，吴清源胜。对局结束的那天下午，溥仪要求吴让徐思允五子，再下一盘。他给吴的要求是使劲吃子，越多越好，结果徐思允死命求活，吴未能完成任务。徐可谓虽败犹荣，他的这段经历肯定让今天的围棋迷们羡慕得要死。

根据徐思允的经历再看他儿子徐春羽，其中隐有脉络可循。做父亲的偏重与社会上层人士——清末官宦和民国遗老往来，做儿子的则更钟情于市民阶层。从已知资料看，徐春羽确实颇为混得开，没有几把刷子肯定不行。

1947年，北京的《一四七画报》上刊登了一篇文章，报道徐春羽受聘于北洋大学北平部讲授国文，说一周要上十几个钟点的课，标题中称他为"教授"。虽然看起来像玩笑话，但徐春羽的旧学根底已可见一斑，这一点在他的武侠小说里也能看得出来。这一方面应得力于家学渊源，正应"有其父必有其子"那句俗话，另一方面则是徐春羽确有天赋。其表舅父巢章甫在《海天楼艺话》中说他"少即聪颖好弄，未尝力学，而自然通顺"。由此看来他可能上过私塾，也许进过西式学堂，但不是一个肯吃苦念书的老实学生。

徐春羽显然赋性聪慧跳脱，某消闲画刊上曾有文章介绍其人绝顶聪明，多才多艺，"刻骨治印、唱戏说书，无不能之，且尤擅'岐黄之术'"，据说他还精通随园食谱，喜欢邀人到家里，亲自下厨。

"岐黄之术"是徐春羽世代家传的本事。前文已言及其父给溥仪当"御医"十多年，水平可想而知。他自己在这方面也肯定下过功夫，所以造诣不浅。据当时的报纸报道，徐氏经常主动为人诊病，且不取分文，还联合北京的药铺搞过义诊。

唱戏是徐春羽的一大爱好，自二十世纪三十年代在天津期间就喜欢票戏。据说他工丑角，常请艺人到家中交流，也多次粉墨登台。天津报人沙大风、北京名报人景孤血与编剧家翁偶虹等人曾在北京长安戏院合演《群英会》，分派给徐春羽的角色是扮后部的蒋干。

评书则是他的又一大爱好。1947 年 3 月 1 日，他开始在北平广播电台播讲其小说《琥珀连环》，播出时间是每天下午二时至三时。目前尚不清楚他是否拜过师正式进入评书界，但他的说书水平已见诸当时的报刊。《戏世界》杂志曾刊出专文，称其"口才便给，笔下生花，舌底翻莲，寓庄于谐，寄警于讽，当非一般低级趣味所能比拟也"。

应当说，唱戏和评书这两大爱好对于徐春羽的武侠小说创作，显然有着非常直接的影响。

张赣生先生在《民国通俗小说论稿》中，以徐春羽《铁观音》第一回中一个小兵官出场的一段描写为例，指出："这个人物的衣着、神态，以及出场后那几句话的口气，活生生是戏曲舞台上的一个丑角，尤其是最后一段，小兵官冲红船里头喊：'哥儿们，先别斗了，出来瞧瞧吧！'随后四个兵上场，更活像戏台上的景象。徐氏无论是直接捋自戏曲还是经评书间接捋自戏曲，总之是戏曲味很浓。"

民国武侠作家中精通戏曲、喜欢戏曲的人很多，但这样直接把戏台场面搬入小说里的，倒也少见。评书特色的化用也是如此。北派作家如赵焕亭、朱贞木等人，有时也用一下"说书口吻"或者流露出一些"说书意识"，而没有人像徐春羽那样，大部分小说的叙事风格如同演说评书一般。他在很多小说开头，都爱用说书人的口吻讲一段引子，譬如《草泽群龙》

的开篇：

　　写刀枪架子的小说，不杀不砍，看的主儿说太瘟，大杀大砍，又说太乱。嘴损的主儿，还得说两句俏皮话儿："他写着不累，也不管打的主儿受得了受不了？"稍涉神怪，就说提倡迷信；偶写男女，就说妨碍风化。其实神仙传、述异记又何尝不是满纸荒唐，但是并没列入禁书。《红楼梦》《金瓶梅》不但粉红而且近于猩红，反被称为才子选当课本，这又应做如何解释？据在下想，小说一道先不管在学术上有无地位，最低限度总要能够帮助国家社会刑、政教法之不足，而使人人略有警惕去取。尽管文笔拙笨，立意总不应当离开本旨。不过看书同听戏一样，看马思远他就注意调情那一场，到了骑驴游街，他骂编戏的煞风景，那就是他生有劣根性，纵然每天您拿道德真经把他裹起来，他也要杀人放火抢男霸女，不挨刽子手那一刀他绝改不了。在下写的虽是武侠小说，宗旨仍在讽劝社会，敬忠教孝福善祸淫，连带着提倡一点儿尚武精神。至于有效无效，既属无法证明，更不敢乱下考语，只有抄袭药铺两句成语"修合无人见，存心有天知"，聊以解嘲吧。

再随便从《宝马神枪》中拎出一段报字号：

　　你这小子，也不用大话欺人，我要不告诉你名儿姓儿，你还觉乎谁怕了你。现在你把耳朵伸长着点儿，我告诉完了你，你死了也好明白，下辈子转世为人，也好找我报仇。你家小太爷姓黎，单名一个金字，江湖道儿上送你家小太爷外号叫插翅熊。王于我师父他老人家，早就嘱咐过我，不叫我在外头说出他老人家名姓，现在你既一定要问，我告诉你就告诉你，你可站稳了，省得吓破了你的苦胆。我师父他老人家住家在安徽凤阳府，双姓"闻人"，单名一个喜字，江湖人称神砂手就是他老人家。你问我

6

的，我告诉你了，你要听着害怕，赶紧走道儿，我也不能跟你过不去，你要觉乎着非得找死不可，你也说个名儿姓儿，还是那句话，等我把你弄死之后，等你转世投生，也好找我报仇。

这样的内容，喜欢评书的读者当不陌生。类似这样的江湖声口，在徐春羽武侠小说中俯拾即是，其人物的外貌描写、语言也是演说江湖草莽类型评书中的常用套路和用语。值得一说的是，徐春羽使用的语言基本是轻快流利的京白，尤其带点老北京说话时常有那点"假招子"的劲头，这可算是他的独家特色。他虽然是江苏人，但对北京的热爱却是发自内心的，这从他的小说中经常可以体会到，其绝大部分武侠小说的开头，都要说上一段老北京的风土人情，内容也大多涉及北京，比如《屠沽英雄》的开头：

> 讲究吃喝，真得让北京。不怕住家在雍和宫，为吃两块臭豆腐，可以出趟顺治门，不是王致和的地道货，宁可不吃。住家在德胜门，为喝一包茶叶末，可以到趟大栅栏，不是东鸿记的好双熏，宁可不喝。再往细里一考究，什么字号鼻烟好？什么字号酱菜好？水葡萄得吃哪块地长的？旱香瓜得吃谁家园的？应时当令，年糕、月饼、粽子、花糕、腊八粥、关东糖、春饼烤肉煮饽饽，不怕从身上现往下扒，当二钱银子，也不能不应个景儿。因为"要谱儿"的爷们儿一多，做买卖的自然就得迎合主顾心理，除去将本图利之外，还得搭上一副脑子，没有特别另样的，干脆这买卖就不用打算长里做。所以，久住北京的主儿谁都知道，北京城里的买卖，没有一家没"绝活儿"的。

这是说的老北京人讲究吃喝的劲头。还有赞扬北京人性格的，比如《龙凤侠》开头说：

> "无风三尺土，有雨一街泥"，凡是久住这北京的哥们儿差不

离都有这么一点印象。可是事实适得其反，不怕在屋里四六句骂着狂风，在街上三七成蹚着烂泥，破口骂着天地时利，恨不得当时脱离这块黄天黑地，只要风一住，水一干，就算您给他买好了飞机票，请他到西湖去住洋楼儿，他准能跟您摇头表示不去。

其实并非出乎反乎说了不算，说真的，北京这个城圈里，除去这两样有点小包涵之外，其他好的地方太多，两下一比较，还是北京城强似他处。

第一中国是个礼教之邦，北京是建都之地，风俗淳朴，人情忠厚，虽说为了窝头有时候要切菜刀，但仍然没有离开"以直报怨"的美德。至于说到挖心思用脑子，上头说好话，底下使绊子，不能说是绝对一个没有，总在少数。

尤其讲究义气，路见不平，就能拍胸脯子加入战团，上刀山下油锅到死绝不含糊。轻财重脸，舍身任侠。"朋友谱"，"虚子论"，别瞧土地文章，那一腔子鲜血，满肚子热气，荆轲聂政不过如此。"为朋友两肋插刀"，的确可以夸一句是响当当硬绷绷好汉子！古称燕赵多慷慨悲歌之士，看来确是不假。

徐春羽概括的老北京人身上的特点，在其小说中的很多小人物如茶馆、酒肆的伙计、客人、公人、地痞、混混等身上，都能或多或少地有所发现。而市民社会中各色人等的言谈话语、举手投足，生活气息极为浓郁，非长期浸淫其间有亲身经历者不能道出。老北京逢年过节的庙会盛况与一些风俗习惯，都在徐春羽的武侠小说中有所展现。相比之下，赵焕亭、王度庐等人在小说中虽也都有对老北京风土人物的描写和追忆，但也仅限几部作品，不如徐书普遍，徐春羽的武侠小说或许可以称得上是真正的"京味武侠"。

近年来，对老北京文化感兴趣的人越来越多，徐氏武侠小说或许是座值得有心人深入挖掘的富矿亦未可知。

徐氏武侠小说的特点是非常鲜明的，缺点也是毋庸置疑的。

其一，小说评书味道浓郁是特色，但也多少是个缺点，因为评书属于口头文学，追求的是讲说加肢体动作带来的现场效果，一件小事经常会用大段的言语来铺叙、表白，有时还要穿插评论在其间，听者会觉得过瘾，可是一旦形诸文字，就难免有时显得啰唆和絮叨，如前面所举的《宝马神枪》中那段报字号。类似的段落如果看得太多，会令读者产生枯燥和乏味的感觉，影响到阅读效果。徐春羽的文字表现能力当然很强，但也无法克服这样的先天缺陷。

其二，前面已经提到，就是作品半途而废的不少，其中报纸连载最为突出。比如《红粉青莲》仅连载十余期就消失不见，《铁血千金》则连载到三十七期即告失踪，其他连载了百十期后又无影无踪的还有若干，这里面或许有报纸方面的原因，但徐春羽的创作态度也多少是有些问题的，甚至不排除存在读者提意见而告停刊的可能。无论如何，这些烂尾连载直接影响到作品的质量和读者的观感。单行本的情况略好，然而也存在类似问题。再加上解放前的兵荒马乱以及解放后的历次政治运动，尤其是五十年代初的禁止武侠小说出版与出租，都造成武侠小说的大量散佚和损毁。时至今日，包括徐春羽在内的不少武侠作家的作品，都很难证实小说的烂尾究竟是作者造成的，还是书的流散造成的，这自然也给后来的研究人员增加了很多困难。

本作品集的底本系由上海武侠小说收藏家卢军先生与著名还珠楼主专家周清霖先生提供，共计十二种，是目前能够见到的徐春羽武侠小说的全部民国版单行本了。这些作品绝大多数是解放后第一次出版，其中的《碧血鸳鸯》虽然曾由某出版社在 1989 年出版过一次，但版本问题很大。该书民国原刊本共有九集，是徐春羽武侠小说中最长的，但 1989 年版的内容仅大致相当于原刊本的第三至八集，第一、二、九集内容全部付之阙如，且原刊本第六集第三回《背城借一飞来异士，为国丧元气走豪雄》、第七集第四回《痛师占卜孙刚射雁，喜友偕行丁戚打虎》也均不见踪影。另外，该版的开头始自原刊本第三集第一回的三分之二处，前三分之一的三千多字内容全部消失，代之以似由什么人写的故事简介，最后一回则多了一千多字，作为全书的结束，其回目"救老侠火孤独显能，得国宝鸳鸯双殉情"也与原刊本完全两样。这些问题都已经通过这次整理得到全部解决，也算功德圆满，只是若干部徐氏小说因为前面提到的原因，明显没有结束，令人不无遗憾，但若换个角度想，这些书能够保留下来且再次公之于众，已属难得之至了。

今蒙本作品集出版者见重，嘱为序言，以方便读者，故撷拾近年搜集的资料与新的研究成果，勉力拉杂成篇，以不负出版方之雅爱。希识者一哂之余，有以教也！

中国武侠文学学会副秘书长　顾臻
2018 年 4 月 10 日写于琴雨箫风斋

目　　录

第　一　集

1

第 一 集

第一回

恼市井酒保逞谈锋
赞弓刀英雄恣豪唱

跃马窄青丝，同果争跃驰。朝游吴姬肆，暮挟屠沽儿。
袖中藏匕首，胯下黄金钟。然诺杯酒间，泰山必不移。
东市杀怨吏，西市扑仇尸。裂背风日变，英爽拉如摧。
突过铜龙门，瞥影忽如遗。司隶徒敛手，行人莫敢窥。
横行三辅间，法令不得施。壮义高千古，雄声流四垂。

—— 《结客少年行》

有一年春二三月，北京忽然刮起狂风。一连五六天，中间连抽一袋烟的工夫都没有歇一歇。只刮得天昏地暗，日月无光，路上行人稀少，买卖清净大吉。单说平则门外，有一家黄酒馆子，字号是"遐秘居"，叫俗了都叫"虾米居"。馆子说大不大，说小不小，卖足了也可以坐个百十多人。这买卖专做往西去当差老爷们的生意，因为当在那时，皇上时常游幸颐和园，那些扈从官，经过时便都在这里打个尖儿，闹个"野意儿"。这酒馆前临大道，后通护城河。冬天有冰，冰上有冰床；夏天有水，水里有凉船。到了春初，河一开冻，油绿绿的草芽儿，衬着碧汪汪的水，小风儿一吹，一阵阵鲜麦子跟柳条儿的清香，从窗缝儿吹进来。一举手喝口老黄酒，就着又嫩又肥的"野猫肉"——兔脯，一高兴再哼哼两句自在腔儿的西皮二黄，实在是一种升平乐趣。掌柜的姓王，行二，山东人，为人又和气，又随习，最能拉拢主顾。手底下用的几个伙计，也都是自己至近亲

3

友。什么叫东，什么叫伙，关上门一家子，打成一团，混成一气，把一个小买卖，竟做得"飞来旺"！

几天风一刮，一个喝酒的都没有，伙计们都闲得冲盹儿。这里头有个秦伙计，是王掌柜的内侄。这个人虽是粗人，却很能干、能说、能做、能写、能算，赶到灶上忙了，还能帮着炒几个土菜儿，因此人送他外号叫"秦八出"。这天秦八出闷得难受，找了一本闲书，往大桌头上一搁，扛着条油手巾往板凳上一坐，拿起书来瞧了不到半篇儿，忽听帘子一响，从外头进来一个。秦八出抬头一看，不由就是一皱眉。原来进来这个人，正是当地著名的"土混混儿"文二嘎子。在前清时候，买卖人就怕这路土混混儿，两个肩膀，扛着一个脑袋，全凭三寸不烂之舌，进门儿要吃要喝，吃完了喝完了，一字不提，拍拍屁股站起来就走。一个应酬不到，大小还要闹点儿事。做买卖人都怕怄气，吃一顿，喝一顿，破个吊儿八百钱，也算不了什么，只求其平安无事，好做买卖。一来二去，便养成这一班泥腿光棍白吃白喝，还要充好汉子。

当下秦八出一见，赶紧把书本搁下，站起来堆下一脸笑容说道："二爷吗？怎么今天就是你一位？你往这边请吧！"

文二嘎子把手里托的鼻烟儿，足足抹了一鼻子道："八出，你坐着你的，我没事，刚吃完饭，怪闷得慌，出来溜达溜达，所为消化消化食儿。成八老爷这两天没来吗？他还约我到西山撒一圈（打猎）哪！"

秦八出道："没来，没来！这两天风刮的，谁也不愿意出来啦。"

文二嘎子一笑说："我就出来了。"

秦八出赶紧道："二爷你坐着。"

文二嘎子道："我不爱坐着，还是溜达溜达好。"嘴里说着，却一屁股早已坐了下去。

秦八出道："二爷，我给你沏茶去。"

文二嘎子道："不用张罗，我刚从家里喝了出来。要不然你把你们柜上沏现成的给我来一碗喝就成了。"

秦八出答应着，过去倒了一碗茶，送到文二嘎子跟前，说了一句："二爷请茶！"

文二嘎子且不去接那碗茶，却把刚才秦八出看的那本闲书拿了起来，才一过眼，便扑哧笑了道："八出啊，你怎么瞧这个？我告诉你，要解闷儿的时候，我家里有的是书。什么《金瓶梅》、《品花宝鉴》、足本《西厢》、《杏花天》……那个瞧着倒还有点儿意思，这个瞧什么劲？有那个工夫，还不如到河边，瞧放'对儿鸭子'去呢！"

秦八出道："二爷，您猜怎么着？我这个瞧闲书，就是瞎解闷儿。你说的那些书，我也听人说过，实在是不错。不过，跟我的眼光儿不合，我瞧不下……"

文二嘎子不等秦八出把话说完，便嘿嘿一阵冷笑道："八出啊，不怪人家说你们山东人都有一种倔劲，瞧闲书不错为的是解闷儿，可是白费会子工夫，一点儿真格的都瞧不见，那有什么劲儿。就拿你瞧这本《小五义》说吧，我就不信天底下会有那么一路人，那么一路事。什么蹿房越脊，如履平地，空中来，空中去，又什么来无踪，去无影。就说那个白眉毛老西儿还了得啦，又'一手三暗器'啦，'大环宝刀'啦，削金剁铁，切玉如泥，越说越玄，我简直不信有这八宗事。要说咱们北京城，皇上老佛爷眼皮儿底下，人有好几百万，地有好几百里，围着咱们这个城圈儿，怎么就找不出一个山西雁来？要依我说，你趁早儿别信这路旱谣言。饶是让那些编书的蒙了钱去，咱们还得落个傻小子！"说着又抹了一鼻子鼻烟，摇头晃脑，神气十足。

在往常时候文二嘎子说什么话，秦八出也不敢往回顶，今天不知怎么股子劲儿，要跟文二嘎子斗斗。遂笑了笑道："二爷，您说的话一点儿也不错。不过我想编书的人，未必全是信口开河，整个儿地造旱谣言。也许人家真赶上过这路练家子，不然的话，他为什么不说些再比这个玄的呢？要说宝刀这一层，我也没见过，我也不敢说我说得准对。不过要据我想着也许有这路东西，您没听见唱戏的还有一出《鱼肠剑》吗？编书的造旱谣言，唱戏的难道也造的旱谣言？咱们总得说是活的岁数小，走的地方不多。北京城里，皇上脚跟儿底下，别说是这路人轻易不来，就是来了，他也不能满街喧嚷露两手儿给咱们瞧，您信不信？"

文二嘎子啪地把桌子一拍道："你这小子，怎么这么不识好歹！二爷告诉你的是好话，你爱听不听，犯不上跟我这么花说柳说。你说有，我偏说没有，我就不信人类里头有那么横的练家子，你要是当时能够给我找出一个来，我把我这个文字儿抹了！"

文二嘎子使劲这么一嚷，脸也红了，脖子也粗了。柜上的人全都听见了，赶紧跑过来一边吆喝秦八出，不准他再说什么，一边跟文二嘎子说好话。

正在乱糟糟地嚷成一片，只听酒馆外头，有人长喝一声道："谁是懂眼的？买我这张弓！卖弓啊卖弓！"

声音又高又亮，送着风声儿，头一个就吹进文二嘎子耳朵里，他赶紧拦住众人道："咱们这件事，揭过去，算是完了。你们先别嚷，听外头是卖什么的。"

王掌柜的道："我听着是卖葱的。二爷要用葱，我们柜上有的是，回头叫他们给爷送两捆去，干吗还用买啊！"

文二嘎子摇头道："不像是卖葱的……"

正说着，只听外面又是一声喊道："有人识得我这张弓的，我愿意连这把刀一并送给他！"

文二嘎子这回可听清楚了，顾不得再跟秦八出捣乱，一挺身儿，便跑了出去，不防备手里托的鼻烟儿，却洒了一地。大家看文二嘎子这种神情，彼此都对挤一挤眼便也全跟着跑了出去。

来到外头一看，只见迎着酒馆门口，站着一个人，身高不到五尺，弯腰驼背穿着一身土黄色棉裤棉袄，脚底下穿着两只蓝布搬尖儿洒鞋，腰里系着一根青褡裢，脑袋上也是青布罩头，脸上一脸油泥，分不清脸上究竟是什么颜色。看那神气，约莫着也就有五十上下，脊梁上背着一个长包袱，不知道里头装的是什么。在手里挽着一张弓，弓长二尺七八，连弦带把一律漆黑，也看不透是一张什么弓。

文二嘎子看到这里，走过去照那人肩膀上一拍道："乡亲，这是从什么地方来？"

那人把文二嘎子上下一看道："好说，老爷，从咱们家里来。"

文二嘎子道："你刚才嚷什么？"

那人道："我自己个儿这么捣鼓吧！"

文二嘎子道："这张弓怎么持累了你？你又打算把这张弓怎么样？"

那人"嘻"了一声道："别提了！我从咱们老乡河南，就背着这张弓，

6

一直走到北京。因为这张弓是一个朋友的，打算找着这个朋友，把这张弓还给他，不想来到这里，也有个数来月了，始终也没找着这个朋友，也许他是死了！”

文二嘎子道：“你这朋友住在北京什么地方？姓什么？叫什么？你说给我听听，也许能够知道。”

那人不住摇头道：“说过你听听，那可不中。”

文二嘎子道：“这也没有什么，你说出来，倘若我要知道，我好告诉你去找他！”

那人道：“费你老心！我要不是忘了他姓什么叫什么，我早就把他找着了。”

文二嘎子一听，敢情是大浑人一个，连朋友姓什么叫什么都忘了，就冲这怂小子这个样儿，他就是有朋友也高不到什么地方去。瞧他这张弓，倒还结实不坏，想个什么法子，把它弄过来，虽然值钱不多，换件袍子面儿大概许够了。

想到这里，便向那人道：“既是你把你的朋友姓什么叫什么都忘了，那我可没法子再帮你找他。那么现在你拿着这张弓，在街上这么大呼小叫，又打算怎么样？”

那人道：“我找朋友不着，我打算在这里把这张弓送人，省得我回去还拿着这么个儿累赘玩意儿。”

文二嘎子道：“你就这么白白儿地送给人吗？是要两个钱儿，还是有什么旁的说的？”

那人道：“我这张弓有三送三不送。”

文二嘎子道：“哪三送？哪三不送？”

那人道：“认得我这张弓的我送，拉得开我这张弓的我送，能拿我这张弓当宝贝的我送；不认得我这张弓的我不送，拉不开我这张弓的我不送，拿我这张弓当玩意儿的我不送。还有一个便宜，只要有人能把我这张弓擎受了去，我还有一把折铁宝刀，也一块儿送给他。一则交朋友交个到底，二则我回去道儿上，又可以少一样背着的累赘。”

文二嘎子道：“这么说，那你可算是碰见好朋友了。我不但认得拉得开，我还最爱这路玩意儿，一准能够拿他当宝贝。可是有一样，你这话是

7

说着玩儿哪，还是真那么说？回头我要是把这弓也拉满了，你要不认这笔账，到了那个时候，我们要跟你一瞪眼，又该说是我们欺负外乡人，这话你听明白了没有？"

那汉子听了哈哈一笑道："你说什么？我跟你又没有交往过，你怎么就会瞧出我是那么一号不地道人物！当着众位，我再说一句，不但是你一位，不拘哪位，只要能够把这张弓拉满，我就连弓带刀，一齐奉送。倘若我说话不算，我就当众位擦粉戴花儿，算爷们儿里头没有我这一号。这个你瞧怎么样？"

文二嘎子一伸大拇指道："好！你这真不含糊。就那么办，这话也不是我说，别的玩意儿，咱们还许有个拿不起来，不就是这么一张弓吗？我拉不开它，我从今天起，算是山水，不算人物！"说着一伸手，就奔那张弓。

那汉子把弓往后一撤道："你先慢着，咱们赌是打了，你拉得开这张弓，我连弓带刀全都送给你，我决不含糊。可是，你要是拉不开这张弓怎么说？打赌还有打一头的吗？你无多有少，也得破费点儿什么才是意思不是？"

文二嘎子听了把嘴一撇道："不就是这张弓吗？我就不信我拉不满，干脆你就认输吧！"说着那手又奔了那张弓去。

那汉子一见，不由脸上一变颜色道："嘿！你打算怎样着？这是有王法的地方，你打算抢是怎么着？那你可是错翻了眼皮！"

那汉子话犹未完，文二嘎子早一步蹦了过来，一伸手把自己的衣裳解开唰的一声甩去，啪地一拍胸脯子说："怯小子，你今天算是遇着了。我今天要拉定了你这张弓！"说着又抢进一步，伸手径奔那汉子手里那张弓抢去。

那汉子微然一笑道："来得好。"只轻轻手向文二嘎子腕上一戳，只见文二嘎子当时嘴儿一咧，鼻翅儿一撇，脸皮子一白。眼见一斜，那只伸出来的手，再也拿不回去，黄豆大小的汗珠子也不知道从什么地方硬挤了出来，流了一脸。却又可怪，干咕着嘴，瞪着眼一句话也说不出来。

秦八出一拉掌柜的道："掌柜的，你瞧见了没有？这个穷包，大概就是吃江湖饭的，没想到二嘎子说嘴打嘴，这么一会儿，就碰在硬点儿上。"

8

这时旁边围的人多了，只见那汉子，手里拿着那张弓，高扬着脸，只当没有看见一样，冷冷地说道："朋友，就凭你手里这一点儿，也打算在外头找便宜。弓还在这里，送给你，你还拿得了去吗？你怎么不言语了？对不过，我可不能奉陪了！回头见。"说着一挽长弓便要走去。

这一群看热闹的，眼见这种情形，只有面面相觑，谁也不敢拦挡。

就在这个时候，从人群里钻进两个人来。头一个约有三十多岁，短短一个身材，穿着一件银灰的大褂，肩膀上还扛着一件青纱坎肩，歪顶着一顶官帽，手里拿了一根轰赶闲人的小鞭子。后头跟着一个五十多岁，赤红脸儿，酒糟鼻子，三角眼，小眉毛，薄片子嘴，鼻翅儿上拿鼻烟儿抹着大蝴蝶儿，穿着一身紫花布裤褂，周身扎着小如意儿，手里叽叽嘎嘎地揉着两个核桃。

穿官衣的先把那个汉子截住，拿小鞭子一指道："嘿！你是干什么的？胆子真正不小！竟敢在皇上脚跟儿底下，施展妖术邪法，把好好的人给禁在那里。你也不打听打听，祥三爷是什么人物！你要是懂得事的，趁早儿把你的禁法卸开，我念你是个外乡人儿，我也不难为你。当着大伙儿，你给这位文二爷磕一个头，我的主意，决不能让文二爷跟你为难。你要是不懂得好歹，对不住，我也不怕人家说我欺负外乡人，要按官事办你！"说着把小鞭子一举，脑袋瓜一晃，神气十足。

秦八出又一拉掌柜的道："可了不得！这个外乡人要吃亏。祥三是文二嘎子的把兄弟，后头跟着那个，是西南城摔跤有名的成蹼户。官私两面，恐怕这个外乡人都要吃亏！"

正说着，只见那个汉子哈哈一笑道："人人都说北京城里藏龙卧虎，照着今天这么看起来，龙虎我倒没看见，狗跟兔子倒是见了不少。真正是闻名不如见面，见面胜似闻名！"说着又是一阵哈哈大笑。

这时却恼了那个成蹼户，把手里两个核桃往怀里一揣，用手一推祥三道："老三，你这人就是不懂得什么叫失身份。就凭他这个样儿，一脸黄土泥，一嘴蚂蚱子，连天日也没有见过的人，还犯得上跟他说好话？你躲开，瞧我的，我让他见见北京城的人物，也省得叫他在这里卖味儿！"说着一步抢了进来。

这时一班看热闹的全都替那汉子捏着一把汗。只见成蹼户冲着那汉子把手一指道："嘿！你是什么地方来的？我瞧你这神儿，气死粪杓儿，不让老妈儿男人。我告诉你，北京这个地方，虽不敢说藏龙卧虎，可是高人有的是。不用说别人，就拿我说吧，我姓成的自从练横儿以来，也有个三十多年，你在西南城一带打听打听，这绝不是姓成的吹，我在小红门摔过的'铁香炉'庆四，使'德和乐'（注，摔跤司词之一）赢过七爷府沙七把。也不敢说两脚一跺，西南城乱颤，好朋友见多了，就凭着尊驾您这个样儿的，也要在这个地方乱晃。说一句让您扫兴的话，北京城臭虫都比您那个村的叫驴大！要依我说，趁早儿磕头赔不是，念你村野无知，不跟你计较，还得把这张弓留在这里，我放你回去，给你十年限，你找几个有头有脸儿的朋友来跟我讨讨教。成爷也是爱交朋友的人，碰上高兴，也许告诉你朋友两手儿，让他回到你们村里，好说道去。这话你听明白了没有？跪下磕头吧！"

成蹼户晃头晃脑，一路大哨，里头有几个青皮，早已喊起好来。也有替那汉子着实担心的，怕他眼前就要吃亏。

只见那汉子听了成蹼户这一套话，一点儿也不着恼，反而大笑起来。笑过之后，才向成蹼户道："原来你老人家就是北京城有名的人物，有眼不识泰山，你老可别见怪。我从我们村子里一出来的时候，我师父就跟我说，北京城是藏龙卧虎的地方，你要见着能人可想着跟人讨换两手儿，也省得瞎跑一趟。没想到刚到这里，就碰到你老人家，真是我三生有幸。得啦，我就拜你老为师吧！"说着刚要跪了下去，忽地又喊了一声道："先别忙，拜师父没什么，不过有一节儿，你老人家所说赢过谁，输过谁，我全没瞧见，你老准要是有两下子，我就给你老人家磕个头，也不算我丢人。可是你老人家要是什么也不会，就凭一套话，我就拜你老为师，到了我们村里，我的师父一问我，我一说不出来，到那个时候，我师父必得说：'我让你到北京城访人物拜他为师，怎么你也不瞧瞧？见个鸡蛋也磕头，这不简直是骂人吗！'到了那个时候，你老想可让我说什么？要依我说，你老现在当着众位，施展个一手两手儿给我瞧瞧。果然我们那村里的人都练不了，那时候不但拜你老人家为师，我还得雇一辆山东交儿大轱辘车儿，把你老人家接到我们那个小地方住两天，也让他们开开眼。你老人家瞧怎么样？"

10

成蹼户听了，微微一笑道："瞧不出来你倒是个有造化的，前三门一带练'私撂儿'的，打算拜我的多了，我都因为没工夫，始终没答应过一个。今天这不是说到这里了吗？就收你这么一个外乡徒弟，也还有点儿意思。可是有一节儿，我可不能练，不是别的，我这种功夫，一个人没法练，现找人也来不及……"说着一抬头瞧见祥三，把手一点道："得，就是你啦，祥三你陪着我来三个给他瞧瞧！"

　　祥三一摇脑袋说道："得啦，你别打哈哈啦，那不是白垫背吗？我还留着我这条小命儿喝粥呢。"

　　成蹼户哈哈一笑道："你瞧你这个乏劲儿！"说着又一摇头道，"没人哪，这可没法儿办！"

　　那个汉子听了又微然一笑道："我可是在我们那小村子里听说，练功夫的人，讲究是刀枪剑戟，十八样兵器，样样都能拿起来。既然现在您的捧场的没来，您练一样旁的，我开开眼也是一样。咱们从什么地方起，还落在什么地方，你老瞧好不好？还是说这张弓，这话又怎么说？"

　　成蹼户嘿嘿一笑道："不就是这么一张弓吗？只要是个吃饭的，我想就不能拉不满，我要把它拉折了，你可别埋怨！"

　　刚说到这里，只听人群里有一个人喊道："祥三爷，可了不得了！你老快看咱们文二爷是怎么了？八成儿要不得！"

　　成蹼户一听，喊的这人正是秦八出，赶紧跑过来一看。原来那文二嘎子已然不是刚才那种神气。嘴儿咧着，眼儿斜着，身儿歪着，脸上白得跟白布一样，连一些血色也没有了，过去一摸，脑袋是镇手凉。这才着了慌，赶紧跑过去向祥三道："嘎子八成儿是受了邪了。你找几个人先把他搭到虾米居，在他们柜上搁一搁，等我把这个怯小子打发了，咱们再去祷告祷告去。吕祖阁的牛老道，符就画得不坏，让他给办下子准行。我瞧这个倒不要紧，等我先把他打发了。"说着一回头直奔那汉子那张弓去。

　　那汉子把手往回一撤道："你说我是怯小子，我瞧我倒不怯，你倒有点儿像怯小子。不过那个朋友，他一不是中了风，二不是受了邪，是让我用功夫把他制住了。如果你们现在过去一碰他，他可当时就死，死了之后，可别怨我没给你们说！"说到这里又是哈哈一笑道，"我要不是看他活到这么大不容易，就非得看他死了不可。我是慈悲人儿，要是瞧着活蹦乱跳这么大的大小子就这么糟践了，我还真有些不忍。我先把他救过来，有什么话咱们回头再说。"

成蹼户听着虽然半信半疑，可也不敢拦。

只见那汉子走过去，冲着文二嘎子道："怎么样了朋友？有点儿不得劲儿吧！我今天要不是看在大家面上，就不该管你，让你来个寿终路寝。不过我们门里头不准我们在外头无辜伤害人命，你的罪名还不至于死，所以我不肯置你死地。再者我才来到这里，又不愿意因为你这样一个人，破坏了我的兴头。只是一件，你要记着，外乡人也不见得全是土包。从今以后，你要把眼睛睁开些，再要是遇到硬头上，对不起，人家就不见得像我一样！"

说到这里，走过去，照着文二嘎子尾巴骨上就是一脚尖儿，只听文二嘎子"哎哟"一声，这才喊了出来。当下看热闹的人，早已喊起一个震天的好儿来。

这时却恼了成蹼户，走过去照那汉子肩膀上就是一掌，嘴里喊道："他的事完了，还是说说咱们两个的事吧。"说着拔胸脯儿一站，向那汉子一伸手道："把弓拿来，瞧我的！"

那汉子哈哈一笑道："怎么，你还舍不得我这张弓吗？好，咱们既是有言在先，我也不便翻悔。来来来，我把这张弓交给你，你要是把它拉满了，我就当着大伙儿拜你为师。如果你拉不满，我也不跟你要什么，你也得当着大伙儿给我磕一个。我可是不收你当徒弟，不过是取个拳来脚往而已，你看如何？"

成蹼户毫不犹豫喊道："怯小子，你等着碰头吧！"说着伸手就接弓。

那汉子把那弓往成蹼户手里一递，成蹼户不由大大地吓了一跳。

原来在成蹼户看去，那张弓不过是个普通的三号弓。自己在弓房，曾经拉过二号硬弓，一瞧这路，当然不算什么。谁知道过去拿手一按，劲头儿小了一点儿，腕子一软，差点儿没有掉在地下。敢情那张弓，实比头号大弓分量还沉得多，简直弓里没见过。幸而成蹼户除去撂私跤之外，也练过几天弓刀石，膀子上还能吃个一二百斤分量。刚觉手一沉，赶紧一运劲，算是那张弓没有掉下去。挺身一晃，骑马蹲裆式站好，左手掌住弓背儿，右手认好弓弦，托住丹田一口气，往两个膀子上一运，嘴里喊一声

"开！"左手往前推，右手往怀里扯，以为这张弓就是拉不满，总也可以把它拉个半满。谁知道用尽浑身力气，那弓不用说是拉满，连动都没有动。当时浑身就见汗，再使劲来个二次，敢情更不行。脑门子、两太阳穴，流下来的汗足有黄豆粒那么大，两个膀子是又酸又痛，连脖子带腰腿，全都不得劲儿。心里想着把这张弓递给那汉子，然后自己再找个台阶儿说几句盖面子的话，带着祥三一走，省得丢人。就在刚一长腰，忽然脑袋一晕，两眼发黑，打算再支持着把弓送过去，焉得能够。当时只听喤啷一声，那张弓从那成蹚户手里半空掉了下去，这才知道原来那张弓竟是张铁弓。

弓一脱手，身上当时减去好多分量，心神一定，眉毛一转，想出两句话来，便笑着向那汉子道："朋友，我瞧你也是苦哈哈。不过是打算指这个在外头混碗饭吃，我要是把你的饭碗踢了，于我心里不忍。这弓不是在这里，你快快捡起来走吧，我们也犯不着欺负你们外乡人。不过有一节儿，从今以后，可不准你再到这个地方来，你听见了没有？"

成蹚户这套话一说，不用说是看热闹的人，就是祥三、文二嘎子，也觉得十分诧异，因为成八平常不是这路人，从来没有说过话又咽了回去。

再听那汉子哈哈一笑道："承你的情，我们外乡人，到了您这块宝地，居然肯受这样照应，实在是感谢不尽。不过有一节儿，这话要是在我们刚一见面的时候，你就这样说，我当时就走。现在弓也递给你了，赌也打了，你又打算把话咽回去。这要是别人，或者还可以叨你这份儿情，唯独我要这么办可不行。你要是把弓拉满了，我给你磕完头，不用你说，我自会跑回家去，绝不敢再来到这里现眼。如今你不肯拉这张弓，可不领你这份儿厚意。我就认为你拉不满，对不过，咱们是怎么着说怎么着行，你也得给我磕个头，我这个怯小子，也自然走去。随随便便就是这样一说可不成。"

成蹚户虽然没有走南闯北，可是对于江湖上的事迹，也听人讲究过，知道今天是碰到"硬岗子"上了。如果自己不肯下这口气，恐怕当时自己就得丢人现眼，从前的一些小名头，就会一扫而净。想到这里，便又把气下了一下道："朋友，你这话就不对了。你可以打听打听，我姓成的什么时候跟人家下过气，比谁小过。只因方才我一拿你那张弓，很有把分量，我想朋友也必定是个横练儿，天下把式，都是一家子。再说英雄爱英雄，朋友敬朋友，现在既是说到这里，咱们倒得交交。走，到这个饭铺里喝几盅，咱们还得往深里套套。"说着过去就要拉那汉子。

只见那汉子猛地一揖到地道："成老爷，您可别这么跟我闹着玩儿，我不过是一个乡下怯小子，一脸黄土泥，一嘴蚂蚱子，哪里配得上跟成老爷讲交情？既是您这么说，想来是不肯再拉我这张弓了，这只能怪我没有这种缘分儿。至于您的盛意，我可不敢领，咱们再见吧。我还得找地方把这张弓送出去，省得它尽赘累着，给我招好些闲事！"

说着把那张弓单手从地下捡了起来，挽着弓背，一转身，向着众人说道："诸位还有打算拉这张弓玩儿玩儿的吗？如果没有，我可要少陪了！"说完这几句话，把弓往手里一挽，口里唱道："宝刃匣不见，但见龙雀环。何曾斩蛟蛇，亦未切琅玕。胡为穿愈辈，见之要领寒。吾刀不问汝，有愧在其肝。念此刀自藏，包之虎皮斑。湛然如古井，终岁不复澜。"怯声侉调，唱得倒也十分雄壮苍老。一路唱着，一路拉着大步走去。

祥三看见那汉子已经去远，不由把舌头一伸道："嗬！我的佛爷桌子，可真吓着我了。这个怯小子准得是有点儿妖术邪法儿，你们信不信？"

成蹼户听着把大腿一拍，一挑大拇指道："这话一点儿都不含糊，我要不是瞧他有点儿邪魔外道，无论怎么着，我也不能让他翻出咱们的手心儿去。要依着我说，你趁早儿到'堆子'（注，彼时之警官派出所）上，去报一声。不然大小出点儿事，你可担不了。我还是不死心，非得再找他放个对儿去。我要不把他劈叉坏了，我从这里起，我就不在西南城一带混了，回头见！"说着把脯子一挺，伸手把两个核桃掏出来，又是一阵叽哩嘎啦地揉着，晃里晃荡地去了。

祥三向文二嘎子道："您说现在真会有这路横练，真是可怪！我先前看闲书，仿佛都是老谣似的，现在这么一看起来，敢情世界上真有这路人。从今天起，我可不敢瞧不起外乡人了！"

文二嘎子刚要答应可不是，往旁边一看，秦八出正在冲着自己乐呢，赶紧把话风儿一改道："我就不信！刚才我是一阵腿脚发麻，你们看着直像是受了那怯小子什么算计似的，对不对？其实，真是赶到巧劲儿上了。要是不这样的话，不用成老八，就是我也不能让他跑出圈儿去！"

正说着，只听鸳桥那边一声长喊，仿佛那汉子又唱了回来一样。

秦八出道："八成儿那个怯小子又回来了，既是您那么说着，回头您把他治个样儿我们瞧瞧，让我们也开开眼。"

文二嘎子一乐说："得啦，八出，我跟你说着玩儿哪，我拿什么跟人家较横儿呀，咱们进屋去吧，外头风大，招呼闪了舌头！"

说着，那个侉声侉气又是一嗓子。临近一看，原来是个卖大砂锅的。大家不由一阵嗷笑而散。

有分教：

　　杀狗屠猪英雄本色，厌故喜新恶妇心肠。

要知那汉子究竟是谁，这不过是个楔子，慢慢看下去便知端的。

第二回

娶孽妇引狼入室
恋浪子逐鹊居巢

　　却说河南蔡县城西，有一座小山，名叫"迎凤岭"。据老人传说，这座山上曾经落过一只怪鸟。有念书的人说，像是书上所说的凤鸟一样，大家便把那座山叫作"迎凤岭"。虽说是岭，并不高大，围着这个岭子，一共有四个小村儿。正西的这个村儿，因为姓田的多，便叫田家村。村里头也有个四五十户人家，多半务农为业。村长田振宗，已有五十多岁，祖上也是指着种庄稼为生，克勤克俭，到了振宗这一辈子发了家。乡村里的人，就懂得谁是财主就尊敬谁，于是振宗便被推举当了村长。振宗虽是乡下人，却很明白事理，对于这村里处治得十分整齐，除去完粮纳税，倒也过得太太平平的日子。只一件，田振宗却自认为美中不足。振宗娶妻柳氏，是东村柳乡正的妹妹，为人精明勤慎，帮着振宗操持家务，十分得手。不幸在春间得了"白喉瘟"，医治无效，撇下一个七岁的男孩子竟自死去。振宗一旦失了这样一条好膀臂，心里自是难过。尤其不能安神的，是那个孩子小栓儿。白天满处瞎蹦，虽然劳些神，家里有底下人，也还不觉得怎么样。只一到晚上，小栓儿哭着闹着要妈妈，一哭就哭到天亮，任是怎样哄着也不行。振宗白天劳了一天神，晚上再受这种折磨，一个男人，心里如何受得了，闹得实在没了办法，只有看着柳氏遗影，数数落落干号一阵。日积月累，不到半年，便日渐消瘦，精神大不如前。小栓儿也没有那种欢奔乱跳的显着活泼有意思了，小脸儿挺黄，小胳膊挺细，就剩了两只大眼睛，扑咚扑咚地乱转。家里全是些底下人，虽然看着急，可是一点儿办法也没有。

一天，柳乡正从东村里来看亲戚，一看振宗脸上这种颜色，不由"哎呀"一声道："二姑爷你怎么变成这个样儿了！我是有事到京里去了一趟，不然我早就来了。栓儿呢？抱来我瞧瞧。"

老妈子把小栓儿领了过来，柳大爷一瞅，简直要哭，一拉小栓儿的手，就剩了精细的两根小骨头了。刚要问他话，谁知道孩子一瞅见舅舅，哇的一声放声大哭，一路哭着一路问柳大爷道："大舅，我妈呢？我爸爸说我妈上舅舅家里去了，也不带我去。怎么她还不回来？小栓儿想她了！"说着往柳大爷怀里一扑，哭个不住。

小栓儿这一哭，招得柳大爷也哭了，振宗也哭了，连旁边站着的人，也跟着抹眼泪。柳大爷一边擦眼泪，一边抚着小栓儿脑袋道："栓儿你别哭。你妈再住两天就回来了，乖乖去玩儿去吧！"

小栓儿一听止住哭道："大舅你可别冤我。我妈要再不回来，我明天不管她叫香妈，我就叫她臭妈。"说着跳跳钻钻而去。

柳大爷心里十分难受，只得强打精神，向振宗道："二姑爷，这话我可不该说。我万没想到这么几天，竟会闹得这个样儿，要依着我说，您得趁早儿想法子。要这样儿磨蹭下去，连您带孩子，恐怕都没有好儿。我这话可是为您，您可千万别拧着性儿呀！"

振宗听了微微一笑说道："大舅，这话我也明白。您说我可想什么法子？我这就是混一天再说一天吧。"

柳大爷不等振宗再往下说，赶紧拦住道："二姑爷您先别说了，混一天说一天，您这个岁数儿，什么时候才混完？您混不完，孩子先完。我们姑奶奶就是这么一点儿骨血，这个可不能依着您。要依着我说，赶紧给您张罗张罗，还是把弦续上，您也有人伺候，孩子也有人照管，可比什么都强。"

振宗听着哈哈一笑道："大舅您这番好意，我全心领。不过有一节儿，从前栓儿他妈在的时候，我的这个家，多半儿是她给我成全到这样儿。她跟我吃了多少苦，也不用我说，现在她刚一死，我就再弄进一个来，不用说这村儿里头人骂我，就是我自己良心上也下不去。再者说小栓儿说大不大，说小不小，不明白也明白一点儿。倘或娶了一个安分守己过日子的

17

人，倒还不说，倘若娶来一个糊搅蛮缠吵架精，到了那时候，孩子不但舒服不了，碰巧还许多受一点儿罪。现在我没续，您让我续，那倒好办。等我续上之后，您再说把她散了，那可不易。恐怕到那个时候，必要后悔不及。"

柳大爷道："这话我就不信。你等着，过一两天听我的回信儿。"又说了会子闲话儿，柳大爷告辞走了。

柳大爷走了之后，振宗想那话也说得有理，便不再去找柳大爷拿话相拦，等了足足有半个月。

这一天柳大爷来了，一进门就唉声叹气，倒把振宗吓了一跳，赶紧问道："大舅您这是从什么地方来？为什么生这么大气？"

柳大爷一听唉了一声道："不用提了。因为那天我瞅见你跟孩子那个样儿，我心里实在难受，想着再给你张罗着续一房，为的是孩子大人都有个人照顾着。在我想着，凭您这种人家，不愁吃，不愁穿，上头没有公公婆婆，下头没有兄弟姊妹，过门儿就当家，像这路人家儿，哪里找去，一说就得妥。谁知道连跑了好几十家子，也没找着一个对路的。您猜他们说什么？他们都说有姑娘也不给您，要是给了您，就把姑娘给送在坟里一个样。您说这话听着可气不可气？"说着又是唉声不止。

振宗一听反倒笑了，向着柳大爷道："大舅，您从根儿上就不该管这回闲事。不过既有这么一说，我可不得不说，我原来并没有这种续弦的想头，既是现在他们这么说，我倒要娶一个给他们瞧瞧，倒是谁把谁给埋在坟里头！大舅您先不用生气，拦着这个茬儿，过两天再说。"

振宗这几句话，也无非为把柳大爷对付走了就算完。谁知柳大爷一听振宗这几句话，不由哈哈一笑道："二姑爷你可上了我的当。我怕我一提这件事您又不答应，拿话支吾我，所以我才那么说。现在您已然答应了，可不许再翻悔。"

振宗这才知道柳大爷使了一计，便也笑着说道："大舅你听着我说。不是我不愿意，实在是我想着倘若娶来一个不能过家的人，岂不是连你孩子反而多受一层罪！再者说，我今年已然五十多了，还能活上多少年？娶一个岁数太小的，将来我一死，往好里说，耽误人家一辈子，往不好里说，也不是我们栓儿的造化。真要说是娶一个岁数相当的，恐怕一时也不易办到，所以我才这样说。既是现在大舅这样热心，我还有什么不愿意。不过有一节儿，我想总是在事前多多思量，省得将来后悔，可来不及。"

振宗说完，柳大爷凝神想了一想道："二姑爷您只管放心，我现在找着一家再合适没有。您知道咱们北村子老尤家，尤二锁他们家里的二姑娘，人很够合适吧？"

振宗道："您先慢着，我听人家说，他们二姑娘不是已然出了门子？"

柳大爷道："不是不是，出门子的那是大姑娘。"

振宗道："那么这位二姑娘今年有多大岁数？"

柳大爷道："这个岁数可是太合适，今年大概在三十五往上。"

振宗道："怎么好好的姑娘，到这么大还没有出门子，不是有什么猫腻儿在里头？"

柳大爷道："您可别瞎疑惑，人家姑娘可别提够多好了。只因为尤二锁他们家里挑人挑得厉害，所以直耗到现在还没出门子。人家挑的是，人口多了不给，怕受累；家里没钱不给，怕受窘；岁数小了不给，怕脾气不好。昨天我去串门儿闲聊天，我跟尤二锁一说这里，尤二锁还是真愿意。我还怕你嫌她岁数太大，谁知道你倒愿意岁数大一点儿的，这可算是天作之合。我明天再去提一趟，八成儿就许能成。"

振宗道："您别忙，我知道尤二锁不是跟你至亲吗？"

柳大爷道："怎么你忘了，栓儿舅妈不是尤二锁他们的大姑奶奶吗？"

振宗道："噢，是啊！既是这样亲戚，当然没有什么错儿。不过有一节儿，我想您再去一趟，跟人家说明白了。第一最要紧的事，就是栓儿这孩子。可不能让这孩子吃一点儿亏，要是对于栓儿这孩子，有一点儿下不去，可别说我那个时候，要对不起亲戚。既是您为好才管这回事，我不能将来找你麻烦，丑话儿说在头里，您可要把这话带到了，别弄得将来都不好办。"

柳大爷一听，满口答应道："没错儿，您交给我，您就等着听喜信儿吧。"说着跟振宗一揖而别。走在道儿上，心里想着：这可对得住我们那一口子了。

高高兴兴回到家里，刚刚走进家门口，只听尤氏在院里说道："你妹夫这人，就是这么一点儿差劲。不管什么事老是这么没紧没慢的，就是这一点儿小事，你瞧从什么时候去的，直到现在都没回来，说不定就许是让老田家把他留下灌黄汤子哪。他要真是那样儿，回来瞧你着我怎么骂他……"

刚说到这里，柳大爷一步跑进来道："别骂别骂，好人不禁念叨，刚一说我，我就来了。"

尤氏道："哟！你什么时候跑回来的？幸亏我还没有骂你，事情办得怎么样？老二在这里等你已然半天。"

柳大爷道："瞧你这忙劲的，也得等我喘过气儿来呀。我见着咱们二姑爷了，先跟他说了半天，他始终是不点头。我这话就说多了，好不容易他才算是有了点儿活动气儿……"

尤氏抢过来道："你还趁早儿别这么说，我妹妹也不缺鼻子少眼，不是拿猪头找不出庙门来的事。这又不是买卖生意，还有什么强买强卖。他也不想想，他今年有了多大岁数，谁家能把好姑娘……"

刚刚说到这里，尤二锁赶紧接过去道："事情还没影儿，二位先别吵。反正大妹夫这回事是跑不了得受点儿累。"

柳大爷噘着嘴道："人家也不稀罕我，我也犯不上巴结这回事，干吗跑前跑后，还得受埋怨。趁着还没说定规，我说在头里我不能管。"

尤二锁赔着笑道："您这话不对了，一句说着玩儿的话，干吗这么认真。我这里给您作个揖，您千万可别不管。"

尤氏在旁边也把嘴一撇道："你不用理他。有这么一点儿小事找着他，他就拿捏起来了。你不用跟他说，你瞧没他行得了行不了？"

柳大爷哼了一声道："你瞧行得了行不了。我要不是当着二舅爷在咱们家里的话，还有好些话儿要着呢。咱们大姑爷还问二姑娘出过门子没出过门子来着，这话我能说吗？"

尤氏急忙跑过来，把柳大爷的嘴一捂道："你这不定又灌了多少黄汤子，跑回来满嘴胡嘞。你趁早儿找个地方歇会儿去。"说着把柳大爷一推。柳大爷也知道自己说的话差点儿劲儿，顺坡儿一溜，钻到别的屋子里去。

尤氏道："哥哥你可别往心里去，他就是这样的人，说话老是这样不防头。"

尤二锁扑哧一笑道："妹妹你这是怎么啦？就是这么一点儿事，我就能够不愿意，那还算什么亲戚。再者说，这件事你还有什么不知道的，咱们二姑娘的事，真要是人家知道，这档子就得吹。咱们忙了半天，为的是什么？也就是因为贪图老田家有两个钱儿。我这二年的事，大概您也知道，简直不跟劲。这件事要再不成，那更糟了。现在还是求你跟妹夫说，别管怎么着，也是把这件事给成全上才好。"

尤氏道："这个老梆子，你要不求他还好，真要是一找他，他就许拿捏起来。要依我说，你今天先回去，过个一两天再听信儿。反正这一两天准能告诉你个话儿。"

尤二锁又托付几句，然后才回家去不提。

原来这位柳大爷虽是个乡下人，却有一样不老实，好吃好喝好个小娘儿们。没事时候，常到尤家村里去窜窜，日子一久跟尤氏就勾到一块儿。柳大爷家里，除去一个妹妹之外，家里又没旁的人，托媒人假装一说亲，便把尤氏给娶了过来，两口儿倒还处得不错。后来姑娘出了门子，嫁给前村里田振宗，尤氏就管起家来。柳大爷因为爱尤氏，便十分宠惯，慢慢地夫纲不振，一天比一天拿不了主意，大权就全送在尤氏的手里。尤氏家里有一个哥哥就是尤二锁，终日游手好闲，一样正事不干。从前尤氏一嫁给柳大爷的时候，隔不长就到柳大爷家里去一趟，总得弄点儿什么回去。日子一长，柳大爷瞧出一点儿来，无心中跟尤氏露了一露，尤氏"猴儿花"就炸了，跟柳大爷足足闹了一大顿。柳大爷只好连连地赔不是，尤氏也没理这回事。可是从这一闹之后，尤二锁足有半个多月没来，柳大爷还以为是自己这一闹生了效力，心里很是高兴，哪知尤二锁正在家里闹糟心。

原来尤二锁家里还有一个妹妹，名叫小平儿，就是给田村正提的那个尤二姑娘。那年也有二十四五，平常就有些个不实不尽，风风骚骚，可着一个尤家村儿，足有五六十家儿，没有一个不认识尤二姑娘的。尤二锁在年头里托人给说了一个主儿，定的是这年娶过去。眼瞧快到娶的时候了，男家忽然托出媒人来又说是不要了。

尤二锁问因为什么，媒人说："这话咱们都是一个村子的，我说出来咱们脸上都没光彩。这里有一件东西，是那头儿交给我拿过来的，您到里头问问，倘若没有这么回事，不用说是别人，就从我这里说，也完不了。"

尤二锁听了半天，也没听明白，及至那位媒人把东西拿出来一看，当时就明白了八九。敢情媒人拿出来的这件东西，是一个小赤金如意，上面还配着大红结子，正是人家男家那头儿送过来的定礼，也不知怎么回事，又跑回人家手里头去了。知道里头一定另有缘故，当时也不便细说，只笑着向那媒人道："您也别这么说，世界上的东西，一样的可有的是。我们家里有，人家也许有，您不能断定这件东西，就是我们家里的不是。"

其实，这个媒人心里早就有底，却故意不说破，听他这么一说，也跟着笑了一笑道："您这话说得也是。这么办，您到里边去一趟，把那件东西也拿出来，咱们一块儿找他家去，你瞧好不好？"

尤二锁道："也好。"跑到里头，找二姑娘要这件东西。

二姑娘道："不错，这件东西是人家的，可是说真了，就是我的。您虽是我哥哥，您可要不着。八成儿你又是要输了，打算拿我这东西给您垫背去，干脆说，办不到！"

尤二锁一听二姑娘这套话，就知道这个东西，一点儿错没有，准是没了，不由哼了一声道："嗐！你可真好，现在我倒不要，人家要来了。要是这个东西还在，咱们还说得出去，如果这个东西没了，好妹妹的话，哥哥这个脸，可就臊尽了。"

二姑娘嘿嘿一笑道："哥哥，你这个脸就算臊定了。东西不错让我送人了，他们该怎么就怎么办！"说着把手一甩，一扭脸躲开。

尤二锁虽然是个混混儿，敢情也怕擦脸，二姑娘这么一说，心里有气，嘴里说不出来，赌气跑到前头一瞧，媒人早就走了，准知道这个名儿是闹出去了，也不便再说什么，净打算怎么样才能把这件事给弥缝过去。后来仔细一调查，才知道二姑娘跟自己家里一个长工弄到一块儿。没法子打算遮掩旁人耳目，只好就把二姑娘给那个长工。谁知道二姑娘水性杨花，在没有奉明文以前，所交的已然不是一个，长工不过是内中之一。现在一听，真要把她给了长工，哪里肯干，又是哭，又是吵。经这一闹，尤二锁也不敢管了，只好听其自便，一晃二十多年，也没有个正经人家。尤二锁早就羡慕人家田振宗有钱，不过田振宗非常固执，多一句话不说，多一步不走，见了面淡淡寒暄两句，回头就走，尤二锁始终迈不进腿去。现在看见柳大奶奶一死，知道机会已到。先找二姑娘一提头儿，二姑娘也倒乐意，尤二锁这才找尤氏。哥儿两个又一商量，尤氏满应深许，尤二锁自

22

是高兴，天天来到柳家听回信儿。及至这天听柳大爷回来一说，心里凉了半截，只好又央求尤氏，再给她想法子。尤氏答应着，等到尤二锁走后，在吃饭的时候，跟柳大爷又把那事提起，柳大爷知道不答应不行，遂点头答应第二天再去说去。

第二天真又到了田家，一见振宗就道喜道："姑老爷您大喜!"

振宗道："什么事慌慌张张的？我从什么地方来的喜?"

柳大爷道："您别装傻。昨天跟你提那档子事情成了。"

振宗道："您可知道，我所以这次肯续弦的意思，第一样最要紧的事，就是为的栓儿那孩子。那孩子命苦，老早地就把妈给没了，现在如果有人能够调理他，当然我是求之不得，我自是没有话说，并且我还得对她另有一番意思。她要是不能给我照顾这个孩子，别管多好，也是不成。我先问您这头一件怎么样?"

柳大爷道："这一件当然是没有什么不成。别的我不知道，要说这位二姑娘，对于小孩儿，可有个耐心烦儿，这一节儿不足虑。您还有什么意思?"

振宗道："只要那一件没有什么不成，底下的话儿，更好办了。第一我不能够大举动，因为我没有这种心思。再者就是亲戚可是亲戚，他们家里的人，不能三天两头往我家里跑，这个二姑娘也不能接长补短净回家。还有一节儿，我娶的媳妇是过家管孩子，旁的什么财产，可都不许她过问。是这个样儿，您就给提提，咱们算妥。不是这个样，咱们就散，您瞧这话怎么样?"

柳大爷道："这些个事都办得到，我再给您跑一趟，就算成了。"

正说着，只见小栓儿从外头跑进来道："舅舅我妈怎么还没回来？你带我去找她吧。"

柳大爷心里也是难过，只好安慰道："别忙，这两天她就回来。她给你做好衣裳哪，你等着回来让她带你逛庙去。"敷衍了半天孩子，柳大爷告辞而去。

又过了两天，柳大爷、尤氏都来了，进门又道喜。振宗知道事情已成，心里好生感慨，只好向柳大爷公母两个道了谢，然后才定日子。请些个至亲至友，好在家里有钱，事情是说办就办。赶到临期，有好些没有接着帖子的朋友，也从远道赶来道喜。

轿子到门，振宗迎了出去。刚一出大门，一阵狂风刮得人都睁不开眼睛，就有人说这是怪事的，也有说这是不吉的。把轿子抬到里头，揭开盖头，抬到洞房，什么吃交杯酒、子孙饽饽，这些俗事都不在话下。因为是"当天酒"，洞房之礼行毕，就得登堂拜亲。喜婆儿搀着一对儿新人走到喜堂上，是亲是友，是大是小，依次见过。

柳大爷道："小栓儿呢，把他领来，也让他看看他的新妈。"

旁边底下人把小栓儿从人群里给送了过来，柳大爷接过来道："栓儿，你不是找你妈吗？这就是你妈，快过去磕头去。"

小栓儿听着，赶紧过去一把搂着二姑娘道："妈，小栓儿想你好几天了！"

二姑娘虽然脸大，究竟当着这么多的人，也不好意思张嘴说什么。小栓儿一瞧二姑娘不理他，当然用眼往上瞧。这一瞧可瞧出来了，说他小也有七岁，一时不过一个猛劲儿。及至跑过去一叫不答应，再一瞧不是，小孩儿还有不哭的？哇的一声撒开二姑娘就往回跑，嘴里还哭着："她不是我妈，舅舅你给我找我的妈去！"

振宗一听，想不到自己这么大的岁数，没有把握，还不如七岁的孩子，想到这里，是又急又悔，不由唉了一声。

二姑娘挨着振宗，还有听不见的？不由也哼了一声，心说就凭这个孩子，我们就得有个乐儿。

柳大爷一瞧小栓儿一哭，心里想着，也是对不起死去的妹妹。刚一愣神儿，脊梁后头就挨了一拳，跟着就听一条哑嗓儿说道："你怔着什么呀！该干什么啦？你倒是说话呀！"

回头一看，正是尤氏，斜着眼睛瞪着自己。赶紧把刚才那一点儿想妹妹的心撇开，冲着旁边一位赞礼的道："您倒是还有什么礼节说呀？"

赞礼的道："我早就交代完了，你们要在这儿站着，我可有什么法子？"

柳大爷一听，赶紧跑过去，向振宗道："大礼完了，姑老爷您还是到屋里去歇歇吧。"

振宗也没理他，一甩手就到前边去了。喜堂上干剩下一个二姑娘，走不好，不走不好，幸而尤氏还有一点儿眼力见儿，赶紧把二姑娘给搀进喜房里去。二姑娘心里不高兴，自不必说。这时候已摆上饭了，大家落座之后，就谈起来了。

有的说："这个姑娘，人可不错。不用说是长得漂亮，就冲那一双眼睛，将来要主上家，绝错不了。"

有的就说："这话两说，要据我说，将来必有通儿吵子。你没瞧见刚才栓儿那孩子那股劲儿？就冲这孩子将来也处不好。我可知道，田大爷就是为孩子才续的弦。"

又一个说道："您这话倒是靠边儿。就拿刚才那门口那阵风，就来得有些奇怪，八成儿是前头那位大奶奶，有点儿不放心。"

又一个道："您这话还有点儿迷信。说不迷信的，你知道这位新大奶奶她的根儿吗？旁的不用说，就是她那位哥哥二锁儿，田大爷就许玩儿不转他。"

正说着，只听里面一阵大乱，还掺着有女人的声儿。大家一听，全都跑到里头，一看嗺的正是柳大奶奶尤氏。头发也披散下来，衣裳也撕得乱七八糟，脸上铁青，不住地跳着脚儿骂。再一瞧，尤二锁拉着柳大爷，柳大爷衣裳也扯了，帽子也没了，小辫儿也开了，脸上还抓了好几道子，红血长流，尤二锁气急败坏地直劝。大伙儿瞧着纳闷儿，怎么闹得这个样儿，田大爷也没出来？虽然不知道怎么回事，可也不能不管管。

当时大家过去一阵拉连带劝，尤氏哭着喊着道："姓柳的，太太等着你，不就是你吗？我倒得斗斗你。我们姑娘搁在家里，也烂不了臭不了。贪图人家姓田的家里有钱，怔给往一块儿撮合，我们拿你当了人，才把我们的姑娘的大事交给你，好啊，这是你给管的好闲事，头一天就这个样儿，我还没听说过。姓柳的也不用慌，姓田的也不用忙，我姓尤的要不能把你弄倒了，我就不姓尤！"一路说一路哭，被人架弄而去。

柳大爷掸了掸身上土，刚要发作两句，一瞧尤二锁正立旁边，便唉了一声道："真是想不到，管闲事会管出这么大的毛病来。好，我们家去说去！"说着也顾不得跟旁人周旋，一瘸一点而去。

这里有不知道的跟知道的一打听，敢情尤氏看见刚才小栓儿一哭，振宗唉声叹气，脸色一不对，心里就是一阵嘀咕，看这个样儿，他们将来绝好不了。要依着他们定的这个那个一说，二姑娘就没有能施展的地方了，莫若趁早儿给他们来个下马威，把他给拍回去。想到这里，便趁着大伙儿坐席去这么一个时候，遂向尤二锁道："二爷，咱二姑娘怎么跟他家说的？这还一天没过，就这个样儿可不行！谁给管的？你让他出来跟我得说说！"越说声音越大，简直嚷起来了。柳大爷听着，自不能不拦，过去还没说出什么来，尤氏早就炸了。奔过去，把柳大爷当胸一把抓住，连抓带咬，没结没完。柳大爷已然上了岁数，哪里禁得住她这一顿磨磋。大家劝了半天，他们公母俩闹了半天，振宗始终也没出来。尤氏看着没有台阶儿，这才抓了大伙儿一劝的话锋，甩了两句闲话就走了。柳大爷一瞧没落儿，并且良心上也觉得对不起振宗，打算也趁着乱儿一走，有什么回头再说。

谁知道戆戆走出大门，猛地胸前被人一把揪着，着实吓了一跳。定神一看，正是振宗，这份儿不得劲儿就不用提了！连忙把笑脸儿往下一推道："二姑老爷，我实在对不起您！"说着一撤身，又打算走去。

哪知道振宗一把揪住道："大舅您先慢着，我还有两句话跟你说。在当先刚一提这回事的时候，我就怕是要出毛病，是你一力担保，绝对没错儿。您照今天才头一天，就闹到这个样儿，这要日子长了，您想我家里还能安生吗？现在时候还早，您给我想个主意吧。说一句不好听的话，不怕损失多少钱都没有什么，大舅您给为为难吧。"

柳大爷一听，知道这套话绝不能办到，那怎么能够回去说，只好笑着道："姑老爷，这话现在也不用您说，既是我管的事，我必得给您办好了。无论如何，你可别说出那句话来。这要是传到他们耳朵里，恐怕于我也不利。"

振宗道："什么利不利我全不管，我也不怕他们把我吃了，像他们拿这个来对我，这就是他们不对。您瞧瞧刚才这一阵儿，还像一件事吗？反正您无论怎么说，要叫我今天进洞房，这件事就算办不到。"

柳大爷一听，知道这件事糟不可言，也就不便再往下说什么，便又低头想了一想道："姑老爷，这话我可不敢再说了。今天吵的是谁？不就是我们那口子。她说的话这能当得了事？您趁早儿就不用往心里去，你今天大好日子，犯不上生气。依我说您今天还是别误了花烛，以后的事都有我。"

说到这里，众亲友也赶到门口，算是把振宗给劝了回去，好说歹说，算是那天振宗入了洞房，行了大礼。

第二天，刚才起来，便听院里有人喊道："姑老爷，我们来给你道喜来了。"

振宗一听，正是柳大爷跟尤氏的口音，正在一怔之际，二姑娘在后头一推振宗笑道："你瞧你，人家都来了，你还不出去，让人笑话不笑话。"说着扑哧的一声便笑了。

振宗也说不出来心里是怎么一股子劲儿，便也笑了一笑。走出去一看，柳大爷跟尤氏已然进来了，柳大爷迎头就是一揖道："给姑老爷道喜。"

振宗脸一红，也没好说什么。走到屋里，振宗还没说话，尤氏便迎头万福道："姑老爷您可别怪我，昨天我是酒后无德，得罪了姑老爷，您可千万别见怪才好！"

振宗道："您这话说远了，您忙了半天，不是为的我们家吗？那还有什么说的。昨天慢待您，你是别见怪。"说完大家哈哈一笑。

从这里起，尤氏隔不长地就来看看妹妹，并且每次来都要带些吃的玩儿的给小栓儿。尤其是二姑娘对小栓儿，是无微不至。日子一长，小栓儿离开二姑娘都不行了。振宗心里十分高兴，便也把精神提起来了。不到一年，二姑娘就生一个男孩子，取名叫小柱儿，振宗自是喜欢。可是从有这个小孩子起，二姑娘待小栓儿就大不如前。小栓儿是小孩子，心里并不理会。振宗一天在外头料理自己的事，也顾不了家里的闲事，一来二去，小栓儿就受上罪了。前头振宗不理会，越看小栓儿越瘦，皮包骨，骨外一张皮，整天连一点儿精神都没有。留心一考察，才知道二姑娘暗地给小栓儿气受。自己一想不好，这孩子今年才八岁，我今年有五十八了，还能有几年的活头？倘若我要一死，这孩子准得受死，可是二姑娘明着又没显出来，只在暗地里揉搓他，自己也不好跟二姑娘变脸。想了半天，没有好法子。忽然想起，何不把小栓儿送到村子里私学念书去。并不在他能念不能念，只许能够离开二姑娘总要好一点儿。于是托人一说，当然便算成功。把小栓儿送到学房里一上学，自己倒觉得心静好多。一混又是七年，倒也相安无事。

27

有一天，到前边村子里去办一点儿事，回来晚了一点儿，到家的时候，已然掌灯大过。来到门口儿一瞪，大门依然大敞大开，并没关闭，心里便有几分不高兴。心想这些做工的都上什么地方去了，怎么到了这个时候，大门都还不关，且走进去，瞧瞧他们都在干什么。想到这里，便悄悄地走了进去，赖到门房外头一瞧，只见屋里桌上摆着一盏高高的灯，两个底下人田福、田禄正在那里闲聊，便悄悄隐在门外。

只听田福道："你瞧你这个人，就是这个样儿。受人之托，忠人之事。你答应人家看着门儿当个眼线，现在你这么大咧咧的，倘若老头儿回来碰上，我看你怎么办？"

又听田禄道："你歇歇吧，我受什么人托？不就是那个臭小子吗？我恨不得一棍子把他捣扁了！我能管他的这个臭事吗！福儿，我告诉你，我要不是看在咱老头儿脸上，那个岁数儿，我就得把这回事跟他说明了。不过我怕真要闹出点儿什么事来，到了那个时候，再对不住老头儿了！"

振宗听到这里，心内轰地一震，细一寻思，这话里头一定有病。有心走进屋里去问一问，脚都抬起来了，忽地又一想，不好，如果进去一问，里头要有什么怪事，他们一定不肯说。不如走到里头，探看探看再说。想到这里，偷偷地隐住身子，往里边走去。来到里院一看，自己屋里确有灯光，并且还像有人影儿在内的样儿。赶紧蹑着脚步儿，走个窗户根儿底下，找了一块破窗户，曲目往里观来。这一看不要紧，当时心血往上一撞，头觉乎一晕，四肢无力，腿一软，摔倒在地。

有分教：

　　　妇人狠心掀起千层波浪，老仆义胆披沥一片冤情。

要知田振宗看见什么，且听下回分解。

第三回

天道难知善人遇祸
良心尚在义侠鸣冤

　　原来那二姑娘在没嫁振宗之先，早受了尤氏一套秘诀，及至过门以后，把自己心里那一套完全收起，另使出一番手段，果然计不虚设，一下便打响。在尤氏的心想，振宗已是风烛残年，只要二姑娘多多用点儿功夫，他还能活上几年，只要他一死，将来还不全都好办。谁知振宗是个庄稼人，睡得早，起得早，对于女人那层上，简直就是点点而已。二姑娘是个水性杨花，哪里能够忍受长期寂寞，日子一长，就又把从前家里认得的长工找到这里来。家里虽有人知道，可是谁也不敢跟振宗说，二姑娘又常常给他们一些小便宜，家人们一则看在钱上，二则也不敢让振宗知道，准知道振宗只要一听见这个信儿，定能气个半死。不想到今天振宗回来恰好碰见。振宗气急，痰往上一涌，当时晕了过去。扑咚一声，屋里当然听得见。

　　二姑娘一推长工道："你听外头什么响？"

　　长工道："你干吗推我？这个时候，除去那个老棒子以外，还能有谁敢上这里来？八成儿搁什么东西没搁稳，你不用不放心，任事没有。"

　　二姑娘道："那不成，我不放心，你得让我出去瞧瞧去。"说着赶紧又一推那长工，才跑到外头，及至一看，不由"哎呀"一声，先不去扶振宗，赶忙又回到屋里，向那长工道："你快走吧！"

　　长工道："什么事你叫我走我就走？"

　　二姑娘道："你到外头瞧瞧。"

长工一看二姑娘脸上颜色都变了，知道里头果然是出了毛病，便再顾不得和她纠缠。走到外边一看，地下直挺挺躺着一个，正是振宗。长工这一吓非同小可，抹身便要跑，却被二姑娘回头一把揪住道："你先别走！"

　　长工道："你刚才叫我走，怎么现在又不叫我走？"

　　二姑娘道："地下躺着的这个是谁，大概你瞧明白了。不用说咱们这件事，他是全瞧见了，这是他一时气急，晕了过去，一会儿就能醒转过来。他自要一醒，你我还能有好儿吗？依着我说，一不做，二不休，趁着他这个时候，他没醒过来，咱们可以想个好法子，把他除治了，咱们就好办了，你看怎么样？"

　　二姑娘这话一说，这个长工吓得差点儿没背过气去，浑身不住乱抖道："什么把他除治了？我没有这个胆子。干脆您自己办，我从今天起，也不来了。"

　　二姑娘听到这里，嘿的一声笑道："噢，敢情你就是这么一点儿胆子呀。我告诉你，我为你可不容易，整天担惊受怕，现在都弄到这个样儿，你打算见死不救，甩手儿一走。哼！这个算盘你可打错了。你前脚儿走，后脚儿我把他弄死，事情不犯则已，要是有一天事情犯了，你想我能饶了你不能！"

　　长工借着窗户纸上的灯光，一瞧二姑娘脸上，跟白纸一个样，上头牙咬着下嘴唇，两个眼珠子都瞪圆了，这份儿可怕，简直不用提。打算要走，也不敢走，咕咚一声跪在地下道："我一个人的二姑娘，你放我走吧，我可真干不了！"说着，一股劲儿磕头。

　　二姑娘嗳了一声道："嘿！你来看！"说完这句，一挺身，照着振宗心口上就把屁股坐了下去，两只脚往振宗肚子上一蹬，把手向那长工道："我告诉你，你瞧见了没有？就凭我这一来，他就有十成不能活了。你要过来帮我一步，事后我必不能难为你，自能有你的好处。如果你要不管，我现在就嚷，就说你已然动手把他害死了，这个时候我看你又该往什么地方跑。你听明白了没有？"

　　长工一听，只得颤颤巍巍地道："我帮你！"说着哆里哆嗦来到二姑娘跟前往下就砸。

　　二姑娘道："你压他，你压我干什么？"

长工腿都软了，哪里爬得起来，好容易对付半天，才爬到振宗身上，其实这时振宗早已死了多时了。

　　二姑娘又压了半天，拿手一摸，脑袋都冰凉了，这才一推长工道："行了，你下来吧！"用手推了一推，长工都吓得成了傻子了，不由把脚一跺道："啊呀！我要早知道你是这样脓包，我真不该让你上我这里来。"使足了劲才把他拉了起来，用手一指尸首道："你瞧他可完了，你就快走吧，我什么时候找你，你什么时候再来。你嘴可要严，如果走了风声，咱们可全是死。你快走吧！"说完用手一推，他心里才明白过来。二姑娘说的话，他也不知听见了没有，直着眼就往里头走。

　　二姑娘道："你往里边干吗去？"

　　长工苦笑一声道："唉！我走错了！"说完这才向外走去。

　　刚刚走到外院，迎面走来一人，抬头一看，不由就吓了一哆嗦。原来来的人，正是田家的第一个老底下人，名叫田喜，为人极其耿直，在田家已然年数不少。他原不是本地人，家住卫辉府城里二道府，自幼被人拐卖到了田家。振宗的父亲，十分爱他，并不以下人看待。到了振宗这一辈，把他卖身的契全都还了他，并且打听出他的老家来，许他不时回家看望看望。田喜感念振宗的好处，便益发忠心报主，尤其是对小栓儿特别疼爱，没事的时候，也常抱着小栓儿出去走走逛逛，小栓儿也爱跟他。所以从前柳氏在日，对于田喜，别有一番优异待他。自从柳氏去世，二姑娘过门，田喜知道二姑娘以往的笑话儿，心里便好像添了一块病相仿。后来冷眼一看，才知道二姑娘别有所欢，更是愁得了不得。有心把这话跟振宗说知，又怕把振宗气坏，或是挤出旁的事来，欲待不说，又恐怕一旦闹到振宗耳朵里，自己又担不起这个责任。左难右难，忽然让他想出个笨主意来，就是整天往门凳上一坐，无论是谁，没有振宗说往里头请的话，就不让进去。不用说是旁人，就连尤二锁还让给堵回去好几次。

　　二姑娘也知道这番意思，心里只是暗恨，嘴里可不敢说，因为知道振宗最是袒护他，碰巧给他说不成坏话，反把自己伤了。后来一想，有了一条好主意，便抽个工夫向振宗道："我看田喜从我们过门以来，已有一年多了，始终还没回去过一趟，我想也该叫他回去瞧瞧，不要为了咱们家的事，就让人家跟着受罪不痛快！"

31

振宗那个时候，并不知道二姑娘是因为耳目不便，才施展的这一计，还以为她真是好心，便答应了二姑娘。及至第二天跟田喜一说，田喜不愿意，振宗反而不高兴，很申斥了田喜几句。田喜一看振宗不高兴，哪里还敢多说什么，只好答应谢谢，讨了五十天的假。临走的时候，上来辞别振宗，不禁一阵心酸，差点儿没流出眼泪来，自己也不知道是什么缘故。赶紧忍住眼泪道："大爷，田喜走了。我走之后，您叫他们门上留神，无论是人是狗，没有您的话，千万不要放他进来。只要假满，我必赶回，家里有我，自然什么事都不会出了……"说到这里，又深深请了一安。

　　恰好这时小栓儿从外头走了进来，一眼看见田喜，便叫田喜送他上学去。田喜道："少爷，我还有事，您叫旁人送你去吧。"

　　小栓儿道："那到了晚上，你可想着去接我，我还等着你给我说笑话呢。"说着跳跳钻钻地走了。

　　田喜又是一个难受，走过去又向二姑娘请个安道："大奶奶，我走了，您想捎什么东西不捎？"

　　二姑娘微然一笑道："我不捎什么，你走吧。到家里愿意多住两天，就多住两天，不用拘着日子赶回来，你也这么大的年纪，也该回家享两天福了！"

　　田喜谢了一声，走了下来，跟伙友们又嘱咐了会子，这才回去。田喜走后，二姑娘这才毫无忌惮，叫人把尤二锁找来，假装接二姑娘回家住两天。就在这两天里头，算是跟那个长工又把前情拾起，欢聚了两天。临走的时候，二姑娘告诉他每天什么时候可以找她，那个长工果然第二天去了。二姑娘早在家里把钱散了一散，底下人们得着钱，自然没有话说，长工来了引了进去。从此起，每天振宗一出去，长工就来。日子一长，底下人得的钱也没有从前多，心里就有几分不高兴。所以今天振宗进去，大家都没有理会，一半儿是懒，一半儿是故意，才惹出这么大的事来。

　　恰巧这天正是田喜满假，从外面走进来，一看都掌了灯，大门还没有关，心里就是老大不高兴，走到屋里，把铺盖往坑上一扔道："你们干什么呢？天到这个时候，大门都不关，这要是溜进一个人来怎么好！"

　　田福、田禄万没有想到这个时候田喜会跑了回来，心里一害怕，嘴里连话也说不利落了。田禄道："嗬！您什么时候回来的？我们知道你今天必回来，所以在这里开着门等着你。这您不是回来了吗，我先把门关上去吧。"说着往外就走。

田喜道："你先回来，你单忙在这一时了，我问你，大爷回来没有？"

田福赶紧抢过来道："没回来，上前村子看地去了。"

田喜道："不对。向来大爷没有这样晚不回来过，这是上什么地方去了？我到里头去问问大奶奶。"

说着刚往里走，田禄一把拉住道："你先喝一碗，大爷没回来，里头又没有事，您忙什么的？"

田喜一听，话里净是病，便不另再跟他们两个人废话，遂笑了笑道："好！既然里头没有事，我就放心了。我先解个手去，回头再喝茶。"

田福、田禄一听，不便再拦。田喜走出去，直奔里面。刚刚走进二门，迎面就碰见帮凶的那个长工，走得慌忙，撞在田喜身上。田喜虽然上了几岁年纪，眼神还好，眼瞧着头里来了人，打算躲也来不及了，正撞在身上，腿一软，坐了下去。院子里挂着有个小壁灯，就着灯亮一看，认识这个长工，名字叫吴二混。不由大怒道："吴二混！你这小子是做工的，黑天半夜，跑到我们这里干吗来？"

吴二混一听，不敢答言，迈腿就往外跑。

田喜一时站不起来，坐在地下喊道："福儿，禄儿，你们快快出来拦住，院里出来歹人了！"

田福、田禄一听，不用说是撞上了。仔细再一听，知道吴二混已然跑出来了，便一面答应着，一面迎了出来。两个人心里有病，准知道这事要一根究，两个人谁也脱不掉干系，不如让吴二混跑了，比较着还好一点儿。因此两个人故意把脚步儿一慢，这个工夫，吴二混早就跑出去了。田禄田福这才连喊带嚷地往里跑，来到里头一看，田喜已然爬起来了。

田福道："你嚷什么？"

田喜呸地就啐了一口道："别不要脸了！我临走时候，跟你们都说什么来着？天到这个时候，有不关大门的，你瞧跑进人来了没有？这要是丢点儿东西，怎么对得起大爷！"

田禄道："谁跑进来了？"

田喜道："你没瞧见跑进人来吗？"

田禄道："这可是邪！我们两个人从外头跑进来怎么没有看见，八成儿是您眼离了。"

田喜不等他说完，呸地又是一口道："你们没看见？你们心里不定都惦着什么，明明一个人都撞到我的身上来了，你们还说是没有人，可恶不可恶……"刚刚说到这里，只听院里呼天喊地地哭了起来，田喜用手一指田福、田禄道："你们这两个东西，还要嘴硬，你看出了事了没有？等我到里头看完回来再说。"说着往里就跑。

田福、田禄知道事情已然出来，便不敢嘴硬，跟着往里就跑。刚刚走进二门，就听里头有人哭道："我的天呀！你这一走不管我了，撇下我可怎么好哇！"

田福一拉田禄道："可了不得了，八成儿是栓哥儿出了岔儿了。"

这个时候，田喜已然跑进二门里头去了，田福、田禄慢一步，跑到后头，再一听里头又哭着喊道："撇下我们娘儿三个可怎么好！"

田福一拉田禄道："可了不得！听这话音儿，难不成是咱们大爷不好了？快点儿走！"

两个人跑进去一看，田喜爬在地下，地下还躺着一个，黑夜里看不清面目，猜着八成儿就是振宗。再一瞧二姑娘这时候已经不哭了，一见他们两个，便恶狠狠瞪了一眼，跟着说道："你们两个跑到什么地方去了？"

田福一听，就知道嗔着自己没留神门，便赔着笑道："我刚才解手儿去了。"

二姑娘呸地啐了一口道："别扯臊！你快把田喜叫过来吧。"

田福、田禄赶紧过去一看，敢情地上躺着那个，正是振宗，已然浑身冰凉，早就死了。两个人又是急，又是惊，一时不得主意，看着振宗死尸发怔。

二姑娘嚷了一声道："你们两个人干吗呢，倒是快把田喜叫过来呀！"

两个人这才明白。田禄过去，把田喜从后头抽了起来，把他的脑袋往自己腿上一放，田禄赶紧捶砸撅叫。叫了半天，才听见田喜肚子里，咕噜噜一阵响，知道他缓过来了，又捶又叫，待了一待，抽冷子，真吓了田福、田禄两个一跳。

只听田喜哇的一声哭了出来道："哎呀！大爷呀！你死得太不明白了！

我田喜受了大爷天高地厚之恩，拼着这条老命不要，我也要给你老报仇！"说着也不顾二姑娘这班人，连跑带奔地往外边去了。

二姑娘忙向田禄道："田喜这一定报官去了。这件事报官也好，只是咱们也得预备预备，禄儿你赶紧到前村子把舅老爷找来，咱们好有个主心骨儿。"

田禄答应，赶紧往外就跑。刚刚到了村庄外头，一瞅头里来了一拨儿人，还有人打着灯笼，灯笼上有字，是地方保甲团。田禄一看，果然是把官面儿的找来了，自己赶忙闪在一旁，让他们都走了过去。然后才往前村子去请柳大爷，暂且不提。

且说二姑娘一见田禄走去，便笑着向田福道："福儿，你今年多大了？"

田福答道："我今年二十七。"

二姑娘道："你可曾成过家吗？"

田福道："您怎么忘了，我们哪里能够随便成家呢？"

二姑娘这才想起田福他们，本是卖身为奴的人，没有主子的话，不能娶亲。便又笑了一笑道："我瞧你倒也不错，只要你这次的事，能够帮我一个忙儿，我必另有一番意思待你。"说着又是一笑。

田福岁数也是不小了，这种事情还有什么不明白？早先看着二姑娘这样风风荡荡，早就有意进步，不过一则碍于振宗的面子，平常待他们都有个不错，倘若真要这样，于自己良心上实在说不下去。二则二姑娘别有所贪，从来没给过他们笑脸，更是不敢冒昧。今天一看二姑娘这个样儿，说话这股子滋味儿，当时心里一动，还顾不得什么叫尊卑长幼，笑不唧儿地过去就要摸二姑娘的脚。

二姑娘把脚往后一撤道："你这猴崽子，要作死吧！"说着咯的一声又笑了。

这时田福良心业已丧尽，跟过去正要揪扯，就听外边一阵大乱，人声鼎沸，早已涌进一伙人来。抬头一看，正是田喜领着许多乡勇。

二姑娘一见，赶紧就往地下一躺，哭着喊道："我的天呀！你怎么撇下我就全不管了啊！"

田喜过来道："大奶奶，您先等一等，让人家看一看。"

二姑娘恶狠狠瞪了田喜一眼，往后一退。田喜向那头儿道："尚爷，您过来瞧瞧。"

这位头儿姓尚，单名一个锦字，在这村子里当了一个练勇的头儿，平常跟振宗还真有个不错。今天田喜到那里一说，他就急了，赶紧带了几个伙计，一直跑到田家。在道儿上就听见田喜把这套话都说了，恨不得把二姑娘拉过来打一顿他才解气。如今听田喜一说，赶紧过去就轰道："嘿！别管是谁，都往后靠一靠，这可是人命关天的事儿。"

说着众人往后一闪，尚锦来到振宗死尸旁边，心里不由一阵难过，想着哭几嗓子，再一想不大合适，哪里有办案子的先哭死尸的，忍了又忍，算是把泪忍了回去，这才过去一翻振宗死尸。伙计们赶紧就举起灯来，尚锦先把振宗衣裳扒去，然后从上一直看到脚底下，看完三个来回儿，也没有验出一点儿伤来。

还要再验，二姑娘过来就给拦住道："头儿，你跟死鬼有什么仇是怎么着，你瞧你瞧了几回了。是怎么死的，真格的，难道您在六扇门里干了这么些年，还有个瞧不出来吗？你再捣翻两回，死人都烂了。您积德吧！他是死人，他可不会骂人，我的头儿！"

尚锦一听，赶紧一撤身向田喜道："田管家，现在咱们什么也不用说了，屈尊屈尊，您跟我们到衙门里去一趟！"说着向伙计一努嘴。

伙计过去一抖铁链儿，就把田喜锁了。又一个伙计也抖铁链要锁二姑娘，二姑娘往后一撤身道："怎么着！你锁我，我犯了什么法？"

尚锦道："怎么着，你敢不让锁？当然你犯了法啦。不犯法，田家村的人多啦，为什么不锁别人，单锁你？没那么些说的，您就避一避屈吧！"说着从伙计手里，夺过来铁链一抖，就给二姑娘锁上了，交给伙计，然后又吩咐几个伙计看守死尸，这才拉着走了出去。

刚刚走到大门外头，就见前面来了一个小纸灯笼，后头跟着几个人。一眼看见，早就从后边扑过来一个人喊道："啊呀妹妹呀！真想不到怎么会闹出这个事儿来了！"

尚锦一瞧认识，来的不是别人，正是前村儿的混混尤二锁，抱着二姑娘一阵痛哭。尚锦赶紧过来拦道："嘿！二锁儿，这是官事，你这么拦着可不行！"

尤二锁把眼睛瞪道："怎么着！我们是亲戚，当然就得问问，你不让说话行吗?!"

田喜一见，走过来冲着尚锦一啾咕，尚锦一点头道："噢，还有他哪，好吧，跟我一块儿走吧。"

尤二锁一听，赶紧换过口气来道："这都是没的话，我不过随便说了一句话，这也犯不上就用这套儿。尚头儿，您可别这么闹着玩儿，我可爱脸急！"说着往旁边一闪身，就要躲。

尚锦毫不客气，冲着旁边伙计一努嘴，过来两个伙计，就把尤二锁也给捆上了。

尤二锁喊道："尚头儿，这可没有的事，我又没犯法，你为什么把我捆上?"

尚锦道："我既捆你，就是犯法。你说不犯法不要紧，等到了县里，你可以声辩声辩。还有一节儿，你还可以告诉我们官儿，你就说我诬良为恶，可以求县里治我一个罪名。我全等着你的，现在您先避点儿屈。"

尤二锁一听，知道再说也没有用，只好低下头去，一声儿不言语。再说二姑娘一看尤二锁也让人家给捆上了，又听尚锦这一套话，知道尚锦一定是听了田喜的话了，便笑着向尤二锁道："哥哥你也犯不上害怕，更犯不上跟他们废话。是真是假，不是到了县里就能知道吗？既来之，则安之，你跟他们去一趟，看回头他们怎么给你解这根绳子就完了！"

尚锦一听道："对呀，这话不完了吗，何必多饶一面儿？还有哪位，过来一块儿走。"

尚锦这一句话，当时就跑了好几个，敢情就是田禄、田福、尤氏、柳大爷。尚锦其实也瞧见了，一瞧有柳大爷在内，当时也就不便再多说什么，只吩咐伙计们把人全都带好了，一同勾奔县衙。到了衙内，已然天光大亮。尚锦进去跟大班头一回，班头赶紧就给传了进去。县太爷一听是这样的事情，又加之振宗在当地还很有些小名望，遂吩咐赶紧升堂。

这位县太爷姓诸，单名一个正字，是个两榜底子，为人很是正道，在这县里声名还很是不坏。升堂之后，吩咐先带二姑娘，堂下一喊堂威，喊嚷带田尤氏。二姑娘虽说泼辣，到了这个时候，也觉着有很大不得劲儿，当时答应一声，走上堂来。两旁衙役，又是一阵喊嚷跪下，二姑娘只好双膝跪下。诸知县吩咐抬起头来，二姑娘把头一抬。诸知县一看，油头粉面，满脸都是邪气，就知道不是安分守己过日子的妇人。遂问道："下面可是田尤氏？"二姑娘答应一声是，诸知县又问道："今年多大年岁？"

二姑娘道："今年三十五。"

诸知县又问道："田振宗是你的什么人？"

二姑娘道："是我的丈夫。"

诸知县又问道："他今年多大岁数？"

二姑娘道："他今年六十四。"

诸知县道："你们两个相差那么多，可是原配？"

二姑娘道："不是，是填房。"

诸知县道："那么你可曾生养过？"

二姑娘道："也有一个男孩子。"

诸知县点点头道："平常你们夫妻和睦不和睦？"

二姑娘道："和睦。过门这么多年，从来没有吵过架、拌过嘴。"

诸知县道："这就是了。方才你们家里管事的打了呈报上来，说是他的主人振宗死得不明，要我秉公判断。我只问你，你丈夫究竟死了没有？死是什么病死的？活着人在什么地方？你都不要隐瞒，从实招来，我自能给你做主。"

二姑娘道："大老爷说到这里，足见大老爷爱民如子，百姓能够在大老爷之下存身，足可没有覆盆之冤。请大老爷明镜高悬，小妇人的丈夫不错是死了，他是痰壅气闭死的。只有求大老爷审问田喜，先不用说他以奴告主，问他有什么见证，可以说是小妇人丈夫死得不明？如果他能举出证据，小妇人愿意领罪，就请大老爷秉公判断。"

诸知县一听这套话，心里就知道这个妇人厉害，便点点头道："好，你先下去，等我问问田喜。"

二姑娘谢了一声，走下堂去。诸知县又喊了一声带田喜，堂下衙役们又是一喊堂威，把田喜带了上来。田喜往上一走，正跟二姑娘走了一个对头儿。二姑娘恶狠狠瞪了田喜一眼，田喜也不理她，低着头走上堂去，双膝跪倒。

诸知县问道："下面可是田喜？"

田喜答道："小人正是田喜。"

诸知县道："抬起头来。"田喜答应了一声是，往上一仰面，喊了一声青天老大人，遂又把头低下。

诸知县道："田喜，你可是田振宗家里的仆人？"

田喜道："是。"

诸知县道："你在田家有多少年？"

田喜道："小人自幼就投身在宅里。"

诸知县道："既是这样，我想你对于田家的事，都知道得很详细的了。我有几句话要问你，你可要实话实说，不可有一字的隐瞒。"

田喜道："小人天胆，也不敢欺大老爷。"

诸知县道："你家这位奶奶，过门有几年？平常她和你们主子和睦不和睦？可曾拌过嘴、打过架？究竟你主人是怎么死的，你可知道？从头至尾细细说一遍。"

田喜道："我家这位奶奶，今年已然八年了，平常也说不出和睦不和睦，因为我家主人家规很严，我们底下人，不准随便进去，所以里头的事，小人不知道，不敢妄说。至于我家主人怎样死的，因为还没有请大老爷验过，更不敢乱说。"

诸知县把惊堂木一拍道："胡说，你既知道我没有验，看不出是怎样死的，你怎么竟敢报说你家主子死得不明，与你家奶奶有关呢？讲！"旁边衙役又是一阵喝喊堂威："说！说！"

田喜又磕了一个头道："大老爷不要动怒，小人还有下情回禀。"

诸知县道："好！你快说！"

田喜这才把自己如何请假回家，如何昨天假满走到门口，一看街门大开，随即起了疑心。怎样往里闯进去，田福、田禄如何不叫自己进去，及至脱空往里跑去，不想迎面撞上了一个人，益发起了疑心。刚刚打算进去看个究竟，不想这时我家奶奶就哭起来了，如何跑进去便看见振宗已然身死。自己想着里头定有其他情形，所以才来喊告。把这话说完，又向诸知县磕了个头道："小人虽然来打这个报呈，并不敢说人一定是我家奶奶害死的，只有求大老爷验清此案，免得我家主人死在地下都不闭眼，小人就

39

是死也情甘愿意。"

诸知县道:"你这话可要句句实言,我自能给你家主人断明冤枉。如果你有半字虚言,你要留神着你这个以下犯上的罪名!"

田喜磕头道:"如有虚言,小人一死无怨。"

诸知县道:"好!你先跪在堂口,我再传你家主母,前来打个质对。"田喜答应一声是,往下退了几步跪下。诸知县又喊带尤氏,二姑娘来到堂口跪下,诸知县道:"田尤氏,你说你丈夫是痰壅气闭身死,他却是在你喊嚷之先,曾经看见有一个人从里面跑了出来,然后才听见你哭喊的,不知道这话是真是假?"

二姑娘听到这里,心里噔地就是一跳,赶紧定了定神道:"这是绝没有的事。因为小妇人丈夫在世的时候,家教极严,不要说是旁人,就连小妇人的亲哥哥每次进去,他都要陪着。这全是田喜以小犯上,满嘴胡说,求大老爷明镜高悬,不要叫小妇人丈夫死在地下,还落一个不干净的名儿,小妇人就感大老爷功德万代了!"

诸知县道:"好。等我再来叫他一对,如果他一时说不出实在的人来,我定要重重治他一个以小犯上的罪名。"说着又向堂下道:"田喜往上跪!"

两旁边人一喊,田喜跪在地下爬了两步,来到公案前头,又给诸知县磕头。

诸知县道:"田喜你方才说是你看见一个人从里面走出来,然后才听见你家奶奶哭喊的是不是?"

田喜应了一声道:"是。"

诸知县道:"这么你可曾看清这人是谁?"

田喜道:"小人看清楚了,是前村尤家的长工吴二混。"

田喜说到这句,诸知县一看二姑娘,脸上颜色都变了,就明白了有七八成儿,遂点了点头道:"你是瞧真了?一点儿都不错?"

田喜道:"小人确是瞧真了,如有一丝差错,小人情甘领罪。"

诸知县道:"好!你可知道他住在什么地方?"

田喜道:"他就住在田家村前边村子里。"

诸知县遂由案上扔下一根签来,吩咐差役,赶紧把吴二混传来听审,差役领签自去捉人不提。

且说诸知县向二姑娘道："田尤氏，你听我说，现在已然传吴二混去了，一会儿必到，当堂对质，必有个水落石出。不过我想，你一个妇道，未必有这样胆子，也未必肯下这样毒手，或者也许是那姓吴的一个人干的，要依我说，你不如把姓吴的怎么谋杀你丈夫的事，全都说出来。本县念你是妇道人家，被人蛊惑，我一定可以笔下开脱，绝不至让你担了谋害亲夫罪名。我不等吴二混来，就把你开脱了。如果你不听本县良言劝导，等把吴二混传到，那时他要当堂一供，说出你的主谋，到了那个时候，就是本县再打算开脱你，也不易了。我看你也是一个安分守己心无成见的女子，不忍见你吃那凌迟万剐之罪，所以才肯这样恩典你，你心里要放明白些。"

诸知县说到这里，用眼往两旁边一看，两边便跟着喊道："说！说吧！说了老爷好开脱你。"

这个时候，二姑娘心里简直说不出这股子劲儿来，心里想着，这位县太爷说的话全对。吴二混既是让田喜看见了，这就是命里该着，回头把他弄来之后，当然是有什么说什么。到了那个时候，就算我口齿再硬，也无非皮肉受苦。趁着吴二混还没有传到，我先实话实说，或者这一位县太爷也真许开脱我，亦未可知。想到这里，便要冲上磕头实话实说了。忽地又一想，哎呀，好险！我差点儿没有上了这狗官的当。那吴二混的事，除去田喜一口咬定，旁人并没有一个来做证人，这事还在半虚半实。倘若我现在一口应了下来，等到吴二混传到，我再打算不招也不行了。那样一来，我的主谋，他的帮凶，这个罪名，简直打不起，还是不能认的才对。想到这里，把牙一咬喊道："青天大老爷，小妇人愿你老一辈为官，辈辈为官。田喜他打算谋夺小妇人家产，他才这样诬报。老大人如果不问青红皂白，硬派小妇人是和吴二混相识，谋杀小妇人的丈夫，大老爷只顾换纱帽，拿小妇人贱命立加劳，小妇人就是死在九泉之下，也绝不肯受不白之冤。就求老爷高断吧！"

诸知县一听这套话，微微一笑道："田尤氏，你既肯这样说，足见得你和这吴二混是不相识了。好！话既是说到这里，本县绝不能再往下问你了。只有等着吴二混传到质对，如果你们真是不相识，我必办田喜一个极罪，以惩他以小犯上。你先下去吧。"刚刚说到这里，忽听堂下大声喊起冤来。

有分教：

　　蜡已成灰心未冷，春蚕作茧自缚身。

要知又是何人喊冤，且看下回分解。

第四回

有私有弊金钱役鬼
无法无天热血归魂

　　诸知县急忙叫人先把二姑娘带下去，然后才问是什么人喊冤，赶快带上来。衙役接着一喊"带呀"，只见从堂下带上一个人来，跪倒给诸知县磕头。

　　诸知县道："你姓什么？叫什么？在什么地方住？因为什么喊冤？说！"

　　那个人道："小人我姓尤，名字叫二锁，就在这城外田家村东头尤家村住家。小人有个妹妹，凭媒许配田家村保正田振宗为妻。昨天晚上小人从东村去看小人的妹妹，不想碰见田家村地保尚锦，押着小人的妹妹往这边来，小人正要问个明白，为什么把小人的妹妹捆捆绑绑地往什么地方送，谁知尚锦一句也没说，把小人也给捆上了。青天大老爷，小人秉公守法，又没有干出什么事，他为什么把小人拿到堂上？这分明吃了人情，故意毁坏小人，求大老爷替小人做主才好！"

　　诸知县道："你抬起头来，我看看你。"尤二锁把头一抬，诸知县看他鼠眼鹰鼻，贼光灼灼，便点了点头道："尤二锁，我告诉你，尚锦身为地保，他绝不能无辜欺压良民。方才那个田尤氏是你的妹妹呀？"尤二锁答应一声是，诸知县道："因为她犯有谋害亲夫之嫌，恐怕你给她出个主意，所以才把你锁拿到案。至于里头是假是真，本县自会公断，绝不能叫你们受丝毫的委屈。你先跪在一边，等我把这件事问完，看看你确实跟这件事有关没关，自会发放你。"

　　尤二锁又磕了一个头道："就求老大人公断。"退下去跪在堂口。

正在这个时候，方才去的两个差役，已然跑回来了，手里拿着火签，单腿打千儿道："回老爷，小人们去传吴二混，谁知刚到他家，就碰见一个老头子从他们家里挑着白钱纸走出来。小人们拿着太爷的火签给他看，说是太爷命下，要传吴二混到堂听审。敢情那个人就是吴二混的父亲，听说小人们要传吴二混，便冷笑了一声说'吴二混他已然被阴司传去过堂去了'，说完他就走进去了。小人气愤不过，便跟他走了进去。谁知到了里头一看，那吴二混果然死在床上。小人们不敢耽延，特地回来禀报大老爷知道。"

诸知县啪地一拍惊堂木道："胆大狗头！受了姓尤的跟姓吴的多少贼钱？敢来替他遮掩！"

两个差役赶紧把缨帽一摘，跪下磕头道："回禀老爷，小人们句句实话，倘有半字虚假，任凭老爷怎样处治，小人们虽死无怨。"

诸知县道："好，你们先下去，等我去验了回来再说。如果查出你们有不实之处，留神你们的狗腿！"

两个差役又磕了一个头，退到堂口伺候不提。

却说诸知县一听这两个差役回来一说，心里就是一动，明明是一件极容易办的事，现在把个硬证死去，这倒有许多不好办了。又凝神想了一想，吩咐暂把众人押了下去。回到签押房跟师爷们一商量，大家都说太爷这件事，不应当太难堪了田尤氏。现在是死无对证，倘田尤氏翻过脸来，就要有许多不好办。现在最要紧的事，是先到田家村验看田振宗倒是怎么死的，然后再验看吴二混是真死假死，就可以再想办法。诸知县想想也只好是这样办了，当时传话出去，叫差役押了人犯，一同到田家村验尸。

诸知县坐着官轿，刚刚进了田家村，就听见里边一阵哭天喊地，声音震耳，急忙叫下边去问问什么事。

差役去了不多一会儿，跑回来报道："回禀老爷，田家村起火，大家争抢逃命，所以才有这样喊声。"

诸知县吩咐落轿。轿子落平，诸知县一看，可了不得了，烈焰腾天，火势很猛，再听哭声越来越近，真是惨不忍闻。诸知县急得直跺脚，便叫差役唤过尚锦道："你是本村的地保，快去探看是从谁家起的火，为什么没有人救，快来报我知道。"

尚锦答应一声，迈步如飞地去了。诸知县心里想，真是了不得，怎么这村里刚刚把个头目死去，就会闹出这么大的笑话？正想着，尚锦已然跑回来了，单腿打千儿道："回老爷，小人探听明白，这火从田村正家里所起，因为救火的家具，一向都是存在田村正家，现在从他家里起了火，所以没有法子能救。"

诸知县道："难道看着它烧完了不成？快快传出话去，无论官民人等，一齐快去救火，本县都有重赏。"

尚锦把话一传，当时就有人往回里跑，搭桶挑水，连拆带救，足有两个时辰，才算把火救灭。诸知县再到田家门口一看，除去大门没烧，里头已然成了一片焦土，心里好不恻然。暗中又一想原为验尸而来，如今尸首全都成灰，叫我怎么样验法。再说吴二混也死去，又没了对证，倘若问个半天，一点儿收落没有，怎么下台？真为了这个死人，就把自己前程送掉，未免也有些不值，不如趁此收科，倒还不至于弄到不可收拾。

想到这里，便叫人把田喜叫了过来道："田喜，你说你们主人死得不明，又说你们主母跟吴二混知道情由。你看方才我去提吴二混，据说吴二混已死。本县前来验尸，现在尸首都成焦灰，你说我怎样验法？老管家你看这件事，叫本县怎样替你做主？"在知县心思，以为用话一领他，不过叫他把原状一撤，这事也就可以完了。

谁知田喜听到这里，趴倒在地就给诸知县磕了三个头，然后再爬起来道："大老爷这话，小人也听明白了。小人的主人，这条命就算是这样白白地送了。既是大人没有办法，小人更是没有法子可想。不过小人想当先这张呈报是小人呈报的，现在既是这样，小人愿意把呈状自行撤回。不知大老爷能恕过小人诬告这一层不？"

诸知县道："这当然可以。不拘谁问，我也有话说，这并不能算你诬告，准要是验完了，还不定准怎样。这件事不提，你还有什么说的？"

田喜道："大老爷开天地之恩，能够不治小人诬告之罪，小人着实感恩不过。但愿大老爷禄位高升，公侯万代。不过小人还有一件事，小人的主人实在死得凄惨，小人愿意在大老爷面前给他磕上几个头，述说述说小人不能给他报仇这番意思，不知大老爷可肯始终成全小人？"

诸知县道："这更没有不成的，你就去祷告祷告他保你多活几年。"

田喜又跪在地下，给诸知县磕了一个头，然后站起身来，在大门旁边双腿往下一跪，不由老泪长流哭道："大爷呀大爷！你老人家待小人可算是天高地厚，如今死得不明不白，叫人实在难过。小人原想给你老人家申诉申诉，谁知家里又起大火，想来少公子也是被烧在里面。小人这大年纪，还看什么将来的天理报应？真要有天的话，也不应当让您老人家得着这种惨报。大爷呀大爷！你老人家活着我不能伺候您老人家，您老人家死得不明不白，小人不能给你老人家报仇雪恨。你老人家的后嗣，也灭在小人的身上。小人哪里算是一个人，活在世上有什么滋味儿？大爷呀大爷！你老阴魂不远，小人来找你老人家来了！"连哭带说，就往前爬。

诸知县一听话风不好，打算叫人去揪他，哪里还来得及？只见义仆田喜爬起来倒退两三步，往前一抢，冲着门垛子一头撞去。众人齐喊声"不好！"只听扑哧一声，脑血全出，死尸栽倒在地。诸知县刚在一惊，却听后面大喊一声好，急忙回头哪里有个人影儿。心里又是一愣，暗想："难道说我在这儿做梦？"再一瞧高高的太阳，毒晃晃地照在头上，哪里有这样的梦？

正在懵惚之际，只见尚锦单腿打千儿回道："回老爷，火场已完全救灭。小人进去探验，只有一具死尸烧毁，并无伤着旁人。"

诸知县点头道："好了，火场先找两个人守着，不准闲人进去。再去备两具好棺木，把田喜的尸首也成殓起来。"

尚锦还不知田喜撞死，听知县一说，顺着眼神一瞧，田喜已然头破血出，直挺挺地死在地下，一时忘神，不由哇的一声哭了起来，诸知县也不禁掉了几个泪珠儿。当时诸知县吩咐把二姑娘尤二锁仍然带回衙门，这里火场，也自有尚锦找人看守，这话一时不提。

现在先说这火到底是怎样起的。

原来田福趁着大家一乱，他就躲在后头仓房里去了，大家谁也没有留神，也没有找他。等到一家走了之后，他听见没有什么动静，探身出来一听，除去上房里还有灯火，听见有人说话，敢情是两个看孩子的妈妈，心里不由又是一动。这小子到这时候，良心完全丧尽。心想二姑娘待我那股劲儿，实在是有个不错，如今老当家已然死了，剩下这份儿产业，自然全是二姑娘的，如果自己真要能够和二姑娘勾搭在一块，不但从此吃饭不愁，而且还有一份特别美的地方。想到这里不由心花怒放，简直就像他已然把全份产业弄到手一样。忽又一想，暗说一声"不好！"刚才这件事，全都叫田喜看在眼里头了。头一个吴二混必得露面，真要是到了堂上，他一口对吴二混咬定，县里必定得让人拿二混。二混只要一到堂，这场官司就算全输，二姑娘非得抵了不可，那时这份儿产业一定归田喜，自己岂不落个人财两空？这还是往好里说，如果田喜在堂上多说一句话，自己跟田禄就不免弄一个知情不举，还许多少背点儿罪过。不如趁这个工夫，赶紧跑到吴二混家里找着他，要个主意。想到这里，往外就走。

刚走到正房前边，只听有两个人正在抱怨。只听一个道："你瞧咱们这个头儿，都叫他上劲儿。真不怪人家，你瞧刚才这件事，直像这个死人是他的尊亲属似的。放着好好一块肥肉，他不懂得吃，就知道粗了脖子红了筋地跟在里头瞎乱。就算是这件事，全都问出水落石出，臭地保还是臭地保，谁还能分给他二顷地？"

又听一个说道："这话对呀，咱们这个头儿这种脾气，到死他也改不了，天生来的这种受穷的命。咱们既搭了他，没法子只好跟着受。"

田福一听，认得这两个人，都是本村地方上的伙计，一个叫郎才，一个叫苟胜。两个人正在抱怨，这倒是一个机会，赶紧露出身儿来道："二位头儿，真是辛苦了！黑天半夜的，看着这种差事，真是对不过二位，我给你们二位弄点儿水去。"

郎苟两个一看，彼此全都认得，赶紧搭话道："嗬！敢情是大管家。在什么地方来？怎么刚才没瞧见？"

田福嗳了一声道："二位，不用提了，说起来得气死人。我们大爷怎么死的，你们二位知道吗？"郎苟二人一起摇头，说道不知，田福道："说出来真恨死人。你们知道我们大管事的田喜呀，我们大爷待他，真可以说是天高地厚。谁知道这小子人面兽心，他竟敢向我们大奶奶施行无礼，不想在这个时候，我们大爷撞了进来。是他一时情急，他竟敢以小犯上，把我们大爷给害死了。二位说他心狠不狠？"

郎苟两个，本是土混儿出身，又干的是那个营生，对于这种事还有什么不明白。再说人的名儿，树的影儿，田喜在这村子里，可比田福、田禄高得多得多。况且刚才大家都在这里，为什么他不出来？既是他知道这里头情形，为什么他不当面跟尚锦说？现在人家都走了，他钻出来了，说了这么一套，明摆着里头是有私有弊。可是因为打算听听他的下文，也不便驳他，便也顺口搭腔道："原来田喜是这样人，吃着人家喝着人家，竟敢干出这样逆伦的事来，真可以说是人面兽心、万劫不变的畜类。不过有一节儿，您既知道里头是这么一回事，怎么您不去到堂上给打个报呈儿，替老当家的报这个仇呢？"

田福道："是啊，我想现在去到前村找上柳村正，请他给我们大爷告状申冤。不过有一节儿，拜烦二位，这北屋的东里间，靠山墙有一个红油大柜，里头满是我们大爷半辈子积剩下来的东西。二位多给照顾一眼，我小子就感激不尽了。"说着冲郎才、苟胜就是一揖到地。

郎才、苟胜急忙礼让道："二爷您这是怎么啦？我们身当地方，本有保护地面儿之责，二爷只管请您的，都有我们哥儿两个。"

田福又是一阵道谢，然后这才走出大门。心里不住一阵高兴，想这两个小子，可称得起是让财帛给支使糊涂了。我这一走，必定他们就得动手，只要我到前村，能够想得出办法，回来就可以为所欲为，准保没人干涉。等到事情一完，真是人财两得。想不到当了半辈子的下人，居然会有这么一个翻身，这大概也许是我们家里祖上的德行。想到这里，心里这份儿高兴就不用提了，赶紧脚底下加劲，往前直跑。

刚到了村口，只觉前边树林子里头，有个人影儿一晃，不由就吓了一跳，心想大概是我自己眼岔了，打算低头走了过去。谁知道越是心里啾咕，眼睛越不给自己做主，心里打算不往那边瞧，眼睛可一个劲儿往那边去。刚一瞧到树林子，又觉乎有个人影儿一晃，猛然一下儿想起，这个地方平常就有人说不干净，可是自己没赶上过，难道我今天真遇上了？别管是神是鬼，祷告祷告。想到这里，嘴里便念叨出来道："狐仙老爷子，咱们爷儿俩，我可没敢得罪您，您可别跟我闹着玩儿，过两天必得给您打上一壶好烧酒，给您来上一只大肥鸡，好好地请请您。"

刚往前一迈步，就听里头一阵大笑，田福差点儿没吓跑了。定睛一看，从树林子里走出好几个人来，原来不是别人，正是田禄、柳大爷、尤氏几个。田福埋怨道："禄儿，你这就不对，你既是瞅出我来了，你怎么不出来，反吓唬我？"

田禄道："这都没的事，我随柳大爷、柳大奶奶，从东庄跑过来，一瞧咱们家大奶奶也让人给捆上了，我怕受了诖误，所以才同柳大爷、柳大奶奶跑到这里，打算暂时忍一会儿，等到天亮，进城再想法子。你现在干什么去了？"

田福这才向柳大爷把这回事前前后后都说了一遍。柳大爷一皱眉道："哎呀！这件事可太糟了。第一样，有这么一个吴二混在里头，案打实情，可不好办。"

刚说到这里，旁边尤氏就哼了一声道："平常没事的时候，你听吧，你自己能把你自己捧得跟智多星似的，现在有了这么一点儿小事，还不够你耽惊的呢。我倒有一个法子，不知道你愿意？"

柳大爷道："你有什么主意？咱们先听听。"

尤氏道："法不传六耳，你附上耳来。"柳大爷真往尤氏跟前一凑，尤氏就在柳大爷耳根底下一阵啾咕，说得柳大爷一阵点头一阵摇头，终而哈哈大笑，连喊"好主意！"尤氏也笑道："你瞧你这股子劲儿，得了意可别忘了我。"

柳大爷点头，旁边田福、田禄，也不知道都说的是什么，全都瞧愣了。就见尤氏把柳大爷一推道："你也听明白了，你就赶紧去吧。"

柳大爷答应着向田福、田禄道："你们两个先同着舅奶奶在这里等一等，我到前村里去一趟就来。"说着转身就走了，田福、田禄在这里等着，暂且不提。

单说柳大爷一直来到尤家村吴二混的家里头。柳大爷平常身份高得多，绝不能到他家里来，今天没法子，只好上前叫门。把门环子拍了两下，不见有人答应。刚要使劲拍，就听里头有个倔声倔气的道："什么人黑天半夜的跑来搅人？！"哗啦一声，门往左右一分，借着星斗之光一看，是个老头子。

柳大爷急忙问道："你这里可是吴家？有个吴二混可是住在这里？"

那个老头子道："不错，这里姓吴，吴二混是我的儿子，刚回来睡了。你有什么事，等天亮了再来找他吧。"

柳大爷一看这个神气，知道这件事非得跟他说明不可，便向他笑了一笑："你知道吴二混闹出人命来了吗？"

老头子一听，登时脸上颜色改变道："你说的是真的吗？"

柳大爷道："不是真的谁还能够冤你？我现在就为这件事来的。"

老头子道："怪不得他今天一来脸上不好看呢。走，请进去说吧。"

柳大爷道："我想这件事，我进去不进去，都没有什么。他要在家，你把他叫出来，我跟他谈一谈就行了。"

老头子迟了半天道："不怕你笑话，我就是这么一个孩子，自小惯养，以致养成了他一种不好习性。旁人说点儿什么，他倒可以答应，唯独我要说他，他明明可以答应的事情，他也不肯答应了。他出去了半夜，我就等了半夜。好容易他睡了，我要是进去吵了他，你想不又是一场吵子。所以我只有请你进去等一等，等他醒了之后，咱们再当面跟他说。"

话犹未了，只听身后有人说道："你真是我一个人的老孽障！既是柳大爷肯其赏脸，来到这里赏信，你就该把人让了进来，怎么倒叫人家在门口儿说闲话！"老头子一看，正是心里最怕的儿子吴二混。吴二混把老头子一把推开，用手一拉柳大爷道："柳大爷，您老请到里面坐。"

柳大爷身不由己地跟着走了进去。吴二混爬到地下就磕头道："您老的话，刚才我都听明白了，我也不敢隐瞒，就求你老人家救我。"

柳大爷说："要我救你，却也不难。我想你们这件事，既然惊动官府，又有田喜在里头做证见，少不得官府是要到这里提人的。如果到了那里，案打实情，恐怕你有口难诉。我想现在第一个办法，就是要毁尸灭迹，然后才能够灭轻你的罪名。只不知你有这个胆子没有？"

吴二混道："您老这话说差了，这件事，不是旁人的事，我自己身上已然担了罪名，不再犯法也是死。死里求生，什么事我都敢去。"

柳大爷道："既然有这个胆量，什么事就都好办了。现在你就带上火种，快到田家村。到了后房，找着他们存粮食的地方，想主意把火点起，只要田振宗尸首一烧，无论什么事全算完。事不宜迟，你就快去，官府有人来，自有我打点。"

吴二混一听只好是这样办，当时拿上火种，一直走了出去。吴二混刚走了不多一会儿，知县派的差役就来了，柳大爷把他们叫了进来，一咬耳朵。两个人摇头道："不行，柳大爷我们承你的情，看得起我们哥儿两个，我们还能不认朋友吗？不过有一节儿，原告当堂指出吴二混，现在我们要

50

是回去说他死了，本官不能不来查验，倘若验出不实之处，我们两个担不起。您老这份儿意思，我们实在对不过。吴二混现在要是在家，您老赏给我们两个，好回去交差。"

柳大爷一听，这就是要过节儿，幸喜身上还真带着有个十几两银子，赶紧掏出来递给两个道："你们哥儿两个，先拿着喝碗茶。"

两个人一见银子，赶紧改口道："柳大爷您这是怎么了？并非我们两个故意为难，实在是上头交派得紧，没法子，我们给您老回去搪上一步，只要上头追得不紧，就算成了。"说着两个人告辞而去。

柳大爷把这两个人送走之后，忽然心里一动道："哎呀，不好！我方才还忘了一件事。吴二混到那里放火是不会出错的，不过有一节儿，那里头还有两个孩子，倘若也叫火给烧在里头，怎么对得起自己死去的妹妹！"想到这里心十二分不安，可是也没有法子。

再说吴二混拿了火种，一直来到田家后墙，爬墙进去，偷偷往前边走去。听了听连一点儿声音全没有，又往前边走来。来到正房前头一看，振宗的尸首，还在地下放着，旁边连一个人影儿也没有，胆子便更大了些。扒着窗户往里头一看，可了不得了，里头是箱柜全开，扔了一地的东西，心想这一定是失了盗了。看到这里，不敢再慢，掏出火种来，迎风一晃，往窗户上一送，登时烈焰飞腾，大火已起。急忙翻身跑到后院，复又从墙上跳了出去，再一看里面这火就大了。猛然把脚一跺道："哎呀！怎么把两个孩子也烧在里头了！"

就在这一恍惚之际，仿佛听得身后有人说道："不用你挂心，孩子我已然替你抱出去了。"急忙回头一看，哪里有个人影儿，吓得撒腿就跑。一直跑回家里，柳大爷一见，急忙问怎么样。吴二混把前后都说了，又说起把孩子忘了救了出来了，柳大爷也只好点头惋惜而已。

这就是村子里起火的原因。

诸知县从田家村回来之后，心里很不痛快，吩咐先把一干人犯押到监里等待审讯，想着这里头，确有不实之处，只是先把一个大大见证死去，就是一件大不好办的事。虽然说吴二混死活不知真假，即便他就是活着，田振宗尸首已然烧毁，也没有一定见证，不过多拉扯两个人在里头，益发麻烦。想来想去一点儿法子没有，心里一烦就睡了。

一觉还没睡醒，就听窗户外头有人叫道："老爷醒醒儿！"诸知县急忙问什么事，外头答道："城西又出了两起人命案，地保报上来了，特来禀报老爷知道。"

诸知县一听，赶紧起来，到了外头接过报单一看，只见一张是尤家村的地保秉单，上面写的是"为呈报事。尤家村属宋庄住户吴明，年六十二岁，有子吴二混，年三十三岁，父子皆以做长工为生。于今夜子时后，吴明喊报，其子不知被何人杀死，特来禀报太爷查看。尤家村地保韩忠呈报"。第二张是"为呈报事。柳家村村正柳清风，年六十五岁，妻尤氏年五十二岁。据其家人喊报，昨夜不知何时，柳村正夫妇不知被何人杀死，特来禀报太爷查看。柳家村地保何永呈报"。

诸知县看完了这两张呈子，心里不由又是一怔。想着自己官运实在不好，怎么刚刚一件案子没完，会又出了旁的岔子。如果一件都问不清楚，这个官儿就回家抱孩子去吧。正在这么个工夫，只见又跑进一个差役来道："回禀老爷，外头有田家村地保尚锦有紧急口报，要面见老爷。"

诸知县就知道又没有好事，遂把眉头一皱道："叫他进来。"

差役出去，不多一时，便把尚锦同了进来，见了诸知县单腿打千儿已毕，这才回道："下役昨天已然遵照老爷嘱咐，把田喜的尸首装殓好了，停在村里三官庙。谁知今天早晨起来，在田喜的棺材前头，插着铜刀一把，挂着血淋淋两个人头，可把下役吓坏了。特来禀报老爷下乡查勘。"

诸知县一听，不由"哎呀"一声，险些不曾倒了下去。

有分教：

三尺剑起诛尽恶魔明大道，一片心灰拼洒碧血了深恩。

要知这两个人头是谁，被何人所杀，且看下文，便知分晓。

第五回

挂人头惩奸三官庙
戏脂粉除害柳家村

话说诸知县连得三个警报，险些不曾吓坏。最可怪的是，怎么一波未平，一波又起，竟自接二连三地闹了起来。想着这几起事情，或者是一个人干的，不然决不能这么巧。想到这里，略微把心神定了一定，这才问道："那么尚锦你把死尸停在三官庙里，你本人跑到什么地方去了？"

尚锦道："下役始终不曾离开那里。"

诸知县道："既是始终不曾离开庙里，怎么庙里有人进去，你会不知道？就是你睡着了，也应当有个伙计知道，怎么会丝毫不知道？"

尚锦道："下役有罪。下役确实是睡着了，确实没有旁人，只是小人一个。"

诸知县道："本县派去的郎才、苟胜呢？"

尚锦道："不是老爷提起，小人也正要回禀老爷。昨天火场着火，这两个人就不曾露面，不知道跑到什么地方去了，直到今天，也不曾见着他们。下役还以为他们已然到老爷这里来销差来了，怎么老爷也不曾见着？那小人实不知道他们跑到什么地方去了。"

诸知县点了点头道："那么死尸之外，可还有别的东西没有？"

尚锦道："下役看见人头就吓坏了，所以不曾留神还有其他的东西没有。"

诸知县道："好！你赶快回去把那里找人看好，不准叫闲人进去，本县稍迟便到。"

尚锦答应一声退了出去，自去找人看守伺候不提。

且说诸知县听了尚锦这一片话，又找师爷们讨论一会儿，也没得着什么结果，只好吩咐人预备轿到三官庙检验再说。一时诸知县的大轿，到了三官庙，尚锦迎了进去。诸知县一看这三官庙是北大殿三间，东西配殿各三间。

尚锦用手一指北大殿道："回老爷，田喜的棺材就停在这屋里。"

诸知县叫他引路，后面跟了两个差役，走进殿去。到了里头一看，只见田喜这口棺材是头东脚西，在东面一间停着。在这棺材堵头上插着明晃晃一把钢刀，刀把上拴着两个人头，鲜血淋漓，十分难看。诸知县叫人先把人头摘了下来，仵作验过，项上一处刀伤，委系生前被人杀死。人头起下，放在一旁。

诸知县问可有认得这两个人头是谁，尚锦走过看了一看道："下役认得，只是不敢断定究竟是他两个不是。"

诸知县道："你看着像谁？"

尚锦道："据下役看着，一个像田村正家里的底下人田福，另一个像田村正家里用的人田禄。只不知被什么人所杀，又为什么把人头挂在这里。"

正说着，只听一个差役喊道："哟！那是什么？"

诸知县急忙顺着他的眼神一看，原来在正殿的大梁上，有一把带铃的叉子，底下叉着一张白纸，仿佛上头是有字。赶紧叫人取了下来，拿过一看，只见上面写的是："留呈贤令尹，振宗死不瞑。只为蝶恋花，便出难言隐。长工野火烧，二混被我刐。柳氏双禽兽，贪财钢刀滚。福禄小犯上，双头祭忠梗。孽子随我去，学艺入山岭。郎才与苟胜，见财心不稳。犹有忠义人，地保名尚锦。其余两尤物，正法赖令尹。"几句既不是诗，又不是词。在最后画了一把叉子，一个狮子。诸知县一看，前前后后全都明白了，可就是不知道写这个字的是谁。好在这件事既有了办法，也不必再问这个人是谁。便赶紧把这张纸收了起来，又向着田喜的棺材行了一个礼，这才吩咐起轿回去。

到了衙门里，叫人请出师爷，拿出这张纸来给师爷一看，有一个师爷忽然呀了一声道："这笔字怎么这么眼熟，难道真是他吗？"

诸知县急问道："老夫子说是什么人？"

这位师爷顾不得答复东家，嘴里却说道："等我先拿去对一对再说。"说着一径跑了进去，闹得大家全都摸不着头脑。待了一会儿工夫，只见他又从里头跑了出来，手里拿着一把扇子，嘴里却不住连声喊道："真想不到的，果然是他。"

诸知县急问道："你到底说的是谁？"

那位师爷道："这个人说出来你们一定不信。我说的这个人，就是咱们衙门里赶官车的那位卢把式。"

诸知县听着摇了一摇头道："你这话果然是不可信了。"

那位师爷道："我就知道东家不肯信，请东家先看看就知道了。您把这扇子上的字，对一对就知道我的话不是假了。"

诸知县道："他一个赶大车的，您怎么会有他的墨迹？"

师爷道："您先瞧瞧这笔迹是不是一样？这里头还有一档奇事儿。"

诸知县接过来，细一比较，简直一点儿不差。诸知县道："既是他办的，那就好极了。你们快去把他找来，真要是他干的，我还一定开脱开脱他。"

师爷道："不过我这么想，他既是做了这样的事，哪里还敢在这里久待？可是我也不敢一定，最好您叫他们去看一看。"

诸知县叫差役们去查看，差役不时回来道："回老爷，老卢已然一天一夜没回来了。"

诸知县道："他果然走了，惜乎我无缘见着这样的人。"说着又向那位师爷道："您怎么就会跟他认识？何妨说出来，大家听听。"

那位师爷道："这件事说出来也很有点儿意思。有一天，因为早晨下了一点儿雨，我同着屋里的使唤小子，一齐到河边去绕弯儿。刚刚走出街门口，就看见一个人正在影壁前头刷马。也不知道怎么股子劲儿，忽地那匹马咆哮起来，连踢带蹶就是一阵，连前面笼头都给弄断了，马就跑下去。门口外头，很有些个做小生意的，正在赶早上这个集场，圈了许多的人。不想这匹马一惊下来，当时人就全都乱了。有的喊，有的叫，还有的哭，一时非常大乱。恰巧这个时候，有一个老太太，提着一个菜筐，从东往西去，正走在甬路当中。这匹马也正正赶到，大家既不能去拦那匹马，

55

又不能去揪那老太太，只有怪叫一声"哎哟"，把眼一闭，不忍往下再看。那个时候，连我都着实吓了一大跳，正想找几人去把那匹马拦住，只是一则一时没有人，二则有人也来不及。谁知道就在这匹马头刚刚到老太太身上的时候，斜岔里钻出一个人来，就在马的正腰上，横膀子一截。说这话都有些不信，那马当时倒退了好几步，老太太这条命才算保住。原来那个截马的人，正是咱们衙门里赶车的老卢。"

诸知县道："他一个赶车的，挡一个牲口，这原不算什么怪事。总而言之，他也不过只是力量比普通人大一点儿就是了，并不能算是稀奇。还有什么可怪的地方？您何妨再说两样儿我们听听。"

师爷道："这是第一次，现在听着，虽说不觉怎样，可是在当时谁都觉乎够瞧的，我因为这个，就注上他的意。果然，后来又让我碰见了一次。有一天我坐他的车，下乡查事回来，走在半路上，忽然前头有一辆运粮的大车陷在泥里，再也弄不出来。我们的车在后头，自然也就误住了，又耗了半天，依然一点儿办法没有。虽然前头那个赶车的约了不少人给他吆喝，怎奈那辆车子的轮子，吃到泥里太深了，任是大家用力，仍是不能出陷。这个时候，忽然咱们这个老卢，从后头跑了过去，把大家全都轰开，左手一接轴头，右手一搬车瓦，一声吆喝。您猜怎么着？那辆车骨碌一响，就算出来了，您说这算怪事不算？等大家过去一看，这个老卢的两只鞋连底子都掉下来了。"

诸知县道："这样说起来，他一定身上有功夫。那么后来你怎么又会跟他要了一把扇子来？"

师爷道："在我屋子里伺候的那个孩子，有一天拿了一把扇子，我看上面写了几首似诗非诗似词非词的一首短歌在上头。看着那个字，却写得很有几分魄力。我问他是谁写的，使唤小子说是老卢，因此我才凑趣，也找他给我写了一把，谁知道今天倒用上了。不过一节儿，笔迹虽然对出，可是这个人已然不在这里，这又应当怎么办？"

诸知县道："听您所说，这个老卢绝不是赶车者流，不过借此遮掩身子而已。不用说是我们见不着他，即就是见得着他，也没有什么办法。他替本地除了这样大的祸害，我们岂肯见他身受国法。这件事情，我自有办法。罪魁祸首，是田尤氏，现在田尤氏跟尤二锁，已然被我们放在监里

56

了，只给他个不闻不问，圈也要把他们两个圈死。原告已然死了，也不怕他再来催状。至于那个吴二混，他出来放火，他父亲未必不知道，再说他有匿死之罪，我们不等他来告，先去把他抓来，办他一个知情不举，纵子行凶。只要他当堂一求，也就可以完了。柳家夫妇，又没有喊冤，更可不问。我的意思，不知你们大家以为如何？"

大家一听，齐声称是。于是诸知县便依此而行。至于这件案子，究竟是否就是这样了结，不是正文，放下不提。

如今且说那个杀人的究竟是一个什么人。

原来这个卢把式并不是赶车的。他是山东莱州府的人，姓卢，单名一个春字。原在镖行生理，使得一条蘸钢竹节大蟒鞭，会打七双"响铃叉"。因为生来一副黄脸，头上有八个疙瘩，江湖人便都称他为"九个狮子病尉迟"。在济南开了一座"顺隆镖店"，保的是南七省的镖，一向买卖却很不错。前二年有一双十万银子的镖，叫伙计在浙江边界地方普云渡丢去。卢春找去以后，也没有把镖要回来，因此自己一想，这"顺隆镖店"四个字就算完了，不如远走高飞，找个地方一忍，把这残年度过去也就完了。南边不敢去，这才走到北边来。

一天刚刚走到蔡县，正赶上下了一点儿雨，找一个店住下。这座店就在县衙门隔壁，字号连升店。卢春住在里头，原打算第二天雨一住，再往旁的地方去。不想等到第二天这雨更大了。卢春在里头不能走，只好拿出那条鞭来摩擦着解闷儿。

恰好店里伙计走了进来招呼道："老客你又不走了啦。回头我给你预备两个可口菜儿，烫上一壶高原封，你在店里一过阴天，我瞧倒是不错。"

卢春道："我这也不是随便乱走，走到什么地方原没有一定之规。"

伙计道："我瞧你许是'轮子行'（赶车）儿，我可不准你是不是。你要真是这行儿，我可说句套近乎的话。你现在不是也没有地方去吗？我能够给你荐一个事，你可就不用往下走了。"

卢春一想，自己这次往北边走，原没有一定地方，能够在这里隐住身倒也不错。想到这里，便问伙计道："你打算给我找一个什么事？"

伙计道："我瞧你好像吃'轮子行'的，我们隔壁就是县衙门，里头有个赶官车的，昨天因为跟伙伴拌了几句嘴，把事情辞了。现在里头还没有人，你要是愿意干的话，我可以托我们柜上先生给你说一声。县里的门上，跟我们柜上先生，是磕头的兄弟，你要是愿意的话，准保一说就成，能有这个面子。"

卢春想了一想，现在自己走到什么地方去也是走，不如就在这里，先混些日子再说。想到这里，便笑着向伙计道："你说的这个意思，我倒是愿意。不过有一节儿，我一个异乡人，来到这里举目无亲。虽说由你这里十分抬爱，打算给我一个长远的饭碗子，我是十分感激，只是一件，你这柜上先生和我素不相识，能够管我这件闲事吗？"

伙计道："老客你老只管万安。天下的朋友，全打不认识时候交起，你老只要愿意，柜上先生那里，有我去说，你老就说一句吧。"

卢春一看，人家真是实意，自己当然不便再说什么，当时便烦伙计去托柜上先生给说一说，果然一点儿事没费就算妥了。好在卢春原是乡下人，对于这种弄牲口的事，并不全是外行，所以倒也不觉乎什么难办。又加上他这个人天性豪爽，爱说爱笑，不用说是本衙门里伙计，就是衙门外头的人，也都跟他不错。

这是以前的话。这次听人传说田家村出了这起案子，他心里就十分注意。等到夜里大家睡着以后，便一直跑到田家村。恰好正赶上田福愚弄那两个差役，愚弄完了，便紧紧跟在后面。后来见田福跟柳大爷一见面，谈话之后，心里就明白一大半。又跟着柳大爷跑到吴二混家，听见柳大爷巧使吴二混放火，心里又明白了一半。趁着吴二混拾掇去的时候，就先跑下去了。到了那里一看，那两个差役已然一个不见了，再往屋里一看箱柜全开，屋里的婆子们也不见了，就知道他们全都见财起意，逃跑走了。刚要转身出去，却听里头那间小屋，有人打呼。赶紧挑帘进去拨灯一看，敢情是两个小孩儿，全都像小绵羊似的，睡了一个挺香。心里不由动了一动道："这两个孩子，既是睡在这里，想来一定是他们姓田的人了。我若不管走开，少时吴二混那小子一到，举手一把火，准保全都烧死在内，岂不可怜。只是我现在已是隐姓埋名的人，为了这么两个未成人的小孩子，只要一伸手，准保就是一趟奇累，多一事不如少一事，还是不管的好。"想到这里，便要迈步出去。回头一看，桌上放着那盏油灯，忽然大放光明，不由心里又是一惊道："我学了半辈子武，讲的是扶弱除强。现在这两个孩子人事不知，眼看葬身火窟，我岂能见死不救！"想到这里，便要伸手去揪那两个小孩子。忽地又一寻思不好。这两个小孩子睡得正香，倘若我过去一抱他们，他们一哭喊起来，那时惊动了旁人，屋子里现有死尸，那时候岂不是误而难明？

想来想去，忽地把脚一跺道："死去的阴魂，你是这里一家之主。这两个孩子想来一定是你家子侄，现在眼看他们大祸临身，我是不得不救。你若死后有灵，千万叫他们多糊涂一会儿，我好把他们救出去，替你姓田的留根传后。"

祷告以后，便毫不犹豫，把两个孩子往左右肋一夹，走出房来。恰好这时吴二混也到，卢春先把两个孩子送到外边树林子躺下，又跑回来看吴二混放火。听见吴二混一念叨孩子，这才在后面答了一句话，吓跑了吴二混。要依着往常，卢春就得当时把吴二混给杀了，今天因为不放心那两个孩子，便不理二混，让他自去。看见大火已起，不由暗叹两声，这才又跑回树林子里。一瞧两个孩子，依然躺在那里睡了一个挺香。叹息之下，又是一阵大大的为难。这两个孩子，说大不大，说小不小，倘若扔在这里不管，就不能算救人救到底，接着往下管，这个麻烦可就大了。想了半天，还得往下管，才对得起自己的心。看了一看天，时已然入后半夜了，倘若被人家看见，也是不好。一着急想出一个主意来，也不管这两个孩子醒了没醒，往两肋下一夹，一气儿就跑出来有十四五里，这个地方自己认识是蔡县所管的包家屯，已不归田家村那里管了。心想这两个孩子，一定都很聪明，不如把他们叫醒，把话跟他们说清，然后再找地方把他们隐藏起来。像那几个奸夫淫妇恶仆土棍怎能让他们逍遥法外，必须想个什么法子，把他们全都除去，方称自己心愿。想到这里，便过去把那个大孩子给叫醒了。

两个孩子里头小栓儿大得多，当然显着明白一点儿。当时被叫惊醒，睁眼一看，已然不是自己家里的样儿。又一瞅旁边站着一个人，因为上了几年学，见着人倒是敢说话，便向卢春道："你是干什么的？为什么把我们两个给抱到这里来？你趁早儿把我们送回去，不然我们要是一喊，有人来了，就把你送到会上去，你就得挨打。"

卢春点点头，心里暗暗夸了两声，孩子不大，居然有这样胆子，实在是有些可取。既然小孩子这样明白，有什么话就都好办了。便笑着向小栓儿道："你问我呀？我姓卢。我看你长得很聪明，我有两句话跟你说，你可要听明白了。你的父亲是不是田振宗？"

小栓儿道："是啊，你怎么认得他？"

卢春道："我们不但认识，还是把兄弟。昨天他到我那里去说，他要上京里去一趟，叫我把你们哥儿两个，先给接了出来，到我家里去住几天。等你父亲回来，再把你们送回去。"

小栓儿道："我爸爸上京里去，还有我妈呢，为什么要把我们送给素不相识的人去管？"

卢春道："你们家里的事，我因为不常去，我也不知道究竟是怎么一档子事。可是，我听你父亲说，你妈大概不很疼你，所以把你放在家里，有些个不放心，才叫我去把你们两个抱出来的。"

小栓儿道："那为什么把我兄弟也抱出来？我兄弟是我妈最疼的，他在家里又不受谁的气。再说就是把我们抱出来，也该叫我妈他们知道啊，不然他们多着急。"

卢春道："你父亲怕你一个人出来太闷，所以才把你弟弟一齐抱出来了。好在你父亲不久就要回来，你妈急两天也没什么。真要是在你们醒着抱出来，一则你们哥弟俩舍不得家，家里也舍不得你们，那岂不是把你父亲的事耽误了？"

小栓儿道："那你先把我兄弟叫醒了，他的岁数小，没有跟生人出来过。他要是吓病了，我父亲可不能答应。"说着过去，照定小柱儿肩头拍了两掌道："弟弟，弟弟，小柱儿！"

卢春看着，不由暗暗点点头，心里寻思，难得这个孩子，既是这样聪明，又这样厚道，真正是不容易有这样的小孩子。这大概也许是田振宗一生为人忠厚，落了这样惨死，所以才会有这样好后辈。

刚想到这里，只见小栓儿已然把小柱儿叫醒。小栓儿把他扶了起来，小柱儿睁眼一看，旷野荒郊，四外漆黑，旁边一个熟人没有，咧嘴就要哭。小栓儿赶紧叫道："小柱儿别哭，我带你找妈去。"

卢春心里十分痛快，想着自己这一趟总算没有白跑，会碰到这么一个好孩子，天性这么厚道，将来一定错不了。且等把自己的事情完了之后，对于这两个孩子，一定得给他们想个好法子，总要叫这两个孩子，归了正道，这才可以对得起他们的材料。想到这里，便也赶紧走过去，把小柱儿抱起来道："好孩子，别害怕，待会儿给你买糖吃。"小栓儿也跟着直哄，小柱儿就不哭了。卢春抱着这两个孩子，心里又是一阵为难，黑天半夜，弄这么两个孩子，可把他们安置到什么地方去？想了半天，这才想起，何妨先把他们存在店里，然后自己再去做事。想到这里，便向小栓儿道："我方才跟你说的话，你全记住了。今天晚了，我先同你们到店里住一宿，明天我再带你们家去。到了店里，可千万把他哄好，别叫他哭，听见了没有？"

小栓儿答应，卢春这才抱了两个孩子，一转身又往回跑了下来。也就是卢春，脚下真有功夫，黑天半夜，抱着两个孩子，不到一个时辰，又跑了回来。到了店里天就快亮了，店里都是熟人。头一个伙计一开店门，就是一怔，赶紧问道："你这是从什么地方来？这两个小孩子都是谁？"

卢春道："这是我们亲戚家里的两个小孩儿。我们亲戚进京有事去了，家里没人，把这两个孩子，托付给我了。我什么时候又弄过孩子？再说我这里也没家，可叫我把他们送到什么地方去？想来想去，就想到你这里来了。我瞧你平常是很爱小孩子，就求你分神给看一看，好在我们亲戚，说在几天里头，就能赶回来。"

伙计笑道："你可真成，我们开店的，还管哄孩子，这可真是少有。好在咱们这都是谁和谁，既是你嘱咐到这里了，办不了也得给你办。你放心吧，交给我了。"说着接过小柱儿来，一同来到里头。卢春把两个孩子哄着，叫他们睡了，又嘱咐了伙计一回，这才自己躺下。伙计听方才卢春这一套话，心里简直有点儿不信，他自己一来的时候，就不是上这里来的，也没有听说他这里有什么亲戚，怎么今天又忽然跑出一个亲戚来？黑天半夜，又弄了这么两个孩子，实在是叫人看着可疑。不过平常准知道他这个人极其正道，绝不至于有什么意外之事，且给他看上两天再说。

第二天卢春起来，一瞅这两个孩子，还是睡得挺香，便赶紧起来，又托付伙计一遍，叫他给两个孩子买点儿玩意儿，买点儿吃的东西，在店里哄着他们，不准他们出去，然后这才走回县衙去。听说诸知县坐堂审这一案，便也站在堂下，足足听了一遍。几次打算上堂去打一个质对，仔细一想，自己隐姓埋名之人，何必多此一举，忍了又忍，始终没有上去。原打算跟着诸知县下乡，看看他到底查验得如何，不想师爷上别的村里，去查一块什么地，要坐自己的车去，一时分不开身。及至回来之后，一听当天的情形，田喜又碰死，全都听得明明白白。不由把脚一跺，悔恨自己不该不上堂打个质对，以致叫田喜丧命。寻思了一天，到了晚上，把自己的鞭围上，又背了一把单刀，先奔尤家村。

到了村里，打听明白吴二混住的地方，寻到了门口，纵身从墙上跳了进去，正赶上吴二混在家里跟他父亲说话。意思之间，说他父亲偷了他的银子，叫他父亲拿了出来。他父亲是一个劲儿地发起誓愿，不认拿了他的银子。吴二混这个畜类，照着他父亲脸上就是一个嘴巴，嘴里骂道："你这个老不死的，真是给脸不要脸。我拼着剐罪弄来的钱，你打算给我吞灭了，你想想你这都是什么心，银子你知道拿，为什么今天县衙门里传人时候你不去？"说着"啪啪"一边一个，又是两个嘴巴。

卢春看到这里，实在忍无可忍，意思之间，就打算跳下去给他一刀。忽地一想不好，我要是跳下去，把他一杀，那个老的一定要喊叫起来，我要是连他也杀了，他又没有犯着死罪，我又何必多杀一个没罪的人。不如想个什么法子把他调到外头去，再把吴二混杀了，岂不省事。想到这里，复又从里面跳到外头，来到门口，啪啪一打门，不大工夫，里头有人答应，问是什么人。卢春一听声音，是那个老头子，知道是吴二混的父亲来开门。赶紧倒退两步，一纵身，又从墙上跳了进去。

吴二混还当是他父亲呢，头也没抬，便问一声道："外头是什么人找我？你是怎么跟人家说的？"

卢春这时想着自己还有好些事，不愿意跟他多说话，微然一笑道："有一个替天行道除暴安良的人找你。"

吴二混一听口音不对，急忙抬头一看，才待喝问是什么人，怎么黑天半夜跑到这里来，再一瞧卢春身后背着一口明晃晃的钢刀，当时就吓软了一半。正要央告的时候，卢春不等他说出口来，咻的一声，便从背后把刀扯了出来，用刀一指道："吴二混我告诉你，我和你远日无冤，近日无仇，原不应前来找你。不过有一节儿，姓田的弄得家败人亡，全由你一个人身上所起，这却饶你不得。对不住，请你到地下找田振宗打一场热闹官司去吧！"说着一进步，左手一探，就把吴二混脖领揪住。吴二混还待呼喊，却听卢春先说一句道："我把你这无父无君、没上没下、贪财好色、败坏伦常的畜类，吃我一刀给你免免罪！"说着左手往里一带，右手刀往下便落。只听噗的一声，西瓜大小的一颗人头从脖子上就掉下来了。卢春左手一松，死尸栽倒，人头也扔在地上，知道这里的事就算完结。把刀在死尸身上，擦了两擦，然后把刀背好，赶紧推门走出去，纵身上房，跳出墙外，一直勾奔柳家村。

来到村里一看，不由心里犯起犹豫。柳家村虽然来过两次，却始终没有到柳村正家里来过。如今黑天半夜也没有法子打听，却怎么能够知道柳村正住在哪一个门里？忽地又一寻思道：柳某人既是村正，住的房子总要比普通人家整齐一些。不如先找一个房子大一点儿的进去探探再说。想到这里，用尽目力，往村里一看。只见村子里路北，有一座高大的广梁大门，赶紧走过去一看。恰在门道里挂着一个大门灯，正中间一个大红字，正是一个柳字。不由心花怒放，由旁边短墙，纵身上去。往里头一看，垂花门里头是一所四合房，上房头里，还有灯光。赶紧绕到后头，是一个大纱窗子，飘身下来，往里头看时，只见屋子当中，摆着一张方桌，桌上搁着酒菜。左右坐着两个人，上首一个男的，年纪在六十左右，长得相貌倒还不坏。右边坐着一个女的，年纪也在五十上下，仍然涂脂抹粉一脸妖气。

男的手里端着酒杯，却皱着眉头，像是在盘算什么事情。忽然长叹一声道："如今咱们亏心事是做了，可是一点儿好处也没有得着，想起来真是有些个不值当。"

那个女的道："得啦，你就不用尽这么说了。在先前，我想着事情已然出来了，二姑娘她是我妹妹，能够不向着活的向着死的吗？所以才有昨天那一手儿。如今事情变到这个样儿，谁也想不到不是？好在咱们也没有

63

损失什么，不过就落了一个白。"

那个男的道："话虽是这么说，可是咱们从根儿上就不管这回事，能够出这个事吗！"

那个女的听了哼了一声道："噢，说了归齐，你又说到这一层上来了。我告诉你说，从前要不是因为姓田的他们家有两个钱，谁能够把一个年轻轻的姑娘送给他享受。怎么着你觉乎着我们害了他了？好，你去给他写个禀帖，把我们告下来，给你那死去的亲戚申冤吧。"说着一站身，就要勾奔里间屋里。

卢春这个时候，已然看清楚，这两个一定就是柳村正夫妇，不由当时心火往上撞，飘身跳了下来，一拉门就进到屋里。柳村正一杯酒刚端到嘴唇边，抬头一瞅，进来一个人，背着明晃晃的刀，就知道事情不妙。不过心里想着也许是夜行人，走到这里，缺乏盘费，进来借钱。想到这里，刚要站起来想两句话说，卢春早已从背上把刀扯了出来，用手一震，往柳村正脸上一晃。只听当的一声，柳村正一个酒杯掉在地下，摔得粉碎。

尤氏正往里走，并没瞧见卢春进来，听酒杯一响，还以为柳村正闹脾气，也没回头瞧瞧，便先嘴里不干不净地说道："姓柳的，你也不用拿这个吓唬谁。长枪大马太太见过，你跟我使这一手差点儿！"说完这才回头，这下子可吓傻了。

原来卢春一听她这一套话，便撇了柳村正径奔尤氏。恰好尤氏转身出来，两个碰个正着。卢春怒目横眉，手里拿着一把刀，尤氏打算再喊，哪里喊得出来。当时心里一动，扑哧一笑道："嗬！敢情是位英雄。你黑天半夜，到我们这里来，不用说你一定是缺了盘缠。没什么，你用多少，只管说话，无多少少，还能让你空着走？你说话吧！"

卢春本来打算手起刀落，就把她杀了。忽然想起，今天从这里一走，带着两个孩子，一路之上，没有钱还真不行，不如先跟她要一点儿，有什么话回头再说。想到这里，便也一笑道："你还真说对了，快去拿来。"

尤氏斜着瞅了卢春一眼笑道："是不是，我一瞧这个样儿，就是这么回事。黑天半夜，持刀动杖的，这不是吓唬人吗！"

尤氏还要往下说，卢春把刀一指道："快去！"

尤氏不敢再说废话，赶紧跑到屋里，拿出来几十两银子，递给卢春道："我们家里也没有多少，这一点儿银子，你拿着当个盘川先用着。"

卢春把银子接过来，揣在怀里，就打算拿刀把尤氏杀死。忽地心里又一想道：慢着，这种猪狗不如的女人，竟敢生出这样恶计，害得人家家破人亡。我要是把她一刀杀了，岂不是便宜了她。何不如此如此，然后再把她杀了，也可以多出一点儿心里恶气。要说卢春也真有点儿意气用事，自己虽非成了名的侠客，究竟也是正派一流，大不该有这种举动。当下卢春把银子揣起，也不说走，也不说不走，笑不唧儿地冲着尤氏一乐。

尤氏是久经大敌，还有什么不懂。一看卢春，虽然年纪不小，可是要跟柳村正一比，那可强盛百倍。心里现在正是用人的时候，真要是有这么一个人肯其帮忙，那可真是再好没有。想着要跟卢春说话，只是旁边碍着柳村正，不好公然说什么，便也还之一笑，跟着说道："这位英雄，你老如果没有什么特别的事，就在这里吃杯酒再走。"

卢春微然一笑道："酒我倒不想喝，我倒想着酒字底下那一个字儿怎么样，咱们猜猜?"

尤氏一听，正中下怀，只是柳大爷正在旁边，这句话当然不能就点头，并且还得做个派头。冲着卢春把手一指道："呸！你还要说什么？你不打听打听，我是怎么一个人！我看你颇有英雄气象，所以才把银子送给你，敢情你是这么一块料，简直是人面兽心！太太我扎一刀子冒紫血，叽登叽登的好朋友，你要是明白的，趁早儿给我走，那算你的造化。如若不然，刀在你手里，头在我脖子上，任你取去，我是绝不在乎。你要是掏那脏的臭的，你可别说我要张口骂你。"

尤氏嘴里这么说着，可直拿眼看柳村正。柳村正还真信了，不由心里高兴，心说别瞧她平常慌慌张张，仿佛有些不稳之处，敢情肚子里居然有这么大的横劲。只要今天这场事，能够平安过去，我以后倒要拿一份厚意待她。

戆戆想到这里，只听卢春哈哈一笑道："好啊，我跟你说好的你不懂，你来看！"说着把手里刀一晃，向前一进步，就把尤氏脖领揪住。柳大爷吓得差点儿没背过气去，打算喊又怕抛下尤氏奔自己。

正在一犹豫之际，只听尤氏说道："英雄你老先撒开手，我答应你老还不成吗！"

卢春把手一撒道："这不结了，你还等我费事！"说着用手一推，就把尤氏推到屋里，一挑帘子自己也跟了进去。

有分教：

降狮伏吼报应一刹，铲狗除狼秽污同涤。

要知后事如何，且看下回分解。

第六回

小犯上福禄同归
假成真埚篦异道

柳村正心里轰的一下，从脚跟儿一直酸到脑门子，说不出这股子难受的滋味儿来，把头摇了两摇，哼了一声道："我可报应了！我要不管闲事，田振宗绝死不了。田振宗家败人亡，虽不是我亲自动手，然而究属因为我多管闲事，他才受的害。可是他活着时候，未必受过这眼前报应，我现在亲眼得见，真正是报应循环，丝毫不爽！"有心自己闯了进去，豁出一死，也是白死，莫若给他个装聋作哑，任凭他去。又一想我何不大声喊叫，只要有了人来，还怕他能够怎样不成！想到这里，扯开嗓子，就这么一喊田福、田禄。里头屋尤氏也听见了，心想你这一嚷，倘若大家都来了，我还活不活，莫若自己也跟着嚷吧，遂也田福、田禄的大喊起来。

卢春哈哈一笑，用力把尤氏往怀里一扯，横着一腿。只听扑咚一声，尤氏摔倒在地。卢春陡的一声喝道："无耻的泼妇，你拿卢某当了什么人？就凭你这样胆量，也敢胡作非为，竟敢谋杀旁人，倾家败产。既遇见了我，也是你命该如此，也是姓田的冤魂不散。像你这样无知贱妇，本不配拿我的刀杀你，只是像你这种女人，留在世上，将来还不定得害多少好人。我本着除奸去恶的誓愿，要给死去的冤魂报仇雪恨。你死之后，不要怪我心毒意恨，你只怨你不该作恶多端！"说到这里，一腿踩住尤氏的脊背，用左手一揪尤氏的头发，只轻轻往起一提，尤氏的脖子就亮出来了。右手刀翻起往上一递，只听哧的一声，血喷出去有三五尺远近，尤氏怪呀一声，人头两分，当时丧命。卢春一脚把死尸踢了出去，左手挽头右手提刀，掀帘子再出来找柳村正，谁知道竟自踪迹不见。卢春纳闷儿，心说：难道他还能跑了？刚要提刀往外边追去，却见桌子忽然一动，低头一看，正是柳村正，藏在桌子底下。卢春走过去，拿腿一支桌子，从底下把村正给拉了出来。

柳村正这时已然面无人色，战抖抖地道："好汉，你饶了我吧。一切的事，全都是她干的，我管不了她，这里头没有我什么事。您手下超生，饶了我吧！"

卢春拿刀一指微微一笑道："什么，没有你什么事？你也不想想，你身为一家之主，不知管家之道，竟使无耻泼妇在外面胡作非为。虽不是你害的人，却依然还算是你害的，总饶你不得！"说着话丢下尤氏的人头，一伸手把柳村正小辫儿揪住，往前一扯，右手刀往下一落，当时了却柳村正。

卢春把刀在尸身上抹抹，复又把刀背好，弯腰把地下的两个人头也捡了起来，才待纵身出去，忽地心里又一动。方才听他喊的仿佛是田福、田禄，想这两个人也一定是在这里，我且去探探再说。想到这里复又把人头放下，噗的一口把灯吹灭，纵身上房。四下一看，旁边已然没有灯亮，仅有一个小院儿里似有灯光，便赶紧窜纵跳跃，来到这个地方，定神一看，原来是厨房。里面灯光未息，并且还有说话的声音。卢春赶紧提气飘身下来，恰好窗户纸有破的地方，便顺着往里头看去。只见顺着山墙放一张八仙桌，桌上搁着酒菜，对面坐着两个人，年纪全在二十多岁。

只听上首那个人叹了一口气道："福儿，我告诉你，现在咱们倒弄得有家难奔有国难投了。我要知道吴二混进去会出这么大的事，我简直不能叫他进去。现在鸡也飞了，蛋也打了，身上还背着挺大的罪名，连睡觉都睡不安定，说起来就是我最不合算。"

又听下首那个人笑了一声道："禄儿，你到底是小两岁，说出话来总是差点儿劲儿。人又不是咱们害的，担的什么心！虽说咱们家败人亡，问真了哪一样儿是咱们自己的？反正在谁家里也是吃，姓柳的他绝不能把咱们轰出去。只要官司一完，大奶奶一出来，什么事都好办。兄弟你就放心吧，哥哥得了好处，也绝苦不了你，喝点儿，咱们也该睡了。"

上首那个人道："敢情你现在心里踏实，大奶奶一出来你得有另一份好处。可是我什么也没有得着，凭什么也跟着担这么一份心！"

下首那个人道："听你这个意思，也打算在这里头弄一点儿好处。兄弟我告诉你，你的运气还算不坏。你瞧见这里舅奶奶了没有？除了岁数稍微大一点儿，要讲那个劲儿，比咱们那位大奶奶还强得多。明天我给你想个法子把她给你说合上，咱们两个人一人一个，你瞧好不好？"

卢春听到这里，已然知道正是田福、田禄两个恶仆，并且知道他们确有以小犯上的行为，不由怒从心头起，一撤背上刀，大踏步儿，走了进去。田福脸冲外，瞧一个正着，登时吓了一跳。刚要招呼田禄留神，卢春的刀就到了，刀指着脑门问说："你们两个可都姓田？"

田福上牙打下牙，哪里还说得出话来。田禄到底岁数小一点儿，瞧不出路子来，以为一定是田福在外头做了什么见不得人的事，所以人家找他讲理来了。想着别把自己讹误在里头，遂赶紧答话道："不错，他姓田，他叫田福。你和他有什么过节儿跟他说，没有我什么事。"

田福一听，好啊，把我送了葬，没你什么事对不对，干脆谁也别让谁好活着。遂也把手向田禄一指道："这位爷台，他也姓田，他叫田禄，我们两个原是在一块儿的。要说我们可没做出对不起爷台的事，惹不着你生气。可是你要有个什么耳闻，不拘哪一件事，都是他跟我一块儿干的。"

卢春不等他们两个再往下说，遂把单刀往前一送，单手往下一压道："田福，田禄，我跟你们两个原是素不相识，一无怨，二无仇，本来不能找到你们头上。不过有一节儿，我听人说你们这两个人背恩负义，害主犯上，这事虽然跟我没什么，可是我听见有这路人，就不能容他们留在世上，所以才找到你们。你们要是懂时务的，趁早儿把脖子伸过来，吃我一刀，给你们免免罪。如若不然，我可就要对不起了！"

田禄这时候才明白，敢情人家不是单找田福的，登时吓得成了软蛋一样，嘴里不住哆里哆嗦道："你……别……杀……我不姓田……"

卢春哪里还听这一套，往上一进步，一伸手就把田福头发揪住，往前一扯，田福就是一个前栽，卢春左手扯住小辫儿，右手刀往下一落，只听咔的一声，身头两分。卢春抬腿一脚，把死尸踢倒，再找田禄没有了。往地下一看，敢情田禄也学柳村正钻在桌子底下。弯腰一扯，把田禄从桌子底下扯了出来，不容分说，用左脚一蹭，田禄就是一个狗吃屎嘴啃地，也是左手一提小辫儿往起一拉，田禄的脖子就露了出来，卢春右手往前只一蹭，田禄当时了账。

卢春杀完了这两个，才觉得心平气和。本来打算找着火种，把房一烧，忽然一想不好，如果放火一烧，这件事情，大家始终不得明白，岂不是把自己这番意思，完全给埋灭里头？总要想一个什么法子，能够叫人家知道这回事的始末缘由，心里有点儿怕惧才好。想到这里，一眼看见田福、田禄两个人头，把手一拍道："有了！我何不就拿着两个人头往三官庙里一挂，再在这人头旁边写上几句话，叫人知道这回事的始末缘由，岂不是好？"越想越对，一弯腰把两个人头用刀挑了起来，把辫子系在一起，提了人头，纵身上房。往四下看了一看，并无人踪，这才跳了下来，顺着大道，又跑回田家村。来到三官庙，纵身进去，一看正殿隐隐似有灯光，轻着脚步儿来到窗户外头一看。只见屋里正面神案上头点着一盏海灯，神案的左边停着一口灵柩，知道是田喜的棺材。再往旁边一看，棺材的左边，铺着一个草褥子，上面躺着一个人，睡得挺香。因为灯光恍惚，看不清面貌，反正准知道，不是看庙的，就是守棺材的。看罢之后，用手一推殿门，恰好是虚掩着，推开进去，抬头一看，就在这棺材头上，正是房梁。这才施展轻身的功夫，往上提身一纵，双脚就站在棺材头上。把手里两个人头，从梁空里送过去一个，这边留一个，揪了揪不至于掉下来，然后飘身下来。忽然"哎呀"一声，这汗就下来了。敢情心里着急，并没有带着能够写字的东西。这个庙，又不是什么大庙，里头也没有文房四宝，就是有，自己也找不着。弄两个血淋淋人头往这里一挂，一句话都没有，回头再牵累上两个好人，岂不是越弄越不好？正在着急之际，猛然抬头看见神桌上放着香筒，灵机一动道：有这个就许成了。赶紧过去把里头插的香，全都取了出来，又轻轻走到院里，亮火种就把香点着。等烧了一烧，又把香火弄灭，拿着残香，走到殿里。恰好田喜棺材头里，有一叠纸钱。赶紧取了一张，拿到海灯底下，用香头写了那几句，画了一把叉子、一个狮子，掏出一只警铃叉来把纸插在房梁上。瞧了瞧人头挂得太高，又在黑影儿里，恐怕一时看不出来，复又把人头从梁上摘了下来，看了半天，也没有好地方。这才把钢刀扯出来，用力往棺材堵头上一戳，戳了进去，把两个人头挂在刀上，再一端详，一点儿都没有了，这才转身出去，一直来到店里。

一叫门，伙计迎着出来笑道："卢把式，你可真成！我等了你半夜，把两个孩子往这里一扔，合着没你的事了，你倒放心。"

卢春道："得啦，哥们儿多受累，等明天我必得好好请请你，真格的。我问你这两个孩子闹了没有？"

伙计道："没闹没闹。这两个孩子，可太机灵了。不但没闹，而且不用提够多么听话。我说带他们到大街上瞧个热闹，你猜怎么着，说什么他们也不出去！刚才吃完饭，又睡着了。你上什么地方去了？会走了这么一天半夜？"

卢春道："我去瞧了一个朋友，说话耽误住了。累你多辛苦，歇着去吧，有什么话咱们回头再说。"

伙计笑道："你这个倒不错，平常也没听你说过亲戚朋友，忽然之间，亲戚也有了，朋友也有了。你歇一歇，回头说话吧。"

伙计一路说笑着走了出去。卢春并不睡觉，坐在凳上看着两个孩子，心里寻思，救是把他们救了，现在应当怎么办法？最好当然是把这件事告诉知县，这两个孩子，他自有法儿安置。不过这件事就得从头至尾细说一遍，自己的罪名绝对不能一点儿都没有，为了救人把自己弄到监狱里去坐几年，这话也未免有些不值。如果不把他们交给知县，连自己都是走投无路的人，弄了这么两个孩子，又应当怎么办，岂不是更累赘了？想来想去，一点儿好法子没有。忽然一摸腰里竹节鞭道："嘻！我现在已然死里求活的人了，还管他什么这些那些。看这两个孩子十分聪明，我何不把我平生所学的，先教给他们，然后再叫他们多多学上些惊人的本领，或者我那普云渡之仇，也许就叫他们给我报了，岂不是一举两得！"想到这里，登时心气一震，便毫不犹豫，又把身上的东西拾掇拾掇。过去一看，这两个小孩子，依然睡得很香。不由心里大喜，赶紧过去，先把小柱儿抱起，往身后一背，用左手在背后攥住，右手一抄小栓儿的腰，提起一掖，小栓儿也起来了。卢春把两个孩子弄起，才待往外步去，忽然一想，还忘了一件事，就是这店里伙计，麻烦了人家好几天，现在就这样一走，一个钱不给人家留，似乎是差一点儿。腰里倒是有银子，可是两只手都占着，没法子往外拿。真要是把孩子拦下，掏完银子，孩子就许醒了。要是还从此处路过，加倍地谢他也就是了。想到这里，转身向外。

刚要找好地方，纵身上房，只觉身后头有人一扯衣襟扑哧一笑道："卢把式，你这又是瞧你亲戚去吧？"

卢春吓了一跳，回头一看，正是店里伙计。敢情只顾自己走路心急，就没有留神屋门口儿还蹲着一个，自己也觉得好笑。便笑着向伙计道："你怎么还不睡觉？在这里干什么？"

伙计道："得啦卢爷，我已然瞧出来啦，你还瞒着什么？我瞧你平常做事光明正大，这件事到底怎么回事？你无妨跟我说说，你瞧我干的这个行儿不取贵，可是我也有血心，能够用我帮忙的地方，我是必不推辞。你到底怎么一回事，你说一遍怎么样？"

卢春一听，也就不必再瞒着了，遂把这件事从头至尾，以及自己怎么一回事，全都说了一遍。刚刚说完，扑咚一声，伙计跪下了道："哟！敢情你是一位侠客，是一位老达官，恕我们一向不知，多有得罪。田家村这件事，你真算是见义勇为。只是你既带着两个孩子，打算到什么地方去？"卢春赶紧让他起来，又把自己的心思说了一遍。伙计道："噢，这就是了。你既这么说，我也不敢再留你，这里是非之地，不可久居，你就快快去吧。日后你要从此路过，你可想着到我们这店里来歇歇。"

卢春道："这话咱们可以不说，当然以后我不从这里走便罢，只要我从这里过，我一定得找你来谈谈。现在我还有一件事要托付你。从前我到县衙门里去的时候，是你把我引荐去的，如今我这一不辞而别，那岂不要连累了你？你现在可以赶紧到县衙门里，找着你给我原引荐的胡二爷，就说我今天偶然遇见亲戚，家里遭了意外，不得不赶紧回去。托你把我的事情辞了，只要他一答应，你的责任就全都没有了，这话你听明白了没有？咱们也学着人家，两句俗话，青山不改，绿水长流，他年相见，后会有期。就此告辞，咱们再见！"说完话冲着伙计一点头，纵身上房径自去了。

伙计一伸舌头，长长出了一口气。好容易盼到天亮，赶紧跑到县衙，找着胡二爷，照着卢春的话一说。胡二爷一听，既是人家家里出了意外，还能一定把人家留住不可吗？只好答应。等到诸知县再找车把式，卢春早就走远了。

再说卢春，带了这两个孩子，从店里出来，一口气就走出有三十多里地。看着天上却已有老高的太阳了，心想老这么蒙着走，怎么也是不行。反正得把话全都说清楚了，这两个孩子要是真明白，自然是一说就成；如果他们要是不明白，又哭又闹，趁着出来不远，我还把他们送回衙门，凭他去发落，我再想我自己的方向。想到这里，抬头一看，见离着眼前不远，就是一片大树林子，便赶紧走了几步，来到树林里头，找了一块平条石头，先把小柱儿放上，然后又把小栓儿也放了下来。恰好两个孩子，正这个时候，也都醒了。

小栓儿睁眼一看便道："怎么我们又到树林子里来了？"

卢春道："你先别忙，听着我问你话，你今年几岁了？"

小栓儿道："我今年十四岁，小柱儿今年六岁。"

卢春道："我有几句话要跟你说，你可听明白了。你知道你父亲现在已然被人家害死了吗？"

小栓儿摇头道："我不信。我爸爸在村子里就没得罪过人，谁能够害他？"

卢春听着暗暗点头道："你父亲不是外人害的，就是你妈把他害死的。不但你父亲被他们害死，你们家里已然遭了大火，烧得片瓦无存。田喜、田福、田禄也都死了，你的妈妈现在也让人家收在监里了。我是把你们救了出来，如果你们不信，我还可以把你们送回去，叫你们看一看，我说的这话，倒是真的假的。"

小栓儿一听卢春这套斩钉截铁的话，便哇的一声哭起来了。幸喜这个地方，旷野荒郊，没有人能够听见。卢春让他们哭过一阵子，这才拦住小栓儿道："你先不用哭，现在我有两条道。一条是我把你们送回去，叫你们听官方怎样处置你们。第二条是，我把你们救出来，原打算教你们一些大本事，将来好成家立业，给你死去的父亲报仇。不知你们自己以为如何？"

小栓儿道："既是你老人家肯救我们一命，你老人家就是我们的重生父母，你老人家还愿意交给我们艺业，我们更是喜之不尽。我弟弟年纪小，什么他也不懂。只要你老人家肯让我们两个得着这条活命，从今天起，你老人家教我们怎么样，我们便怎么样。"说着跪下去就磕头。小柱儿一瞧他哥哥磕头，便也趴在地下，磕起头来。

73

卢春心里这份儿高兴，简直不用提了，赶紧过去把两个孩子扶起，乐着对小栓儿道："好孩子，只要你能够始终听我的话，我保你将来一定不错。"

小栓儿道："全仗着师父你老人家疼我们吧。真格的，老师我们还不知你老人家怎么称呼呢！"

卢春道："我倒忘了。我姓卢单名一个春字，我不是此地人，这也是我们爷儿们有缘，会在这里遇见了你们。"

小栓儿道："师父，现在咱们到什么地方去呢？"

小栓儿这一问，才把卢春提醒。心想这可糟了，全都好办，真是把这两个孩子带到什么地方去？自己一片事业放在那里，都没有敢回去，如今再弄这么两个孩子，再没法子可想。皱眉摇头，寻思了半天，忽然想起来，自己还有个师兄，当年也曾在江湖上响过大名，后来看破绿林之道，洗手不干，约请了同门的师兄弟，当面交代，从此遁世不见，现在何妨去找他要个主意。原来卢春师兄弟一共是七个，卢春排行在末。虽然是师兄弟，可是谁也不管谁。所以卢春在普云渡失事，并没有找师兄弟出来帮忙找回这个面子。后来在蔡县衙门里隐藏身体，忽然碰见四师兄一轮明月娄辰娄拱北，相谈之下，才知道大师哥神弩手云里灰鹤孙刚孙志柔自从洗手不干之后，就到了四川。峨眉山西北山麓下有一座小山，因为这座山势很小，被那些大山遮得见不着阳光，每年都是积雪不化，因此土人便叫他雪岭。孙刚喜爱那个地方清静，也没有人到那儿去，便一径到了那里，找了一座山崖，结草为棚，便住在那里，真个隐遁起来。当时便记在心里，今天这一走投无路，心里一着急这才想起，我何不带着这两个孩子也投到他那里去。想好了遂向小栓儿一笑道："我有一个好去处，把你们带了去，你们就跟我去吧。可是有一节儿，咱们这一路上，不是一天两天，我一个老头子，带着你们这两个小孩子，恐怕不免有人生疑。我想咱们多走偏僻小路，少走县城，就可以避免些人注意。再者咱们称呼之上，也得改改，我告诉你们，如果有人要问你们，你们就说你们也姓卢，是我的侄子，人家就可以不疑心了，这话你们可要记住。"

小栓儿答应。卢春从这天起，带了两个孩子，便往川地走去。一路之上，也就是饥餐渴饮，夜住晓行，沿途之上并没有什么事故。在路上足足走了三个月，这一天才走进四川境界。卢春抱着小柱儿，拉着小栓儿，从河南到四川，虽说夜里住店不用卢春管，可是只要在路上，就得卢春抱着。这一道儿上，算把一个顶天立地的英雄，给治得伏伏在地，真是连撒一泡尿，都不敢把孩子搁下。今天一看，已然进了四川界，心里这才痛快一些，心想我这次又多干了一件累赘的事，可是托天之福，总算把这两个孩子，都给弄到这个地方来了。大约再有几天工夫，就可以见着大师兄了。见着他之后，没有什么说的，我得把这两个孩子托付给他，让他多费一点儿心，替我教教这两个孩子。我自己也得想法子，把我自己的事办一办。不然这样人不人鬼不鬼的得混到什么时候为止。越想越对，心里非常高兴。

又走了两天，这一天也就是刚要黑，卢春一看，离着有人居住的地方，大约还有不少的路。要是平常自己本身，也就赶到了，无奈带了两个孩子，无论怎么赶，恐怕不容易赶到，天也就黑了。想来想去，实在一点儿法子没有，只好是带着这两个孩子往前走吧。越走越黑，山道是越走越难走。走到一个山口，连方向也分不出来了，卢春心里这份儿着急，自不用提。不是别的，这多半天工夫，两个孩子还一点儿什么都没有吃，前不着村，后不着店，旷野荒郊，哪里去买什么。着急固然是着急，可是一点儿法子没有。忽然心里一想，看这山势虽险，可不像有什么野兽啸聚的样子，这个黑夜之间，一定也不会有什么人从此路过，不如把这两个孩子，先搁在这里，自己施展夜行术，可以到前边有镇甸的地方，先买一些吃的东西回来，就可以放心了。想到这里，便叫栓儿站住，找了一块平整山石，把小柱儿放下，然后把自己长衣裳脱了下来，铺在山石上面。先把小柱儿放好躺在山石上面，又向小栓儿道："你也坐在这里歇歇，可不许走一步。等我到前边买一点儿吃的回来，咱们吃了之后再走。"小栓儿答应，卢春又往四外看一看，听了一听，依然是一点儿动静都没有，这才放心。赶紧认准山道，一塌腰跑了下去。

敢情这股山道是一股岔道，卢春黑夜之间看不出来，把路走错了，以为离这里没有多远，就可以有个村甸，随便买些什么就回来。谁知道这一口气足足跑出去有二十多里地，还没有走出这条山道。卢春这才着了急，赶紧定了定神，找着山坡纵身上去，借着星斗光，一瞧这股山道好似屈伸一般，蜿蜒还有百八十里，才知道是走错了路。站在山坡上一怔神，不由把手猛向身上一拍，意思是怨恨自己，不该不先看看这道，就乱跑一阵。谁知道这一拍，正拍在抄包上，觉得有东西碰了一下，猛然啊呀一声。原来自己身边还带着有几块在前村没有吃完的锅饼，方才未曾想起。不由自己暗骂自己太糊涂，怎么一时就会忘了。自己怨恨自己半天，这才转身往回跑，一来一往，足有五十多里，又是山道，又是黑夜，等到回到刚才那个山口，天也就快亮了，影影绰绰可以看见了。来到原处一瞧，这一吓，非同小可。原来刚才那块石头上两个孩子，只剩了一个，小栓儿睡得挺香，小柱儿踪迹不见。

有分教：

半点不由人欲尔益远，万事皆天定小合长离。

要知后事如何，且看下回分解。

第七回

小孺子雪岭寻师
老镖头冰山涉险

卢春的一颗心，都快蹦出心口了，赶紧一伏身用手一拍小栓儿，把他叫醒。小栓儿睁开眼睛，一边揉着，一边问道："老叔你什么时候回来的？"

卢春着急道："我问你，小柱儿呢？"

小栓儿一听，噌的一下翻身爬起，怔呵呵地道："不是在我旁边睡着？"

卢春心里这份儿着急就不用提了，一个六岁的孩子，能够上什么地方去？多一半是掉在山坡下头去了。掉下去还能活得了？如果说是有野兽的话，为什么小栓儿连一点儿影子都不知道？这件事实在怨自己粗心胆大，为什么把人家小孩子放在这里自己离开。现在这样一来，怎么对得起这个孩子，越想越恨，越想自己越不对。

刚一怔之际，只听小栓儿哇的一声哭道："老叔，小柱儿呢？"

卢春更着急了，心想你这一哭，如有人从此路过，那岂不更糟？想到这里，把心一狠道："小栓儿你哭什么？我临走的时候，怎么告诉你的，叫你好生看好小柱儿，你却睡着了。现在把小柱儿丢了，我还没问你，你反倒哭起来了，看起来你也不是什么有出息的孩子，我倒深悔我这次不该多事！"说着长叹一声。

小栓儿一听，果然不敢放声大哭，可是依然抽抽噎噎。卢春虽然把小栓儿的哭止住了，却依然找不着小柱儿，究竟到什么地方去？想了半天，只好把心一狠，心想也是这个孩子生有处，死有地，该是死在这里。现在天是已然亮了，倘若再在这里不走，如果有人从此路过，难免让人家看出来。莫若趁着这时还早赶紧走，省得再闹出许多是非！想到这里，便向小栓儿道："小柱儿现在是找不着了，这也是他命该如此，怨不着谁来。趁着天色还早，咱们赶快走，不然一会儿有人从此路过，就难免又得多费唇舌。"

小栓儿道："我全听明白了。只是我弟弟丢在这里，我也不愿意再走了。你老人家愿意走你就自己走，我就在这里等着他。他回来更好，他若不回来，我死在这里，也没有什么怨恨。"说着又抽抽噎噎哭了起来。

卢春心里这份儿难过，简直不用提了。忽然想了两句话道："小栓儿你这话说得也对，足见你们兄弟有手足之情。不过有一节儿，你仅顾你们手足之情，就忘了你父亲死得不明不白，全家仇未报吗？"

小栓儿一听这句话，不由哇的一声大哭起来道："你老人家说得也是，只是我兄弟就丢在这里，实在是让我难过！"

卢春道："事情已然这样，难受会子也没有用。只要他不是命短，将来你们弟兄也还有相见之日。现在天已然不早，咱们赶紧走！"小栓儿无奈，只可答应。卢春把衣裳穿好，知道这股道是错了，从这股道退了下来，这才另往一股道上走去。这个时候，太阳出来就很高了，卢春拉着小栓儿，一口气走出有十几里地，这才找着一个镇甸，进去吃了一点儿东西。吃完之后，跟人家一打听这雪岭在什么地方，离这里还有多远。

人家上下一看卢春便笑着说道："你问这个雪岭，我们倒是知道。我们这个地方，叫作徐家坪，由这里一直奔东南，全是山道。大约也就有个百十多里地，山环尽处，便是雪岭。只不知你打听那个地方干什么？这雪岭虽然离着我们这里不甚远，可是我们都知道，那个地方轻易没有人去。一则那个地方是峨眉山的山阴，非常之冷，上面有积雪不化，我们受不惯那个冷。二则那个地方隐藏许多怪兽，人若是不知，进去把命就许丧了。从前有好几个少年，听说里头出产一种什么仙草，专治疗毒恶疮，又是一种雪莲，专能治瘴岚之毒。他们就联合了有十几个人，全都持了器械冒险进山，打算采些药材。不想从那年那天去的，到了今年今天也没有回来一个，以后便没有人敢去了。要依我说，客人要是没有什么要紧的事，我劝您还是不去的好。因为我看您并不是本地人氏，一定听了别人的谣言，说这里雪岭有什么景致，所以才惹起您的好奇心。您想到那里逛一逛，我们是这里人，不能见得到说不到，几句直言，您可不要见怪，最好是不去的好。"

卢春一听，不由心里啾咕起来。人家是本地人，这话一定是不能说谎，如果冒险进去，也许是白送命。再说里头那样冷，又有许多怪兽，孙刚怎么能够在那里头住？难道是娄拱北说的谎话？可是和娄拱北这人在一块儿有数十年，也没听见他说过一句谎言，况且，这件事他又何必诓我？忽然一想道："嗐，想我这半生辛苦，只落得这般模样，这条命难道就这样值钱？还有一节儿，虽然我这次热心救了这两个孩子，半路上还丢了一个，这一个如果要再不送到大师哥那里去，更没有一个去处。自己带着这个孩子，更不是事。不如今天就这样进去，就算方才他们所说的话，完全是假的。如果进去见着孙刚，把孩子往他手里一交，自己再去想法子办自己的事。话往回里说，如果人家这一片话是真，娄拱北那话是假，那时候只可就听其自然，就是死在山里，也是命里造定，该着那样死，虽死无怨。"

想到这里，便笑着道："承教承教。我们确不是这里的人，只因听朋友说起，贵省这个雪岭，说里面景致很好，可以说是全国第一，因此才带了这个孩子，来到贵地，打算到雪岭去看一看。众位这样一说，我们才知道是上了朋友的当，若不是众位见告，我们这两条命就算丢在那里。现在我们既然知道，不敢再去，我们再往别的地方逛一逛，也就回去了。诸位这番好意，我们谢谢，咱们改日再见。"说着深深一揖，带着小栓儿出了这徐家坪，便照着人家所说的话，直奔东南。

走了一天，又找了一个小镇旬住下，也不再跟人家打听。只是在临走的时候，多买了许多馒首锅巴之类，装在口袋里，带着小栓儿，又往前走。果然山势很险，道路是越走越难走。远远望去，不用说村庄，就是连一个人影儿也看不见，幸亏自己带了不少吃食，这一样儿可以不用担心。走来走去，眼看天要黑，卢春找了一个山洞，先把鞭从腰里取出来，放进去探了一探，里面什么动静也没有，这才自己钻了进去。里头地方并不甚大，仅仅能够容下两个人。赶紧一探身，把小栓儿拉了进去，往里边一放，自己挪到外边当洞一坐，把吃的东西掏了出来，爷儿两个在里头一吃。吃完之后，小栓儿先睡着了，卢春从洞口往外一看，满天星斗，万籁无声。自己一想，人活在世上，真是不能预料，谁能够想得到自己今天会住在这个洞里。但愿娄拱北所说之话不假，能够见着孙刚，自己的心事就算全完。想着想着，心神一定，当时便也睡着。一觉醒来，太阳已然老高。一看小栓儿仍然睡得正香，赶紧把他叫醒。从洞里爬了出来，坐在洞口外头，又吃了一点儿东西，然后这才动身。要照人家所说，这百十多里地，今天就可以走到了，不得不加谨慎。想了一想，先把鞭从腰里解了下来，拿在手里，然后这才向小栓儿道："前天咱们在徐家坪的时候，人家说的话，大概你也听见了。今天大约就要进山，一切你可不要害怕，全都有我。"

小栓儿点头道："我知道，我不害怕。自从我兄弟丢了以后，我想活着也没有意思，死也不算什么。今天进山，至多也就是一个死，那又有什么害怕，况且还未必准死。您只管放心！"

卢春听了，点了点头，这才往前走去。走了不远，忽然小栓儿直喊口渴，卢春不由"哎呀"一声，自己还真把这件事忘了，怎么不在镇甸里找个水葫芦，预备些水呢。吃完了东西，一走山道，焉能有不渴之理，只是这里前不着村，后不挨甸，连个水沟子都没有，上什么地方弄水去？方才也未曾理会，现在小栓儿一喊，把自己也提醒了，当时就觉得嗓子发干，简直是片刻难忍。忽然想着，眼看前边就是山环尽处，底下一定会有河沟子，到了那里，先喝点儿河水解解渴再说。他想着挺对，便向小栓儿道："我也渴了，咱们赶紧走几步，前边就可以有水喝。"说完这句话，脚下加力，很快地一直跑了下去。卢春前头走，小栓儿在后头跟着，跑着跑着，卢春听了听，后面脚步儿声没有了。回头一看，小栓儿躺在地下了。卢春吓了一跳，赶紧转身往回就跑。来到小栓儿跟前一看，小栓儿呜呜地哭了起来。

卢春道："你这是怎么了？"

小栓儿道："我脚挺疼，简直走不动了。"

卢春低头一看，实在不怪小栓儿喊脚疼，敢情小栓儿穿的鞋，都磨透了，一个大脚趾头也磨破了，顺着那个窟窿往外流血。卢春一看，心说这可真糟，只好笑着说道："你起来，我扶着你，咱们先慢慢地对付着走。"

小栓儿含着泪，只可答应，卢春便用手扶着他，往前走去。这个时候，走得又渴又热，又烦又累，好容易对付了半天，才到了山口。小栓儿坐在地下哭着说道："师父，我实在一步都走不动了。"

卢春赶紧把小栓儿抱起来道："好孩子，你先别着急。你在这里等我一等，我去给你找点儿水去。"说着话把小栓儿，抱到山根儿底下，叫他躺在平山石上，又把自己的大衣裳脱了下来，给他盖好，这才转身走去。来到山环前头一看，真是说不出的苦来！原来山环过去，是一片平地，连一个小水坑子都没有，上哪里去找水？这个时候，自己嗓子里如同起了火一样，干得简直都快要裂了。这份儿难受，真后悔自己不该多管闲事，以致没罪找罪受。忽然心里又一动道：有了，听他们说这山后头有积年不化之雪，我何不到山上，捧他一点儿雪，先把口渴解了才好。想到这里，找了一个山坡地方，纵身上去，刚到了山尖上头，就觉着一阵凉风吹了过来。卢春当时就是一个冷战，定神往里头一看，原来这座山峰后头，隐藏着还有七八座山峰，一峰比一峰高，一峰比一峰远。远远望去，果然有几座山尖上，好像有一层雪盖着似的，但是离着自己还有很远，一时却不易得到。心里这一急，真有跳下山峰把自己摔死之心。不由脱口喊道："想不到我卢春今天该死在这里！"

这一嗓子不要紧，空谷传音，当时嗡的一声，山鸣谷应，当时便听风声四起，只见从前边山峰，凭空飞起许多只怪鸟，叽哇乱叫。卢春正在惊诧之间，只觉腥风大起，来得和平常风不同，便知不妙，赶紧往后就退。谁知这座山势非常陡峭，刚才上来时候，是一鼓作气，心里也不觉理会，如今这往下一退，心慌意乱，当时脚下便站不稳了。两脚一滑，本想往外退上，不想凭空一跌，竟自往里边滑了下去，身子往前一抢，脚下哪里还吃得住劲，这一滑径往山里滑去。方才卢春在山坡上也看见了，这座山离地足有好几十丈，虽然有纵跳的功夫，怎奈身不由己，这一掉下去，不用说里头有什么怪兽，就是这一摔也得个半死。可是已经滑下去了，还有什么话可说，只得把双腿一蜷，两只手抱紧肩头，两膝护住了裆，两眼一闭，听命而已。只听耳边风声呜呜直响，越往下越凉。心想一定离着山根儿不远了，不如把眼睁开，倘若能够看见实地，也好想法子活命。想到这里，把眼睁开，也是恰巧命不该死，就在这一睁眼，瞥见自己身旁往里也就有一尺多远，从山上横着有一块青条石，正在脚底下有一丈远近。赶紧把双腿放了下来，平身往上头一横，正落在那块平条石上，挺住腰一立，算是站住，不由就念了一声"阿弥陀佛！"心里还突突直跳，虽然出了一身汗，却依然很冷。心想不能老在这块石头上歇着，总得想个什么法子上去。低头往下一看，这块石头离着地还有十几丈高矮，打算跳下去，又未必能平安到地。再往上头一看，在这块石头的周围，三丈之内，绝没有第二个地方可以托足。正在这个时候，只觉又是一阵腥风，迎面吹来。卢春心里虽然知道不好，可是自己身在绝地，前进既是不能，后退更是没路，只好是定定心神，任其自然。所幸的就是方才虽然滑了下来，十分危险，却始终没有把自己腰里围着的鞭脱落。一伸手从腰里把鞭扯出，挺腰在这块青条石上一站。那风比先前益发狂大，风过之后，就听见山底下，闷闷地叫了两声。低头往下一看，原来是一只山豹，足有七尺多长，浑身全是金钱，一条长尾巴，搅得好像一条乌龙相似，连吼连叫，两只眼睛，亚似两个琉璃做的泡儿，闪闪发光。一抬头正好看见卢春，只见它两只眼睛往上看着，身上却不住往后直退，尾巴把底下的石头子儿搅得乱飞。退出约有一丈多远，猛然把尾巴一搅，两条后腿一坐，凭空纵去。这一纵足有一丈多高，却因上纵势子太猛，纵过了石条，抓不着石头，复又掉了下去。却见它在平地一滚，浑身的毛，仿佛像针一般，根根立了起来，怒吼一声，二次复又往上纵来。总因火怒太盛，一次也没有挨着石条。足足纵了有一二十次，便也掉下有一二十次。卢春看它伤不着自己，便不把它放在心里，拿着那条鞭，看它到底如何。那山豹跳了有好几十次，始终也没有够着卢春，想是有些劳累，势子便缓了下来，突然转了两转，竟舍了卢春旋身跑去。

卢春一看豹子已去，一颗心才算放下，心里又盘算自己应当怎样，才能够离开这块险地。一想自己身上原带着有飞抓，不如把抓先抓住山石，把自己先系了下去，到了地下之后，再想别的办法。想到这里，便把飞抓从腰里取了出来，在石头上抓好，两手里的鞭往腰上一围，围好之后，两手揪着飞抓的绳子，慢慢往下落去。刚落在绳子尽头，离地还有七八尺，只觉方才那阵腥风又起，比那阵更大。心想一定是方才那只山豹又来了，赶紧回头一看，这一吓非同小可，在方才来的那只之外，又多了一只。这一只比方才那一只还高，还大，全身通黑，四只白爪，两只黄眼睛，却好像一对儿铜铃相似，搅着尾巴同着先前那只连纵带跳直奔自己而来。到了石头底下，那个黑色的，把尾巴只一搅，探身一纵，加上卢春在飞抓上，离地又近不少，这一纵险些不曾被它够着，仿佛那爪子已然碰到身上，知道自己这条命，简直是凶多吉少，反把心神定了。一只手揪着飞抓，腾出一只手来，急忙扯出腰里围的钢鞭，恰好这时候那只黑豹二次又纵了上来，这一回却比刚才更玄，眼看双爪已然扑到卢春身上。卢春喊一声"不是你就是我！"抖手一鞭，正抽在那豹前爪上，豹一护疼，身子一缩，依然又掉了下去。卢春虽然一鞭把豹打了下去，知道它着了一下，必不甘心，仍然还要纵了来。自己一个悬在空中的身子，仅仗着一只手的力量，虽然兵器在手，却是不由自己。倘若一个失手，要打不着豹子，或是上头抓头一挪，绳子一断，掉了下去，这条命当时便算是完。无论如何，还是想法子先回到石头上。虽然不是一条活路，究竟是脚踏实地，总比这样身临虚空强一些。想到这里，身子往上一提，双腿往上一飘，脚朝上，脚面一蹦，双脚把绳子夹住，手往起一推，长腰一翻，两只手便把绳子揪住，双手倒绳，两只脚往上倒着蹬，不几下到了方才那块石头底下。少会儿定了一定神，正要翻身用脚勾那条石，再翻身上去，却猛见一条黑影儿，在眼前一晃，不由心里怦地一动，寻思方才第二次只见黑豹往上纵，怎么没有看见先前那只花豹子往上纵？难道这个畜生它先跑上去暗地里来计算我？这倒不得不防备它一番。想到这里，两只脚把绳子往回一绕，在脚上绕了一个单回扣子，右手挽住了钢鞭，翻腕子就是一鞭，往石头上抽去。只听啪的一声，便从石头上掉下去一只豹子，险些不曾把卢春给挂了下去。卢春暗道一声惭愧，心想这条命又是捡的。这时不顾往下看，又把钢鞭举起，翻手又是一鞭。这一鞭却没有什么动静，这才把心放下，赶紧往起提身，双手抠住石头沿，脚上一使劲，探头一看，什么都没有。双手一按，一提脚，双腿一飘，到了石头上。摘去了飞抓，站在那里发怔，心想这条命简直太玄。越想越怕，再往下头一看，只看那只黑豹仍然在那里乱蹦乱跳，那只花豹却趴在地下一动也不动了。卢春想着，一定是被刚才那一鞭抽了致命要害，给抽死了，心里十分高兴。无意中竟会去了这么一个大害，登时心便放下了一半。这只花豹既然如此容易得手，猜着这豹子也不会有什么特别的厉害，凭着自己手里有这条鞭，足可以对付它一气。虽然这样想，可是不敢往下跳，恐怕还有旁的猛兽出来，自己一条鞭也未必保得住自己的安全。心想换个别的法子，转过身去，看看有旁的地方没有，可以搭着飞抓，就可以脱离这块地方。就在这刚一转身，忽然觉得脚底下忽地一动，不由大大吓一跳。原来这块石条，在土里压的并不多，方才卢春掉下来一震，已然颤动。再加上飞抓抓的功夫很大，复又拔出来不少。加上那只豹子又在上头跳一会儿，钢鞭又一震，根子上已然是吃不住劲。及至卢春再从底下翻了上来，便益发支持不住。卢春回身一转，后脚一空，前脚一吃力，便连根都拔了起来，耳边噗的一声，卢春喊一声"不好!"急忙低头往下看时，并没有一个跳处。说时迟那时快，就在卢春略一犹豫之际，又听轰的一声，这条石便脱土掉了下去。卢春觉得腿一软，知道不好，这一掉下去，要被那条石碰上，必得骨碎筋折性命难保。哪里还敢有一点儿怠慢，趁着往下一坠，双脚往横里一踹，然后背手一缠鞭使了一个"云里翻身"的架势，直落了下来。究是人轻石头重，先听砰的一响，石条落地，摔成两段。卢春听见响声，估量着离地不高，提腰长气双腿往前一错，一挺腰，鞭先着地，然后人也落地。饶是这样，双腿一软，还差点儿没摔一个屁股墩子，迎鞭一晃，才算站住。还没转过身来，就听身后一声怪叫，惊魂才定，又大吃了一惊。知道再回头已是来不及，便赶紧用鞭一戳，往前一纵，足足出去有一丈多远，这才转过身来。将鞭一正面，那只黑豹子，已然跟着纵到了眼前。这时候，卢春才看清楚，这只黑豹，浑身都是浅黄花纹，头顶正中还有一只亮如水晶的犄角。心里正在纳闷儿，黑豹往下一伏身，把尾巴一搅，把地下石头子儿搅得乱飞，猛然把双腿往前一弓，嗡的一声，往前一纵，前爪竟向卢春扑来。卢春见方才无心中一鞭，便把那只花豹打伤，而且是翻手，如今在平地，又是右手，如果这一鞭要打在它的头上，一定可以把它打个半死。心里有了这种打算，当时胆子往上一壮，不但不躺，反而迎了上去。黑豹迎面一扑，卢春往旁边一闪，豹的前爪便扑空了。卢春不等它转过身来，回手就是一鞭，照着豹的头上打去。谁知那豹子头，就好像有眼一样，鞭刚到了头上，只见它把头一偏，用头上那只犄角，往上一迎。说来有些不信，卢春这鞭，多了

84

没有，足有三十多斤，经它往回一磕，竟给磕了回来，并且震得虎口生疼。卢春这才知道不好，打算再抽回去，重新再打它旁处。谁知一鞭不着，不容缓手，那豹趁着鞭梢往外一落，就势右边一只爪子把鞭梢踩住，一低头，那只犄角就够着了鞭。挂住一抬头，一动劲，卢春就知道这条鞭非出手不行，鞭一出手，性命准是难保。急中抬头一看，在这山坡的前边，有一个小土冈，心想，这个山坡底下，或者有个藏身的地方，不如舍鞭往那边一纵。如果要是纵得过去，这条命还可以保得住，如果纵不过去，这条命就算丧在这里。想到这里，故意往怀里一拉鞭，那豹果然也用头着力，往下一顶。卢春趁它用劲这时，把鞭往后一松，那豹用过了力，不防备他这一松，当时便往前跄过去。卢春哪里还敢迟慢，提身一拧腰，横着纵去。要说卢春平常的功夫足以纵得过去，只因这两天在路上走得十分劳累，加上这几天饮食不济，又因方才在飞抓上已然用尽了周身的气力，这时又是急于逃命，几样交加，气力未免少差，离着那小土冈，还有半尺多高，忽然身上一懈劲，便凭空掉了下来，不里不外，正掉在那个冈子上。卢春脸冲外，瞥眼就看见那只豹子，后腿一坐，向前便扑。

卢春把眼睛一闭，喊道一声："我命休矣！"

有分教：

　　小儿临深渊危机一线，老翁骑瞎马祸屈双眉。

要知后事如何，且看下回分解。

第八回

喜相逢披发急亲仇
念同道锐身纾友难

那豹一看，卢春已然倒下，知道这口食算是到了嘴，尾巴一搅，后腿一蹬，两爪向卢春扑来。眼看一只前爪，已然搭上了卢春的腿上，只要再进一步，就可以张口大嚼。

猛听一声娇叱的声音喝道："好孽畜，竟敢在此伤人！不要走，且吃我一剑。"

卢春虽然躺在地下闭眼等死，心里可还明白，忽然听见有人说话，急忙睁眼往山冈一看。原来是一位姑娘，仿佛是穿着一身浅黄的衣裳，什么长相，却看不清楚，手里仿佛拿着一口宝剑，声音随着人，从山上迈步就跳。卢春才要喊使不得，却见她已然一跳而下，一摆手里剑，照黑豹后胯就扎。那豹子只好舍了卢春，转身迎敌。卢春这才知道自己暂时可以不死，赶紧爬了起来，从坡上慢慢跑了下去，先把自己的鞭捡了起来，有心过去帮着那位姑娘去杀那豹，只是被豹吓破胆，唯恐自己一过去帮不成忙，反倒碍了人家的事，不如先看一看再说。

这时离得近了，看得很是清楚。只见那位姑娘也只有十八九岁，手里那口宝剑，真是铮光耀目，和那豹子纵纵跳跳，仿佛是斗着玩儿一个样。不由得暗吸了一口冷气，自言自语道："想我卢春，练把式练了好几十年，自己也够个汉子，过去跟豹子还没有施展第二下，差一点儿没把命送掉。人家一个姑娘，居然跟豹跳了这么半天，还仿佛没事人儿一样。看起来我这点儿能耐，简直一文不值。只要我今天，可以把命保住，从此再也不说什么报仇雪耻，和人家为难。在这把式场找饭吃，实在不易，不如找个深山老岙的地方，隐姓埋名，求一个善终。"心里一路啾咕，眼睛可看着那个姑娘。只见她手里那口长剑，专找豹子头上的这只犄角。那豹也像知道那长剑的厉害，并不敢拿犄角往上硬碰，只是躲躲闪闪，避那姑娘的剑锋。卢春看着心里非常奇怪，心想为什么不拿宝剑扎它旁处，却专在它那只犄角上留意，忽然醒悟，也许这个东西不是豹，头上这犄角，一定还许有别的用处。她无心中救了我一条性命，算是我的恩人，看这只豹子身子十分灵活，一时未必得手，如果工夫长了，一个弱小的姑娘，绝斗不过一只猛兽，那时我的性命仍然难保。不如趁着那猛兽不防备的时候，我过去给它一鞭。虽然不能把它怎么样，究竟也可以分它一点儿神，如果那位姑娘得了手，也算我帮了她的忙。想到这里，便提了手里那条鞭，慢慢地从后面转了过去。恰巧那姑娘在前面边正引住那只豹，始终也没回过头来，卢春这才放大了胆，把鞭顺过来，双手举起，照着那豹的后胯就是一鞭。卢春以为这一鞭，总可以把它打个半死，谁知这一鞭还没打在它胯上，只见它往后一坐，一条长尾巴，竟向自己抽来。赶紧一仰身，用个"铁板桥"架势，才把上身躲过，两腿还没得撤退，半截尾巴，正抽在小腿上，就觉得火烧火燎，如同碎了一样，痛彻心腑，不由得晕了过去。

也不知待了多少时辰，却听得有人在旁边说话的声音。睁眼一看，正是方才那位姑娘，一手拿着那口长剑，一手拿着那根很亮的犄角，一看卢春醒了过来，不由面带喜色，微微一笑道："这位老前辈，没有受着什么重伤吗？这个畜生，可是实在的厉害！"

卢春赶紧答道："方才也是我太大意了，没防备着它，被它抽了我一下。虽是受了一点儿微伤，倒是并不要紧。请问姑娘，那只豹可是死了？"

那个姑娘听了微然一笑道："老前辈，你认错了。方才那个畜生，虽然长得像豹一样，其实它并不是豹。这种东西名字叫作骧，龙和马配便生出这种东西，性质最灵不过，无论是装好什么圈套，它是绝不上当。生成凶恶，常有时候连虎豹都一样吃。最厉害的就是它头上的那只犄角，无论什么兵器都不容易伤它，除去是宝剑，不用想动它分毫。它的厉害就是全仗着它那只犄角，听人说凭着那只犄角可以入海无事，是一种避水的宝品，轻易不能得到。我来到这里，已经三天了，先前听人说过，这山里有这个东西，我也曾找了它两天，却始终没有碰见。今天是从旁边兜了过来，不想正好遇见这个畜生，无意中得遇老前辈，这也说是天生有缘，才能在此相见。至于这个畜生，适才已被我伤了它的犄角，又在左眼上中了我一药弩，倒在那里看它已然不会再活。它的犄角也被我弄到手里，这倒是一件痛快的事。只不知老前辈是从什么地方来？要到什么地方去？怎么会来到这里？"

卢春刚要说出自己的来意，忽然一想，看这个女子，行踪甚是诡秘，我何不也问问她到这里干什么的？想到这里，便笑了一笑道："我就是这里附近人氏，因为听的人家说这个山里有一种药品名叫'雪莲'，十分珍贵，因此到了这里，打算采些药品去卖。不想遇见这个畜生，若不是姑娘赶到，只怕性命难保。请问姑娘是因何至此？难道就是为了这东西才来的？"

那姑娘听了突然把眉毛一皱道："不是，我不是专为这件东西来的。我看老前辈随身带武器，想来也是武士道中人，我无妨把实话奉告。我的父兄原来是吃江湖饭的，在江南一带也很有些小名。只因有一年在镇江劫了一只沧州镖，镖主找到了我父兄要这只镖。也是我父兄不合，不该恼了那镖主，动起手来。我父兄竟不是那镖主的对手，不但把镖救出，而且还把我父亲用毒器打死，哥哥是折了一只胳膊，已成残废。那时我的年纪很小，全不知道。我哥哥因为要报杀父冤仇，给我找了多少武师教给我各样武艺。我整整练了十三年，我哥哥才把我父亲被人害死的话，向我细说了一遍，又告诉我仇人是谁，叫我找他去报仇雪恨。我到了沧州，一打听那个镖主，不但是一时不在那里，而且连那镖局都收了。以后这才向旁人打听，足足打听了一二年，才打听着还没把他找着，不想却遇见了老前辈，又得了这件宝贝，真是有缘得很。"

卢春一听，不由心里一动，便笑着问道："姑娘这个仇人，到底姓什么叫什么？"

这个姑娘微微一笑道："就是让老前辈知道也没有什么。我这个仇人，原是沧州人，姓孙名刚，字志柔，从前人家称他为神弩手，后来又听人说，又改了绰号，叫什么'云里灰鹤'。这个人我却没有见过，不知道老前辈也听说过这个人没有？"

卢春一听，不由暗暗道一声惭愧，便连忙答道："不认识这个人，可是却听人说过，他的本事很大，除去手使一口剑之外，便会打响铃连环毒药弩。后来他又拜了剑客为师，手里更是十分了得。我想他先前既是那样厉害，令尊和令兄都不是他的对手，他现在又练习了这么多年，姑娘就是找着他，恐怕也未必是他的对手。我想冤仇宜解不宜结，姑娘还是不找他的好。"

那个姑娘听完这话，又仔细看着卢春道："难道你跟他相识不成？"

卢春道："我跟他素不相识，姑娘怎么说是我认识他？"

那个姑娘道："既然素不相识，怎么知道这么详细？"

卢春道："这也不过是耳闻，想那孙志柔名高头大，四海皆知，我们既是习武的，怎能够不知道他？我想姑娘无论怎么说，总算是我救命的恩人，唯恐姑娘不是他的对手，倘若再受了伤损，岂不是冤仇越结越深？所以才敢直言相陈，却不想反引姑娘生疑。"

那个姑娘听了微然一笑道："噢，原来如此，这倒是您的好意。只是我和那孙刚有不共戴天的冤仇，既是前来找他，岂肯容易回去？在我想那孙刚也不过是个人，又不是项生三头，肩长六臂，何必怕他到那样。我如果能够找着他，跟他把话说明之后，叫他知道我是为父报仇，定要把他碎尸万段，方消我胸中恶气！"

卢春一听不住暗赞，便笑向那姑娘道："姑娘这番意思固然可佩，不过有一节儿，纵然就是孙刚上了年纪，不是姑娘对手，姑娘自是大仇得报，但是我听知那孙刚同师之人甚多，并且个个武功都了不得。倘若大家都知道了这个信儿，恐怕未必能放得姑娘你过去。我想就是姑娘你的本事好，也未必能个个都赢，只要输给他们一个，以前英名全付与流水，据我想这件事还是能了结的好。"

那姑娘听了冷笑一声道："老前辈您这话说差了，我既是要找孙刚报仇，无论如何我也不能不报。至于他们同门虽多，我却不管，我也不敢再多和人结仇。我想人生天地之间，孝义二字，却是应当存在心上，我替父报仇，为的尽孝。他们再给孙刚报仇，那是他们行义，到了那个时候，能够避去冲突更好，不能避免冲突，我只有一死，全他们大义。至于找孙刚报仇这件事，我却不能说了不算。"

卢春一听，这姑娘不但是武功好，而且还极明事理，不如现在把话跟她说明，再从中劝她一劝，或能释去前嫌，亦未可知。想到这里，便笑着向那姑娘道："姑娘您这话说得一点儿也不错，并且思路极明。我还有两句直话，打算奉上，不知姑娘可肯屈尊一时，容我把话说完？"

那个姑娘道："老前辈有话请说，何必客气。"

卢春道："这话我原不该说，只因我见姑娘为人十分端正，而且又有这样一身好功夫，如果就为这样一点儿事，把自己前程丢去，岂不可惜？所以我才敢直言奉告。姑娘你还不知道我是谁，待我说给姑娘听听。在下姓卢名春，原是山东莱州人，方才姑娘说的那个孙刚，就是我的师兄，我就是他的师弟。"

卢春还没有说完，那个姑娘陡的一声，用手一指道："你说什么？！"

卢春道："我说孙刚是我的师兄……"

那个姑娘一听这话，当时脸上颜色一变道："噢，你就是孙刚的师兄弟。好，我现在正找不着孙刚，先来拿你出出气！"说着劈手就是一剑，直奔卢春前胸刺来。

卢春往后一撤胸道："姑娘这是怎么说，方才姑娘不是说专找孙刚一个人，不和他的同门为难，怎么这一会儿工夫，姑娘您就忘了，竟是同我动起手来。"

那姑娘听了一阵嘿嘿冷笑道："你这人怎么这样糊涂。只因方才我听你说话，分明是和孙刚相识，你却偏说不相识，所以我才用假话试你，谁知道你果然说出来了！你既是在这山里，想必知道孙刚现在哪里，或者他是和你同来的，亦未可知。现在只有先把你拿住，那时不怕孙刚不出来。休走，且吃我一剑！"说着又是一剑，劈头砍下。

卢春这才知道上了姑娘的当，不由心里一阵难过，想不到自己在江湖上闯荡这么多年，会斗不过一个女子，知道今天这件事，绝不能善罢甘休。又见那姑娘能够剑伤怪兽，手里的兵器不用说是一件宝刃。自己武功虽然可以对付，但是今天身上已然出力过多，觉得十分疲乏，又被那怪兽抽在迎面骨上一尾，现在隐隐还在疼痛，只怕动起手来，未必能占上风。只是事已到了这般地步，空说也是无益，幸喜方才那鞭就在身下，赶紧弯腰捡起。这时那个姑娘，早把那只犄角藏在身边挎袋里头，手里宝剑直奔

90

卢春前胸。卢春不再搭话，剑到一撤身，剑走空了，才待回鞭，宝剑斜着往里推来了，赶紧缩腰藏头，剑从上面过去。才要挺身，剑一反，立住了刀劈脑门儿来。卢春往旁边一闪，这剑才过去。卢春一看这三势，就知道今天自己甘拜下风，不用说自己还有旁的缘故，不能赢人家，就算是平常在精神充满的时候，也未必能是他人对手。一急却急出一个见识来，看这姑娘动手，全是致命死手，稍微一慢，这条命就算交待。看她这个样子，十分凶狠，大有不把我置之死地，其心不甘之势。我何不也与她一死相拼，我固然也完了，这个丫头也完了，省得将来再给同门留一个祸害。心里想着剑又到了，这次是刺肋一进，卢春知道往后一躲，她将又是推刃一横。一看剑到并不往后躲，抖手就是一鞭，直奔那姑娘迎面骨上砸去。果然那姑娘一见，喊道一声"不好！"凭空一跳，鞭也让过去了，剑也撤回去了。卢春就知道这个法子对了，趁着姑娘宝剑没有进招，抖手又是一鞭，直奔姑娘面门。姑娘看见鞭到，一提腰往旁边就纵，让过鞭，进步横腰就是一剑。卢春手里鞭往回一提，往里边一兜，也奔姑娘腰缠去。姑娘一见，大坐腰，鞭从头上过去，卢春不等鞭势稳住，反手往外边一撩，鞭又从下边扫回来。姑娘一看喊声"不好！"撤身一纵，鞭走空。卢春用势太猛，鞭过去，唰的一声，抽在土地上，成了一道土沟，再待抽回来鞭梢已软，加着自己又是筋疲力竭，已是手不从心。就是这一伸一缩之际，那姑娘喊得一声好，直提宝剑用了一个"奎星看斗"之式，照着卢春前胸一刺。卢春就知道不好，一含心口，把宝剑让了过去，使足气力往回一撤鞭。鞭是顺着地下起，还有得着实力，到了姑娘腿下。这回姑娘却不跳不纵，只把宝剑立起，横着剑口，在那鞭上轻轻一抹，只听锵的一声，鞭削下去，足有一尺多。卢春一看鞭折，知道再战无益，打算用败中取胜，暗器赢人，赶紧提手中断鞭，照着姑娘面门就砸。姑娘一撤身，鞭就空了，卢春往后一背身，左手提鞭迈步就走，右手就着镖囊。姑娘一看，知道他要使暗器，便不再怠慢，抢一步提剑就刺。卢春知道不好，斜身一纵，不防力已用尽，前脚跟后脚踢在一起，一个站立不稳，噌噌噌，绊出三四步，一斜身摔了下去。姑娘一看，喊了一声"你还往哪里走？"一纵身就到了卢春面前。卢春就知道这条命算完，赶紧把双眼一闭，只等一死。

就在这个时候，却又听山头上一声喝喊："姑娘休得逞强！来来来，且和俺比画两下再说。"随着声音，就如同飞鸟一般，从山坡上纵下一个人来，到了姑娘跟前，喊一声"姑娘接剑"，唰地兜头就是一剑。姑娘一撒身，剑又横着奔了胸膛，姑娘一斜身，剑又斜着打了进来。这一见面任话没说，唰唰唰，连前带后一共就有二十多剑，那姑娘只有招架之功，并无还手之力，不由大吃一惊，心中暗说不好，这一照面，我就没还过手来，只怕工夫一长，绝非他人对手，不如早早避去，免得当场现丑。想到这里，便又勉强支持了三五招，撒身提剑一纵，足有一丈远近，已然逃出那人剑圈之外，这才掉头跑去。

那人并不追赶，站住脚步儿在后面一阵大笑道："姑娘慢走，恕俺孙刚不远送了！"这一笑真是山鸣谷应，响彻十里远近。翠娘这才知道那人正是自己要找的孙刚，不由一阵愤恨，想孙刚剑术这样厉害，不要说是我一个，像我这样有个十个八个的，也不会是他的对手。看将起来，我这冤仇今生今世，是不能报了。想到这里，真有提剑自杀之意。猛然心里一动，何不去找他老人家来替我报仇？只要他老人家肯出来，孙刚绝不是对手。不过他老人家那个脾气，现在未必肯出来，不管他，且去找一找再说。想到这里一按剑一伏身，纵过这雪岭直往东南而去。

那人一阵喊，卢春也听见了，知道来人就是孙刚，不由心花怒放，赶紧从地下爬了起来，高喊一声道："孙大哥，小弟卢春在这里。"

孙刚忽然一怔道："卢贤弟，你怎么到这里来了？幸喜我今天心里一动，出来走这一遭，不然贤弟你要吃她的亏了！这里山兽甚多，不便多谈，走，随我找个地方说话。"

卢春道："大哥，要是方才那股大道，我可实在走不动了。"

孙刚道："另有小路，随我来。"于是孙刚在前，卢春在后，走在路上。孙刚便问卢春怎么一个人会想到这里来，卢春一听也不答话，"哎呀"一声猛然回头就跑。孙刚从后头一把扯住问道："你方才说你连走都走不动了，怎么忽然倒跑起来，你有什么急事？再者，那边那条路你也上不去。"

卢春着急道："大哥你哪里知道，那边还放着一个小孩子呢。"

孙刚道："什么小孩子，怎么会到这里来？"卢春便把自己在田家村怎么杀奸除恶，怎样救了两个孩子，怎样半路上丢了一个，自己怎样得到此地，怎样遇见野兽，后来便遇见那个穿黄衣的姑娘，从头至尾，草草地说了一遍。孙刚道："原来如此。据我看，现在你也不必着急，那个孩子，一定是个有造化的。如若不然，等不到现在，大概已经早死多时。咱们还是绕到前面，那孩子或者还在那里，亦未可知。"

卢春一听，也只好答应。跟着孙刚，约莫着走出去差不多也有二三里路，却依然看不见山口，便问孙刚道："大哥，这山究竟有多少路？怎么走了这么半天，还没有到？"

孙刚道："因为你没有到这里来过，所以你不知道。这座山，名叫雪岭，里面的积雪，经年不化，轻易没有人到这里来。这山里野兽极多，又都是非常凶猛。方才你到的那个地方，是个山洼，是这雪岭最下的一层。这座岭完全是个螺丝形，一共有十七层，你因为是从上头掉下来的，所以没有理会里头的道路。这一层一层全是一样，我们所走的，不过刚刚到了三层，到上头还要走个十三四层，你不要问只随我走好了。这里危险很多，你我还是离开这里才好。"说着脚下加劲，直往上边走去。卢春一听这才明白，便不再多说，紧紧跟在后面。

果然走了两三层，那山势都是一样，仅仅是觉得四面的环山，越来越高越大了。又走了一会儿，孙刚向卢春道："好了，只剩三层，就可以到最上一层了。"刚刚说到这句，只听隆隆的一声响，震得四外的山都响应了。卢春刚要问这是什么响，只见孙刚喊声"不好！"随手掣出剑来，已然屹然立住。卢春就知道又是什么野兽来了，幸喜方才那根断鞭还没有丢掉，赶紧一挺身，站在孙刚背后。再一听，那隆隆的声音竟是越来越近。只听孙刚道："这个东西很是厉害，一向没有出来，怎么今天忽然走出来了？你可千万不要上前，我自有法子挡住它。"卢春一听，知道这个东西定是十分厉害，赶紧立住身形，拿着断鞭，靠了一个山角，往这边看着。

这个时候那隆隆的声音，比刚才益发重了，震得耳朵都有些发聋。声音越来越近，再看从上一盘山下来一个怪兽。卢春看得很明白，只见那只怪兽高里足有一丈三四尺，浑身金黄色，细长的一条脖子，长了一个似鹿非鹿的头。在那长脖子上，周围长了三只角，遍体血红，一张嘴仿佛像蛤蟆一样，能够一伸一缩，腮帮子上的皮，就发出隆隆的声音，走起路来，非常迟慢。再往后头一看，那兽的尾巴却又非常的长，在尾巴顶尖上长了一个似球非球的东西，拖在地下，一晃一晃地从上盘山上走了下来。卢春也不知道这种野兽叫什么名字，是怎么样厉害，觉得它那样慢条斯理，也没有什么可怕。再看孙刚，手里按着宝剑，嘴里也作一种怪声。那兽听了，似乎益发震怒，那隆隆的声音，也便跟着大了起来，越来越近。只见它猛地把身子一转，唰的一声，那条尾巴竟自从地下向孙刚扫来。卢春想不到它那条尾巴竟有这样的厉害，不由吓了一跳。只见那条尾巴一抽，哗啦一阵乱响，地下石子抽得乱飞，立有几块石头飞到卢春面前，险些不曾被它砸上。只见孙刚就地一纵，足有五六尺高，那条尾巴便从底下扫了过去，刚要喊一声"不好！"却见那怪兽，不等孙刚落地，抬起长脖子往上一冲。卢春一看，那兽果然特别厉害，那条脖子如果戳上一下，无论什么地方，恐怕也要洞穿崩裂。再看孙刚趁着身子往起一纵，就在半空中使一个"云里翻"的式子，头下脚上，双手拿剑，直奔那怪兽头上削去。那怪兽便像脖子上生了眼睛一样，看见剑到，猛地往下一撤，那剑便砍个空。孙刚也便落地，不等那怪兽往前，一挺身照着那怪兽肚子上用剑扎去。那兽太高，剑到的地方，已然力量微了，那剑虽然扎在那怪兽肚子上，也扎了一处伤，却不是要害。那兽更怒，隆隆之声，也便大震。只见它猛地又是往回一撤身，后腿往下一坐，前腿往上一趴，身子顿然矮了许多，隆隆的一声，那尾巴又向前面扫来。因为这次它是个蹲式，所以那力量比先前更是有劲。这次孙刚看见它的尾巴又来到，不像方才那样躲闪，只取了一个纵式等着，便把手里剑尖朝下，立住剑锋，等它那尾巴扫过来。谁知那兽十分乖觉，看着抽到剑锋那里，忽然中间一段停住，躲开剑锋尖上那一节，却依然从剑锋那边卷了过来。孙刚不防备这一下，险些不曾被它撩着。幸亏先前取的是个纵式，看见它的尾巴抽来，便提剑一纵，那尾巴便从底下扫了过去，不等它尾巴再回来，便横着一剑，向那兽身刺了过去，正正又刺在那兽身上。那兽负痛隆地一响，如同打个响雷相似，斜身就奔孙刚用头撞去。孙刚一看，喊声"来得好！"趁着那怪兽脖子往下一低时，偏着就是一剑，刚刚削在那兽的犄角上。只听锵的一声，竟是斫出一道红光，里头还带了几个火星。孙刚喊声"不好！"急忙撤身，一看手里的剑，却没有损坏。再看那兽头上的犄角，也是丝毫未动，不由一阵害怕，心里想它那犄角既是那般坚硬，倒不可再去斫它。于是掉转剑锋，专躲着那犄角刺去。偏是那兽十分乖觉，看见宝剑不敢和它犄角相碰，它便专用犄角去找宝剑。孙刚一想，这个畜生，既是如此乖觉，耗到何时能了手，何不用暗器伤它。想到这里，忙把剑往左手里一顺，右手取出响铃毒药弩来。这响铃弩，也跟普通的弩大小长短尺寸分量差不多，只是在那末尾上，拴着一个八棱的铜铃铛，要是打了出去，当时那个铃铛，便会哗啷哗啷一阵响声，打这种弩的，没有真实功夫的不敢用。如果敌人听见铃声一响，自然就会躲避，这暗器就会打空，所以打这种暗器的，又比打别种暗器难得多。孙刚原来本会打暗器，虽不能说百发百中，然而也可以十中八九，后来越练越精，江湖中的人，谁都知道孙刚的暗器大有名头，于是便想起在这弩上安上铃铛，表示自己的特别厉害，在弩未到来之前，就给你一个信儿，你如果是个有功夫的，可以赶紧躲，躲不开就打在身上了，这也是一种宽大的意思。孙刚虽然弩打得这样好，却是轻易不肯用弩伤人，因为无论如何，大丈夫应当光明磊落，不应该用暗器伤人，再者自己使的是毒药弩，打上不好治，故能够不用暗器就不用暗器。今天一看这个怪兽，身上十分坚硬，扎在身上，如同没扎一样，砍在头上，如同没砍一样，白费功夫，一定不能把它置之死地。不如用暗器打伤了它的二目，那时候就是它有天大的本事，眼睛一瞎，也就完了。不过这个怪兽十分乖觉，倒不可不防备一下子。如果头一下打不中它，再打算打第二次，那就恐怕难了。有一样占便宜，这个怪兽虽然十分凶猛，身子却是十分呆笨，动转不易，不如逗它愤怒起来，只要引得它能够回头，这弩就可以打得到它眼里去。想到这里，就在扭身一走的时候，故意用左手的剑碰了那兽的胯骨一下。那兽果然大怒，猛地一抽身，就想奔孙刚撞去。就在它一低头的时候，孙刚早把响铃弩预备好了，只待它再一抬头，就可以打它的眼睛。谁知就在它一低头的时候，却一眼看见卢春站在那里，便舍了孙刚径奔卢春。卢春一看喊了一声"不好！"欲待纵起，不防脚下忽然一颠，身子并未能提空，那兽离着自己，已然不足三步。卢春一看后面靠着的是山，绝不能再往后退，只好提起手中那根断鞭，照定那怪兽头上抽去。那兽原是一个猛劲，便也收不住了脚，一冲便到了卢春面前，卢春这鞭刚刚碰下，正打在那怪手头上。卢春原是十成劲，着实打得不轻。那兽负痛，狂吼一声，只把那犄角往旁一晃，用力一挑卢春手里半截鞭，当时脱手飞去，震得虎口生痛，才叫得一声"哎呀！"那兽的头二次又撞了过来。卢春情急，使尽余力提身一纵，嗖的一声竟自跃起有一丈四五尺高，不敢直往下落，双脚往后一蹬，正是山坡上，然后又往前一蹿，虽然离开了那山坡，却正摔到那兽身后，打算再起来，却浑身一点儿气力都没有了。那兽头撞了一个空，正撞在山坡上，却听轰隆的一声，这山上石头掉下一大块，竟撞了一个大洞，知道没有撞着卢春，更是愤怒，便忙着一转身，恰好见卢春正躺在地下，心里这份儿高兴，便陡然把头往下一低，直奔卢春撞去，意思是打算用头上犄角把卢春挑起。卢春躺在地下，心里想起，却再也使不起劲，一看那怪兽来势十分凶猛，就知道自己今天绝无幸免，这回爽得不闭眼，看看到底如何。幸喜那兽身子十分粗笨，动转很不方便，头已然回过来了，身子却还不能整掉过来。就在它一抬头的时候，只听哗啦一声，一道亮光，直奔那兽左眼。那兽奔过来，原是一个猛劲，并不会防备还有人在它身后正等着它。眼看一道金光，直奔自己眼睛，也知道不好，很想躲开，只是那弩来得太快，不容它躲，已经正正打在它左眼里。那怪兽大叫一声，把头往前直触了去，却忘了身子还没有大转过来，依然又触到面前山坡上，不然卢春难免成了碎粉。孙刚打完了这一弩，便赶紧招呼卢春快快起来。就在卢春刚刚爬起，那兽已经又回过身来，顺着左眼不住往外流血，把头晃了一晃，一纵身又向卢春奔来。恰好孙刚又把第二支弩上好，见它正面露了出来，一抬手又是一弩。那怪兽一看又是一道金光，直奔自己右眼，已经尝着厉害，哪里还敢怠慢，赶紧把头往上一扬，那弩正正打在它的脖子上。只听嘣的一声，那怪兽脖子，好像用铁包了一样，丝毫未曾损伤，那弩却哗棱棱直直掉在地下。孙刚也不由得吃了一惊，赶忙上好第三支弩，左手拿着宝剑，往前一纵身，直奔那怪兽迎面走去。那兽一见，狂吼一声，直扑了过来，看看距离，也就还有三尺远近。孙刚陡然纵身，足有一丈七八尺高，恰好比那怪兽头顶高出有一尺左右。双腿一平，两只脚往后一蹬，径往那怪兽身后纵去，却用手里的剑在怪兽尾骨上用力刺了一下。那剑是口利器，刺上便入，那血便随着剑流下来了。怪兽猛叫一声，扭转脖子，便要扑奔孙刚。孙刚立定身躯，藏弩等着它回过头来，才好发弩。如今见它果然愤怒回过头来，便高喊一声打，那弩哗啦一响，直奔怪兽右眼。那怪兽原是一个冲劲，直往前去，猛然见一道金光，心里知道又不好，打算再躲已是不及，砰的一声又正中右眼。怪兽两眼一瞎，奇痛异常，狂叫一声，一条尾巴便乱抽了起来。孙刚知道它尾巴厉害，便不敢站在它的近前。只见那尾巴过去，山石乱飞，抽了会子，已是困乏，停住尾巴不抽，用两只前爪，不住抓搔自己心口，想是心里十分焦急。抓搔了一会儿，忽然把身子往后直错，离着那坡有一丈多远近，猛地往前一纵。

有分教：

才从虎口夺生转，又向狼窝砍樵行。

要知后事如何，且看下回分解。

第九回

赐正名百年良遇
急防备千里传书

那怪兽的头，正撞在一块山石尖上，只听先是砰的一声，接着又是噗的一声响，竟把一颗斗大的头颅撞得粉碎，花红脑髓流了一地，身子晃了两晃，才摔倒下来。卢春看着不由得念了一声阿弥陀佛，便待纵身过去，看那怪兽的死活。孙刚急忙一把扯住，又静候了些时，见仍然没有动静，孙刚才长长地出了一口气道："好险！好险！"

卢春道："这个畜生，不要说是没有见过，听也不曾听起。大哥久住在这里，可知道它叫什么？"

孙刚道："我也不知道它叫什么。不过我却听一个朋友说过，本山有这种怪兽，以及连制它之法，也是听人家说过。如果不是这样，说不定今天还许遭它毒手。这个朋友住在离这里不远，少时我同你去看看他。这个朋友，不但知道这个怪兽叫什么，而且是上通天文，下知地理，广览群书，无所不懂。尤其是一身好武艺，精通剑术，比起你我弟兄，只高不低，正可以多和他盘桓些时，也好长些见识。"

卢春道："大哥说得是，只是现在这山路才走了几盘转，已经遇见了这样凶险，如果再遇见这样怪兽，只恐是性命难保。"

孙刚道："兄弟你是吓破了胆。我们在绿林道里，死生二字，岂在心上？没有怪兽那是万幸，有了怪兽，也只是凭手中兵器和它厮拼。兄弟只管放大了胆，随在我的后边，走！"

卢春暗道一声惭愧，只好随着孙刚走了去，幸喜不曾再遇见什么。来到上边一看，却不是方才自己下去的路径，卢春心里不由焦急。正在作声不得，却听孙刚道："兄弟，你方才可是从这面掉下去的？你说的那个小孩子现在什么地方？"

卢春道："方才不是从这里掉下去的，我已迷了方向，心里正在焦急。"

孙刚道："事到如今，急也无益。你既记得是把小孩子放在沿上，自然离不开这座山环，我们两个只分头顺着这座山头兜过一个圈子，便会看见他在什么地方。好在这座山并不算大，一会儿就可以对头了。"

卢春听了连连摆手道："这可办不到。这座山虽小，要是兜一个圈儿回来，至少也有七八十里地。不瞒大哥说，要放在往日，比这再多上几倍都算不了什么，唯独今天我是又渴又饿又累，不用说有七八十里地，就是七八里路我也走不动了。"

孙刚道："既是如此，你就在这里坐着等我。我的脚程虽不甚快，大约至多也用不了半个时辰。"

卢春道："这样办法虽好，只是我现在手无缚鸡之力，倘若再有什么野兽出现，不要说那怪兽和豹，就是一只狼来了，我也没有法子惹它。"

孙刚道："这个你大可以放心，这个地方我却知道。虽然没有普通人从此经过，也算是雪岭一条人行道，绝无野兽惊扰，你只放心坐在这里等我好了。"说完这话，登时一伏身，只见如一条白线相仿，就跑下去了。

卢春不由点头暗叹，想自己从前和孙刚也是同堂学艺，彼此闯荡江湖几十年，差不多提起都有些名头。只因自己恋栈利禄，不肯丢手，以致把半世英名付与流水。如今看起来，孙刚的本领，实在比起从前精炼多多，反而隐居在这人迹罕到之处，与草木鸟兽相伍，说真的这确是一种清福。像自己这样，将来如何是了局。又想到小栓儿，如果得着这样一个老师，还愁什么学艺不成，也不枉自己吃辛负苦一场。喜一阵，烦一阵，兼之劳累大甚，竟有些支持不住，发起困来。便把身子靠着一块大石，闭目养神。

才觉得略一蒙眬，却听耳旁仿佛起个霹雳相似，不由吃了一惊，急忙睁开眼纵起身来。扯鞭看时，原来是个中年汉子，年纪约在三十刚过，身高足够七尺，头大、脸圆、腰粗、臂壮，一腮黄胡子，穿着一件鹿皮褂子露着半截腿，腿上也全是黄毛，攥着拳头向卢春道："嘿！你这小娃子是什么地方来的？这里不是你耍的地方，快快跑下去，不然我要把你丢下山去了。"说着又把拳头向卢春比了比。

卢春听他说话口音，不是四川本地，也许是什么贵州一带的人。瞧他神气，很是粗鲁，本想顶他两句，忽然一想不妥，方才据孙刚的话之中，说这座山里，普通人简直不能到这里。自己方才也曾眼见，野兽是一个挨一个，没有真本事的人，谁敢跑到这里来玩儿？孙刚这里又有朋友，说不定这人就许是他所说的朋友，自己才到这里，岂可失礼于人。想到这里，便把断鞭往地下一扔，脸上便推下笑来双拳一拱道："朋友我是从很远一个地方特意到这里来的。"

那汉子听了陡地颜色一变道："什么？你是特意到这里来的？怪不得前几天臭书凯子说这几天会有人来和我们捣蛋，果然那臭乌龟是跟我们过不去。好！今天既来到这里，想来是个好的，今天不是你就是我！"

卢春一听，全不清楚是怎么一件事，还待和他再说一句，无奈他的双拳已奔自己面门打来。看他这种神气，必定身怀绝技，如果一手躲慢，就许有性命之忧，哪里还敢怠慢，只得硬起头皮强打精神接招动手，单鞭可扔在地下没拿，因为知道这汉子是个粗人，不能用兵器和他相拼。那汉子双拳直扑面门，卢春往后一平腰，脸往后仰，双拳和风一样，从脸上擦了过去。卢春不等他抽回拳头，一仄身抬右腿一进步，左手接住他的左臂，右手一张直奔那汉子左肋打去。那汉子见一拳没有打着卢春，早已狂叫起来："你这娃子，还真有两手门径，不要走！"只见他胸脯往里一收气，左肋往外一闪，卢春这一掌也没有打中，赶紧撤回掌来。那汉子底下一腿，早已横着扫来，卢春赶紧提腰一纵，那汉子一脚扫空。卢春双腿才要落地，那汉子扫过去那条腿又扫回来，嘴里还嚷着道："娃子，叫你坐个来回的！"卢春再打算纵起来可来不及了，嘣的一声，正扫在卢春腿上，卢春站立不住，身翻人倒。

那汉子哈哈一笑道："娃子，怎么才两个花样儿，你就不耍了。臭书凯子还说臭乌龟手底下的人是怎样了不得，如果都是像你这样，还不够我一个人消遣的，还要准备做什么？"说着话，不等卢春往起翻身，过去一脚踩住卢春背脊，一弯腰解开卢春身上鸾带，把卢春二臂捆好。其实他不捆卢春也跑不了，可不是卢春本事不如这个汉子，实在是又饿又累，连一点儿气力都没有了。方才也就是一个急劲儿，不然的话，也许连一招都不用递就躺下了。卢春被那汉子捆上，把眼一闭，意思就是任凭处置。那汉子把卢春捆好，看地下扔着那条断鞭，过去用手一提，不由呀了一声道："看不出这个娃子，倒拿得动这把家伙！"把鞭拿起翻过来一看，只见在那鞭尾上刻着一个卢字，接着又呀了一声道："怎么是卢字？难道不是臭乌龟打发来的？但是他为什么要说从远处特意来的呢？这件事要问清楚，不要弄错了，倒要听那臭书凯子抱怨。"那汉子略一皱眉向卢春道："你这娃子究竟从什么地方来？要到什么地方去？说清楚了，我就放你起来。"

卢春一听，这倒不错，打倒了再问。便把眼睁开看着他道："你这个人真是糊涂已极，方才一见面，不等我说过三言五语，你就动起手来。如今我已然被你打倒，怎么你又想问起话来？我姓卢，从河南来，到这山上找我一个朋友，不想却遇见了你。"

那汉子急问道："你那朋友是谁？他叫什么名字？"

卢春道："告诉你也不妨，我那朋友叫孙刚。"

那汉子不由怪叫一声道："这样说起来，你一定就是那卢春卢永泰卢大哥了。卢大哥，你为什么不早说？幸亏我不曾使用'千斤大力法'，不然要是伤了大哥，岂不又要吃那臭书凯子一顿骂。快快请起，待我赔罪！"说着话一伸手，把卢春绑绳扯开，单手一挽卢春左臂，卢春趁势站起，还没得再说一句话，那汉子早已推金山、倒玉柱一般拜了下去。

卢春被他这一顿闹，倒闹得有些恍恍惚惚起来，赶紧用手相拦道："朋友，既承见让，已然十分感谢，为何又如此相待，倒教我有些不懂。"

那汉子道："卢大哥，你千万不要见怪，我实在是一个粗人。方才你提的那个孙刚，他就是我的孙大哥，他是臭书凯子的好朋友，两个人最好不过。我得罪了你，要是被他们知道，一定骂我还不算，最厉害是臭书凯子他又该生气把我的功夫收回去了。我跟他七八年，才学了几手功夫，要再被他收回去，那我岂不是前功尽弃？好卢大哥，我再给你磕一个头，请你见了他们，千万不要提起方才的事。"说着果然又磕下一个头去。

卢春一听，实在是个傻人，也不好再说什么，笑着点点头把那汉子扶了起来。卢春心里明白，这个人一定是孙刚认识的朋友，可是不知他说的都是什么话，想着少时孙刚回来，一问就可明白。

那汉子见卢春点头，知道已经答应他的请求，便也笑着向卢春道："卢大哥，既到了这里，为什么不到山里去，却在这里睡觉？幸亏这条路上，已然被孙大哥和臭书凯子收拾干净，如果还像从前，恐怕我要不来，早有山狗子把大哥背走了。现在快随我到里边去吧，这里虽然安静，也在白天，如果到了夜晚，恐怕还是断不了有那些虫子出来。虽然不一定能够伤我们，总还是能躲开的好，卢大哥你跟我走。"说着拉了卢春一只手，便要往山角拐去。

卢春道："你先不要忙，我还要等一个人。"

那汉子道："你等谁？"

卢春道："我还有一个朋友同来的。"

那汉子听了便噢的一声道："原来还有一位朋友同来的，这一来我可不愁闷死人了。卢大哥你还是坐下，我也坐在这里陪你。"

卢春道："也好。"两个人坐下，卢春便问他道："说了半天，我还没有问朋友你贵姓？"

那汉子听了笑道："真是的，我也忘说了。我叫丁威，卢大哥你以后就叫我小犊子好了，孙大哥和臭书凯子，都是这样叫我。"

卢春道："原来是丁壮士，只是不知怎么一听我说出孙大哥，便知是我？"

丁威道："只因孙大哥在平常谈话，时时提到卢大哥。方才我看见大哥鞭上有个卢字，我才明白大哥不是那臭乌龟那里来的狗奴。又听大哥说是来找孙大哥，我所以才知道你一定是卢大哥了。"说着又一伸舌头道，"今天才险呢！要不是看见大哥鞭上那个字，倘若鞭上不是卢字，而是一个旁的字，那就不定会闹出什么笑话来了。"

卢春道："这又奇了！你怎么单单认得这个卢字？"

丁威笑道："卢大哥，你不知道。我听孙大哥和臭书凯子常常谈说大哥武学如何好，人性如何好，我心里非常想你，我就问臭书凯子卢字怎样写，臭书凯子告诉我足有几十遍，我才记住了，所以今天一见我就认识了。不瞒大哥说，除去我自己这个名字外，还认得臭书凯子姓的那个卞字和孙大哥姓的孙字，新近就认了这一个卢字。臭书凯子什么字他都认得，他不但认得还会写，就是不教给我。他总说我太笨。卢大哥你要也认得字，将来你住在这里，教教我，倒看我笨不笨。"

卢春看丁威真是天真烂漫，十分有趣，便笑着答道："那个容易，只要我不走，我可以教你。"说着话把鞭捡了起来，围在身上。正然想再问问他谁是臭乌龟，忽见眼前一道白光，略一停顿，显出一个人来，正是孙刚。便赶紧问道："大哥可曾看见那个孩子？"

孙刚长叹了一声道："不曾，不曾。我在这山边转了一遭，也曾留神细看，只是不曾看见有什么小孩子。"

卢春听了，脸上显出十分焦急，向孙刚道："大哥，这一来反是我害了他们弟兄两个。一个半途丢去，好容易把这一个带到这里，险些不曾把性命搭了进去，结果还是丢了，这叫我怎样对得过他们两个？"

孙刚忽然呀了一声道："难道是被她弄了去了？"

卢春道："大哥说的是谁？"

孙刚道："我想也许是方才要伤你那个姑娘干的。"

卢春把手一拍道："果然一点儿也不错，除去她再没有旁人。一定是她从山边经过，看见那孩子，被她劫去。大哥可知道那个女子住在什么地方？待我去找她和她讨回来。"

孙刚道："兄弟不要急躁，如果是她的话，她现在已经去远了。以兄弟你的脚程，无论如何，也追她不及。依我想不如暂时先在这里歇两天，我还有许多话要和你说。"

卢春听说，也没有旁的法子，只得答应。旁边却喜坏了丁威，哈哈大笑道："这才好呢。卢大哥快和我走吧，我们去看那臭书凯子去。"

孙刚还是真没有看见丁威站在土坡后面，被他这一喊，才看出是丁威，便笑着道："你这小牛犊子什么时候来的？怎么又会和他相识？"

丁威道："孙大哥你这个人真是难惹。你的朋友到这里来找你，你就一声儿不说，我没有问你，你倒问起我来了。难道只准你们相识，就不许我们相识？你哪里知道，我们认识还在你之前呢。"

孙刚道："没得乱说。"卢春不等丁威再说，便把方才如何自己睡着，丁威如何唤起自己，说起名姓，竟是相识，说了一遍，只是隐起方才被摔一节儿。孙刚道："这就是了，卢兄弟，我们这个牛犊子有意思极了，以后常在一起，你就可以知道的。走，我们到里边去吧。"

卢春随着他们，转过这一道山坡，忽见前面显出一块平地，足有十几亩大小，里面不但是没有雪，而且暖气迎人，虽然没有什么树木，却绝不是外面那种酷寒光景，心里不由纳闷儿。

孙刚道："你觉得这里可怪吧，这里就是这样。前边地名叫悬冰崖，土人都叫它雪山，地势极寒，四时积雪不化，而且里面怪兽最多。这里地名叫燠陵谷，四时温暖。不过里面，却没有等闲人在这里住。一来因为里面没有水源，耕种不便，二来要从外面来到这里，非经过雪山不可，特别寒冷固然禁不住，而怪兽出没无常，普通人往返也不易。从前曾经有人到这里来过，不是被野兽伤了性命，就是抵不住奇寒，所以这世外桃源，并不为外人所深知。我若不是有朋友同来此处，恐怕也不会找到这个好所在。"

卢春道："大哥果然有福气，不然哪能得住此地。"

孙刚道："什么福地，不过是逃死而已。今天你不曾见吗，已然有人知道我的踪迹，这块地恐怕又不能使我居下去了。"

丁威听了道："谁？是不是那臭乌龟？"

孙刚道："得了，牛犊子少要管人家闲事。你卞大哥教你的'横催一气法'，你记住了没有？不要记住旁人的事，忘了自己正事，等回去又要挨一顿饿了。"

丁威道："我只要能够把臭乌龟杀死，就是饿死我也不怕。"

卢春便问孙刚谁是臭乌龟，孙刚道："这话不是一两句话可以说完的，回头慢慢地告诉你。这件事与我们门户也很有些利害呢。"

卢春听了，便不再问，只是跟着他们走。走到平地尽头，又是一座谷口。这时卢春已然有些走不动了，孙刚道："兄弟脚上使些力，进了这个谷口，就算到了。"

丁威道："卢大哥走累了，我来帮你一帮。"说着走过去一手挽住卢春，大踏步往那山口上跑去，卢春觉得果然省力许多。进了谷口一看，只见又是一片平地，却没有方才那片大，约莫只有二亩来地，靠着北边山环，有一道木栅。木栅里边，有三间木屋，最可怪是一点儿石土没有，想着这一定是因为运水不便的缘故了。

刚刚到了门口，丁威便撇下卢春，撒腿往里面跑去，嘴里却还喊着："臭书凯子，你只知道在家里看那两本破书，远客来了，也不出来迎接。"

正喊着，不想从里面跑出一个小孩子也似，嘴里喊着："卢叔叔我在这里呢！"

丁威没有想到里头会有人跑出来，自己跑得太猛，一时收不住脚，眼看要和那小孩子撞在一起，嘴里喊声"不好！"便打算往旁边一闪，让小孩子过去，无奈身不由主，依然直冲了上前。卢春和孙刚也齐喊一声"不好！"可是再打算上前，无论如何也来不及了。就在这时，只见门里面嗖的一声，仿佛一根急箭相仿，横着蹿出一个人来，到了丁威身旁，只横着手掌，轻轻向丁威肩上一推，丁威便横着出去有五六步，身子晃了两晃，才算站住。卢春不由脱口喊了一声好，那个孩子早已跑到卢春面前，抱住卢春，呜呜哭了起来。

卢春一看，正是自己遍找不见的小栓儿。真是喜出望外，顾不得自己浑身劳累，一把将小栓儿抱在怀里，嘴里却不住说道："好孩子，可委屈死你了！"

孙刚道："兄弟，这个是你要找的那个小孩子不是？"

卢春道："正是。"

孙刚道："这一定是被这朋友救进来了，你该去谢谢人家才是。"

卢春道："当然，不是大哥说，我倒忘了。"抬头看时，只见丁威正在和那个人指手画脚地分说。急忙跟着孙刚来到切近一看，只见那人身高不足四尺，精瘦的一张脸，小眼睛，黄眼珠，短眉毛，小鼻子，小嘴，小耳朵，嘴上仿佛有几根小胡子，可谓周身上下，无一不小。身上穿着一件两截竹罗长衫，却是破旧不堪，脚下两只青布福字履，一只已然飞花儿，一只却用根麻绳儿从底子上捆过来。手里拿着一根方竹烟袋，大白铜烟锅，足有酒杯大小，白竹子都使成紫红颜色，又光又亮。说话的口音，也仿佛像四川相似，正在那里和丁威打乡谈。

孙刚用手一扯卢春道："兄弟我给你引见一个朋友。这位是卞方卞大哥，你可知道江湖上有个不出头的侠客邋遢书生？就是这位卞大哥。卞大哥，这就是我常跟你提的我那师兄弟，又是拜兄弟卢春。"

卞方微微一笑道："孙老弟，不用你给引见，我已然知道他是卢春大哥了。"

卢春道："何以得知便是小弟？"

卞方笑道："我一看他的脑袋，我就知道你是九头狮子了。"说得卢春脸上一红。

孙刚道："卞大哥又该取笑了。"

正说着，只听丁威道："你这个臭书凯子，说我不懂事，我看你比我更不懂事。谁家朋友来了，都在外头说话，你臭书凯子！"

卞方含笑拉了卢春，大家来到里面。卞方道："卢大哥这里不比外面，什么都不方便。无论要什么，你只管说话，我们这里有的固然好，没有的也好想法子。"

卢春道："大哥既不见外，小弟自当奉扰。不过大哥既称我孙大哥是兄弟，那么小弟也更应当是兄弟了。以后，大哥不要客气，也叫我兄弟吧。"

卞方道："这个倒是我的不对了。兄弟你罚我吧，你罚我干什么？"

卢春道："这怎么能谈起罚来？大哥，小弟现在实实饥渴难当，请你先给小弟一点儿什么吃喝才好。"

卞方道："这个容易。"便向丁威道，"小牛犊子，你到后面去摘下一块腊肉来，再把锅巴泡两碗来。"丁威答应自去。

孙刚这才问起卞方，怎把这小栓儿救了进来。卞方道："今天我原叫丁威不要到远地方去，因为这两天我从卦象里看出有人要来找我开玩笑，我怕他走出去，吃了旁人的亏。谁知道刚才我一叫他，他已然不在了。我是追他出去的，到了外山一转，就看见了这孩子。我一问他，他口齿很清楚，我才知道卢老弟也来了，我就叫他跟我进来。谁知这个孩子，人小心不小，他却执意不肯和我走，是我诳说是卢老弟已到我这里，叫我来接他，他才肯和我进来。来到里头，不看见卢贤弟，他却依旧要跑出去。我也想去找丁威，并且迎接迷路的卢老弟。我刚刚抱着他出了外山，忽然看见一个拿宝剑的女子狼狈逃走，身上仿佛带着一种什么宝物。我想赶上去问她一问，谁知这个丫头十分了得，她见我追去，回身扔出五红索，幸喜我没有大意，不曾遭她毒手。因为抱着这个孩子诸多不便，就放了她没追。等我到了悬冰崖，正看见卢老弟和孙大弟从山底往上来，我知道有孙

106

大弟没有危险，我就往回等你们。这孩子实在有些来历，真是聪明不过，将来绝对错不了。不知卢老弟为什么要把这个小孩儿带到这个地方来？这孩子又是什么人？"

卢春便把自己如何失事隐遁，在蔡县如何路见不平，杀奸除恶，临完救出两个孩子，不想半路之上，丢了一个。这个原是送到自己师兄这里，请他收个徒弟，教给这个孩子一点儿本领，将来也好叫他成家立业。

孙刚听了道："兄弟你这真是现钟不打打木钟了，现放着卞大哥这样好师父你不拜，却要拜我，你想岂不是舍近求远？"

卢春道："卞大哥如肯收这孩子，那是再好没有了。只怕卞大哥嫌麻烦不肯收。"

卞方道："要按说我实在不能收徒弟，不过这个孩子，我一见就投缘，如果你愿意，我就给他做个开学的老师也可以。"

卢春听了，真是大喜过望，心想这个孩子真有造化，便会遇见这么好的师父，赶紧把小栓儿扯过来，意思就要叫他磕头拜师。

正在这个时候，只听丁威在后面狂喊一声："好你这个臭乌龟！竟敢找上门来了！真是胆子不小！不要走，留下你的狗头！"

接着便听又一个侉声侉气的人笑道："你这个蠢牲口，说的好风凉话。俺来到这里，原是取你们几个狗头的，先取你的也是一样，蠢牲口接家伙！"

卞方叫声"不好！"一手抄起竹节烟袋，一纵身便蹿了出去，孙刚也跟着一按剑跟了出去。卢春本也打算出去，一则自己气力完全用尽，出去是白费，二则小栓儿在旁边拉着不让出去，卢春便在屋里看着小栓儿没出去。

单说丁威听卞方叫他给卢春他们预备饮食，心里十分高兴，想着凭空又添了好几个人，一定比从前热闹多多。便兴致勃勃地走到后面，先从木架上摘下一块腊肉，用手一条条扯碎，又拿了一大捧锅巴，放在碗里。正待取水泡那锅巴时，只觉身后有人侉声侉气地问道："喂！高毛牛，你们这里是燠陵谷吗？"出其不意，真吓了丁威一跳。

赶紧回头看时，只见一个小老头似的乡下侉子，穿着一身紫花布裤褂，光着头，梳着一条小辫儿，穿着两只洒鞋，笑嘻嘻地站在自己背后。

便丢下锅巴，转过身来问道："你是什么人？怎么跑到这里来了？"

那侉子道："我只问你这里是不是燠陵谷？有个姓卞的学生，还在这里不在？"

丁威一听，正是来找姓卞的，不由心头火起，喊一声："好你个臭乌龟！竟敢找上门来了，真是胆子不小。不要走，留下你的狗头！"说着左拳向那侉子一晃，右拳向那侉子心口搋去。那侉子拧身一晃，丁威一拳打空，再找侉子踪影不见。却听侉子在身后笑道："你这个蠢牲口，说的好风凉话。俺来到这里，原为是取你们狗头来的，先取你的也是一样，蠢牲口接家伙！"话到手到，一拳径奔丁威左肋下点来。丁威看他拳来切近，并不躲他，反用胸脯迎了上去。那侉子一见哈哈一笑道："蠢牲口，真有两下子，不过你这招儿，还没有学到家，只能吓吓庄稼人，俺可不怕这些。你把你这'千斤大力法'只管施展出来，俺倒要看看你会几手什么体面功夫！"一边说着，另一只手却依然往丁威左肋点去。丁威一听这个侉子晓得自己这手功夫，而且还敢依然进招，毫不退避，就知道这手功夫赢不了人家，打算收回来另一招，只得一催自己丹田这口气，挺胸往前就撞。

正在这个时候，只听身后有人喊道："这个牛犊子，远客来了，不知迎接，竟敢无礼，还不与我退下！"随着声音，递进一只手来，把丁威往后一推，丁威斜着身子出去三四步，定睛看时，正是卞方笑嘻嘻地，向那侉子道："不知朋友远来，也没有迎接，实在失礼得很。老兄既然来到这里，定然是有什么见教。就请讲在当面，我是无不遵从。"

那个侉子微然一笑点头道："果然名不虚传。俺也是受了朋友之托，前来给你们送信，书信在这里，你看了自会明白。改日见面，再来领教吧，请！"说着话只把身躯一扭，仿佛一道白光，登时踪迹不见了。再看木架子钉着一颗枣核形似的钉子，底下钉着一封信，卞方急忙取下看时，只见上面写的是："字论卞方知悉。于薛平口报中，知汝近况甚念，深隐避仇，自是退一步想，唯祸根已种，岂容韬晦。闻长白方面，已有策动，似不能平安渡过。且彼辈穷凶极恶，已成公敌，虽不来犯，亦当灭此巨慭。今且欲速求死亡，亦是天夺其魄。我已八年封刀，当更磨砺尽除彼辈，以谢天人。唯知彼等现亦不弱，不能略无戒备，倘使得逞，益增恶焰。今因老友俞伯玉南行之便，恳其转道一行，见字后应临时留意。如有所知，即速告我，以便区处。洵字。"

卞方看完向孙刚道："这是我师父来的信，叫我防备最近有人和我们为难。其实我早就知道了，倒是方才来的这位，原来是江湖上人称左金丸的俞老前辈，我们没有和他谈一谈，实在是没有缘。"

丁威道："这个侉子真是功夫不错。他真要是臭乌龟那里来的，说不定还要吃他的亏呢！"

卞方道："你这蠢牛犊子，总是这样没有分寸，见了人也不问清白，先讲动手。如果今天不是他，另换一个人，你想想你这牛命还有没有？下回若仍是这样大胆，你就留神你吃饭的家伙。"

孙刚道："我们还是到屋里去谈吧。"

丁威端了锅巴，掌了腊肉，大家进了屋里。卢春迎着道："可有什么动静？"

卞方道："没有什么，只是我师父托人带来一封信。"

丁威道："大哥你先吃吧。"

卢春这时真饿极了，拉过小栓儿，爷儿两个狼吞虎咽饱餐了一顿，用手一推碗箸道："现在我才又姓卢了。"

卞方道："方才被那位老前辈一搅，把我们的事也搅乱了。我们现在还接着谈那回事吧。"

卢春道："是不是要收这个孩子当徒弟？"

卞方道："就是这件事。"

孙刚道："既是和这个孩子这样有缘，事不宜迟，今天就收了吧。"

卢春一拉小栓儿道："小栓儿，我告诉你。你身上现在还有许多事，若是没有一点儿本领，怎能在外闯荡，我原意打算把你引见给你师伯，不想你这位师父和你有缘，要收你当个徒弟。孩子，这也是你父亲一生的忠厚，惨遭凶死，老天不平，才会给你找这么一个好师父。你只要好生地学，将来一切大事，全在你的身上。过来给你师父磕头，求你师父多多栽培你。"小栓儿听说，果然过去跪倒磕头。

卞方一把扯起道："好娃娃，不要听他的，我向来不爱这些酸礼。你站好了听我告诉你，你是干什么的，现在为什么来到这里，现在都不必和你说，你久后自知我的本事。我原不能为人之师，只是我爱你这个娃子，那么无妨做你一个学师。我教给你功夫，你要用心去练，不可贪玩儿，只要将来出去，不给我丢脸，你就对得起我了。至于什么教规，除去不准玩儿女人以外，什么都可以。没钱用的时候，只管去偷人家，偷得越多越好，就是不准偷穷人家。偷了钱爱给谁就给谁，不准置房子买地。喝酒也可以，喝醉了不准要猴子脾气，将来出去在江湖上，要多做几件有脸的事。到你功夫练到能出去时候，我再教你江湖上一切道儿。不过有一节儿，在教你功夫的时候，你必须用心苦练，如若今天教了，明天就忘，无论你的功夫练到什么地步，我也可以随时撤去，这个你可要记牢了。"

丁威道："这个臭书凯子总是一句正经话都不会说，谁家教徒弟还有告诉徒弟偷人家的。臭书凯子我告诉你，自从我跟你练功夫以来，已经有八九年了，除去那'千斤大力法'，什么我也没有学会。你总是说我笨，从今天起，我倒要看你是怎样教他。如果你要有藏私不公的话，臭书凯子，你就对不起我。"

卞方笑道："牛犊子，自己不肯下功夫，还要赖人不教你。以后你再不肯用心，只怕过不二年，你会跟他学，也未可知。"

孙刚道："这些废话，可以暂时不提。这个孩子既是拜你为师，你也要给他一点儿什么见面礼才对。"

卞方道："你这话却是一面理，我给徒弟见面礼，原是该当的。不过徒弟头一天拜师父，就应当这样空手白手来的吗？"

卢春笑着道："卞大哥，你可不要挑眼。我们这次到这山上来原不是找大哥你来的，所以什么也没有带，说起来实在抱歉得很，以后让小栓儿多多孝敬你。"

卞方笑道："不要不要，以后他再要有什么东西孝敬我，那个东西也都带血腥气了。"

孙刚道："徒弟遇见你这样师父，也是倒运了。既然你什么东西都舍不得给他，现在这个孩子还没有名字，你当会子师父，起个名字，不是什么难事，就算你的见面礼好不好？"

卞方道："这倒是惠而不费，这个孩子姓田，也给他起一个单字的名字，就叫田正吧。"卢春赶紧答应道好，又叫小栓儿过去谢过师父赐名，从此小栓儿便改名田正。

孙刚道："你今天收徒弟，我们也应当给你道个喜。"

卞方连忙摆手道："不消不消，我可没有预备什么款待你们。"说得大家都大笑起来。

大家落座，卢春道："我的心事，如今才了。这一来我倒可以在这里和大家多盘桓些时了。"

孙刚道："对，方才你不是和我打听那怪兽叫什么，现在你可以问他了。"

卢春道："真是我忘了。"遂把方才自己所遇向卞方一说。

卞方听了吓一声道："怎么你一时之间，竟会遇见这些险事？我不是捧你，你后来一定还有些造化，如果不是命大，你这命早已完结了。你头一个看见的那只豹子，确实是个豹子，不过这只豹子，也不比普通豹子，已经有些通灵，如果不是在无心之中，恐怕你也不会打得着它。第二个仿佛像只黑豹似的怪兽，那却不是豹，也不是那女子所说的㺑，㺑是仁兽，只吃虎豹一类野兽，并不伤人。你看见的那只，名叫雪貘。这种兽不但性质凶猛，而且机警异常。在它顶上生有一只犄角，亮如水晶，如果拿着这只犄角入水水分，投火火灭，乃是一件无价之宝。我自从来到这里，就知这山里有这怪兽，早想把它制伏，好到下面去采雪莲，只是因为手里没有利器，不能近它的身。并且这怪兽有一样奇特之处，它的舌头善能削蚀五金，无论什么兵器，只要它用舌头一舔，就把这兵器吞吃下去。制它之法，必须有一口利刃，能够逼住它的犄角，使它不能施展它的舌头，然后再找它致命之处，才能够伤它。那个女子手里使的一定是口利刃，不然绝得不着一点儿便宜。只可惜一件宝器却被外人得去。"

孙刚道："这就是了。后来我们遇见那个大兽，记得你和我说过，仿佛叫什么熊？"

卞方笑道："你忘了，谁告诉你是熊，这个兽叫㺎庸，形象仿佛像牛，脖子上有一堆红肉，可是比牛大得多。这种怪兽性子最毒，无论什么地方只能有一个，如果有两个，这就非斗不可，结果战败的一个，就成了战胜的食品了。不过这种怪兽，身子太笨，动转不灵，无论什么野兽，只要躲着它走，它就无所用其凶猛了。所以这山下怪兽甚多，山上却是很少，大概就是因为有它在上头的缘故。如果人要和它斗，必须伤它双目，因为它周身刀枪不入，非破了它的血，不能致它的命。并且这兽最易动怒，如果知道它的性情，却还容易制伏，因为它身子不灵，人就赚了它的便宜了。但是今天，却也是非常危险。一则卢大弟已经是疲乏的身子，纵跳已经是使不上力，二则孙爷，如果今天身上没有带着小家伙，也就危险到了极点。这总是天公的暗助，才得履险为夷，实在可贺得很。"

孙刚笑着向卢春道："如何？这和听一段《山海经》怎么样？"

卢春道："果然可以长不少见识。这要是在这里日子久了，一定能够多得许多益处。"

卞方正要答信，忽听丁威大喊一声道"什么人？"说着一纵身从屋里横着纵了出去。卞方一把没拉住，才喊得一声"不好！"却听丁威呀了一声，接着就是扑咚一响，又听院里有小孩子笑道："人家都说燠陵谷是龙潭虎穴，今天一看，简直和狗窝一样。还有什么有本事钻出两个来，不然我要进窝掏你们去了。"

卞方一听，不由心火上升，高喊一声："哪里来的疯魔，却跑到这里来讨野火吃！"说完一纵身先把门摔开，身子还没有纵出去，只见一道寒光，径奔面门，急忙一仰身，寒光从脸门擦过。却听吧的一响，原来一个弹丸，打在迎门石几上，登时炸开，仿佛冒出一股绿烟。卞方一见，急喊："二位赶紧闭住气，来人打的是药丸子。"卢春挟起田正，孙刚和卢春卞方三个人平列着提身齐往外纵。对面不防一气出来三个人，也暗吃了一惊，手里捏着弹丸，略一沉吟，三个人身早已纵出。

卞方抬头一看，喊道一声："原来是你，休走，留下你的狗命！"

有分教：

　　方幸得良友，又来不速人。

要知来者是谁，且看下回分解。

第十回

醉行者威震燠陵谷
病尉迟误走冷竹塘

卞方纵出去一看，只见丁威仰面朝天躺在地上，双睛紧闭，已然失去知觉，却看不出伤在什么所在。迎面站着三个人，头一个是个道家打扮，穿着一件青绸子道袍，头戴九梁冠，脚蹬云履，年纪在五十上下，手里并没有拿着兵器，只拿着一柄白马尾蝇刷，满脸怒容站在最前面。第二个是个中年汉子，穿着一身蓝绸子裤袄，脚下是鱼鳞洒鞋，蓝绢帕罩头，手里拿着一对儿金钉狼牙棒，站在第二。第三个是个小孩子，看相貌至多不过十五岁，穿着一身大红绸子裤袄，脚下一双花缎子快靴，脑袋上留着孩发，正中梳着一个朝天一炷香的小辫儿，手里拿着一对儿蒲铲，肩背一张红漆短弓，站在最后。

卞方虽然心里着急，知道这几个人绝非等闲之辈，当时顾不得丁威死活，笑着略略一抱拳道："今天是什么风，会把几位刮到此地？我们事先也没有知道信息，不曾远远迎接，实在是对不过。但不知几位来到这里，有什么事？为什么一字不提，先把我的朋友制倒在地？"

卞方话尚未完，那道装的一声长笑道："卞方，我们今天来找你，不是为斗口舌，讲不得那许多酸礼。说几句简单话告诉你，我们是从长白山刺儿岛奉了我们教长虎面观音袁济袁道长的差遣，先到燠陵谷除了你姓卞的，然后再到焦山荷叶岛两处去和姓沈的姓庄的算账，以报当年枣花峪的仇恨。你若知道时务，不必倔强，赶紧同我们到刺儿岛去见我家教长。好在我家教长，原是与你师父沈驼子和庄疯子他们有过节儿，念在你年幼无知，也许会放过你去。这是我的良言相劝，如果你要不听，只怕你绝讨不出公道，到了那时，后悔无及。话就是这几句，请你自己斟酌。"

卞方听着微微一笑道："多承谢朋友一片好心，无奈有一节儿，自从姓卞的拜师学艺那天起，就没有学过这么一手，到处磕头赔不是的功夫。再者说我们不妨走个一手一式，我或是输一拳，或是输一脚，也算是我学艺不高，经师不到，到那时我自应替认一切罪名，不怕把我碎尸万段，只有怪我自己，绝不怨恨朋友们赶尽杀绝。现在朋友来到这里，一手功夫，没有给我们留下，就凭朋友两句话一说，我们就跟着一走，知道的是我讲理说义，不知道的还许说我是怕了你朋友。你这么办，我倒有个主意。朋友既然身带武器，又是从袁罗汉那里来，当然是身怀绝艺。我虽然没有练过什么精奇本领，可也不能说一天没有练过，我愿意陪着朋友你走个三两趟，倘若朋友练的功夫，我姓卞的真是一趟都办不了，旁的话不用说，当时你叫我到刺儿岛，我跟你到刺儿岛，你说不叫我到刺儿岛，要我项上的人头，当时你就摘去，姓卞的绝不舍乎。不知朋友你看如何？"

那个穿道装的又是一声长笑道："我就知道你们是穷凶极恶不分好歹。既然如此，我倒要看看你有什么本事。"说着话一挥蝇刷意思就要动手。

忽然那个小孩子纵身奔了出来，喊道："黄道长你老先歇一歇，瞧我跟他走两趟。我要是打不过他，你老再毁他不晚。"

那个穿道装的往旁边一闪，只说了一声："你可要小心！"

卞方一看这个孩子，心里就起爱，穿着一身红衣裳，衬着雪白粉嫩小苹果相似的一张脸，真像画的善财童子一样。正要向他搭话，却听身后有说话："卞大哥你也等一等，让我跟这个小朋友先比画两下子。"卞方回头一看，正是卢春。

卞方道："你还是多歇一歇。"

卢春道："已经歇过来了。"卢春有卢春的心思。一来看见丁威被人家打在地上躺着，生死不知，自己跟丁威还是真投缘，急于过去给他报报仇。二则一看人家来了三个人，大概就是这个小孩子还好对付一点儿，自己来到这里，是个客位，人家这里，既然有事，当然不能坐着不管。可是这个人既然敢来到这里，功夫当然都错不了，如果不在这小孩子上场时候出场，换上别人来，自己绝不是人家对手，不如趁着这个小孩子先打一个头阵。这个小孩子，练得再好，也是个孩子，总还可以跟他周旋一阵，自己的面子，就可以盖过去了。所以虽然卞方拦他，他却仍要和那个小孩子见个高下。

卞方也明白他这意思，不过卞方可看出这个孩子身有绝技，论本事的话，只在卢春上，不在卢春下。不用说旁的功夫，一个十几岁的孩子，居然能够那么远来到这个地方，本事就错不了，但是不便相拦，也只说了一句："你可留神这个小孩子犯坏。"

卞方一闪，卢春就和那个小孩子对了面。卢春笑着对那小孩子道："你这个小孩子，姓什么叫什么？"

那个小孩子道："你要问我，姓苗名凤，人家给我起外号叫火麒麟，你姓什么叫什么？"

卢春道："你要问我，姓卢名春，江湖人称九头狮子病尉迟就是我。你这小孩子，我看你长得十分可爱，你为什么不上进，可跟这些狐朋狗党在一起干什么？要依我良言相劝，快快逃下山去，我也不来追赶你。如若不然，动手之下，只怕伤了你的身体，倒叫我好生不忍。"

苗凤听了呸的一口道："姓卢的，你不要满嘴胡说。今天狮子遇见我麒麟，咱们倒要看看谁成谁不成。别走，吃家伙！"说着话陡地一抬双手，两把蒲铲，鸣的一声带着风直奔卢春面门铲来。卢春急忙一坐身，双铲从卢春头上过去，不等卢春站起，左手铲一平，照卢春头上砸去。卢春提身往斜里一纵，铲从左肩滑下，苗凤右手铲一空，左手铲用了一个"手挥琵琶式"，从卢春腰里往上撩去，卢春一含胸，铲从胸前擦过。一连就是这样三手，卢春没还上一招。卢春心里一动，想就凭这个孩子，我就没有还上一招，这要工夫一长，说不定就许输在他的手里，那可不是意思。想到这里，精神一振。苗凤左手铲平一抹，卢春缩头藏颈让过这一手，不等苗凤再发招，一长身形，左手虚晃往脸上一戳。苗凤往后一撤身，卢春右手直奔铲把，单手捋住往前一进身，左手从铲底下戳进。说时迟，那时快，一掌正戳在苗凤左肋。苗凤觉着肋下一紧气口一松，左手只得松铲，一缓气一转身，上左脚右手蒲铲就挂着风到了。铲奔卢春肩头，卢春喊声"来得好！"身子不往后撤，右手铲反着往苗凤铲上一挂，只听铛的一声，双铲震得分开，卢春暗道一声："好力气！"苗凤失去一铲，知道是遇见劲

115

敌，不敢还像先前那样一味猛进，右手铲往左手一交，转身就走，嘴里喊道："今天我麒麟怕你狮子了。"卢春看他，招法并未散乱，忽然撤招就走，知道他一定有诈，心里不由好笑：这个孩子，你拢共能有多大，还敢在我跟前使这个鬼吹灯，今天要不叫你知道厉害，也叫你小看我们山东七义。卢春手里攒着一把蒲铲，随后就追。卞方心里纳闷儿，听孙刚说过，卢春人称病尉迟，最得意的兵器是一条大蟒鞭，为什么今天跟人家动手，不亮出自己兵器，莫非是故意要施展这一手儿给大家看？其实在这动手时候，可不能尽论样儿好看，况且这个孩子，能为并不在卢春以下，招数不乱，抹头就走，不要看夺过一把铲来，那可不能算赢，为什么到了这个时候，还不取出自己的兵器，真是让人起急。卞方他却不知道卢春的一根大蟒鞭已然伤了半节，剩了多半节，虽然围在腰里，看不出是根残了的兵器，可是真要拿出来使，可是绝合不了手。第一分量太轻，第二尺寸太短，准要使出来，绝合不上尺寸，卢春要不是心爱这根鞭，早就扔了，围着可是围着，始终可也没有拿出来。孙刚眼快，就瞧苗凤一路跑着，蒲铲交了左手，知道他要发暗器，却没有瞧出卢春不追。孙刚跟卢春是师兄弟，他可知道卢春身上有什么功夫，要说旁的还不敢说，要讲打暗器，卢春固然不敢当时说数一数二，无论如何，也得比才出世的小孩子强得多。自己虽然看见苗凤掏暗器，自己可没有言语，怕的是自己一叫他，分了他的神，反而受了他的伤。眼看卢春追赶苗凤，差不多相离也还有六七步远近，猛见苗凤把身子往前一探，仿佛像"夜叉探母"一样，回头往左肩头后头一看，把手一扬，喊一声"着！"只听铛的一声，一颗弹子，正打在卢春手里那把蒲铲面上。卢春才要喊声好，却见从铲头上冒出一股白烟，闻得一股奇臭之味，当时觉得一阵昏迷，竟自晕倒在地。

苗凤一看卢春摔倒，扭过身来，哈哈笑道："我说是不是，凭着一个小狮子，也要跟麒麟拼，岂不是自找没味儿。对不过，我今天要取你二人性命，也好给我们教里除一大害。"说着话，一塌腰直奔卢春而来。卞方喊得一声"不好！"打算纵过去也来不及了，因为他们两个距离太近，自己离得太远。就在这个时候，苗凤已然纵到卢春面前，手里单铲，往起一举，大喊一声："姓卢的拿命来吧！"喊声未完，只听哗啦一声响，接着有人喊道："无知的孩子，休得放狂，留下小命再去！"声到弩到，正打在苗凤拿铲的手上。苗凤护疼，拿不住铲，只听当的一声单铲落地，顺着声音一找，原来发弩的正是孙刚。孙刚看见卢春追赶苗凤，就知道苗凤有诈，不过想着卢春也打一手好暗器，许会上不了他的当，故而没有十分拦挡。及至看见这个孩子，打出来的并不是什么普通暗器，却是含有毒性的一种弹丸，就知道事情不好。果然卢春一闻白烟，当时晕倒。原也打算纵过身去，挡住小孩儿，再设法救卢春，无奈那个小孩子，身手来得非常快，自己打算过去，万也来不及，一时情急，只有先用响铃弩拦挡一法。一支响铃弩发出，恰好打个正着，不等苗凤再拾起兵器，一提身便纵了过去。

苗凤被打一弩，正在发怔，一见孙刚纵了过来，正待撤步看招之际，却听身后有人喝道："凤儿真乃无能，怎不防人暗算，且退下去待我来！"

孙刚一看说话的正是那个中年汉子，自己不便拦住那个孩子，便笑着向苗凤道："小孩子不要害怕，我不和你一般见识，快快逃命去吧！"说完让出道来，苗凤弯腰拾起先后掉的一对儿蒲铲，小脸一红，退了下去。孙刚这才向那中年汉子道："朋友，我和你虽不相识，可是今天看你们这种行径，也算不得光明正大。就连这样一个小孩子，使出的暗器，都是这样不体面，足见贵门户也不是什么上三等了。"原来江湖之上，门户分得多，普通就说上几门、中几门、下几门，其实里头还分得很详细。上五门仙、剑、侠、义、杰。仙里如黄衫客、古押衙，仙而带侠。剑里如张三丰、王征南、甘凤池，剑而带侠。说到侠义二字，例如荆轲、聂政，铲除世界不公，打尽天下不平，什么杀贪官、斩恶霸、除暴安良、济困扶危、一诺等千金、性命等鸿毛，只要义气当先，生死在后，这都是侠义人才。再说到杰，那就差了，虽然也有侠义的气概，却是没有侠义的心胸，但是比起中五门，却又高出一头。那中五门讲五种标志是龙、凤、虎、雁、蛟，虽然也是行侠作义，可是心志不定，人品不齐，什么占山做草头皇上、看家护院、摆场子卖艺，也懂济困扶危，不过他们可讲劫抢偷盗，只是不犯淫戒，是他们列在中五门的根基。下五门也讲五个字是：莲、兰、梅、桃、柳，可别看字面都很好，要往上中十门一比，那可就有天地之别。这里头属莲花最体面，能够不犯淫戒，可是什么卖熏香、配拍花药、杀盗抢掠无所不为，以道家为最多。莲花门往下，更是穷凶极恶，什么坐地分赃、杀人放火、按地窑子、造夹壁墙、明火执仗、挖坑盗洞、打闷棍、套白狼、装神弄鬼、围席箔、放冷箭、断喝一声、却夺行人被套、卖迷魂酒、做人肉包、采花杀命、盗胎配药、偷鸡捉狗、插圈弄套，里头可是应有尽有。这不过提个大概，后头神驼子沈洵和庄疯子请八老清山，便可知道详细。孙刚看那个孩子打出来的弹丸，里头冒出一股白烟，知道就是他们下五门使的那一种熏香弹之类，所以才说了那么一句。

那中年汉子听了怒道："你这蠢狗，少说废话，快拿命来！"

孙刚道："难得你们今天来的这几个人，连老带小，一个明白的都没有，一张嘴，就讲动手。提到动手的话，也不是我看不起你们这几个，就让你们一起动手，也未必能够怎么样。何必这样狂傲，你姓什么叫什么？说出来我好打发你回去。"

那个汉子听了益发大怒道："呸，少说这些闲话。你老子我叫三手金刚范玉海，蠢狗别走，留下命去！"说着话也不问孙刚名姓，陡地左手一扬，右手棒到，直奔孙刚左肩打来。孙刚手里拿着宝剑，并没有还招，因为看这汉子，十分粗鲁，虽然来势很猛，知道他必不能耗长，便看关定势，封着招和他游斗。范玉海人虽粗鲁，武学却很有根底，一根狼牙棒，真是使得风车儿相似，滴水不入，并且气力也足，忽前忽后，忽左忽右，锤、砸、撩、挂、戳、翻、捧、刺，足有二十几个照面，脸不红，气不喘，孙刚暗赞好一条猛大虫。正在酣斗，忽听卞方喊道："志柔留神，他们的暗器厉害！"话犹未了，只见一道白光，从旁边飞来。孙刚知道又是那种弹丸，不敢用剑去迎，只把身子向后一撤，任那弹丸掉在地下。却听吧的一声，依然炸开，从里面冒出一股白烟，孙刚只怕离得近闻到鼻子里，急忙使个"白鹤冲天"的式子，凭空纵起，足有一丈七八尺高。拿剑的那只右手往上一伸，左手一贴胯骨，先一拳双腿，复又往斜下里一端，便仿佛像一条流星相似，斜着便冲了下来，离开范玉海已然在十步开外。立定一看，范玉海纹丝儿不动，依然站在那里，就知道他一定是已然闻过解药，所以才能不倒。孙刚这时，心里好生为难，不过去眼看自己的朋友被人制倒，岂能见死不救，再者自己不过去，人家也会过来。如果凭本事和他动手，倒也不怕他们，不过他们不凭功夫，却单凭那种暗器，别看自己有能为，闻上照样儿也得躺下。忽然一想有了，方才不该和那汉子游斗，这回再过去不出三个五个照面，我先把他弄倒了，有什么话回头再说。想到这里，一提手里剑绕过来也不说话，一剑直奔范玉海咽喉刺去。也是范玉海粗心大意，他就没有看出孙刚使的是一口宝剑，看见剑到他并不闪躲，因为方才和孙刚打了半天，孙刚只一味地闪躲他，以为孙刚怕他。如今见剑到，认为是个机会，方立起狼牙棒，用足了力气往下一磕，只听锵啷一声，狼牙棒折一大截。范玉海用力过猛，狼牙棒一折，身子也跟着歪了一歪，恰好孙刚的宝剑正到，险些儿不曾刺在面门，急忙往下一矮身，剑从头上过去。范玉海一看兵器已毁，知道再战无益，就势子一拔胸脯，一坐腰，双脚往起一提，这一手名目叫"倒搬盅"。一个反筋斗折出五六步远，站住脚，一正面，抬手就是嗖、嗖、嗖三支袖箭，一支上奔面门，一支奔胸口，一支奔肚子。这种暗器，最是厉害，名目叫作"三不过"，因为三支箭是同时都到，如果你一躲上边面门，就顾不了胸口；顾了胸口，又顾不了肚子；顾了胸口肚子，一定躲不开面门。并且范玉海他们这下五门的兵器，都是用毒药煨过的，如果打上，不用他们的解药，子不见午，能把人活活毒死。范玉海如今一看自己的兵器让人家已然削折了，并且性命几乎难保，由怕生恨。他的外号三手金刚，就是能打暗器，这才发出三支袖箭，直奔孙刚。上中下三部射去，这要是换一个人，一定得遭毒手，唯独孙刚，却是毫不理会。因为孙刚外号人称神弩手，讲到打暗器，不用跟人家施展，他不但能打，而且能接，弩箭上敢拴响铃，当然就得说是有特别的功夫，不然也不敢那么扬气。如今一看范玉海发出三支袖箭，不由也暗吃一惊，心想这幸亏是我，如果换个旁人，岂不要遭他的毒手。心里想着，手里可不敢怠慢。唯独打暗器，只要你看见了，这暗器也就到了，等到了再打算躲，那可不是易事。孙刚一看三支箭已然分成三路奔自己来了，急把剑往左手一交，斜跨一步，左脚仿佛要往前进的式子，一长身，侧着脸，名字叫"回头看月"。上头这支箭正从耳旁擦过，提左手喊声"着"，双手一捏，正捏在箭尾上。接暗器也得行家，不会捏或是捏上没准，那都不行，所谓差之毫厘失之千里，就在那一点儿劲儿上。孙刚把上头这支箭接着，低头一看，那两支箭才到。不是箭有快慢，只因孙刚往外探着身子，是个长势，那箭就分出前后来了。拿手里这支箭，喊一声"走"，叭、叭两声，两支箭全都打落在地上。

孙刚哈哈一笑道："朋友，你这三手金刚，将来不用打暗器，留着拔个烟袋偷个荷包使吧！"

范玉海脸上挂不住，拿着半截没有狼牙的棒，狂喊一声："老蠢狗，今天你我拼个死活！"伏腰往前就跑。

却听后面那个道者装束的一声喊道："范朋友，不要坏了江湖上的名气。你且退后一步，待我来和他见个高低。"范玉海往后一退，老道纵了过来。

孙刚一看就知道这个老道武学绝软不了，因为看他脚步儿气度，就知道他功夫已然很深，便不敢怠慢，笑着道："这位方外朋友，也要来玩儿一下吗？好，好，好，正要讨教讨教。"

那个道者却微然一笑道："方才已然看见朋友的绝技，我也正要领教。不过有一句话，我们今到这里来原找的是姓卞的，却没有朋友你的事，既是朋友你一定要管这回事，说不得也只好得罪了。"

孙刚道："姓卞的就是我，我就是姓卞的，就请进招吧。"

那道者道："如此我黄伟要无礼了！"

孙刚一听，原来是他，就知道自己不是人家对手，连卞方也未必是人家对手。原来这黄伟在下五门是数一数二的角色，要论打暗器，人家得说是行家，浑身上下，能带十几样暗器，并且能够同时发出来，手里不拿兵器，只要两个照面以后，他的暗器就来了，江湖上大大有个名头。不过这个人性情非常古怪，虽然身在下五门，却向来紧守清规，从没有管过什么闲事，不知道今天怎么会到这个地方来，如果今天他要一定为难，只恐怕大家难讨公道。

孙刚这里略一沉吟，卞方便答了话："志柔，你跟他们玩儿了半天了，人家换了马，咱们也换换人。你过来歇一歇，看我对付老道。"说着一晃身便到了面前。

孙刚只好说一声："小心点儿！"便自退回。一看自己这边，就剩了小栓儿还在那里站着了，心里着急，也是无法，只好看着吧。

黄伟一看卞方来到，便长笑一声道："姓卞的，这才对呢。冤有头债有主，我原找的是你，来来来，你我今天决一死战。"

卞方微微一笑道："黄老道，你既是愿意死在我的手里，你就拿命来吧！"

黄伟道："你不必用言语欺人，命交给我再说。"一摆手里蝇刷，直往卞方左肋点来。卞方一见蝇刷来到，手里烟袋往里手一裹，黄伟急忙把蝇刷撤回。卞方趁势往里一递烟袋，奔黄伟小腹戳去，黄伟赶紧用蝇刷往下就砸，卞方也赶紧撤回。原来武术练入化境，无论手里拿着什么，也可以当兵器用，并且自己的气力，能够完全贯在上面，意思只要一到，那股气也就到了，对方就能知道，外行人看着一点儿精神都没有，实在是性命相争。两个人走了也就在五个照面，黄伟蝇刷虚往卞方面门一点，转身便走。

卞方停住脚步儿笑道："怎么闻名不如见面，久仰道长身怀绝技，为什么今天不肯赏脸，多让我们看个一两手，却不辞而去呢？既是道长不肯赐教，我也不敢勉强，恕我招待不周，改日登门谢罪！"卞方知道黄伟身怀绝技，能打各种暗器，准知自己一追，他必用暗器取胜，倘若一个大意，难免遭他毒手，明明说破，却不追赶。

黄伟一看卞方不追，心中也着实佩服，又听卞方说了一大篇话，心想这倒是个劲敌，不可大意。便又扭身来道："姓卞的你今天不敢追我，想是已然知道我的厉害。按说我不该赶尽杀绝，不过我也是受了朋友之托，不能不忠人之事。我今天说一句狂话，不用暗器，我也要把你弄倒，来来来，我们再斗几下。"说着一摆手里蝇刷，直奔卞方肩窝点来。

卞方一听他不用暗器，先放下一半心，知道凭其功夫，一时半会儿也不至于就输给他，便也说声："好，如此我再奉陪走几招。"闪身躲过蝇刷，用烟袋往黄伟脉门便戳。黄伟一反手蝇刷从烟袋底下掏过来，跨步一进身，蝇刷奔卞方胸口。卞方用"退步跨虎势"躲过蝇刷，手里烟袋一扁腕子，直取黄伟咽喉。黄伟扭头一撤身，让过烟袋，手里蝇刷够着烟袋杆，用力一抖，喊一声"开"！卞方着实吓了一跳，卞方的武学并不算低，今天跟黄伟走在一起，简直几乎一招全进不去。武术这一门，原来没有丝毫虚假，没有真功夫，谁也不敢进招，因为谁先冒险进招，谁就能够先败。现在卞方一看黄伟，居然敢用蝇刷来裹自己的烟袋，就知道他必有绝招，不由暗吃一惊，自己如果一个败下，孙刚便不是人家对手，那样一来，燠陵谷这一班人，恐怕要同归于尽。心里这样想着，手里可不敢迟慢，赶紧把手里烟袋，也随着蝇刷一抖的劲儿，就势往起一掀，蝇刷的劲儿，就全撤了。黄伟一看知道卞方耍的太极门里"粘绵连随"的功夫，不由也暗赞一声好功夫，蝇刷烟袋各自分开。

卞方一看道声惭愧，方要进步递招，只见黄伟用手一指道："姓卞的，你又不是我雇的用工人氏，为什么这样躲躲闪闪，你也把你拿手的玩意儿使出来给我看看，不然岂不是有名无实，也吃江湖人耻笑。"

卞方知道黄伟故意激怒自己，好不防备他招数，他却可以得手，便益发把心神定了一定道："道长你错听了旁人的话，我哪里有什么玩意儿。不过道长既肯赐教，我不得不奉陪走几招，道长有什么绝技只管使出来，我可以做一个给道长接招的用工人氏。"

黄伟一听，就知道卞方练得火气已然没有了，要想激怒他，怕是不容易，非使出自己的绝技，也赢不了卞方。最不好办的就是卞方不肯进招，自己虽有绝技，也施展不出来，心想先给他硬干一下再说。想到这里，便不再答话，把左手蝇刷虚往卞方脸上一晃，卞方往后一撤身，黄伟一抬手喊一声"着！"哧哧哧就是三支袖箭，分上中下三路往卞方咽喉、胸口、小肚腹射来。卞方知道黄伟周身都有暗器，既然发出袖箭，必还有旁的暗器在后边，不敢稍存大意。就是这三支袖箭已然不好躲过，因为先前范玉海打孙刚三支箭是从远处打来，时间长，躲上当然比较容易。现在黄伟就在当面，一抬手暗器就算到了。好在卞方知道袖箭来势特急，不敢再施展接箭的绝技，真如闪电穿针一样快，原本是躲黄伟的蝇刷，一撤身，不容自己身子再正过来，往后就势一仰，双脚尖一蹁地，腰上蓄力一挺，反着纵了出去。上头两支箭，在一仰身子时候，贴着肚皮蹭了过去，下头那一支箭，从两条腿裆中穿过，叽叽叽掉在地下。这一纵足有七八尺，这手功夫叫作"反提"，纵出去是脸朝上，跟着双脚往上一扬，头朝下，一挺肚腹翻了下来，脚着了地，才暗道一声"好险！"就在这个工夫，只听黄伟喊道："姓卞的你再躲这一回！"声音到，暗器也到，只见一团白光，直奔自己面门，却看不清是什么东西，并且来势比前还急，白光很大，再打算往前纵，上身纵过，下边也得受伤。一想躲是躲不过了，只有硬碰一下再说。说时迟，那时快，白光刚到，卞方一提手里烟袋，往白光上便点。只听叭的一声，仿佛打在一件什么东西上，跟着闻见一股怪臭，才要喊声"不好！"头一晕，脚下一发轻，翻身便倒。

黄伟哈哈一笑道："姓卞的，你还有什么本事，也敢和长白山上作对！对不起，今天要取你项上人头，回去交代一下。"一边说着，一纵身便到了卞方面前。

这时候范玉海、苗凤也全都纵了过来，范玉海道："你老靠后，这件事成全了我吧。"说着一抬腿，扯出小撬子，就待动手。只听哗啷一响，一支弩箭正打在范玉海拿撬子的手背上。孙刚纵身赶到，连话都没有说，一剑直奔范玉海心口刺去。范玉海的狼牙棒已然被孙刚先前削折，手里就是那一把小撬子，哪里还得上手，急忙一撤身，剑从身旁刺过。孙刚不等他转身，横着一剑，拦腰就斩，范玉海提腰一纵，剑从脚下过去，孙刚扁腕子一翻手，剑走撩阴。范玉海喊声"不好！"身子悬着，使不出力，只得往旁边一纵，稍微慢了一点儿，一只后脚竟被削落。范玉海"哎呀"一声，扑咚一响，摔到地上，疼得翻滚。苗凤喊一声："好你个老家伙，竟敢伤我同伴，别走，吃我一铲！"苗凤先前挨了一弩，右手铲已然使不动，只剩了左手单铲，恶狠狠直向孙刚腰上戳来。孙刚一看铲到，提腰一转，苗凤铲就走空了。孙刚不等他第二招，拿剑往铲把上横着一挂，只听当啷一声，铲头落地。孙刚进一步剑劈苗凤天灵，苗凤撤步一转身，黄伟就到了，手里蝇刷往孙刚脸上一点，口里喊道："我们斗的是姓卞的，原不打算和你们过不去，你竟敢伤我同道，真是大胆妄为，说不得连你也一起除治了吧。"说着话蝇刷一摆，直奔孙刚肩窝点去。孙刚准知道自己不是人家对手，可是事情已然到了这种地步，怕也无益，只有以死相拼。别看孙刚剑削范玉海的左脚，伤苗凤的铲，要是跟黄伟一走，可差得太远了。一看蝇刷奔自己肩窝，赶紧一撤身，手里剑从底下往上一撩，打算把黄伟蝇刷削折。黄伟也明白这个意思，并不往后撤蝇刷，就在这剑刚一挨着蝇刷之际，一坐腕子，这蝇刷柄正磕在孙刚剑上。说来不信，孙刚这口剑经这一震，仿佛连手都往下垂了一下，孙刚就知道自己绝不是人家对手，一扁剑横着黄伟的腰砍去。黄伟蝇刷一迎，先是猛地一震，跟手一撩，蝇刷柄把剑托起，喊一声"走"，孙刚的剑不由脱手而出。黄伟进步，用蝇刷往孙刚头上就缠，孙刚知道要被缠上，身首就得两分，可是来势太快，打算再躲，已然不易，便不由把双睛一闭，知道自己完了。谁知黄伟蝇刷还没有缠到自己脖子上，却听黄伟"哎呀"了一声，急忙睁眼看时，黄伟双手揉着眼睛站在那里不动，鼻子里却闻得一股酒香。

正在疑惑之际，忽听有人喊道："孙伯伯，你还不快过来，老道的眼睛受了伤了！"

孙刚回头一看，正是田正，心里不由大喜，想着一定是这个孩子冷不防拿什么东西打了黄伟。虽然知道黄伟眼睛受了伤，自己宝剑已然出手，空身过去，也绝找不着便宜，不如先问田正是用什么东西打伤的黄伟再想法子。想着便纵身先把宝剑拾到手里，然后才回到田正面前，问道："小栓儿，是你打的那个老道吗？你拿什么打的他？"田正摇摇头，孙刚不由诧异道："既不是你打的，你怎么知道他受了伤？倒是谁打的？"

田正道："和尚。"

孙刚道："什么？和尚？在哪里？"

田正用手向后面一指，孙刚顺着看去，在房檐子上，果然坐着一个和尚，一脸油泥，却遮不住红光外露，短发足有一寸多长，五官让泥糊得看不清楚本来面目，身穿着一件灰夏布大领僧袍，破旧不堪，腰系着一条黄色丝绦，也是七个疙瘩八个结，赤着脚，穿着一双多耳麻鞋，手里拿着一根九环铁杖，背后背着一个大红葫芦，身子坐在房檐子上，两只脚往下垂着。乍一看好似梁山泊鲁提辖再世，细看时却好似醉菩提济颠僧复生。

孙刚一看就知道是个世外高人，今天这件事，非得和尚帮忙不可。便赶紧向上深深一揖道："这位大师父请了，在下名叫孙刚，和我弟兄卞方、卢春、丁威，在这山里隐居韬晦。不想今天来了这位道长，使用下五门熏香暗器，将他们均已打倒，我也险遭不测。不是大师父从中助力，我们不免要全归于尽，请问大师父贵上下怎样称呼？我这里谢谢！"说着又是一揖。

那个和尚微然一笑道："得了，小孙子不用闹这些酸礼了。我乃云梦山水帘洞王禅老祖座下第三大弟子秃葫芦是也。今天我正在陪着师父打坐，忽然一阵心血来潮，是我掐指一算，算出了是你们这几个小孙子在这遇难，我不搭救谁搭救，我不心疼谁心疼。是我禀明老祖脚驾祥云，来到这里，正赶上那个鸡毛儿老道，对你不利，是我运用法气，制住鸡毛儿老道，才救了你的性命。你这小孙子，真是有些狂傲无知，救了你一条命，连个头也不磕，左作一个揖，右作一个揖，你可不知道我就怕看这老兔儿

124

捣碓！"说完又是一阵哈哈大笑。

孙刚一听，这简直是成心玩笑，可是准知道这个和尚必定大有来头，并且一定和自己这边有深切的关系，所以不肯露出真姓名的缘故，也许是怕对方知道，再问他还不定说什么，简直不必再问。这黄伟的眼已经好了，原来黄伟正在拿蝇刷一缠孙刚的脖子，忽见迎面来了一道白光，仿佛像一道立闪相似，打算躲开，一则来势太急，二来白光力量很大，唧的一声，已然扑在脸上，脸上倒还没怎么样，就是两只眼里仿佛扎进针去似的疼，不由把双眼紧闭，那只拿蝇刷的手也赶紧收回。两手一阵乱揉，流出不少眼泪，才觉得疼势稍减，满身满脸都带着极浓的酒味儿，心里好生诧异。及至睁眼一看，孙刚已然跑回去了，对面房上，却坐着一个和尚，知道方才一定是受了和尚的暗算，不由心火怒发，一纵身就到了房檐之下，用手一指道："你这野秃厮，怎敢暗地算人。有真本事的，下来走个三招两合，似你这样暗地伤人，算得什么光明之辈。"

和尚听了，却不动怒，哈哈一笑道："杂毛儿老道，你张口骂人，留神我请雷劈你。你说我不光明，我的神法里，没有毒药，没有那下三烂的玩意儿。你说你不暗地伤人，那么地下躺着那几个都是你凭一招一式赢的人家吗？哼！你还觉乎着你怪不错的。杂毛儿，你知道我刚才用什么法术把你制住的，你说出来不错，就算你经多见广。哼，不用说你，就是把你师父什么阴阳扇是阴阳伞哪，叫出来他也未必能说得上来。哼，臭杂毛！"

黄伟一听，这个和尚一定是个高人侠客，连自己师父是谁，他都明白，要是跟人家动手，绝不是人家对手。不过要就是这样一走，自己闯荡江湖多半辈子，好容易闯出这个九尾金蝎的名号，就得完全消灭，岂不是前功尽弃。想到这里，把心一横，宁叫名在人不在，不叫人在无名传。用手里蝇刷一指和尚道："好秃厮，休得张狂。看来你也是他们一党，今天我要大开杀戒，斩尽杀绝，你就拿命来吧！"说着话，往后一撤身。

孙刚这次可看清楚了，只见他把头一低，两个肩膀仿佛是一摇，只听得叭一声，一个小圆球儿从黄伟脖领里打了出来，才离开黄伟不到二尺远近，圆球周围就冒出一圈白光，球儿走得越快，白圈也越来越大。孙刚知道刚才下方就是受的这种暗器所伤，便大喊一声道："大师父，你可留神这种毒药暗器厉害！"

125

却见和尚手忙脚乱把手里铁杖往白光上一迎，叭叭一声，和尚跟着"哎呀"一声，从房檐上掉了下来，铛的一声，一根铁杖扔出足有一丈开外。黄伟一见，哈哈大笑道："野秃厮，就凭你初学乍练这两手功夫，也敢眼空四海，目中无人，一味狂言乱语，我今天活活把你掐死！"说着话，一伏腰一低头径奔和尚。

孙刚心里着急不敢过去，准知道自己过去也是白饶，不过去眼瞧和尚要没有命。正在这时，田正一拉孙刚道："孙伯伯，这个老道要倒霉！"

孙刚道："你怎么知道？"

田正道："头一次我就看清楚了。在你老正被蝇刷要缠脖子之际，这个和尚就从脊梁后头搬过那个大红葫芦对嘴喝了一口，可不知道里边是什么，他对着老道一喷，老道就迷了眼，你老才得救。刚才我站在旁边看，和尚往下一掉的时候，仿佛是捧着葫芦又喝了一口，你老看着，老道又要挨喷。"

孙刚道："别胡说了，眼看着和尚中了老道的暗器，已然昏迷，哪里还会清醒着喝酒？"

田正道："孙伯伯不信你看。"

孙刚抬头一看，只见黄伟正在要下手去掐和尚哽嗓之际，却见和尚猛然往起一挺，身子凭空立起，一张嘴一道白光直扑黄伟，嘴里喊道："杂毛儿再来一盅吧！"黄伟出其不意，哪里躲闪得开，喷个正着。这次因为离得近，不要说是眼里，就是脸上都觉得痛入骨髓，手里拿不住蝇刷，随手一丢，两只手捧着脸不住在地下乱转。

和尚哈哈又一笑道："杂毛儿，这回你许服了吧，有真本事的，咱们再走个三招两合，干吗像地牛儿（陀螺）似的在地下一个劲儿转，转得人怪眼晕的。就凭你连一口酒都禁不起的人，也敢充什么好汉子。和尚是个出家人，不像你那样狼心狗肺，讲究慈悲为本，方便为门，不做赶尽杀绝的事。你是个瞎子，搀着你们那个瘸子，快快逃命去吧。见着你的师父你就说长离山有个秃葫芦托你给他带信，问他长离山有个小约会，他可敢去，我在那里等他。你要是有什么打算，也可以到那里去清一笔账。快走吧，我真不愿意看你在我眼前旋转，我真有些头晕。"

黄伟一听，知道今天已然砸在大钉子上，如若再要不走，也绝找不出什么便宜来，君子报仇十年不晚，回去见了大家，再做计议。想到这里，便把手向和尚一指道："秃厮，今天是我一时不慎，遭你暗算。你要留心，三年之内我是定报此仇，今天暂时告别！"说完一低头背起范玉海，苗凤捡起黄伟的蝇刷，跟随在后，跟跄而去。

孙刚又赶紧过去向和尚一揖道："多谢师父救了我们大家性命。"

和尚道："我就不喜欢这些酸礼，快去取一碗水来，好解救他们几个。"

孙刚赶紧取了一碗水来，和尚接水在手，含了一口，来到丁威面前，左手一托丁威的腰，右手挽住丁威头发，一正脸，噗的一口水，全都喷在丁威脸上。丁威激灵灵打了一个寒战，狂喊一声："臭乌龟，真臭！"跟着打了一个喷嚏，往起一立，挥拳向和尚就打。孙刚急喊："使不得，是自己人。"丁威已然收不住势子，一拳已然向和尚胸口捣去。

和尚笑着喊一声："真不亏人家叫你牛犊子，果然有些牛劲。"也不躲闪，挺胸脯往前一迎，丁威"哎呀"一声，已然倒跌出七八尺开外，躺在地下直翻着两只眼向和尚发怔。和尚不理丁威向孙刚道："怎么你也傻了，快照着我的法子，把他们也救过来。"

孙刚答应，接过水碗，照样儿先喷了卞方，又喷了卢春，不一时两个人也都醒了过来，睁眼一看，全都瞪眼发怔。孙刚道："你们都起来谢谢这位大师父吧，如果不是这位大师父来救你我，今天我们就同归于尽。"

卞方卢春一听，赶紧爬起身来，向和尚作礼称谢，丁威也赶紧爬起来跟着磕头。和尚连忙把手乱摇道："得了得了，还有许多话要说呢，你们怎么只是闹这些酸礼，真腻烦人。你们几个人都受了毒气，虽然当时清醒，这种毒气却是非常厉害，事后还要发病。你们赶紧跟我到屋里，我还有话和你们说。"

卞方几个一听，赶紧全都站了起来，一同走进屋里，大家落座。

卞方道："多蒙大师父相助，还没有请教大师父上下怎样称呼？"

和尚道："小卞，你现在也算是江湖有名的人了，跟你师父又学了那么多年，难道那老梆子就没有跟你提过江湖道上有我这样穿着打扮的一个人？"

卞方再仔细一看，这才猛然想起，自己师父从前果然说过，陕北一

127

代，有个出家的侠客，俗家姓巩，单名一个牧字，出家自取法名百了，最喜吃酒，身背大葫芦，里边满装好酒，人称醉行者百了和尚。此人威震陕甘一带，武学只在自己师父以上，不在以下。现在一看，果然身背大葫芦，说话又有些陕甘味道，便想到定是此人，便重又站起来施礼道："师父可是醉行者百了禅师？"

和尚哈哈一笑道："果然名不虚传，居然你还知道有这么一个人。我正是百了，这次我到这里来，也是受了一个朋友的托付，才来到这里的。我这个朋友却和你们是个敌对，他和我交好已经多年，他的行为也没有什么不正，就是脾气古怪，气量太小。他托我到这里来，所为探看你师父的行踪，顺便得下手就下手。他却不知道我和你师父从前在大耳山曾经苦干过一昼夜，后来经庄疯子说和，我们反交了朋友，原是打出来的交情。我在没到这里之先，我已然知道你师父不在这里，却听人说山里住着有他几个弟子，我想看看他收的都是什么人物，所以才到你们这燠陵谷观光。来的时候，正听你们在说收什么徒弟，我正想看看谁是师父谁是徒弟，却听见你们这个牛犊子在后头狂喊。我因为站的地方高，看见和牛犊子玩笑的那个人，正是我的一个老朋友。我知道他跟你们是一头的，所以我就没有惊动他。他去了之后，我又听你们说，才知道你师父也知道有人要对你们不利，特意托朋友来给你们送信，看起来你师父倒是很疼你们。我也打算给你们留个信儿就走，没有想到又来了一批，头一个牛犊子被人家用熏香弹子打倒，接着我就看见他们几个全都跑出来了。要是凭真功夫动手，你们几个还真许不至于吃他们大亏，只是来人是下五门的人，不懂什么叫江湖体面，一意仗着毒药暗器算计人。他们用的这种暗器，毒药非常猛烈，里边有一种狼牙草，性质更毒，打出来碰硬就炸，里头出来一股臭味，人只要闻上，当时就会气闭。解救一慢，毒入肺里，便成不治之症。"

孙刚不等说完，便向百了道："师父说的这暗器，如此厉害，怎么师父却不怕它？难道已经闻了解药！"

百了道："我也没有解药。一则我已可以闭起不闻，二则你看这件宝贝。"说着一推那个大红葫芦。

孙刚道："你老这个葫芦，怎么能够破这暗器？方才我看见你老从房上掉下来的时候，明明是已然中了他的暗器，也没见你老拿这个葫芦，怎么又起来的?"

百了哈哈一笑道:"你还称神弩手呢,你的眼睛还没有这个小孩子来得快。那个杂毛老道使的暗器,虽然也和那个孩子使的暗器,同是一样毒药煨的,比较起来,比那熏香弹子还要厉害,因为他这种暗器,又加了一种银粉在内。机关在后背上,里头有弩有筒,仿佛也跟紧背低头弩一样,可是力量比低头弩大、快,只要一弯腰,弹簧一顶,这种暗器就发出去了。当中是一个圆饼,四围都是白光,敌人眼神一看不清,手里无论什么兵器,只要往上一碰,当时跟熏香弹子一样炸开,能把敌人熏倒。他这种暗器叫狼牙弩,其实并不是弩,我虽说不懂暗器,可是对于暗器,知道得不少。当时我一看他打的是狼牙弩,我才一闭气,先撒手环杖,就势往下一滚。可是就在往下一滚的时候,就把这葫芦虚嘴儿拧开了,这个葫芦里头,满装的是酒,我用气力把酒含在肚子里,然后一正面我才拿酒喷的他。你没有看出来,倒叫那个小孩儿看去了。这个孩子天资太好,如果用心教他几手功夫,将来也许在你们几个以上。可不知道你们说了半天,收徒弟是不是他?"

卞方道:"正是这个孩子,你老既是看他有缘,你老就收了他吧。这个孩子不但聪明,他的身世也非常可怜。"

百了急摇双手道:"不成不成,我可没有你师父那种耐性,教不了徒弟。不过我倒是真爱这个孩子,也是天生来的缘分,我虽不收他当徒弟,我倒可以教给他两手儿功夫,还送他一件防身宝物。不过这种宝物,现在他还不能使,我先交给你替他收存,等他功夫练得有了眉目,我再来告诉他怎么使用。"说着话一撩半截僧衣,从里头掏出一根似牛角而非牛角的东西来。旁人不理会,孙刚卢春一看,不由大吃一惊,原来正是在山下打死怪兽脖子上长的犄角。百了拿着那根犄角问道:"你们可知道这是什么玩意儿?"

卢春道:"不知师父拿的是不是雪岭那头怪兽的犄角?"

和尚道:"不错,正是那个玩意儿。你们可知道它有什么用处?"卢春摇头,百了笑道:"我也知道你们不明白它的用处。你们可知道这怪兽叫什么?"

卞方接过来道:"从前听我师父说过,这怪兽名叫豸庸。"

百了道："到底是强将手下无弱兵，这个玩意儿不错就叫豸庸，你知道这只豸庸是公的是母的？"

卞方摇头道："这个却没有听说。"

百了道："这个你可以说是只知其一不知其二了。这豸庸原是野牛一种变种，性质非常凶猛。母豸庸个子小，脖子上有一堆红肉，没有犄角，尾巴也短。公豸庸个子特别大，脖子周围长着犄角，据说它的犄角是每一百年长出一个，也有一堆红肉，却不长在脖子上，长在尾巴尖上。这种玩意儿虽然凶猛，却是吃了身体太笨的亏，它所仗着的就是那根尾巴灵活，可以抽打对方。再就是犄角非常厉害，脖子又特别长，无论什么样的猛兽，只要被它脖子够得上，只用犄角一挑，没有一个不死。所以有这种野兽的地方，没有旁的兽类。它叫唤的声音仿佛打鼓一样，越是发威，越叫得厉害，人要是遇见它，九死一生。我来到这里，知道这里山下有一种雪莲，善避一切毒气，我就想下去采取一些，配成药料，留着将来有用。我是从顶上第一盘走下去的，刚刚走到第二盘就听见底下有了这种隆隆的声音。当时我倒吓了一跳，便隐身在一块悬石上探看，却看见你们两个正在和这玩意儿苦干，我真替你们捏一把汗，又怕你们不知克它之法。正要想法子告诉你们，正赶上小孙子使出看家的本领'响铃弩'，我知道他懂得制它之法，也许不至于吃它硬亏，便躲在旁边，坐观动静。可是我早就把我的法预备好了，如果你们真是不敌，我再救你们。谁知道果然不出我所预料，'响铃弩'伤了那玩意儿双眼，一直到那玩意儿撞死在山石尖上，我都看得清清楚楚。在那时候，我想你们既然知道制它之法，一定也会知道这三只犄角是件宝物，没想到你们看它撞死之后，连看都不看便一起走了。我可知道这三只犄角是无价之宝，便下去捡了这便宜货回来了。"

孙刚道："我先前也只听卞大哥和我闲说起这山里有这种怪兽，却没听说这怪兽有犄角的话，今天遇见，也算是侥幸得逃活命。"

卞方道："我从前听我师父告诉我的时候，也只说是这种怪兽如何凶猛、如何制法，却不知有雌雄之分，更不知它有犄角一说，现在听大师父这一说，真是又知道了一件事，但是还要求大师父说出它这犄角究竟有什么用？"

百了哈哈一笑道："我一说出来，你们都该大大失悔了。这个犄角，第一样无论什么利器不能削伤，把它制成一种兵器，能破金钟罩、铁布衫、混元一气童子功。第二这个犄角能避水火，因为它是纯阴之气长出来的。第三这个犄角夜间能发宝光，无论如何黑暗的地方，只要有它一照，当时能跟白天一样。有这三样好处，可以算是一件宝物吧？还告诉你们，不用说是这三只犄角是非常宝物，就是那个玩意儿那一身皮，也是刀枪不入的好外衣，你们可以把它取回来，想法子制成衣裳，穿在身上，刀枪无功，火烧不着，足可在绿林中称为一雄。"

卞方道："原来这样好宝贝，惜乎我们没福。不过大师父既说此兽刀枪不入，只不知道犄角是怎样取下来的？"

百了哈哈一笑道："好你个小卞，真能堵个空门儿。我怎样取下来的犄角，现在不必告诉你，将来你必可以知道。现在还是说现在的吧，我也是跟这个孩子有缘，我把这犄角留下一只，你不是收他当徒弟吗？你就算沾徒弟一点儿光，你拿这只犄角照着'判官笔'的路子教给他。不让你白教，我也传给你'地躺三招''踢云三招''救命三招'。这九招完全是我自己想出来的，专赢行家，可以转败为胜。这只犄角本来就不短，也不用再装什么把柄，并且尖子也非常尖利，只要是扎上，无论什么东西都可以穿破，带在身上，要做一个套，不然它能放光惹事。可有一节儿，人家判官笔都是两支，讲究是左右阴阳，这可就是一支，别看两支好学，一支反不好使。因为判官笔走的是太极路子，全是分阴阳虚实，如今单学一支，可不容易，讲究全走中锋，专找周身穴道，短家伙要走长家伙的路子。好在你对于各种兵器，都很不错，你就先从大枪教起，教完他一趟六合枪，再教他链子枪，等他步法都有了准，够了稳，你再教他八卦枪让他明白了生死开破，再告诉他判官笔的用法。等他知道周身穴道都在什么地方，撤去他一支笔，教他练单笔，依然取六合八卦大枪的路子，可是走链子枪的步眼，再看他确实懂了出穴入穴，以及点破、推拿，再叫他换这犄角。这个孩子天资太好，如果你用心教他，至多不过三年，一定可以有些成就。到了那个时候，我再给他这兵器起名字。我今天这样一来，倒便宜你了，你拿着你那烟袋，我教给你九手笔法。"

卞方答应一声，拿起烟袋来，说声"请你老指教了！"百了也拿起那只犄角，一招一式地教给了卞方这一手笔法（下文自有交代，这里且不细说）。武术这一门，原跟念书一样，一窍通，百窍通，卞方原本武学很高，如今一经指点，当时就心领神会，就是卢春孙刚，都站在一旁看着点头。唯有丁威，武学差得太多，他看着两个人仿佛闹着玩儿似的，简直不过瘾，站在那里连看都不看，瞪着两个眼，他可瞧和尚背着那个大酒葫芦，意思之间，恨不得便摘下来饱喝一顿才是意思。别看田正是个小孩子，可是真有心胸，自从一听和尚说给他这只犄角，他就留上心了，现在看见和尚教给他师父这九招，真是目不转睛地看着，等后来卞方教他时候，一教就会，就凭这一只犄角，做出多少惊人事业。

百了传完了这九招，转过葫芦，一拧盖子，嘴对嘴喝了一口，把个丁威馋得直咽唾沫。忽然百了"哎呀"一声道："唉！我还忘了一件事啊！"

大家道："什么事？"

百了道："方才你们都受了毒气，还没有消尽，如果时间一大，毒入五脏，就难治了。我只顾了和你们乱嚼，便忘了这一节儿，好在现在还不晚，药我是已然又在这里了。"说着又一掀衣襟，从里面掏出一个小纸盒儿，打开大家一看，里头就是卞方认识，正是本山所产雪莲。形象仿佛和子午莲大小，可是浅绿色，上头都敷着一层银似的白点儿，真和雪花儿一般。百了托在手里，向卞方道："你久在这山里，当然知道这雪莲的用法。普通人只知雪莲也可解除山岚瘴气，其实它的功效不止于此。这种东西，秉极寒之气而生，功能除热、消烦、祛邪、解毒，内里无论斑疹痧痘，外面无论疔癣疮肿，或吃或敷，无不立见神效。你们误中狼牙草的毒气，只要吃下些许，当时便可清解。这是我方才因便摘了三朵，有半朵足够你们三个人用的，赶紧用凉水就这样服下，蒸汽一催，一会儿就好。"

卞方答应，取过凉水，先取了两瓣递给卢春，卢春接过含口水吞下，又取两瓣，递给丁威。

丁威把嘴一撇道："真是救人都不肯救彻，这一两瓣纸似的花片，吃了当得什么？还要说得这么活灵活现，倒像个跑庙卖药的野和尚！"

卞方道："牛犊子又要胡说了，你先吃了再说。"

丁威接过两瓣，放在嘴里，喝了一口水道："这算什么，也值得这么小题大做！"

卞方不理他，也照样儿服了，不一时，头一个卢春喊肚子痛，跑到外面去了，丁威忽然把手一捂肚子，跟着"哎呀"一声，提步就跑，招得大家都笑了起来。卞方也跟着走了出去，一会儿全都走了回来。

丁威苦着脸道："你这个和尚，卖的什么野药，肚子都快被你打翻了。"

百了哈哈一笑道："牛犊子也把你的混劲打出来了。"卞方二次向前称谢，百了道："越叫你不要闹这些酸礼，你是越爱闹这些酸礼，我还有几句话跟你们说呢。我这次来，是受了崂山野马岭的瓢把子圣手伽蓝毕冈之托，来看你们这边动静的。毕冈这人气性最窄，他不知道庄疯子是闹玩笑，信以为真，便和你师父结下大仇。你师父知道他的脾气，一向总是躲着毕冈，如果在一个旁人，这件事也就可以化解了，偏是这毕冈自信太深，他却以为你师父不见他是糟蹋他，寻仇之心，日大一日。据我所知，他这次预备很是周备，约请的朋友很是不少。我这次来，明是替他看你师父动静，其实我是暗地给你师父送信，虽然你师父不见得一定怕他，总也是有些预备的好。我今天既然见着你们，我就不去再找你师父去了，你可以赶紧给你师父去送一个信儿，叫他知道有这回事。我这次总算也没有白来，得着了三只无价宝贝，一只已然给了那个孩子，那两只我还要找两个有缘的人。话也说完了，你们一切都要小心，我去了！"说着迈步往外就走。

田正过来拦住道："您先别走，您还有一根铁棍在院子里。"

百了哈哈一笑道："好孩子，真亏你记得住。我那个家伙没人动，我出去就可以拿走了。"说着来到外面，大家也在后面跟着，只听百了一声怪叫道："哎呀！怎么没有了？"孙刚方才是看见的，便也跟着寻找，哪里还有一点儿影子，再一细找，连那范玉海被砍下来的一只脚也不见了。大家正在诧怪，忽听百了狂喊一声"好杂毛往哪里跑！"双脚一跺，便和一只鸟儿相仿，往东飞起追去。大家静神往东看时，仿佛是有一条黑影儿也往东边飞去。

丁威向卞方道："臭书凯子，这个和尚是妖精吧？怎么他还会飞？"

卞方道："牛犊子不要满嘴乱说，这是'梯云纵'法，你这辈子是练不了的了。"

孙刚道："我看这个取走铁杖的人，绝不是黄伟，他身上背着一个残废人，哪里还能这样从容不迫。"

卞方道："就不是黄伟，也是一个劲敌。百了身法那样快，竟会没有找着一些便宜。"

卢春道："今天这一天，我真跟做梦一样，没有想到在同一个时候里，会看见这么许多奇人。"

卞方道："现在这就是才开锁，我们真要处处留心，不可稍存大意。"

孙刚道："方才据百了禅师所说，以后的事还正不可闻。最要紧的事，先要去给沈老师送一个信儿才好。"

卞方道："这信送不送其实没有什么，他老人家绝不至于吃人家暗算。不过是百了禅师既然叫我们去送信，我们要是不去，恐怕将来师父知道要发怒。但是我却不能离开这个地方，一时又没有旁人可去，这倒是一件难事。"

丁威道："臭书凯子，我去怎么样？"

卞方笑道："我要是能够让你去，我自己就去了，怎用你说？"

卢春道："卞大哥你看我可以去一趟吗？"

卞方道："若是大哥你肯去，再好也没有。一则我们这一班仇人都和卢大哥不相识，第二老师住的地方，卢大哥也是旧游之所，并且常走江湖，也可以放心，只有一节儿……"

卢春道："什么？"

卞方道："我们老师虽然和蔼，可是还有些怪脾气。他一生一世，就是好和人闹玩笑，我恐怕卢大哥到了那边，他老人家又和大哥闹起玩笑，岂不叫大哥见怪！"

卢春道："就是为这个，那却不要紧。他老人家好玩笑，我便陪着他老人家玩笑玩笑也没有什么，卞大哥我就替你跑一趟。"

卞方道："就是如此，也要歇过两天。"

果然到了第三天，卞方写好了信交给卢春，又拿出一根"龙头拐"来交给卢春道："卢大哥你这次为小弟的事奔走，我也不说谢字，不过行在路上，不能没有一件防身的家伙。大哥的蟒鞭已折，拿着也是无用，可以把它扔在这里，我这里有我从前用的一根'龙头拐'，虽然不是什么宝货，可是也算一件硬家伙，况且就拿它当鞭使，也没有什么不可以，因为虽说是拐，却也是软的。"卢春也不推辞，先把自己的鞭从腰里解了下来，然后接过拐，把信也带好。卞方道："这里山势非常崎岖，卢大哥一个人走，恐怕又走错了路，跑到野兽窝子里去，待我来送大哥一程。"说着挽了卢春的手便向外走去。

丁威待要跟出来，却被孙刚拦住道："有他一个人送，也就够了，你我何必都去，他不几天就会回来的。"

丁威吃孙刚绊住身子走不脱，便大喊道："卢大哥你快些回来，我还等着你教我念字气那臭书凯子！"

过了一会儿，卞方已然送卢春回来，便和孙刚互相讨论那三手九招笔法，教给田正和丁威。

单说卢春走下崖岭，一边走着心里想，自己闯荡江湖也有几十年，高人也见过不少，从前总觉得自己也够一个练家子，自从镖局失事以后，方知能耐有限。如今只为一时路见不平，救这么一个小孩子，才来到这山上，却不想会看见这些高人，再拿自己一比，简直成了沧海一粟，谈不到话下，这才是人外有人，天外有天，有缘能和这些人常在一起，将来自能随时有长进。这次受了卞方之托，去给他师父送信，久闻他师父沈洵是一位隐居的侠士，论到武当一派，已是数一数二的人物。如果见面之后，倘若有缘的话，又可以得着一个前辈老师，心里想着，自是高兴。忽然又一想，自己自从镖局失事，不该撇家一走，现在家里留下他们母子两个，虽说衣服无缺，不必发愁，可是自己在外，一直没有寄过一封信，家里也不免着急。好在江苏离山东不远，送完书信之后，就便回家去看一趟。

一边走着，一边想，就走出有二三十里路，看看天已然有些要黑上来了，便想着找一个地方吃些东西住一夜，等第二天到了沿江的地方，搭上一只顺船，再往下走。往远处一看，前面仿佛有个镇甸相似，脚下加紧，不一时就到了跟前。及至临近一看，并不是什么镇甸，原是一片树林。这片树林，看那形势不是天然生的，长下里足有半里多路，分成两行，中间是一条大道，却看不见有什么人家住户。心里想这片树林，既不像天生成的，其中又有这股人行大道，虽然没有人家，想来离着有人的地方也就不远了，想着迈步走进这片树林。这时正是深秋的天气，山下气候已然比在山上暖得许多，树上的树叶还都没有脱落，被风一吹，哗哗乱响，衬着一片晚阳照得这股道上，红黄耀眼，精神便益发振奋起来。半里路哪里经得一走，不一会儿便走出了这片长林。长林尽头，原来是一道小河，横着这片林子。卢春是久走江湖的人，一看这片地势，不由呀了一声，心想在这旷野荒郊地方，突然有这么一片长林，当中有道，又没有人家，在这林子尽头，却又有这么一道小河，难道这片长林，就是为这河才有的？可是又不见一只船、一个人，这是什么缘故？就算这片长林是天生的，为什么左右前后全都没有？孤零零地到了河沿就完了呢？顺着河沿往左右一看，左边是一片荒凉，任什么也没有。再往右边一看，离着这边长林不远，仿佛又是一片树林，因为太阳已经落下去，往远看已经看不甚清。一则自己想看个究竟，二则除往那边走，也没有旁的路可走，便一径奔那片树林走去。来到邻近，这才看清，这里不是和先前那片一样，四围都种着是树，迎着河沿，有一条出入之路，往里走，也没有拦挡。来到里头一看，想不到里头竟是一座大镇甸。卢春心里想着好怪，怎么这座镇甸，却在这树林里头包围着？看这形象，还不是普通小镇甸可比，非常热闹，做买做卖，什么都有。也许是这个地方，有这么一种乡风，或是有一种什么古迹。心里想着，人可走进里面去了，这时已然都掌上了灯，益发看得明白。只见靠右手有一家客店，上头匾是三个字，是"风云店"。卢春又是一诧异，心想这座店名字起得也特别，不像一个客店。

迈步走进去，里头还非常款式，柜上走出一个矮黑胖子上下一打量卢春便赔笑道："老客是来寻人的还是打店的？"

卢春不懂得什么叫打店，便也赶紧说道："不是打店的，我是错过路头，特到这里来住店的。"

矮胖子听了笑道："老客你不是这里人，不懂得我们这里的话，我们这里住店，就说打店。老客既是住店的，请进吧，里面有干净的客屋。"卢春才知道打店就是住店，自己露了怯，想着也觉得可笑，便随着胖子走了进去。果然有好大房，一排是七间大屋。胖子道："老客，你就住这个屋子好吗？"

卢春道："用不了，用不了，我有一间房就足成了。"

胖子道："那样老客跟我到后边院里。"

来到后院，一排小房，说小也不小，不过没有前头的高大。卢春找了一间单间屋子，胖子开了门，掌上灯，打了洗脸水，沏上茶来，卢春洗了脸喝茶，胖子又问吃什么，卢春道："随便弄些什么吃都可以，快一点儿才好。一则我走了许多路，已然有些饿了，二则我吃完了以后，要早些安睡，明天早晨还要起早赶路。"胖子答应，不一会儿，酒饭都齐，吃着还非常适口。卢春吃着饭，便问那胖子道："伙计，我跟你打听，这里叫什么地方？离着江岸还有多远？"

胖子道："不知老客从哪条路来的？"卢春用手一指，告诉胖子自己是从那片长林里走过来的。胖子抬头又看了卢春一眼道："噢！老客是从那片长林里走过来的？那片长林号名叫桃柳渡，我们这里叫杨花堡，离着江岸不过四十里。这里有小船，一天三次渡客到江岸，如果老客什么时候走，只管说一声，我告诉他们，船来的时候，到这里来招呼一下，老客就可以随他们走。船虽然小，又稳又快，顺风有两个时辰，就可以到江岸……"正说着，忽然前边一片叫喊"老尤"的声音，胖子赶紧答应一声，跑了出去。

卢春听着桃柳渡杨花堡这几个字仿佛很熟，忽然一时想起，便大声喊道："伙计！伙计！快来！快来！"

胖子答应着往里跑："老客什么事？还要些什么？"

卢春道："什么也不要。我跟你打听一个人，从前我有一个朋友，他曾经和我说过，他就住在桃柳渡杨花堡，只不知他说的是不是你们这个杨花堡，现在此人在不在这里。"

胖子道："老客你问吧，这杨花堡除去来往客人，我有不记得的之外，只要是在我们这杨花堡里，不怕是个孩子，连他属什么我都能够知道，老客你就说吧！"

卢春道："这个人姓江单名一个飞字，朋友都称他急急风，不知道你们可认得这个人？"

胖子一听，赶紧赔着笑道："老太爷，你老到底是谁？不要拿我开胃。"

卢春笑道："我只问你认得江飞不认得？何曾拿你开玩笑！"

胖子道："老太爷你老是不知道，他老人家就是我们这里一方之主。我们这里，不归府州县管，因为是地处极边，并且只有这一个村子，里头自耕自吃，与外人素少来往。在从前这里原是一片荒郊，绝无人迹，我们这些人，也不是这里人，和江老爷都是酆都县人。只因有一次酆都地震，受灾甚大，地方官请了赈却不救济灾民，全都入了私囊，饿死跟倒毙的无数。那时我们江大爷的老太爷，看在眼里，记在心里，十分不平。他老人家深通武艺，可以说有霸王之勇，当下找了几个有头有脸的绅士，和他们一商量，意欲杀去狗官，抢出赈银赈米，好救一方百姓。谁知那些人，都有些怕官府实力，全都不答应，并且有几个还跟狗官是连同一气的，要把这件事去告诉狗官，内中有一两个有良心的，便暗中把这话告诉了江老太爷。那江老太爷知道事情已然走漏风声，不能再行善说，用好话把那一班送信的敷衍走了之后，便把我们找了出来。老太爷你老不知道，江老太爷好练，离着附近的人也都好练，那时候跟江老太爷练功夫的徒弟也有一百多人，我的爷爷那时也在跟江老太爷练。当时把这些人召集一起，说出自己的意思，又说出方才大家如何不肯照办，并且要去告诉那狗官。江老太爷说："这件事既然闹开了，我们若是不动手，倒要叫他们走了先着，我们便吃了亏。我一家人原没有什么，只是大家都跟我常在一起盘桓，恐怕我走了之后，与你们不便。"他们异口同音都说愿意听江爷指示。江老太爷便说："这件事原是从我所起，我现在却有一个意思，说出来大家认为可行，我们就办，大家认为不妥，就任凭大家自便，我可就先走了。想那个狗官既是如此贪婪不法，要不把他杀掉，将来也是害人。但是把他杀掉之后，这里就不能住了，我想我家里虽然没有多少钱，可是养活个二三百人，还可以对付个一年半载。我现在有个法子，打算先把狗官杀死，把赈银赈米抢出一散，然后我们大家连同家眷，一齐跑出县城。我在前几年遇见一个怪人，他曾经对我说，这县里，不久要遭大灾，叫我赶紧找个地方躲避。我问他有什么地方可避，他说离酆都县城东北，有一道白龙河，河的南岸，靠近峨眉雪岭，地势极为偏僻，素无人迹，如果到那里修盖一些房屋，足可以避劫养生。我想把狗官杀死之后，我们大家便全都跑到那里去再说。你们如果愿意，便订规今天夜里动手，一半人护送眷属，一半人杀官放粮，不愿意算作为罢论。"大家听了江老太爷的话，全都点头答应，就在那天晚上，把县官杀了，大家便全都跑到这里。刚一来到这里，原是一片荒凉，什么都没有。江老太爷从峨眉北岔山上，砍下来的木头，运了许多树子，围起这座堡子，造了几条船，顺着河到下流去购置材料，这才把这座堡子围起。前面一片树林，全是桃柳树，故而起名叫桃柳渡，我们这堡子，全是杨树，所以叫杨花堡。江老太爷又教大家种桑麻种庄稼，又常到远处去运些应用的东西回来，这个堡子一天比一天兴旺，里头也有了买卖了，也有从河道往峨眉去的人从此经过，便来到这里住店打尖的，所以人也比从前多了。这座堡子，从那年到现在，足有几十年了。江老太爷故去，便是江大爷管着这座堡子。江大爷比江老太爷更活动了，并不常在这里住，有时往南，有时往北，交的朋友也多，有时候也常到这里来。你老方才一说从那边树林子里过来，我就知道你老是从峨眉雪岭上来的。我听江大爷说过，不是有真本事的人，不敢到雪岭上去，因为里头有怪兽伤人，并且常年有积雪不化，非常寒冷。你老既是提起我们江大爷，一定是我们江大爷的好朋友，你老贵姓，怎么称呼？请你老告诉我，我好去告诉我们江大爷去。"

卢春一听，原来江飞却有这么大的名头，自己虽和他相识多年，却一向没有听他说起，这次无心中会遇见，这倒是一件意想不到的事。想着便要告诉胖子自己姓名，忽然一想，我何不戏耍他一下，遂哈哈一笑道："原来这小子果然住在这个窝里，今天总算找着了。君子报仇，十年不晚，胖子你去告诉他，我就是鄨都县的八班总役，叫他快来见我，好完那一段官司！"说着又用力一拍桌子，喝道："你倒是快去呀！"

胖子一听，不由"哎呀"一声，抹头就往外跑，嘭的一声，头撞在门框上，顾不得疼痛，飞跑而去。卢春不由心里好笑。工夫不见甚大，只听院子里有人带着笑声说道："哪位朋友前来赏脸？"卢春一听，果然是江飞的声音，一声也不言语，顺着山墙，提身一纵，纵到梁上大气不出。却听江飞说道："哪位朋友？为什么不出来答话？"卢春依然一声儿不响，又听江飞说道："老尤呀，你是吃多了吧。哪里有什么朋友找我？"

却听胖子说道："江大爷，他要没有人，我能说吗？我想着不定是哪一路的小蟊贼，跑到这里来撒娇儿，如今一听大爷你老来了，他一定夹着尾巴就跑了，不然他怎么不敢言语！"

卢春一听，这个胖子骂上了，却仍然含笑不言语。又听江飞和胖子走进屋来，四下一望，江飞说道："是不是没有人？要有人，还能看不见？"

胖子道："一定是个无名的小贼，跑到这里来找便宜来了。你老请吧，让你老跟着白跑一趟。"

江飞走出去，胖子还在屋里，嘴里念念叨叨道："这个损贼根子，也不打听打听，吃到这里来了。连房子带饭，吃了好几两，一个钱没见，他就这么走了。这我还得认赔，三个月算是白干！这个损贼根子，不用让他损，我要逮着他，非把娘儿们尿桶子扣在他脑袋上不可！"嘴里一边说着，手里捡着家伙，托了油盘往外就走。卢春双腿一飘，从梁子上哧溜一声溜下地来，来到胖子身后，嘴里吱的一声叫，双手一推胖子腰眼，胖子"哎呀"一声，跟着哗啦一阵响，胖子翻身栽倒，托盘扔出多远，盘子碗满摔了。胖子趴在地下，杀猪似的叫起来："有鬼，救命！"

卢春正在笑不可抑，只觉身后，有人一拍自己肩膀道："卢哥哥，你太爱闹着玩儿了！"

卢春回头一看，正是急急风江飞，笑容满面地站在自己面前，便回头笑道："你什么时候来的？"

江飞笑道："我看七哥从梁上跳下来，我就进来了。"

卢春道："老八你的本事比从前益发进展了。"

江飞道："什么进展？除去饭比从前又多吃了两碗。七哥既来到这里，为什么不到家里去，却跑到这个店里来？"

卢春道："我是误投误撞，才来到这里。从前只听你说过一两次在什么桃柳渡住家，却一向也没有知道桃柳渡在什么地方。我今天撞在店里，才知道这里就是桃柳渡，不是这样，一辈子也不会走到这里。"

江飞笑着点点头道："原来如此，现在总知道小弟在这里住了，还是到家里去谈吧。"

卢春道："也好，等我算了店账。"

江飞笑道："算什么店账？这店就是小弟开的，走吧。"

卢春道："这倒是我不该鲁莽了。"

两个人说着往外走，只见那个胖子站在院里，脑袋也肿了，脸也青了，瞪着两只眼看着卢春发怔。卢春一伸手从腰里摸出一块银子，约莫有个六七两，交给胖子道："胖伙计我只顾跟你闹着玩儿，没想到你的胆子太小，让你摔了一跤，怪对你不过的，这几两银子，你拿着吃点儿什么吧。"

胖子连摇头道："那可不敢，那可不敢。"嘴里说着话，眼却看着江飞。

江飞道："老尤，你就拿着吧。以后见了生客人，不要多说多道，今天要不是卢七爷，事情岂不叫你闹坏？"胖子接过银子，连连答应，又谢过卢春。

江飞和卢春来到家里，这才问起卢春为什么会来到这里？卢春便把自己如何在普云渡失事，怎样路见不平，救了两个孩子，又怎样到了雪岭，见着孙刚，以及现在被卞方所托去往焦山送信这些话，全都从头又说了一遍。

江飞道："怎么七哥，你已经看见大哥了？我却不知道他近在咫尺。我要早知道他在这里，我早就找他去了。"

原来卢春师兄弟一共是七个人，卢春居末，人称山东七义，江飞并不在内。江飞在外边行侠作义，有一次碰见孙刚，孙刚看他行为光明正大，武学也很不弱，便收他认作最小的师弟，所以江飞虽和卢春是兄弟，其实并不是一师之徒。当下卢春道："你找他可有什么事？"

江飞道："七哥你不问我，我也正要告诉你。小弟这两天正在着急没有法子可想，今天如果不遇见七哥，我就要想法子去找娄四哥去了。"

卢春道："那么你到底为的什么事这样着急？"

江飞道："因为最近小弟这里连出了两次怪事，不但是受了闲气，而且还丢了人。我们这桃柳渡，从前原没有外人往来，后来因为屡次到外边去采办货物，就有些客人也到这里来做买卖，嗣后这来往的人便一天比一天多了。从前凡是这桃柳渡的人，都跟一家人一样，从没有什么纷争之事，一向都很平安无事。小弟我因生性好动，便常常出去走走，虽然交了很多朋友，却从没有把朋友同到这个地方来过，因为一则里面地方太小，不能招待好朋友，二来人越来越多，其中好坏不齐，难免要闹出事来。前几天出去了一趟，现在才得回来，就在回来这两天，却出了一次怪事。杨花堡尽东头住着一家姓朱的，老夫妻两个，只有一个儿子，儿子今年至多不过二十岁，就在这边一家杂货店里当写账的先生。这个孩子，别看年纪小，颇懂礼节，做事也勤谨，店里非常重用他，在那店里，已然四年，每天都是在店里关门以后回家去睡，第二天黑夜里就到店里，从来也没有误过事。忽然这天已然天光大亮，店里都开了门，却还不见他的影子。店里还以为是他闹了病，及至到家一看，家里说他昨天并没有回去，因此便两下吵起嘴来，从中有人解劝，说是也许他被什么朋友拉了去了，等一会儿就会回来的。一直等了一天，这个孩子也没有回来。我们这里因为地处荒僻，官府向不过问，他们便找到小弟。小弟也见过这个人，当时一问两方，依然是毫无头绪，我让他们先回去，等一两天我再给他们回信，他们只好答应回去。谁知就在说这话的第二天，七哥您的侄子，我的那个孩子，明明睡在家里，第二天一清早也失了踪迹。小弟想着事出奇怪，便在屋里外四下巡查，却一点儿影子都看不出来。正在着急之际，有人从桃柳渡大树林子经过，看见迎面一棵大树上，插着一把小刀，小刀底下压着一张纸条，上面是四句歪诗。我才知道这件事情，原是这么一回事，七哥你说这怎么办？"

卢春道："老八大概你也是急糊涂了，你还没有跟我说清楚怎么一件事，我怎么能知道怎样办？"

江飞笑道："我也是急得乱了心思，等我念给你那几句诗听。'紫云片片透远香，清秋滋味与日长。粉蝶深睡浑不觉，蜻蜓移仁冷竹塘。'除去这四句诗之外，是什么也没有。"

卢春道："你拿这诗来我看看。"

江飞取出给卢春看时，只见一纸粉红竹笺，上头写着就是那四句诗，字体非常秀媚。卢春看罢笑了笑道："老八你也是一时懵懂住了。我且问你，我这个老侄今年多大了？"

江飞道："今年刚刚十八。"

卢春道："对呀，正是当年。我想这件事，并没有什么可怪之处，连那个朱家伙计都算上，一定是年轻的人，爱逛个瞎道儿，你管得太紧，他们都是为花哨事儿自己把自己藏起来了。这件事也不必多加追问，只静心等上几天，他们准可以回来。"

不等卢春说罢，江飞把手不住乱摇道："绝无此事。不是和七哥随便一说，我这个孩子简直是个书凯子，不用说是有什么花哨道儿，就是见一个生人，他都脸红，这件事，七哥你却猜错了。"

卢春道："怎么着？这个孩子一点儿都不荒唐，那么这个孩子可到什么地方去了？"说着又拿着那几句诗条儿眼里看着，嘴里念着，念了足有十几遍，忽然问道："老八，你既是在外头闯荡，也难免有得罪人的地方，你想一想你可有什么仇人外号叫蜻蜓的，或是叫什么蝴蝶的？"

江飞摇头道："没有，没有，不但没有这么两个人，并且小弟为人，向例不和人为仇，虽然在外边多年，自问却没有什么仇家。"

卢春也摇头道："这就难了。那么再问你一件，附近地方，可有这么一个冷竹塘？"

江飞道："什么？冷竹塘？我却没有听说有这么一个地方，并且我们附近这块地方，除去我们这里，都是旷野荒郊。"

刚刚说到这里，却听窗户外头有人说："我倒知道有个冷竹塘。"说话的人，仿佛是个女子。

江飞急问道："什么人？"

外头答应道："丫鬟紫云。"

江飞道："进来。"外头答应一声，帘板一起，卢春一看，从外头进来一个使女，大约也就在十五六岁，穿着一身竹布裤褂，梳着两个小辫儿，笑嘻嘻的十分活泼可爱。却听江飞问道："紫云，你不在里边，谁叫你跑到这里来听说闲话的？"

紫云道："大奶奶听说来了人，以为知道了少爷的消息，不放心，叫丫头到这里来听听到底是怎么回事。"

江飞道："那么谁又叫你在外面搭的腔？"

紫云道："因为我听大爷说不认识冷竹塘，丫头因为知道有这么一个地方，所以才答应了一句话。"

江飞道："那么一说，你一定知道冷竹塘在什么地方了？快说在什么地方？"

紫云道："丫头知道倒是知道一个，只不知是不是这个冷竹塘。离我们桃柳渡也不算很远，顺着河往上去，也就二十多里路，有一片竹塘，那个地方就叫冷竹塘。至于少爷是不是在那里，丫头可不知道。"说完话一转身就走了出去。

江飞道："我的话还没有说完，你怎么就走了？"

却听紫云在院里说道："大爷，我紫云蒙大爷救命葬母之恩，无以为报，特报机密。冷竹塘好比龙潭虎穴，大爷要多请能人，才能得手，如果不然，恐怕去也白去。我紫云现在就先往保护少爷去了，如果五天之内，有了差错，唯紫云是问，过了五天紫云就顾全不了了。大爷千万多请能人，不要只身犯险，紫云去了！"

这几句话把江飞都说呆了，怔在那里，张着嘴一句话也说不出来。卢春道："快追！"江飞这才醒悟过来，急忙纵身跳出，来到外头一看，只见明月在天，树影在地，哪里有个什么人影子！江飞怔怔站在院里，长叹一声道："怪事！怪事！"

卢春道："这有什么可怪，人家已然走了，我们还是到屋里去坐吧。"二人复又来到里屋，卢春道："这个丫头究竟是怎样一个来历？难道你就连一点儿影子都不知道？"

江飞叹了一口气道："这个孩子，我早就觉得她有些可怪，却不知道她是怎样一个人物。她来到我这里并没有多少日子，就在我上次回来的那几天，听人来说堡子里来了母女两个，是云南大理人，只因当地荒旱，同了母亲逃到这里。不想她母亲因累染病身死在一家店里，她此地无亲无友，打算卖身葬母。我念她一番孝意，便花了几个钱买了一口棺木。装殓抬埋已毕，我就问她什么地方有她的朋友，我可以送她几个钱，把她送到那里去。谁知她说她是什么亲友都没有，愿意跟着我回家当一个丫头使女，我也是怕她飘零遇难，便一口答应把她带回家来。来到家里之后，她却又机灵不过，无论什么事，只要她看过一回，下次不用再说，她就能办得分毫不错。您弟妹也非常喜爱她，便和我商量，有意把她做您侄儿的媳妇，反是我说使不得。一则这个孩子是个被难的孩子，我们若乘人之危，办出这种事，倒叫人笑我们是因风打劫，好说不好听，您弟妹还很不愿意。您侄儿失踪那一天，她连饭都没有吃，谁知道她是另有心思，又谁知道她会有这么一身本领，我还是久闯江湖的人，真要臊死人了！"

卢春道："噢！原来如此。这个时候，不是说客气话的时候，方才听她所说，这冷竹塘，一定有许多险恶之处，你附近可有靠得住的朋友，赶快派人四下去请，打好日期，好同探冷竹塘。"

江飞摇头道："这附近却没有什么朋友，要是请也非到远方去不可，不过往返之间，耽搁日子太多，又恐怕误了事情。七哥您比我交游宽广得多，您能不能给我想个什么两全之策？小弟我现在心绪太乱，实在没有什么良法。"

卢春道："附近我连什么地名都说不上来，我哪里去找什么朋友？雪岭上虽有几个人，一则下方生性古怪，未必事事都管，他不管孙大哥也不好管。二则我是受人之托，去给人家办事，半路途中，我又生出旁的事，回去跟他说也不好办。但是这里的事，又非常紧急，不能再多耽延，事到如今，别无良策，我想就趁今夜月色很好，我想我先到冷竹塘一探。无论看见什么事，我是绝不声张，只要探出咱们孩子果然在里边，我就赶紧回来，然后咱们再另想他法，破塘救人，你看如何？"

江飞摇头道："不妥，不妥，怎么能够为小弟之事，使七哥单身涉险，小弟实在于心不安。况且据紫云所说，那冷竹塘，里头十分凶险，恐怕是进易退难，那时怎么对得住七哥。这件事这样办，却有些不妥。"

卢春道："有什么不妥？老八我也不是借着这两盅酒，跟你满嘴胡说八道。想当年我和孙大哥弟兄七个，闯荡江湖，不敢说远近皆知，也曾做过事业，江湖上有名几条难走的道儿，我们也都走过，不但走过，还真轰轰烈烈地干过几手漂亮活儿，那里头也真有高的大的，什么也都见过。何况这冷竹塘，连个小名儿都没有，就算它里头有上一两个高手，又能高到什么地方去？就凭他们几个，无名望的小毛孩子，也敢来和咱们弟兄找事？我想这件事情，你旁的不用管，只吩咐一声，叫他们找一只小船，预备两个水手，叫他们把我送到冷竹塘，你就在家里等我。我如果能够把那两个孩子带回来，我就带回来，如果真要是带不回来他们，我也要打听打听这两个孩子，倒是在里头没在里头。反正无论如何，我在明天晚半天，我能够回来送信，你就叫他们去找船吧。"

江飞虽然不敢深信，可是事已如此，不这样办，也没有旁的办法，便笑着向卢春道："七哥！既是这样热心，实在可感。小弟本来也应该一同去一趟，不过这杨花堡连次出事，如果里头没人看守，恐怕再闹出旁的事。七哥要去，小弟既不能拦阻，可又不能不让七哥去，七哥此去，多加小心，无论如何，不可涉险，赶紧回来，有什么话，再从新计议。"

卢春答应，江飞叫人出去找了一只钻浪的小船，预备了两个水手，卢春又要了一点儿干粮带好，拿着龙头拐辞别江飞。江飞送卢春到了河沿，看卢春上了船，说声"七哥珍重"，便自回去。卢春上了小船，一看这小船，有一丈四五尺长，三尺多宽，船头仿佛一个梭形。两个水手，年纪也就都在二十多岁，非常精神雄壮。船在小河里一走，趁着一轮月色，照得大地通明，尤其是船头激起来的水，仿佛一片银光，觉得身上非常松快，不禁长出一口气，心里想着好笑，想不到自己今天会受这样清福。两个水手，双桨摇动，便和两根划水相似，船行似箭，而且平稳异常。

卢春笑着问道："你们两个都是本地人吗？你们贵姓啊？"

一个大一点儿的答道："是的，我们都是这里人。我们是亲兄弟，他叫李祯，我叫李祥。"

卢春道："这船这样走，到冷竹塘得走多大时刻？"

李祥道："这样平常要是顺水，一个时辰，可以走六十里，今天这是走逆水，一个时辰也可以走三十多里。这冷竹塘在什么地方，一向却没有听说过。方才听我们堡长说，走过二十多里地，只要看见一片竹塘，那就是冷竹塘，只好是一路走，一路留神看那片竹子。"一边说着一边摇。

忽然听李祯喊道："哥哥留神，我怎么觉得这船越走越沉，不是底下进了水？"

李祥道："你不要乱说了，这船不用说走了这么一点儿路，就是再多走上十倍，连一个水星儿也不用打算进去。"正说着，船又往右一偏，正在李祥那边，李祥回头向卢春道："大爷你老坐正一点儿，歪了不好走。"

卢春道："我并没有坐歪。"

一句话未了，船又往左边一歪，势子太猛，几乎把李祯翻了下去。李祥道："这是什么缘故？收住船，这一定船底下挂上什么东西了。"

李祯停了桨，把船头上挂的锚，抛了下去，船站住了。李祥道："老二你在上头瞭着点儿，等我下去看看。"说着提身一纵，跟一条鱼相似跳进水里。卢春对于水性是任什么也不懂，坐在船上只好一动不动，听凭他们去干。只听着这只船底下是稀里哗啦乱响，船身可是不住乱动，心里也有些慌，嘴里又不便说。

等了一会儿，只见李祥从水里爬了上来，浑身上下和落水鸡一样，把手从头往下一抹道："这件事可是真有些个怪。底下我都看过，任什么都没有，可是怎么这只船会乱晃？这件事可真是有些怪。"

李祯道："管它怪不怪呢，既是没有什么，咱们就起锚走船。"说着把锚起了，依然挂在船头，加力摇桨，这次又平稳不动了，卢春也觉着可怪，但是不知道因为什么。

又走了一会儿，只见离着眼前不远，黑苍苍一片。李祯喊道："哥哥你看见了没有？前头那一片，大概就是竹塘。"

李祥道："收住了桨，慢慢地走。"桨力一缓，船就走得慢了，越离越近，越看越真，果是一片竹塘，月光照在上面，都显出油绿绿的亮光。李祥道："就是这里，老二抛锚。"李祯把锚抛了下去，自己先跳上去，把一根纤绳扯住，卢春也纵了上去。

来到岸上一看，这片竹塘，足有十亩大小，离着这片竹塘，却连一间房也没有。心里犹豫，竹塘不错是找着了，可是连一间房都没有，难道人能住在这片竹子里？但是既已来到这里，管它对不对、有没有，且上去看一看再说。想着对两个水手道："你们两个且把船系在这里，等我进去探一探，至多有两个时辰，不等到天亮，我一定就出来了。"李祯、李祥两个答应。卢春提了龙头拐，大踏步往竹塘走去。来到切近一看，才看出这个竹子与普通竹子不同，普通竹子是圆的，这竹子却是方的。每棵最小的，粗下里也有五寸直径，颜色有些发紫，高下里都有两三丈长，一棵挨着一棵，一根挤着一根，密密层层，连一点儿空隙都没有。围着竹塘转了一个圈子，却始终也没有找着一些痕迹，心想莫非不是这里，这一片竹子又找不出一点儿出入之路，里边怎能有什么人窝藏在里边？但是除此之外，哪里还有冷竹塘？莫不成是让那个女孩子耍了？根本没有这么个冷竹塘。想到这里，便要抽身照原路回去。就在这时，却听竹子正中微微发出一种声音，仿佛是像有人说笑的声，却又听不甚真，再听时连一点儿声音也听不见了。不由一阵大起狐疑，正待再探个究竟时，忽见迎面发出一股白光，倏地不见。顺着白光看去，却又什么没有，别看闯荡江湖那么多年，敢情也觉得有些毛骨悚然。

陡然间吓了卢春一跳，就在卢春背后，忽然有人用一条破竹子似的嗓子在脖子后面问道："辛苦！辛苦！这一片竹塘大门在什么地方？"出其不意，卢春一纵身就纵出有一丈开外。回头一看，借着月色看得十分清楚，原来是一个褴褛的乞丐，一头乱发，满脸污泥，穿着一身破衣裳，也是污秽不堪，左手托着一个黄沙盆，右手拿着一根小竹竿，满脸带笑地站在对面。卢春一想，这事情益发奇了。这冷竹塘不是什么镇甸，又没有住的人家，怎么倒会有要饭的来？就是要饭的，也应当在白天讨要，黑天半夜跑到这里来要什么？再说要饭都是当地人当地要，也没有跑出几十里地去要饭的。他既是本地人，这里是竹塘，难道他不知道围着竹林子转，跟什么人要饭？更有一节儿，最使人可疑，我在那里转了半天，他也在这里转了半天，我怎么会没有见他？他来在我身后我还是一点儿影子不知，哪里有这样的要饭的，不要也是道中人，故意来拿我开心的，这倒不可怠慢。想着便也带着笑道："好！这倒遇在一起了，我也是远方来的，听说这竹塘里原有一片胜境，打算到里头去看看，不想也是找不着门儿。你既是常在本地，这里你一定是来过，但不知你可曾进去过？是怎样进去的？"

那乞丐听了哈哈一笑道："哈哈！真是想不到会遇见你这样一个明白人。你想一个要饭的，当然都是本地人，谁能跑出几十里地去要饭？我就是本地人，并且是在这竹林子里生大的。我到里头去，还不止一次，不过我那个时候，还有眼睛，没想到闹了一场病，把两只眼闹瞎了一对儿。现在我因为少目无珠，不知天有多高地有多厚，我知道这座林子里，要什么，有什么，我想到里边去看看，能要点儿什么要点儿什么，要着不便，也许偷他们点儿什么。谁知道来到这里，连个门儿我也找不着了，摸索了半天，我也没得进去。瞎子耳朵静，听见有人走路，我好生喜欢，我想一定可以打听出一条道儿来，我好进去。谁知道倒好，你有眼也跟我没眼的一样，照样儿找不着门。这也是我瞎子命太苦，自己瞎，还遇见一个半瞎子。得，进不去也好，凭我这样少眼失户的，进去也未必就能找着便宜，一个闹不好，栽在这里。别看我是个瞎要饭的，我的师父跟我师兄弟都也有个名儿姓儿呢，我栽得起，人家栽不起，干脆走道儿吧，省得临完也是丢脸！"说着也不再和卢春搭话，一转身围着这片竹塘往左一转，抹头就走。

卢春听他说完，往他脸上一看，可不是白眼双翻，是个瞎子吗。可是一听他这套话，越听越不是滋味儿，便也跟着就追。一看那个乞丐，脚底下比自己只快不慢，心想这更不是什么乞丐，脚底下一加紧，便也追上去。两个人距离也就在一丈多远，卢春追得快，瞎子跑得快，卢春追得慢，瞎子跑得慢。正跑之间，只听乞丐"哎呀"一声，一个倒栽，摔倒在地。卢春腰上一用劲，提身一纵，就来在乞丐面前。才要去问那乞丐怎样摔到地上，只见那乞丐用了一种"反提"的功夫，自己将身子凭空提起，手里一个黄沙盆，依然拿得好好的，却不曾破。卢春正待上前搭句话，却听他说道："什么东西？绊了我一下子。幸亏是我这个瞎东西，如果人家是个什么侠客义士好汉子，这个筋斗怎么栽得起？"随说着弯腰一摸，摸起一根仿佛像是一根绳子，那一头却还在地下，拿起来往回里一扯。说来可怪，那根绳子仿佛是有弦一样，经乞丐一扯，猛地往回一缩，就如同有人也往回扯，竟从乞丐手里夺了出去。卢春正在纳罕，这一惊更是非同小可，只听哗啦一阵响，那一大片大竹塘，竟从正中间移出一股道往前边推来，再看那乞丐，已然踪影不见，不由大吃了一惊。知道江飞所说不差，自己已然深入险地，就是那个要饭的也绝非常人。但是自己一想，既然来到这里，只有向前，断无退后之理，也吃人家笑话。况且看那乞丐，也不一定是瞎子，而且对于自己仿佛也无恶意，即以方才这一番举动，对于自己还像有心帮助的样儿。看他那情形，对于这冷竹塘一定很知底细，不然哪里能够凑巧，一脚就踏到那根绳子上，照这样看来，也许是故意给自己找出这股路来的。只是这一排竹子怎么就会自己走出来？底下又有什么变象？倒不得不留心细看一看。刚刚想到这里，只见竹子里已然透出一片亮光，跟着又有人说话声音。卢春又一想，到了这个时候，自己倒不可隐蔽，倘若人家进去之后，再要想法子到里面去，恐怕不容易，便不躲闪，迎了上去。只见里面是一片平地，四围全是竹子，也看不出有房子。道上走出一堆人，约莫有二十来个，最可怪的是全是十七八岁的姑娘，并没有一个男子在内。每个手里都是一根木棍，梳着大辫子，短打扮，上身鹅黄小袄，下身浅紫色中衣，腰里都系着一根湖色绸带。头里两个，后头两个，都拿着牛角风灯，嘻嘻哈哈地从里头走了出来。

卢春不等她们近前，自己便迎了上去。这群姑娘看见卢春，全都面显惊诧之色。头里两个用手里棍子一指道："嘿！你是干什么的？黑天半夜走到这里来干什么？"

卢春笑着道："我并不是到这里来干什么的，我是误到此处，贪看这一片竹林，不知怎么惊动了诸位姑娘。"

这两个听说，彼此对看一眼，跟着笑道："原来你是误到此地，也算是有缘，你且在这里候一候，等我们禀知我们家姑娘，也许请你到里边去歇一歇。"说着又回头向那些女子道："你们且在这里，不要使客人败兴而返，等我们去告诉姑娘一声。"说着话一转身，两个人往回就跑。

卢春凝神看她们两个往什么地方走，只见她们顺着这股大道，走了不到两三丈，忽然见她们身子一矮，顿时踪迹不见。卢春一看，可不得了，敢情这一拨儿八成儿是妖精，怎么会平地人就不见了？要照这样一说，那两个孩子也一定是让她们给摄了来了。准要是这样，我也是凶多吉少，不过我走南逛北也有几十年，从不曾听说有什么妖怪。再说邪不能胜正，我姓卢的一生做事，从无暗昧，我哪里能怕这些事，且看一看再说。正在想着，只见前面忽然显出人影儿一晃，定睛一看，忽然凭空又多添出七个姑娘来，先进去的两个姑娘也在其内，还是站在前头。正中间站着一个穿青色的姑娘，看年纪也就在十四五岁，上下一身青，头上也是青绢帕包头，空着手。左首一个是一身大红，年纪比穿青的大几岁，梳两个抓髻，手里捧着剑匣。右首一个是一身白，年纪跟穿红的差不多，手里拿着一个蝇刷。后边跟着两个是黄上身，紫下身，腰里系着湖色绸带子，手里提着牛角风灯。意思之间，那个穿青的是她们的头脑，说说笑笑直奔自己而来。卢春这时，仿佛做梦一样，自己也不明白是怎样一回事，为什么这一片竹林之内，会有这些女人，而且有其来去的踪迹，十分使人起疑。

就在这时，只见头里那两个姑娘，用手一指卢春向那穿青的女子道："姑娘，这就是那个外头闯来的人。"又向卢春把手一指道："这就是我们姑娘。你当着我们姑娘的面，你再说说你是干什么的？"

卢春听了，便真个把双手一拱道："这位小姐，我是一个走路的，不想走得失迷路途，来到这个地方，不想因贪看方竹，遂致惊动了小姐们。我是要到江苏去，不知从哪条路可以走？请小姐们告诉我，等将来我再到此地，我好叩谢指引之劳。"说着便是一揖。

谁知道那个穿青衣裳的姑娘，听了微然一笑道："这位壮士，既是失迷路途，来到这里，无论如何，也算有缘。今天天时已晚，就在这里坐谈些时，等到明日一早，我再派人送壮士你出去。"

卢春原意，本来也想进去看看，只是怕露出痕迹，所以才说自己是失迷路途。现在听人家往里头一让，简直是求之不得，便赶紧答应，又说了两句客气话。穿黑衣的姑娘说了一声"撤回去"，只见那二十来个女子答应一声，全都往下一弯腰，也不知道摸着什么东西，用手全都往上一提，一撤手，只听咔啦一阵响，跟着脚底下一阵乱动。卢春这回可留着神哪，一看刚才在外边的那片竹子，忽地又全都撤了回来，到了跟那一片竹子相齐，便都立住，纹丝儿不动。卢春虽然瞪着两只眼，仍然什么也没有看见，再往地下一看，也是任什么都没有。正在诧异，只见那穿黑的姑娘，把手往后一挥，大家便全都掉脸向后，黑衣姑娘把手向卢春一让，卢春也只好跟着大家走。走着走着，又把卢春吓了一跳。原来前边走的那些人，忽然全都身形一矮，跟着就全都不见了，只剩下那穿青穿红穿白的三个姑娘，跟两个拿灯的。穿青衣裳的那个姑娘道"壮士请吧"，卢春正要问往什么地方去，忽然觉得脚下一矮，低头一看，原来是一个大斜坡，心中这才恍然大悟。原来她们这里都是地窖子，原来这样。这样看起来，这里果然是险地了，不入虎穴，焉得虎子，想到这里，便也说了一声"请"，竟自迈步走了下去，几个姑娘也全都跟着走了下来。卢春一边走，一边留神，顺着这股台阶儿下去，是一座大屏风。顺着屏风往后一拐，好大一片大院子，院子里全都掌着牛角风灯，所以看得十分明白。迎面是一片大房，连上带下，全都是竹子做的房间，足有一丈三四尺宽。一排是七大间，两旁一边五间，也全都是竹子盖的房。在正房两边尽头，各有一个月亮门，不知通到什么地方。卢春暗想这片工程，却真也亏她们修盖起来。这时前边两个女子，已然把正房帘子打起，青衣女子让卢春进去，卢春也不客气，便大踏步走了进去。来到屋里一看，铺设得非常精致。

穿青衣裳姑娘，让卢春坐下道："壮士，今天我们既得会面，总算有缘，最好请壮士不要客气，才不虚此一见。"说着嫣然一笑，憨态横生。

卢春道："在下行程迷路，不想误到此地，多承姑娘这样接待，在下十分感谢。不过这就太嫌冒昧，哪里还有客气一说。"

穿青衣裳的姑娘道："壮士说的话，只好骗旁人，我们虽是女子，却还有些不肯深信。你说你是迷途误到这里，且不要说这个地方根本不会误到，我请问一句，壮士原意到什么地方去？"

卢春一时答应不上来，只好也笑道："姑娘你见差了，在下确是失迷大路，走到这里，其中绝无虚假。"

那姑娘猛地一沉脸道："这就是壮士你的不是了。既说不是特意到这里来的，为什么却又说不出从什么地方来，要到什么地方去。我原意想既是有缘相会，看壮士也是道中人，正待和壮士多多叨教，怎便如此虚伪。那也没有办法，只好请壮士在此屈尊一夜，明天天亮送壮士出去也就是了。"说着话也不等卢春再说什么，便向那两个姑娘道："走吧，这倒是我们不是了。"

那个穿红衣裳的笑道："你看你的脾气，总是这样暴躁。师父临走，跟你说什么话来着？你怎么就忘了？"

穿青衣裳的怒道："你们爱听师父的话，尽管去听，我不爱听，你有什么法子？"说着又向卢春道："我告诉你，你就在这屋里歇一宿好了。不过我们这个地方，可是不准人随便走动，如果你要不听，出这房门一步，可是难免危险，那时莫怪我们冷竹塘的狠毒！"说着又把眼用力向卢春一挤，一手拉了一个，把那两个姑娘拉走。

卢春坐在椅子上，怔在那里，心想这事真怪，听她所说这里确是冷竹塘了，冷竹塘虽是到了，究竟是什么一个路子，简直一点儿也看不出来。并且方才自己所说的话，也没有得罪她的地方，为什么便如此动怒，以致决裂到如此地步。再说这个穿青衣裳的姑娘，岁数虽然显着比那两个小，看神气比那两个大的能做主，也不知道是什么缘故。她师父是谁，提起来也许会认识的。今天我来到这个地方，诸事倒要谨慎，如果栽到这几个小女孩子手里，未免有些不值。可是在我没来之先，江飞也曾再三拦我，我却一意要来，如果就是这样又跑回去，岂不是让人家耻笑我虎头蛇尾。听方才穿青的女子所说，这里仿佛是有很大险难，不出这间屋子，也许没有事，出这间屋子，也许会丢人栽跟头。嘻，大丈夫活在世上，生死何惧，既是说了大话，今天就是死在这里，也要探出一个究竟！想到这里，把桌上灯吹灭，龙头拐往桌头下一放，盘腿合睛，屏息养气。约莫时候，已有三更来天，心想再不出去，天就亮了。赶紧从椅子上下来了，先在屋里活动腰腿，收拾利落，拿帕子把辫子包好，摸了摸镖囊，按槽把镖每只问了一问，身上不兜不绷，腰上不紧不松，这才拿起龙头拐。来到门口，先拿拐支住帘子试了一试，外面一点儿动静没有，这才一弯腰从屋里纵了出去。

来到院里一看，这个地窖子不定有多大，她们绝不会是在这院里有什么作为，且待我到后面去探个明白。蹑足潜踪，顺着正房左边月亮门走进去，幸亏是用过功夫的眼睛，还可以看得出一点儿影子。原来里头也是一所正房，一排五间，左右各有三间。可是院里连一点儿灯火都没有，不用说是人。又慢慢往前走了几步，靠近窗户听了听，却依然一点儿声响都没有，这才转身打算纵身上房探看一下。谁知往上一纵，几乎没有喊出声来。

有分教：

义气填膺超云表，情丝一线胜千兵。

以下紧接紫云救江枫、三义会卢春，舒紫云大战搭哩布、奚红雪剑斩红胡子、血战大理县、恶斗姚家坨，肝胆书生大义伏剑、巾帼英雄杀身成仁、燠陵谷卞方双传艺、朱家村沈洵三戏狮，钱鼎误中梅花攒、沧此道丢镖寻镖，要知这些热闹节目，请看第二集《碧血鸳鸯》，便知分晓。

第 二 集

第一回

熟恋成虚梦淫娃无耻
铁胆质太空侠女多情

话说病尉迟九头狮子卢春，在冷竹塘地窖子里，意欲纵上房去，往旁处看看。谁知往上一纵，几乎没有喊出声来，因为一时忘记，头竟撞在土顶子上，着实吓了一跳，并且撞得很痛，赶紧站住一想，不由自己暗笑，怎么就会忘记了上面不是空的。二次由左边又慢慢到了右边，看见了月亮门，这才心花怒放。原来这边比那边院子还大，房子却没有那边多，正中仅有三间房，里头有灯，仿佛还有人说话的声音。

赶紧一塌腰闭住气来到窗根儿底下，侧着耳朵一听，只听一个女子说道："你这个人，真也是想不开，既然来到这里，为什么不逢场作戏？却学那书凯子怪样！"

又听一个男子口音说道："我真想不到一个女人，竟会这样不要脸！你不用一再地用死吓我，我是早就拼着一死。你要再这样啰唆我，我可不管你是女人不是女人，要破口骂你了！"卢春听着暗暗点了点头。

又听女子声音道："你这个人真是傻子，我既爱你，我怎么舍得伤你。我也明白，你一定还没有知道这里头的滋味儿，所以这么闹死闹活的，等我今天先让你开开眼，管保你要上赶着我了，那时候你可不要怪我不高兴办理了！"

卢春听着又暗暗点头，心想原来是这种不要脸的东西，我倒要看看他闹些什么新鲜玩意儿。想着便把窗户纸湿透了一个小洞，往里看时，只见靠后墙铺着一张床，床上捆着一个少年男子，长得十分英俊，四马拴蹄，脸向着外，满脸都是怒容。旁边站着一个女子，正是那个穿红的姑娘，手里拿着一把蝇刷，用手指指点点地不断地说着，却不见那穿青衣裳的女子在内。正在这时，只听又有人说话的声音，定睛一看从床后走出却是那个穿白衣裳的姑娘，身后还跟着一个男子，年纪也就在二十来岁，长得也十分俊俏，只是精神显着有些萎靡不振，从后面走了出来。

穿红的一见便喊道："大姐我正要找你，你来得正好。这个孩子却十分撒手，好话跟他说了多少，也只是不听，我真没有法子，能够使他相从。"

穿白的扑哧一笑道："你也真是太没用，他不过是还有点儿害臊，就凭他二十来岁的小伙子，还有到口羊肉不吃的吗？你太腼腆，他不就和你，你就不会就他吗？你别吓坏了他，我看他还是个雏儿呢。没旁的说的，谁叫我是你大姐呢，我给你想个法子，叫他看着心里一活动，他就会点头了。"说着一揪那个站着的男子笑道，"小朱，来，咱们亲热亲热让他瞧瞧！"

那个男子脸上一红，意思还要推却，穿白的一瞪眼道："怎么着，你又摇头了，谁让你先答应过我呢，这可就由不得你！"说着话一推那个男子就坐在床上，自己却跨一步坐在那男子腿上，用手一搂那男子的脖颈，啧的一声，就在脸上亲了一口。

床上捆的那个男子把脸用力抬起，往里面一翻，嘴里却骂道："我真不知你们是什么妖怪，我想你们要是人绝不会这样不要脸。姓朱的你也是个男子汉，怎么也和他们一样不知羞耻。我姓江的既受了你们暗算，有死而已，如果你们再无理啰唆，我可要开口骂你们了！"卢春一听，这两个人果然是落在这里，只是看这神情，自己人单势孤，绝不可以硬做，可是一时又想不出旁的法子。

正在危难之际，只看那个穿红的女子，把床上捆的那个男子，身子往外一提，依然是脸儿朝外，笑着说道："怎么？你不愿意看，你往开里想吧，你如果答应我的话，我把你放开，也和他们一样，至多不过半个月，我可以放你回去，见你的父母。你要是不答应，这个地方胜似阎王殿，绝没有你的便宜。"说着用手一摸那个男子的脸，扑哧一笑。

那个男子呸地就是一口唾沫，正啐在那个女子脸上，破口骂道："我

158

把你这群猪狗不如的畜类，你把你家大爷当作了什么样的人！也敢和我胡说乱道，你要再挨我一挨，我就要胡骂你的上三辈！"

穿红的还没有答言，却怒了那个穿白的，从那男子身上跳下，一回身就从墙上摘下宝剑，哧棱一声，宝剑出匣，拿剑一指道："你别给脸不要脸。你死了怎么样？不过臭块地，你既要死，我就成全了你吧！"说着一举宝剑就要劈那床上的男子。卢春可吓坏了，听方才他自己说他姓江，一定是江飞之子，自己是为他来的，哪有见死不救之理。

刚要喝喊慢动手，只见那个穿白的女子扑哧一笑，把剑撒回道："我真没有看见过你这样的傻子，你等一等，让我拿点儿东西来给你看看，你就许愿意了。"说着向那穿红的一点头，复又走进床后去了。

卢春还在纳闷儿，心想看看她到底是拿什么东西。正在注意屋里动静，不想自己双腿腕子忽然一紧，大吃一惊，急忙往起一纵，也不知道是什么东西，却缠得非常之紧。又听背后有人说道："你的胆子真不小，竟敢来探我们的后宅，不用说我明白了，你一定也是有意来的。好！既是为这个来的，为什么可不说呢？干什么这么偷偷摸摸的，来，屋里去吧！"说着仿佛是提手一扯，跟着就捆。卢春那么大的人物，连动都没动，竟自被人家给扯倒，龙头拐也扔了。躺在地下一看扯他的人，不是旁人，正是那个穿白衣裳的女子。心里这才明白，方才人家一定是听见什么响动了，假使诈语从后头绕出来的。想不到自己会上了这么一个当，既已如此，只有认命，把双眼一闭，任人家给提到屋里去。

穿白衣裳的姑娘力气还是真大，毫不费力地就把卢春提到屋里去，往床上一扔道："这个省事不用找，他自己找上门来的。"

穿红的扑哧一笑道："得啦，怎么你也不瞧瞧岁数就往里弄？"

穿白衣裳的道："管他什么岁数呢？反正至多不过半个月的事，谁还想说跟他过一辈子！"

卢春一听，这可是糟！闯来闯去，闯到蜘蛛网里了，她真要跟我没结没完，那可真是活该受魔。忽然一想道有了，何不如此如此，先别丢面子，遇着时候再说。想着不错，便笑着道："你们这个可不对，我是特意来到这里访你们的，你们怎么捆着交朋友。头一次见面，咱们可别这么闹着玩儿，有什么话，先把我放开，我是无不答应。"

穿白的道："放开就放开，你可不用打算跑，你不要看我们这样和气，我们这里可有杀人不眨眼的人物，你要是一步走错，你这条命可就算完。话是跟你说了，你愿意跑也随你，可是把命送了，别埋怨好人！"说着过去把捆的绳子解开。

卢春一挺身站了起来，笑不唧儿地对穿白的女子道："咱们既打算交个亲近朋友，那么你们二位倒是姓什么叫什么，咱们也好有个称呼啊。"

穿白的笑道："你倒问得仔细，咱们这就是逢场作戏，至多在一起混个十天半个月的，你就得走你的路，我们也留不住你。你问我们姓什么叫什么，谁也跟你走不了。你要说我们不好称呼，我穿白，你就叫我白姑娘，她穿红，你就叫她红姑娘，你道好不好？"

卢春笑道："这倒不错，一个白娘子，一个红娘子，我问你们还有一位青娘子到什么地方去了？"

那个穿白的一听，陡然把脸色一变道："你在我们这里，第一不要乱走，第二不要乱问，该告诉你的必告诉你，不能告诉你的，你问也不能问。要是据我说，你在我们这里，住个十天半个月，也不用多说，也不用多问，老老实实地一享福，你瞧够多大造化！"说着又向那个穿红的姑娘道，"你不是说你的这个不顺手吗？现在有了这个就好办了。你愿意要那个年轻的，我就让给你那个年轻的，你愿意要这个年纪大的，我就让给你这个年纪大的。那个不顺手的，咱们先把他收起来，实在不行，到了日子，咱们把他往回一送，也就完了，可是咱们别让那个丫头知道才好。"

穿红的也笑道："得啦，我也不夺你所好，他既是跟你好过，你就还要他，我要这个岁数大的你瞧好不好？"

穿白的道："就那么办，趁着那个丫头还在用功，咱们先把他们安顿好了，有什么话再说。你把那个冷冰坨子，还是送到后头去，我在这里看着他们。"穿红衣裳的答应一声，从床上提起那个男子，又往床后去了。

穿白的向卢春一笑道："嘿！你看你的造化不小吧，她比我还好看呢。"

卢春故意逗她道："你猜怎么着，我就爱你，还是不怎么爱她。"

穿白的用手指头在卢春头上戳了一下道："我又有什么好？你别这里贪得无厌了！"

卢春还待和她们逗两句，穿白的噗的一口先把桌上的灯吹灭，一个手拉着床上那个男子，一个手拉着卢春一只手，往床后便走到了里头。卢春这才明白，原来这房全有后房，里头照样儿有灯，屋里很亮。穿白衣裳的把卢春往里一推悄声道："你可别乱动，如果你要不听我的话，连你带我，都是性命难保，你可要记下了。"说着话也不再和卢春说什么，从墙上擎下一把剑来，一纵身后跟闪电一样快慢就纵出去了。

　　卢春看着心里非常纳闷儿，究竟这几个女子是怎么一个路子？简直是看不出。听她们所说，这里并不能常常如此，那么这两个女的又是干什么的呢？何以提起那个穿青的女子，她们又那样变颜色呢？自己久走江湖，还真看不出她们到底是哪一种门路。自己今天来这个意思，原是为探听杨花堡的两个人，这两个人也总算是看见了。那个姓朱的，原是个荒唐子弟，救不救也没有什么可惜，唯有江家这个孩子，不但长得好，而且品行也真高，不用说还受人之托，就是无心中遇见，也得把他救出去。方才看见她们把他弄进来，怎么却不见他在什么地方？想那个姓朱的已然跟她们都很熟识，问问他也许知道，如果他要是被她们逼得这样做的，也要想个法子把他救了出去，倘若他是甘心下流那就不管他了。想到这里，便向那男子道："你可姓朱？你是不是杨花堡的人？"卢春说着只见那男子不是望着自己笑，却是一言不发。卢春又问他道："你可知道你在这里享乐，你家里爹妈都急坏了吗？"那个男子还是笑着不言语。卢春也觉得好笑，真是倒霉了！怎么会遇见你这样一个没紧没慢的人！又想方才院里一红，还不知道是什么缘故，看来一会儿她们必定回来，没有多长工夫。看她们方才把一个提到后头来，并没见他出这屋子，一定还是在这屋里，不如趁着这个工夫，四下里一找，绝没有找不着的一说。想到这里，便拿起了桌上放的灯，才待四下寻找，只觉背后一阵清风，噗的一声，竟将手里灯光吹灭。跟着仿佛有一个人从自己身旁擦过，卢春顺手一捞，却什么也没有，不由得有些毛骨悚然！兼之方才听那穿白的说，不可乱动，乱动有性命的危险，便真个不敢乱动。摸着摸着又摸到桌子旁边，把灯摆在桌上，站在那里，暗暗寻思。忽然听见仿佛有一种极细的声音，送到耳朵里，不由好奇之心又起，便不再顾有什么危险，顺着声音，用耳朵一静听，这个声音，就从这屋里一个旮旯里发出来的。低下身去，顺着声，一步一步往前找去，越听越真，原来是从靠后墙一张床底下出来的声音。卢春摸到床边，就听真了。

仿佛也是一个女子声音说道："少爷，你先不要急，我今天来到这里，原是拼着一死来救你少爷的，并没有约什么人一同来。这也可算得少爷吉人天相，暗中却来了帮手，如果不是那样，我也没有法子可以进来。少爷只在这里屈候一时，我先把少爷身上绳子解开，少爷可不要出去，等我想法子把她们都引得离开这座竹塘，我再来救你少爷出去。少爷不要乱动，这个地方十分凶险，少爷先屈尊一会儿，我这就来！"

卢春一听，这才明白，说话的就是江家那个丫头，只不知她是怎么进来的。知道这个丫头也绝非平常之辈，便赶紧往旁边一闪，果然觉得和方才一样，一阵清风相似，人便纵了出去。卢春也不怠慢，跟着也一纵身纵了出去，幸好那两个倒没有回来。来到院里一看，静悄悄的连个人影儿都没有，赶紧到窗根儿底下，把龙头拐拾着，拿在手里，这才一伏腰又从后院往前院走去。刚刚来到前院，只见彻底通明，灯烛全亮，正中间屋里已然不是方才情景。屋子正中间摆着一张桌子，桌子正中间坐的就是那个穿青的姑娘，满脸怒容，坐在当中。旁边两列都是那一色上黄下紫的女子。桌子前头站着两个姑娘，正是穿白的和穿红的，站在那里，低着头一声也不言语。

卢春提着气蹑着脚步儿来到门外，侧耳细听，只听那青衣女子道："你们两个，怎么依然还是这样下流不改！想当初若不是我师父把你们救到这里来，你们大概早就死在恶道之手多时。不但把你们救出，还教给你们养生保命之法，待你们的恩情，可以说是一天二地。你们从前既是受过诸般痛苦，到了现在，应该怎样改悔，努力上进，才能够对得住我师父救你们这一番情意。师父他是高人，早就知道你们心术不定，不是因为有事缠住身子，早就把你们送走。并且这次临行之时，也曾对你们说过，叫你们好生用功，不要更起玩儿心，至多不过半个月，师父就可以回来，那时师父对你们两个自有处置。怎么师父拢共才走了几天，你们竟敢背了我在外面胡作非为。今天有人在外头掔动串铃，不是深知冷竹塘底细的人，他怎么能够知道？我师父这几年已然深知从前杀罪过深，极力忏悔，一向也没有和外人来往，今天突然有人来到这里，我就知道有事。结果出去一看，外边来的人，与我们素不相识，我知道里头必定有事，再三问他，他又不说。我原想叫他今天在这里坐一夜，明天再细细问他，他要是说了，为什么事来的，我必帮着他办事，他要一定不说，好生款待他让他走。谁知究竟是我们年轻，有很多大意，原来他们来的并不是一个人，而且，他们来的这伙人之内，有一个能为还在我师父之上。幸亏他们很讲面子，没有施展绝手，只告诉我他们是为什么来的，叫我细细一查，叫我自己办理。想我们这冷竹塘，是一片清静之地，从没有和外人怎样来往，如今你们不知自爱，竟自做出这样事，被人家找上门来。我想总是因你们自己太糊涂，才做出这样下流的事，你现在快把你所作所为，细细说明，趁着师父还没有回来，赶紧把这事情化了，师父回来，我也不说。你们看好是不好？"

卢春正要听穿白衣裳的说些什么，只觉脚下猛地一震，接着就是一片铃铛声音，准知道不定又要出什么岔子。因为要看个究竟，只把身子向后稍微挪了一挪，却不走开，再从门隙看那青衣女子。只见她脸上颜色陡地一变，向那两个女子道："你们看，这话不假吧！'地串子'又响了，如果不是外人来到，定是师父提前赶回。这件事已经越闹越大，我看你们怎么了？现在我带着你们先出去，如果是师父回来了，我先把他老人家绊在这里，你们赶紧把你们干的事，偷着把它办完了，再到这里来，也省得他老人家怄气。如果是外人来到这里，我也想法子把你们先支吾走了，你们也赶快把人家放走。事不宜迟，快去快去！"

穿白的和穿红的两个女子答应一声，转身就走。卢春急忙往后一撒身，幸喜两个心里有事，不曾看见，呼呼地往后面去了。那穿青的姑娘从墙上摘下剑来，双手一捧，高声喊道："你们都跟我到外边去，不拘看见什么样人，都不许你们说话，自有我去答话。"说完离了座位，全都一拥而出。卢春一看没有什么可听的了，又知道这个穿青的姑娘，比那两个只强不弱，便不敢还在那里等着，不等人家出来，一塌腰又到了左边那个小院儿里藏住身子。眼看那个穿青的带着一班人出去，自己却站在那里不住暗想，今天这件事，果然有些出奇。我知道的就是一个紫云，但是紫云方才还在里面，隔着这么大的竹围，她是怎么出去的呢？旁人有谁会找到此地？也许是江飞见自己走后，放心不下，在后面赶来，可是江飞也不会知道这里地下就有"地串子"，这件事真是令人难以捉摸。不过据自己看，今天这种情形，江飞的孩子，绝对没有危险，总算此来不虚。又想进去再看看那红白两个女子，怎样把他们放出，自己跟在后面，到了外头，再出头把江飞的孩子要出来送回家去，见了江飞，也好作个交代。

想着着实不错，正要往里走，只觉从身旁嗖的一声，如同一阵凉风吹过，才要喊声奇怪，却听后面有人喊道："什么人竟敢到冷竹塘里来撒野！不要走，留下人再去！"听声音正是那红白两个女子，一路喊着，直奔前面赶来。卢春怕她们撞上，可是这个地方，又没有躲藏的所在，一着急，只好是跑吧，一塌腰也往前边跑去。前头过去的那个，卢春可没有看清楚是谁，后头两个姑娘，可看见卢春了。卢春跑得紧，人家追得紧，跑得慢，人家追得慢。追来追去，拢共一个地窖里，无论如何大，也大不了很多，就追到外面那块空地上去了。卢春一看月亮都往西落下去了，不久就要天亮，仿佛有些都发了鱼白色。一路跑着，眼可往前头看，心里明白，后头这两个固然厉害，自己还可以支持几下，要是前头那个穿青的更是难惹。心里一盘摆事情，脚底下就更慢了一点儿，这两个追的，眼看着就要追上。卢春看前头并不见那个穿青的姑娘一点儿影子，四围都是竹子，也分不出什么地方是门，心想是福不是祸，跑到什么地方可以为止？不如回头说明自己来意，她们要是不动手，是自己之幸，非动手不可，那也没有法子，只好跟她们走上几招再说。

想着便止住脚步儿一回身，用手里龙头拐一指道："你们先不要紧紧追赶我，我有话和你们说。"

那穿白的姑娘站着脚步儿用手里剑也一指道："你到底是什么人？为什么来到我们冷竹塘？你现在把我们的人弄到什么地方去了？"

卢春道："你们要问我，确实不是迷途至此。我姓卢名春，今天来到你们冷竹塘，也是受了一个朋友之托。我那朋友，住得离此不远，就是那杨花堡的江堡主，只因他的儿子在家里无故失踪，家里留下一张诗条，有冷竹塘字样，有人说冷竹塘是在此地，我所以来到你们这个地方。好在我已看见我朋友的孩子，确实是在你们这里，你们也不必隐瞒，赶快把姓江的孩子放出来，交我带走。至于你们这里一切行动，我是绝不和外人说出一个字，你看如何？"

那穿白的姑娘勃然怒道："你不要满嘴乱说，人已然让你们杀死一个，抢走一个，你怎么反倒和我要起人来了？我知道你们一定来人很多，故意来搅我们这冷竹塘，且待我把你拿住，再问你的实话！"说着一捧手里剑，双手往前一递，直刺卢春胸口。

　　卢春喊一声："休得无礼！"一闪身躲过剑锋，一上步，用手里龙头拐直取双腿。穿白的姑娘一提腰一蹦，龙头拐从脚下扫过，不等身子落地，斜身一长膀子剑取卢春上脑。卢春暗道一声"好身法"，用了一个"虎跳"的架子，身子往旁边一闪，剑就空了，人就跟着落了地。卢春不等她站稳，横拐往上腰就砸，穿白的姑娘喊声"不好！"正要往后倒仰，才可以躲过这一拐，却见卢春忽然把手里拐撤回去了。正在纳闷儿，为什么他拐都到了，他又不往下打呢？再一看，可是那个穿红的姑娘，一口剑也递进去了，卢春因为要接红姑娘这一招，给白姑娘那一招当然就进不去了。白姑娘一想，何不齐力把他制倒，省得时多事变。想着从身上掏条"软红兜"来，这种东西，仿佛和盛碗的络子一样，用丝绳织的，打出去的时候，是一团，等到了面前，就成了一片。在每一个络子窟窿上，都有极小的倒发钢钩儿，专取对方头部，可以抓住辫发，对方就没有动手的能力了。白姑娘把"软红兜"在手里一拿，正赶上红姑娘用剑一刺卢春的脸，卢春往后一仰，脑袋正露在后头，白姑娘抖手就是一下，喊一声"着！"正在卢春头发上就抓住了，白姑娘往回一扯绳，卢春疼痛难忍，只好随着倒下。红姑娘一摆手中剑口里喊道："叫你多管闲事！今天叫你命丧冷竹塘！"嘴里说着，这剑可真下去了。白姑娘要喊使不得，已是势有不及。

　　正在这个时候，却听有一条破毛竹似的嗓子，在穿红衣裳的姑娘脖子后头喊了一声："别下手，我还留着耍狮子玩儿哪！"声音到，人也到，手里一根竹竿，直取红衣裳姑娘手里宝剑。穿红衣裳的姑娘一见忽然有人拦住，不准伤害卢春，心里自是大怒，又一看他手里仅仅拿了一根竹竿，哪里放在心上，腕子一偏，剑就要削竹竿。谁知道看着一根竹竿不算什么，及至剑锋才一碰着竹竿就仿佛遇见一种什么软的家伙上，竹竿随着剑锋，直往后边走。心里正在纳闷儿，何以自己宝剑像粘在竹竿上一样，身不由己，却跟着竹竿沉了下去？急待收回宝剑，再想别法，谁知又听一声怪笑道："你这个小妞儿，怎么会看上了我这穷要饭的，我可没有这个福，去吧!"随着声音,红衣姑娘便觉手里一荡,浑身都有些发麻,掌不住手里剑,只好一撒手当啷一声,宝剑落地,身子也跟着晃了一晃,急忙周身一运力,这才站住。穿白衣裳的姑娘,早就看清楚了,原来来的这人,浑身褴褛,破蔽不堪,一只手拿了一个黄沙盆,一只手拿了一根竹竿,看那神气,像是个瞎子,翻着两只白眼珠,不住滴溜溜乱转。穿白衣裳的姑娘,可比穿红衣裳的强得多,一看这个要饭的,就知道大有来历。方才穿青衣裳的已然和她们说过,今天冷竹塘进来很多人,这个人绝不是瞎子,也不是要饭的。自己的本事,和穿红衣裳的姑娘差不多,她既不能得手,自己也绝找不出便宜来,穿青衣裳的姑娘没有进来,安知不是在外面遇见劲敌,自己如果要再败在人家手里,这冷竹塘就算整个儿全完。自己来到这里,无论怎么样说,人家总算对我们不错,况且这件事,还是从自己所起,不如现在就把实话向这人一说,如果他要肯管,冷竹塘不但可以保住,自己姊妹两个,还许能够得着一点儿好处。

想到这里,赶紧一抖手,先把"软红兜"抖了下来带好,又把卢春扶了起来,然后才笑着向那要饭的乞丐道:"这位老爷子,你老人家贵姓?今天到这里来,有什么事?你老人家,只要说出来,我必可以照办。"

要饭的哈哈一笑道:"你倒怪会说话的。我这一辈子,就是服软不服硬,看不惯这个,你既这样说,我也不必再跟你们姑娘们一样儿见识。你现在快同我到里头去,把姓江的孩子给人家送了去,我和你们冷竹塘,素无积怨,我不过是看见有这么一回事,我是不得不管。你快点儿和我走一遭吧。"

穿白的姑娘一听,敢情全是为这一件事来的,自己做了这件事,还认为是很机密,不想人家全都知道了。但是这姓江的已经被他们救出去了,他们怎么都不知道呢?想着遂又赔笑向那要饭的道:"你老人家所说的姓江的,已然被你老人家同来的人救出去了,难道你老没有看见吗?"

那要饭的一听,把怪眼一翻道:"你不要再用花言巧语骗我,我到你们这个地方来,就是我一个,哪里来的什么伙伴?你快快把姓江的放出来,咱们是一句旁的话没有,如果不把姓江的放出来,你可不要说我无理,我可要火烧你们冷竹塘,让你们变成熟池塘,你听明白了没有?"

穿白衣裳的姑娘道:"老爷子,你老人家先不要动气,我们一句瞎话也没有说，确实那个姓江的，被你老人家一同来的人救出去了。"

那要饭的呸地就是一口道："你不要给脸不要脸！我就知道你们仗着冷竹塘老比丘的势力，无恶不作。我因不愿再动杀戒，所以才再三和你说好话，你既然不懂，这就莫怪我瞎火神今天要报应你！"说着话把右手竹竿往左手一递，右手往破袄子里一摸，掏出一个竹筒，仿佛像一个吹筒相似，拿在手里，往竹子上一指，嘴里喊道："看我瞎火神今天要烧你冷竹塘！"说着才待要用，说时迟，那时快，就在那竹子筒才在一晃的时候，眼前忽然仿佛起了风儿相似，滴溜溜一个圆团从竹子根底下滚来了。到了跟前，往起一纵，伸出一只手按住口筒，口里喊道："瞎子，这里不是玩儿火的时候，留神玩儿火溺炕！"嗖的一声，竟将火筒夺出了手。要饭的竹筒一出手，不由怪叫一声，抢左手竹竿就打。

却听来人也是一声怪叫道："瞎要饭的，休要无理！怎的不问青红皂白，一味乱打，难道俺芩老三还怕了你不成！"

要饭的一听，赶紧把竹竿往回一撤道："谁？三哥！这虽怪我鲁莽，可是三哥你在大家面前，把我吃饭的家伙都抢了去，也未免太不给我留一点儿面子了。"这时卢春可看明白了，来的这人，年纪约在五十以外，小眉毛，小眼睛，小嘴，小鼻子，两只小薄片耳朵，一个小脑袋瓜子，上头有个几十根稀稀的黄头发，身个儿至多有四尺高，穿着一身蓝布褂裤，脚底下蹬着两只青布福字履，打扮得不伦不类。腰里系着一根蓝布的腰带，里头鼓鼓囊囊的，不知装的是什么东西。最可怪的是，连头上带脚下，没有一处没有水，仿佛刚从水里爬上来的一样。卢春心里一动，暗说这不用说，方才水里闹了半天，大概就许是他。看这神气，两个人还是一路的，只不知为什么两个先动下了手，又不知道这两个都是什么人物，自己在江湖上，也没听人说过这两个扮相儿。只见他笑嘻嘻地把手里那个竹筒递给要饭的道，"老纪，把你这个吃饭的家伙给了你吧！俺并不是要使你在人前出丑。你那劳什子玩意儿，又不是发出去可以收得回来的，倘若我不当时夺过，你要是一甩，这冷竹塘整个儿全完。你就看见这个大妞儿胡作非为，你心里不高兴，你哪里知道这冷竹塘，原是清净之地，并没有什么肮脏的地方。你不问青红皂白，把这一片地烧个干净，这冷竹塘的主人可不是好惹的，倘若知道是你无故毁了她多年修整清净的养性之所，她怎能和你善罢甘休。不是我长他人锐气，灭你的威风，恐怕你还不是她的对手哩！"

要饭的一手接过竹筒道："你说这里是个清净所在，难道你就没有看见他们这一切作为吗？我只知道铲除恶人，向来不懂得怕什么人！"

那人才要再说什么，猛地咕隆一声，大家都觉得地下一震，回头一看，竹子忽然从迎面那一排又平着推了出去。卢春留神一看，原来自己站的这块地是活的，不知什么地方安着消息。这块地往前头一动，竹子整个儿推了出去，里头依然是一层地，竹子一开，听外头一阵脚步儿声音，抬头一看，原来正是那青衣裳的女子，带着许多上黄下紫的姑娘，从外面一拥而入。里头又多了一男一女，男的正是江飞的儿子，女的可不认识，看来年纪也就在十六七岁，穿着一身竹布的褂裤，前头留着刘海发，后头梳着两个圆髻，手里提着一把折铁绣鸾刀，也跟着一同走了进来。那穿青衣裳的女子看见正在这里，走到那个小矮子跟前叫了一声："师叔，是我听了你老的吩咐，追着了舒小姐。舒小姐起先执意不肯回来，是我说出你老人家也在这里，她才肯随我回来。我们这里一切事情，我师父她老人家不在这里，就听你老人家给想法子料理料理才好。"

那个矮子笑着道："没什么，没什么，大家都是一家人，没有什么不好说的。来！这里还有一个新朋友呢，别把人家僵在这里。"说着话向卢春一拱手道，"这位老哥你就是九头狮子卢春卢永泰吧？"

卢春赶紧也一拱手道："在下正是卢春，不知道你老人家怎会知道？"

矮子道："卢老哥你不知道，我已然在你身后好几天了。自从醉和尚打走了黄伟的时候，我已然就在那里了。你可记得醉和尚丢了一根铁通条吗？那就是我跟他开的玩笑。从那时以后，我一直就跟在你的后面，方才你在船上，我也没有离开船，不过是在底下罢了。我提一个人，卢老哥你可知道？"

卢春道："不知道你老提的是谁？"

那个矮子道："有个一轮明月娄拱北，卢老哥你可认得？"

卢春道："我怎么不认识？那是我的二师哥。"

那矮子一听哈哈一笑道："那就不是外人了。娄拱北不是外人，是我本家的孩子。"

话犹未了，只听远远一声喊道："短地丁，不要找便宜，你二大爷来了！"

卢春一听声音非常耳熟，抬头一看真是大喜过望，原来来的这人，正是自己的师兄娄拱北。赶紧上前行礼道："二哥，卢春在此。"

娄拱北看了卢春一眼道："我早就知道你在这里了。你受人之托，前去送信，为什么半路上多管闲事？幸亏这里都是一家人，如果换个地方，出了岔子，岂不耽误了人家的事。"

卢春听师哥责备自己，哪里还敢还言，反是那个矮子笑道："娄秃子，你不要只管发威风了，难道说江湖路上的人，还有见死不救的汉子吗？"

娄拱北也笑道："短地丁，你少说闲话。来来，我给你们大家引见！"说着用手一指那个矮子道，"这位是矮脚龙王芩天治，论起来还是你我的大师兄呢。"

卢春也不明白是怎么一个师兄，赶紧过去见礼。芩天治拉住卢春道："九头狮子果然名不虚传，是个江湖上的汉子。"

娄拱北又一指那个要饭的道："老七，这位你也没有见过吧？这位不是咱们这边道儿上的，享名在奉天属锦州一带，人称瞎火神纪玉，不但是武功精明，而且善用火器。今天能在这里得见，也是你的幸运，过去亲近亲近。"

卢春过去一见礼，纪玉赶紧拦道："九头狮子，你这个人还倒是个汉子，如果你今天要是有点儿含糊，对不起，你这条命不死在两个姑娘手里，也就死在那张竹床上了。"卢春一听，敢情人家一直就在自己旁边，自己始终不知，不由一阵毛骨悚然。

芩天治又向那穿青衣裳的姑娘一招手道："雪儿过来，也给你引见引见。"穿青衣裳的姑娘答应一声走了过来，芩天治道，"她就是这冷竹塘当家的大弟子无情剑奚红雪。"

奚红雪跟着深深一拜道："家师有事他去，不幸冷竹塘闹出事来，多亏芩师叔到此解围，冷竹塘幸免大祸。这里不是讲话的地方，请诸位到里面细谈，不知诸位可肯进去一坐吗？"

岑天治道："好啊！我们到里边坐坐去。"

纪玉道："对！是要到里边去，不但是坐一坐，我还要讨一杯酒吃。一向听说他们这里有特别肥的大雪鸡，竹根生的紫雪笋，好容易今天来到这里，岂可空回，是要讨一杯酒吃吃。"

岑天治道："你总不会改了你臭要饭的脾气！"说着大家哈哈一笑。

于是奚红雪在前，大家跟随在后，直奔地道。来到屋里，奚红雪吩咐一声，安排座位，泡上茶来，大家依次坐好。

娄拱北站起来道："诸位，我有一句话要和众位说一声。我们这个七师弟，他原是从雪岭上下来，受了一个朋友之托，去给人家送信，因为路途失迷，误入杨花堡，才惹起这一场事。我想现在事已完了，不如让他同了江家的孩子，赶紧回去。一则免得我们江老八在家里放心不下，二则他送走人之后，还要赶紧去送信，也不应该在此长久逗留。好在来日方长，聚会的日子不少，现在就让他去吧！"

奚红雪忙道："这话虽是这样说，似乎也不忙在这一饭之间。况且江少爷和这位舒家姐姐，受了许多委屈，我们也应当摆酒赔个罪才是。"

紫云站起来道："奚姑娘这话说得远了。我们到这里来，搅得乱七八糟，本来就于心不安，再要是赏饭赐酒，岂不更使人惭愧无地了吗？我想我们住得不远，以后可以常叨扰，如今还是依了娄老英雄的话，把江公子送回去为是。"

岑天治接着道："也好，也好，那你们也走吧。你们那只船还在外头呢，云儿把他们送出去吧，都是自己人，倒是用不着客气。"

奚红雪只得答应。卢春先站起告辞，娄拱北嘱咐他，路上不可再多管闲事，恐其误了事，对不住朋友，卢春一一答应。

纪玉道："我们不拘俗礼，也不送你们，你们快快去吧！"

当下紫云江公子卢春三个，别了众人，走了出来，奚红雪在后面相送。

卢春道："奚姑娘，今天我们在这里搅扰了一夜，实在是对不起。等我改日事毕回来，再来叩谢。"

170

奚红雪道："你老人家是老前辈，一切还求你老人家多多指教，你老人家不要客气才好！"

卢春道："我还有几件事不明白，我要讨教讨教！"

奚红雪道："你老人家只管问，俺是知无不言。"

卢春说出一片话来，有分教：

　　　杀奸除蠹英雄本色，入死出生儿女情肠。

要知卢春说出什么话来，且看下回分解。

第二回

济困扶危一翁乐善
假公售肝两吏施威

当下卢春问道："第一，这个竹子是不是天生的？还是人工造的？"

奚红雪道："自然是天生的，人工如何能造？"

卢春道："是啊，可是那竹子自己会走出去，也是天生的么？"

奚红雪笑道："那却是人工做的。这一片竹塘，从前也是峨眉山上一位老前辈从山上移种此地的，家师和这位老前辈原是莫逆之交，知道他在这里修治这座竹塘，便问他是什么意思？他说这里是峨眉山后山山麓，一向没有人到过，自从前面有了杨花堡，才看出这里地势实在不坏，便打算在这边也修一座村落，只是山里树木虽多，运输却是不易。因为看见雪岭里有不少的地方生长着这种雪竹，非常茂盛，并且生长极快，又用不了多大力气就可以把它运到山下来。把竹子运到山下之后，先把它依次插好，成一种村落的样子，原是这种意思。后来一看竹子栽好之后，还要盖竹房子，不但工程太大，而且也不严密，后来才想起仿照杨花堡的样子，先用竹子把四围圈起，又在地下挖了地道。因为这块地方十分寒冷，移了竹子之后，益发冷得出奇，其势不得不用地道借势取暖。原来没有大门，来往都是从矮竹子上纵过，是家师和那老前辈商量，日子太久，恐怕竹子一密一长人就不易进来了，不如做一个活门，遂由家师和那位老前辈商量，才造下这座进退自如的竹门。先是把地下黄土挖起，然后底下用大毛竹破开，平铺在里面，竹子两旁尽头，都是用一种绷弓，里头钉着椿子，用鹿筋绞成绳子，两边系住，竹子底板下面，有整个儿竹筒子，铺在地下。如果打算开的时候，只要把这边系鹿筋绳子的轱辘一松，这边一松，那边一紧，那片竹板子就推出去了，关的时候，也是一样。又在竹片子铺上土，上面栽了一色的竹子，长短远近一样，外人却看不出来。"

卢春道："这就是了。还有一节儿，我在后面窗根儿底下，正在站着，忽然腿下一发紧，仿佛两条腿被什么东西咬住一样，不知那叫什么东西？"

奚红雪道："噢！你老所说，不是旁的东西，那也是我师父用它防备外人进来的，是地窖子里头，全有这种东西，名称叫'串地锦'，也是用鹿筋绳儿拧的，上头都是活套子。不拘什么人，只要是一碰在上头，那个扣儿就会越来越紧，再打算躲过去，可就不容易了。"

几个人说着，一路走着，已然来到河沿。卢春一看，昨天自己坐来的那只船，还在那里系着，李祯、李祥两个却坐在船头上，在那里大吃大喝。卢春看着，心里纳闷儿，他们来的时候，并没有带什么吃的，怎么此时从什么地方出来的吃食？

李祯、李祥看见卢春，赶紧站了起来道："卢爷你老怎么这么大的工夫才出来？"

卢春也不便和他们细说，便笑着向他们道："我们回去吧。"

李祯一眼看见江公子，便喊了起来道："少爷，你怎么跑到这里玩儿来了？家里都快急坏了，快些回去吧。"

李祥也看见了紫云，便也跟着喊道："这不是舒姑娘吗？怎么也跑到这里来了？"

卢春道："现在不要说了，我们回头船上再说。"紫云江公子都跳在船上，卢春把手向红雪一拱道："奚姑娘请回吧，改日再来叩谢。"

奚红雪笑着道："不敢不敢，将来老前辈事毕，从这里过时，还请到这里边来坐坐。恕俺不远送了。"

卢春一撤身，也跳上了小船。李祯解过缆绳，起了锚，兄弟两个摇动双桨，往回走去。回头船，虽是下水，上头却是坐的人多，有了分量，也跟来的时候差不多的快慢。在船上卢春这才向江公子道："老贤侄，你可知道我是谁吗？"

江公子把头一摇道："不相识。"

卢春笑道："这真是怪事，你父亲是有名的急急风，怎么你会这样慢

173

条斯理呢？你平常可曾听见你父亲说过，他们老弟兄里有个九头狮子卢春吗？"

江公子道："我听说过，难道你老和我卢伯父相识！"

卢春哈哈一笑道："傻孩子！我就是卢春。"

江公子赶紧施礼道："原来你老就是卢伯父，小侄江靖给你老磕头。"船小人多，本来就不稳，又经这一簸动，船来回乱荡。

卢春道："少爷你不要一味闹酸礼了，有什么礼，咱们到家里再说去。你先坐住了，我有几句话要问你。"江靖答应，依然坐好了，卢春道，"看你这神气，你父亲一定没有教给你武功。"

江靖道："我父亲说我气力太单，身子太弱，不教我练武功。"

卢春道："你不练武功也好。我再问你，你在家里住着，怎么会无缘无故跑到这里来的？"

江靖听着脸一红道："这件事提起来，连我也不知因为什么，我一向也没有出来过，不知在什么地方会招人家看上了我。我每天在书房里看书，总要看到二更多天。那一天还不到二更天，我正在那里看书，忽然仿佛有一阵怪味儿，说不出是一种什么味儿来。我才觉得可怪，脑子里一动，觉得一晕，我就倒下去了。等我醒来之后，我已然到了那所竹林子的地窖里了。里头有两个姑娘，我不认识她们，她们却说认得我，和我十分啰唆，我始终也没有理她们。看她们那神气，仿佛也怕旁人知道，可也没有什么恶意。我到这里，已然是好几天了，今天如果不是大家救我，只怕我也就完了。这就是我到这里的一往真事，至于她们究竟为什么，我却是不知道。"

卢春低头想了一想，向紫云道："姑娘，我有两句话问你，不知道姑娘你可愿意说吗？"

紫云道："只要是我知道的，我没有不可说的事。"

卢春道："那我就要放肆了。请问小姐，既是身通武术，却怎么会到杨花堡江家甘心奴隶之役？"

紫云未曾答应，先长长地叹了一口气道："老前辈，你老是要问起来，听我从头慢慢告诉你老。"船一边走着，紫云一边说着，只说得大家全都出神发怔，个个全都点头叹息，这才知道紫云是一个孝智双全的奇女子，

174

如今先把这里的话按下不提，且从这事头上说起，也好清醒耳目。

话说云南大理县城外，有一个小村子，叫作秦坨。里头住的人，差不多都姓秦，大概也有个三五十家人，全都是以雕刻花石为业。里头有一家为首的住户，此人姓秦，单名一个迪字，夫妻两个，有一个儿子，名叫晋芳。秦迪虽是一个卖苦力气为生的人，却是生有傲骨，自己总觉得雕刻一辈子石头，没有什么出息，便省吃俭用供给自己儿子读书。偏是这秦坨是个小地方，文化不开，不要说是打算找一个很高明的学者不容易，就是能够写一封通顺信帖儿的人都很少。晋芳这孩子，又天生的聪明，找了两个识字的先生去念书，念上不到半年，就可以难倒先生。到后来不能再往下念，只好是在自己家里私自用功，秦迪虽是恨家不起，也就没有法子可想。

一天，秦迪去给人家送花石头，走到半路上，忽然看见围着一个人，自己分开众人，来到里头一看，只见地下坐着一个半老妇人，一个小姑娘，地下还躺着一个五十来岁的老头子，还放着许多被套包袱，看那妇人和那小姑娘脸上都有泪痕，不知是为什么事。

才要进去问问，里头有一个人却早看见了秦迪，便高声喊道："好人来了，做点儿好事吧！"

秦迪道："什么事？"

那人用手一指那妇人道："你问她去吧。"

秦迪便问那妇人道："你们干什么的？来到这里干什么来了？"

那妇人抬头看了秦迪一眼道："这位大爷，我们是离这里不远，蒙自县城里的人。"说着用手一指地下躺的那个男子道，"他是我的丈夫，名叫舒铁，原是在县里以教书为生，想不到新近遭了一件事情，县里存不了身，便同了我和这个孩子，黑夜里跑了出来。原想到贵州去找一个亲戚，不想来到这里，我丈夫突然摔倒，想他上了年纪的人，受不了劳苦，以致受了病，只是这里举目无亲，实在没有法子可想。这位大爷，如果肯做好事，借我们一块地方，将养好了我丈夫，我们就走，绝不长久拖累大爷。"说着话，眼睛不住看秦迪。

秦迪这人，平常就爱管个闲事，不道现在心中又有些惝怗，看他们这个样子，不像是个假的，救人一救也是好事，只是自己家里原非富有，一旦再添上几口人吃饭，仿佛也不是一件易事。忽然又一想，常听晋芳念书上头说"见义不为，是无勇也"，哪有见死不救之理，先救回家去再说。想到这里，便向那妇人道："这位大嫂，既是说得如此可怜，我很愿意帮你一点儿忙儿，不过我家里地方太小，恐怕委屈了你们。"

那妇人道："这位大爷，说哪里话来。我们落到这步田地，你老只要肯救我们一救，等我丈夫病一好，我们就走，只是太搅扰你老了！"说着又向那姑娘道："云儿快过来，先谢谢这位大爷救了我们！"

那个姑娘答应一声，站起来深深一福。秦迪赶紧拦住道："姑娘不要多礼，不要多礼。"又向大家看热闹的道，"你们几位，也别闲着，来帮我一帮，把这位大哥的东西全都搬到我家里去。还有哪位把这位大哥抬起来，也抬到我家里。"

大家看秦迪热心，大家也跟着犯起热心，于是有的拿东西，有的抬人，一会儿工夫，全都搬到秦迪家里，大家散去不提。秦迪赶紧叫过自己妻子林氏，把话跟林氏一说，林氏也是热心肠的人，便赶紧收拾出一间房来，把舒铁搀到屋里，扶在床上安置好了。这时才知道那妇人姓漆，原是蒙自县富商的女儿，因为遭了一场祸害，自己所以才来到这里。秦迪又出去请了一个医生，替舒铁诊脉，原没有什么大病，只是受了点儿风寒，便开了一个方子，给舒铁抓了药吃了，果然发了一点儿汗，就清醒了许多。漆氏便把怎样病倒，怎样秦迪救他家来，全都细说了一遍，舒铁自是感激万分。又吃了两服药，舒铁就算好了，也下了地，谢过了秦迪夫妻。秦迪又买了许多吃食，算是请他们，又叫晋芳也来见了。

舒铁一见晋芳，不住地上下打量，便笑着叫他坐下，向秦迪道："秦大哥，你真有造化，这位少爷将来一定错不了。"

秦迪叹了一口气道："舒大哥，你是不知道。我这个孩子也可以说是心比天高，命比纸薄，生在我们这种人家，这个地方，也就没有法子可想了！"

舒铁道："大哥你这话说得我不明白，好汉不怕出身低，哪个公侯将相，也不能生出来就是公侯将相。难道大哥你没听人说过，将相本无种，男儿当自强。这位少爷，既是有这一种外表，内里也必清秀异常，如果好好培植，不怕将来不能光大大哥门楣。"

秦迪道："大哥说得是，只是我方才已经说过，他有这种外表，就不该生在我们这种人家，我们这种地方。这秦坨小地方，念书的人，原就没有多少，高明的自不必说，是一个没有。就是那不高明的，也就不多。这个孩子也不是我自己夸他，实在是比他们还高得多呢。如果我有钱供给他的话，我早就把他送到城里头去念书去了，做官不做官，我想倒没有什么，第一心里先能明白一点儿，可惜偏生在我的家里！"

舒铁见说，便略一沉吟道："大哥，我们夫妻，带着一个孩子，因为避祸才来到这块地方，举目无亲，多承大哥把我们全家救活。我原想是从这里往旁处去的，现在走到这里，遇见大哥，总也算是有缘。方才说起你老那位少爷，有天资不能尽力培养，我虽然没有看过多少书，但是也还有一知半解，我感激你对我们的恩惠，我愿做一识途老马，和少爷一起盘桓。如果我能教一天，我便教一天，到了果然一天都不能教了，那时我再走，大哥你看如何？"

秦迪一听心中大喜，便赶紧站起来一揖到地道："大哥如果肯这样，那我是感谢之至了！"又叫晋芳过来重新见礼，改称老师。

舒铁一手搀起晋芳，一手摸着小胡子，满脸带笑地道："我们不要拘泥这些俗套子。"当下又问过晋芳以前都念过什么书，先生怎样开的讲？晋芳一一说了，舒铁一壁听，一壁摇头道："不妥，不妥，这些书又许多是被他们误解了。"

晋芳道："我也觉得他们讲的有不妥之处，只是没有法子和他们辨别。"

舒铁又叹了一口气道："这也难怪他们。你要知道，我们习俗一向都是错的，一种是无论谁家子女，一读书先要想升官发财，一种是读了书，受了毒害，不要说做官两个字觉得龌龊，就是连做一点儿事都觉得不该，念了一肚书，把一个人念得都成了傻子一样，岂不是被书把人害了。我告诉你，读书原是为明理，人活在世界上，天给的五官四肢，原为是叫人做事的。一个庄稼的人，他一字都不识，他却不能不算人，因为有多少人要指着他们种的粮食，他能养活。他虽然不认得字，他的人识已然尽了，他上可以对天，下可以对人，中间可以对得住自己。倘若中了书毒，觉得念了书，就该做一个清高的贤人，什么事都龌龊，什么事都肮脏，这种人在外表谁也应该夸他是君子，其实这种人，才是社会上无形的蟊贼。倘若是人人都念了书，都存了这种思想，世界上还有谁肯去种粮种桑，谁还去为官司隶。所以老子说，'圣人不死，大盗不止'，这话是有这样一说的，就是圣人自己也说，穷则独善其身，达则兼善天下。试问这些读书的，可曾讲清这两句书？兼善天下，不一定是做官，然而，总觉不是闭门不做事。达是学说之道通达，穷是道穷，独善其身，善字当然有完好的意思。再问问那些自命学者的人们，说一句话，真可以说是连一条整裤子都混不上，还要自命是清高，那怎么叫清高？那只是社会上一群蠹虫而已，有他适足以有害，而绝不会有一丝一毫的好。我希望以后读书，先要明白读书是做什么用的，做贪官做恶吏，固然是不可，书上也没有。如果自己非要做什么清高之人，我认为也可不必，穷达固然有命，独善兼善却不可以不讲。所幸你读书不久，受毒不深，尚可以挽救。你先记住我这几句话，你先里先有了主了，你要谨记才好！"

晋芳听了赶紧站起来往地下一跪道："谢谢你老。我念了几年书，却没有听过一个先生是这样讲法，我觉得老师说的和我心里要说的一个字不差。"

才说到这里，却听旁边有人哈哈一阵大笑，跟着扑咚一声，"哎呀"了一声，接着又是一阵哈哈大笑。舒铁急忙看时，原个正是秦迪，因为笑得太过了，一失神，连人带椅子，全都摔倒。正好林氏站在旁边，被椅子把脚砸了一下。秦迪倒在地下，仰面朝天，却依然笑个不止，看那神气不对，便赶紧过去，连挽带扶，扶了起来，坐在椅上，乃是一片笑声。

林氏问道："你什么事这样欢喜？"

秦迪只是不答，张着嘴一股劲儿笑，林氏慌了，便哭起来，晋芳也跟着放声大哭。舒铁急忙拦住道："你们不要着慌，这个不要紧，这只是一口急痰壅了上来，堵住了胸口。挽住他稍微走一走，只要这口痰一行下去，当时就能好。"说着同晋芳一边扶起一只胳膊拉着在屋里来回走。

走了几趟，笑声渐渐止住，身子却越来越重，舒铁知道不好，正要向晋芳说叫他预备一切，忽听自己女儿喊道："爹爹，你老看二苏丸可以吃吗？"

舒铁一听，可不是自己行囊里原带有这种丸药，专治一切中风痰绝等症，便赶紧答应道："快快拿来，可以用！"紫云答应一声，从一个包袱里，找出一个小白纸包来。打开纸包，里头是个白蜡丸子，把白蜡丸捏碎，里头是耀眼铮光的一粒金丸药，递在舒铁手里。舒铁手里拿着药丸，向林氏道："嫂嫂，大哥所得，是中风病症。我这种药，名叫二苏丸，专一化风滑痰，吃下去可以治这个病。不过我与大哥素不相识，常人都说，荐卜不荐医，我这举动，未免有些冒失，只是因为大哥救了我的命，我才敢不揣深浅冒昧从事，大嫂可不要见怪！"

林氏嘴里念着佛号，只含着眼泪道："大哥，既然知道他是中了风，又有这种神药，就求赶紧救他急病，我们只有感激，哪有见怪之理。"

舒铁道："既是如此，我就冒失了。"把秦迪依然扶到椅子上坐下，叫晋芳取过一碗凉水来，把丸药一捏，放在水里一搅。晋芳觉得那药有一股清凉之气，直透心脾，连声赞道："好药！好药！"舒铁把秦迪的牙关撬开，把药倒了下去。只听咕噜噜一响，嗓里一阵子像有什么东西来回乱撞一般。舒铁叫晋芳扶住秦迪的身子，不叫他往下溜，腾出手来，在秦迪背上轻轻只一敲。只见秦迪把身子向前一倾，哇的一声，吐出许多又黄又黏的痰沫子。舒铁也念一声佛道"好了，不要紧了"，又和晋芳重又把秦迪扶起，在地上溜了几转。果然一吐出痰来，人便清醒了许多。舒铁看他不至于再出危险，溜了几转，便放他在床上靠着坐下。

林氏向晋芳道："芳儿，你还不快谢谢你老师！"晋芳赶紧跪倒磕头。

舒铁急忙拉起说道："这干什么？我因感你父亲救我之恩，恰好又有这药在手里，无心中救了他一命，这也不算得什么，你这一磕头礼拜反而见外了。快起来，快起来！"舒铁又向秦迪道："你现在觉得怎么样？"

秦迪道："我已然好了，并不觉得怎么样。我向来也没有这种病根，方才我听见你和芳儿讲的一大套话，我虽没有念过什么书，我觉得你说的没有一句不对，想不到这孩子会有这么大的造化，会遇见你这样的老师，我一喜欢，忽然觉得心口一堵，以后我就不知道了。"

舒铁点点头向晋芳道："你听明白了没有？你父亲是何等期望你？如果你要不向上求做人，你怎么对得住你父亲这一番心！"

晋芳道："我知道，我一定用心读书，对得住父亲和师父。"

过了两天，秦迪病已然大好，依然雕刻花石做工，漆氏也帮着林氏，料理家里一切的事。紫云又画得一手好花样，是她画出来的样儿，旁人都不会画，因此秦迪的刻花石，比旁人卖得又快又利大，晋芳便和舒铁读书，一晃儿一年多，大家都相安无事。

一天，正值中秋，秦迪进城，买了许多鱼肉月饼一类的食物，预备晚上供完月亮，大家对月畅饮。刚刚走出城门口，忽听身后有人喊道："老秦，到什么地方去？"

秦迪回头一看，正是一个运货的商人名叫张兴，因为他肚子特别大，人家都叫他张大肚子。便笑着答道："到城里买一点儿菜。"

张大肚子赶一步，又向后面望一望，才悄没声儿地道："你真胆子不小，方才我从县里来，老爷出签提人，第一个就是你，你还不快躲一躲，却是怎么撞进虎口里来！"

秦迪呸地啐了一口道："你别瞎扯臊，老爷坐堂除去拿你这造旱谣言的，我不做贼，不欠粮，为什么要拿我！"

话犹未完，只听一片喊声"就是他，不要叫他跑了"，拥出十几个人来，把秦迪团团地围住。急忙抬头看时，原来是几个做公的，才知张大肚子说话不假，便先自昏了，急待寻路逃走，几个做公的已然把去路挡住。里头有两个头儿，一个叫耿忠，一个叫耿贤，是亲兄弟两个，久在"六扇门"里当差，能说会道，精明强干，一见弟兄们拦住秦迪，便笑着走了过去道："你们不要胡来，这又不是什么要紧的事。"说着把众人往后一拦，向秦迪道，"你就是秦迪吧，别害怕，不要紧。因为你们家里种的地亩不清，传你进去问几句话，没有什么，一会儿就能放你出来。他们看见你老实，故意和你闹着玩儿，你别害怕，跟我们去一趟吧！"

秦迪虽然没有念过书，可是心地非常明白。先听张大肚子一说，心里还有些不肯相信，及至一见这班如狼似虎的衙役这样一围，就知道其中一定有事，想着也绝走不了，不如趁台阶儿下，免得弄个大没脸。便也赔着笑道："这位头儿辛苦了！县里头传我问话，你老不拘派什么人给我送个信儿，我还敢不去吗？怎么还劳动你们这几位，实在说不下去。走吧，我跟你们去一趟。"

耿氏兄弟一听秦迪还是真懂外场，便也笑着说："没说的，你辛苦一趟吧。"说着话，大家押着秦迪，直奔县衙门。

刚一进衙门口，秦迪就知道事情不好。耿氏兄弟进门一声长喊"秦迪奉令带到"，秦迪虽不长打官司，可是听人说过，普通事情，不过是传进去问几句话，当时退不了堂，也许挨几板子，搁在监里去坐几天，取保一放，从来没有听说过这种阵仗，就知道事情不好。果然耿氏兄弟一声喊完，就听旁边屋子里吆喝一声，拥出足有十几个人，耿氏兄弟向秦迪一努嘴，这十几个人就把秦迪围住，两个人从后头一抄秦迪双手，底下照着腿洼子就是一脚，扑哧一声，秦迪摔倒，几个人过去就绑。内中有一个年纪大一点儿的说："你们别乱，不就是这么一根细绳子吗？那如何能够拴得住他，这可不是稀松的事，依我说，不如给他砸上一点儿倒把稳。"几个人一听，齐喊一声道好！只听哗朗一声响，秦迪听是锁链子的声音，不由一怔，猛然觉得身子往起一立，两只胳膊就让人家从后面推过去了。两个手才一合，一只七八斤重的手捧子，便给秦迪砸上了。才待挣扎，问他们自己犯了什么罪，要他们这样胡来。话还没有出口，觉得两旁边站的人，把自己两条腿往里一挤，只听咔吧一声，腿底下的脚镣也拴好了。就知道方才他们所说的完全是瞎话，是骗自己来的。不由一阵动怒，高喊一声道："你们这一班杀人不眨眼的穷虎恶狼，你家姓秦的，从来没有做盗犯法的事，你们凭着什么把我骗到这一地方来？"

耿忠分开众人，走上前来道："朋友，一向我们都失敬了！我们实在不知道您是一个大人物，所以有不周到的地方。可是我们为您吃的板子，已然不在少处，直到今天今时，我们才知道朋友您是条汉子。既是汉子就得敢作敢当，您从前享过福，绝不应该让我们跟着您受罪。我们跟您固然站在两边，可是，我们家里也是上有父母，下有妻子，都指着我们在外面混呢。没法子，我们有个到不到的，总求您得多包涵一点儿！"

秦迪一听，一个字也不懂，连连摇头道："你们说的什么，我是一个字不懂。我虽是一个乡下人，我家里可没有钱，我又没有做过犯法的事。你们想吃我几个钱，我没钱，你们给我栽赃，叫我受罪，我心里没病，什么事我也不怕。要依我说，公门之内，正可修行，不要做这些伤天害理的事，说一句什么话，有儿子有女儿要叫他往上长，不要只顾眼前一时欢乐，做尽无法无天的事。你可知道报应有早晚，将来断子绝孙，正是现在自己找的。我说的这一片金石良言，要你紧紧记住，以免他日后悔不及！"

秦迪话犹未完，啪的一声，左颊上已吃了一巴掌。耿贤跟着骂道："你这瞎了眼的臭贼！你也不知道你犯的什么罪？还敢这样张牙舞爪？哥儿们，把他弄进去，见老爷去！"大家答应一声，架起秦迪往里就走。刚刚来到大堂，秦迪抬头一看，不由激灵灵打了一冷战，"哎呀"一声，"他们怎么也到了此地"，就知道这场官司，自己难讨公道。原来堂上跪着一堆人，秦迪已然看清楚，里头有林氏、漆氏、舒铁、紫云，只不见晋芳。正在心里略一寻思之际，只见堂上坐着的官儿用手往下一指口里喊道："给我打！"雁叫齐叫，堂下通通答应了一声，便如起个焦雷相似。当下便有四个戴红缨帽的皂吏，挽胳膊，挽袖子，向堂上单腿打千儿，喊一声"大老爷验刑"，一个跑来按住头，一个过去坐在小腿上，两手掐住两只脚，一个用脚踩住腰杆儿。三个人预备齐了，说声"得"，另外一个丁字步站好，右手在前，左手在后，往起一扬，叭的一声，四五寸宽的毛竹板子就落下来了。秦迪这时已经看清楚了，被打的不是旁人，正是自己心爱的儿晋芳，趴在地下，屈受官刑。

父子连心，哪里还顾得一切利害，高喊一声道："狗贼官！你为什么无辜屈害良民！"唤着便待挣扎。

耿贤在后边一扯锁链，喊声堂威："下役奉派把大盗秦迪拿获当堂！"

官儿把戴的墨镜往起摘了一摘，点点头道："好！带上来！"

耿贤往上一拉锁链，秦迪身不由己便跟着走上堂去。这时已然住了刑，秦迪一看晋芳，依然趴在地下，一动也不动，以为是受伤太甚，心疼爱子，泪如雨下。耿贤在旁边一扯锁链道："跪下！"提腿往秦迪腿洼子上一横，扑咚一声，跪倒在地。

官儿又把眼镜往下扶了一扶道："你就是大盗秦迪？"

秦迪道："民人正是秦迪。至于什么大盗不大盗，民人却不懂得。"

官儿猛地把惊堂木一拍道："哦！你还打算狡赖吗？你可晓明着有人，暗着有神，报应循环，天理昭彰。你快快把你所作所为，从速说将出来，我念你这样大的年岁，我必想法子从轻开脱你！"

秦迪越听越害怕，知道事情不小，便赶紧向上磕头道："大老爷你一辈为官，辈辈为官。民人实在是老实手艺人，旁的事一概不知，就求大老爷笔下超生！"

官儿听说，嘿嘿一阵冷笑道："这样一说，你一定是个好人了。本县堂上，向例没有误拘过好人，既要把你传到堂上，就一定有点儿小罪，你明知故问，装不知道，等我问问你，你说你是安善良民，老实手艺人，那么你可认识舒铁？"

秦迪道："认识。"

官儿又问道："你可知道他是干什么的？"

秦迪道："我虽然跟他认识，年数却是不多。"遂把怎样认识舒铁，怎样请他教书，都从头至尾说了一遍。

官儿一边听，一边点头，忽然哈哈一笑道："秦迪，这样一说，你真是大大的好人了。萍水相逢，素不相识，你不但救了他的命，而且还要救他一辈子，真是当仁不让，见义勇为。既是好人，本县倒要成全成全你，我就不信你和他素不相识，就肯这样义气。你既装不知道，省得我告诉你。你的好朋友舒铁，原是蒙自县的人，他在蒙自县一夜之间，刀伤十二条命案，带着家眷跑了。他跑到什么地方，我可不知道，还是他们本地面儿的弟兄踏访到这里，才知道落在你家里。你想他身背十几条命案，他不找托靠地方他敢安身吗？现在他已拿到当堂，你还替他隐瞒什么？趁早儿实话实说，免得皮肉受苦！"

秦迪一听，这才如梦方觉，才知道是为这么一件事。可是对于舒铁这个人，绝不信他能够持刀动杖，刀伤多少条命案。遂又赶紧磕头道："大老爷禄位高升！大老爷念在小人无知，肯其开脱小人，小人实在感谢不尽，不过大老爷你老还得详查。舒铁这个人，虽与小人交无多年，情同骨肉，他的一切行为，小人尽知，他绝不会做出这样无法无天之事。大老爷想清，如果他要真是做了这种事，他为什么不远走他方，却跑到这个地方来送死，大老爷明察万里，求大老爷把他也开脱了吧，他一定是被仇人咬的。"

官儿又微然一笑道："交朋友交到你，总算是不错，自己都快顾不了自己，还打算给旁人说好话。这件事原与我们这里无干，不过问上一问以后，再送回蒙自原案，你说得再好，也是无用。本县念你这人颇为义气，从轻开脱你，就说你和他素不相识，他是借你房住，你就不至于打一个窝藏的罪名了！"

秦迪还要再求两句，只听大家一阵乱喊："不好！不好！差事要跑，众位围着上！"秦迪回头一看，舒铁已然把身上刑具全都抖落在地，二目圆睁，哪里还是教书时的那种样子。不由心里大吃一惊，难道他真算是死人的凶犯，劫人的强盗，如果真是这样，那岂不是苦了我，总怪我热心太过，但是事已如此，还有什么可说的，只好是听天由命。

　　这时县里皂役以及马快捕班，全都蜂拥在大堂上，嘴里可喊着"拿！拿！拿！"身子却不向前。官儿在座上急得乱喊道："怎么你们都是一群废物！放着人犯不拿，一个劲儿地喊什么？"

　　正在这时，只听大家又一阵喊道："闪开一点儿，原办到了！"大家往两旁一闪，从人群里挤过两个人。一个在四十多岁，穿一件灰布长衫，腰里系着一根青带子，脚底下穿着两只薄底官靴，手里拿着一把截头刀。一个约在三十来岁，穿着一身宝蓝色的袖子褂裤，盘着辫子，手里拿着一对儿金装锏，脚穿抓地虎靴子。

　　两个人一露面，官儿在座上又喊一声："原办快拿差事，本县有重赏！"

　　两个人齐应一声："大老爷万安！这是下役分所应尽的事！"说着话各摆手中兵器，齐取舒铁。

　　秦迪这时反把自己忘了，只盼舒铁能够脱险，正在埋怨他先前为什么不走，却要等人来到这里。如今又见那两个原办，手里都有兵器，便真发慌了，准知道舒铁没有兵器，怎么能够和人家对敌？正在着急之际，两个人兵器已经递出去了，才要喊声"不好！"只见舒铁哈哈一笑，身子微微两晃，躲过左边的刀、右边的锏，进一步一揪拿刀的腕子，底下起一脚，往小肚子上踢去。拿刀的喊声"不好！"一躲底下这一腿，上头刀就撒手了。舒铁截头刀到手，提刀一晃，直奔那拿锏的右手截去，拿锏的右手往回一撤，起左手锏横腰砸来。舒铁一看锏到，却不躲闪，一长身刀奔拿锏的胸口砍去。拿锏的长吸一口气，自己的打在人家身上的绝不致死，他的刀要是砍在自己胸口，自己可就算完，今天这个意思，他是情急拼命，自己绝不能占上风。最可恨就是县里这一班人，站在旁边看热闹，谁也不肯动手。这可说不上什么叫体面不体面，自己性命要紧，想着便高喊一声道："大老爷，你老别叫你们这里上差看热闹哇！"官儿这时也忘了神，想着这些差事，如果真从这里走了，那简直不用说，自己这个官儿也就不用干了。心里正在着急，听原班一喊，心里这才明白，对呀，这又不是摆擂台，要什么体面，以多为胜，也要能够把他捕获。便也高喊一声："本县的马步快班，都要上前协同拿人。如果当场拿获，一律有赏，倘若凶犯走去，就是你们买放，是重责不饶。"大家一听，官儿这里是真急了，谁也知道这件事情干系重大，如果凶手走了大家都不好办，便各自掏家伙一拥上前，单刀铁尺，花枪木棍，全都奔舒铁身上扎砍。秦迪一看，这回可真糟了，双拳难敌四手，好汉也禁不住人多，恐怕要吃大亏，可是自己又不敢喊出来，怕是被旁人听见。就在这个时候，只觉身后有人扯了自己一把，回头一看，原来正是紫云，心想她方才还在那里捆着，怎么会跑出来了？方要问她什么事，只见她把手向自己衣裳一扯，意思是要扯自己出去。心里才要说这个孩子糊涂，难道没有看见手铐脚镣，怎能随便就走？及至一抬腿，觉得脚底下并没有什么东西似的，正在诧怪，又觉两个腕子一轻，双手竟自分开。这一来疑心自己是做梦一样，迷迷糊糊，往外走吧，又怕人家看见，依然逮了回去。蹑足潜踪，往外走去，来到大门一看，不由叫一声苦！大门紧闭，连一个人也看不见，门闩上扣着大铁锁，哪里能够开得动，心里不由又是一阵焦急。

紫云一扯秦迪道："老伯不要为难，随我来！"秦迪只好跟着她，离开大门，不远就是一个小院子，进了院子之后，紫云道，"老伯你看这里墙可不高，我扶着你老人家，从这墙上出去再说，你老看好不好？"

秦迪道："这么高的墙，你一个小女孩子，怎能把我扶上去？依我说，我在底下把你送出去，你们赶快逃命吧！"

紫云知道说是没用，而且已经没了工夫，便不再说什么，走过去，一只手揪住秦迪的腰带，一只手从底下一托，双脚往下一蹬，腰上一用力，竟自蹦登墙上。才要往下跳，却听墙底下有人说话："他们尽顾了里边，如果这里要跳出两个来，岂不让他们就这样轻易走去？"

一个说："咱们老虎吃鹿，就在这里死等。来一个算一个，瞧瞧谁成谁不成！"

紫云一听，大大吓了一跳，急忙探头往墙下一看，只见墙角下果然蹲着两个戴红缨帽的差役，知道这个地方，不好轻易下去，便又缩了回来，依然跳下墙头。

秦迪悄声道："云姑娘你自己走你的吧，你就是把我一个人救了出去，我也回不去家了，一家人也都各自分散，生死不保，剩下我一个人，活着也没有意思。云姑娘你自己走你的，如果能够把我们芳儿也带出去，不使我绝了后，我就感激不尽了！"

紫云道："老伯不要说这种话。我们拖累老伯遭了这种事，实在已经是对不起老伯，只要我们父女活着有一口气，绝不使老伯家败人亡。方才我已看见，我母亲已然把伯母和大哥都保护出去了，只要能够把老伯也保出去，大家都均以不久见面，请老伯宽心。无论如何，我也不能撇开老伯一走，老伯你老随我来。"秦迪只好跟在后面。

刚刚拐过去这一片短墙，只听里面人声非常嘈杂："伙计们留神哪！当堂走了五股差事，原办和头儿都挂了彩啦！细细地搜哇！别让他们跑了啊！差使扎手，赶紧传弓弩手哇！"一片喊嚷的声音，紫云听得逼真，便悄声地向秦迪道，"老伯，你老听见了没有？他们都走了，我父亲也得了手，咱们也赶紧走吧！"正往前走，忽然一座屏门迎在面前，紫云一拉秦迪，就进了屏门。里头一共是五间北房，在尽西头窗上挂着一块木头牌子，上头三个字是"签押房"。紫云道"不好，走到县官的屋里来了！"急忙转身，欲往回走。却听身后有人喊道："胆大强盗！竟敢当堂行凶！劫去差事，还敢跑到后堂来，真是憨不畏死！还不快快束手就缚，免得罪上加罪！"紫云急忙回头看时，只见迎面站着一个中年男子，面红唇朱，二目有神，穿着一身青绸子褂裤，手里拿着一对儿亮银锤，雄赳赳，气昂昂，满面笑容，看着自己。紫云心疑他一定是本衙门的差役，哪里还有工夫和他说废话，喊一声："今天不是你就是我！"提身一纵，身子往前一探，伸两个手指直取那人两眼。

那人急忙往后一撤身，把两只锤不住乱摇道："云姑娘，不要下狠手，都是自己人。"

紫云略一犹豫，收住势子向那人道："你是什么人？休来骗我！"

那人道："云姑娘不要多疑，我是竹影儿祝清，我哥哥是灯花儿祝保。只因我的两个妹妹被一尼僧拐去，不知下落，我弟兄奉了母亲之命，在外头寻找我妹妹。来到此地，听见人家吵嚷，说是蒙自县的差人在内，我们就跟着大家后面，混入县衙。原打算听听是怎样一件事，再行设法搭救，不想舒老爷子当堂要走。我哥哥恐怕众寡不敌，叫我去保着舒奶奶，等我到了舒奶奶跟前，不但舒奶奶自己已然卸了三大件，连旁边站的两位，也都救出去了。我想那里没有我什么事，我又同去帮着他们和狗爪子乱打了一阵，忽然想起云姑娘你来，怎么一时不见，恐怕受了他人暗算，便撤了下来，往这里边走。不想来到这里，正遇见云姑娘，不道云姑娘你的胆子也太大了，怎么往后堂里跑，岂不是自投罗网，赶紧往回走吧！"

紫云听他说了半天，却始终没有明白他是谁，恐怕他其中有诈，便问道："说了半天，你住在什么地方？"

祝清笑道："姑娘，你真是忘了。我们住家在蒙自县城外陀螺谷，我父亲就是红胡子祝普，这回你明白了吧！"

紫云一听，噢了一声，心里想着，陀螺谷祝家在蒙自县确是有名，不过和自己家里素无来往，并且听父亲说过，祝普治家不严，有两个姑娘，时常在外头闹事，一向也不曾和人家交过。今天有心不理他，自己身在难中，正在缺人，自己理他，又怕父亲知道不愿意。便笑着点头道："原来是祝二哥，恕我不知。今天这件事，多承二哥帮助，俟将来再谢吧！"说着话一拉秦迪，往外就走，把个祝清怔在那里半天，才一挂双锤，撤身而去。因为这一来，才惹出底下冷竹塘二女盗江枫一节儿事。

紫云拉着秦迪，才一齐走出屏门，喊嚷之声又起："哥儿们上啊，正点儿（注，即正犯）已然当场伏法啦！"紫云一听，"哎呀"一声，几乎摔倒在地。

有分教：

才得一隙生机，又逢十绝路径。

要知后事如何，且看下回分解。

第三回

骄敌则败紫云失机
穷凶为奸舒铁被陷

　　紫云一听，登时心慌意乱，哪里还顾得秦迪，只一伏腰便跑下去了。扔下秦迪一个，站在那里，如同木雕泥塑一般，心想平白无故，会惹出这样一件大祸，看他父女这种神气，人家所说，绝非虚假，方才在堂上尽管自己没有招认，官儿已是不信，自己现在又这么一跑，显出无私有弊，无论如何，现在也分辩不清。听他们喊嚷的口气，舒铁大约凶多吉少，自己的妻子，究竟是不是已经被人家救了出去，也还不得而知，这正是闭门家中坐，祸从天上来。紫云这一跑，一定是救他父亲去了，一个女孩子，就算是会点儿武艺，还能有多大本事？哪里能够敌得住这一班如狼似虎的差役！自己逃走既属不能，站在这里，也不是一个了局，就在这一思之际，忽然身后有人扯了自己一把，回头一看，几乎没有把秦迪吓坏。原来正是紫云又回来了，手里也不知从什么地方抢了一把刀，头发已然散乱，浑身都是鲜血，悄声向秦迪道，"老伯，你老快随我来！"说着也不再多说，一拉秦迪，仍然从小院儿绕到那片矮墙之下，又低声叫了一声，"老伯，方才他们使的都是诈语，我父亲和他们都已出去了，你老赶紧和我从这里跳出去，有什么话再说。"

　　秦迪道："这底下不是有人吗?"

　　紫云道："有人谁也挡不住我们，你老站好了！"说着话仍然是左手一掐秦迪左肋，右手从下面一抄提身一纵，已然上了墙头，这次不往下看有人没有人，斜身往下就纵。到了地下，再看那两个人已然没有了，街上所

188

有铺户住家，全都关门上板子，连个走路的都看不见。紫云"哎呀"一声道，"不好！看这种样子，城门一定也全关了。"一拉秦迪顺着衙门墙，直往东跑去。秦迪已然是上了年纪的人，又受了许多惊恐，哪里还跑得动，只为逃生情急，便顾不得一切，拼命往前跑去。所幸这条往东的路上，并没有官人，也没有人盘问，紫云这时恨不得肋生双翅，逃出城去。

刚刚跑到离城不远，早听见前面有人喊嚷声音："良民们听着，县太爷下堂谕，方才堂上，走了杀人的凶犯，杀伤官兵不少，现在已然四门紧闭。各住户人家，都要留神，不要留住闲人，以免匪人混进，都要关门闭户，免得匪徒窜入打抢！"一声高，一声低，四下都是这些声音。

紫云一拉秦迪道："老伯，你老听见没有？果然是四门紧闭了，我们不管那些，且到了城门再说。"说着一拉秦迪，依然前进。眼看离着城门不远，突然一阵锣响，接着有人喊嚷："别叫他们跑了，他们就是杀人的正犯，劫杀公堂的强盗，伙计们围呀！"紫云一听，就知道今天算是完了，若没有秦迪，无论如何，这些个饭桶脓包摆样子的兵，也不放在自己心上，如今一有秦迪这可就不好办了，自己要是甩手一走，老头子准得被获遭擒，如何对得起人家留养我们。只好是拼死和他们来一下子，倘若能够把他们杀退，自己也许逃出活命，如果杀不过人家，没旁的可说，只有一死而已。最可怪的就是他们那一班人都跑到什么地方去了？怎么会一个不见？收住脚步儿，单手拿刀，预备和来人死战，谁知就听见人喊，却看不见一个人过来，心里好生诧疑。

秦迪忽然叫了一声："姑娘，看他们这个样子，一定是使的诈语，我们的人，一定是从旁的门出去了。我们误走此地，他们没有防备，这里人一定很少，所以他们才使诈语，把我们稳住，他们好去调人，姑娘你说这话对不对？"

紫云一听，恍然大悟道："老伯所说，一点儿不差。我们不要等他人来，且闯一下子再说。老伯，你老紧靠我的身后，不可离开，只要我们能够到了城门根儿前，就可以有法子脱险，你老随我来。"说着话一摆单刀，直奔城门。

眼看离着城门洞也不过是一丈远近，从守城小厅子后面，跑出有七八个士兵来，为头的仿佛是个小官儿，歪戴着一顶青布得胜盔，青布官衣，青布快鞋，手里提着一杆大枪，一脸灰青，全是烟气。扯着一条糖嗓子，用手中枪一拦喊道："别走了，留下人头，放你过去！"

这句话，招得紫云都忍不住笑了，娇叱一声道："挡我者死，难道你就不怕死？"

那官儿微微一笑道："咱塔立布就是不怕死！"说着一枪唰的一声向紫云心口扎进。紫云一看，不由大怒，拿手里刀往枪杆上就磕。在紫云想着，就凭他这样一个烟鬼，还能有什么高手。谁知看输了眼，刀磕在枪杆上，枪是纹丝儿没动，依然直进，径取紫云胸口。紫云万也没想到这个烟鬼会有这么一下子，不由大大吃了一惊，枪已然到了自己胸口，不躲就得受伤，赶紧往旁边一撤身，又把自己吓了一跳，自己虽然躲过去了，忘了秦迪正在自己背后，自己一闪开正把秦迪露了出来。幸喜秦迪腿脚慢，紫云往前一进，秦迪却没有跟进去，枪的势子，距离就远了一点儿，不曾扎上，可是把秦迪也吓了一跳。紫云一看这个官儿不像自己所料那么乏，便不敢再行大意，提身一纵，举刀直劈塔立布头顶。塔立布喊一声"来得好！"右手拢住枪，使一个"烈火烧天"势，单手往上一磕，正磕在紫云的刀上。紫云觉得手里震了一下，心中暗说不好，想不到今天会遇见这样一个人，只怕是要难讨公道！心里虽然想着，手里可不敢怠慢，趁势往回一撤刀，刀刃一偏，直取塔立布脖项。

塔立布哈哈一笑道："小姑娘，你真手黑，怎么单往要命的地方招呼哇！也不是吹，凭我现在跟你动手，老爷咱就自认倒霉，如果咱再要和你一般见识，那咱更够不是当个朋友了。这么办，你把你掏心窝子的本事全都露露，也让咱开开眼。咱多了也不敢说，咱让你三十招，这三十招你只管往要命的地方招呼，咱要是让你要了命，只怪咱当年学艺不到，经师不高，虽死而无怨。如果三十招你伤不了咱，咱也不要还你三十招，只还你三招，你要把这三招破了，咱跟你交个朋友，咱把你放出去，你瞧这个够一句不够一句？"嘴里说着，撤身一转，那刀就走空了。紫云听他所说，这种骄傲的话，要是在旁人准得当时动火，唯独紫云经过名师，又跟自己父亲见过不少英雄，听人说过不少江湖上的怪事，加之今天连进了两招，都没有得着一点儿便宜，准知道人家本事只在自己之上，不在自己之下。话已说到这里，也就不必再跟人家说旁的，只好是到什么地方算什么地方

190

吧。想到这里，便说了一句："我们说到什么地方要办到什么地方！"说着话，刀就到了。刀砍塔立布左肩，可是个虚式子，塔立布一撤步，但到走空，顺着这个空子，就式一偏刀直取咽喉。这刀叫"拔刀式"，看着没什么，可是躲上很不容易，因为是招套招，特别快。塔立布是会者不难，双腿往下一蹲，刀走得快，正从头上削过，秦迪在旁边看着，竟已出了一身汗。紫云见这一刀又空，往回一偏刀，就到了塔立布头顶之上，立刃就砍。这手叫"荡刀劈麻"，势在"连环八刀"里，都是最厉害的刀法。塔立布见刀劈头顶，身子还没有站起来，拧手里枪往斜下里一扎，人跟着像一条线一样，平着就纵出去了。紫云不禁暗赞一声"好身法！"自己一想，这个人不但武学好，心思也不弱，他叫我连进三十招，这分明是一种"游斗"，再等一会儿，旁的地方都知道了信儿，人一多，无论如何再打算走，就不易了，不如使出绝技，能赢更好，不能赢，再想旁的法子。想到这里，哪里还管什么叫一手一式，无论哪口单刀，便如一团白光一般，直向塔立布上下左右没头没脑地劈、砍、削、扎、锁、挂、崩、拿。塔立布一边躲，一边笑道："姑娘真急了！使出'莲花七十二式'来了。这也就是咱，换个人还真许闹一个手忙脚乱！"紫云一听，他连这路刀法，都能叫上名字来，就知道今天完了，因为从前自己师父说过，这"莲花七十二式"是混合"八卦""六合""连环""竹叶"四种刀法而成，不遇见了行家，不用说是破，连躲也躲不了。心里略一沉思，刀去得可就慢了。塔立布把手里枪一拧道："姑娘，咱们怎么说的怎么办，你要是躲过咱三枪，咱准放你过去。"说着话，手里枪直奔紫云咽喉。紫云赶紧用刀一磕，和先前一样，纹丝儿未动，正待撤身闪躲，塔立布往前一拧枪喊一声："还不扔家伙打官司！"紫云就知道自己这条命完了，把双眼一闭，喊一声："爸！妈！女儿不能再见你们了！"接着"哎呀"一声，扑咚摔倒。可不是紫云，却是秦迪，看见塔立布枪逼紫云咽喉，紫云磕不开枪杆，心里着实一急，意欲往前拼死抢救，不想脚下一滑，站着不得力，扑咚摔倒。紫云吓了一跳，只怕那些兵们过来逮人，自己正在危急，哪里能够分身去救。一看那条大枪还在离自己脖子前面不到三寸的样儿，意欲往旁边一闪躲，闪开这一枪，再想旁的法子。谁知自己一闪，那条枪就像长着眼睛一样，也跟着过来，却又不往里面进，只在嗓子前面逼着。紫云猜不透他是怎意思，不由一阵焦急，这要是人家的人从旁处再赶了来，自己益发走不开了。把心一横，与其被获遭擒受人家的，不如一死相拼能够闯过去，就过去，不能过去，豁出一死，也不能受人家一点儿轻薄。想到这里刀势又变，将一把刀耍得和风车儿一样，前后左右，上下高低，直取塔立布。塔立布一看紫云招式大改，便也喊声"来得好！"把一杆枪唰唰唰连拧了三下，便是三个盆大的枪花，扎、碰、钩、挂、转、刺、掠、挑，斗到酣处，仿佛一条乌龙，掀起千层白浪，哪里还分得是刀、枪、人。又战了三五十个趟子，紫云究竟是个女子，气力少弱，慢慢便又有些不成了。紫云知道不能讨着丝毫便宜，就想留招逃走，陡地一刀砍塔立布脑门，塔立布横枪一挡，紫云的刀偏着直取塔立布脖子，塔立布右手枪往下就抽，紫云打算撒刀，哪知塔立布枪势太急，没有等紫云撒回，枪已然抽在紫云刀上。只听铛的一声，紫云的一口刀被震落地，紫云知道不好，急忙往外一纵身，打算转身后退，塔立布的枪却跟在身后，左手一托，右手一按腕子，喊声哪里走，枪直奔紫云后心扎来。紫云知道这次绝无幸免，便爽性站住了脚步儿不走，等塔立布枪扎来。

就在这个时候，只听城墙上有人高喊一声："塔立布不得伤人，贫僧来了！"塔立布赶紧停枪，往后一看，只见顺着声音，从城墙飞下一个小黑团来。塔立布就知道这个人能为绝对错不了，这又不是妖术邪法，全凭一种轻身的功夫，硬从墙上纵下来，当然知道没有个三五十年功夫，简直就办不到。撤回枪来，静待来人。只见那个黑团到了就地，忽然一长身，正是一个年老的尼僧，身穿一身青绸僧衣，脚下两只云履，手里拿着一挂念珠，慈眉善目，笑容满面地在塔立布面前一站。

塔立布把他手中枪一指道："什么人？竟敢到这里无礼？"

老尼微然一笑道："塔将军你不要这样目中无人，要知道人外有人，天外有天，贫僧也不是好惹的。"

塔立布哈哈一笑道："你不要用大话欺人，你既敢来到这里搅闹，我就要拿你当差事！"说着话，一拧手里枪，照着老尼当胸就刺。老尼见枪到，并不躲闪，等到枪临切近，只用手往枪杆上轻轻一敲，说来不信，那杆枪竟自被打得一荡。塔立布也是久经大敌，知道老尼比自己高得许多，便往回一撤枪，用枪尖一挥，旁边站的那几十个兵，全都一拥而上，他自己却仍奔了紫云而去。

老尼一看，不由勃然大怒，从袖口摸出来一根小尺，仿佛就像裁衣尺一样，扯出来在右手里一拿，喊一声"你们留神！"说着话，东边一尺，西边一尺的打去，全是往这些兵丁两肋以及前胸后胸，指一下，戳一下。说来也怪，无论什么样精壮的汉子，只要是被指一下，被戳一下，全都和受了定神法儿一样，嘴儿一咧，眼儿一斜，如同木雕泥塑一般，全都定在那里。老尼却不理他们，一纵身，又奔塔立布追去。

那时紫云已然知道命不可活，站在那里不动，静等一死，忽然听见有人喊嚷，塔立布枪没往下刺，及至回头一看，来了一个老尼，已然和塔立布动手。虽然不认得老尼姑是谁，可是准知道是帮自己的，便不顾这里怎么样，赶紧过去把秦迪扶起，一拉秦迪，迈步飞逃。才逃了没多远，听得后头有人追来的声音，回头一看，正是塔立布。要是自己一个人也许能够跑得了，这一有秦迪，脚底下可就不成了。赶紧站住，回过身来，赤手空拳，迎住塔立布。塔立布抖手一枪，直取紫云小腹，紫云正待躲闪，却见那老尼已然纵身过来，嘴里喊道："塔立布，不要尽欺负人家小姑娘，还是咱们两个来吧！"塔立布一听，顾不得追赶紫云，急忙回身一拧手中枪一句话不说，对着老尼胸口扎去。老尼一见，微微一笑道："萤火虫儿能有多大亮儿，也敢这样张狂！"亮手中尺从枪底下往上一撩，说着不信，尺才一着枪杆，塔立布手里的枪就仿佛受了一种什么东西吸住一样，想前不能前，想撤不能撤，使足浑身力气，只是不能动得分毫。老尼又是微然一笑道，"怎么？你就是这么一点儿功夫！"说着回头向紫云道，"小姑娘，你先随着那位老头儿，把城门大锁拧开，赶紧先逃出城去。你们一家子全是从北门出去的，你们赶紧往北门走，一定可以碰见，这里有我，他们绝不能追你，你就快快去吧！"

紫云听见，答应一声，拉了秦迪就走。已然到了城门口，忽然向秦迪道："老伯，你老在这里等我一等，我说句话就来。"二次又到老尼身旁道，"多蒙师父救我们出难，我不曾请问师父你老上下怎样称呼？"

老尼道："你就快快去吧！我和你父亲从前有一面之缘，你就提千佛山慈济问他好，就明白了。没有工夫多说闲话，快快去吧！"

紫云不敢再问，便又谢了一声，从地下捡起那把刀，到了城门洞里，把大锁劈开，拉开城门，同秦迪跑出城去。过了窎桥，秦迪叹了一口气道："这真是想不到的事，这真是两世为人！"

紫云道："老伯，这里地方，我不大熟悉。老伯，你老可知道从什么地方，可以能走到北门？"

秦迪道："方才虽然那位大师父那样说，据我想我们离开那边地方已然时间不少，他既然跳了出来，绝不会久在北门一带，我们应当往远一点儿走，一来可以迎着他们，二来可以避免城里人追的耳目，姑娘你瞧好不好？"

紫云道："老伯说得对，咱们就赶紧走吧！"于是二人一直径奔北门大道而去。

单说舒铁怎么会来到大理县城，原来那天秦迪才走不多一会儿，外面有人叫门，晋芳开门一看，原是一个乡下人打扮似的侉子，一见晋芳，便问道："你们这里是姓舒吗？"

晋芳究竟没有在外头闯练过，以为这个一定是跟舒铁有什么认识，便笑着说道："我们不姓舒，我们这里倒住着一个姓舒的，你找他干吗？"

那个人听了略一犹豫道："我因为有朋友托付我给他带来一点儿东西，所以我才来找他。如果他要在家，请你把他给我找出来，我把东西交给他。"

晋芳一听，果然不错，便告诉他等一等，到了里头，向舒铁一说，舒铁一问这个人怎么个长样儿，什么神气，晋芳一一说明，舒铁嗐了一声道："坏了！果然他们找到这个地方来了！"晋芳一看舒铁脸上颜色不对，就知道其中有事，正要探问，忽听舒铁叫了一声："芳儿，我也没有工夫和你细说了，我现在约略着跟你说一说。我并不是教书的先生，只因为我在蒙自县因打抱不平，杀了十二条人命，才流落到此。遇见你父亲把我接进你们家来，我和你父亲总算一见如故，处得有个不错，实想着在你们这里一忍，混过这半辈子去。不想他们居然找到这个地方来了，他们既然找到这里了，绝不能善罢甘休。你父亲待我不错，我不能拖累你们一家，我想我先出去见他一见，倘若是找我的，什么话也没得说，我就跟他一走。等我走了之后，你们赶快也走，免得他们来惹恼你们，要紧！要紧！"说着站起身来，就要往外走。

晋芳觉得十分难舍，赶紧上前一把扯住道："老师你从后墙跑了好不好？"

舒铁道："你这孩子，不知道利害。我要走了，他岂肯与你们善罢甘休，你快快到里边去吧，不要和旁人说，省得惹出麻烦来。"

刚刚说到这句，只听四周墙上，全都大声喊道："弟兄们上啊！别放走了杀人的正点儿哪！"

舒铁一听，赶紧一推晋芳道："你不要出去了！"晋芳被舒铁一推，竟自摔倒地上，等到自己爬起来，舒铁已然出去了。晋芳顺着窗户往外一看，只见院子里已然围上了十几个人，全都是一铁青官衣，手里各拿着一把单刀，竟然把舒铁围在当中。只见舒铁脸上并无些许惊慌之色，向着众人道："列位辛苦！一点儿小事，何必这么小题大做！来来来，哪位过来，咱们也摸摸吧！"

人群里头，走出两个人来，冲着舒铁一抱拳道："在下耿忠，那是我兄弟耿贤。我们弟兄在这大理县衙门，当着一份小差事，今天我们县太爷派我弟兄到你老这里，说有一件小事请你老到县里去说几句话，总求你老赏我们一个面子才好！"说着深深一抱拳。

舒铁笑道："我是一个无名无能的人，并且与你们县太爷素无来往，他哪里会找我有什么话说。这分明是你们假借县里的威风，到这里来行欺使骗。我告诉你，旁的地方，容得你们胡作非为，唯有这秦坨，有我姓舒的在这里一天，你们就不必想任意张狂。如果是明白的，趁早儿回去，免得彼此伤了和气，倘若一定不知进退，那就莫怪我要对你们不起了！"

耿忠耿贤还没有答言，从身后纵出一个侉子打扮的人来，晋芳看得清楚，正是方才在外头叫门的那个人。只见他一纵身来到舒铁面前喊道："姓舒的，你害得我们好苦，你在这里，独享高乐，我们一家子全都押在牢里吃官司。你要是个朋友，好汉子做事好汉子当，没别的，你跟我辛苦一趟吧！"

舒铁冷笑一声道："你是谁？我又不认识你，我从什么地方害过你，真是越说越不近理了！"

那个侉子哼了一声道："舒大爷，你这就不对了。我看你做的事，够个朋友，所以才和你说些场面话，你别跟我装傻充怪，我叫路九福，原是蒙自县三班总役，只因你在蒙自县一夜刀伤十二命，完事之后，你带着大大小小都跑了，可苦了我一个人，为你也不知挨了多少回板子，一家老小全都押在牢里，不是朋友多，一家子全都早送了命。好不容易探出你在这里，才来找你的，见面之后，就该跟我出头打官司，你怎么敢做不敢当，打算用言语支吾，你想你够朋友吗？兄弟们帮我一下忙，咱们来个一拥齐上！"说着话手里一把单刀，直奔舒铁头顶砍下，可把窗户里站的晋芳吓坏了，因为一向知道舒铁，除去认得字，懂得书本，以外什么也不明白，这一刀要是劈上，哪里还能有命在！一着急，哧的一声，把窗户纸完全撕下，这回可瞧真了。一看舒铁不动手，等到刀离头顶不远，撤身一跨步，刀就走空了，不等路九福换手，进一步，左手一拿路九福的腕子，右手掠住胳膊，往里一托，照小肚子当的一脚，路九福哪里会想到有这么一下，踢个正着，倒退出有二十多步，扑咚一声，才摔倒在地。一抹屁股，站起来就喊："正点儿扎手，哥儿们费心给围一圈，别让他走了！"大家答应一声，便要一拥而上。把晋芳又大大地吓了一跳，心想这些人要是一拥齐上，双拳难敌四手，恐怕就要吃人家亏了。

正在这个时候，只见那个自说字号名叫耿忠的那个人把大家往后一推道："你们几位先别乱，我还有几句话说。"大家一听，头儿有话，谁不往下退，当时又全都退了下去。耿忠把路九福一拉，离开舒铁有一丈远近，这才悄悄地向路九福低声道："路爷，咱们可都跑腿的，您可别这么办。您没有看出来吗，这个姓舒的，可不是省油的灯，动硬的，也不是咱们自己瞧不起自己，大家都过去，也不能是人家敌手，那他可就又走了。他走了我们原没有什么，一则帮办，办不着也没多大处分，至多挨顿申饬也就完了。您可和我们不一样，一则您是原办，办不着面子上不好看还是小事，您受申诖误，可就更搞不清了。你想我这话，说的是不是？"

路九福连连点头道："耿大哥，您说得也不错，我是当事则迷，你瞧着怎么办才好？"耿忠一低头，扒在路九福耳朵边啾咕了一阵，直说得路九福连连点头道："大哥的主意一点儿也不错。不过有一节儿，我们这件事，不只是他一个，还有他的家属呢！"

耿忠道："您又蒙住了，只要把正点儿弄了走，剩下几个老男幼女，那还算得了什么，还不全在咱们手心儿里转吗？我还告诉您，这个老秦家说家里挺有底儿，咱们也可以弄他一下子，换双鞋。您照我的办吧，没错儿！"路九福只是点头。

舒铁看他们忽然退下去，一阵啾咕，正在纳闷儿他们又出什么诡计，只见路九福满脸赔着笑，规规矩矩地迈着方步，来到自己面前，先作了一个大揖，跟着扑咚一声，就在自己当面跪了下来。舒铁道："这是什么意思？"

路九福带着哭音叫道："舒大爷，舒侠客，你老人家行侠作义，江湖之上听你老人家之名，如雷贯耳如月当头，谁不知道你老人家侠肝义胆，行比圣贤。就以你老人家在蒙自县，所作所为，也是路见不平，替一县除害，可以说杀奸去恶，见义勇为。不过你老人家只顾你老人家一时义气，可苦了我们这一班当狗腿子的人，我们不怨你老人家拖累，只怪我们自己行当不高，不该给他们支使着。可是你老人家也得替我们想想，我们都是身无一技之长，上有几十岁老娘，下有怀抱的孩子，虽然知道所作不对，除去这个什么又都干不了，我们这也是被家属所累，衣食所迫，实在不是甘心做这种事。现在我已然深悔从前不是，就求你老人家多多发恻隐之心，赏我一个脸儿，跟我到县衙里去一趟。我把差事一交，赶紧就辞事不干，我把老娘妻子连夜送出蒙自县，不拘我再干个什么小买卖，只要混上一口稀糊喝，绝忘不了你老人家的好处。容我走个一两天，凭你老人家身上的功夫，不用说县里一个小小木笼拦不住你老人家，就是铜墙铁壁也挡不住你老人家活动，在你老人家不过是暂受一时之屈，我们全家老小，可就受了你老人家大德了。没旁的说，就求你老人家可怜可怜我这没能为的小子吧！"说着仍然趴在地下，纹丝儿不动。

舒铁听完，哈哈一阵大笑道："话倒说得一点儿也不错，不过你这话说晚了一点儿。你要是能够说出这一套话，你就不应当惊师动众，既知道我住在这里，就该悄没声地到我这里来，从头至尾，把话说明了。我虽然不够什么侠客义士，可是一辈子向例不打服软的人。无论如何，不怕是刀山油锅，也必陪你走一趟，绝对能使你不跟着受罪。现在你是觉得你受了你们大老爷的堂批，出来拿人，你是在官应役，我是罪有应得，抖绳子就拴，拴到堂上，你的功也有了，你的名也有了。主意原打得不错，可惜你的岁数太小，好些事情，你都还没见过，你也不知天有多高，地有多厚，偏偏碰见我。你碰了钉子，知道来硬的不成，你又改了用这种软磨的功夫，上差老爷，也不是我说句大话，在我们弄玄虚的时候，你还没出世。今天你已然动了手了，旁的话没有，只有凭着手底下说过节儿，不怕你打我一拳，踢我一脚，我就认罪服输，跟你到案打官司。如若不是这样，趁早儿回去，另找有头有脸的人来和我说，我也是懂得交朋友的人，我绝不会使你为难，我一定随你到案打官司。咱们是废话少说，朋友你就动手吧！"

路九福一听，自己这套儿完全没使上，心里为难，可就糟了，动硬的不行，动软的也不行，这要真是这样让人家跑了，自己的差事就不用干了。想着一回头看了耿忠一眼，耿忠也知道事情不好办，可是人家原办已然在本衙门挂了号，如果办不下去，真要是从这里走了，自己也不能说一点儿干系都没有。想了半天，这才走上前去，向舒铁道："舒大爷，我可不是帮我们这位兄弟说话，他所说的话，确是一个字的虚假都没有。不过他年岁小，外头没有跑过，所以说出来的话，不大受听，您是外场人，还能跟他一般见识吗！要说他方才一进门，就张罗跟您动手，这也不怪他，皆因我们没见过你显过什么绝技，半道上跟他僵火来着，他一挂劲说他能够让你使出绝技来，所以他才故意招您生气，所为就是看您的功夫。您无论如何，不看他一个人，也得看在我们兄弟身上，您要是不跟我们走一趟，连我们这碗饭也吃不成了。还有一节儿，您是侠客身份，您还有什么不明白的，您一个人当然要走就走，谁也拦不了，可是您想想秦大爷是这里住着，一家大小，全在这里住，您走了，他们一家子怎么办？要依我说，咱们是瞒上不瞒下，上头要的是你老一个人，只要您一个人到案，我们把差事交下去也就完了，省得秦大爷一家也不得安生。舒大爷您是交朋友的人，您想我这话说得对不对？"

舒铁一听，心里暗想，我原想把他们打发去了，再商量同走，他话既说到这里，当然同走就算不易了，这倒不可不虑。刚刚想到这里，只听屋里扑咚一声，"哎呀"一声，大家又全都一怔。

有分教：

虎狼堂上簇起一片淫威，狐鼠城中杀成几条血巷。

要知后事如何，且看下回分解。

第四回

施软攻英雄就义
表决念慈母归亡

舒铁赶紧一撤身，跑回屋里，只见晋芳仰面朝天躺在地上，一见舒铁满面流泪。舒铁道："你这是怎么了？快快起来！"

晋芳哭着道："老师，怎么你老人家答应他们去了？他们哪里会有好人，把你老人家诓去之后，再打算出来，那岂是易事，你老一走却不要紧，撇下师母和师妹怎么办法？"

舒铁点了点头道："这件事你却是过虑了，就凭他们这一班人，还不能够拦住我走，这件事倒不关紧要。不过我蒙你们父子待我这一番好意，我没有能够报答你们一点儿，反使你们受累，实在使我心下不安。我走之后，他们一定要来惹恼你们，我可以在路上想法子绊住他们，你们赶快离开此地。你父亲素乏交游，恐怕逃走也无地可投，我原是打算逃到四川边界上去躲避的，不想在此逗留，又累了你们，现在只有弃家随我出走一法。你们离开这里，可直奔四川官道上走去，至迟不到两天，我一定可以追上你们。路途之上，必须谨慎，无论遇见什么人，也不要害怕，只称是到四川投亲的，你师母她也认得这股大道，你们只听她的好了。就是这样，快快到里边去吧。"

晋芳含泪答应，看着舒铁走出去，随同那一群办公的走去，这才往里边走去。原来秦迪住的这一所房子，房间虽然不很多，院子却有好几个，除去舒铁和晋芳在外院，其他女眷全都住在里边，离外院很远，所以外头出了事，里头还都一点儿不知道。晋芳刚刚走进里院，迎面恰好紫云捧了一壶茶走出来，晋芳一见紫云，不由放声大哭，把紫云倒吓了一跳，手里一壶茶几乎丢在地下，赶紧问道："大哥你这是怎么了？我爸爸呢？"

晋芳见问，益发大声哭了起来。屋里漆氏和林氏听见，也赶紧往外跑，问晋芳为什么这样委屈？晋芳抽噎了半天，才说出一句："老师叫人家给逮了去了！"这一句话不要紧，啪嚓、哗啦、咕咚、哎呀，响成一片，紫云的茶壶掷在地下，哗啦啪嚓摔个粉碎，漆氏摔倒，正砸在林氏身上，咕咚哎呀。紫云赶紧把漆氏扶起，漆氏竟背过气去，搤砸撅叫，半天才缓醒过来哭道："实指望离开那块坡地，就可以躲过这步灾难，谁知道依然到了这一步，你这一来，叫我母女怎样是好？"

紫云叫道："娘，你老先不要这样伤心，等问一问大哥，爸爸是怎么走的，再想法子营救。"

漆氏含着泪道："秦少爷，云儿他爸爸，到底是被什么人弄走的？怎么我们连一点儿影子也不知道？"

晋芳抽抽噎噎把方才如何有人叫门，怎么找姓舒的，以及舒铁如何与人家动手，后来人家怎样哀求，舒铁就答应了人家的话，从头至尾都说了一遍。紫云道："大哥那个时候，为什么不进来说一声？"

晋芳道："我想老师能够打跑他们，还何必大家出头，因此没有进来。"

紫云道："我爸临走时候，也没有和大哥说些什么？"

晋芳道："说的，说了一大套呢。"遂又把舒铁临走的话，全都说了一遍。

紫云听了向漆氏道："娘，据这样说起来，我想还没有什么，最好就是赶快收拾收拾，趁早儿躲开这块地。"

漆氏道："也只好如此，不过却拖苦了秦伯伯秦伯母。"

林氏道："这倒没什么，事到如今，说旁的一点儿用都没有，倒是芳儿他爸进城还没有回来，又不知道现在在什么地方。芳儿最好到街上去找一找，我们在家里收拾东西，等到你爸爸找回来，咱们是赶紧就走。"

晋芳答应，赶紧往外就走。刚刚走到前院，只见从门外走进一个穿官衣的皂役来，一见晋芳便问道："嘿！你姓什么？"

晋芳看他那样子非常无礼，心里十分着恼，便也厉声答道："我姓秦，你是什么人？怎么往人家院儿里跑？"

那人一听他就姓秦，知道没错了，便冷笑一声道："你姓秦就好办了。现在有人告姓秦的贩卖人口从中取利，家里窝藏着不少年轻妇女。你姓秦，好极了，这个官司你打了吧？"说着一抖手，哗啦一声响，一根铁链子，竟只把晋芳脖子锁上。晋芳一看，这人蛮不讲理，自己又没有见过这种阵仗儿，当时吓得咧嘴大哭。那人哈哈一笑道，"朋友，骨立着点儿，那些娘儿们都藏在什么地方，带我去也乐一乐去！"

晋芳一听，简直是胡说乱道，不由动怒道："你不要在这里胡说乱道，你也可以打听打听，我们姓秦的，又不是外乡人，在这里住了也不是一年半年，素常只知安分守己做买卖，向例没有做过坏事。你所说的混话，我是一概不懂，今天因为有事，没有工夫和你捣乱，还不快走，要是搁在往日，我就要对不起你！"

那人听了哈哈一笑道："别看你人岁数不大，倒有一副好钢口，你说我说的不实在，无妨让我进去查一查，要是你家里没有这种事，你可以告我搅你，大小得判我个罪，你想是不是？"说着话迈步竟往里走。晋芳赶过去要拦他，那个人回头向门外头喊一声："这小子拒捕，你们都上吧！"只见门外一拥而入有十来个做公的，不容分说，过去就把晋芳捆了。晋芳哪里经过这个事，吓得放声大哭，大家也不理他，蜂拥的一般走往里闯。

刚刚走进小院儿，只听迎面一声娇叱道："什么人？怎么随便往里乱闯？"

大家抬头一看，原来是个十五六岁的大姑娘。那人回头向晋芳道："你还嘴硬说不是贩卖人口呢？这个姑娘是从什么地方来的？"

晋芳还没有答话，啪的一声，那人嘴上已然着了一下，打得那人一怔，接着就听那姑娘骂道："我把你们这一班猪狗不如的强盗，怎敢青天白日，闯入人家，满嘴乱道，难道你们就不懂得王法吗?!"

那人脸上挨了一下，本不自在，又听紫云竟敢骂他，这种人哪里受过这个，又见自己人多，对方不过一个女子，不能够把他们怎样，便狂喊一声道："好！你这个不要脸的丫头，竟敢打起上差老爷来了！你倚着谁给你们仗腰子，哥儿们，捆！一个也别让他们走了。"

这些人来的时候，以为就是几个女人，能有多大厉害，来的时候，全是赤手空拳，什么也没拿，如今一听头儿叫他们上手捆人，仗着人多胆壮，便全都抢了上去。旁边却把一个晋芳吓坏了，心想紫云要是被他们捆上，这个苦头，一定吃得不小了。正在着急，谁知紫云却毫不在意，见大家来到切近，喊一声"来得好！"把两个手平着向大家一推，大家便像扳不倒一样，当时东倒西歪，全都退了下来，还有两个被摔倒在地。

那头儿一见，益发大怒道："你们真是脓包，这么些人，连一个妞儿都拴不住，瞧我的！"说着话，一挽袖子，来到紫云面前，左手一晃，右手一拳，直取紫云胸口。紫云看他拳头打出，全无手法，就知道他什么也不会，哪里还把他放在心上，拳迎胸口打来，并不躲闪，看着拳离已近，这才把右掌立起，只往他胳膊腕上一戳，那头儿一只手不住乱晃，嘴里却杀猪一般叫了起来。

紫云看着微微一笑道："就凭你这两手儿，也敢在外头胡作非为，真是瞎了你的狗眼！懂得事的，还不快快滚去，难道在这里等死不成！"

那头儿一边甩着手，一边向那些人道："怎么着？我请你们来瞧热闹的！上啊！"这些人方才被紫云一推，有的已然受了很重的伤，知道不是等闲手，又一看头儿也叫人家给打伤了胳膊，哪里还敢过去。可是跟头儿出来办事，头儿让人家打了，大家要是不过去，也不好交差事，只好是硬着头皮喊一声"上"，又围拢来。

紫云大怒道："我瞧你们这一班人，是不打算整着回去了。好，我益发成全了你们吧！"说着一挽袖子，指东打西，指西打东，一霎时打得这一伙人全都东倒西歪，躺在地下一片。

正在这个时候，只听后面有人说话："云儿不要打他们，他们家里也都有老有小，打伤了他们，岂不是多做损事。"紫云回头一看，正是自己的母亲漆氏和林氏，从后头走了出来。

那个头儿正在一点儿头绪没有，忽然看见后头走出两个老太太，都是慈眉善目，心里想着求求老太太，好把差事交了。走过去请了一个深深的官安，满脸赔着笑道："高进给老太太请安。"

林氏是老实乡下人，最怕跟官人们说话，早已吓得浑身颤抖。漆氏笑着道："噢！原来是高头儿，我们这里一不欠粮，二不犯法，不知头儿带了许多弟兄来到我们家里有什么事？"

高进一听，这位老太太话口儿也不软，便想着这件事打算办得一点儿包涵不落，必须要如此如此。想着遂又满脸赔笑地说道："老太太，我们也知道你老人家这里一不欠粮，二不犯法，原不该跑到你老人家这里来搅闹。只因我们也是奉上所差，身不能自主，有人告到我们老爷堂上，说是你老人家这里住的人太杂，恐怕是窝藏匪人在内，派我们到这里把你老人家全家带到问一问。我想你老人家既是安分守己过日子的人家，当然是问心无愧，无妨同我们去一趟，到了堂上，跟我们老爷一说，老爷也绝不会难为好人，自是问几句话就可以回来。如果现在您不肯随我们去，这件事情，也不能就这样放下不问，等别人来了，你老人家也得去这一趟，反显得咱们是情屈理亏，你老人家想这话是不是？"

　　漆氏虽是个女人，从前也曾和舒铁走南闯北，在绿林道里很有些个名气，差不多江湖上什么事都知道个大概，今天听高进一说，准知道和舒铁犯的是一件事，他们不过用的是一种欺骗手段。如果凭自己和紫云跟他们动手，不用说他们这几个人，就是再多出两倍人来，也拦不住自己母女两个一走。不过自己走后，林氏和晋芳却走不了，真要是让人家为自己的事受了累，岂不是对不过人家。这才想着跟他们去一趟，把人家秦家摘个清楚，然后再想旁的法子。遂笑着向高进道："你要早这样说，我早就同你们去了。你们可以先在这里等一等，我们到里头去换件衣裳，就随你们了。"说着一拉林氏，谁知林氏已然吓坏，哪里还走得动一步，只是眼泪汪汪地直着两只眼睛看着晋芳。漆氏一看晋芳，让他们捆得和小鸡子一样，心里也好生难过，遂向高进道，"高头儿，我们现在已然答应你们去了，你们可以把这位绑绳解开，反正我们谁也走不了。"

　　高进也明白不是因为这秦少爷，这件差事就叫交不了差，便连声答应道："这没什么，哥儿们给解开。"伙计们过去把晋芳身上绳子解开，漆氏这才拉着林氏走到里面，林氏这时总算精神复原。漆氏靠在林氏耳边说了一席话，林氏才明白过来，含泪点了点头。于是又到屋里，收拾了些细软，林氏都带在身上，叫紫云搀着林氏，大家一同进城。

　　到了离城门不远，高进向漆氏道："漆老太太，您跟他们慢慢走着，等我先进去销了差。"漆氏一点头，高进跑进衙门里不多一时，便把漆氏一干人都带了进去。猛听一片喧哗："带呀！老爷升大堂了！"高进又向漆氏道："老太太，老爷坐堂了，你老人家上去说几句吧。"漆氏只好同林氏紫云一同走了进去，这时晋芳已然另被人家提去不在一起。

来到堂上一到，在公案之旁站着一个，正是舒铁，一见漆氏，不由陡地一惊。高进叫漆氏站住，向堂上单腿打千儿道："下役高进，奉派拿办秦坨秦迪家属一案，业经带到堂下！"

县官点点头道："点名问话。"

旁边便有一个书吏喊道："秦迪！"堂下没有人答应。

县官把惊堂木一拍道："怎么没有秦迪？"

高进赶紧请安道："秦迪已经外出，下役也曾派人缉捕，当堂就可交差，请大人先问从犯。"

县官一点头，旁边那书吏又喊道："秦晋芳！"

堂下答应一声"有！"便拥上一个人来，大家高声齐叫："跪下！跪下！"晋芳身不由主便被推跪倒。

县官叫掌起面来，晋芳一抬头，县官一看，晋芳还是个小孩儿，便换了一副面容道："秦晋芳，你父子既是经商手艺人，为什么不安本分，竟敢窝藏杀人凶犯在家隐匿不报，是什么缘故？讲！讲！"

晋芳道："父母太爷在上，我们父子只知做小生理求免冻饿，不敢做犯法之事，请老大人详查！"

县官勃然怒道："我看你是个小孩子，不忍加刑于你，谁知你倒如此狡猾。来呀，看板子伺候！"堂下又答应了一声。林氏看得逼真，心里好比油煎一样，哪里忍得住，便大声哭了起来。紫云和漆氏彼此一使眼神，预备当堂打抢，一眼看见舒铁，也在摩拳擦掌。

正在这个时候，只见堂下气喘吁吁地跑上来一个人，也是单腿打千儿道："下役符龙，给老爷请安，犯人秦迪业已带到当堂！"大家不由全都一惊。

县官一声喊："带上来！"站堂的也跟着一片声喊带上来，只听稀里哗啦一阵响，四个人押着秦迪走了上来。刚要问没问，秦迪一看见晋芳趴在地下先就急了，出语不顾冲撞，险些不曾和县官吵起来。舒铁一看，事为自己而起，倘若自己不理这回事，恐怕秦迪大家难免吃苦，到了那时，岂不是对不住朋友。再一看就凭堂上这些人，也绝不是自己对手，加上漆氏母女两个，如果闹起来，未必不能走出去。即或跑不出去，至大也就是现在这种样子，到了那个时候，再想走路的法子。倘若知道漆氏他们也会被骗到这里，自己无论如何不会跟他们来跑这一趟。想到这里，正待发作，恰好耿忠、耿贤、路九福站在旁边，要去帮着县官威吓秦迪，不由心中大怒，把手铐子只一拧，咔嚓一声，已然两截。路九福离得最近，正要喊声"不好！"撤出兵刃，舒铁举手中铐，只往路九福头上轻轻一敲，路九福并未防备，舒铁出手又狠又快，连啊呀一声都没有喊出来，脑袋已然粉碎，死尸当时栽倒。路九福一死，耿忠耿贤可吓坏了，准知道自己弟兄功夫，不在路九福以上，路九福干不过人家，自己弟兄也一定不是人家对手。"车船店脚衙，没罪都该杀"，真是一点儿也不错，耿氏兄弟眼看舒铁打死人命，他们却不去当场逮捕，彼此一使眼色，全都舍了舒铁，直奔漆氏。这就是他们坏的地方，他们心里想着舒铁本人绝对不是敌手，不如把他女人看起，无论如何，她一个女人，绝不会有什么本领，只要把这几个女的拿住，舒铁就是跑了，也不难再想法子缉捕他。两个人一使眼神，心里全都明白，直奔漆氏而来。漆氏原没有捆着拴着，就站在大堂台阶下头，耿忠掏出一根绳子，隐在自己身后，意思出其不意，就可以把漆氏林氏先捆住，有什么话再说。谁知道他这个主意却是打错了，如果他要是奔林氏，林氏任什么都不会，当然是束手被捆，漆氏他可错看人了。

　　在他一步一步往漆氏身旁挪的时候，漆氏早就看见了，低声向紫云道："云儿留神！他们来暗算我们了！"紫云点头并不言语。这时候耿忠就到了，一抖手里绳子，正待往漆氏脖子上扔个圈儿套过去，漆氏猛地一抬头，脸往旁边一看，这根绳子就扔空了。漆氏道："你们真是活腻了！也好，我就送你们回去吧！"嘴里说着，斜着一纵身，就到了耿忠面前。耿忠出其不意，漆氏不单能躲自己的暗算，并且手法也很是不弱，等到看见漆氏掌到，再打算躲，那是焉得能够，只听啪的一声，一掌正打中耿忠左肩头，耿忠身子就连晃两晃。耿贤本是跟着耿忠一路来的，一看自己哥哥上手就失了风，哪里还敢怠慢，扯出单刀，一纵身照漆氏后肋就是一刀。漆氏身子本来往前探着，忽听身后，有刀声来到，再打算转过身来，已是不易，只好借着这个纵势，往外一提身子，平空出去有一丈多远，正落在晋芳秦迪两个人站在那个地方。这时堂上的板子手，都在举着板子，围护

205

县官，哪里还分得开身挡漆氏。漆氏一拉晋芳道，"芳少爷，随我来！"说着幸喜晋芳也未曾被绑，登时站了起来，怔呵呵地看着漆氏。

漆氏道："芳少爷不要发怔，快跟我来！"说着一拉晋芳，便跑下了大堂。

晋芳道："舒大娘，我不能走，我的爸爸和我的老娘都在那边呢！"

漆氏道："不要紧，老太太、老太爷自有旁人救出去，你放心，只跟在我后面好了。"

晋芳回头一看，果然舒铁已经过去扶了林氏并和那些官役杀了起来。那些差役，平时只知借着县衙门里威风，出去敲诈敲诈乡民而已，讲到捕盗擒贼，原就没有这种本事，哪里禁得住这几条龙虎一般的好汉，只杀得大家叫苦悲哀要进不能要退不能。舒铁追上漆氏道："喂！咱们换换！"漆氏一想可不是，平常人家见面都是客客气气，如今林氏被舒铁这一扶着，当然不好意思，自己一时疏忽，不该忘了这层。便赶紧答应一声，把晋芳交给舒铁，自己却扶了林氏，一路杀了出来。

刚刚到了衙门口，只听有人喊："别让正点儿跑了，云弩手伺候着！"接着只听一片梆子声响。舒铁喊一声："不好！他们要放弩！"话犹未了，梆子三次已响。舒铁告诉漆氏，赶紧和自己背对背站好，把晋芳跟林氏挤在当中。刚刚站好，梆子三响已作，当时箭如雨点一般，四围射来。舒铁和漆氏全是手无寸铁，眼看箭到，没有一件东西可以拨动。舒铁一只手挥动，拨打箭杆，一只手腾出来，把自己大褂子脱了下来，用一只脚踩住，用力往上一扯，只听咔嚓一声，一件大褂已然撕成两片。舒铁一回头递给漆氏一片道："给你这个，可以挡箭。"漆氏接过去，也赶紧用手挥动着，拨打箭杆，幸喜箭发得不多，疏疏落落，并没有射到两人身上。舒铁一边拨打箭杆，一边告诉漆氏，退着往外走，漆氏答应，便往外慢慢移动。眼看离着大门不远，就可以脱险，谁知林氏已经吓坏，两条腿和扭股绳儿一样，哪里移得动，只仗着漆氏用后背靠着往后退，没有看见地下，有块小砖头一垫，腿一软就跌倒在地下。这一栽倒，漆氏就顾不住了，一箭正射在林氏左肋之上，林氏"哎呀"一声，当时疼得晕了过去。晋芳正挨着林氏，哪里会有不知道，回头一看林氏已然倒在地下，哪里还顾得什么叫危险，一低头就要去拉林氏。幸亏舒铁也觉得后头出了岔子，一伸手就把晋芳拉住，晋芳哪里还顾得一切，用力一挣，舒铁是一只反手，哪里拉得住，竟被晋芳挣了出去。舒铁一失神，一支箭正射中肩窝，舒铁并不拔箭，只喊一声："晋芳使不得！还有你父亲呢！"嘴里说着，身子已然反了过来，拦腰一把，就把晋芳挟起，只一纵已然到了大门洞里。舒铁放下晋芳向漆氏喊道："你也快快来吧！"漆氏这一年来，住在秦迪家中，和林氏处得极为和好，不亚如自己亲姊妹一样，如今见林氏为了自己之事，身受重伤，奄奄一息，心里难过，真比自己身受，还要加倍，手里挥动着那片大褂，眼睛看着林氏，眼泪流得满面，已然把自己站在什么地方，都已忘了。听得舒铁一喊，心里才明白过来，一低头把林氏挟起，因为力气不如舒铁，手里挟了一个人，便不能跳纵那么远，只有一边挡着箭，一边往后退。好容易才退到大门里，自己却也支持不住，才把林氏放下，自己便也坐在地下。晋芳一看母亲，肋头上带着一根箭，脸如白纸一样，紧闭双眼，一声儿不出，以为是死了，便哭着跄了过去，伸手便拔那根箭。舒铁一见，急喊一声"使不得！"一把又把晋芳拉开，晋芳哭跳着闹个不休。

舒铁道："晋芳，你先不要哭，听我说，你母亲并没有死，只是肋头上受了一箭，疼得晕了过去。那根箭你万拔不得，如果你一拔箭，伤口一受风，那可就不能治了。"

晋芳哭着道："你老人家说是我娘没死，怎么一动也不动了？看这样子，已然是不能活了。我父亲现在生死不知，如果再没了母亲，还要活在世上干什么？老师，你老人家和师母，都有本事，能够出险，不要为了我们母子，连老师师母也拖累得走不了。老师，你老人家能够出去之后，如果能够给我们一家报仇，我们就感恩不尽了。"

舒铁一听这话，真比刀扎还难过，便也哽咽着道："晋芳，我原是一个有罪的人，不承想这次又拖了你们一家，事情由我而起，我绝无意苟活，必要把这些狗党砍尽杀绝，也好赎我的罪！"说着话一伸手把自己肩窝上钉的那支箭拔下，叫道，"晋芳你来看！"把着只一剁，咔吧一声，便成两截，道："晋芳，我若不把狗党完全杀尽，有如此箭！"

晋芳一见，箭才一拔，那鲜红的血，就跟泉眼流水一般流了出来，便急喊道："老师你不是说伤口不能着风吗？怎么自己把箭拔掉了？"

舒铁脸跟白纸一样白，咬着嘴唇，微微一笑道："晋芳，我方才还有求生之心，现在已存必死之念。箭不拔，我不能杀砍方便。"说着又向漆氏道，"你能保护晋芳出去更好，否则我们见面之期不远。没想到我舒铁今日这样下场！"说着把脚一跺，一纵身就要出去。

漆氏原是坐在地下的，一个急劲儿，竟把舒铁的腿抱住哭道："你走了，云儿怎么好？"

舒铁一抬腿，险些不曾把漆氏踢出去，冷笑一声道："云儿要紧，难道人家姓秦的就不要紧！"刚刚说到这句，只听四外人声喊嚷："可了不得啦！红胡子老头儿厉害呀！快逃命吧！"梆子一住，当时箭也不放了，人是四外奔逃。舒铁一怔，可就不蹦出去了，赶紧一低头，又把那半片大褂子拾起，撕成两条，交给漆氏，给自己裹住伤口。裹好之后，向晋芳道："你先不要心慌，也许有朋友到了。"

晋芳点点头，漆氏这时也起来了，把林氏扶起，靠着墙坐下，一摸胸口，尚自跳荡不已，知道受伤虽然不轻，一时还不至于要紧，便向舒铁道："你能不能把这箭杆先给撅折，免得一下子碰了，更不好治。"

舒铁走过来，用手扶着箭镞，右手一搬箭杆，底下用腿一垫，啪嚓一声，业已两截。忽听林氏"哎呀"一声，漆氏念了一声阿弥陀佛，这就不要紧了。又待了一会儿，林氏已经把眼睛睁开，一看晋芳正在旁边，便道："芳儿，我还活着吗？"

晋芳含着泪答道："娘！儿子在这里，不要紧，一会儿我们就可以出去了。"

林氏点了点头道："你爸爸呢？"

晋芳含泪答道："他老人家已然被云姑娘救出去了。"

林氏又点点头，一看漆氏也在旁边，便叫一声漆大嫂。漆氏赶紧答言道："什么事？姐姐，你先静养一养吧。"

林氏点点头向漆氏道："大嫂，我有一句话，存在心里，早就要说，只是始终未敢启口。现在眼看我已然不成了，再要不说，恐怕就不能说了。我看云姑娘十分安详，和我家芳儿年岁也很相当，我有意向大嫂攀一门子亲事，不知大嫂能够不嫌弃我们芳儿出身低微吗？"说着翻着眼看着漆氏。

漆氏一听，赶紧说道："大姐你这话说远了，我夫妻两个，也早经谈过此事，只是因为我家云儿什么都不会，所以不曾和姐姐提起。现在既是愿意，那还有什么不成的，现在我们就算一言为定，等到这件事完了，我们就可以办。"

林氏脸上露出笑容道："这样说来是大嫂已然答应了。从此以后，我们芳儿就是你的女婿了，望你看他如同自己儿子一样，好了你自是喜欢，不好你也要管他，我虽死了，也是喜欢的……"

漆氏听着，好生难过，只是又说不出什么来，便笑着道："姐姐，你不要说这些话，你静心养一养，将来你看着他们两个，心里不喜欢吗？"

林氏微微一笑道："大嫂说得是，只是恐怕我无福享受了！"说着向晋芳道，"芳儿。"

晋芳赶紧答应道："娘，什么事？"

林氏道："芳儿，我和你父亲，年过半百，只生下你一个，实指望使你念几句书，做一个明理的人，祖上有德，你的心里还明白，娘自是喜欢。不幸遭了这件事，为娘现在身受重伤，性命绝对难保，我已是五十多岁的人了，死了也没有什么难过，只是还没有给你定过亲事，做娘的觉得对不过的。现在我已然求舒伯母把云姑娘给你做了媳妇，人家舒姑娘，文武全能，实在是避着委屈，你必须好生看待，不准有一点儿对不过她。舒伯母以后就是你的娘，你要多多孝顺她，便是孝顺了为娘。做娘的一辈子没有享过你的福，只这句话你能听了就是孝顺为娘了！"

晋芳一听，泪如狂雨，夺眶而出，喊道："娘！你老人家不要胡思乱想，儿子只知孝顺你老人家！"

晋芳话犹未完，林氏陡地啐了一口道："你这不孝顺的孩子，做娘的已然到了这个样子，你还是一句话不听，真是不孝之子！"

晋芳一见母亲发怒，便赶紧改口道："娘，我听你老人家话，娘不要生气了！"

林氏点点头道："这样才对哩！"又对漆氏道，"大嫂，我的孩子，从此就是你的孩子了，要你特别疼爱才好！"说完这句话，猛地一伸手，摸住箭镞，用力一拔，嗖的一声，鲜血溅出多远，身子当时倒了下去。晋芳急忙再上前扶时，已然没了气，不由得号啕大哭起来。

舒铁方才一听林氏所说，就知道不好，却没有想到会这样快，及至见林氏一摸箭镞，就知道不好，再打算去抢，已是不及。林氏一死，不由也掉下几点泪来，过去拉着晋芳道："晋芳，你不要哭了。你母亲因为有她，怕是救不了你，才这样一死，你要不快快逃命，岂不背了你母亲的意思吗……"

才说到这句，只听大门上铛地就是一响，门已打开从外边跑进一个人来，一见舒铁便喊道："死老铁，你还不快跑，等什么？"舒铁一看认得，原来正是自己的老朋友，不由喜出望外。

有分教：

反爱成仇好朋友是恶朋友，极悲致病活英雄作死英雄。

要知来的是谁，且看下回分解。

第五回

挟私念恶友求婚
持正论神尼纾难

舒铁一看，正是红胡子祝普，只见他手里拿着一对儿锯齿刀，浑身上下，全是血迹，用刀一指舒铁道："你还不快走等什么？"

舒铁也没有工夫和他细说，向漆氏道："你保着晋芳，跟着我们后面，杀了出去。"

晋芳正哭得和泪人相似，哪里肯走，禁不住漆氏一把扯起道："芳少爷你再要不走，不过是同归于尽，有什么好处。现在逃出去，将来也好报仇。"说着不容晋芳再行分说，扯起就走。

祝普道："你们就是这样也出不去，他们这里有的是强弓劲弩，十分厉害。方才我从四外杀了他们几个人，他们就退下去，你们现在身上寸铁全无，不要说是遇见他们的人，就是再遇见弓弩手，也难免吃亏。现在我这里有两把锯齿刀，先分给你们一人一把，杀出大门，我在后面再找大伙儿去。"说完这话，把两把刀分给舒铁漆氏。舒铁心里一阵难过，想从前人家祝普两次带礼求亲，自己认为他们门路不正，全都给挡了回去，如今自己身逢绝地，偏是人家来救自己，甚至于把称手的兵器取下给自己用，人家对于朋友，实在不坏，自己却有许多对人不起。事到如今，什么话也不能说，只有先杀出去，再想旁的法子。接过刀来，告诉漆氏一声小心，挥刀在前，晋芳居中，漆氏断后，杀出大门一看，官兵死在地下的不少，就知道自己这场事闹大了。最怪的是并不见四外官兵的影子，不知是什么缘故，赶紧一拉漆氏，只奔北门而去。

刚刚走到北门不远，一阵梆子声响，接着人声呐喊："太爷有话，别叫凶犯跑了，弓弩手伺候着！"

舒铁方在一怔，身后有人喊嚷："你们还不快走，等什么？"舒铁回头一看，正是红胡子祝普，手里拿着一长一短两把鬼头刀，身后还跟着两个中年的汉子，也是全身红血，定神一看，认得是祝普的两个儿子，竹影儿祝清，灯花儿祝保。便向祝普道，"我们才到此地，他们喊嚷又要放箭，所以我在犹豫不定。"

祝普道："你不要听他们喊嚷，他们头子的吃饭家伙，已然被我摘下来了，城里没人，我们赶紧走。"说着舞动双刀，杀奔城门。果然那些官兵，只是乱嚷，并不敢上前迎敌，看见祝普一到，喊声逃命，跑个干净。祝清祝保把城门打开，大家全都跑到城外，过了弯桥，又跑下去二三里路，这才放松了脚步儿，找了一个树林，大家坐下说话。

舒铁向祝普道谢救命之恩。祝普道："我虽救了你，却不是专为救你而来。只因我有一件烦心的事，叫这两个孩子出来办一办，谁知他们一走半年多，一点儿回信没有，我在家里不放心，听说他们到了这里，我就追到此地，不想刚刚遇此事，总是你我弟兄有缘。"

舒铁问他："有什么事派祝清祝保到这里来干什么？"

祝普摇摇头叹了一口气道："我的事只好是我自己知道，恕我不能告诉你。"舒铁一听，也就不便再问，心里又想着紫云和秦迪，也不知道现在出了城没有，不由四下观望。祝普笑了一笑道，"我们现在在这里闲谈话，也没有外人在此，我和你还要再提一提以前的事。我们那个侄女，可否答应许给我们孩子？"舒铁就怕问这件事，他还是就问这回事。不答应，人家对自己有活命之恩，对人家不过，答应更不成，方才明明听见，漆氏已然答应林氏，把紫云给了晋芳，不用说人家秦家对于自己怎样好，这回连命都送在里头了，岂有欺骗死人更对不住活人之理。可是自己又想不出一句话来，能够叫祝普打断念愿。祝普一见舒铁不言语，便又钉一句道，"怎么，你看我的孩子不够高配你们姑娘吗？"

旁边漆氏一听，怕是舒铁被迫说错了话，便赶紧接过来道："祝大哥，您老错会了意了。我们云儿有什么好的地方，如能许配给祝少爷，哪里去攀这样好亲戚。只是祝大哥您的话说迟了一步，紫云已经有了人家了。"

祝普一听，怪眼一睁道："怎么？已经许人家了？只不知给的是谁？"

漆氏用手一指晋芳道："就是这位秦家的少爷，晋芳你过去给祝伯父行个礼。"

晋芳刚站起身来，要过去行礼，只见祝保猛地站起，一举手里刀，照定晋芳当头就剁。晋芳一点儿躲闪不懂，只有"哎呀"一声闭目等死，漆氏舒铁要救也来不及了。正在这时，只见一条黑影儿，就跟鸟飞一般，倏地拥起晋芳，腾空飞起。祝保一怔，祝普、舒铁已然纵身而起。

舒铁喊一声："什么人？休得戏耍，快快出头答话。"

那条黑影儿仿佛略微迟顿了一下，一个关外口音人喊道："舒老铁，姓秦的与你女儿无缘，不必强合，反而多事。这个孩子资质甚好，我把他带走了，以后再见。如果你们谁要认为不满，可以到小刺儿岛去找我，我是袁济。"这两句话一完，登时黑影儿两晃，就恍惚看不清了。舒铁知道追也无益，便站住了脚。祝普听说晋芳和紫云无缘，正中下怀，也便止住脚步儿。这时祝保、祝清、漆氏也自后赶到。

舒铁一见祝保，不由大怒，一摆手中锯齿刀向祝保当头就剁，嘴里骂道："我把你这恃强作恶的小畜生，怎敢这样无礼，且留下命说话！"

祝保急忙斜身一闪，用手里刀往旁边挡舒铁的刀，一壁说道："舒伯父，休得手下无情。我看在你老人家上了年纪，不肯下狠手，你老人家不要以为我怕了你老人家。舒伯父一世英名，如果落败小侄手里，小侄不敢做这种事。"

祝普外号叫红胡子，脾气不亚山大王一样，哪里忍得住这个，一纵身，手里刀接住舒铁的刀叫一声："姓舒的，你忘恩负义，不认识好朋友，你竟敢以强压弱，我不佩服你。来来来，咱们比画两下子。"祝保一看他父亲过来了，便把刀一撤，退了下来。祝普用手里刀一指舒铁道："姓舒的，你今天命在垂危，姓祝的把你救了出来，你不知恩将德报，反而提刀动手，瞪眼伤人，难道说你在江湖上就不懂义气两个字吗？"

舒铁哈哈一笑道："姓祝的，你是浑人，哪里配有人话和你说。你说你救了我的性命，我并没不知感激，可是你为什么倚仗着你对我有了这一点儿小好处，就非得求亲不可。我不答应你们，你也可以跟我说，为什么一言不发，过去要一个全无对抗能力人的性命，难道这也是江湖上的义

213

气！人家对我有一天二地之恩，现在因为你这一来，弄得连个影子都没有了，你哪里是救我，分明是要我的命。我有这一口气在，岂肯许你们这样张狂，话已和你说明，你就拿命来！"

祝普一声长笑道："姓舒的，你说出这些话，一定以为有人怕了你。你既不情，我又何必讲义，我今天不能要你的老命，就算我无学无能！"说着唰地就是一刀，向舒铁左肩砍下，舒铁喊一声"来得好！"平着手里刀往上就迎。祝普一看，自己暗骂自己，把自己称手用的家伙给了人家。这锯齿刀跟鬼头刀情形相仿，背儿厚，头儿宽，分量特别重，背上有齿，仿佛和锯一样，所为是对手之时，专一拿人家兵器，无论单刀花枪以及带链子的兵器，全都怕这锯齿，只要一入锯齿，兵器就得出手。如今舒铁拿着一把带齿的，漆氏拿着一把带齿的，可是祝普自己借给人家的，这一动上手，祝普就耽着三分心，准知道舒铁的能为，比自己只高不矮，就是自己有称手的兵器，也未必能见好，如今人家拿着自己的兵器，专破自己的兵器，一个不留神，被人家拿上，兵器就得出手。舒铁一则手黑，二则今天是急门，焉能有自己便宜，事到如今，非用出奇制胜，不能取胜，想着不免施展绝技，要用暗器取胜。祝普有一种暗器，不在小十八般兵器之内，原是祝普自己兴的，除去他们父子之外，旁人都没有这种东西。这种东西仿佛像小孩子玩儿的吹筒一样，小孩子玩儿的吹筒，就是一根钉，力量也小，他的筒子比小孩子玩儿的吹筒粗，比袖箭筒子也粗，里头装的都是针，足足有二三十根，在竹筒子头上，有一个木塞子，针全在里头，针用绒线缠着，在尾子上都用最细的鹅毛扑散着，木塞上有一个窟窿，通着一根尿胞涎。这种东西，系在腕子上边，用的时候，手指着什么地方，用胳膊一挤，气一催，当时这针就全都出去，因为太多太密，躲上十分不易，祝普给这个暗器起了个名字，叫作"桃绒神弩"，在江湖上很有个名望。今天一战舒铁不过，就想起了这暗器。

迎面三招一过，便虚砍了一刀嘴里喊道："姓舒的，你可别追，我要用暗器伤你。"说着撤刀就走。

舒铁哈哈一笑道："你不用使诈语逃走，今天我非要你老命不可。"拿刀就追。祝普一回头，一抬左手喊声"着！"噗地就是一片。舒铁准知道祝普撤身一走，一定就是要使暗器，可不知道他准使什么，自己心想，什

214

么暗器自己都见过，还有什么躲不过的，一大意就没有十分防备，并且自己因为气恨太过，恨不得追上祝普，结结实实地给他一下子，脚底下十分加紧，因此追了首尾相连，眼看都快够上了，忽然祝普一翻身，当间差着也就不足十步，一看祝普一抖手，就知道是暗器，还以为是什么药箭、袖弩之类，毫不在意，脚步儿可止住了，拿手里锯齿刀护住面门。等到桃绒神弩已经打出，一看白晃晃一片，耀眼铮光，直奔面门而来，知道不好躲，再打算躲可就不易了，锯齿刀护住当中，绒针从旁边就射上了，中了还真不少，足有七八根，全打在两腮跟耳朵边上。这种针虽然很小，打上非常分气，舒铁"哎呀"一声，左肩上的箭伤，疼得跟刀扎的一样，当下赶紧一撤刀，退了下来，祝普是提刀在后面紧紧追赶。漆氏一见舒铁受伤，提手中刀蹦过来拦住了祝普。舒铁咬着牙，把那几根针都拔出，往地下一扔，疼得浑身乱抖，再看漆氏哪里是祝普的对手，只有招架之功，绝无还手之力，一跺脚道："嘻！想不到我舒铁竟为祝普所算，罢！我成全了你们吧！"说着话，提起手里刀，只轻轻向项上一抹，顿时热血喷出多远，死尸栽倒在地。漆氏正和祝普恶斗，忽听一声响，回头一看，舒铁业已倒在地下，这一惊非同小可，手里刀一紧，一刀快似一刀，全往祝普致命处下手。祝普原意也没有打算把舒铁弄死，不过把他用暗器制住，羞辱羞辱，带着孩子一走，不想舒铁恼羞成怒，提刀自刎，心中也深感不安，再看漆氏的刀，一刀紧似一刀，一刀快似一刀，知道再要迟延，不下狠手，恐怕自己还许吃了人家的亏。心想先下手为强，赶紧虚晃一刀，抹头就走。漆氏哪里肯放，喊一声"强人休走，还我丈夫的命来！"祝普哪里还敢站住，拔步飞逃。

刚刚出了树林子，就觉得眼前人影儿一晃，急待躲时，哪里躲得开，撞个正着。祝普只觉得和撞在石头上一样，骨软筋酥身体晃了两晃，急忙定神立住脚步儿一看，原来是个出家的姑子，笑容满面地在自己面前一站道："你这个人，这么大的年纪，走道怎么还是这样慌张！这幸亏没有老太太小孩子，不然叫你这一撞，这条命还要不要？"

祝普出身绿林，什么人都见过，方才撞了这一下，如果是个平常人，虽不能受重伤，也得受点儿伤，如今见这尼姑，不但毫无痛苦之容，而且自己觉得浑身都有些不得劲儿，就知道这个尼姑绝不是平常人，便存了一份怕的心。又知道舒铁是被自己逼死的，这个尼姑或者也许是舒铁一头的，来者不善，多一事不如少一事，如若能够躲过去最好，想着便赔着笑道："实在是对不过，我因有急事，没有留神，大师别见怪！"说着一侧身，意思就想从旁边走过去。

这个时候，漆氏就赶到了，手里刀恶狠狠直往祝普头顶砍来，祝普听见脑后生风，知道刀到了，赶紧提身一纵，这刀就落空了。那个尼姑一进步，单手从刀底下一翻，三个手指头一捏，竟把锯齿刀从刃上捏住，微微笑道："这位女施主，怎么这样大的火性。有什么说不过去的事，也要看在我的面上，待我来和你们说和说和。"

漆氏不认得尼僧是谁，以为也是祝普一头的，就知道自己的仇报不成了，心里不由一阵焦急，叫道一声："云儿你来迟了，我们不能见面了！"又叫一声，"云儿他爸爸，你等我一等我也来了。"说着从老尼手里夺出刀来，往脖子上就抹。

那尼僧微微笑道："怎么都这么不怕死？"说着话，横手一挥，只听当啷一声，刀当时落地。

漆氏这才明白老尼不认得祝普，心想何不把实话向她一说，也许能助我一臂之力。想着遂把祝普如何求婚，如何动手，如何用暗器伤了舒铁，以及舒铁如何自杀全都细说了一遍。老尼听完，微微一笑道："我虽是出家人，我也听人说过，爱好作亲，从没有讲打的，如今你为求亲不允，竟自逼死人命，似你这样恶人，岂可留你在世，也把你的命留下去和姓舒的打个质对吧。"说着，左手单掌一晃，右手就奔祝普胸口戳去。

正在这时，只听一声娇喊道："师父，不要动手，留下他给我死去的爸爸报仇！"

祝普一听，准知道是紫云来了，就知道自己今天难逃公道，心中暗恨祝保祝清，此事全为他们身上所起，现在事情闹到这个样子，他们也不知跑到什么地方去了。这个尼僧，也不知是什么地方人，姓什么叫什么，如果凭功夫和人动手，绝非人家之敌，如今再加上紫云，有杀父之仇，岂可和自己善罢甘休，倘若两个人一同上手，自己这条命就算危险之极。猛地把脚一跺，把牙一咬，暗道："难道我红胡子闯荡江湖一辈子，就轻易地被两个女子把我逼死不成。只要有我这一口气在，我也不能束手待毙，拼着一死，也得跟她们干一下子，杀死一个够本，弄死两个赚一个。"刚刚想到这里，紫云就到跟前。漆氏一见紫云，不由就是一怔，原来就只紫云一个，并无秦迪，想着秦迪一定也遭了险，又不知道她怎么知道舒铁已死，口口声声要给父亲报仇。正要点手招呼她，谁知这时，紫云已然红了眼，一举手里刀，斜肩带背，就照着祝普劈去。祝普一见紫云是真急了，不敢轻敌，扬手中刀往上就磕，意思是用力一降一磕，凭力气也可以把刀给磕飞了。哪知紫云虽然情急，心里却十分清楚，一看祝普刀往上磕，知道他是打算用刀把自己兵器磕飞，祝普当然比自己力气大，如果碰上，那是准得出手。眼看刀快磕上了，陡地往旁边一撒。祝普想不到紫云会这么快，自己力气用得太猛，收不住刀势，竟往上荡了上去。紫云原按着招数，应当刀往后撤，如今是拼死相争，刀不得往后走，往旁边一撒，祝普刀才往起一荡，紫云的刀趁着势子手腕一平，扁着刀就奔祝普脖子上削去。祝普一看，这真是拼命的干法，稍微一不留神，就许有性命之忧，急忙往后一撒身，刀尖正从脖子颏下划过，吓了自己一跳，知道自己再不拼命，也难逃一死。紧一紧牙关，手里一把单刀，使得如同风车儿相仿，没头没脸，没上没下，一个劲儿往紫云身上进攻。紫云也知道祝普是拼命了，哪里还敢一毫怠慢，封锁推拿，闪展腾挪，完全不顾，自己一把刀只往祝普致命处上砍刺劈削，祝普的刀来了都不躲。祝普一看，这可完了，我的家伙往她的身上去她竟不躲，她的家伙往我身上来，我可不能不躲，她要把我扎死，那算完，我要把她弄死，这个事完不了，他们还有好几个人，谁也不能饶了我，想不到我姓祝的今天应该命丧此处，说不得，拼了罢！想到这里，刀可就不像方才那样看招定式了，刀子出去，也是专往紫云致命处下手。

　　还没有三招，只听林外有人喊道："舒姑娘，慢动手，我来帮你一步！"话到人到，一圈白线团一样，落在当面。这才看出是一个姑娘，身穿一身白绸子衣裳，手里拿着一把宝剑，笑容满面往旁边一站。紫云只好一撒兵器纵身一跳，躲在旁边。那老尼一看那白衣女子便问道："雪儿，你也来了，我叫你办的事怎么样了？"

　　穿白衣的女子道："早就来了，您让我办的事早就办完了。不但我早就来了，并且我还把祝家那两个小子都给他们挂彩打发回去了。"

老尼微微一笑道："你这孩子总是好多事，现在又来干什么？"

穿白衣女子笑道："两个小的，已然叫徒儿打发了，剩下这个老的，还留他在这道干什么？我想把他一块儿打发了就完了。"

老尼道："舒姑娘有杀父之仇，你还是让她自己报了仇吧！不是因为这个缘故还用等你来吗？"

那白衣女子陡然颜色一变道："怎么他伤了咱们的人吗？这却容他不得了！"说着哪里还有话再和老尼说，手里剑双手一托，平着直奔祝普胸口。祝普本来想念两个儿子，如今听这白衣女子一说，知道两个孩子都已遭了人家的毒手，年老惜子，自己已然快六十岁的人了，岂有不痛惜自己儿子的道理。这时心跟方才就不一样了，方才还有逃走之意，如今全成报仇之心，一看穿白衣女子剑到，照样儿不躲，手里刀直奔那白衣女子心口扎去。

白衣女子哈哈一笑道："你拼命啊！我不拼，我还拿你解会子闷儿呢，你仗着你这个家伙才敢和人拼命，我先把你这家伙毁了，我还看你要什么？"说着一立剑锋，只听锵的一声，祝普的刀当时被削成两截。祝普原没有防备，对手是个出色人物，手里又使的是一口宝剑，锵啷一声，刀折两截，不由大吃一惊。事到危急，只有逃命一法，一撒手，刀把儿照着穿白衣裳女子脸上扔去，跟着一转身，意思是打算走。这要是换个旁人，看在祝普那么大年岁，也许饶了他一条老命，放他逃生，偏偏遇见这位是杀人不眨眼的女魔王，生性疾恶如仇，知道祝普当场逼死人命，哪里还有一丝顾惜之心。如今见祝普意欲逃走，便冷笑一声道："怎么你还打算走吗？好朋友，别丢面子，留下命让对魂灵儿回去团圆吧！"嘴里说着，直身一长腰从后面纵起，托起手里剑，往祝普后心便刺。祝普也是久经大敌，听见后头一阵风到，就知道后面有人，打算回头，自是来不及，急忙脚上一垫劲，斜着往外就纵，没有想到自己势子稍微慢了一点儿，剑尖儿已然扎在后肋，祝普不由啊呀一声，可就纵不起来了。剑尖儿一入，跟着往里一推，剑进去了足有半尺，剑锋横着一抹，祝普狂吼一声，死尸栽倒。

白衣女子把剑往外一拔，上边连个血丝儿都没有，宝剑还匣，这才笑着向老尼道："师父，你老人家看徒儿这手'平沙落雁'使得怎么样？"

老尼把脸一沉道："雪儿，你还是这样重的杀气。我常跟你说，学道的人，先要养气，你却还是这般浮躁，将来如何能够独理本教？”白衣姑娘一团高兴，被老尼这一顿数说，当时把小嘴一噘，站在那里，低着头手搓着衣裳飘带不言语。紫云漆氏向老尼深深跪倒叩谢救命报仇之恩，老尼赶紧用手相搀道：“这原不算什么，何必下此大礼，反使出家人深致不安。”

紫云方才看见这位老尼，以为就是救自己战塔立布的老尼，现在一看，原来不是，这才问老尼姓名，如何能够来此？老尼一笑道：“出家人法名一静，带着徒儿无情剑奚红雪，要到离这里不远千佛山，去看慈济道友。路过此地，看见令尊和红胡子祝普交手，令尊我们并不相识，祝普倒是见过一二次，他却不认识出家人。久知此人纵容子女在外无恶不作，早想找他，给他一个警戒，恰好今天在此相遇，也是他恶业已尽，才遭此惨报，只是来迟一步却被这厮下了毒手，伤了令尊，实在是对不过。”

紫云含泪答道：“师父这样说时却不是外人了。方才弟子在城里多亏慈济大师救了命，临行之时，大师还叫弟子带信给家父，不想家父却撇下我走了！”说着大哭起来。

一静道：“噢，原来姑娘已经见着慈济道友了。她既到这里，必还没有走，这倒省了我跑冤枉路了，只是我还不曾请问姑娘令尊是怎样称呼？”

紫云道：“弟子现在心里已经乱了，望师父恕情荒谬。弟子舒紫云，家父就是舒铁，这是家母漆氏。”

一静“哎呀”一声道：“什么？你父亲就是肝胆书生舒铁吗？这真不是外人了。当年我和慈济道友都和令尊见过，那时令尊还吃江湖饭，事隔多年，连面目都分不清了。早知道是令尊，无论如何，也不能使他这样惨终，这也是天命。”

漆氏在旁边一扯紫云道：“你秦伯父呢？”

紫云嗐了一声，泪随声下道：“我秦伯父他老人家跟我跑出城来，就走不动了，叫我一个人走，女儿不肯。好容易走到一个桥口，谁知秦伯父抽身一跳，女儿没有留神，他老人家就那样死了。”漆氏一听，心里真跟刀子搅一样，想人家秦家好好一家人，竟被自己拖累弄得一个都不在了，想着不由也掩面哭了起来。紫云叫道，“娘，你老人家不要太难过了，我们总是受了狗官的害，如今一不做二不休，爽得把狗官做翻了，也替我那死去的秦伯父出出气。啊！娘，秦伯母呢？"漆氏忍住眼泪又把林氏如何中箭如何自杀，全都说了一遍，只是把提亲一节儿，完全隐起没说，意思是怕现在晋芳已然失踪，紫云听了，益发难过。紫云一听林氏也死了，又复大哭一阵。

一静在旁道："舒施主，舒姑娘都不要多伤心了。这也是前世的劫数，今世的禄命，人死不能再活，长哭也是无益。我们先想法子把舒施主怎样掩埋起来，好躲开这地方。"

刚刚说到这里，只听一片锣声，四外响应，并且人声鼎沸，齐声喊嚷："围呀，别放走了一个儿呀！"奚红雪嗖的一声，纵出林外，锵啷一声，宝剑出匣。只见四外约有二三十人，手里都拿花枪、大刀、五股叉，还有手里拿着锄头、铁铲、木棍、粪叉子，齐往树林围来。

奚红雪宝剑一指喊道："你们是干什么的？不要乱往前进，丢了性命！"

内中走出两个中年汉子，向奚红雪道："我们就是这本地刘家坑的护村乡勇，方才有人到我们村里喊报，说是这树林里有人断路劫财，杀伤人命，因此我们才齐集乡勇，到这里来查看。你一个姑娘家，手里拿着兵器，在这里干什么？"

奚红雪一听当时就明白了，一定是祝清祝保蛊惑他们来的，眉毛一皱，当时便有了主意，笑着向两个道："二位贵姓？"

两个人道："我叫龙珍。""我叫龙玠。"

奚红雪道："原来是二位龙爷。你们上了贼人的当了，我们一共是五个人，要到佛山进香，走到这里，忽然拥出三个强人，一个年纪大的，把我们拦住，两个年轻的就要动手。我们也曾再三央求，放我们过去，谁知他们执意不肯，幸喜我们都带着有防身兵器，便想着和他们一死相拼。动手之时，他们伤了我们一个人，可是他们那个年纪大的也被我们给钉在这里了，还有两个年轻的，也都带伤逃走。我们正想找这里本地有面儿的去报一下子，不想你们几位倒先来了。我想你们一定是受了逃走的贼人蛊惑，疑心我们是劫道的人了，二位请想，如果我们真是断道劫财之人，哪有把人伤了还不逃走，却等众位来的道理。料众位也不信我们说的话，无妨跟我们到林子里看一看，就明白了。"

龙珍龙玠一听便道："也好。"遂叫众人不要喊嚷，跟着进来。来到里头一看，只见一个年老尼僧，还有一个妇人，一个姑娘。除去老尼之外，全都哭得泪人一样，只听那妇人哭道："云儿爸爸呀！没有想到走到这个地方会撇下了我们呀，狠心的狗贼，我们跟你有什么冤仇，你下这样狠手哇!"龙氏弟兄一看，奚红雪说得一点儿也不错，报信的正是劫道的，不然哪里有劫道全是女人的道理。再一看地下还有两个尸首，更证明奚红雪所说不假，这才向奚红雪道："姑娘，你先把这位老太太劝住别哭，有什么事，都可以商量办。"

红雪一劝，漆氏止住哭声，从头至尾又向龙氏弟兄说了一遍，竟自一字不差。原来奚红雪方才一出去，紫云跟着也出去了，可是藏在树后，没有露面，他们说的话，可全听明白了，赶紧回来向漆氏一说，故此才能严密合缝。龙氏弟兄深信不疑，依着龙氏弟兄要让大家到村里去再说。

漆氏含泪说："多蒙二位壮士大义相助，存殁均感大恩。只是死人以入土为安，我们身遭患难之中，绝没有力量能够安葬死人，这件事情，只有求二位多行方便，可否由贵村里找一口棺木，先把亡夫葬埋，我们就感恩不尽了。"说着拜了下去。

龙氏弟兄急忙拦住道："这不算什么，我们就去抬一口棺木来。"不多一时，棺木就来了，把舒铁往里一装，刨了一个大坑，当时埋好，漆氏和紫云又谢过了龙氏兄弟。

一静道："二位义士，出家人还有一件小请求。"

龙氏弟兄道："请讲，请讲。"

一静道："这个强人，固属罪大恶极，不过现在已遭惨戮，报应已完，念其人死无罪，可否在旁边刨一个坑，也把他掩埋了。一则免得死尸为狼狗所嚼，是二位一件功德，二则也可以免得惊动官府，又多生枝节。不知二位以为出家人说的话怎么样？肯做这层功德不肯?"

龙氏弟兄连连点头道："师太说得是，说得是。"遂叫众人又刨了一个坑，把祝普也埋了。

龙氏弟兄还要让人家到村里去，漆氏道："二位壮士帮了我这么大的忙，原应到官府叩谢，只是家人惨故，心绪万分不宁，现在急要回家，容将来归灵之时，再来打搅。"龙氏弟兄见挽留不住，也只好罢了。大家谢了龙氏弟兄，龙氏弟兄见大家走得没有影子，才带着乡勇回去。

一静向漆氏道："舒施主现在到什么地方去？"

漆氏道："亡夫原说要到四川峨眉山脚，去访一个朋友，我们现在只有去四川一法。好在这股道，从前我也去过，依然还有些相识。"

奚红雪旁边插口道："老伯母既是到峨眉山脚，如果没有地方去，何妨到冷竹塘去找我们。"

一静咄的一口道："雪儿，你怎么又忘了方才嘱咐你的话！"奚红雪脸一红，便一声也不言语了。一静道，"舒施主，我们师徒还要去访一家道友，恕不能陪送去川。"

漆氏道："我们一家全仗大师救了性命，报了冤仇，只有将来叫云儿早晚多烧几炷香，祝大师多做一点儿功德。我们母女现在已成举目无所依投，只有走在哪里，说到哪里。祝家两个小贼，现在虽然逃走无踪，少不得还要记恨，并且我知道祝普有两个女儿，也有全身的武功，听说她父亲如此下场，难免也要找我们母女为难。事已至此，只有躲避一法……"

刚刚说到这里，奚红雪道："要是祝家未杀死的两个贼子，也许会来寻恼，不过他也闹不到什么地方去，云姐姐的本事，我虽没有亲眼得见，谅来对付那两个余孽，还算不了什么。要是说到他们家的两位千金，只怕是今世也许不能……"

话犹未完，一静又是咄的一声："雪儿，你这个孩子，真是连一点儿记性都没有了。话已经说完了，我们快走吧。"说着当胸合手向漆氏道："施主，保重，再会吧！"说完一拉奚红雪一伏腰，眼看一黑一白两道线儿相似，一会儿就不见了。

漆氏叹了一口气向紫云道："这位一静大师，仿佛她很知道咱们的事，怎么却又不肯说明？"

紫云道："也许里头有什么碍难之处，好在日久一定会知道的。"

漆氏道："云儿我还忘了问你，你是从什么地方知道我们都在树林里，又怎么知道你父亲已遭毒手？"

紫云道："我在城里好容易才把秦伯父保了出来，谁知秦伯父安心觅死，女儿无法，只好一人往前飞逃，谁知走错了路，始终没有追上你老人家。跑出有三五里地远近，迎头跑着来了两个人，一个是祝清，一个是祝保，两个人一看见我，就迎上来了。两个人身上都带着伤，一个是左肩膀头，一个是大腿根上，全都挂着鲜血，一见面他们就喊说是我父亲被他们给暗算了，女儿一急，过去一动手，他们身带重伤，自是战女儿不过，就跑下去了。女儿是追他们，追来追去，两个人忽然全都不见了，却听得里头有人喊杀，女儿就撞进来了，不想正碰见你老人家果然在此。"

漆氏道："这就是了。我现在有一件心事，就是这县官如此残酷，毒害百姓，如果不把他去掉，将来还不定要害死多少人。我想夜入县衙，把狗官杀去，一则报仇，二则除害，你看怎么样？"

紫云道："母亲说得不错，不过现在城里才闹了事，绝不能一点儿防备没有，我们既是人少，还是暂时忍耐为是。"

漆氏点头道："也好，我们既是不愿惹这狗官，还是早些离开这块地方才好。"

紫云忽然脸一红道："娘，秦大哥呢？"

漆氏言不及防，脱口而出道："晋芳他……走了。"紫云不知何以问到晋芳，漆氏突然变了样子，便也不往下再问。

由这天起，母女两个就往四川走去，有船的地方，坐一段船，有车的地方，搭一段车，没车没船，就是步行。走了近一个月，这天已入了四川边界，顺着江道，直奔峨眉山脚，这路可就不好走了。忽然一段高冈，好容易爬过高冈，一看是个陡壁，绝不能往下走，只好再退回来。忽然一片群山，找不出一条走的路。好容易找出路来，走了半天，依然又回到了原地，只好再找路走。路上连个人都看不见，不用说是要吃喝什么，如是又走了两天的工夫，这才走到峨眉山脚。

漆氏道："云儿，你看走了这么几天，都没有看见河，今天居然看见河了，我们就顺着这河走下去，也许会有个人家。咱们想主意吃点儿什么，喝点儿什么，再跟人家打听打听，鸭头堡在什么地方。你父亲认得的那个朋友，仿佛是住在鸭头堡。"

紫云答应一声是，便顺着河往下走去，走了有七八里路，这道河越来越窄，可是依然没个人家。又走了二三里路，远远看见一片黑，漆氏道："好了，前边有了人家了。"脚下加劲，那片黑，越来越近。来到临近一看，原来是一片杨树林子，包围着一座村庄在内。漆氏道："咱们走进去

223

看看，也好跟人家打听一声。"紫云答应着，刚刚走进了这片树林子口，漆氏突然"哎呀"一声，腿一软，竟自摔倒在地。紫云一把没有扶住，几乎也把自己坠倒，看漆氏脸上黑得和炭一样，鼻息全无，不由放声大哭。

有分教：

　　叶凋秋树孝女一片哀思，水皱春池腐儒几篇酸话。

要知漆氏生死，且看下回便知分晓。

第六回

全大孝鬻身葬母
报宿仇借剑杀人

　　漆氏猝然摔倒，连句话都说不出来，紫云放声痛哭。忽然从里面拥出十几个人来，里头有两个年长的向紫云道："你这位小姑娘，从什么地方来？要到什么地方去？这位老太太是你什么人？为什么摔倒在这里？"

　　紫云道："我们是从云南逃难来到此地，因为我们知道这里有个鸭头堡，我们是投奔鸭头堡去找一家亲戚，不想来到这里，我母亲突然摔倒在地，不知是为什么。诸位谁知道这里有什么行医的大夫，给我母亲看一看。"说着便向那两个人拜了下去。

　　那两个人道："噢！原来你们是往鸭头堡去投亲的，你们把路却走错了，鸭头堡在峨眉山北脚，这里是南山脚，路差远了。我们这里叫杨花堡，这里没有行医的大夫，据我们看，老太太也许是走多了路，劳累过度，上了年岁的人，所以支持不住了。我们这里有现成的店房，你先把老太太请了进去，喝点儿糖水，定定神，也许不要紧。"

　　紫云一听，也只好是如此，便把漆氏扶了起来，大家帮着，把漆氏连搀带扶地进了店里。这些人有的找糖，有的弄水，一时糖水冲好，紫云用调羹把漆氏牙拨开，灌下两匙子糖水，只听漆氏的肚子里咕噜咕噜一阵响，大家齐说"好了！好了！"

　　又待了一会儿，漆氏的眼睛也睁开了，紫云心中大喜，急忙叫道："娘！娘！"

　　漆氏睁着眼睁了半天，才说出一句："云儿，娘我不行了……"说着又复闭过气去。紫云不住连声乱喊，捶砸撅叫，好大半天，漆氏才又醒转。

紫云道："娘！你先养一养吧。"

漆氏摇摇头，带着笑容说道："云儿，你不要难过了，也是你的命不好。我还有一句话没有和你说，你将来不要忘了秦……"说到这里，突然眼神一散，跟着一口痰往上一壅，眼皮一垂，身归那世去了。紫云瞪着两只眼，一点儿眼泪没有，张着一张嘴，两只手扶着漆氏的头，一句话也说不出来。旁边的人一看，知道紫云是伤心过甚，气逼住了心，便赶紧把糖水端了过来，灌了一调羹水，又用力往紫云背上捶了一掌，紫云这才哇的一声哭了出来。这一哭真是哭得如同三峡猿啼，九幽鬼唱，肠廻心碎，力竭声嘶，把旁边一班人都哭得抹起眼泪来了。

那两个为头的便走过来劝道："这位姑娘，人死不能再活，这也是这位老太太的寿命到了，哭也无益，暂时止痛，咱们得想法子把老太太安置了才对。"

紫云一听，只好暂止哭声，却仍然抽抽噎噎地道："诸位美意，难女十分感谢，只是难女逃难到此地，举目无亲，我哪里有什么可以安葬她老人家！"

那两个人道："姑娘这话也说得是，我们这些人也没有这个力量。我们这里有个善人，专一好做这路事情，姑娘在这里等一等，我们把他老人家请来，有什么话跟他老人家一说，大概都可以办了。"说着两个人转身便跑了出去。

不多一会儿，便听有人喊道："众位闪一闪，堡主来了。"

大家一闪，紫云抬头一看，进来这人，约有五十来岁，身个儿不高，长得倒是非常慈善。那人来到面前，和颜悦色地说道："这位小姑娘，你们从什么地方来的？要到什么地方去？这位老太太是你什么人？什么病死的？"

紫云又把方才所说的又说了一遍，跟着便磕下头去道："难女现在是举目无亲，一无所靠。听说您老人家，名闻乡里，素喜济困扶危，求您老人家发个恻隐之心，把我母亲埋了，难女无恩为报，愿给善人做一名使女，侍奉夫人小姐。"

那人听了点点头道："这却不消。我告诉你，我们这镇叫杨花堡，我姓江，名叫江飞。我们原也不是此地人氏，常在外面闯荡，南七北六，我也走过不少地方。我看姑娘所说，也不是平常之人，我想把老太太安葬以后，姑娘愿意在我家里住几天就住几天，如若愿去鸭头堡，我也可以叫人送姑娘前去，方才姑娘所说，在下是万万不敢。"说着便向跟来的两个人道，"冯福，华禄，你们两个，赶快去告诉他们把后头的大杉木，做一口棺材，找人在后堡子刨出坑来，把这位老太太埋了，埋完之后，同着这位小姑娘，回到家里。"说着又向紫云道，"姑娘，我已经告诉他们了。姑娘就跟着他们去，看老太太入土以后，随着他们到我家里来，我还有话和姑娘要说。"

人多办事快，工夫不大，棺材钉齐了，坑也刨好了，紫云跟着大家抬着棺材出了杨花堡不远，就是刚刨的大坑，把棺材埋了，紫云又一阵痛哭，大家劝着。

回到堡里，紫云问大家道："方才那位江大爷呢？"

大家道："江大爷已然回来了，姑娘跟我们去吧。方才江大爷有话，姑娘完毕了事，请过去谈话呢。"

紫云跟着大家来到江飞的门口，里面已然有两个婆子迎了出来道："这位就是舒姑娘吗？我们大爷大奶奶都在里面等着呢，跟我们来吧。"

紫云又谢了众人，跟着两个婆子走进去。只见一座五间大厅，婆子打着帘子让紫云进去，到了屋里一看，只见迎门站着两个人，一个就是江飞，还有一个妇人，想着一定就是江飞的妻室，赶紧跪倒行礼道："恩人在上，难女舒紫云叩谢老人家助葬亡母大德！"

江大奶奶急忙往起挽道："姑娘，快起来！这算不了什么，真是难为姑娘一个人孤苦伶仃的。"

江大奶奶这句话一说，招得紫云又抽噎起来了。江飞笑着向江大奶奶道："你瞧你，不说说两句宽心的话，怎么倒给人家招烦！"

江大奶奶赶紧改了笑脸道："哟！真是的，姑娘别难过啦，来到我们这里，就跟自己家里一样，爱吃什么，就叫他们弄什么，爱穿什么，咱们就做什么，闷得慌，咱们可以斗会子牌，别难受，我们这里热闹着哪！来吧，快跟我到这边来坐着。"说着用手就拉紫云。

紫云只好也赔着笑脸道："二位恩人在上，难女孤苦伶仃，陪伴母亲，去投亲戚，不想走到这里，母亲突然因劳累撇下难女而去，如果没有恩人施助，亡母落得死无葬身之地。恩人大德，难女实在不能报答，难女想你老人家府上，人口是多的，也许不多难女一人的口粮，难女愿在府中当一名丫头，以报恩人葬母之恩，想恩人既肯施恩于前，必能玉成于后的了。"

江大奶奶哟了一声道："这是怎么说？拿你这么好看的一位姑娘，给我们支使着，那不是安心折受我们吗？那可使不得。"

紫云道："恩人如果不许难女报这一点儿恩，难女无颜再活人生，愿意跟从亡母于地下。"说着又哭了起来。

江大奶奶慌不迭地道："姑娘，你可真性急。我们不是不愿意，我们总觉得不忍得。既是姑娘一定非这样，我们求之不得，哪有不愿意的。不过我们家里人口也不多，事情也不多，粗糙的事，还有老婆子跟长工呢，姑娘你就陪着我解个闷儿就得了。"

紫云道："这样说，大奶奶你留下我了！大爷大奶奶在上，丫头舒紫云给您二位磕头。"说着便跪了下去。

江飞夫妇见她执意如此，也就没有法子，只好含笑点头。自此紫云每天起早睡晚，该做的事也做，不该做的事也做，江飞夫妇自是十分喜欢，可也不知道紫云究竟是一个什么样的人。

住了足有半个多月，这一天吃过饭以后，江大奶奶笑着向紫云道："舒姑娘，今天咱们家多了一个人了。"

紫云道："怎么？有客来吗？"

江大奶奶道："不是客，是咱们这里的大少爷回来了。"

紫云也听婆子们说过，江飞夫妇只有一个儿子，名叫江枫，却是一向也没有见过，如今听江大奶奶一说，便笑着说："那您今天更该喜欢了。少爷这是从什么地方回来？"

江大奶奶道："嗐！提起这个孩子来真是我一块病，说小不小，今年也有十七了，除去好念书之外，任什么也不懂，一天诗云子曰，吵得人头都晕了。大爷怕他中了书毒，叫人陪着他，常往外边去走走，所为叫他散散心，好开通一点儿。算着今天该回来了，你一瞧就可以明白，准得让你笑话。"

紫云道："少爷能念书越好，念书的人，总得心不二用才能念得出书来，大奶奶您总是爱褒贬自己。"

正在这里说着，只见一个下人跑进来道："大奶奶，少爷回来了，现在前边跟大爷说话呢，一会儿就进来。"

江大奶奶道："回来就回来吧，这也值得大惊小怪的！"

下人说了声是，退了出去。江大奶奶刚要说什么，只听外面有人喊道："娘！我回来了。"紫云一听说话声音非常耳熟，跟着帘子一起，从外面走进一个少年，紫云一眼看见，不由大吃一惊，原来正是前些天尚在一起的秦晋芳。心里纳闷儿，怎么他也跑到这里来了呢！本想过去问他一声，继而一想，他到此也许有旁的缘故，如果自己过去一叫，倘若他有旁的隐情，岂不是把事做鲁莽了。想着把心往下一沉，神色自如，一点儿神奇都没有露。再看他深深向江大奶奶请了一个安道："娘，您这几天好？"

江大奶奶笑着道："靖儿你这孩子，真是中了书毒了，怎么去了三天半又跑回来了？你爸爸是愿意你在外头多闯练闯练，将来也好做点儿事，怎么你一句话不听，真是让人有气。"

那少年道："娘先别生气。我这回本来打算在外头多待几天的，只是不知为什么心里总是不安，所以就回来了。"

江大奶奶啐了一口道："不要在这里乱扯了，你总是有的说，你还是到外边去陪你爸爸说会子去吧。"

那少年又答应了一声，往外走去。紫云看他言谈举止一切都和晋芳不差，只不知为什么看见自己，竟如不识一般，毫不睬理，心里不由有气，心说你这人无论如何，你有什么为难之事，也不该对我如此，我倒要问他一问。想着便跟着走了出来，一看那少年已然拐过屏风，就要到外边去了，便紧赶了两步，来到身后，喊了一声"秦大哥！"那少年猛地一回头，原没有见过紫云，自不能免诧异，便一声儿不理，依然往前边走。这次离得近，紫云可看清楚了，秦晋芳确和这位少年长得不差，只是脸上没有记，这个少年左颊上有一块紫记，仿佛一片杨叶相似。方才自己一直站在右边并没有看出来，这一对面，看得逼真，才看出这少年脸上多了这一块记，和晋芳不同，心里这份儿难受就不用提。自己住在秦家这一年，也没有跟晋芳谈过一回私话，这次因为母亲在死以前，曾经说出晋芳二字，底下就没有说出来，实指望可以看见他问问，谁知就在这里，偏偏就遇见这样一个长得像的人，一时情急，竟自会闹得这样冒失，真是意料不及。自己在这里住的意思，一则江飞夫妇有助力葬母之恩，自己不能拔脚就走，恐怕对不起人家江氏夫妇；二则自己暂时也没有一个相当去处，自己师父，现在又不知道准在什么地方，以一个年轻女子，满处乱跑，也不像一回事；三则看江氏夫妇，对于自己，确实不坏，所以这才逗留下来。不想今天一个忙中有错，竟闹出这么大的笑话儿，看来这个地方不可久居了。倘若这位少爷把这话对江氏夫妇一说，人家岂不要看轻了自己的人格，还是早些走了的为是。想到这里，便恨不得当时就走，因天尚白日，自己走着不方便，而且一时之间，也想不出一个什么地方可以去暂住。忽然心中一动，想起奚红雪说的话来，说是到了四川以后，无地可去，何妨到什么冷竹塘去住，想这冷竹塘一定是她师父所住的地方了，现在四方难奔一时，何妨去找找她，如果她师父肯得留我，我也能在那里住，那里正是一个安身所在。心里想着非常高兴，忽然又一想，当时奚红雪说的时候，刚说了一句，就被她师父给拦回去了，仿佛里头有什么不可告人之隐似的，自己也没有往底下去问，这冷竹塘，竟在什么地方，如今虽然打算投到那里去，只是跟谁去打听这条路去，想到这里不由又犹豫起来。

正在这个时候，只听江大奶奶在屋里说道："舒姑娘？"紫云不能再往下想，急忙回到屋里。江大奶奶道："舒姑娘你在什么地方？"紫云脸上一红，就没答应上来，又把头一低。江大奶奶笑道，"噢，小便去了，我说方才往外走得那样急呢？舒姑娘，你说也怪，自从我见你面那天起咱们就投缘，现在这几天这一待，更了不得啦，一时瞧不见你，我就想你，你说怪不怪？"

紫云一看江大奶奶和颜悦色，笑容满面，心里真说不出一股子劲儿来，恨不得把自己整个儿一个人全投在江大奶奶怀里。赶紧把精神一振道："大奶奶您是太疼我了，这确实是咱们娘儿们的缘分。"

刚刚说到这里，只听窗户外头有人说道："娘，我爸爸叫我请您到外边有一件事要问您呢！"

紫云一听轰的一声，几乎没晕倒在地，心想这次人家进来一定要问这件事，叫自己如何应付，真是恨不得有个地缝儿钻进去才好。幸喜江大奶奶没有耽搁，没等进来就跟着走出去了，紫云心里才算着实一点儿，可是心里想着，也许是江飞已然知道了方才这件事，不好意思当着自己面问，所以才请江大奶奶出去说这回事，如果现在自己不走，等一会儿江大奶奶回来要是一问，自己依然难免这一场难堪。不过现在自己甩手一走，原来是一种无心中的错误，反倒描真了，将来人家说起来，也是不好听。况且，母亲的坟墓在人家这里，自己又不能从此不来，想着走又不好，不走又不好。

正在为难，忽然一个婆子从外面跑了进来，看见紫云便笑着道："舒姑娘，大爷大奶奶叫我来请姑娘到前边去说几句话。"

紫云一听，暗道果然，自己要是走当然还可以，不过自己原没有什么不好的意思在内，爽得到前边把这层意思说清，也免得人家猜疑，这倒是个办法，便也笑着向那婆子道："大爷大奶奶在什么地方呢？"

婆子道："都在书房里等着呢，您快去吧。"

紫云道："咱们一块儿去。"随着婆子，来到前院儿，一看江飞夫妇，都在屋里坐着，旁边并没有少爷在内，心里略微放了一点儿心，便向江大奶奶道，"大奶奶您叫我呀？"

江大奶奶笑着道："没什么事，找你出来咱们娘儿们说会子闲话儿。"

紫云道："我拙嘴笨腮的，可不会说什么。"

江大奶奶道："得啦，你就不用表白啦。坐下，坐下，把你们从云南到这里来的一道儿上看见些什么，咱们都说说。我活了五十来岁，就没有出过门，就爱听人说古迹儿。"

紫云道："大奶奶，想我们母女，从云南原是逃难来到此地，别说没有看见什么古迹，就是有古迹，我们哪里还有心观赏，大奶奶，您想我哪里有什么可说的。"

江大奶奶才要说什么，江飞笑着接过去道："舒姑娘，自从你来到我们杨花堡的那一天，我就忘了问问舒姑娘要到四川什么地方？找什么人？今天因为闲着没有事，所以请舒姑娘出来谈谈，如果我们知道这个地方，我们可以派人把舒姑娘护送到那里。我先跟姑娘打听打听，老太爷在世的时候，做的是哪一行生理？怎么称呼？"

紫云一想，自己父亲活着时候，虽不能说鼎鼎有名，在江湖上总算不易，如今死在一个贼蠡之手，自己现在落到这般地步，如果说出来也惹人耻笑，自己又不在这里常住，何必给死去的父母招人家说闲话。想到这里，便笑着向江飞道："您待丫头这一番好意，丫头是无不拜领。家父单名一个禄字，生前只以教读为生，并没有做过旁的事，至于到四川来，也只是随了亡母说是到这鸭头堡去投一个亲戚，亲戚姓什么叫什么，亡母并没有和我说过。不幸亡母走到这里，突然因劳累去世，丫头并没有得问清楚这位亲戚叫什么姓什么，大爷大奶奶这番好心，丫头只有在这里奉侍一辈子才可以报这深恩了。"

江飞听了道："舒禄，以教书为生。啊，舒姑娘，我问一个人你可知道？有一个姓舒名铁，江湖上人称肝胆书生的可是府上一族？"

紫云一听，眼泪几乎没有夺眶而出，赶紧忍住摇摇头道："不认得，亡父只是单传，并无弟兄。"

江飞嗐了一声道："原来是这样，那就不相干了。我再派人到鸭头堡去问一问，有人和尊府认识的没有？舒姑娘你还是到后边去歇着吧。"

紫云答应一声，又退了出来，一路走着，心里暗想：自己来了好几天，一向也没有问过这个话，怎么今天正在江少爷回来之后，就问起这个话，难道这江少爷就是秦晋芳？那他怎么会到这里来？又如何会当了人家的儿子？又如何见了自己，竟自不理？脸上又多了一块记怎么又和晋芳不同？越想越想不着。忽然心里一动道："无论如何，这里总是离开的好。今天夜晚，趁着大家睡着，想法子到外头打听打听方近有冷竹塘没有？打听出来如果是有，赶紧躲开这里为是。"

这天晚上，紫云正陪着江大奶奶在屋里说着话，忽见江大奶奶一笑道："舒姑娘，我真是糊涂了。有一件东西要送给少爷，婆子们都睡了，我想请舒姑娘替我送一趟，可以吗？"

紫云一听，心里怦地又是一跳，心想这又是难题，可是自己不去，益发显出里头有什么不实不尽，不如借着机会到那里去看一看，到底是秦晋芳不是秦晋芳？想着便答应一声："大奶奶送什么东西？"

江大奶奶道："也不是什么要紧的东西，今天早晨蒸了一盘子枣糕，靖儿晚上念书，也许饿了，让姑娘给送一趟去。"

紫云从柜里取出糕来走到外院，一看书房里灯光大亮，屋里仍有念书

232

之声，便用手指头在窗门外轻轻敲了两声。屋里问道："什么人？"

紫云道："我是紫云，大奶奶叫我给少爷送点心来了。"

屋里道："拿进来吧。"

紫云推门进去，一看一张书案，上头堆满了是书，江少爷正坐在椅子上拿着一本书在那里乱晃。紫云把点心往案头上一摆，转路就要走，江少爷忽然道："紫云姐，怎么不叫他们婆子送来，黑天半夜，却自己跑这一趟。"

紫云道："这也算不了什么，谁跑一趟都一样。"

江少爷又道："紫云姐，在我从前没出去之先，没有见过姐姐，不知姐姐什么时候来到这里的？"

紫云道："我来了不多天。"

江公子道："紫云姐姐你姓什么？"

紫云道："我姓舒。"

江少爷道："姐姐是不是葬母全孝才来到我们这里的？"

紫云道："可不是。"谁知江少爷一听这句话，扔下书本，离了座位，趴在地下就磕起头来。紫云出其不意，真吓坏了，过去拦也不合适，不拦也不合适，便赶紧往旁边一闪道："少爷，你这是怎么了？"

江少爷道："我们读书的人，专一敬的就是孝子忠臣，像姐姐这样大孝女，真可媲美古代曹娥木兰，我磕几个头还不是应该的？"

紫云笑道："我的傻少爷，那是古人，我怎能比得。少爷快快请起，免得旁人看见笑话。"

江少爷这才站起来，又作了一个揖道："我方才只听父亲提起，说是有这么一件事，我还以为他们是骗我，谁知果有此事，又谁知就是姐姐。想不到会有这样的孝女来到我家，真是幸事了。我去见娘去，不能把姐姐列入他们仆婢一流，那是有罪的。"说着话就往外跑。

紫云急忙一纵身，堵门口笑道："少爷，黑天半夜，你别胡闹了，传说出去，更成笑话了。"

江少爷把头一摇道："什么，笑话？像这样笑话，岂可求之得哉！"摇头晃脑念了好几遍。

紫云一看，这简直是书凯子。这时仔细看清，才看出来这位江少爷虽

233

说和秦晋芳很有几处相像，而眉目之间，带有一种秀气，不像晋芳那样刚而不柔的样子，并且觉得他很有意思，知道方才的误会，也可以和他说说，便笑着向他道："少爷，你先坐下，我还有话和您说呢。"

江少爷道："姐姐你也坐下。"

紫云道："我不累，少爷坐着吧。"

江少爷道："姐姐，你不要拘泥，你要知道，在名分上，你是下人，我是主子，实在姐姐你是神人、圣人，我是俗人凡人，姐姐不敢坐，我就更不敢坐了。"说着就又站了起来。

紫云忙道："少爷你坐着，我也坐下就是。"说着拉了一个凳儿，就在书案旁边坐下。

江少爷道："姐姐有什么话说?"

紫云虽然闯荡江湖，无论如何，总属是个女子，想着不由脸一红道："只因从前我们有个亲戚，长得和少爷一样，方才我猛一见少爷你的面，我以为是我们亲戚也到了此地，谁知道过去一看，才看出少爷脸上有一块记，和我们亲戚有点儿不一样，不知少爷方才也觉乎诧异了吗?"

江少爷道："我听是听见喊了一声，却没有听清。等我回头一看，姐姐又回去了，我还以为是要说什么又没有说，我也没有往心里去。倒是令亲既说和我长得一样，将来倒不可不见一见。至于说我脸上这块记，还有一段事呢。我原名字叫江靖，脸上也没有这块记，有一年和人家到青城去看风景，睡在枫石地下，等醒了之后，脸上便多了这如枫叶一般的青记，所以我又有一个名字叫江枫。"

紫云遂道："噢! 原来还有此一说，这就是了。等将来遇见我们亲戚时候，一定让他来看看您比一比。天已然不早了，大奶奶还等我呢，少爷吃点儿点心，也该安歇了，我也要去伺候大奶奶睡觉了!"

说着才要迈步往外走，只听窗外有人扑哧笑了一声，江枫紫云都吓了一跳。江枫急问道："什么人?"

外头答道："是我。"

江枫一听，正是自己母亲的口音，便说道："娘，你老人家还没有睡?"

江大奶奶一掀帘子走了进来笑道："我因为吃饭时候，陪着你爸爸多

234

喝了两盅酒，心口直跳，躺睡又睡不着，所以想着到这里来找你说会子话儿。"说着又向紫云道，"舒姑娘，你在家里也念过书吗？"

紫云道："没有认过字。"

江大奶奶道："你要愿意认识几个字，没事时候叫靖儿教给你，他也可以有人做个伴，免得寂寞。"

紫云道："等将来少爷得闲时候，我可以跟少爷学几个字，不过却太给少爷添麻烦。"

江大奶奶笑了笑，又说了会子闲话。江大奶奶打了一个呵欠，便向紫云道："咱们都该睡觉了，别尽顾了谈天，明天起不来。"又向江枫道，"你也可以睡了，书不是一天能够念出来的。"说完扶了紫云一同进去。

紫云看着江大奶奶睡下，这才回到自己屋里，坐在床沿上暗想，要以江氏夫妇救自己这一番好意来说，自己住在这里，确是一个好地方。不过听江大奶奶说话的意见，对于自己，恐怕还有旁的想头。如果真要是有那种意思，自己却如何推辞，不如还是依着自己的意思，访访冷竹塘，如果那里可以安身，比这个地方好。想到这里，复又站了起来，拾掇紧束全身，把灯吹灭，听了听院里一点儿动静都没有了，一长身就够着了后窗户，把窗户支起，探出身来，一看也是一点儿动静没有这才探身出来，一平腰就窗户里跨了出去。到了外边，单胳膊肘挎住窗台，一只手又把窗户撂下，一瓢身落在平地，蹑足潜踪，来到院墙，一耸身从上面耸了过去。一看正是一条后街，幸喜没有什么人，这才顺着墙根儿下，一直就走到了那片树林口。忽然一想，自己太荒唐了，这冷竹塘究竟在什么地方，自己一个字都没有问，可到什么地方去找这冷竹塘，如果自己回去再问，又怕露出踪迹，人家如知底细，自己便不容易再出来。正在犹豫之际，只听后头这股大道上，有人嗖嗖走路的声音。紫云跟着舒铁，也可以算是常走江湖，对于黑道儿上的事，差不多都有几分明白，一听这声音，就是江湖上走黑道的声音，外行人叫"夜行术"，自己人叫作"赶夜站"，走起来的时候，是胸脯弩着，臂儿鼓着，腿儿弓着，脚打屁股蛋儿，全凭两个脚尖往前点，两只手摆动一衬劲，比平常人能够加出三分之二的快，因为两只手在身上蹭，故而走起来有嗖嗖的声音。紫云一听，明白是有人"赶夜站"，心里想着怪，这杨花堡里怎么还住着这路人。据江飞说，这里是一个极荒僻地方，四外连个住人都没有，那么这是什么人在这里"赶夜站"呢？也许有外路人走到这里，要在这里干些什么。江飞既然待我有恩，我就应当想法子给他帮忙才对。想到这里，便把身子往树后一藏，眨眼之间，脚步益发听得真了，接着嗖嗖两条黑影儿从身旁纵了过去。紫云一看不敢怠慢，本想喊嚇一声，叫人家站住，又一想倘若是这本堡的人呢，自己一喊，岂不是把自己送了出来。再者人家是两个人，自己是一个人，不用说自己出来，身上是寸铁未带，即使自己带着兵器，双拳难敌四手，自己也未必准干得过人家，到了那个时候，又应当如何？不如随着他们同去，看他们到底是到什么地方去？如果与杨花堡丝毫无干，自己也不便多事，再赶紧回来，就算白跑一趟。倘若与杨花堡有关，自己也赶紧回来，把一切事情告诉江飞，让他也有个准备。就在这一想之间，这两条黑影儿出去就有一丈远近了，赶紧一伏腰，便追了下去。一边跑着，一边看那两条黑影儿，只见这两条黑影儿一个胖，一个瘦，一个高，一个矮。高瘦的一个跑得很快，矮胖的一个跑得慢，不但慢，而且还直喘。黑夜之间，当然看不清穿的什么衣裳，不过紫云有一样很诧异的，就是看前边的两个人，一身打扮，都不像男人而像女人，因为明明看着身上穿的衣裳，是裙子袄，而头上仿佛也有绢帕包着头。最可怪的就是身上都有一根汗巾在后头飘着，绝不是男子所有的东西。心里越觉着怪异，脚底下便也越追得紧，追来追去，便追得首尾相连了。前头跑的人，一点儿都没有理会，一则是紫云功夫比前头跑的人高，二则前头跑的人心里有事，耳朵也差了一点儿。及至身临已近，一看那个胖的，敢情不是胖子，身上背着一个人相似的东西。

正在骇怪，只听一声娇喊道："姐姐，你背会子吧，要一直叫我背到冷竹塘，到不了那里，我就死了！"

紫云一听，不由心花怒放。

正是：

　　踏破铁鞋无觅处，得来全不费功夫。

要知紫云怎样得入冷竹塘，且看下回分解。

第七回

感深恩紫云救江枫
申师意红雪说祝静

紫云一听冷竹塘三个字，无异吃了一服清凉药，心想真是踏破铁鞋无觅处，得来全不费功夫，我正在找冷竹塘不着，无心中却听见了冷竹塘，实是天与之便，无论如何，不能放松。想冷竹塘一静大师，持教最严，谁都知道她是绿林道的魔鬼。前边这两个，既是到冷竹塘去，听声音又像女子，说不定也要是一静大师门下之属，到外面来做什么？如今我到冷竹塘，正恨没有一个引进之人，何不跟她们一道儿去，就请她们做一个引进之人，且听她们底下说些什么，再去向前搭话。

这个时候，前头人家已然缓了脚步儿，自己便也把脚步儿放松，越走越慢，又听一个女子声音说道："你这个人就是这样没紧没慢，冷竹塘又不是咱们长久之家，借着老姑子出门这几天，咱们要不快乐一下，等她一回来，再打算乐，可就难了。再者我听那个丫头话语之间，老姑子一回来，还不定把咱们送到什么地方去，要不是怕老姑子能够跟踪前往，我早想法子跑了。咱们现在是过一天，说一天，活一天，算一天。你看这个孩子，虽然比不了昨天咱们看见那个雏儿的英俊，可是无论如何，咱们先可以解渴这是真的，玩儿一天，是一天，死了也不冤。你不快点儿回去，等那个丫头打坐一醒，虽然咱们不怕她，究属有许多不便，你现在刚跑了不到二里地，你就脱懒，这么办，把他交给我，我背着，可是到了快乐的时候，你也别抢。"

紫云一听，暗吸了一口冷气，心说这是什么人，幸亏方才没有和她们搭话。听她们所说，这两个人是无耻之辈，却可怪为什么一静大师会留这种人在冷竹塘住？这真是怪事，难道冷竹塘确实是这样污乱不成？可是看奚红雪绝不是这种人，不知其中有什么缘故，不如紧跟在她们后面，看看她们到底是怎样一个人，冷竹塘究竟是怎么一回事。如果冷竹塘不是善地，趁早儿另奔他方，倘若这两个人在外面败坏冷竹塘的声誉，我要把这件事情办清，除去这两个人，以报一静大师前者救护自己的好处。

想着仍然听她们说话，只听先前那个女的说道："姐姐，咱们还是亲姐妹呢，一句话不合适，你就不高兴，实在是这个人太沉。我想咱们两个人倒替着，反正得把他弄回去。我自从跟你出来那天，我就说了，你到什么地方，我到什么地方，你干什么，我就干什么，谁不知过一天说一天。前些天我听老姑子说，咱们爸爸为出来找咱们，不幸碰见对头，把老命也送了，咱们哥哥也都受了伤。听老姑子话风，仇人她都认得，就是没说出来。你想为咱们两个，家里已然算是家败人亡，咱们活着又有什么意思，你是我的亲姐姐，到了这个时候，还闹什么心思？"紫云一听，不由又是一怔，心想听这个人所说，很像祝普他们家那两个姑娘，只不知为什么落在冷竹塘？又不知道她身上背的是什么人，既是这样，更不能不跟着去探看探看了。

再听又一个女子叹了一口气道："既是这样说，你就把他交给我吧，也不用换班，我一口气可以把他弄回去。不过到了冷竹塘，就是这样，咱们可进不去，如果一拉地串子，他们就得一窝蜂跑出来，要就是咱们两个人也没有什么，身上背着这个，可就进不去了。我想这冷竹塘，只能蒙哄外人，咱们在这里头这多天，差不多都明白了。咱们这回这么办，到了竹子外边，别走正北，正北竹子最厚，偏着西北那块地方，就是每天他们练功夫的那块空地，那面竹子最薄，咱们用'燕子穿云三纵'，从那片竹子上纵过去，从后边绕一绕，就是咱们那片房，只要一到屋里，就可以没愁。咱们就这么办，脚底下加劲，在丫头打坐完了以前，咱们要赶回去。"

说着话两个人脚步儿就站住了，紫云也忙收住脚步儿。只见一个从身上解下一个人来，大约受了什么东西熏过去了，一声都不言语，任凭人家摆弄，一个接过来，搁在自己身上背好，说了一声走，当下只听嗖嗖一片声响，敢情这个比那个快得多。紫云不敢怠慢，也脚上加劲，嗖嗖嗖，顺着杨花堡这道河沿，一直就跑下去了。越走越不好走，越走越黑，大概足走了有一个时辰，远远一看，前面一片黑乎乎。紫云没有来过，自然不知道，忽见前面跑的脚步儿已缓，就猜着前边一座就是冷竹塘。远远看见一片黑，身子既临切近，可就听出竹子风吹得叶儿声响，不过人在河西边，竹塘在河东边，眼看前头也没有桥，更没有渡口。紫云心里想，看她们怎样过去。

只见势子跑得略缓，前头一个道："姐姐，你的能耐真比我强，我今天算是服了你了！"

后头那个带着点儿喘音道："得了，你别不害臊了！饶是得了便宜，你还卖乖，咱们可得说下，我一个人可弄不动他，你得想法子咱们两个人把他弄过去。"

先前那一个道："哟！姐姐你忘了，今天我方才怎么过去的，不是姐姐扶着我一把，我都过不去。现在再加上他，我更过不去了。"

又听扑哧一笑道："废物丫头，什么也不成，除去吃喝睡，你还会什么？过来，你听着我的，我能把你们两个都带了过去。"

紫云一听，不由暗吃一惊，心想幸亏我没有出头露面，如果我自己一个不谨慎，一定吃亏。只见一个那身上的大包袱放下，解开包袱往起一架，可不是一个身约七尺高矮的男子吗？又向那一个叫道："你架住他那边，掏出'锁子镖'来。"那个答应一声，哗啦一声响从身上抖出一种东西来，紫云不用说没见过，简直连听都没听过，原来这种兵器类如飞抓，一根长丝绳，一头有皮挽手，一头是一尺多长的铁链，链子头上，拴着半个钱似的小铲子，上头一边有一个铃铛，形象就和月牙相似。这种暗器，专能败中取胜，打发跟镖差不多，可是打出去能收回来，如果把绳子收短，可以当作链子家伙使用。这种兵器不好使，使的主儿也不多，故此紫云没有见过。正在紫云诧异之际，只见两个姑娘一边儿一个把那男子架在当中，喊一声起，左右两边齐把那根绳子抡起，抡得成了一片圆圈相似，眼看着那圆圈越来越大，两个女的把那个男的竟自扶起，仿佛和驾云一样，腾空而起。两只手不住地乱抡，身上便跟着随了过去，不几下已到对岸。眼看人家都过去了，紫云还在那里怔着，眼看见人家又走了，心里这才明白，猛地想起，人家是过去了，自己也得想法子过去。可不能学人家，一则自己没有那种家伙，二则没练过这种功夫，陡地一想，自己虽没有练过这种功夫，可是自己也会轻身高腾诸法，对于"借萍渡水"也曾练过，如果要是在极宽的河面，恐是过不去，就是这一丈多宽的河面，或者也许能够对付过去。想到这里，便把身体向后退了有个一丈多远，使足了脚力往前跑。这种功夫，完全是一种气功仗着一个快劲，到了气稍微一泄的时候，跟着把脚在水皮上一点儿，仗气使力，就过去了，不然为什么要叫"借萍渡水"呢，就是借的这一点儿气力。紫云准知道仗着自己的功夫，不用说还是这"借萍渡水"，就是凭着自己的功夫，一纵身也能对付过去，紫云故意要试试自己能力如何，跑到河沿，提住丹田一口气，往起一纵，仿佛要一步迈过去一样，到了河心，脚步儿轻轻一点儿，跟着一提气，嗖的一声，竟自到了对岸。赶紧定神再看那两个女的，已然踪影不见。可是这竹塘越离越近越看越真，一看这片竹子，足有好几十亩地，从外头一看，完全是一片整个儿的竹塘，不知人家出入，从什么地方，自己既不知道里头是什么情形，便不敢贸然往里纵。又在四外看了一看，依然找不着有什么地方可以出入。自己忽然心中一动，方才听她们两个所说，西北竹子最薄，何不绕到西北，想法子纵起来，怎么样可以进去。想到这里，便站住了认清了方向，直奔西北犄角。来到那里一看，也跟那几面一样，并看不出如何薄法，便提身一纵，使了一个"白鹤冲天"式子，纵起看时，果然四外都厚，就是这一片薄。把远近记清了，依然退下去，在一丈开外，往前跑，跑到离竹子还有三五尺，斜着身子往前一纵，使一个"乳燕穿林"式，斜着就纵了进去。才一落地，就知道不好，忽然觉得腿腕子上有什么东西给捆上了，心里着急，不由便把手去扯。谁知不扯则已，一扯把手也都捆上，并且经自己这一阵扯动，四外铃声乱响，吓得连动也不动了。

不过一碗茶的工夫，当时锣声一阵，灯笼一片，全都拥了出来，齐声乱喊："胆大眼瞎的贼子，竟敢深入冷竹塘，留下命再说！"紫云虽然躺着，可是看得明白。一看出来的这些人，全都是十七八岁的大姑娘，并没有一个男子在内，每个人手里一根木棍，梳着大辫子，短打扮，上身鹅黄小袄，下身浅紫色中衣，腰里都系着一根湖色绸带。里头有两个为首的，笑着向大家道："我当着是个什么大不了的人物呢，敢情也跟咱们一样的妞儿。人有见面之情，人家既到了咱们这里，无论如何也是个客，咱们别慢待人家。"紫云一听，果然冷竹塘是个好地方，连这种人都会说出这么体面的话，这不用说，一定是要把自己放开。再听那个姑娘一声喊道："来呀！你们大伙儿卖点力气，把这位远客给抬进去。"大家答应一声，过去先把"串地锦"给摘了下去，就这有两个把自己身上带子解了下来，把紫云手腿捆好，抬起来往别处就走。紫云心里这份儿难受就不用提了，想不到这一班姑娘，竟是这样轻薄。大家往前走，紫云心里纳闷儿，四面都是竹子，连一间房都看不见，难道他们另有什么地方，不在这冷竹塘里，却故意这里弄这么一片竹子迷惑人。心里想着，当然就得用眼看，走着走着，忽然觉得身子往下一矮，仿佛是往下走一样，急忙侧脸往旁边看，可不是土墙吗？底下是倒下的台阶，这才明白，敢情人家的房子都在地下。借着灯光，看得清楚，底下地方还是真不小，迎面就是七间大厅，里头灯亮，如同白天一样。

　　大家走到这里，全都站住，为首的两个道："你们先等一等，我进去瞧瞧姑娘打坐完了没有？"说着一掀帘子走了进去。工夫不大，走出来向大家一点手，大家便把紫云抬到屋里。紫云正待说句什么，叫他们把自己先放起来，只听一声娇叱道："谁让你们这样顽皮，得罪来客，真是可恶，还不快快放手！"紫云一听这说话声音，非常耳熟，才一思想，旁边已然解去带子把紫云放了起来。紫云才一立起，便见座上一个姑娘飞似的站了起来，一把揪住紫云道，"你不是舒家姐姐吗？怎么会来到此处？"

　　紫云出其不意，还真吓了一跳。定神一看，正是自己要找的奚红雪，不由脸上一红道："我是特意来看姐姐的。"

　　奚红雪道："真是对不过，却使姐姐受了委屈。"

　　紫云道："这也没什么，我听姐姐说冷竹塘，我就想来，这里真是洞天福地。大师现在在吗？"

　　奚红雪摇摇头道："不在。她老人家虽然入定多年，却依然好管世事，现在又为另外两个人去跑去了。伯母现在什么地方？"

　　紫云见问，不由下泪，便把漆氏已经故去的话说了一遍。红雪也不胜悒郁道："几天不见，想不到她老人家就这样去了，只是姐姐现在欲往何方？"

紫云叹了一口气道："小妹现在已是双亲俱故无家可归的人了！"遂又把自己如何鬻身葬母，如何江飞收留自己，江氏夫妇待我是如何好，现在自己如何为难，所以才来到此地的话，说了一遍。

红雪一边听一边点头道："原来是这样。以姐姐现在情形说来，自是来到我们这里同住为宜，不过家师未在，却不敢做这个主。况且，还有一件……"说到这里，忽然停止不说下去。

紫云道："姐姐既不以小妹见外，有话只管请讲，小妹无不愿听，姐姐何必这样？"

红雪道："不是这样。姐姐还记得在大理县城树林里的时候吗？那时我说请姐姐来住，家师忽然止住不叫我往下再说，这件事姐姐可还记得？"

紫云点点头道："不错，是有这样一件事。到底为什么，小妹本想要问，难道是一静大师看出小妹是什么不稳的情形，不肯授教吗？"

红雪连连摇头道："不是不是，家师并且很是喜爱姐姐。后来我回来途上，也曾以此话问起家师，家师说，并不是不愿意姐姐到我们冷竹塘，实在是我们冷竹塘里住着有姐姐两个仇人，恐怕见面，彼此都不好。"

紫云急问道："小妹生平没有得罪过人，如何会有仇人在此？姐姐可知道他们叫什么名字！"

红雪低声道："姐姐和红胡子祝普，可算有仇吧！"

紫云不觉失声道："红胡子祝普和我有杀父之仇，姐姐为什么提起他来？"

红雪连连摆手道："姐姐你小声儿些，既是祝普和你有仇，这就是有仇了。祝普有两个儿子，一个叫竹影儿祝清，一个叫灯花儿祝保……"

紫云不等说完便道："不错，我认识他们两个，难道就是他们？"

红雪道："这却不是他们，他们也进不了冷竹塘。这是他们两个妹妹，一个叫红蝴蝶祝庄，一个叫白蜻蜓祝静，这两个现在却在我们冷竹塘。"说到这里，只见窗外人影儿一晃，跟着就是当啷啷一阵乱响，红雪一纵身急忙出去看时，一个人影子都没有，往台阶上一看，地下放着几个铜锣，就是方才她们用的还不曾收，不由咦了一声，又点了点头，复回屋内。

紫云道："什么响？"

红雪道："没有什么，也许有人来到咱们这里听贼话来了。"

紫云道："那咱们也不必去管他了。我再问姐姐一句，祝家姐妹住在这里，是谁的意思？怎么这么一座清静的地方，会使这种人在里头？"

红雪道："这却是家师一片慈心的缘故。祝家姊妹，生有贼骨，天赋下流，专门用熏香蒙汗药在江湖上玩弄男子，受她们害的也不知有多少，不想遇见了魔头，就是那左金丸俞伯玉。他有一个乡亲也受了祝家姊妹的害，只闹得家败人亡，俞伯玉本来疾恶如仇，就是旁人遇见这种事，也不会袖手不管，何况是自己的亲戚，因此一怒便立意把她们除掉。只是她们姊妹，向无定所，也许江南，也许江北，四下寻找，好容易在扬州得着了她们的踪迹，找到了她们，便要用笼雀刀把她们姊妹两个除去。也是她们命不该绝，正碰见家师从琼花观有事路过那里，看见这回事，心里很是不忍，便向俞伯玉讨情，饶她们不死。家师便把她们带回冷竹塘，叫她们诚心忏悔，赎回从前罪过。初来时倒还相安，越来越不对，家师便告诉她们冷竹塘不是等闲的地方，无论什么人，不能在这里胡作非为，并且她们两个应当知道自己是应死未死之人，如何还是这样放荡。家师又说起，她们两个是一半因为习性，一半也是环境所致，这里既不可住，另外给她们找了一个地方。便越青城山上仙松岭，那里有三间草屋，里面有吃的喝的，山势陡绝，没有绝技的人，不能上下自由，便许把她们两个送到那里去。家师说完便先去到那里安置去了，至迟再有个十天半个月就可以回来。没有想到姐姐今天到此，我想姐姐暂时还必先回杨花堡，过个十天半个月家师回来，把她们两个送走，那时我禀明家师，再请姐姐到这里来盘桓。"

紫云道："也好。按说我跟她们两个，就算有仇，如今一静大师既是肯开脱她们，我也算是宜解不宜结，把这冤仇不报了，任她们自去吧，既是这样，我就回去了。"红雪也未深留，当下把紫云送了出来，紫云依然回到杨花堡，幸喜无人知道。

第二天堡子里就出了乱事，一个姓朱的青年男子丢了。紫云心里一动，这一定就是祝家姊妹干的了，有心说出来，一则自己不愿意说出自己，二则就是说出来，也没人能去，并且，又知道一静不久就回来，祝家姊妹不出一个月就要不在这里了，自己何必多事，便自没有说。

恰好一天江飞因为一件急事，要到上江去接一件东西，便自走了，家里只剩江大奶奶和江枫。这两天江枫和紫云又熟识了许多，大家在一起，并不分主婢之说，都是有说有笑，江飞走了之后，江大奶奶便告诉紫云，叫她晚上搬到自己屋里来做伴。

江枫道："娘干什么这么胆小，谁还敢到咱们家里来偷什么？"

江大奶奶道："你先不用说大话，你没听见堡子里朱家的孩子就丢了，你留神你也让人家把你背了去。"

江枫道："他们背也不背我，物必自腐也，而后虫生之，我不去找人，人绝不来找我。朱家的孩子，不定是自己到什么地方去了，如何会有凭空一个人不见的事，攻乎异端，斯害也已。"

江大奶奶道："得了得了，酸气蒸天，我真不爱听。你快去睡吧，你爸爸不在家，什么事你也应当明白一点儿，做一点儿主意才对。"

江枫答应，便回到自己书房。看了两本书，才躺下，忽然闻得一阵香味，心里好生诧异，院里又没有什么花开，怎么这么大的香气。就在这一呼吸之间，喷嚏一声，当时便迷了过去。窗子一起，从外头进来两个姑娘，正是祝庄祝静姊妹两个，因为昨天自己进去工夫不大，忽然锣声一响，自己便是一惊，怕是有人看见她们进来，急忙把背的人先自藏好，然后姊妹到前边去偷听。红雪和紫云说话，大家只留心屋里，就没有留神外面，她们姊妹原不认识紫云，后来听她们一说，才知道这就是杀父的仇人。祝庄不由火起，一拔剑，就要闯进屋里去，不想脚步儿慌忙，没有看清脚下有锣，一脚碰上，当时是响声一片。祝静一拉祝庄，祝庄身不由己便跟着祝静一溜烟相似从房后就走了。

来到屋里祝庄向祝静道："你难道没有听见，那个丫头就是杀父仇人，不让咱们遇见，还要去找她，怎么如今见她，你反要放她过去。你就忘了，父母之仇，不共戴天？"

祝静道："姐姐，你怎么总是这样暴躁。既然知道那丫头是杀父仇人，我们哪里有怀仇不报之理，不过咱们现在身在人家家里，听奚丫头话风，和那丫头很是不错，我们如果找那丫头寻仇，那丫头既是能够跟咱们老爷子动手，并且能伤了咱们老爷子，武学想必不错，动起手来咱们准能是人家对手不是，咱们尚且不知。倘若奚丫头再从旁相助，咱们如何能够是人家的对手，那岂不是报不了仇，反而把咱们两个送了进去。"

祝庄道："那么咱们就眼睁睁看着杀父仇人不理不成？"

祝静道："那如何能够！不道事缓则圆，我们明着报不了仇，暗着下手，总可以有法子。方才我听那个丫头说，她现在住在杨花堡一个姓江的家里，咱们不如去到那里，暗中想个法子，能够把她除去，自是最好，就是当时下不了手，我们想个什么法子，给她撒上一把毒药，叫她死而不明，岂不比这样强。"

祝庄一听，也觉有理，当下二人又一计谋，等到第二天晚上，又在奚红雪打坐练气之时，从后面私自走了出来。到了杨花堡，一打听姓江的在什么地方住，直奔江飞家里。恰巧这天江飞有事出去，没有回来，旁人又都安歇甚早，只有江枫因读夜书，还没有睡觉。姐妹两个顺着灯光，来到窗前一偷看，祝庄把祝静衣裳轻轻一拉悄声道："嘿！你看见了没有？屋里这个人，不就是咱们那天路上看见的那个孩子吗？想不到他就是江家的人。咱们现在既是找不着姓舒的，咱们何妨把他弄走，想个什么法子，可以把这个事给他按上，叫他明天去打这一场热闹官司，你看好不好？"

祝静道："咱们把他弄走了，与姓舒的有什么干系？如何害得了她？"

祝庄道："咱们把人弄走，给他留个字儿，话里把她给写出来，你想就凭那个丫头，守着这样一个爷们儿，还能有什么好事，咱们只要影影绰绰一办，管保叫江家饶不了她。"

祝静道："这样说，我们可得赶快动手，别等旁人再把咱们堵上。"

说着祝庄叫祝静在外头把风，自己一纵身，就把窗户横楣子够着，从腰里把"仙人醉"掏了出来，一个小铁筒，头里全是熏香，从头有个绷簧，在绷簧的上头，有一块火石，绷簧一蹭，火石就着了，在铁筒后头有根铁丝，一拉这根铁丝，铁筒子前面就打开了，顺着横楣子把铁筒顺了进去，一拉绷簧，又一拉身丝，嘴对着铁筒后头，轻轻一吹，烟就进了。听见喷嚏一声，这才从上面跳了下来，用手一推屋门，屋门还没有关，一推就开了。来到屋里一看，江枫已然昏迷不醒，赶紧解下带子来，把江枫捆好，往身上一背。这时祝静也进来了，把桌上墨盒打开，找过一张纸，写了四句就是："玫瑰隔帘透远香，清秋滋味与日长。粉蝶深秋浑睡觉，啼莺惊梦冷竹塘。"

写出来一看，祝庄道："这冷竹塘不该写出，那个丫头既知道咱们在

245

冷竹塘，岂不要疑心咱们，那岂不是自己把自己告了下来。"

祝静道："我们住在冷竹塘，谁还打算一辈子，如今趁着这个机会，给他烧把野火，岂不很好？"

祝庄道："那样也好，不过我们这张纸条，不要给他们留在这屋里，恐怕人家看出不是真的。方才我们从前边那片树林子过，不如把这纸条留在那里。他们家里，既是丢了一个人，绝不会不找，一定也可以看得见，那样便益发会疑心是姓舒的丫头干的了。"

说完之后，把江枫背了起来，祝庄先走了出来，祝静把纸条拿起，把门在屋里关好，噗的一口，把灯吹灭，一纵身够着横楣子，把四外划开，用手一推，把楣子推开，扁着身子从横楣子里跨到外面，依然把横楣子关好，跳了下来。姐妹两个跳墙出去，到了桃柳渡，用小刀把字条插好，二人赶回冷竹塘。

第二天江飞回来了，先听说丢了一个姓朱的，又听见自己儿子也失去踪迹，正在着急，恰好卢春来到，谈话之际，紫云也就明白了，告诉完了冷竹塘，自己就先跑下去了。刚刚走出杨花堡，仿佛迎面来了一个人，冲着自己乱晃，自己往东边躲，这个人也往东，自己往西边躲，这个人也往西，躲来躲去，只听"哎呀"一声，那人竟自摔倒。紫云心里好生诧异，心想我并没有碰在他的身上，怎么他会摔倒？

却听那人骂道："很是怪事，人就怕倒霉，一个瞎子，走道还会让人家有眼的给撞倒了。我是瞎子，难道你也是瞎子？瞪着眼睛欺负人，真是太不懂得人事了！"

紫云一听，敢情是个瞎子，哪里有工夫和他捣乱，便赶紧说声："对不起，我是有事心急，您包涵点！"说着不等他答话，便把身子一斜，从旁边让过去，大约离开那个瞎子有五六尺远近了。

方一迈步，只听"哎呀"一声，依然是那个瞎子骂道："你这可是成心和我瞎子过不去，躲出去你这么远你还是往身上踩，这回你又说你是有事心急吗？"

紫云一想，这可真怪了，怎么一个瞎子比我还跑得快呢，难道是故意找我为难的？这个人既敢这样玩笑，必有惊人本领，自己如果没事，还可以和他说说，现在自己事情非常紧急，怎么耽误。便把心气平了一平道：

246

"这实在是怪我心乱神疏，没有留神，这回您先过去吧！"

谁知那瞎子听了哈哈一笑道："果然是个好孩子，回头见！"说着话，只见一条黑影儿，眼前一闪，登时踪迹不见。紫云不由大吃一惊，心想这个人好怪，分明也是个江湖中的好手，只不知他这是什么意思，如果他是无心路过此地，还没有什么妨碍，倘能他是帮着祝家姊妹的，那一来恐怕自己不免吃亏。不过听他说话的语气，不像和自己有什么过不去的意思，事到现在，哪里还顾得这些闲事，且到了冷竹塘再说。心里想着脚下加快，不大一会儿工夫，便到了冷竹塘，依然施展"借萍渡水"过了这道河。来到竹林切近，心里又是一动，虽然到了冷竹塘，应当怎么进去，如果还像那天的进去，依然是撞在"串地锦"上，一次两次，叫人家奚红雪看见是什么样子。可是除去这样，并不知道怎样能使竹林开放，前天也忘了问奚红雪。

心里正在犹疑，又见前边人影儿一晃，听见竹竿戳地的声音，才一咕愣，那人已然走到了面前，嘴里念道："前天我已经来过一次，怎么今天就忘了。那四外都是竹子，得绕到什么时候，才能等里头走出人来，真是，人要是瞎子，简直是前生罪恶太深，这辈子才遭这惨报！"

紫云一听，还是方才那个瞎子，更瞧出这个人不是等闲之人来了，又看出他是绝无恶意，便赶紧搭话道："老前辈，你老人家贵姓？怎么称呼？我已然看出来你老人家是侠义之流，请你老人家指示一条明路，把我送进去吧。"

瞎子听了"哎呀"一声道："可了不得了，人家劝我冷竹塘夜里来不得，我还不信，果然叫我遇见了。不用说，这里一定是屈死的鬼，可是鬼呀鬼！咱们远日无冤，近日无仇，我一个瞎子，你非要我的命干什么？我有法子，别瞧我瞎，我会跑。"

说完这句，只见他提着竹竿，往地下猛地一戳，嗖的一声，身子竟凭空耸起。说来不信，这一耸足有两丈多高，陡地把双手往前一伸，作一个"乳鸭入水"式，脸朝竹林子里头，就落下去了。紫云知道方才他那一声儿叫"白鹤冲霄"，不是软硬功夫都到绝顶的人，绝办不了。站定一想，这一定是看我找不着门路，故意教我这样进去，这种功夫，自己却没有练过，纵起来至多能有一半，那如何能成，想来想去没有旁的法子，便想着

247

依然照着前天自己进去的那个地方进去，至多对不过奚红雪，也没有法子。想到这里，便要往那边拐，忽地只听哗啦一声响，自己站的那块地，竟自往前移动起来。这一吓非同小可，赶紧斜身一纵，纵出去有一丈多远，回头一看那片竹子，突然从中间拥出有八尺多宽那么一片，和旁边的竹子全都离开，又一看仿佛这出来的竹子后头是一股道，心里不由大喜，便再顾不得什么叫利害，一纵身就从那片空的地方进去了。才站住脚步儿，只听哗啦一响，那片竹子又回了原地，分毫再看不出来是能够推出去的，心里不由惊诧。略微定了一定神，一看四外竹林，里头一块空地连一个人影儿都看不见，那天来过一次，知道这片地上，有一个地方是地道，便慢慢往前走，知道地下有"串地锦"，一个不留神，就得被捆，加着小心，一步一步往前走。猛听当啷一声响，跟着哗啦之声又起，觉得脚底下那块又往外边撤去，紫云站在上头连动都不敢动。就在这个时候，只听地道又有人声，脚底下也不动了，便赶紧往旁边一纵，闪出中间这股大道，只见陡然从地下冒起一股亮光，凝神一看，正是那股地道。眼看着从旁边走出两个姑娘，一个提灯，一个拿着木棍，直往外边走去。紫云一看，后面没有人跟着出来，知道这是一个机会，便赶紧一侧身转在两个姑娘身后，就绕到地窖口，用脚探了一探，并没有什么埋伏，便跟着一步倒一步，慢慢往下探去。走下去不过三五层，忽觉眼前倏地一亮，原来底下也都点着风灯，紫云不敢再慢慢地走，便蹑着脚步儿贴着边儿往里紧走，加之上次已经来过一次，这时益发看明白，里头地方并不小，平着是七间正房，两旁边是厢房各五间，在正房的两旁边，左右有两个小门，便径奔右边那个小门走去。来到里头一看，是一个小跨院，迎面有三间房，屋里有灯，并且里头有人影儿乱晃，便赶紧来到窗户跟前侧耳一听。

只听一个说道："姐姐，人咱们是背回来了，可是咱们留下的那个条儿，不知道他们看见没有。我想那个丫头，如果已经知道那个条儿，她既然来过一次，少不得还会到这里来。我们这件事，固然斗的是她，可是叫老姑子知道这回事，她绝不能轻轻地把我们放过，我自从回来以后，心里总是有些啾啾咕咕的。"

却听又一个说道："要据我说，你这全是多虑。你想咱们为的是什么？不是为报仇吗？人已然到了咱们手里，那个丫头还能不急吗？姓江的看见咱们留的字，不疑心她能疑心谁？只要姓江的一追问她，就凭她那样一个丫头，守着那么样一个小子，那里头还能有好事，必定得言失语错，只要姓江的和她一变脸，咱们这个仇就算报了。至于这个孩子，咱们玩儿上他几天，趁着老姑子没回来，咱们还是先走的为是，难道真还等死不成。你不用瞎担心，倒是江家这个孩子，有点儿不顺手，咱们怎么想个什么法子，得让他答应了才好。"

紫云一听，正是祝家姊妹，在那里满嘴胡说八道，当时不由心头火起，便想闯了进去，把她们两个拿住，然后向奚红雪说明，把江公子往回一送，自己趁早儿远走，免得再惹是非。想到这里，便往后一撤步，意思就是要闯进屋里去，忽觉身后有人扯了自己一把，不由吓了一跳。连忙回头看时，一个人影儿已自往墙根儿处退去，知道必有缘故，又看出这人全无恶意，便也跟着退到墙边。正要问这人是谁，招呼自己有什么事，那人却不住连连摆手，告诉紫云不要说话，又用手向外边指了一指。紫云始终也不明白，便也跟着进来，知道又来了人，可不知道是谁，便一声儿不言语直着眼睛看着，见那人也是蹑着脚步儿走到窗棂底下，侧着耳朵往里边听，仿佛正听得入神，忽然往后一栽，登时摔倒，跟着屋里出来人就把那个听话的人给捆上提进去了。紫云益发糊涂，才一寻思，又觉着身后有人一推自己，回头看时，那个人不知道在什么时候已然没有了，便赶紧又走到窗根儿，一看窗户上有个窟窿，便顺着窗户往里一看。只见屋里是两个女的，一个穿白一个穿红，一个男的站在地下只是傻笑，两个都捆着扔在床上，一个认得正是自己要找的那个江公子，一个听见自己道字号，才知道他就是卢春。心想卢春也是为这件事来的，既然是被人家给擒住，无论如何，自己也得想法子把他救出来才好，才想寻思一个什么法子，忽听背后砰的一声，起了一片火光，吓了自己一跳，便赶紧一撤身，往旁边一闪，这时候屋里两个女的就出来了。紫云一看，正是时候，便一挑帘子，一低身就进到屋里，方才看得明白，江公子是被两个女子给推到后头去的，知道后头一定还有地方，便径奔床后。因为胆子大，走在卢春前面，进到屋里一看，江公子还在那里绑着，赶紧一推江公子，到了一个旮旯里，外头看不见了，这才告诉他，叫他在这里暂等一等，自己就来救他，一翻身又跑到外头去。刚刚走出右边那个小门，就听见奚红雪正在训告那两个姑娘，自己无心去听，正待走进去面对奚红雪说明一切，自己愿意先把江公子送回，无论有什么事，然后再说。

谁知就在这个时候，只见从右边小门里又跑出一个人来，身上仿佛还背着一个人，自己疑心是卢春背出江公子来，便喊一声："卢老前辈，您把江少爷交给我吧！"一边说一边往近跑，谁知来到面前一看，背江枫的并不是旁人，正是方才那个瞎子，不由心中大喜，便赶紧又喊一声，"老前辈，请你老把江少爷交给我吧。"

那瞎子笑着道："交给你就交给你，我背着也是瞎背着，给人吧！"说着话举起人来向紫云便扔。

紫云一看，急喊一声："不行！"

那个瞎子哈哈一笑道："不行，咱们就不扔。"

紫云再一看，根本他就没扔，这时已然走到前面，便赶紧接了过来，跟着问道："老前辈，你老人家怎么称呼？今天这样帮忙，实在是感谢不过。"

那瞎子道："姑娘你就快走吧！回去见了急急风，告诉他有个瞎火神问他好，他就知道了。"

紫云一听，自己也曾听见说过，江湖上有这么一个瞎火神纪玉，此人专能打火器，生来两只反光眼，看着就跟瞎子一样，软硬功夫，全都十分高明，敢情今天是他。便急忙福了一福道："原来是纪老前辈，恕晚辈今天不能恭谢你老人家了。"

瞎子把手里马杆一抡道："你快走吧，我还得跟他们玩儿会子呢。"

紫云顾不得再多说闲话，赶紧背了江枫，往外飞跑，一看竹门已然大开，也没有人看着，便赶紧跑了出去，来到河沿一看，那里正有一只船，心里好生喜欢，心说这才好呢，要没有这只船怎么办法？谁知船上人也看见紫云背着江枫了，便赶紧跳上岸道："舒姑娘，怎么您也来到这儿，少爷找着好极。方才还有一位卢爷也进去了半天，这船就是他老人家坐来的。舒姑娘把少爷放下来，上船上坐一坐也就好了。"

紫云放下江枫，李祯、李祥兄弟两个把江枫扶到船上坐下。待了半天，江枫才能说话。紫云道："我的爷，咱们快回去吧，大爷大奶奶不定怎样着急呢。"

李祯道："那可不行，我们是送卢爷来的，卢爷没有出来，我们不能就回去。"

江枫晃着头道："其谁曰不然！岂有受施而不报者乎。谁披发缨冠而往救之，吾往矣！"紫云看他这股子酸劲十分可笑，恰好江枫一抬头，正和紫云打个对脸，脸上露出一种也不是笑也不是得意那么样子来，跟着又把头晃了两晃念道，"未免有情，谁能遣此……"

紫云听了这两句，猛烈心上一跳，又想起方才所听祝家姊妹说的那一片话，不由浑身一软，仿佛醉了相似，便赶紧低下头去。恰好河里有两条小鱼，并着身子在河里游来游去，又听江枫念道："连理枝，比目鱼，吾其为鱼乎。"紫云听了，益发不自在起来。

正想寻两句什么话，把这个话儿错过去，恰好岸上脚步儿之声大作，一看正是奚红雪，见了自己，便叫道："姐姐下来坐一坐再走，姐姐来我都不知道，真是对不起。"

紫云一听没有法子，只好是全都跟他走了下来，迎面便碰见卢春、纪玉、芩天治，说了两句话这才又二次上船。船往回走，紫云便把以往之事，全都和卢春说了一遍，卢春这才明白，不由点头赞叹。

下水船走得快，不一会儿便到了杨花堡，大家上岸，进堡见了江飞。江飞一见江枫，便恶狠狠瞪了一眼，江大奶奶赶紧把江枫一把拉了过来向江飞道："大爷你管孩子，我没有拦过，现在可不成，皆因他受了很大的委屈，你要再说他，岂不使他更委屈了吗？靖儿，跟我走！"说着一只手拉了江枫，一只手拉了紫云，竟往里边去了。

江飞道："七哥，这回可累着了您！"

卢春道："我倒没有受什么累，这位紫云姑娘比我受的累多。兄弟，你还是久走江湖的人，怎么你会没有看出舒姑娘是怎样一个人来？"遂把紫云所说，从头又都告诉了江飞一遍。

江飞一听，把手向腿上一拍道："噢！这个却不怪我输眼，我先前问过她，她不肯说，谁知她，就是舒老铁的姑娘，怪不得有这么大的本事呢。真的，我求求你，你可以做个媒人给我们靖儿说说成不成？"

卢春道："媒人我倒是愿意做，不过我现在还有要紧事，已然耽搁这么好几天，如果尽在这里耽延，怕是误了事。这么办，我至迟不过一个半月，就可以回来，那时候我必便道到你这里，喝你们这一碗冬瓜汤。我还是事不宜迟，说走就得走。"

江飞道："您忙也不忙在这一天，何妨把这件事办完了呢?"

卢春道："我实在是不愿耽搁了，你放我走吧。"

江飞见卢春执意不肯，便也不再强留，当下吩咐人一面去预备船，一面预备些酒菜。正要喝酒之间，忽见一个婆子，从后面跑了出来，喘吁吁地向江飞道："大爷，可不好了，舒姑娘不知为什么跟咱们少爷打了起来，舒姑娘哭着要走，您快看看去吧。"

正是：

　　　　方期百年长好合，未知眼前有是非。

要知后事如何，且看下回分解。

第八回

孺子可教田正学艺
良师前知卞方教拳

江飞走到里头一看，江大奶奶坐在椅子上，满脸都是笑容，紫云站在江大奶奶旁边，满脸都是泪痕，江枫却连个影子不见。

江飞向大奶奶道："什么事情把舒姑娘气得这个样子？"

江大奶奶笑道："谁也没有气舒姑娘，就是靖儿那孩子，酸不溜的也不知撰了两句什么文，舒姑娘就动了气，指着靖儿脸子瞪着眼排斥了一顿。靖儿这孩子也可笑，看见舒姑娘动了气，他也不撰文了，一抹头连个影儿都不见了。究竟他说了些什么，我是一句也没听出来，你问舒姑娘去吧。"

江飞呸了一口道："你真是废物，两个都打起来了，你还连一点儿影子都不知道。舒姑娘一则是客，二则是咱们家的恩人，你要是让人家受了委屈，怎么对得起人家！"说着又向紫云笑道，"舒姑娘，在我家里避屈这么些天，我都没有和姑娘谈谈，实在要请姑娘恕我疏慢。靖儿那个孩子，简直是受了书毒什么事也不懂，什么话也不会说，他无论说了什么话，总求看在我的面上，不要和他一般见识。"

紫云擦擦眼泪道："大爷你老人家说错了！想大爷有助我葬母之恩，又肯收留养活着我，我就是粉身碎骨也是死而无怨，少爷没有什么对不起我的地方，不过我还有一腔心事，本来梗在心里，今天因为听了少爷的两句话，不知不觉有感于中，也是我言语无知，又得罪了少爷，心里正在懊悔，哪里还有一丝怨恨少爷之意，这倒是大爷多虑了。只是今天事已至

253

此，不可再留，我因大爷有葬母之恩，所以我投身你老人家府上，实想过见一点儿机会，好报答大爷这一番厚德，有今天这一场错误，已然提动我的心思，已成不可再留之势，我打算从此就要告辞，将来如果有能报答大爷之处，我必万死不辞。"

江飞一听紫云要走，便赶紧道："舒姑娘，你救我们一家骨肉团圆，我们还没有得谢一谢，怎么现在就要走，这一定是因为靖儿得罪了姑娘。我去把他找来，当着姑娘的面，我可以责打他一顿，替姑娘出气！"说着一迭连声叫靖儿，靖儿。

紫云急忙道："大爷你老人家就不用再叫少爷了，我暂时不走就是。"

江飞以为紫云要这个过节儿，便也信以为实，笑着向紫云道："姑娘既是不怪靖儿的过错，那就再好没有了，我前头还坐着人呢，我还有两句话和他说完了我就进来。"说着又向江大奶奶道，"舒姑娘可交给你了，如果你要放舒姑娘走了，我可不答应你。"说着便又回到前边。

卢春迎着问道："怎么回事？"

江飞道："没有什么。一定是靖儿那孩子不定又说了一句什么，舒姑娘多了心，吵起来了，现在已经完事，咱们再喝几盅吧。"

卢春道："既然没有什么事，那我就要走了，好在我回来很快，等回来时候，路过此地，我一定要多在这里盘桓几天。"

江飞也知道卢春确有正事，便也不多留，当下把卢春送到船上，依然是李祯、李祥兄弟两个，撑着这只船，径往下游流去。江飞送走卢春，便也回家。

再说燠陵谷卞方、孙刚、丁威、田正四个，自从卢春走后，丁威就抱怨卞方，不该打发狮子去送信，好容易有了一个朋友，又给放走了，依着他的主意，便想着也上江苏走上一趟，才是意思。卞方准知道他是一个傻子，浑、拙、笨、怔，哪里还敢放松他一步，又怕他闷出病来，于是就想了一个法子给他解闷儿。田正原在乡里念过几年书，虽然不能说有很深的学问，差不多什么书可以都能说能讲，便叫田正每天教丁威三个字。丁威还是真用心，就是记性不好，认得了这个，就忘了那个，记住那个，又忘了这个。别看田正是个孩子，可是真有耐心烦儿，也不着急，也不着慌，依然一个字一个字慢慢地教。

这一天，丁威和田正正在一个山坡地下念字。卞方和孙刚从那里过，便笑着向孙刚道："你看田正这个孩子，别看他现在，将来绝错不了。"

孙刚道："算了罢，拜着你这样老师，也是徒弟倒霉。已然这么些天了，你还没有教人家一手一式呢！"

卞方道："说教就教，那算得了什么，咱们从今天就教起，这可也不是咱们说大话，我要教他几样绝艺，大概连你也没有见过，你信不信？"

孙刚道："那我有什么不信，何妨就教我们开开眼界！"

卞方一点头，便向田正一声喊道："正儿过来，我教你练两手出奇的功夫。"田正赶紧答应一声，揪下丁威，撒腿就跑，丁威也跟着跑了过来。卞方道，"正儿，你来到我这里，日子也不少了，你既给我磕了头，我就是你的师父，我要不教你点儿什么，仿佛也对你不过的。来来来，我问你打算学点儿什么？"

田正道："我并没有旁的打算，我就想着能够学一种功夫，能够到人家里去，随便到什么地方去，能够别让人家看见才好。"

卞方道："那个我可不行，非得梨山老母在可以行，这个我办不到。可是你要学这个干什么？"

田正道："我想世界上坏人太多，他们干的事又都在背地里，没有特别功夫，不能出入他们僻静之地，就没有法子可以查出他们所作所为。因为这个，我要学也像从前卢叔叔那样功夫，预备将来好铲除这些坏人。"

卞方孙刚听了都点点头，卞方道："我还当着你要学隐身法儿呢，原来是这么回事。这种功夫我倒是会，不过有一样，你学成了这种功夫，你不铲除坏人，你再帮着坏人去害好人，那时候我教会了你功夫，不是反害了你害了许多好人吗？"

田正道："师父只要教给我这样功夫，我如果在外头做了一件坏事，害了一个好人，将来叫我死在国家刑法之下！"

卞方听了，哈哈一笑道："好小子，咱们是说一句，算一句，我必把真功夫传给你，将来只要你有点儿言不应心，也不必等什么国家刑法，我自有法子让你把学去的功夫还给我！"

丁威听了在旁边道："正儿，你可要留神，臭书凯子他可真能把他教的功夫撤回去。"

255

卞方向孙刚道："你瞧这孩子叫他先学点儿什么？"

孙刚道："剃头匠使锥子，一个师傅一个传授。据我看这个孩子天资甚好，虽然他是那样说，你可不能那样教，总还是先把硬功夫教会他，然后再教他学小巧之能，不知你说如何？"

卞方道："你这话说得很不错，我也是这样想。不过有一节儿，这个孩子不像旁的孩子，我因为一见他就爱他，所以才不怕麻烦，收这么一个累赘。这些天我也曾经留心考察，这个孩子天性是很厚，将来绝不能为非作歹。不过他在沉厚里头，可又有些飘荡的意思，你是这里头的人，一定明白这里头的事，功夫他一定练得成，就怕是他将来收源不好，我白费许多力，临完也是空。"

孙刚笑道："得，他刚不学奇门遁甲，你又要教他攻乎异端了。既说他天性好，又说他沉厚，那么这浮荡又从什么地方来？"

卞方道："我也愿意他始终能这样，岂不是大家都好。"说着便向田正道，"从今天起，我就教给你练功。可是有一样，我叫你怎么样，你就怎么样，我教你干什么，你就干什么，无论怎么累，不准说累，无论怎么烦，不准嫌烦。哪一手不明白，都许你问，哪一手觉乎不熟习，也别说会，咱们先以半个月为期，如果我瞧你实在是真用功苦练，咱们就往下教。倘若有一点儿不实不尽，我不但不往下教你功夫，并且我还要把你轰下山去，你也别说我是你的师父，我也不认你是我的徒弟，那时候你可不要怪我翻脸无情。"田正不住连连答应。卞方道："听着我再告诉你，学功夫第一以练气为先，练气第一要紧的就是别挨着娘儿们，只要一挨着娘儿们，什么功夫也就不用练了，这是第一件。第二样要有长性，不怕是一手细微不要紧的，也必得把他练得分毫不差，一点儿毛病没有，以后才能往下练。倘若因为他是不要紧，忽略过去，底下的功夫便没了根基，无论以后再如何苦练，也绝不能练到好处，这是第二件……"

刚刚说到这里，孙刚忙拦住道："够了够了，你教徒弟，我原不应当旁边多言，不过说什么话你得分什么人，现在这个孩子才多大，你说这些，他哪里能领会，那不是白费吗？要依我说，你这些话，暂时留着，过个一年二年再说不晚。"

卞方笑道："你们倒是你师父的徒弟，都是这么急燎暴躁。也好，就

256

依着你，咱们先不说。正儿过来，先教你一手儿功夫!”田正答应一声，赶紧跑了过去。卞方道：“你从这里到屋里，地下所有的石头子，都给我捡干净了，可是有一样，不准弯着腰捡，要蹲着捡，捡干净了告诉我一声!”

田正答应一声，便蹲下身子去捡地上的石头子。孙刚虽不能说是对于武学无不精明，也是几十年的练家子了，别的不说，要说教个初学的徒弟，那真得说是算不了什么。可是无论在哪一门里，也没有看见过这么一种功夫，先得蹲在地下捡石头子，心里想着也许是要把这一块地方石头子捡干净，好预备着练功夫，免得地下磕绊，可是捡石头子就捡石头子，为什么必定得蹲着捡？真猜不透他是什么意思，只好是瞪着眼睛慢慢地看着。这块地离着那间小屋，少说着也有七八十丈，宽下里也足有一丈四五宽，地下的石头子儿是非常之多，田正蹲在地下，两只小手儿不住地捡，捡了的石头子就往道外头扔，连捡带扔，看起来一天也捡不出三丈来。捡了工夫不大，田正已然有些发喘，汗也下来了，捡着可就慢了，可是依然头也不回，手也不停，一个劲儿往前捡。

卞方点了点头，向孙刚道：“走，咱们先到里头去歇会儿去，让他在这里捡他的。”

孙刚还没有说什么，丁威却忍不住道：“臭书凯子，你是什么意思？要是教人家练功夫就教人家练功夫，不教人家练功夫，你也可以不必收什么徒弟，你不该拿着人家孩子开心，谁家看见过叫人家孩子满地捡石头子儿，这叫什么功夫？”

卞方听了恶狠狠地瞪了丁威一眼道：“牛犊子，少说废话。我教旁人练功夫，你不要随便乱说。”

丁威道：“那么我帮着他捡成不成？”

卞方道：“那也用你不着，他练功夫用不着你去帮他，你也跟我进里边去做饭。”

丁威噘着嘴道：“我真没有看见过你这样师父。”别看嘴里这么说，他可不敢违拗卞方，只好是噘着嘴跟着走了进去。

卞方偷眼看田正，依然低着头蹲着捡石头子，并不回头看一看，便也记在心里。孙刚这才知道果然是在教功夫，可是不知道教的是什么，自己深知卞方的脾气，也不过问。大家走到里头，谈了半天闲天，丁威饭也做得了，告诉卞方："可以不可以叫田正也来吃饭？"

卞方道："不用你去叫，我自己去。"说着同孙刚又到外头，一看田正还在地上蹲着一边捡一边扔，并没有歇，可是扔出去的石头子儿已然有很多不能扔到道外去的了。卞方这才喊一声："正儿，不用捡了，先歇一歇，吃完饭再捡吧。"

田正一抬头，孙刚看田正脸上，成了染坊的幌子，一道红，一道黄，一道青，一道黑，一道发亮，红是热的，黄是土，青的是筋绷起来了，黑是泥，亮的是汗，简直成庙里塑的小鬼。心里好生不忍，可又不能说什么。只见田正往起一站，却没有站起来，又复蹲了下去。卞方知道是蹲的工夫太大了往起一站，必站不起来，便又喊一声："正儿，你先在地下坐一坐。"田正听了，果然是坐在地下，又待了一会儿。卞方道："你再站起来。"这次敢情还不如头回呢，才往起一站，只觉大腿根上如同折了一样疼，不由"哎呀"了一声。卞方喝喊一声道："怎么？我叫你起来，你为什么不起来？"田正一咬牙，二次往起站，站是站起来了，可是身子还晃了两晃。卞方道："走，快去吃饭去，吃完饭再捡。怎么半天工夫才捡了这么一点儿，一个年轻轻的孩子，就这么偷懒，将来还能练出什么功夫来，这倒怪我不该收你了！"田正听着，哪里还敢护疼，便赶紧一瘸一拐往前边走去。孙刚看着十分难过，可是也不能说什么，只好是看着。

丁威一眼看见田正便狂喊一声道："正娃子，快来吃饭吧，我给你弄好了一大碗腊肉饭在这里呢。"

大家来到屋里，落座吃饭。田正自幼生在富家，从来就没有吃过苦，前者跟卢春上雪岭，虽说路上吃了不少苦，那时还有卢春跟着，并没有这样勉强让他吃苦，今天这一来，简直是有生以来第一次，腿肿得跟木头杠子一样，胳膊肿得也回不过来了，浑身上下，没有一个地方不疼，连坐都坐不下去了，哪里还吃得下饭去，端起饭碗，两只手不住乱抖。

卞方一看一皱眉道："是不是？头一天就装懒，你以为不吃饭就可以不用练功夫了，这你可想错了，我这功夫是不教动头则已，一教动了头，打算不学都不行了。要依我说，你趁早儿快吃饭，吃完了饭还得去干活儿呢。这才一起头，你就这样，底下难的功夫，你更不能练了。我这个师父，可不比旁人，教徒弟有瘾，快吃饭，吃完了还得接着去捡石头子儿呢！"

田正答应了一声，勉强着吃了一盅饭，就不吃了。卞方道："你吃饱了吗？走，接着去捡石头子儿去，我随后就来。"

田正陡然精神一振，迈步往外就走，毫不显着是疲乏的样子。孙刚看着有点儿诧异，卞方却点了点头，笑着向孙刚道："你看出来了没有？这个孩子，实在是个有出息的孩子，只是天赋太坏！"

孙刚道："你这话我一点儿都不明白，你又没有教他练什么功夫，如何你就断定他是有出息，又如何断定他天赋不好？"

卞方道："亏你还是练家子呢，连这个都不懂得。无论习文习武，总先要审查清楚他的天赋，看清他的情性所近，然后再量材施教，教也好教，学的也不受罪，这是一件最要紧的事。据卢老弟说这个孩子，天性已是上品，没有什么可疑之点，就是这个孩子，生长富厚之家，未必能够吃苦，也许是一时高兴，一吃着苦头，就能不干了。所以我才想出这捡石头子，所为的是审查他的一切。你可不要看轻了这个捡石头子，里头讲究就大了。练武的第一讲究是有腰有腿，他往地下一蹲，一边走，一边捡，全是腰腿上的劲，可以考察出他的腰腿来。他一边捡，一边扔，全是胳膊上的劲，又可以考察出他的手力来，越扔越近，不是他偷懒不肯努力，实在是他力气尽了。站起来又蹲了下去，那是腰腿太软的缘故。眼看着他脸红汗出，他却还依然勇往直前，绝无退缩之意，这就是他最可取的一点，虽然他的天赋太差，如果肯这样用下功去，将来也绝错不了。不过我原想教他一些绝技，无奈他的天赋太差，这是没有办法的事，即以方才吃饭而说，依着练武的说不怕苦练，就怕不能吃饭，因为人全仗着吃，才能得力气，越吃得多，越不怕练。如今他虽有心练武，只是天赋所限，连吃都不能吃，再要用力气熬苦功，那身子吃亏太大了。所以我说孩子是有出息的孩子，只是天赋太差。"

孙刚一听，这才明白，敢情闹了半天，捡石头子儿不是练功夫，原是要考察孩子的身体如何，便不住地点头道："噢！原来是这样，我这才明白。不过有一节儿，这个孩子既是天赋不行，那岂不是白夸了半天，任什么也学不了去。"

卞方道："这话不是这样说法，方才我已经说过，无论文武业，都要量材而施。这个孩子，虽然天赋太差，练硬功夫根本不行，要是练点小巧的功夫，也可以在这条道上混出一碗饭来吃。不过还有一节儿，这个孩子，他还有一件极大的毛病，他那两只眼睛有些犯相，在相书上这种眼叫'蛇荡'，主于喜近女色，我一看见他那一天，我就看出来了。所以我想看看他能不能够练硬功夫，只要他所学的全是硬功夫，他就没法子，只好是离开女人，那他不但功夫可以保住，而且他的结果也就好了。这句话我不忍得说，这个孩子，活不得三十五岁，并且得死在女人手里，可是他不学本事也逃不过去，所以我对于这个孩子，倒是进退两难。"

孙刚道："那话也不是这样说法，从前他和你素不相识，他是怎样一个收源，怎样一个结果，当然你可以不问。如今你是他的师父，他是你的徒弟，他的生死荣辱，你都可以有法子纠正他，你为什么不管？你知道他将来一定要走到那条道上去，你为什么不告诉明白他，使他趋吉避凶？"

卞方道："你先不要编派我一身的不是，我既是爱他，哪有不想法子教他之理，不过究竟结果如何，只有听天之命。"说着便向丁威道，"你去把正儿叫来。"

丁威一听，撒腿往外就跑。来到外边一看，田正正在地下那里蹲着捡石头子儿呢。丁威过去从后头一把把田正衣领揪住，往后一提，竟自把田正提了起来。田正出其不意，真吓了一跳，回头一看，正是丁威，便喊道："丁大叔，你老人家把我放下来，我还得捡石头子儿呢。"

丁威道："你师父叫你呢，不用捡了。"说着提了田正，大踏步走回来。

卞方一见便叱道："你这牛犊子总是做不出好事，还不快快把他放下。"丁威把田正放了下来，卞方道："正儿，外头的石头子不用你捡了，我这里还有一件东西，给你看看。"说着从身上掏出一个纸包儿来，打开纸包，里头是一张图，打开往桌上一铺，大家过来一看，不由全都瞪眼发怔！原来这张图上，并没有一个字，上头满是朱砂的红点儿，也有一排长的，也有一排横的，也有圆圈，也有三角，也有四方，以及六角、八角、七星、十二角，全都画得满满的。在每一个犄角上，都画着有些鸟兽之类，有的是鹰，有的是燕，还有蛇、龙、兔、鼠、虎、猫、鸡、鹅，全都画得和活的一样。大家看了一点儿也不懂。

丁威道："臭书凯子，你弄的这是什么玩意儿？这些红圈子和红点儿，干什么用的？"

卞方道："牛犊子不要满嘴乱道，听我慢慢地说。"说着向田正道，"正儿，你今天是头一天学艺，我就把这个东西拿出来了。我从前学的时候，可没有这么方便，你师爷爷试了我足有二三十次，才把这东西给我看了。你可不要小看这一张东西，没有点儿造化，见都见不着，只有你肯诚心尽意地去学，这一辈子绝用不清。不过这张纸上画的，我有懂的，有不懂的，虽然我练了几十年，也不敢说是全懂，你指一样，愿意学什么，我得先看我懂不懂。"

田正道："师父，我不懂得这图上画的是什么意思，我怎么能指学哪一种呢？"

卞方道："当然你不懂，不过这上头一种是一种，练这种不能练那种，非得指明哪一种，我不能教。我教你指一种，这也是凭天撞，看你的造化怎么样。"

田正道："那么我指什么？"

卞方道："就是这些鸟兽里头任意先指一样就成。"

田正看了一眼，便指着那个燕子道："师父我爱这个燕子。"

卞方点了点头道："这个我倒会。你把野兽里的指一种。"

田正道："不是指一种就成了吗？"

卞方道："你再指一种我再告诉你。"

田正又看了一看，一手便指定了那只猫。卞方又点了点头道："好，就是这两种吧。我问你为什么你单喜欢这两种？"

田正道："我自幼就爱小燕儿。一则我爱它哺乳小燕，知道疼爱，反哺老燕，知道孝顺。二则我爱它在草地上能够不伤庄稼，专吃草虫儿。三则我爱它飞起来身子特别轻，特别快。我想学艺要能学小燕儿，岂不很好。"

卞方道："噢！原来你为这个。那么你又为什么喜欢那猫？"

田正道："我因为猫能捕耗子，给人除害，并且它能窜、纵、跳、跃，我想学得跟它一样，所以我才选了这只猫。"

卞方又点了点头："噢！你原有为的是这个。这也是你的造化就这么大，这实不是人力所能给搬回来的。现在你既挑定了，也不能再翻悔，听我慢慢告诉你。我们这一门，向例我还没有跟谁提过，我们这门原叫两极派，根子很远。从两极又变成无极和有极，无极便是后来的软功夫，有极便是后来的硬功夫。无极后来又生'太极''八卦''形意''摩踪'。有极后来又生'弹腿''少林''长''宏''劈''炮'。咱们这门便是软功夫一门里的'摩踪'，'摩踪'这是从前太极和形意两种拳化出来的，后来有人说那叫'迷踪'是错的。为什么叫'摩踪'？皆因从前达摩老祖他老人家是练艺的祖师，这是他老人家留下的一种，他老人家无论各种软硬功夫，全都到了极顶。为什么说这种功夫是摩踪呢？因为从前练武术的，并没有什么'内家''外家'之分，等于写字的，在颜柳欧苏以前也不分门别派一样。后来因为练武的多了，便不禁不由得都自己分出了门户。这'摩踪'不是在达摩老祖他老人家活着时候，就有这个名儿，这是传到后来，大家既经分门别户之后，才把他老人家遗留下来的这些拳法，会合在一块儿，就叫'摩踪'。这种拳术，是软硬全有并不抵触，可是练起来不下一种苦功夫，绝练不成，不用说练不成，简直可以把人练毁了，因为这个，练的人一天比一天少，这种功夫，传到现在，差不多就快失传了。我学了一辈子，只不过学会了里头几式，如果你现在要用心下功夫，将来也许会练出一点儿什么来。"

丁威在旁边不等说完，便插嘴道："臭书凯子，说了半天越说越远。你说他指的燕儿和猫是他没造化，到底就怎么件事？"

卞方笑道："你这牛犊子，旁人的事，你倒着急，怎么到了你自己练功夫时候就脱懒呢！你听着我慢慢地说。这'摩踪'拳，是从软硬两种功夫托化而成，而尤其是于'形意''八卦'两门取得最多。这种功夫，非常不好练，因为入手最难。你们看这四角上的各种禽兽，仿佛应当练哪种功夫，从什么地方起，一步一步都可以练到，其实满不是这样。旁的功夫，都由浅入深，一步一步慢慢地练，唯独这'摩踪'门却和旁的门大大不同，开门见山，练哪一种就是哪一种，里面并不能连串一起，也不能练完这个就会那个，并且练一辈子也不能把所有的全都练会，因为它的一手一式，变化无穷。就是一手功夫，也可以练个三年五年，每一种都有一百零八式，除非天分特别高的人，连两种都很难同时贯通……"

丁威抢着道："臭书凯子，越说越不对了。你既说一辈子都不容易练到两式，你为什么让正娃子一人选两种呢，这不是拿自己的手打自己的嘴巴？"

卞方笑着点点头道："怎么你这两天仿佛明白得多，不过我的话还没有说完，你先听着。"说着又向田正道，"牛犊子方才问的，或者你也许有这种疑心，听着我告诉你。这'摩踪'原是软硬两种功夫混合而成的，说一句含混的话吧，他还是从'太极'里脱化也有一大部分。'太极'讲阴阳虚实，阴是虚的，阳是实的，虚的是气，实的是力，气是软功，力是硬功。这图里画的鸟，全是属阴的，全是软功夫。兽全是属阳的，全是硬功夫。因为这种功夫是软硬并用的，所以未练之先，先要选一种鸟，一种兽然后才能相辅并进。而这里头，虽说全都是鸟，全都是兽，可是鸟跟鸟不同，兽跟兽不同。这门功夫，轻易不收徒弟，收徒全不由师父做主，全都由徒弟自己选择，徒弟选的是什么就是什么，师父不能改，也不能不教，除去自己不会的可以找同门去教之外，一律得彻底教会。我入门已经四十年，我一共就会四式，现在田正所指两种，恰好全是我会的，只是这个孩子造化不大，所指的这两种，全都不是上层功夫。我除去这燕儿和猫之外，我还会鹰和老虎，如果他能指这两种，造化可就大了，这两种如果能下苦功夫，苦练几十年，不用说是武术过人，说一句入玄的话，简直可以长生不老，当年达摩祖师面壁三百年，就完全用的是虎式。可惜这个孩子，天福不厚，他仅指出燕儿和小猫来，这两式练到最好，不过能够窜、纵、跳、跃，来去如飞，在江湖道儿上享个大名，绝不能给这一门功夫发挥光大。这固然是这个孩子福泽太薄，也是事由前定，这燕儿虽称益鸟，可是它不能闪开妻子这一道关口，奔波一世，结果不免为家而死。猫虽无害于人，有益于人的地方也很少，猫捕耗子，仿佛它肯忠主尽忠，其实这正是天性所使，并没有存着什么替人做事之心，如果它看见一只鸡它也跟捕耗子一样，实在这种东西，杀机太重，毫无仁义侠情。偏生正儿就选了这两种，岂不是福泽太薄所致。即使我尽力教，他肯尽力学，一心向上，求进不已，将来也不过像前头所说，倘若再觉得自己已然成了气候，少近轻薄，将来还许会惹出不能自保其身的惨祸。我已看出这个孩子将来结局恐怕不好，心想用人力挽回，所以才叫他自己挑拣，谁知命由天定，竟是毫不由人，他却依然选了这两种。事已如此，旁的也就不用说了，正儿，我今天的话，你也听明白了，我愿你努力用功之外，不要把这话一时忘记，人定也可胜天，将来也许能够挽回你最后的劫运。你最要谨记，你这一辈子不要和女子结仇，尤其在绿林道上，遇见事里有女人，你可以不管，因为你的杀气太重，并且德薄，据我一切观察，女人对你是大大不利，你必须要紧紧记住，不要忘掉，免得我白教你这样一个徒弟，白费一腔心血！"

下方说着，脸上非常惨淡，田正猛地双腿一跪，叫了一声"师父！"跟着放声痛哭起来。

正是：

事虽由天定，尚须苦追求。

要知后事，且看下回。

第九回

小书生两试田孺子
老侠士三戏病尉迟

卞方赶紧用手揪起道:"正儿你有什么话可以说,不要哭。"

田正一边擦着眼泪说:"师父,我原来不知师父这套拳术里,有这些奥妙,无心中拣了那两种,如今听师父一说就是学到最好,也不过是那样,我想趁着还没有学,可否请师父原谅弟子无知,重新许其另选,不要说弟子,就是弟子死去的父母,在九泉也感激你老人家的好处。"说着复又跪了下去。田正这一说,连孙刚听了,都有些心动,便也从旁跟着说。

卞方叹了一口气道:"要说现在还没有入门,尽可以另选再练,不过我们这一门,有这种规矩,未入门之先,要自己选择,既经选好之后,无论是谁,不得更改。我这还是头一次收徒弟,岂可就背了本门的规章,这件事无论如何不能答应。如果正儿认为前途无望,尽可另投旁门,以求将来的出身,这就是我委曲求全了。"

田正听了,沉思了一会儿道:"师父既是这样说,一定是祖师有这么一条规矩,弟子也不便再求。只是弟子既已拜了师父,一样没有学,又改旁门,旁门也未见得一定就好,况且师父已然看出弟子将来的结果,即使旁门旁人都好,弟子也许未必好。既已拜师在先,弟子绝不另找门路,师父教弟子什么,弟子就学什么。师父所说,弟子时刻记在心里,绝不让他触犯,也许会像师父所说,人定亦可胜天,亦未可知。就请师父往下传艺吧,弟子是绝不另投门路。"

卞方一听,哈哈一笑,急忙又把田正扯起道:"好孩子,你有这样志气，将来祖师也许会使你打破以往惯例，使你在本门里头另外开出一派来，亦未可知。既是这样，我就往下告诉你了。你看这张图上，除去画的鸟兽之外，还有许多用朱砂点的红点儿，你知道是干什么用的？这就是这套拳术一部全式，你把它拿下去，多看几遍，把每一式有多少红点儿，紧紧记住，记熟之后，我再告诉你这样行门过步。现在我先教你一点儿练腰练腿的功夫，你随我来。"说着拉了田正的手，往外走去，孙刚丁威也跟着走了出来。

这燠陵谷原是四面是山，除去通雪岭是一股大道之外，四面都是峭壁，并没有小道可走。卞方用手一指房后那一片山，告诉田正道："正儿你看见那一片山坡了没有？那就是你练功夫的所在。你到那里，不要问有道没有道，你就往上跑，那片山虽然看着很难上，其实上头都有道，你只管往上跑，可是一口气，这一口气跑到什么地方就是什么地方，不用缓气再往上跑。跟着就退下来，退下来的时候，不要择着道走，也要一口气跑下来。山上既没有怪石，底下又都是浮土，即使一个收不住脚，甚或从上头掉下来，也不至于受什么重伤。你先跑两趟我看看再说。"

田正答应一声，迈步往前就跑，来到离山根儿还有一丈多远，脚下加力，一股子劲儿上去足有两丈多，气就顶不上了，便赶紧一回头，一转身，复又从上头跑了下来。眼看离着地还有七八尺，忽然脚下一滑，身子便掌不住劲，直往下面滑来。

山底下头一个就是丁威喊声"不好！"就往前跑，意思是要去把田正接住。谁知才一迈步，便被卞方一把扯住。丁威狂喊一声："臭书凯子，你打算拿人家孩子当玩意儿是怎么着？"

连孙刚都吓了一跳，准知道田正身上一点儿功夫没有，这一摔下来，虽没有性命之忧，也得挨一下子摔，本也想上前去接一步，一则时间已来不及，二则见卞方拦住丁威，知道也许不要紧，可是心也在提着。就在这个时候，田正可就下来了，眼看着离地还有七八尺，人就下来了。谁知刚滑出去不到二尺，只见田正猛然把脚一跺，身子便离了那山，一径往下冲来。卞方才在点头微笑，田正就到了山根儿底下了，只见他把腰猛地往后一挺，双脚往前一搓，脚下着地，往前一滑，究竟是下来得太猛，收不住脚，滑倒在地上。丁威赶紧往前就跑，嘴里喊着："正娃子，你摔在什么

266

地方来了？我来扶你。"丁威人未到，喊声未绝，猛见田正一轱辘身，竟自站了起来。不用说是丁威看着诧异，就是孙刚也觉着奇怪得了不得。

卞方一见，哈哈大笑道："果然我的眼力不差，好孩子。牛犊子你快到屋里地下有一个破藤子包给我取来，我再让他试一试！"

丁威这时候都怔了，听见卞方说，连答应都顾不得，抹头撒腿就跑。不一会儿，便提了一个破藤包搁在卞方面前道："是不是这个破玩意儿？"卞方点点头道："放下。"丁威过去把藤包打开，里头敢情什么都有，长的，短的，方的，圆的，也有带刃的，也有带刺的，也有带尖的，也有带钩的，全都是些铁器。丁威道："嗬！我说怎么这么沉呢？敢情里头全是这些玩意儿。"

卞方叫一声："正儿，你过来看看，这都是我从前练过的兵器，也都是我会的家伙。今天咱们可不为练家伙，因为还要试试你的体力，你把这个拿在手里。"说着从包裹拿出一对儿流星锤来，递给田正。田正一看这对锤是滴溜滚圆的锤头，底下是一根铁链子，锤头大小仿佛小香瓜相似，这对锤连链子，少说着也有七八斤，赶紧用双手接过，在锤子链上有皮挽手，田正不懂，揪住铁链，往怀里一带，敢情不止七八斤，足有十斤开外。卞方看他拿得动，不由微然地一笑道："我再给你捆上这个。"说着又从包里取出两根仿佛像尺又不是尺，一头有尖的，那个玩意儿来，又从身上接下一根绳子，用手一扯，当时两截，先把那两根玩意儿在田正大腿底下，小腿儿上头比好，然后用绳子一边一个拴好。看了一看，才向田正道："你还像方才一样，往上头跑去，还要一口气，我看你能跑多远？"田正答应一声，转身往山上就跑。心里可也有个盘算，本来平常自己知道不用说是跑山，就是平道儿也没有跑过，刚才往下跑的时候，自己也不知道自己怎么忽然腿会发轻，身不由己地就下来了，这才知道自己敢情还会这么一手儿，一想这回腿上又绑了这么多东西，手里又拿了这么两个玩意儿，如果自己不用力，一定上不去，师父也许说自己天资不好，就不教自己特别功夫，不如使足了力，看看能够跑到什么地方。心里想着，这劲就使上了，一口气往上飞跑，想着一定能够比头回远。敢情不成，刚上山坡，不到一丈，就觉得这口气顶不上了，心里一含糊，连腿带手，都没了劲，打算再翻身往下跑，焉得能够，就觉得两只手仿佛有人往后揪，两条

267

腿也有人扯一样，身不由己，小腿一软，竟自趴在山坡上。手里的锤也出了手，轱辘辘一阵响，滚往山坡下面去了，那两条玩意儿一压，再打算往起爬，都不成了。

头一个就是丁威，一看田正趴下赶紧往前飞跑，只两纵便到了山坡上，把田正横腰一挟，跳了下来。一看卞方，还在那里点头微笑，不由勃然怒道："臭书凯子，你真不干好事。他一天都还没有练过，你却把这些乱七八糟的东西都搁在他的身上，他还能不摔倒吗？这如果要把人家孩子身体摔伤，你怎么对得过人。看见他挨了摔你不去救他，反站在这里笑，你真是阴透了，你们认识字的人，真是一个好人没有！"

卞方道："牛犊子少要乱说，听我告诉你。"说着又向孙刚道，"你明白我今天这是什么意思？"

孙刚道："你当然是为试正儿的体力了，只是不知你给他绑着这些东西是什么意思？"

卞方道："我先前原不知道这孩子体力如何，所以要试试他。谁知我刚才看他头一次往上跑的时候，实在出乎我意料之外，这孩子天赋实在好，又看他力气也许不够，所以才给他捆上一点儿东西。虽然这次没有头回上去得远，可是能够上去这几尺，已是很不容易。如果他肯用心练，也许将来能够成名。"说着又向田正道，"正儿，你听我告诉你。你刚才绑上东西，跑上去不是没有多远吗？因为你是急于上去，气都用尽了，所以到了半路就退下来了。从今天起，不拘什么时候，不拘我在这里不在这里，你只管努力练你的。练的时候，平心静气，顶要正，肩要坠，肘要沉，胸要合，背要拔，腰要挺，腿要分出虚实阴阳，走一步，要站住一步，然后再起第二步。站的那步，就是阳实，提的那步，就是阴虚。认清了脚步儿，再往上走，手里的锤，左手锤往起撩，右手锤往左甩，左手锤往上撩，右手锤往右甩，一个递一个，借着锤的力量，还可以长不少腰上劲。日子一长，自然腰上就有了劲，我再教你旁的功夫。"说着回头向孙刚道，"我也许久不干这营生了，现在要教徒弟，少不得自己也要熟练熟练。今天我献一次丑，我练一手小玩意儿给大家看看。"说着话把衣服微微一掀，身子向后退两步，猛地双肩一摇，并不见什么地方在用力，身子倏地腾空而起，仿佛底下有人托着一样，可是到了一丈来高，就落下来了。

孙刚道："你这手功夫我不懂。'白鹤冲天'我练过，可是往上纵，不能这么慢，不知道你这种功夫叫什么名字？"

卞方笑道："我们这一门里，原都练过'梯云纵'。这种纵法，讲究是连上多少层，起在空中之后，讲究要能停，略停一停，还要往上去。练得最好的能到五六层，可是至多每层也不过能够上去五尺，越高越气短。这全是一种气功，丹田这口气，要托得住，不能缓气，每上一层，略为呼一口气，绝不能吸一点儿气，只要一有入气，当时就会掉下来。我师父他老人家精于这种功夫，不但能上到五六层，并且往上去的时候，可以身子随意掉转。从前和庄疯子比试功夫的时候，他老人家曾经上到第七层，并且还在上头说了一句话，然后才一层一层退了下来。庄疯子很爱这种功夫，当时盘桓之下，便又研究过一番这种功夫，庄疯子把它改成'步步高'，成了他门里一种特长的绝技。我师父他老人家本来精于'摩踪'十六式，便取了内中之一的鹰式，又苦练了十几年，便练了这手绝技，名叫'鹞子盘'。'梯云纵'无论练到如何好法，初起的时候，也必定要从地下得着实力，然后才能纵起，并且到了上头，绝对不能停住。唯有这'鹞子盘'不拘在什么地方，有实力或没有实力一样能够往上起。例如和敌人动手，被人家给扔出来了，便能借着对方的力气，依然可以往上起。我对于这门功夫，也曾下过一番苦功，只是我的天赋不合适，虽然练了那么多年，仅能上到三层，也不能转弯。我因看正儿这孩子方才从山坡下来时候，身子很是发飘，不用说他的体量必定很轻，如果他要学这种功夫，或者会能比我还强。可是我方才试了一试，这门功夫，竟自搁生了，将将上了一层，就觉得气有些往下坠了，这要是教他，还很要费一番功夫。"

孙刚点点头道："原来是贵门里的绝技，怪不得我看着这条眼生。"

丁威抢着道："臭书凯子，我看这门功夫，倒有意思，你教教我练练行不行？"

卞方扑哧一声笑道："得了得了，你要能练这种功夫，我就能够像人家说的剑侠一样，一张嘴出股白气，驾着白气就上了天了！"说得孙刚也笑了。

丁威噘着嘴道："不教就不教，用不着说闲话，你教正娃子时候，你可不要让我知道，我只要看见他练，我就能学，你总不能拦住我不会。"

卞方笑道："牛犊子你只要会了一层，我就拜你为师。"卞方这句话却说满了一点儿，后来卞方夜探庆王府，三盗九凤冠，失计被陷，要不是丁威赶到险些连尸首都弄不回来，这是后话，暂时不提。

当下大家一笑，卞方便叫田正把方才拿出来的东西，依然放在藤包里捆好，叫丁威提了进去。从这天起，卞方便尽心尽意地教田正武艺，给他窝腰窝腿压胳膊摆式子，教他"摩踪"燕猫两式，又教给他练兵器，长枪、大戟、短刀、双剑，这些功夫既都练熟，这才教给他"判官双笔""链子槊"以及怎么样打暗器，怎么样接暗器，全都教给了他，田正二十二岁成名。

再说卢春辞了江飞，坐上小船一路走去，离船登岸，由岸上船，水陆行程，走了一个来月，这天才来到江苏属镇江焦山。跟人家一打听米家村在什么地方，有人指引，就在焦山西北角上，离着江岸不远。卢春一路打听着到了村里，一看这个村子前头临江，后头靠山，景致非常幽雅。卢春一想，这天时候已然都晌午过了，如果找着了沈洵，人家已经吃过饭了，自己也不便再去扰人家，不如找个小饭铺，随便进去吃点儿什么，吃完了再去找沈洵不晚。想着一留神，眼前不远就是一个小饭铺，自己便走了进去。

走过一个伙计问道："你喝什么茶?"

卢春就是一怔道："你们这里不是饭铺吗?"

那个伙计摇摇头道："不卖饭，我们这里是茶铺。"

卢春疑心他是欺负自己不是本土人，便把眼一瞪，猛地把桌子一拍道："你明明外面摆着有饭，你为什么说不卖饭呢，难道你欺负我外乡人好惹吗!"

那伙计听了哈哈一笑，不慌不忙地道："客人你是初来此地吧? 我们这里是茶铺，并不是饭铺。如果要泡壶茶，吃点儿点心，我们这里倒有，倘若点名吃饭，我们这里却没有这种预备。客人饿了，要不您吃一点儿点心?"

卢春这才明白，人家这里敢情这么一种风俗，自己却露了怯，便也笑道："噢! 原来如此，那就难怪了。我因为已经饿了，所以才想吃饭，只不知你们这里都有什么? 有什么好酒? 下酒的菜有没有?"

伙计道："我们这里点心，有灌汤包子、绉纱馄饨、烫面麻糕、蟹壳黄，酒有竹叶青、莲花白、女贞、陈绍、茵陈绿、状元红，酒菜无非是肴肉、干丝、炝虎尾、烧软兜，不知客人喜欢吃什么酒？"

卢春一听，心说真怪，他可说是茶馆不卖饭，要照他一说，不但是饭馆，而且是大饭馆，真是百里不同风，一点儿也不错。想了一想道："你给我来上他半斤竹叶青，你把那说的四个菜，每样来一个，再给我蒸他五十个包子。"伙计答应一声，便自去了。

就在那么个工夫，只见外头进来一个人，一道儿踢里塌啦，直奔自己旁边一张小桌子上坐下。伙计一见就是一皱眉，看意思又不敢得罪他，慢条斯理地走过去问他要什么。他一边用眼看着卢春，一边说道："我知道你们这里有大狮子头，做得最好，我就吃狮子头。你给我做一个红烧狮子头，一个砂锅狮子头，伙计，你们能拌狮子头吗？"

伙计摇摇头道："没有没有，从来没有吃过拌狮子头。"

卢春因为离得不远，听得很是清楚，心里觉着这个人可怪，为什么单说吃什么狮子头？想着眼不由己就往那边看。谁知那人也正往这边看，两个人眼睛恰巧正看在一起，卢春就暗暗吃了一惊。原来那人年纪，仿佛已有七八十岁，脸上皱纹累累，须发皆白，身上穿的衣裳，却是褴褛不堪，简直是个要饭的一样，才在想他，凭他这样一个要饭的，也要来吃饭馆子，不怪人家铺子里伙计要腻味他了。就在这眼神一对的时候，卢春忽然觉得，仿佛受了一种什么电闪相似，只觉得浑身都是一振，再一看那个老头儿坐在凳子上，便好像一个虾米相似，中间直，两头弯，猛地心里一动道："哎呀，别不成这位就是驼子沈洵吧！"自己临下山时候，卞方也曾再三相告，说是沈驼子最好和人闹玩笑，说不定自己一到这里边遇见了他，要放在往常，自己也得斗他一斗，如今是受人之托，不要误了正事。想到这里，便赶紧离座来到老头儿面前，赔着笑道："你老人家可是沈师伯吗？卢春奉了卞方大兄之命，给你老人家送信来了，因为不知道你老人家住址，正要打听一下，给你老人家送去，不想在这里巧遇，你老人家可好？"

老头儿一听，赶紧下了座位，拱着双手道："客人你说什么？恕我已然年老，耳朵听不真话，只是我一个孤苦无依的苦老头子，上没有兄弟，下没有子侄，连一块地穷得都没有了，只靠着这个铺子，是我一个亲戚开

271

的，一天三餐，都在这里鬼混。他们虽然不好意思怎样我，只是我已拖累他们苦了。客人你来问我什么，我虽是听不见意思，我想着一定是要周济周济我，只不知客人你打算怎样周济我？"

卢春一听他的说话，再一看他的穿着打扮，心里又一寻思，还是自己心思用错了，再一看那老头儿的双眼，眼皮下垂仿佛都像睡着了一样，真是强打精神往上翻，哪里有一点儿什么精神。方才一定是自己连日劳累，眼睛走了神，这才是一场笑话，幸喜旁边也没有人，自己说的话，他也没有听见，这还好一点儿。可是他既说出这话来了，自己无论如何，也得破费几文才是。及至把手向袋里一掏，不由目瞪发呆，一只手搁在袋里再也拿不出来，原来身上带的银子，除去路上用掉的之外，剩下足有五六十两，分明方才下船的时候，还在身上，这时一掏，却已一锭不见。卢春自从出世以来，也没有受过这种窘，真是急得满面是汗。

正在这个时候，伙计端着一大碗红烧狮子头走了进来，一见这种情形，便向那老头儿喊道："你这个人真是狗改不了吃屎，老板也和你说过，不准你向客人们哭穷要钱，为什么你今天又和人家要钱，将来你把这些客人都得罪跑了。人总要拿出点儿良心来才对。"

那老头这回偏又听见了，便大声喊道："他们充善人，你为什么只顾抱怨我？"

伙计一听，赶紧赔着笑向卢春道："客人你老真是说要周济周济他吗？这个老头子倒是实在可怜，无妻无子，无兄无弟，就仗着我们这里一天管他两个饱。你老要是周济他，可以给他几个钱，存在我们铺子里，每天给他一点儿零花，要是多还可以给他换两件衣裳。你老要是不放心他，可以给我存在铺子里，客人你老贵姓？"

卢春一听，心里这份儿难受，就不用提了，心想就凭自己在江湖上闯荡也有几十年了，虽不敢说自己是什么大练家子，可是没有栽过爬不起来的跟头。今天自己也不是怎么回事，竟会失神到如此地步，自己身上带的东西，居然会有人给偷了去，这总怪自己不好，既到了这里，就该去找沈洵，为什么要在这里吃饭，偏是就会遇见这样一个人，这不是该走倒运的字儿吗？现在身上是分文没有，这件事怎么是个了手？卢春这一着急是真着急，眼看着顺着脑袋往下流汗。伙计一看卢春，脑袋直冒汗，心里也觉乎好笑，可是不好意思乐出来，便又跟着问道："客人你老既是不想周济他，这也没有什么。你老先吃点儿心吧，点心都来了。"

卢春往桌上一看，可不摆着四个鲜明的果碟，里头盛着四样很漂亮的菜，旁边还搁着一壶酒，一大盘子热腾腾的包子。卢春本来就饿了，一看这些东西，眼里都快冒出火来，刚刚回到自己位子上去吃，忽然一想，自己身上一个钱都没有，吃完了拿什么给人家钱，这件事不妥当。忽然心里又一动，便回到位子上，拿起酒壶，倒出酒来，自斟自饮，菜还是非常的可口。吃着喝着，心里可在盘算，谁知道自己身上是一钱银子都没有，吃完了不给钱也绝不行，方才一抬头就看见这个饭铺有后窗户了，心里想着，先饱吃饱喝一顿，回头想法子把伙计支走，自己干一手没出息的事，顺着后窗户跑出去，回头见着沈沲，想着先跟他要几两银子，再把铺子饭账给了，也没有什么。自己想得挺好，便把酒也喝干了，包子也全吃了，肚子是已经饱了，再一看那个老头儿趴在桌子上就睡着了，就剩了伙计一个人。卢春眼珠一转，计上心头，便叫道："伙计你们这里酒真好，我想带两瓶子回去，不知道你们卖不卖？"

伙计道："卖倒是卖，柜上就是我一个人，我一去灌酒，这里就没人了。"

卢春道："我酒已经够了，他也睡着了，这里又没有旁的酒座，你只管去灌你的，这里没有什么事。"

伙计摇摇头道："不行，不行，你老看见那个老头子没有？他不是真睡着，他是装睡着，只要我前脚一走，后脚他就站起来，吃完喝完，不要钱还不算，他还得偷我们一下子，已经不是一次了。我们掌柜的疑心是我，跟我闹了好几次，所以我现在不能不留神。"

卢春一听，这倒不错，敢情这个老头子跟自己一样，吃完喝完，还偷人家，真是差事。可是这个伙计不走，自己也走不了，没法子便又向伙计道："你只管去你的，我替你看着他，任什么他也拿不了走。"

伙计道："可没有那样的，哪里有叫酒座看酒座的！这也是实在没法子，这年月坏人太多，不留神真不行！"说着话往外就走。

卢春一看，这回可行了，窗户就在老头儿座位后头，卢春心说："对不过，回头见吧！"来到窗户底下，两只手一拔楔子，窗户就活动了，往外一推，那窗户就推出去了。刚要拧身往外纵，只听那个老头子大喊一声道："好啊，吃饱了喝足了顺着后窗户就跑了……"卢春一听，赶紧又退了回来，把窗户也放下来了，心里怦怦直跳。再听那个老头儿接着说道："除去那没根子的才干那个事呢，就凭我这么大的岁数，能够干那个，你这不是成心瞧不起人？"说着又打上呼了。卢春也是一时懵住，心说敢情老头子说梦话呢，这个巧劲，真吓了我一跳。二次又把窗户推开支好，提腰一纵身，胳膊就跨下槽窗镫子上了，才要飘腿往外甩身，就听啪嚓一声，跟着老头儿又喊起来了："好啊，你不让我偷，我全给你摔了！"一个盘子摔得粉碎，可是那个老头儿还在桌上趴着呢。卢春心说"我别只管他，干脆，我走我的。工夫大了，必要丢人现眼"，心里想着，腿就往起扬，两条腿一过窗户，单手一扶上框，腿儿一飘，整个儿也就过去了。

也是卢春逃走心急太大意，就没有往底下看一看，双脚刚往下一落，只听底下"哎呀"一声，正踩在一个人身上。卢春急忙往旁边一纵，定神一看，原来正是那个伙计，地下扔着两瓶酒。伙计躺在地下，向卢春道："客人你老真是性急，我这不是给你老刚灌好吗？你老干什么这么着急，怎么从窗户里就跑出来了。你老只顾一省事不要紧，我挨这下子砸真可以。幸亏这是我，如果要是换个别人，还许给砸坏了呢。请吧，你老还是到屋里去坐吧。"

卢春心里想，人要是倒了霉，敢情什么事都碰得见，怎么会单单碰上他呢，这件事无论如何也得想个法子遮说遮说，便也强笑着向伙计道："可不是，我等得都有点儿不耐烦了，所以才想着看你，可是我又不认得后院从什么地方可以过来，才想走个便门儿，谁知没有抓住上头框子，失手掉了下来，砸了你一下，实在是对不过。"

伙计道："没什么，没什么，只要没摔着你老，那就很好。"说着话，从后院绕到前头，伙计在头里走，忽然"哎呀"一声，撒腿往里就跑。卢春跟着来到屋里一看，那个老头子果然是踪影不见，连桌子摆的东西，是一件没留，全都丢去。伙计回头向卢春道："客人你看怎么样？你老说是看着他，却不看着他，你老瞧瞧他是跑了不是？今天更损，成了卷包儿会了。客人这可不是我们这小铺子欺负人，你老要不是叫我去灌酒，这个东西也绝丢不了，这没有旁的说，就是求你老无论多少给拿出几个钱来，我好交代。”

卢春一听，真是一件不了，又多一件，竟有这么多的不得了的事，只好点点头道："好吧，你算算一共是丢了几样东西，值多少钱，你说个数儿，我好给你。"

伙计算了一算道："银酒壶一把……"

卢春不等他往下说，便拦住他道："你先慢来，你说老头子走，是我叫你去灌酒才把他放走的，叫我赔你一点儿钱，这原算不了什么，不过你要是信意乱说，那我可是一个钱也不能给你，你不要拿我当个好欺负的，就凭你们这样一个小酒馆，里头用的东西，正敢说是银的，你这不是瞪眼欺负人吗？"

伙计听了微然一笑道："这个你老更不用着那么大的急了，你老桌子上的东西，还没有撤去，你老可以看看那桌子上摆的东西倒是银的还是铜的，是不是小铺子讹人！"

卢春往自己桌上一看，上头摆着酒壶，拿起来一看，谁说不是银的，这一惊又是非同小可，只好仍作镇静道："噢，原来真是银的，这也算不了什么，你再往下算。"

伙计又接着往下说道："银匙子一把，银小碟一个，银小碗一个，银酒杯一个，共计六两七钱多重，就算六两七吧。客人你用了四个菜，每一个菜是八分银子，一壶酒四十个包子二钱银子，又灌了两瓶酒，每瓶按七分算，二七一钱四，三钱四，四八三钱二，一共是六钱六分，加上六两七钱，合着是七两三钱六分。我也不和你老客气了，请你老把账惠下来，我们要封火了。"

卢春一听，这成了步步紧儿了，真是今天该着现眼，怎么都让自己遇见了呢？支吾一时说一时，实在支吾不过去，再跟他说明来意，想沈洵是有名的，提起来总没有一个不知道。便又向伙计道："你们这里不是还卖茶吗？你给我泡壶茶来，我还要喝一点儿茶。"

伙计摇头道："不行，不行。我们这里，只有早半天卖茶卖点心，过了晌午就不卖了。我们当伙计的，都在这个时候，回家去吃饭，客人请你老把账快惠下来，我好回去吃饭。"

卢春一听，这可实在没有法子再支吾了，才站起来向那伙计道："伙计你知道我是谁？到这里是找谁的？"

那伙计把嘴一撇道："我们这里是茶馆点心铺，不是客店，我们这里没有店簿，用不着问客人姓什么叫什么从什么地方来到什么地方去。客人现在实在不早了，请你老快快把账惠下来，我好赶快回家，我家里还等着吃饭呢！"

卢春一看他不听这一套，可真急了，自己一辈子爱跟人开玩笑，还真没受过这种窘，时到如今，不管他听不听，该说的总得说，便仍笑着对他道："实不瞒你说，我叫卢春，来到你们这里，是受了一个朋友之托，给你们这村子里一位老英雄送封信。走到这里，我想进来吃了饭再去，不想方才一摸口袋里带的银子，不知在什么时候丢掉，你看我也绝不是骗你一顿饭的人，你先给我记一记，我去见了这位朋友，当时就可以把欠的钱给你送来。"

伙计道："你充了半天阔临完一个钱没有，还说你不是骗人的。好啊！你胆子真不小，敢吃到我们这里来了，我再问问你，你说的这个人姓什么叫什么？"

卢春心想，别瞧你这么横，我要是一提出他来，你大概也就不敢这样了，便放大了嗓子道："沈洵！"

谁知伙计听了摇摇头道："什么？我就没听说有这么一个人，你不是说你有信给他吗？拿出来我看看。只要有这么一个人，我就不难为你。"

卢春不等说完，伸手就往怀里就掏，这一惊比方才更大，原来搁在贴身怀里的一封信，也竟自踪迹不见！只见伙计一阵冷笑道："客人，你这就不对了。你我人生面不熟，从没有得罪你的地方，怎么一而再地和我们开胃。我告诉你，你要干这路事，也应当睁开眼睛，没有长着眼睛，也应当用耳朵扫听扫听。我们这个地方，连三岁的孩子出去，都没有人敢欺负，我们这里，可也不是霸王庄、英雄岭，并不敢在外头欺负人，也绝不让人家欺负，这话你听明白了没有。今天你要是明白的，趁早儿把钱给了，我们也不能过分难为你，你走你的，你我算是没有方才那一套。如果你要一定觉着你不错，那可是错翻了眼皮，自己要给自己不自在了！"

卢春一听，今天这个跟头就算栽到家了，瞧这神气说好的是不行了，说不得只好是给他来个不体面吧，量他一个饭铺的伙计还能有多大的了不得。想到这里，便也一阵冷笑道："伙计我告诉你，姓卢的平常也是个人物，想不到今天让无名的小辈给耍了，这真是想不到的事。对不过，我现在要先走一步，至迟不到明天，我必把欠你的钱送到，失陪了。"说到这里，一个垫步，一拧腰，意思是斜身一纵，从门口就纵出去了。谁知刚刚往起一纵，就见眼前一道白光，直扑自己面门，一护脸，气往下一坠，当然就纵不起来了。心里正想这又是什么人和我开玩笑，却听当的一声，一把酒壶先落在地下，接着就听有人喊："你们真冤苦了我了，我当了半天贼，临完就偷了你们锡酒壶，我这个贼当得太冤了，还给你们我还不稀罕那！"卢春一听，又是方才那个老头儿。猛然心里一想，简直不用再说，一定就是驼子沈洵，故意和自己开玩笑，哪里还敢怠慢，顺着声音往外就纵，嘴里喊道，"沈老前辈慢走，在下卢春在此！"到了外边一看，连一个人影子也没有，幸喜借着这个碴儿，人已到了外头，伙计也没追出来，赶紧先躲开这块地方吧。想着脚下加紧，就走下来了，一边走着一边想，这倒不错，走来走去，就剩了一个光人了，又想起方才还有一根龙头拐也掉在饭桌旁边了。自己当然不能再回去，只是这个神驼子也未免太爱开玩笑了，将来总得想个什么法子报复他一下子，现在还得赶紧想法子，跟人家打听打听，他住在什么地方，见着他之后，一切就都好办了。

正在想着，恰好迎面来了一个走道儿的，卢春赶紧一恭揖道："劳驾跟您打听一个人。"

那人站住脚步儿看了卢春两眼道："你问谁？"

卢春道："我跟您打听您这村里，有没有一位沈老英雄？他老人家姓沈，单名一个洵字，江湖人称他神驼子。"

那人听了摇摇头道："不知道这么一个人。"

卢春听了怔了一怔道："再问您一句，您这村子里有姓沈的没有？"

那人想了一想道："我们这村子叫米家村，差不多都姓米，姓旁的姓很少。"说着又猛地一怔神道，"姓沈的倒是有一个，不过我看你这样穿着打扮的人，也绝不会问的是他。"

卢春急问道："您说的这位姓沈的是什么样一个人？"

那人道："要提这个人，这村子里差不多倒都知道有这么一个人，可是他叫什么谁也没有跟他打听过，这个人就像要饭的差不多，脊背有点儿毛病，长日总是弯着腰，今年大概也有五十多岁了。除去这个人，我知道他姓沈，余外这村子里还有姓沈的没有，我就不知道了。"

卢春一听，正是方才酒馆里看见的那个老头子，一点儿错儿也没有。便又急问道："那么您可知道他住在什么地方？"

那人又摇了摇头道："这就不能说了，因为他就是一个人，上无老，下无小，房子没一间，地没有一垄，他这里也没有本家同户，只有离这里不远，有个小酒馆，里头有个掌柜的，和他却说得来，他每天差不多两顿饭，都是在那里吃。除去那里之外，再有就是靠着江边有个小龙王庙，那里有不少在江边捡蚌壳的小孩子，他却常和那些小孩儿在一起玩儿，那却不敢说一定，也许就不去，此外就不知道他在什么地方了。"

卢春道了劳驾，那人自去。卢春心里猜着说的这个人一定就是神驼子沈洵了，便依着那个人的指示，往江边走去。果然没有多远，就是一座小庙，卢春来到庙前头看了看，小庙门关着，一个人都没有，不禁大失所望。正待转身，只见从远远跑来几个小孩子，里头有两个仿佛还抬着东西。来到临近一看，不由又大吃一惊，原来抬的正是自己丢去的龙头拐。

正在吃惊，只听有两个孩子喊道："阿毛，荣根，你们快一点儿抬，老驼子说今天要给大家玩儿一回狮子看呢，这个狮子比他们出会的狮子还好，他说有九个头。"卢春一听，又是气，又是笑。

正是：

　　　　棋低一着休争胜，气下半头不算输。

要知卢春如何被耍，且看下回便知端的。

第十回

显神奇推拿梅花攒
戒玩忽耍戏哨子箭

　　卢春一听，这更说的是自己了，又是好气，又是好笑，心想这回我拿定主意，不和你们逗搭，看你到底如何开玩笑。那些孩子蜂拥一般，到了庙门，只一推便把庙门推开了，大家一拥而入，跟着就又把庙门关了。卢春一看，自己站在外头，如何能够看见庙里头有什么人，不如自己也跟了进去看看，看他们这些孩子，既能在这里胡闹浑玩儿，这庙里一定没有主持人，自己进去谅也无妨。过去拿手一推门，谁知那门却又闩上了，推了一推，纹丝儿没动。便往后一撤身，一拧腰，便纵上墙头，胳膊肘拄住墙檐，往里一看，一群孩子围着一个老头儿，不是方才那个驼子是谁。卢春一看他脸冲着里，并没有看见自己，那些孩子也没有注意到这墙上，便跨在墙头上往里看着。

　　只听那老头儿道："你们都来齐了没有？"

　　那些孩子一齐应声道："来齐了。"

　　老头儿道："好！今天让你们瞧一回耍狮子好不好？这个狮子不是咱们中国种，是个洋狮子，你们可瞧见过一个狮子有九个脑袋？"

　　那些孩子道："我们都没瞧见过，你快玩儿一回我们瞧瞧。你说了半天狮子在什么地方拴着？"

　　老头儿哈哈一笑道："要拴着还算什么玩意儿？这头狮子不但会练玩意儿，他还会上房偷东西，下馆子吃饭，你们说有意思没有？说来就来，你们备着我先让他练个狮子滚绣球给你们瞧瞧。你们先闭上眼，我一嗓一二三四五，你们就快睁眼，狮子可就滚绣球了！"这些孩子果然都把眼睛闭上。

卢春一听，心说好啊，你真拿我当狮子耍了，我只在这里不下去，看你把我怎样耍。刚刚想到这里，只听那老头儿喊道"一二三四五"，卢春正要看那些孩子什么动静，只觉眼前黑乎乎一片，直奔自己面门而来，就知道不好，打算往后退下去，谁知已是不及，这种东西正落在自己身上，又粘又软，把自己整个儿身子都已罩住，哪里还容得动转，就在那五字方一喊完，身上已然捆得铁紧，哪里还能在墙上跨着，扑哧一声便摔在地上。谁知那捆自己的东西，还有些腥臭之味，有一个头儿在那老头儿手里，老头儿坐在那里稳坐不动，卢春便轱辘过去。

那些孩子齐声喊道："你说是狮子，怎么现在是个人？"

老头儿又哈哈一笑道："这个就是狮子，因为年久成精了，所以变成了人。你们不信过去瞧去，他脑袋上准有九个小头。"

那些孩子哪里肯信，全都跑过去看，便又都大喊起来："对！是九个脑袋！狮子精！狮子精！"大家嚷着全都往后退。

老头儿道："你们瞧着这个狮子还会耍棍呢，不信你们瞧着！"说着话，手里一松劲，卢春当时身上一松，急忙往起一纵，竟自站了起来。低头一看，原来捆自己的，并不是旁的东西，是一片渔网。这时卢春心里火就起来了，心想，我和你素不相识，今天头一次见面，我又没有得罪你，为什么这样戏耍我，自己也是侠义的身份，如果就这样栽了，将来传说出去，自己还怎么混。不如趁着老头子毫无防备，给他一下子，能把他弄倒了，自己也好转转面子，就是弄不倒他，反正自己也是栽了，也没有什么。想到这里，不等那些孩子再往老头儿身前凑去，便用足了力气，斜着一纵身，到了老头儿背后，飞来一脚，直取老头儿后背。那些孩子也看见了，可是想喊已来不及，便都眼睛瞪圆看着，一喊也不喊。卢春心里还说，无论什么人也不当轻敌，就凭他这一身功夫，竟因看不起我，这一脚要挨上，不过我和他也远日无冤近日无仇，也不能让他受了重伤，将来也不好见卞方，只给他知道知道也就成了。心里这样一想，那脚势子去得就缓了，在卢春的意思，是只要能够把他踹勤一点儿，自己好转转面子，谁知这只脚刚一着上，卢春就知道坏了，好像那只脚踩在一堆棉花上那么松，当然就觉得是不得力，打算往回撤，也撤不回来了。知道自己要吃大亏，便急喊一声："沈老前辈使不得！"这句话喊声未完，只觉身子如同一个棉花团相仿，竟自到老头儿背上颠了出去。出去的力量太大，卢春就知道收势不易，这一跌非同小可，急忙缩腰围腿。谁知摔出去却大出意料之外，飞出去不到一丈远，只觉腰上猛然被什么夹了一下，身子便立定了，一点儿伤也没受。一看面前凭空却又多添了一个人。留神一看，不由大吃一惊，不是别人，正是方才在酒馆里的那个伙计。当时就明白了，不用说这个伙计，也一定是个好手，方才在半路上拦住自己的，也一定就是这个人，便赶紧一拱手道："多蒙从中给卸了力，不然我就受伤了，我这里谢谢。"说着就地就是一揖。

那人微微一笑道："客人你老真是有意思，吃完了喝完了不给钱，撒蹄就跑，我好容易才找到这里，请你老快把钱给了我，我好回去交账。"

卢春一听，他还是装傻充怔，可不敢再闹意气了，便仍赔着笑道："得了得了，您看耍狮子的还没有看够吗？实在是我眼拙，请您不要见怪才好。"

那人一听，便也哈哈大笑起来，跟着把大拇指一挑道："果然七义名不虚传。请吧，咱们到里边再谈。"

那人在前，卢春在后，便往那几间小殿前走来，再看那个老头儿和那一群孩子，突然一个都没有了，心里好生诧异，也不便多问，便跟着走了进去。一看里头神像，是一尊也没有了，案上坐着的正是那个老头儿，旁边站着两排，便是那些孩子，连个声儿都没有，卢春心想这又是什么意思，一声儿不言语，站在旁边。

只见那人朝着老头儿把手一点道："罗锅子，你快下来吧，至不济人家也是你徒弟打发来的不是。"

卢春一听，这没错了，赶紧过去跪倒行礼，口里说道："师伯，你老人家好。卢春受卞大哥之托，特来给你老人家送信来了。"

驼子在上头哈哈一笑道："你这个小狮子还真怪，有玩意儿。我告诉你吧，你这次来，就是多此一来，燠陵谷的事，我已尽知，早有左金丸回来报了信儿。只是你可知道我为什么今天要耍这一回狮子？"

卢春摇摇头道："不知道。"

驼子道："只因你临来的时候，小卞也会跟你说过，我爱开个小玩意儿，你却毫不理会，意思之间，颇有斗我之意。那时我去的人还没有走呢，他回来之后，就把这信给我带来了，我想我是早已不出门的人，江湖上后起一定有不少出类拔萃的好汉子，想着既是有人来和我盘桓也好，在你没来之先，我已经和大家都说过了，如果你什么时候到，我好会你一会。今天就有人来和我说，你已经来了，我想如果你要一到就找我，那就是无意开玩笑，偏是你进了村子，不找我先去喝酒，我才知道你一定是要和我斗斗。你可记得你在那里坐着，我从外头一进来的时候，伙计在你身旁吗？你身上的钱，就在那个时候，已到了我手里。我们这玩意儿，也讲贴彩，这偷东西可不是我干的，那是我们伙计下的手。二次你往窗户上一跨，我先把你的信掏出来，后来我才喊。你第二次从窗户跳出去，我也算定了，才和我们伙计商量好，叫他先到窗户外头去等你，你是当局则迷，谁家好酒，都扔在窗户外头。我拿了你的家伙便回到庙里，准知道你来，你跨在墙上，以为我没有后眼，你哪里知道我手里还拿着一块镜子呢。我才拿渔网把你兜住，你起来踢我一脚，我原先想把你制在那里，恰好看见我们伙计赶到，我想玩儿一个出手，才把你扔出去，为的是瞧我们伙计接得准不准。这就是我耍狮子这一场玩意儿，你明白了吧。我耍狮子不白耍，我得送你一点儿东西，算是咱们见面的礼。"

卢春一听，好生欢喜，准知道他一定给的东西不错。这时旁边那人道："客人你还不快起来，给他跪着冤不冤？"卢春这才想起，忘了自己是在跪着，便赶紧站起来。才要请问那人姓名，突见一道黄光，从殿的外面飞来，临近一看，原来是一个人，浑身血迹，满头满脸是汗，进了殿门，冲着沈洵喊了一声："师父你老给我徒弟报仇吧！"跟着扑咚一声，便摔倒在地。

沈洵这时把方才那副神情完全收起，怔着神向那人道："你为什么这种神气？有什么事？快快起来说。"

卢春道："看这神气，只怕他已经起不来了，他这并不是和你老闹客气，一定已经受伤了。"

沈洵叹了一口气道："是不是？在没有出去之先，我就知道你不成，偏是庄疯子他要说你机灵。我早说过，越是有点儿浮聪明的人，越容易耽

282

误事，因为他以为自己不会上当。其实江湖上的事，越是有点儿浮聪明的人，越容易上当。现在江湖上一天比一天险诈，一天比一天不好走，年轻轻的人，肚子里连一点儿事也拦不住，锋芒一露，人家久走江湖的人，早就看出来了。人家只要略有施展，不用说你还没有防备，就算是你有防备，也是防不胜防。丢了人家东西，还可以想法子赔偿，连人都丢了，以后还混不混！"嘴里说着，人就走下来了，到了那人面前，一伸手从背后把那人抓起，原来是满头连血带汗，如今又在地下一蹭，又加上了一层泥，简直成了庙里塑的小鬼。卢春可没有看出这伤在什么地方，却听沈洵"哎呀"一声道："可了不得！你怎么着了人家这样毒手，这是下五门'梅花攒'伤的。这种兵器，在下五门里能使的都不多，不知道你怎么单会遇见了他？这种兵器，形似吹筒，可不用吹，里面有绷簧，用的时候，只一扯绷簧上的那个绳子，绷簧一顶，这种东西就打出了。这一筒里，一共有五枝攒，每一个攒，分出五个针来，和一朵梅花相仿，单取咽喉、左右太阳穴和眉攒，并且这种兵器里头都有毒药。不过看你今天中的这攒，却不像毒药煨过的。这种兵器，虽没有毒药煨，打上都很厉害，因为它这五根针，都是散的，只要一打进皮肤之内，借着血脉，它能往里头走，只要一过两个对时，就全部都走到心穴，就有天大的本事，也不用想再救过来。看他今天这种神气，不想已经归内，是不是因为正气足，抵住了这种东西，虽不知道对不对？反正费点儿事，还可以救。"说着向卢春道，"狮子你会这手儿功夫吗？"

卢春摇摇头道："不会。"

沈洵哈哈一笑道："你不会，这里却有人会，叫你瞧一回怎么治这种伤，这回狮子就算不白耍吧？"说着又一回头向伙计道，"伙计，你来一回吧。"

那人笑着道："罗锅子，你说了半天大话，当然瞧你，况且我又不会这些邪门外祟，还是瞧你的吧。"

沈洵又是哈哈一笑道："好你个狗屠户，除去会宰狗之外，大概你也就不会什么了吧。瞧我的就瞧我的，可是你得帮忙，这总成了吧。"

那人道："帮忙倒可以，只不知是怎样一个帮忙法？"

沈洵道："据我看这孩子一定受了'梅花攒'的伤了。不过他所以能够支持得住，只因为这孩子练的功夫不软，所以虽然受了一针，在他当时一定已然有所感觉，当时便硬用气给抵住了，所以这种东西，走得不快，直到如今，还没有伤着要害。不过现在他已然因为劳累过度，伤了内部，可再也抵不住了。正气一抵不住，这种东西顺着血道必定走得很快，要不赶紧想法子给他把那针取出来，只怕就不好救了。现在救他之法，只有用'太极推拿'的法子把那针吸出来。你把他身上衣服全都扒去，你和狮子两个，一个托住他上半身，一个托住他下半身，叫他呼吸平匀，我自有法子可以把那针追寻出来。"

卢春对于各门功夫也全都听说过，准知道"太极"门里的推掌，是一种绝技，可没有听说过人身里头挨了针，能够给吸出来，又知道沈洵是当代大练家子，也不敢不信，便赶紧答应，过去就托在那人身上，那个伙计，便也过去托住下身，那里装罗汉的孩子，也不装罗汉了，全都跑过来，围了个风雨不透。卢春托着那人，眼里却看着沈洵，只见他站了一个"大丁字步"，双手往膝下一按，一蹲身，左掌往前一绷，右掌一合，往回一捋，右掌一绷，左掌一合，往回一捋，如是者三五次，往前一走"拗步"，双手搂膝，仿佛两只手挂了有千八百斤的力气一样，随走随前，到了那汉子腰前，便站住了，两只手却还不住一推一按，一收一捋，这时那人身上衣裳已然完全脱去，赤条条的一丝都没挂，沈洵两只手推来推去，越推越低，仿佛快挨着那人身上。说来不信，只见那人身上的肌肉，竟随着沈洵的手掌一起一伏，跳动不已，卢春不由惊眼。正在这时，只见沈洵双手在那人眉攒上猛地往上一起，大喊一声道"起！"卢春这个时候，都觉得自己在那人身子底下托着的两只手，也在跟着沈洵的一伸一缩地跳，猛然沈洵喊一声"起！"当时便觉得自己的两只手也跟着猛地往上一起，再看那伙计那一头却纹丝儿没动，自己就知道自己跟人家比，差得多得多。便赶紧手掌用力，托住那个汉子。

又听沈洵长出了一口气道："好厉害的家伙，幸亏是这个孩子，又遇见了我，不然就是神仙也治不得了。你们二位还把他的衣裳给他穿好，把他放在地下就成了。"卢春心里还在纳闷儿，怎么什么都没有见着，就算成了，也不敢多问，赶紧把那人衣裳依然穿好，放在地下。只见沈洵正站在那里用衣裳襟擦汗呢，沈洵把手向那伙计一伸道："狗屠户，你瞧瞧是不是'梅花攒'?"

那个伙计向前看了一看道:"是'梅花攒'一点儿都不错。只是我听说使这种东西的,都有毒药煨过,今天这个,可是一点儿也不像有毒药煨过的,不知是不是'梅花攒'。"卢春这时候可看明白了,在沈洵手掌之中,吸着有五根和绣花针相仿似的小针,不由吸了一口冷气,心想使这个东西的人,就很可以,偏还有这么个破的,看起来真是学无止境,艺无止境,实在是可怕得很。

沈洵道:"管它是不是'梅花攒',反正这个孩子这条命是捡回来了。"一回头向那些孩子道:"你们快去沏一碗糖水来。"孩子们答应而去,沈洵这才向卢春道:"你别看你九个脑袋,你不信禁不住我这一巴掌,这回总算让你开了眼了吧。来来来,你别净顾了瞧戏法儿,这里还有一个人没给你见见呢。"说着一指那个伙计道:"你别以为他真是跑堂的小伙计,他也是咱们江湖上有名的人物。你听你师父说过没有?江湖上有个杀狗的英雄,姓方名卫,江湖人称狗屠户,你知道这个人不知道?"

卢春一听,猛然想起,可不是江湖上有这么一位,不过听说最近这些年,早就不露面了,不想会在此地得遇此人,真是一件幸事,便赶紧答道:"久闻这位老前辈的大名,只是没有遇见过,你老说这位可是?"

沈洵道:"对了,这位正是狗屠户。"

卢春赶紧过去深施一礼道:"卢春实在不知道是老前辈,实在是无礼了。"

方卫微然一笑道:"卢老弟你也别见怪,方才都是他教我干的。"说着大家哈哈一笑。

这时那些孩子已然把糖水取来,沈洵把糖水给那人灌下,待了不到一碗茶的工夫,只听那人"哎呀"一声道:"闷死我了!"喊完之后,登时把眼睁开,一见沈洵,赶紧翻身就磕头。

沈洵道:"你先别闹这些酸礼,你把这回出去以往到现在,全都细说一遍,我也明白明白到底是怎么一回子事。"

那人站了起来,说出滔滔一片话,大家才知道是这么一回事。原来沈洵和庄疯子两个,自己虽然早已不吃江湖饭,只是两个人手底下都有很多的徒弟,这些人都指着吃江湖饭为生,除去不许跟官办案,吃"六扇门"

之外，无论什么都不管，内中就有开柜做买卖的，就有给人看家护院的，还有走镖的。那时候在扬州府有个三胜镖局，专走南北大镖，因为那时候淮扬一带，是盐商汇总的地方，往南往北，都得有人走镖。这三胜镖局在那扬州是第一号牌，镖主姓陶单名一个进字，使得一条混铁点钢枪，江湖人称神枪教师。他这镖局子里，除去他之外，还有不少硬手，因之凡是大数的镖，没有不是从他这镖局子走的，在江湖上很有个名气。加之陶进为人，极其慷慨好交，朋友也很义气，大家谁都有个面面相观，不好意思，所以三胜镖局在江湖上从没有丢过"蔓儿"（注，即失事毁名）。庄疯子有个徒弟，名字叫龙玉柱，就在这三胜镖局店的护镖，沈洵也有个徒弟，名叫钱鼎，也在这镖局子里跟着护镖。庄疯子虽然自己隐居不出，可是依然好胜，听说自己徒弟护镖，心想还真高兴，不时地还要到三胜镖店串串。沈洵劝过他两回，他不听，沈洵也就不劝了。可是每逢钱鼎到镇江来，自己就告诉他，趁早儿辞事，另找旁的干。钱鼎也是年轻的小孩子，并不知道天有多高，地有多厚，自己也出去过几趟，始终也没有碰上钉子，便以为自己本事够了，哪里还把沈洵说的话往心里去。恰好三胜镖店应了水网上一支镖，是由扬州解北京，然后再到吉林。陶进一看这只镖，仅是现款一项，就是四十万，以外还有许多珍珠玉器，并且道儿又远，周折又多，便跟来人商量，就管送到北京，至于北京再往什么地方发，这边不管。来人说得也好，仅是送北京，就不必三胜镖局，因为先要到北京，由北京再往吉林发，道儿上不好走，所以才找三胜镖店，如果三胜镖局一定不愿意去，那只好是另找别家。人家也知道陶进绝不能推，一推这只镖，三胜镖店牌匾就算摘了。陶进也知道这种意思，不过可知道这只镖不易走，自己这镖局子，又不是不走吉林镖，推出去当然就得有人说便宜话。再一想吉林一代"吃野"的"瓢把子"（注，即江湖首领）差不多也都和自己有个来往，这趟多派几个得力的人，遇事多加小心，也许不至于有多大闪失，当下便讲停当了。陶进一看镖局子里的伙计，有几个走旁处镖还没有回来，还有几个虽然是老伙计，手底下都不怎么样，倘或遇见了"横碴"儿，恐怕挡不住，选来选去，就选出玉柱钱鼎来了，跟他们一商量，叫他们两个走这趟镖。

这时候正赶上庄疯子来串门，陶进向庄疯子一说，庄疯子连连摇头道："不行，不行。伙计给你们保镖，固然为的是挣钱，不过挣钱还在其次，'闯蔓儿'（注，即造名誉）在先。如果两个人一块儿出去，知道的是你为让他们闯练闯练，不知道的还说他们走单了不行，就把这两个孩子给毁了。你让他们走一趟可以，不过就能去一个，依我看钱鼎这孩子跟沈罗锅子练了也不少日子了，武学实在不坏，我也不替他吹，凭他的能干，保这趟货，绝出不了什么岔错，不如你就干脆让他一个人去。"

陶进也知道钱鼎是当代侠客的门下，武学不错，可是心里不敢放心，一则钱鼎年纪太轻，武学虽高，阅历没有，虽说也出去过不少次，可是每次都没有多远的道儿。这回道儿太远，江湖上的事，不是全凭硬干的，不过有庄疯子一力担保，自己也不便再说什么。好在镖真要是不幸丢了，有他在后头，这件事倒也不难找回，因为这么一想，便告诉了来人，定好了什么时候起镖。钱鼎这年刚刚二十四岁，从八岁就跟沈洵学艺，整整学了十六年，最得意是一对儿鸳鸯拐，十二支扳弩。这种弩，仿佛和打鸟的弩弓一样，不过个儿大，力量猛，弩弓是泥弹子，扳弩是打铁弹子。这种铁弹子，是用铁锉了末儿，再加上皮纸泥，用上好鱼鳔，把它胶成球形，不用的时候，就在弩筒里装好，用的时候一拉弦，筒子里就可以出来一个弹。这种东西力量最大，打在铁上都能成坑，不用说打在肉上。钱鼎就凭这一张弩一对儿拐在江湖道儿上很露了几回脸，人送外号叫"哨子箭"，意思是他这种暗器发出去就和带着哨子箭的一样。二十四岁没有娶媳妇，依然是童子功，平常沈洵还是真爱，入三胜镖店不是沈洵的意思，全是庄疯子一个人做的主，沈洵因为从前和庄疯子有过过节儿，恐怕驳了他，又惹庄疯子不高兴，便只好暂时由他。这次庄疯子指名一荐他，年轻的人就沉不住气了，当下兴高采烈，预备走的东西，连镇江都没敢去，怕是见了沈洵，沈洵一拦他，就去不成了。

这一天是起镖的前一天，镖局子里把车马都排好了，亮在镖局子门口，里头摆上了酒席，连镖主和伙计们都团团围住。陶进等到酒已斟满，端起一杯酒来向大家一举道："众位干一杯！"大家答应一声"好！"举杯一亮底又喊一声"干！"

陶进笑容满面道："今天是咱们钱老弟头一天走远道，所以咱们大家乐一下子，所为是给钱老弟助个马前威，不过我还有几句话，要和众位托付一下子。要凭咱们钱老弟，手底下一对儿拐十二支弩，不敢说一定无敌，反正不至于落包涵，不过钱老弟究属年轻，道儿走得不广，众位常在外头帮着我跑，道儿上都比较熟习，没别的，请众位多帮帮忙，逢沟过板，众位多搭一句话，别让'对水'（注，对方）的挑了眼，诸位就多辛苦吧！"

大家都异口同声道："陶爷，您不必闹客套啦，咱们这都是谁跟谁，不用说还有钱爷这么一条生龙活虎跟着，就是我们哥儿几个，说句不害臊的话，就凭着陶爷您这三胜镖局小旗子一插，也得太太平平地来趟吉林。陶爷您就万安，只管赌好儿吧！"

正在这时，只听镖局子门外头一阵人声嘈杂，头一个就是钱鼎，"渔翁倒扳会"，一个反提，从里面一拧腰，嗖的一声，便和一个鸟儿相仿，早已纵到门外，两只脚往下一戳，便和钉儿钉住一般，纹丝儿不动。看时，只见许多伙计围着一个浑身疥疮的老花子。大家一看钱鼎出来了，便全都喊道："好了，钱二爷出来了。"

钱鼎一分众人道："什么事？干吗这么乱？"

大家道："钱二爷，您不知道，方才要饭的，他死乞白赖往里挤，我们一拦他，他伸手就打人，您瞧咱们二侯、瘦马、胖王三全都让他给打了，您过去问问他吧。"

钱鼎一听，心里就是一怔，心想这个人来得好怪，镖局子又不把发闲钱，这个要饭的往这里挤什么？难道说他是访什么来的？这倒不可大意，明天就起镖，今天可别出档子吵子。想到这里，走过去向那要饭的一笑道："朋友，我们这里不是住人家的，也没有什么残茶剩饭，你要是要碗饭吃，这也没有什么，等他们吃饭时候到了，你就跟着他们吃一碗。不过你得在那边去等一回，别在这里吵，因为我们这里是买卖。"

钱鼎话还没有说完，那要饭的猛地把头一抬道："噢！要吃碗残茶剩饭，还得到那边去等着去。对！大小是个买卖，我别搅人家，再者人家这买卖，又是大买卖，认识的人又多，这要一个说不合适，就许给送到衙门口，挨几十板子，咱们趁早儿别找麻烦，饭我也不要了，钱我也不要了，干脆，趁早儿走！别惹人家英雄生气。"说完抹头就走，出了人群，一路歪歪斜斜径自去了。

大家一见，便齐声笑道："这个人是贱骨头，说了多少好话，他是一句也不听，如今一见钱二爷，连话也不说了，抹头就走，真是人的名儿，树的影儿，到底是少达官的声名在外。这一趟镖，一定得大享盛名！"大家说着笑着，也就全都散去。

　　钱鼎见那乞丐说了那么几句话，抹头走去，虽没有看出他是怎么一个角色，可是准知道这个人绝不是要饭的，怔怔地瞧着没了影子，才转身走了进去，迎面正碰见陶进和龙玉柱等一干人从里头走了出来。

　　龙玉柱道："大哥，外头什么事？"

　　钱鼎道："什么事也没有，不过是一个要饭的，在门口外头和伙计吵了几句，我出去他就走了！"于是大家便又落座吃酒。酒饭已毕，陶进便吩咐是保这趟镖的，都早一点儿睡觉，第二天好起早动身，大家便都安歇，外面自有旁人照料，一宿无话。

　　第二天，一清早，大家便全起来，钱鼎穿着一身浅蓝色绸子裤袄，外套夹大褂，脚底下穿着两只薄底快靴，手里擎着一对儿拐，肩上背着那张弩，加上二十来岁的人，长得又白又润，英武之姿，溢于眉表，大家一见，不由齐喝一声彩。钱鼎向大家一拱手，赶车的头儿一摇鞭，马蹄一动，当时这车就走出去了。镖旗子插在头辆车的车辕上，轱辘辘车声响动就出了扬州城。钱鼎虽然年轻，可是在外头走过了不少地方，知道自己这次护送的数儿不小，如果一个闹出事儿来，不但把人家的东西丢去，而且从今以后，这镖行就不能再吃了，又加上才一亮镖，就碰见那个要饭的，自己觉得怪事，便越发不敢大意。镖车走着，自己前后照顾，真是一步也不远离，天不黑就找大店住下，跟着几个头儿分班巡更守夜，第二天太阳都出来老高的了，这才出镖车一路往下走去。按着官站，喊着镖趟子，扯着镖旗，人如水车似龙，欢蹦乱跳，一径走了下去，也是三胜镖局名头儿不小，一路上居然没有出事。

　　这一天已然到了沧州，几个头儿就跟钱鼎道："钱爷，今天咱们多赶两站，过去沧州，不要紧了。"

　　钱鼎因为一路之上，并没有一点儿岔子，便自把胆放大了，一听大家所说便笑着道："诸位不要太小心了，据我看一定是咱们三胜镖局子名儿在外，不用说是没人敢动，就是有也是那些不开眼的小贼，不来则已，来了也叫他

289

知道知道咱们是什么样人物！众位不必多说，今天晚上一定住在沧州。"

　　大家一听，也就不必往下说了，当晚就住在沧州城一家泰来客店。别看钱鼎嘴硬，那是年轻气盛，等把话说完了也觉得有些不安，可是话也收不回来。等到入了店，吃喝已毕，自己就长了精神，把身上拾掇利落干净把家伙一抱，从二更天就在院子里来回走。将到三更，猛然听得后院狗叫声大起，不由心里就是一怔，赶紧止住脚步儿，侧耳细听，犬声就出在后院，知道店里的狗，绝不会无故乱叫，便赶紧一撤身，一坐腰拧身上房。来到后坡一看，底下漆黑，连个人影儿都没有，狗叫得也不厉害了，便又撤身，来到前坡，跳回当院。这个院子，原是这店的车门，所有的镖车，就全在这院里停着。坐北朝南是七间大屋子，里头就是这些伙计，在里头歇觉。南边一路六间，没有门窗户壁，镖车全在里边，车把朝前，牲口全都卸下来在另一个马号里喂着。北屋正中间是三个伙计，都是掖衣襟，短打扮，每人都拿着自己趁手使的家伙。南边是四个伙计，也是一个人管一个车的，也有一个人管两个车的，手里都拿着自己使的家伙，脸朝外蹲在车后辕子上。钱鼎是全夜的巡防，在院子前后左右，不住地溜，听见狗叫，往房上一窜，旁的伙计，也全都看见了。可是镖行里有这个规矩，不拘出了什么事，各人管各人那一角儿，不准乱，因为怕是趁乱出了旁的事。大家也听见狗叫了，接着又看见钱鼎上了房知道有事，可是谁也没有言语。屋里那三位，噗的一声，先把灯亮给熄了，跟着到了屋里，把这些伙计，也全都叫醒。大家知道有事，便也全部一翻身，就算起来了，因为这种睡觉没有不穿衣裳躺下大睡的，各人拿着各人的家伙，还有的把暗器也全都预备好了，瞪着眼往外看，南边那四个伙计，也都站起来了，两人里彼此对看着。工夫不大，钱鼎从后房跳了下来，大家才知道虚惊没事，便各人又全都拉回了架子，各复原位。北屋这几位赶紧又把火种找着，打好火种，把灯亮儿点着。大家刚要说是没事，有一个往桌上一看，不由狂喊一声"可了不得了"，大家一听，也全都吓了一跳，往桌上一看。只见桌子正当中插着一根枣核儿钉子，在钉子底上钉着一张纸条，上面笔舞龙蛇，墨迹未干，写着两行字是："鼎儿知悉，前途荆棘正多，务须谨慎，只谦霭或可免祸，望力抑骄姿，左。"

　　钱鼎一看道："不要紧，不要紧，众位别害怕，这是我师叔来了。他老人家既然知道咱们前边有事，他老人家绝不能半道不管，不过咱们大家多留一点儿神也就是了。"

大家听了都是大家欢喜。内中有两个道："嗬！这位老爷子可真可以，幸亏他老人家是咱们这头儿的，要是'对水'的，不用旁的，就是刚才钉纸条儿这手功夫，咱们这么些活人，怔会没有看见，好，那下子早就出了错儿了。"

在屋里这三位一听，心一寻思，可不是，人家在自己眼睛旁边，耳朵底下，连钉带砸，自己会连点影儿都没有知道，这要真跟自己为难，吃饭的家伙早就没了，一边佩服一边心里害怕。大家一看这张字帖，心里全都踏实了，连南边那几位也都过来了。单说钱鼎听大家一说，再细一寻思，事实不对。自己疑心是师叔左金丸跟下来了，可是左金丸的本事，自己是知道的，当然比自己高得多，要说方才那得算是来无踪去无影，旁人不说，凭自己绝不能不知道，左金丸的功夫，没有这么高。不过看那根枣核钉子，一点儿错儿也没有，绝对是左金丸使的东西，不是左金丸又是谁呢？心里这么想，嘴里可不能说，怕是大家胆怯，便赶紧向大家道："既是我师叔他老人家说咱们前途多事，咱们大家就多留一点儿意，现在天时尚早，咱们该怎么着还怎么着，谁该什么班，换一换吧。"

大家一听道："对，钱爷也该歇歇了。"

钱鼎道："不用，别位该换的换，我再连一班。明天天亮了，车走着，我就好歇着。"

大家一听，也不便再说什么，当下便全都换班，当班的去歇着，歇着的换成当班。钱鼎张弓擎拐在院里来回溜，一直到天亮，心里才踏实。店里的人，差不多也全都起来了，钱鼎算完了店账，吩咐伙计们套车。这车原是头朝里摆着的，伙计过去一瞧，有四辆车已然全都头朝外了，这一惊非同小可，便赶紧告诉钱鼎。钱鼎一听，就知道不好，急过来看时，不但是车头挪了位置，仿佛镖银也有挪动，赶紧过去细一查点，不多不少，整整丢了一包一万两，当时吓得差点儿没过了气去，伙计们当时也是一阵大乱，就知道今天镖车是往下走不了啦。钱鼎在车的左右前后，全都细瞧了一遍，一点儿出入的踪迹都没有，再说自己始终也没离这院子里。正在诧怪之际，只听一个伙计喊道："老二，你瞧那里又是一根枣核儿钉子！"钱鼎急忙抬头看时，果然就在那车棚房梁上正中间钉着一根枣核钉子，底下也插着一个纸条儿，字太小，看不甚真。钱鼎急忙一拧腰，用一个"白鹤冲天"的式子，耸上去轻轻一拔，便拔了下来。脚落实地，拿着纸条一看，上面写的是："暂取白银万两，救济灾民，不必穷追。"钱鼎看着字体是非常眼熟，就是想不起是什么人来。大家一商议，这只镖眼看着就到了北京，忽然出了这么一个岔子，要是镖车停在这里不走，倘若再出了旁的岔子，岂不更糟。可是镖要往下来，到了北京，缺着一万银子，怎么交给人家？看这留的字条儿上所说，也并没有什么恶意，听那语气还有还回的意思。远水解不了近渴，现在这一步就过不去，再说这个主儿，真要是不讲理，凭能耐，不用说一个钱鼎，十个钱鼎，也得不了便宜。就看人家在那一眨眼之间，怔把四辆车给倒了过来，屋里大家会连一点儿影子都不知道，能耐就得说高得太多，一万两银子论分量不是轻，提起来就走，这膀子力气，也十二分可佩服。连挪车带搬银子，两边屋里留字条，都是一个人干的，这个人手眼之快，大概这拨儿人，连钱鼎都算上，未必能有一个人能赶得上人来，不见面固然是跟头，就是见了面，也未必能够找出便宜，这件事真是一件难事。钱鼎年轻，一遇见事，除去着急，唉声叹气，别无办法，大家也只有跟着着急发愁。

正在这个时候，只见店里伙计慌慌张张从外头跑了进来，喘吁吁地向大家道："你们这里哪位姓钱？"

钱鼎道："我就姓钱，什么事？"

伙计道："钱爷，你老人家救人吧！刚才我们一开门，门外头就站着一个要饭的，我们这里伙计也是不对，说了他两句，叫他先上别处要去，谁知道这个要饭的，不是寻常要饭的，他一句和气话不说，一伸手就把我们伙计给制在门口外头了。我们出去跟他说好的不行，给他钱也不行，他说，我们店里住着有大财主，姓钱，只要姓钱的出头给了这件事，他全认领，如果旁人说什么也没用。我们原不应当麻烦客人，只是实在没有法子，眼看我们这个伙计，就要不好了，没别的你老人家给想法子，给我们伙计求求吧！"

钱鼎一听，是个要饭的，心中就是一动，便赶紧问道："现在他在什么地方？"

伙计道："现在门口。"

钱鼎道："你陪我去看一看。"跟伙计来到门口一看，不是别个，正是那天在起镖时候，到镖局子捣乱的那个花子。心里又是一惊，心想我在镖局子一看这个人，我就说他不是要饭的，如今他更不是要饭的了，看他来的这个意思，大概还许跟这回丢去镖银有点儿关系，不如慢慢和他讨问讨问。想到这里，便走了过去，深深一揖道，"老前辈什么时候来的？请到里边坐吧！"

那花子把眼皮一翻道："谁是你的老前辈？我们也是一个人，混到要了饭，就是丢人现眼没法子的事了，你怎么还拿我开心，张口叫我老前辈，难道你们上辈子也要饭的？骂人不揭短，年轻轻的，面苦语辣，别这个样儿，谁没有倒霉的时候？"

钱鼎一听他这套话，更知道他不是要饭的了，便又施一礼道："你老说得对，那么您今天到这里有什么事？伙计是怎么得罪了您？您可以跟我说说，我可以告诉他们东家，叫把他散了。不过他们一个以身为业的苦人，您这么一制他，功夫一大，难免就伤了他内部，您的气是出了，他可也残废了。没别的，请您看我薄面，饶恕了他。他有什么得罪您的地方，我可以替他向您赔不是。"

花子一听，哈哈一笑道："好小子，真有你的。我先放了他，咱们两个人再说，跑得了和尚，还跑得了庙吗？"说着过去照着那个伙计后腰只一掌，那个伙计便"哎呀"了一声，当时就活动了。钱鼎一看，这完全是"拍穴法"，这个花子更是高人了，方要上前再说两句话，只见那花子猛地向钱鼎说道："我瞧你这小子也是个好小子，倒是有点儿出息。我想送你一万银子，托你给救救灾民，不知你敢管不敢管？"

钱鼎一听，正对茬儿，便赶紧深施一礼道："老前辈如有这份儿厚意，晚生愿意拜领！"

那花子哈哈一笑道："果然好小子，要银子随我来。"一弯腰提起地下的黄沙罐，撒腿就跑。钱鼎一看，也顾不得店里这一切，随后就追。身上背着弓，手里拿着拐，老花子在头里跑，仿佛是有点儿跑不动，弯着腰，上身是来回乱晃，钱鼎可不敢慢，脚底下使出十二成劲来，恨不得一步就

293

把老花子追上，可就是追不着，不但这样，并且是越来越远。老花子这一气，跑出去足有十几里地，钱鼎身上就见了汗了，离着热闹街一远，来往的人都看不见什么了，老花子在头里跑，也就瞧见一点儿影子了。钱鼎心里不用提够多着急，眼看着要把一个人给追丢了，回头再是使的"调虎离山"计，那样一来，恐怕店里车上的东西，还许有失闪。急可是急，也想不出旁的法子，只有往前追吧。跑来跑去，眼前仿佛有一片大柳林，老花子一闪身，就进了树林子，钱鼎赶紧脚下加力，就到树林子。按说"逢林莫入"，钱鼎就不该进去，人到了真着急，就什么也顾不得了，两纵身就进了树林子。来到里头一看，这片林子，原来是人家一座坟圈，四围是树，当间三座大坟，一片空地，足有三亩多见方。老花子还真在里头，坐在一个石头供桌上喘呢。

钱鼎一看老花子没跑，心里就踏实了一大半，又记起头次纸条所写，必须低声下气，才可逢凶化吉，便赶紧整了一整衣裳，把双拐往就地一放，深深就是一揖道："老前辈，请你老人家指我一条明路，让我把失去的镖银找回。我在外头还没有跑过，也不知怎样得罪了人，不拘是谁，只要指出我什么地方得罪了他，我情愿登门谢罪，绝无胆大心粗之意。就求老前辈你老人家救我这一步吧！"

老花子哈哈大笑道："你这孩子嘴上说的倒是不错，不过你得罪了人，你自己还不知道。我就告诉你吧，你不但得罪了人，并且你得罪的这个人，还是你大大的一个恩人。只因你眼空四海，全不把你这位恩人放在心上，因此触怒你的这位恩人，才故意来和你开个小玩笑。我也是被他所约，看看你到底是怎么一个人。现在你既这样说，你可得知错认错，我能够给你想法子把这丢的镖，给你要回来。你要是以为你的能为本事够了，那可说不得，镖银就在这里，那就要凭你的能为本事，再往下说了。"

钱鼎一听，这可是斜碴儿，自从出镖那天起，也没有得罪过哪一个，可是人家既这么说，也不能说一点儿事儿没有，听他这话，我得罪的，还是个熟人。既是纸条告诉我在先，失点身份也没什么，要真凭本事的话，旁人不用说，就是这个花子，就不是人家的对手，不用说还有几个帮手。想到这里，便又向那花子道："老前辈，你老既说我得罪了人，那一定是我有失检点之处，不过我可实在出于无心，也别管我是有心无心，既是老前辈肯在从中给解释，你老人家让我怎么办我就怎么办，就求你老人家维持我吧！"说着又是一揖到地。

老花子点点头道："好孩子，真是强将手下无弱兵。你跟我来，我让你看看你得罪的人！"说着跳下石头台，转身往坟后就走。钱鼎赶紧在后头跟着，来到后头一看，那里地下端端正正坐着四个人，仔细一看，可把钱鼎吓坏了。正中间两个，一个是自己师父沈洵沈驼子，一个是庄化庄疯子，上首一个是左金丸俞伯玉，下边一个是龙玉柱。哪里还敢说什么，赶紧跪倒磕头。沈洵也不似往常那副嬉皮笑脸，闭着眼一声儿也不言语。还是那个老花子叫了一声："罗锅子，你也别装着玩儿了，要说这个孩子是有不对，他不该不到镇江去见你，不过他也是年少气盛，恐怕他一见了你，你不让他去，所以他才不敢见你。好在我已经试探他两次，倒也没有什么趾高气扬的地方，这一次无论如何，你要原谅他，不要灰了他们年轻上进的心！"

沈洵只是不言语，庄疯子忍不住道："臭罗锅子，你不要一再和这孩子过不去。他不去见你，固然是他的不对，不过也是我让他，他才去的，难道我就做不了一点儿主。你难为他，简直就是难为我，你打算怎么样？你就和我说吧，何必一定跟他过不去！"

沈洵笑道："你这老家伙，疯劲又来了。他不到我家里去，他算对了，我就不应当问一问？"

老花子不等沈洵下说，便拦住道："你们这两个，简直一个好人都没有，一个硬做主，一个不放松，闹了会子，你们真要把人家这只镖闹丢了，我看是摔谁的牌子！"俞伯玉也帮着劝，龙玉柱早就跪在地下了。

沈洵道："要说以他这样一个毛孩子，居然有人看得起他，我还不高兴吗。不过，我总以为他没有什么出奇的本事，现在江湖道儿上，不是容易走，倘若丢了人，跐了脸，到那个时候，就把这孩子整个儿地毁了。"

庄疯子道："我就不信他不行……"

刚刚说到这句只听林子外头人声一片，齐声喊道："跑不了，我看见他进去没出来。众位，四面围围呀！"

有分教：

沧州道上壮士两次翻船，长白山前英雄几番并火。

以下紧接钱鼎丢镖，马彰卖艺，卢春三请庄疯子，马彰大闹荷叶岛，庄沈会合夺镖，俞包入宫盗宝，田正田住弟兄反目，祝庄祝静姊妹报仇，秦晋芳夜探冷竹塘，舒紫云三救杨花堡，要知这些热闹节目，请看第三集《碧血鸳鸯》，便知分晓。

第 三 集

第一回

哨子箭谈笑惩泼皮
玲珑手局诈毁宝器

　　第二集书正说到钱鼎和沈洵在树林里谈话，只听四外喊声大起，这要放在旁人，难免不惊慌失措，这班人全都久走江湖，什么没有见过，哪里把这一点儿小事放在心上，一任外面狂喊，只是不理，连动都不动。外头喊了一阵，忽然又沉静下去，连一点儿声儿都没有了。钱鼎跪在那里，脸正朝着树林，看得比旁人真切，方在一凝神之间，只见一个人把头探进树林里面，一眼看见钱鼎，便狂喊一声"钱爷在这里了！"跟着呼噜一声，拥进一伙人来。

　　钱鼎一看，并不是外人，正是三胜镖局子护镖的伙计，反而倒吓了一跳，以为自己走后，车上又出了什么事，便顾不得沈洵什么在这里，急问道："什么事？"

　　两个为头的伙计道："没有什么事，方才看见钱爷你跑下来，我们怕是您有什么失闪，所以店里留了一拨儿人，分一拨儿人追下您来，为的是给您打个接应。您走得快，我们走得慢，走来走去，瞧不见您了，直到了这片树林子，可不准知道您在这里，我们才使了一个诈语，没想到您真在这里。"说着话一抬头看见了庄疯子和龙玉柱，不由大喜道："庄太爷和龙爷怎么也在这里？这一来可不要紧了。"

　　钱鼎怕他们再说出什么旁的来，便向他们道："你们快快回去吧，店里人少，别再出了旁的岔子，我也这就回去。"伙计一看，庄疯子、龙玉柱都来了，就知道事情办好了，便赶紧答应一声，带领着那拨儿人又全都返回原道去了。

沈洵这才向钱鼎道："鼎儿，要按你这次所作所为，就是目无师长，实犯本门大规，应当把你轰了，不认你这个徒弟。不过这次有你师伯的话在先，还算情有可原，恕过你的罪。不过这只镖远走吉林，不是什么近道儿，人家三胜镖局的名儿，不是一天半天闯的。就凭你所会的那一点儿能耐，好比萤火之光，能有多大的亮儿？如果半道儿上出点儿事，自己死伤，没的可说，总怨你心粗胆大。倘若把人家字号都给弄倒了，你怎么对得起人家？话虽这样说，我可不能陪着你去给你拔创，你自己想想你的那点儿能耐钉得住吗？"

钱鼎自从跟沈洵学艺十几年，也没有听见沈洵像今天这样规规矩矩地说过一次话，越听越对，越没有话说，只是趴在地下，一声儿也不言语。庄疯子早就憋了一肚子不高兴，如今又见沈洵责备钱鼎，便冷笑了两声向沈洵道："你也不必责备你的徒弟了，这总是怪我不好，不该多事。要照着你这话的意思一说，简直是我和这孩子，安心下不去，有心叫他栽跟头。你也不必这样说，你的徒弟现在这里，也没有短一条胳膊半条腿，你趁早儿把他带回去，我有能耐，我把人家这只镖给人家送到地头。我不如人家，我愿意给人家三胜镖局抵了，这您就没什么说的了，您请吧！这个地方，盗匪出没无常，别回头再把您拖累上，那我更赔不起了。"

沈洵一听，微然一笑道："你看你这疯劲又来了，人家说说徒弟，你就多心。如果咱换一个过儿，你是我，我是你，你的徒弟是这样，你要不敢把你徒弟宰了才算怪呢，难道我说他一句都不行？"

俞伯玉道："你们二位先不要意气相争，赶紧想个什么法子，把人家镖给人家送到地头，斗口齿有什么用？睡多了梦长，时候一大，再出点儿旁的事，岂不更糟！"

那个老花子笑着拦住俞伯玉道："侉子，你就爱管他们的闲事，狗咬狗一嘴毛，咱们别给他们台阶儿，瞧他们倒是谁成谁不成。"

庄疯子一听道："好你个臭要饭的，你敢情净为坐山看虎斗哇。罗锅子，咱们冲他暂时算完了，说现在的。镖已然应下来了，也走来这么远，再给人家送回去是不行了。你既说他一个人势单，我想柱儿这孩子现在也没有事，就让他跟着也去一趟。虽然柱儿没有什么本事，比那些伙计，又

300

强一点儿，但愿他们这次出去没事，我是从此起再也不管人家闲事了。"

沈洵道："事到如今，也只好是如此吧。"说着又向钱鼎道："鼎儿，你听见了没有？你师伯叫你师弟帮你走一趟，一路之上，你可要和你师弟商量，诸事小心，不可有一点儿大意。大家在一起，必须要和心共事，不可少存私见，免得出事丢人，你要谨记谨记！"

庄疯子也向龙玉柱道："柱儿，这回你可要做脸，如果你要是把这只镖丢了，你就不用回来见我了。鼎儿跟他走吧，那一万两银子，他也知道地方，你们快快回店吧。"

两个人答应一声，又磕了一个头，站起身来往外就走，已然到了树林子边了。沈洵陡的一声喊道："鼎儿，回来！"钱鼎赶紧转过身来，沈洵道："你这个孩子，真是越来越浑了，你想想你还有什么事没有。"

钱鼎道："不知师父还有什么事？"

沈洵呸地啐了一口道："你这孩子，简直是越来越糊涂了！你自己就知道我们在这里吗？"

钱鼎一听，可不是，忘了谢谢那个要饭的花子了，便赶紧向那花子深深一揖道："这次多蒙你老人家指引小子迷途，小子这里谢过你老人家！"

沈洵道："你这孩子，怎么迎面骨上长了疮吗？为什么不跪下磕头？"钱鼎一听，赶紧跪下。沈洵道："鼎儿你知道人家是谁吗？"钱鼎一摇头，沈洵叹道："这样人就要到外头去闯江湖，怎么叫我放得下心！我告诉你，这也算你师伯吧。你从前也听我和你说过，徐州云龙山棉花谷，有一位隐名的侠客……"

钱鼎不等说完，便道："弟子想起来了，是不是您跟我说过的恶花狼包仲包师伯？"

沈洵点点头道："这你也想起来了，常常和你说，人在外面，要处处留心，事事留心，你就不想一想，无缘无故会有人肯给你送信儿吗？此去路途甚远，什么样人都有，如果就是这样大意不搁心，你到不了那里，一定得出事。你要记住这话，快快走吧！"钱鼎诺诺连声，站起来走了。沈洵向庄疯子道："疯子你不要净为旁人的事瞎忙，你自己也该想一想了，这些日子已然我得了不少信儿，人家那边可有了准备了，长江南北，两湖两广，没有一个地方没有他们的人，这次他们打算大干一下子。听说他们连毕冈那里都去约过了，不过毕冈虽然和我有些小过节儿，他人却还是明白的，绝不肯为他们利用，来和我们为难。就是这样，我们也应当有个防备，万不可小看了他们，因为他们这次，是志在复仇，所以他们不惜用全力来对付我们。据我所知，他门里面很有几个硬手，无论如何，我们也应当防备一下子，也去约几个朋友，来给咱们助助威。"

庄疯子一听，哈哈大笑道："你这真是老了，无论什么事，都要害怕。你知道他们那边都是什么人，我也都知道，据我看是一个高的也没有，你只管放心，我就没有把他们这一派放在眼里！"

包仲道："这话也不是这样说法，我想还是驼子说得对，拿着狸猫当虎看，他们大预备，咱们也可以小预备。他们没有高的，我们就算朋友多年不见，约会约会问个好，他们真有从狼墩里出来一个两个的，咱也不在乎那些个。我现在闲着没事，不如我跟他们接近接近，满处跑下子，一则可以知道他们那里的虚实，如果仍然是一堆鸡毛蒜皮，咱们也就不必理他们，倘若里头果然有两个好的，咱们也想法子请两位，陪着他们玩儿两趟，你瞧好不好？"

沈洵道："这个法子对。"

俞伯玉道："如果臭要饭的肯这么办，我也去。"

庄疯子道："你既是要去，何必两个在一块儿？你们可以一个上南，一个上北，个人走个人的。"

俞伯玉道："从这里往北京，从北京往东北，都是我的事。"

包仲道："那么说，你上北边，我就上南边，咱们以两个月为期，回到焦山，见了面再说。"俞伯玉也答应了。当下俞伯玉背身斜挎着包裹，里头是刀，斜挎着那张弓。包仲就是那个黄沙罐，提了起来，两个人也一同走了。

庄疯子见他们都走了，便向沈洵道："咱们也回去吧。"两个人回到焦山未家村。

再说钱鼎和龙玉柱两个人走出了树林子，钱鼎道："兄弟怎么你知道我在这里？"

龙玉柱道："我们已然出来好几天了。我才走之后，师叔就追下来了，非要把你找回不可。我师父不答应，正在镖局子争吵此事，俞师叔和这位花子大爷也到了镖店，这才追了下来。到了这里，看你们住了店，我们就全去了，在后头斗狗是俞师叔干的，我师父进屋里头次留下枣核钉子，等你们看条子，沈师叔就把车给倒过来了。我师父提出来的银子，俞师叔二次留枣核钉，包师伯跟着就上了房，到外头绊着你们身子，我和我师父、沈师叔、俞师叔就跑到树林子里来了，工夫不大，你就来了，这就是这么一回事。"

钱鼎道："噢！这就是了。有这么些位出头露面，我这个跟头，就算没栽。我再问兄弟你一句，那么那一封一万两的银包呢？"

玉柱道："根本这个东西，就没有出那个车棚，还在那木马槽底下扣着呢！"

钱鼎一听，这才把心放下，回去把镖银上好出车上道，道儿上有这两个人一跟着，一点儿什么事也没有，就到了北京。镖车到了彰仪门，伙计过去把镖店字号报了，人家出来验过，放镖进城。刚刚到了城门口，只见从城门边闪出一个人，单手把车一拦道："哪里来的镖车，怎么就这么大大咧咧进城吗？哪个是你们的了事的，叫他先过来见见我！"

钱鼎、龙玉柱两个，赶紧叫车把式把车圈住，抬头看这个说话的人。往大里说，有上三十五六岁，小鼻子，小眼，小耳朵，翻鼻孔，黄龅牙，脑袋上头窄下头宽，瓜子脸倒长着，身长不到四尺，瘦小枯干，简直不是人样。上身穿着灰色咔啦镶青绒的大马褂，底下是青布裤子，可穿着两只大韧把洒鞋，摇头晃脑，在车前头一站。钱鼎虽然没有出来过太远的道儿，在外头可去走过不少的地方，如今一看这个人，就知道是这本地的一块魔。已然都到了京门口了，谁还跟这种人怄什么气。便笑着道："我就是跟这趟车的，您有什么事？"

那人把嘴一撇道："怎么着？就是你一个人吗？胆子真不小哇！就凭你这个样儿，出娘胎才能有多少日子，也敢混充字号，跟人家在这里混碗饭吃？"

钱鼎还没有说什么，龙玉柱早就烦了，一挺身向前道："您就有这些废话和他说，咱们是干什么的，保镖的，他要看着不服，可以把我们镖抢了去，那是英雄，废话和他说不着。把式们，催车！"

那人一看龙玉柱比钱鼎横得多，当时翻眼皮瞧了瞧钱、龙二人，一阵冷笑道："你们走吧，三天之内，我要不叫你见点儿什么，你也不知哪里的羊都长着犄角！搁着你的放着我的，咱们是走着瞧，到了算。我不让你们托好朋友来见我，就算我瞎吉子白在前三门混了。"说完一抹头扬长而去。

钱鼎笑着向龙玉柱道："今天要不是你这句横话，还许完不了呢。这小子也不是干什么的，怎么会吃到咱们哥们儿头上来了。"

龙玉柱道："这还有什么好人，能讹就讹一下子，不能讹，说两句便宜话一走。北京城像这种人最多了，我虽没来过，可是我常听陶爷跟我说过，这种人不过想弄几个零钱活着而已，绝没有什么大了不得。"

说着车就进了城，到了打磨厂，本字号人接镖。第二天钱鼎和龙玉柱把这汇银货的找着，告诉他这只镖是从什么地方来的，里头有些东西是交到北京的，还有一批从北京再到吉林，不知还有什么旁的事没有。人家把货该收的收了，又写了一封信，交给钱、龙二位，送到吉林。二人出来，在城里听了一天戏，第二天一清早，镖车又出了城。

钱鼎就说："咱们这次从扬州到北京，虽说在我手里出了个小笑话，好在那是师父闹着玩儿，那还没有什么，以外可是一点儿小事都没出。现在咱们从北京又走出城来了，听师父他老人家常说，东北一带，是胡子出没之所，并且有许多和咱们镖局子说不去的，咱们一路之上，可要小心留神，千万别出一点儿事。盼着回到扬州，我就要辞事不干，跟师父他老人家再多去学点儿什么了。"

龙玉柱道："您说得也对，不过可跟我想的不一样，我想人活在世上……"刚刚说到这句，只听有群众喝喊："三胜镖局子小伙计别走，我们要叫你过过水！"

钱鼎一看，领头的这人，正是那天自道字号瞎吉子那个，后头还跟着有十几个，全都是穿刀螂肚儿靴子，紫花布挎裤，有的手里拿着花枪，有的单刀、铁尺、十三节棍，蜂拥一般，直奔镖车而来。钱鼎告诉龙玉柱，看好了镖车，自己就可以把他们打发回去，左手抱拐，一回右手，从身上把扳弩撤下，高喊一声道："我们是扬州三胜镖局，今天从您这里过，有水我们沾点儿水，有鱼我们沾条鱼，没水没鱼，我们跟你借股道，不吃咱们还吃，不交咱们还交，众位扔把沙子，我们可要走车了。"

龙玉柱接着一声喊"走！"轱辘一响，头一个车刚走出去不到一丈多远，早蹿过一个人来，举手里铁尺，照着马脑袋就打。赶车的刚要喊"使不得"，打算过去不叫那人动手，已是不及，眼瞅着这一尺下去，牲口命就交待了。正在这个时候，只听弓弦叭的一声响，跟着枭的一声，一个弹子正打在那只拿铁尺的手上，跟着就听得铛一声，"哎呀"一声，铁尺也不要了，甩着那只手就跑了。钱鼎知道是武不善作，干脆不给他们一点儿厉害，他们也不知道，打吧！钱鼎一打这种算盘，接着就听"枭、枭、枭"，"叭、叭、叭"，"当啷"，"扑咚"，"哎呀！""跑！"登时打得这群人是四散奔逃。

钱鼎大快，自从跟师父练艺，还没有这么痛痛快快打过一回人。一看人都没了，这才把弓弦撤了扣，又背在身上，双手捧鸳鸯拐，回头向龙玉柱道："咱们走车吧！"

就在这个时候，仿佛听有一个人在远远喊："别臭美了，留几个弹儿，到前边凑个热闹吧！"

钱鼎一听，喊的这个人，是一条尖嗓子，可是有点儿哑，喊出来非常刺耳，赶紧顺着声音急忙找时，却又不见人影子。依着钱鼎，还要下去追，看看到底是个什么人。龙玉柱拦道："您总是这么认真，您那天没听见我跟您说过一回吗？北京城里这路混混儿有的是，除去要嘴皮子，真的任什么他也不会。这不定是从什么地方找来这么一群，自己以为有头有脸的朋友来找面子，没想到又让您这一阵弹子都给打晕了，临走又不得不交代这么两句，算是下场话儿。您要是去追他们，还不定跑出几十里地外头去了。这种人薄片子嘴，母兔子腿，打上不行，跑上行，您还真拿他当一回事哪。走咱们的吧，别为了这种不值当的事，耽误了咱们正事。"

钱鼎听了，虽不敢深信就是这样，不过这时人家已经去远，再追也追不上了。自己自从在沧州受了自己师父一番警告，便把从前自己以为自己很是个角色的意思，完全没了，十分小心，唯恐出了旁的岔子，当下也没有再说什么，可是又加了一番小心。

这一天过了山海关，钱鼎便向车上几位把式问道："众位，咱们总算托众位的福，一路之上，任什么岔儿也没出。现在咱们可出了关了，这条道儿上我是一点儿都不熟，众位咱们也别说谁是干什么的，咱们无论怎么说，都是三胜镖局出来的，只要这趟镖，平平安安回到扬州，是大家的好看，如果有个大小失闪，谁也不是意思。你们几位，常走关外，关于这边地方，什么地方有沟，什么地方有板，掌舵的是谁，弄水的是谁，大概都有个耳闻，今天你几位可以大概说一说。咱们是怔走十步远，不走一步险，不怕多走个三十二十里的，咱们也是躲着沟走的为是。"

这几个把式倒还没有说什么，龙玉柱便拦住道："得了得了，这话可不是我拦您高兴，咱们是干什么的？咱们吃的这行，就叫拼命行，人家镖局子，把镖交给咱们，为的是什么？为什么咱们走一趟，得吃多少水，人家不是为的镖局子那个蔓儿吗？要按您所说的一办，那叫保镖吗？简直成了递小帖儿的了。再说咱们这镖局没出来之先，早就喧腾够了，谁能不知道，如果人家真是安心摘咱们幌子，躲着走也是白饶，何苦多输一面儿。在江湖上重的是好汉子，咱们真要是摇旗喊号，借着三胜镖局人家多少年的名儿姓儿，遇山走山，遇寨走寨，倒许出不了毛病。即或出了毛病，咱们哥儿们也不是木头墩儿，怎么也还能跟着他们转上几转，准谁行谁不行，那话还不敢说一定呢。我这次出来虽是帮你，咱们可全是人家三胜镖局拿银子请出来助威的，我见得到的，我可不能不说，至于你听不听，我可不能做您的主，大主意还是得您自己拿。"

钱鼎倒还没说什么，旁边几个把式就搭了话了，齐向钱鼎道："钱二爷，您这一出镖局子，您就是我们的头儿，您说走，咱们就走，您说住，咱们就住，我们可没有说话的地方。您看得起我们哥儿几个，问问外头情势，是我们知道的，可不能不说，您加一份小心，自是保镖的应当加的一份谨慎，不过您说遇沟绕道，这可不是办法。龙爷所说，一点儿也不错，你老人家无论怎么说，也得把人家三胜镖局子这个蔓儿给保住。至于说这股道上，我们哥儿几个，也走过了不少次，只要有三胜这杆旗子一插，可是任什么事也没出过。要依我们说，您就照着官道走您的，大概不至于出什么错。我们虽是这么说，大主意可还是您自己拿。"

钱鼎一听，自己这番心思，就算白费了，便笑着点了点头道："好吧，我这不过是这么说说，既是众位都是这么说，咱们就照直走车吧。"

这天晚上，到了锦州，找了一座大店住下。车上伙计忽然慌慌张张进来告诉夜里多留点儿神，这里离刺儿岛不远，这刺儿岛可跟店里没有交

306

情，并且听说现在他们那里不知是什么人在那里掌舵，简直说是一味胡干。咱们离他们那里既是很近，恐怕他们今天晚上会有什么动静，虽说咱们住在这店里，不怕什么，咱们总也是小心的为是。

钱鼎一听，心里不由怦地一跳，心说怎么昨天问他们，他们说什么事都没有，怎么今天突然生变，难道这其中有什么怪事。心里虽然这样想着，脸上可是一点儿神色也没露，却依然笑着道："噢！原来这样，我们防备一点儿也就是了。"

当下钱鼎便把众人都叫在一起，告诉他们今天晚上多加防备，不要出了岔子，大家全都答应，即刻分定前后夜，钱鼎占前夜，龙玉柱占后夜。钱鼎自从上夜以来，便加了十分精神，背弓捧拐，来回在车的前后左右，注意四外。天到二更，龙玉柱从屋里来换钱鼎，钱鼎说了一声"多加小心"便回到屋里，往大炕上一坐，可是睡不着，屏声静气，听着外边动静，一直听到天交五更，已然亮了。龙玉柱叫伙计们歇一歇，吃点儿什么，大家好走，钱鼎也从屋里出来了，心里好生纳闷儿，倒是自己不该无故生疑。伙计买来大饼、油条，又泡了一大壶茶，大家就在车旁边吃着喝着。

钱鼎因为一夜没有睡，觉得自己浑身不得劲，尤其是眼睛边有点儿发辣，叫伙计打了一盆水，搁在院里，意思之间，是洗洗脸可以精神精神。伙计把水打来，往院子里长板凳上一搁，钱鼎先把双拐放在板凳头上，一伸手又把扳弩取下，也立在旁边，弯下腰去。刚洗了一把脸，只见通着这店的两扇板门，突然一开，从外头跑进两个小孩子。小的也就十一二岁，那个大的，也就在十六七岁。小的一个，穿着一身蓝布裤子袄，两只家里造的布鞋，一脸油泥，看不清什么长相，一样可怪，两个小辫儿，却是油光漆亮，不乱不脏。后头一个穿着一身红绸裤子袄，家造的小猫鞋，脸上干净，非常好看，正中梳着一条朝天一炷香的小辫儿，手里拿着一根藤条，追赶那个小的。小的是连哭带跑，嘴里还直嚷："众位您给劝劝吧，拦着一点儿，别让我们少大爷打我了。"嘴里喊着，脚底下可仍然不住地跑，一个院子有多大，跑来跑去，就跑到钱鼎这边来了。这边地方窄，再往后头跑，可就跑不开了，正跑到钱鼎面前，忽然脚正碰在那张弓上，铛的一声，那张弓就倒了，那个孩子正摔在那张弓上。钱鼎正在洗脸，手里拿着毛巾，顾不得再擦脸，把手巾往盆里一扔，一斜身一伸手，过去就要拦，啪的一声，藤条正抽自己胳膊上，还是真有些疼。钱鼎一看打人的这个孩子，是一点儿不饶劲，挨打的躺在地下直打滚，心里好不忍，便又一进步，把整个儿身子，挡住那个挨打的孩子，问那打人的孩子道："我瞧他比你还小呢，为什么事，你这么赶着打他？都是小孩儿你欺负他那可不行！"

那个孩子把眼皮一翻道："你是干什么的？你怎么配来管我？他是我们家花钱买的小孩儿，专为伺候我买的，他不听我的话，就许我打他，不但你管不了，谁也管不了。你还是趁早儿躲开，不然抽着你，可别怪我！"

钱鼎一听，真是有钱的在天堂，没钱的在地狱，都是一样的孩子，一个就打人，一个就得挨打，还要从中解劝两句，龙玉柱耐不住从那边走过来道："您真爱管闲事，他有钱买人就许他打，没钱的就得挨打，这种事有的是，您要都管您管得过来吗？您躲开，咱们瞧着他打，咱们也开开眼，瞧瞧人怎么打死人。"

钱鼎一听，只好躲开。地下趴的那个孩子，一看钱鼎躲开了，一翻身爬起来就跑，拿藤条的孩子，用手一指钱鼎道："你可把咱的人放走了。你先别走，我要追不回来他，咱们再算账！"说着一抢手里藤条，抹头也追了下去，一前一后，依然从小门跑了出去。

钱鼎还有点儿气不平道："我要不是因为有事，今天我非得管这回事不可！"

龙玉柱笑道："您别多生这迂气了，咱们走吧。"

钱鼎往板凳角上一看，这才看见弩弓倒了，知道方才那两个孩子碰的，赶紧拾起，也没在意，拾起来往身上背好，捧起双拐，吩咐伙计们走车。车离了锦州，又走了半天，远远仿佛有座山。钱鼎问车把式道："前面那是什么地方？"

把式道："前边就是剌儿岛的前岛。"

钱鼎道："说是岛怎么没有水？"

把式道："从前原叫剌儿岭，后来这山上出了能人，把后山改成水路，故此才改名叫剌儿岛。"

钱鼎点点头向后边龙玉柱道："前面已是沟口，咱们要多留一点儿神才好！"这句话还没有说完，只听嗖的一声，一支响箭，突然起在空中。钱鼎喊声："不好！风紧！哥们儿，圈哪！"哗啦一阵响，镖车全都圈住。钱鼎把拐交到左手，一伸右手，摘下扳弩，往上才一挂，只听咪的一声，弓弦竟自随手而折，这一来可把钱鼎吓坏！

正是：

  白刃未交兵先折，已兆将军失利声。

要知后事如何，且看下回分解。

第二回

轻敌对玉柱失机
爱人才钱鼎受骗

仔细一看，那弓弦折的地方，犹如刀斫斧剁一般整齐，心里好生怀疑，这弓弦完全是用牛筋拧成，绝不会一扯即折，为什么忽然会这么遭？猛地心里一动，突然醒悟，自己上了人家的当了。这分明是方才那两个小孩子打架为由，故意一个装作跌倒，随手把弓撞翻，一个赶过来打人，明知自己不能不劝，就在这一劝的工夫，在地下那个已然用家伙把弓弦给毁了。自己的弓弦，因怕是他老挂着松了劲，常是卸下来的时候多，所以当时也没有看出来。可是在自己揣测，今天一定是凶多吉少，头一样儿人家对于自己这边，一定都知道很详细，不然怎么会连自己使什么家伙都让人家留上心了呢？自己所仗的就是这把扳弩，扳弩一毁，就凭自己手里双拐，是绝不能占上风。无论如何，只要有这一口气在，也不能把镖车白白地送给人家。想到这里，把牙一咬，一伸手就把自己的辫子扯开，一回头告诉龙玉柱道："嘿！我的哨子弯了，风紧，马前着点儿把我的软丝截下一段儿来，我好拧上！"

龙玉柱一听哨箭响，就吓了一跳，自己虽然跟庄疯子学了不少年的艺，可是并没有什么绝活，因为自己一向都是在外头跑腿，并没有工夫能跟着庄疯子去练，也就是每次出外回来，见了庄疯子教给一手两手儿，跟着又得走。准知道自己的功夫不行，就会使一趟"金刚八式刀"，这还是新学的，里头还有两手儿不十分清楚，余下更是一无可取，要跟钱鼎一比，一个在天上头，一个在地下头，那能为差远了。这趟跟着走这么远的

310

镖，也是头一回，自己还觉得这个体面不小，一路之上，大概也许出不了岔子，一则有三胜镖局的名儿镇着，二来有钱鼎这么一把硬手在旁边跟着，别说没事，就是有事，十个二十个小毛贼，也未必能把钱鼎怎么样了。可是镖车回到了扬州，谁也不能说是有姓钱的没姓龙的，这够多么有面子的事。一道儿上，心里不用提够多么高兴，平常和这些伙计把式们，又全都有个不错，自己又好说，走长道儿没什么事，就是谈天为最美。今天正跟伙计们说呢："什么叫刺儿沟、刺儿岛？也不是咱们吹，就是那种大山大寨、油锅火坑，咱们闯过多了，什么样儿的没见过。咱们干的是镖行，不能干出道儿外头的事就结了，不然的话，咱们全给他扫了。"

旁边几个伙计一听，都知道他是吹，大伙儿没事拿他开心，便一口同音道："这话可一点儿不含糊，绝不是捧龙爷您的身份，我们可真知道，人的名儿，树的影儿，南七北六，里藏外藏，大小两金川，谁不知道龙爷您这位达官，简直就是他们绿林道的刽子手、江湖沿上的屠户，我们都知道，是他们干这个的，都拿您起誓。"

龙玉柱也知道是骂他哪，便不由哈哈一笑道："哥们儿，捧得真严，这里山风可大，留神闪了咱们舌头……"刚刚说到这句，只听裹儿的一声，一支箭从身后直射到没天云眼里去。龙玉柱也是久在外头跑腿的主儿，知道这种箭就是人家绿林道要劫车的暗令子，话刚说到半句，一听裹儿的一声，差点儿没从车上掉下来。才在一犹豫，对于钱鼎可就留上神了，一看伸手摘弓，心里就踏实了，心说只要你能拿出这手活儿来，咱们就任什么也不怕。心里一定，回过头去，又跟那几个伙计说上了，钱鼎那里弦折了，他都没有听见。钱鼎一喊他，告诉他弓弦折了，事情太急，叫他赶紧把钱鼎的头发截下一绺来好接上弦，这一句话不要紧，龙玉柱简直吓晕了，心说您怎么单单这个时候把弦断了，这可是跟我过不去。一伸手噌的一声，就把自己那口青铜刀掣出来了，一伸手把钱鼎辫子揪住，抡刀就刷，劲儿猛了一点儿，头发没折，差一点儿把钱鼎给压了一个后仰。一赌气把青铜刀复又装好，从腰里掏出一把小解手刀儿来，又把钱鼎辫子批开，扯住一绺，一使劲，三下两下，把头发截下，递给钱鼎。钱鼎一看，细一点儿，拿手试了试，也可以对付了，便拿手一搓，往折弦上一拴头儿。才接好了一头，锣声已起，钱鼎急忙把弓把一按，弓把一弯，对付着算是把弦挂上了，赶紧一长身，纵在车辕上，告诉伙计们看住了牲口，别乱动，把双拐往两手一分，回头告诉龙玉柱，留神后边，别让人家从后头抄了过来。龙玉柱答应一声，又把那口青铜刀扯出来，往四外一看，可了不得了，四外里足足有二百多号人，全都往里围着一步一步往前挪。龙玉柱就知道今天这只镖是丢定了，拿着青铜刀站在车后头打主意。想着真是倒霉，实指望跟着走这趟镖，一点儿气力不费，名利双收，万没想到会遇见这样的逆事，看今天这个神气，不用说钱鼎拿手的扳弩还毁了，即使扳弩不毁，就是钱鼎一个人，也绝找不出便宜来。干脆，脚底下趁早儿明白一点儿，镖啊，不要了。丢了镖，三胜镖局也不能把自己吃了，只要有这条命在，将来干什么也能混饭吃。龙玉柱这里想着，人家可就越围越近了。

钱鼎也知道今天事情不好，到了时候，可不能说不算，拼着一死，今天也不能白白让人家把这只镖给夺了去。精神一振，手掣双拐，往车辕上一站，只见眼前这班人是越来越近，约莫着有个四五十人，全都一身蓝布裤褂，脚底下全是搬尖儿洒鞋，手里都拿着一条花枪。为头三个，一个大人，两个小孩儿。这个大人，是道家打扮，穿着一身青绸子道袍，头戴九梁冠，脚蹬云履，年纪约在五十多岁，手里拿着一把蝇刷，并没有旁的兵器。上首一个小孩儿，看相貌也就在十一二岁，一身蓝绸子裤褂，白缎子快靴，梳着两条小辫儿，手里拿着一对儿短把轧油锤。再看下首那个，有十六七岁，一身红绸子衣裳，腰里系着一根白绸带子，脚下一双花缎子快靴，梳着朝天一炷香的小辫儿，手里拿着一对儿短把荷叶铲。看着这两个小孩儿，好生面熟，仿佛刚在什么地儿才见过，猛然想起，昨天店里，装作打架的那两个孩子，怎么会也来到此地，这也一定是刺儿岛预备的人了。一看这几个人，钱鼎心里倒踏实下来了，一想别看山寨虽然外表看着大，里头一定是没什么人了，要是真有人的话，无论如何也不能让小孩子们都出来。如果是这样，那么今天成名露脸，也许就在此地。心里虽然这样想着，嘴里可没这么说，抱着双拐，静听人家说什么。

只见那个老道，把手里蝇刷向钱鼎一指道：“对面是什么地方货车？为什么过山不采？难道是看不起我们这刺儿岛？”

钱鼎赶紧一抱拳道：“不敢，在下钱鼎，是给扬州钞关街三胜镖局当趟子手的。我们因为离着宝山还远，还没有投帖问候，不想倒先劳动您了，没别的，这是在下的一时大意，请您多高看一眼，开闸放我们这瓢水吧！等到了地头，放了空车回来，一定拜山道谢，您就多包涵这一次！"

那个老道听了微然一笑道："你这个小青子，嘴上倒是很响。按说我应当放你过去，无奈有一节儿，我们这山上这两天缺水，打算先跟你借个十天半个月的，等从远道上把水取来，一定归还，不知道你肯亮这个面子不肯？"

钱鼎一听，好话算是白说，干脆，趁早儿跟他过下子手，省得白饶工夫。陡然把颜色一变道："朋友，咱们话不到礼到，您应当明白我们是干什么的，既然挂枪尖挑人头，就不怕遇见山沟水槽。既是说好的不行，对不过我们只好是领教领教，我们的手软，水是你的，你要手软，脑袋是我的。朋友，你多指教吧！"说着把双拐一分，从车上就跳下来了。

老道一见喊声好："果然名不虚传，咱们倒要多亲近亲近！"说着一晃手里蝇刷就要动手，却见旁边站着那红衣裳的孩子叫道："黄道长，你老先等等，瞧我的！"说着当啷一声响，一磕荷叶铲就蹦出来了。

钱鼎正要摆拐上前，只听身后喊道："镖主，您先别着急，割鸡焉用牛刀，有事兄弟服其劳。些许小事，何劳您亲自出马，你老给我观敌略阵，瞧我要一战成功，刀劈老小！"

钱鼎一看，正是龙玉柱。龙玉柱有他的心理，一看头一阵就出来一个孩子，自己不如趁着这个机会，过去给弄倒了一个，也是自己好看，所以说了一套贫话，一摆青铜刀就奔出去了。钱鼎急说一声"您可小心！"龙玉柱一晃脑袋道："您就赌好儿吧！"蹦过去抢刀照着小孩儿脑袋就刹，小孩儿一闪身，刀就空了，刀去得太猛，龙玉柱怀刀给坠得往前一栽。

小孩儿把手里铲一磕道："你姓什么？叫什么？说完了再死也不晚哪！"

龙玉柱一拍胸脯道："你要问我，你站稳了，留神吓你一个筋斗。我姓龙，双名玉柱，原是咱们京东三河县的人，十三岁投师，学艺在荷叶岛。提起我来无名氏，提起我师父他老人家大大有名头。他老人家南七北六，无人不知，无人不晓，上姓庄，下名化，江湖人称庄疯子……"

话犹未完，只见老道在那边蝇刷一指，一根东西，哧的一声，直奔龙玉柱胸膛。龙玉柱一见，喊声"来得好！"拿手里青铜刀往白光只一迎，却听噗的一声，当时便冒出一股白烟，龙玉柱喊声"好臭！"当时便摔倒在地。

穿红的那个小孩子喊一声"你这还往哪里走？"一摆手里蒲铲，纵起身来对准龙玉柱当头劈下，只听铛的一响，啪的一声，一粒弹丸正打在穿红的孩子左手背上，一护疼，铛的一声响，左手蒲铲就出了手了。

红衣裳的孩子一抬头向钱鼎骂道："你是什么人，怎敢背地伤人？你算什么英雄？是好的，下来咱们过过手，你家小爷单手也要活擒你！"

钱鼎哈哈一笑道："你说我背地打暗器不光明，那么你们才一见面就用下五门不能见人的暗器伤人就算是光明正大吗？你们要是凭真功夫动手，我愿意挨个儿奉陪走一趟，如果你们要全仗着你们那种下三烂的暗器赢人，说不得我要用我兜囊里的弹子，要你们这一堆的狗命！"

穿红的小孩子道："你既敢说这样大话，我们就不妨当面说明，两下里全不许用暗器算计人，要凭一手一势的功夫取胜，谁要说了不算，谁就是匹夫之辈！"

钱鼎一听，心里不用提够多高兴了，方才看见老道一见面就使暗器，打倒了龙玉柱，这种暗器，虽然没有看清是什么东西，反正知道里头一定有毒气，如果真要给自己来下子，自己也跟龙玉柱一样，绝对是认输没赢。如今一听这孩子自己把话对住了，说是不打暗器，虽说不能准赢，也绝不至于当时就落败服输。当下把头点一点道："哦！既是这样，我先把我的家伙收起。"说着话，一回手就把弓挎上了，分左右双拐，一纵身就到了那个孩子面前，用手里拐一指道："你问了我们半天，你们这伙子人从什么地方来的？头子姓什么叫什么？你姓什么叫什么？"

那个孩子把右手单蒲铲向钱鼎一指道："你要问我，我们就是刺儿岛的好汉。我们的瓢把子姓袁名济，人称虎面观音。我姓苗名凤，人送我外号叫火麒麟。你姓什么叫什么？也该说说。"

钱鼎通了名姓，一分手里拐，喊一声"请！"一拐早向苗凤左肩头刺去。苗凤一蹲身，右肩头往下一矮，势子一低，这拐就刺空了。苗凤一横手里单铲，往拐上就砸。钱鼎一看这个孩子，别看年纪小，功夫并不弱，便不敢轻敌，也不敢轻易进招，只和他闪展腾挪，一味游斗，两个过了足有四五十手。钱鼎一想，没想到这个孩子，会有这么些手功夫，这可不能跟他紧打，如果他们一醒过神来，到了那时，再多添上两个人，他们先叫人抢镖，我在这里又不得分神，那如何是好？不如施展"连环三拐"打发了一个是一个。想到这里，便把拐数加紧。苗凤的铲奔钱鼎的太阳穴，钱鼎一坐身，铲走空了，跟着一上步，长半身，左手拐直奔苗凤胸膛，苗凤往后一撤身，钱鼎右手拐就够上了地步，横着往苗凤迎门骨上砸去。苗凤再打算躲，焉能得够，叭的一声，正打在迎门骨上，苗凤"哎呀"一声，摔倒就地。

钱鼎一见"连环三拐"，仅用了两式，便打倒了苗凤，并不进步，反往后一撤步，把双拐往左右一分，一抬头哈哈笑道："小娃娃不用害怕，我不要你的命，你快走吧！你们还有谁打算再比两下子，没人搭话，我可就要少陪了！"

话还没说完，只见那个穿蓝的孩子，一纵身就蹦了过来，把手里双锤一磕道："姓钱的，你先别卖味儿，你的拿手玩意儿，早让少爷给你毁了。"

钱鼎一听，这倒好，不用我问，他倒先说了。这个孩子，比那个孩子还好，就是不知道为什么苦苦和自己为仇？便笑着把拐一指道："你这小娃娃，你就没有看见他被我打倒了吗？你比他还小，难道还能找出什么便宜，岂不是自找其死？"

那个小孩子微然一笑道："姓钱的你不要尽说大话，这里山风大，留神闪了你的舌头！别走，且挨我一锤！"

说着话，这锤呼的一声，带着风就到了，双锤直奔钱鼎胸脯。钱鼎一看，喊声"来得好！"把双拐一立，等锤临切近，往左右一分，双铲就荡了开去，一起左手拐，就要扎那个孩子的左膀。那个孩子也不躲，也不破，依然是双锤一并，直奔钱鼎小腹捣去。钱鼎出其不意，急喊一声"不好！"打算要躲，知道已经来不及。还是真没有想到，这个孩子这么人小心黑，看见别人兵器不躲，往里拼命，自己的拐虽然伤了他一下，他的锤也砸在自己身上。自己原没有打算把这个孩子致到什么样，自己的家伙出去时候，并没有用十成力，打在人家身上，也不能怎么样，可是人家的兵器使出来全都带着风，真要是打在自己身上，一定得受重伤。就在这一个寻思之际，这家伙挂着风就到了，钱鼎一想，这才是量小非君子，无毒不丈夫，人无害虎心，虎有伤人意，这却怪不得我要用绝技赢他了。想到这里，双拐尖急忙使个垂式，尖子戳在地上两手一按拐把子，嗖的一声，双腿就飘起来了，用了一个"蜻蜓分草"的式子，那个孩子双锤就落了空了。钱鼎把双腿往左边只轻轻一摆，身子往左边一荡，跟着双手往起一带，拐又取在手里，脚也落了平地，把双拐一分，冲着那个小孩子笑道："小娃娃，你拢共才长了多大，怎么就这样手黑？别走，今天我要教训教训你！"

那个孩子拼着自己挨打进的招，结果被人家轻轻便躲过了，心里本在生气，又听钱鼎这几句话一说，登时小眼睛一立道："姓钱的，我今天非要你挨我一下，给我哥哥报仇。别走，接家伙！"说着手里双锤，直往钱鼎腿上砸来。钱鼎心里还是真爱这个孩子，可就又不肯用狠手去伤他了，见双锤一到，左手拐立着一挡，右手拐往那孩子肩上一点，那个孩子一闪身，意思是打算躲过这一下子再撤回双锤。钱鼎一看，不由一怔，按说看这孩子一手一式，可都不是瞎蒙，真得说有两下子，怎么忽然之间，全不对了？怎么他也不按招接招，按式走式，胡乱八糟一点儿门儿也没有了？难道他这又是一种什么变招？别管他是什么，先把他制倒了再讲。想着这拐可就看准地方了，上步一长腰，就在那个孩子肩膀上一戳，那个孩子双锤还没有撤回来，也顾不得撤了，当嘟一声响，双锤撒手扔在地上，整个儿身子往后一仰，打算躲过去这拐。哪知钱鼎这拐名叫鸳鸯拐，只要一个出去，那个就得跟着，左手那支拐已然点在那个孩子肩上，右手拐也到了，那个孩子只顾躲左边肩头那支拐，没想到右边这支拐就到了，正在迎面骨上打个正着。只因钱鼎存了一片爱惜的心，没有敢用十成力，饶是这样，那孩子也禁不住，"哎呀"一声，人就倒了，仰面朝天地躺着，翻着眼瞧着钱鼎，仿佛眼泪都流出来了。心里好生不忍，一弯腰意思要瞧瞧伤了他什么地方，看明白了，可以跟他们说明白了，叫他们把龙玉柱给救醒了，自己绝不跟他们为难。刚往前一探身，只见那个孩子，左手一扬喊一声"姓钱的你也尝尝这个！"喊着仿佛是一抖手。钱鼎还真吓了一跳，想着也许是这个孩子真有什么小家伙，赶紧收住脚步儿往旁边一闪，敢情什么都没有。钱鼎不由有气，拿自己这么大的角色，跟一个小孩子动手，半

316

天才把他弄躺下，临完还让他冤了自己一下子，这个孩子可太可恶，我非得把他弄住，问问他是谁的徒弟。想着又往前一进身，只见那个孩子把右手又是一扬，喊道："姓钱的，你再瞧这个！"这回钱鼎可就不留神了，喊一声："娃娃别淘气，起来说话！"说着往前一进身，只见那个孩子陡地把中指一伸，克叭一声响，一团明亮的东西，直奔自己面门。一则钱鼎绝没有防备，二则离得太近，等到也看见了，再打算躲，可就来不及了，正打在眉攒之上，只觉凉飕飕地就钉进去了。钱鼎急喊一声"不好！"举手里拐恶狠狠往下就砸，那个孩子猛地一骨碌，他可躲过去了，地下砸了一个大坑。

那个孩子一挺身站了起来，笑着向钱鼎道："姓钱的，你这就不臭美了吧！我还告诉你，你还要趁早儿逃命，你中的可是'梅花攒'，过了今天，明天你可就活不成了。再说你来看！"

钱鼎顺着他的手一看，可了不得了！所有的镖车，全都上去人了，并且是齐声呐喊："刺儿岛今天借镖一用，请叫庄化、沈洵来换镖回去！"那个孩子说完这几句话，用手一招那个穿红的小孩儿，全都跑到老道那边去了。钱鼎一听，敢情人家不是跟三胜镖局有过节儿，实在是和自己门里过不去。这时面门虽然受了人家暗器，可是并没觉得怎么样，既然人家已然全围上了，今天这只镖，八成儿就算丢定了，说不得什么叫体面了，干脆跟他们一死相拼，就是这么回去，也实在没法子交代。想到这里，可就把扳弩摘下来了，掏出一把弹子，扣住弦，丁字步一站，对着那一群人，袅、袅、袅，一阵响，这弹子就和冰雹一般，一个跟着一个，直打得那群人狂呼一声"风紧！扯呼！"当时四散奔逃。钱鼎一看，这些人全都跑了，心里当时精神往上一撞，正要跑向前边招呼那一班车把式时，只听身旁不远，叭的一声响，知道是有暗器，急顺着声音一看，只见一道白光，直扑自己面门。知道方才龙玉柱受的是这种暗器，十分厉害，便不敢用手里家伙去迎，急忙一闪身，那东西便掉在地下，叭的一声响，冒出一股白烟。知道这股烟里有毒，不敢让自己闻见，急忙斜身一纵，出去足有两丈开外，回头一瞅，打暗器的，正是那个老道，那两个孩子还都冲着自己笑呢。钱鼎一赌气，把弩弦对准老道，只一扳，就听叭的一声，这个弹子袅的一声，正打在老道拿蝇刷的手上，老道一甩手，蝇刷就掉了。钱鼎一

317

看，心中大喜，知道老道就是这一种暗器，暗器一完，也就没什么能为了，趁着这时，先把老道想主意弄倒了，剩下两个孩子，算不了什么，总可以把他们一网打尽，这只镖也许丢不了。想到这里，心里十分高兴，赶紧伸手一掏弹囊，可把钱鼎急坏了，原来弹囊里连一颗弹子也没有了。当时脑袋就觉得一晕，几乎没有倒了下去。稍微一怔神，再看对面，可了不得了，龙玉柱也让人家捆上抬起来了，镖车那边，人又全围上了，自己镖局子的伙计，一个也瞧不见了。只见那个老道把蝇刷从地上拾起，在手里向大家只一挥，两个孩子搭住龙玉柱，那一群人轰了镖车，就往前边山洼拐了过去。

钱鼎眼都红了，哪里还顾得什么叫利害？弓往地上一扔，一分手里双拐，就追下来了。一边跑，一边喊："胆大的山贼，你们往哪里跑！钱达官爷今天要你们这一群狗命。"一边喊，一边跑，眼看就要追上镖车了，只见那个老道突然站住，扭过脸来向钱鼎哈哈一笑道："朋友，你的胆子真不小啊！我因为和你无冤无仇，所以才打算放你落个整尸身，怎么你小小年纪，竟活得不耐烦了，一定要找死？我再告诉你一句，你要打算还活着，我劝你赶快逃走，你还可以落一个整尸身，如若不然，我可当时就要取你这条小命！"

钱鼎这时，哪里还听得进这一套，一摆手里双拐，就蹦过去了，向那老道道："你这恶道，姓什么叫什么？就连你们那个用暗器算计人的那个小贼，都叫什么？钱达官爷今天要叫你们全都命丧当时！"

那老道又是哈哈一笑道："你要问我，我告诉你，也不怕你二次投生来报这隔世之仇！我叫黄伟，江湖人称九爪金蝎。那个小孩子，是我的师弟，他叫玲珑手田住。话也告诉你了，依我劝，你还是赶快逃走，自己给自己报丧去吧！"

钱鼎一听，原来这个人就是黄伟，可就明白了。知道黄伟的师父阴阳扇子屈世和，从前曾经跟自己门里结过仇，他这一定是为了报仇才来劫的镖。准知道这个老道是下五门有名的大贼，浑身上下，全都有暗器，并且都是毒药暗器，人家比自己身份高得多，凭自己能耐，绝不是人家对手。可是事已临头，不拼也完不了，一咬牙喊一声"不是你，就是我！"左手拐就奔黄伟胸口去了。黄伟看见拐到，并不躲，用手里蝇刷只一裹，往起一带，只听当啷一声，钱鼎左手拐就扔出去一两丈以外了。钱鼎知道不好，一转身意思是扭头就跑。黄伟哈哈一笑道："姓钱的，方才叫你走，你不走，现在想走，可由不了你了，回来吧！"手里蝇刷一裹钱鼎的腿，只一带，扑咚一声，摔倒在地。钱鼎把眼一闭，知道这条命就算完了。

正在这时，只听一条又尖又哑十分刺耳的嗓子喊道："杂毛儿老道，别赶尽杀绝，还是咱们爷儿两个凑热闹吧！"黄伟一怔神，钱鼎就蹿起来了，擎右手单拐，往对面一看，只见迎面站着一个笑容满面的大秃子。

正是：

　　　方嗟已成俎上肉，且幸又脱笼中身。

要知秃子是谁，且看下回分解。

第三回

刺儿岛钱鼎丢镖
漂母祠马彰卖艺

钱鼎不认得，黄伟也不认得。钱鼎可听出这说话的声音来了，仿佛在什么地方听见这个人喊过，仔细一想，在北京城外，弹打当地那班匪徒时候，听见过这么一嗓子，这才明白，从前他喊那一嗓子时候，是事出有因，可是不知道这个人究竟是什么人，反正准知道对自己绝无恶意。

黄伟把手里蝇刷向那人一指道："来的是线上朋友吗？帮着把这水货洗下来，咱们是见水蘸杯，必有一番薄敬！"

大秃子哈哈一笑道："谁是线上的？我是绳上的，我不是井绳，我不是麻绳，我是链儿绳，我要把你这杂毛儿活活地勒死！一个出家人，不念经，不礼忏，占土地，做土寇，使熏香，配蒙汗药，看黑风，开黑店，鸡偷狗盗，借人家胆子，逞自己威风，隐绿林，劫孤雁，欺老打小，吆喝一声，截留他人被套，得不义之财，行不义之事，自己还觉乎怪不错，走道儿拔胸脯子，仿佛是号英雄，其实，不敢奉承，杂毛儿，你狗熊！今天这件事，不让我遇见，算是你走字儿（注，走运也），既是遇见我，就是你的月令不正，时运太低。懂得事的，趁早儿带着你们那一群驴粪球马粪蛋儿，滚的滚，轱辘的轱辘，别招你二大爷，那就算是你的造化。如若不然，东方，西土，南天门，北天门，可就全都没了你的地方，我要把你打入十八层地狱，上刀山，下油锅，碓捣磨研，挫骨扬灰，然后把你这杂毛儿恶鬼孤魂，打入阴山背后，叫你世世不见一点儿风儿。杂毛儿，你还不跑，等待何时？"

320

黄伟一听，这气可大了，心说我和你素不相识，为什么把我给糟蹋得一个小钱不值，就凭你这一套话，我要就跑，那我以后还混不混了。是骡子是马，咱们得拉出遛遛，是姑娘是小子，咱们得抱出来给人家瞧瞧。想到这里，把蝇刷又向大秃子一指道："秃子，休得满口胡言。既然不懂江湖义气，把你名字说出来，好和他们一同领死。"

　　大秃子哈哈一笑道："你这个杂毛儿，真是白娘娘进金山，非斗不可。好，今天你二大爷我闲着也是没事，咱们爷儿两个就斗会子也解闷儿。你要问我姓什么叫什么，我是你一个人的秃爷爷。"黄伟大怒，就不再和他说话了，一进步用蝇刷照大秃子肋上点去。大秃子喊一声："这个地方不叫动，还有孩子吃奶哪！"说着一提身，把黄伟都吓了一跳，真比燕儿还快，就从黄伟脑袋上飞似的过去了。黄伟急忙一转身，手里蝇刷奔大秃子腰眼戳去，大秃子又喊："好你个杂毛儿，排骨没吃上，又要吃腰花了。老小子，你妈给你许的是白斋，这辈子别打算动荤腥了！"说着一个大舍腰，蝇刷从肚子上头就过去了，黄伟就势往下一抽，大秃子双腿往起一提，一个"乳燕翻柳"从蝇刷底下倒着就翻上来了，双腿落地，笑着向黄伟道："大黄啊！我听说你暗器打得有两下子，何妨把你拿手玩意儿献两场哪，我今天倒要看看你能撒出几丈几尺的尿去。"黄伟连进三招，一点儿便宜没得着，正想使暗器呢，没想到大秃子倒先说出来了，便也不说什么，把蝇刷一晃，一抬手，克叭一声，一道白光就奔大秃子去了。钱鼎在旁边眼看大秃子耍老道，心里非常痛快，想着自己今天也许不该丢脸，这个大秃子要把这只镖给夺回来，正在高兴，一看黄伟又把那种暗器打出来了，知道这种暗器十分厉害，方才龙玉柱就是受了这种伤，一着急就喊出来了："秃朋友，留神他的暗器厉害！"钱鼎看见黄伟要打才喊，等他喊出来，这暗器就打出去了，大秃子一见急喊："不好！我要宾天！"这句话刚喊完，白光已然到了，大秃子往后一闪身，那暗器当时掉在地下，叭嚓一声，登时从地下冒出一股白烟，大秃子一摇脑袋，喊声"好臭！"翻身栽倒。

　　黄伟哈哈一笑道："萤火小虫，也敢冒光，今天我要大开杀戒！"一回头告诉火麒麟苗凤道："凤儿过去把他废了。"苗凤答应一声，一纵身抢手里双铲，照定大秃子油亮亮的脑袋上实拍拍地砸下，钱鼎打算过去已经不及，只急得把双睛一闭。苗凤双铲都到了大秃子头顶，往下就砸，猛听大秃子狂喊一声"别砸坟头!"双腿一绷，一个"鲤鱼打挺"，嗖的一声，平着身子就纵出去了。钱鼎也听见了，赶紧再看，大秃子已然站在对面，依然是笑容满面，心里不由暗称怪异，眼看着他中了毒药暗器，怎么会突然醒了过来，看起来真是人外有人，天外有天，自己才知道自己所学不到家。

再看黄伟，也是目瞪口呆，怔了半天神，才喊出："怪道啊! 怪道!"

大秃子哈哈一笑道："妖道啊! 妖道! 今天秃爷爷要你们这一群狗命!"说着话从腰里一扯，哗啷一声响，扯出一根家伙来。黄伟一看，又是一怔，因为没有见过这种兵器，仿佛像是一根十三节鞭，可没有那么多节，鞭身和鞭一样，可没有把儿，一头是一个大圆球，一头仿佛是枪尖子，又像镖。大秃子不拿两头，单手挽着当中，向黄伟一笑道："杂毛儿，咱们爷儿两个斗两下子!"

黄伟心里就有些为难，和敌人对手，连人家使的兵器，都说不上叫什么来，不用再说接人一招，破人一招了。心里一动，一点手向苗凤道："凤儿过去，可要多加小心!"苗凤答应一声，一摆双铲，就蹦过去了。

大秃子又向黄伟哈哈一笑道："你这个杂毛儿，简直不地道。你因为不认识我这个家伙，你有点儿胆怯，打发孩子过来先见两招，好让你看看。杂毛儿你错打了主意，你秃爷爷这种兵器，是在梦里头梦见梨山老母教的，一共有三百六十多招。像你们这样的，多了不用，有一招就足可以对付，你瞧个一招两招的，又能够怎么样? 等我先打发了这个小的，咱们两个再单说。"

大秃子说着话，苗凤双铲就到了。双铲平推，直取大秃子肚腹。大秃子看见双铲离身已近，把手里家伙陡地往起一立，就和一条木棍相似，那个大圆球，在梢上一转，铛的一声，正打在苗凤铲把上，苗凤只觉轰地一震，半身皆麻，哪里还拿得住铲，当啷一声，单铲落地。大秃子更不怠慢，手掌往起一撩，枪尖子那一头直奔苗凤面门戳来，苗凤喊声"不好!"急忙往外一闪身，大秃子一进左脚，横右脚就在苗凤左膀上就踹上了，扑咚一声，苗凤摔倒。

大秃子一抖手兵器收回，不理苗凤向黄伟一点手道："杂毛儿，还是咱们爷儿两个来两下子吧!"

黄伟自从跟师父阴阳扇子屈世和练艺以来，也会过了不少能人，就没瞧见像大秃子这么一个，并且自己最称拿手的就是暗器，方才暗器出去了，人家并没有怎么样，不知道人家有什么能耐，可以破这毒药暗器，就是再打出去，也是白费。暗器既不行，手里又没有旁的硬家伙，如若过去，三招两式，让人家给弄倒了，这里可不比燠陵谷，那里并没有多少人看见，这就在刺儿岛山底下，倘若叫人家给弄得跄了脸，以后就没有法子再在山里混了。心里虽然想得明白，可是大秃子直往那边叫，不过去也是栽。正自为难，猛然心里一动，抬头往山洼一看，那些镖车和先前捆上的龙玉柱，已然都没了影子，不由心中大喜，用手里蝇刷一指道:"秃朋友，我本打算陪你走几招，不过我们山上还等我去交付那批水货，今天没有工夫了，改日再奉陪吧!"说完话向两个孩子一点手，一撤身形，一个手拉着一个孩子，嗖嗖嗖，脚不沾地地径自往山洼里跑去。

大秃子倒是一怔，钱鼎可真急了，擎手里单拐，迈步就追，刚走了两步，大秃子在后面喊一声"回来!"钱鼎赶紧止住脚步儿，大秃子一笑道:"达官爷您多受惊了!"

钱鼎脸上当时一红，赶紧一抱拳道:"多蒙前辈搭救，在下心急如着火，实在是缺礼了!"

大秃子道:"这倒没什么，咱们都是一家子。不过您现在还要往山里跑，难道您还要追镖吗?"

钱鼎道:"实不瞒前辈说，我给人家保的这只镖，就是把我卖了，我也赔不起，我只有追进山里，拼死和他们要这只镖，就死也无怨。"

大秃子点点头道:"你倒是个好汉子，不过你可知道你这只镖是什么人劫的吗?"

钱鼎道:"不就是方才那个老道说什么刺儿岛劫的吗?"

大秃子道:"你以为就是那个杂毛儿劫的吗?"

钱鼎道:"我只知道是他，难道还有旁人?"

大秃子叹了一口气道:"不对不对。我实告诉你吧，劫你镖的，除去杂毛儿之外，还有你们镖店里好多人哪!"

钱鼎摇摇头道:"前辈您这是见错了，我们镖局子伙计，全都是多年

323

的伙友，岂肯帮着外人，来夺自己镖的道理。老前辈，这是您看错了！"

大秃子哈哈一笑道："说了归齐，您是在外头少闯荡，没有看清外头人心险诈。我说这个毛病是从镖局子本身出来的您不信，我可以告诉您两样证据。第一个您从北京往吉林道上走，原可以不走这刺儿岛，您也曾向他们商量，要是他们真正一心为顾镖局子，他们为什么不答应您，却偏要从此地走？住在店里，他们为什么要熬您一夜，使您不得睡觉？是不是故意这样做，乘您精神不济，他们好从中下手。如果不是这样，他们两个孩子从什么地方来的？早也不打架，晚也不打架，单等您把弓放在地下，他们才打架，不是故意借着您一大意毁您那张弓，又为的是什么？就算这个都是我胡猜，那么他们为什么在您和山上对手的时候，就一个都瞧不见了？这不是明摆着和人家勾搭着故意要和您过不去吗？您想想谁家镖局子镖还没有失手，就先自己跑了的？现在他们一边动手，一边把镖车轰了走了，不用说他们这里人多，即便就是他们三个，个个全都是满身暗器，一个防备不周到，就许把命送在这里，与镖局又有什么好处？还有一节儿，您已然受了他们暗算，我却没有看清楚，是什么地方受了伤。"

钱鼎道："这个倒不要紧，我虽然受了他们暗算，我倒没有觉得怎样难过。"

大秃子一进步，瞪眼往钱鼎脸上看了一眼道："哎呀！可了不得！您受的这是'梅花攒'所伤。这种东西，是下五门最厉害的暗器，您既中了这种暗器，只怕是凶多吉少，不知道您觉得麻不麻？"

钱鼎摇摇头道："一点儿都不觉得麻。"大秃子晃着脑袋直嚷怪事。钱鼎道："前辈，不知为什么这样动问？"

大秃子叹了一口气道："这也怪我不该这样大意，致使您受了这么重的伤！我看你伤口，是'梅花攒'所伤，那'梅花攒'就跟绣花针一样，一打出来，就是五根，打在人身上，见血往里就走，又有最猛的毒药煨过，中了之后，至多不出七天，必定毒发身死。这种东西打在身上，当时便要发麻，不知为什么您这个却一点儿不麻。不过我看那伤痕，却一点儿也不错，确是'梅花攒'所伤，难道他们这次打的，不是毒药煨过的？那就不得而知了。这种东西，就是没有毒药，他顺着血脉，也是往里走，不过日子能比那种慢一点儿，我看您大概还是童子功，元气很足，那就尚无大碍。这里一切，我可以负责打探这只镖他们劫来究竟是干什么用。我虽不能把镖原数取回，也绝不会使他运出此山，您可以赶紧回去，见沈庄二位前辈，请他们赶紧到此一行，也许能把原镖取回。至于他们镖局子伙计，究竟为什么内叛，将来也可以知道。这件事情，原不全在您的身上，如果这时，您逞一时之气，追到里头去，也不是我看您不起，您绝难侥幸成功，倘若一个失手，那可就把这丢镖的恶名儿，全弄在自己身上了。您要以为我这话说得不错，请您赶快就走，可以化除凶险，还可以找回面子，不知您以为我这话对不对？"

钱鼎一听，真吓了一身冷汗，心想就是这个秃子，就比自己高得多，自己一切事情，他都好像和看见一样，这话一定也不会错了，便点点头道："承您如此指教，实在感激不尽，在下一定遵命而行。不过既是身受重伤，路途又远，恐怕到不了焦山，见不着家师，那可怎么办？"

大秃子道："不要紧，我这里有种东西，您可以含在嘴里，可以止住一切邪秽毒气不发，您再运起童子功，使出'点铁金刚运气法'，一路之上，不要使血脉往上飞涨，那针走上就可以慢了。只要能够到了焦山，我想沈老前辈，对于这种微伤，一定可以化险为夷，您就快快去吧。"说着话一伸手从兜囊之中取出一块似石非石、似铁非铁、仿佛一块红炭一般小东西来交给钱鼎。

钱鼎往嘴里一放，只觉得彻骨皆凉，登时精神一振，不由大喜，赶紧深施一礼道："我和前辈，萍水相逢，素无交往，承您救了我的性命，又借给我这种宝器，实在是万分感激，只是还不曾请教前辈怎样称呼？"

大秃子微微一笑道："不敢当不敢当，现在咱们不是叙家常的时候，您看山里又出来人了。"钱鼎闪身往山里头一看，哪里有个人影儿，再回头看时，大秃子已然踪影不见。想了一想，还是照着大秃子的话去办不错，这才脚下加力，抄着近路，一直跑回焦山米家村。

钱鼎把这件事始末情由向沈洵说完，沈洵道："如何？我就知道你们年纪太轻，恐怕一个大意，就许出岔子。偏是你不肯听我的话，现在把人家的镖也丢了，人也丢了，这看你应当怎么办？"

卢春在旁边掺言道："钱老弟，我问您见着这个秃子有多大年纪？"

钱鼎道："也就在五十多岁。"

卢春道："是不是使的一条'虬龙镢'？"

钱鼎道："这个兵器，我倒是看见了，不过我可不知道是不是虬龙镢。您说的这种兵器是不是一头有个铁球，一头有个镖尖？"

卢春道："一点儿也不错，就是它。您没有问他叫什么吗？"

钱鼎道："我方才不是已经说过，我问他他不告诉我吗？您大概一定知道他是谁吧？"

卢春道："我不但知道，而且他还不是外人，那就是我四师哥一轮明月娄辰娄拱北。"

钱鼎道："这样说起来真不是外人了。"

沈洵道："什么外人内人，人家镖银，已然丢了，怎么想法子把人家镖找回来是正经。这件事既是庄疯子惹出来的事，没旁的说的，想法子把他也找出来，叫他辛苦一趟吧。"说着向卢春道："狮子叫他们耽误了咱们半天，还没说正经的呢。你这次来，是我们那个爱徒小卞叫你来的吧，他的信我也看见了，一切事我也全明白了，他那里我自会派人前去给他信，倒也没有什么要紧，反是这里这件事要找一个人给庄疯子送封信。狗屠户一则有个买卖在这里，离开不便，我这里也离不开他，小钱受伤才好，我也不放心他去，你再辛苦一趟成不成？我还不让你白跑，回家时候，我送你一点儿好东西。"

卢春赶紧笑道："这没有什么，老前辈只管吩咐，庄老前辈住在什么地方？你老只要告诉我，我当时就可以去。"

沈洵点点头道："好，你就走一趟吧，庄疯子住在淮安府东北荷叶岛。虽说是个岛，可没有多大，你到了淮安府一打听，就可以知道了。这一路之上，倒也没有什么，不过到了荷叶岛之后，你却要处处留神。庄疯子这人脾气非常古怪，不但是爱跟人开玩笑，而且器量极窄，一言不合他就会记在心里，必图报复，这一点你务必要记在心里。"

卢春道："是，我一定记住。但是我和庄老前辈素未谋面，现在虽说是老前辈差我去的，我到了那里，毫无一点儿凭证，他老人家怎么能信？"

沈洵道："这话也是，不过我不会写字，没法子，给你一样东西，你拿着见了他，给他一看，他就可以知道了。"说着从身上一掏，摸出两个鸭卵般大小的铁球来，递给了卢春，又附耳告诉了卢春几句话。

卢春摇头道："这个我可不敢。如果他老人家一个不高兴，不来还不说，我当时又得吃亏。"

沈洵笑道："没错儿没错儿，你只管听我的，出了毛病全有我。你要不听我的话，吃了亏你可不要埋怨我。"

卢春道："只要你老说没有错儿，我就敢干，那我就走了。"

狗屠户方卫笑道："卢二爷别忙，今天咱们再盘桓一天，您不说是我们那里竹叶青好吗？我再给您灌两瓶去。"

卢春连连摇头道："算了吧，我可不敢再喝您宝号的酒了。"

沈洵道："既是这样，倒是以快去的为是。"说着拿了几锭银子交给卢春道："咱们这是加倍奉还，道儿上可多留神。"

卢春笑着谢了，拿了龙头拐，别了沈方两个，才要走，钱鼎走过来道："卢二爷慢走，我这里有一件东西，托您给娄老英雄带去吧。"说着从身上掏出一件东西，似铁非铁、似石非石、火一般红的东西交给卢春。

卢春接过一看道："这件东西，是我娄师哥昼夜不离身的宝物雄精，不知怎么会在您手里？"

钱鼎道："我受了针伤，全仗这件东西，才得救我活命。"

卢春道："我从前倒是听我师哥说过，雄精能够避秽祛邪，镇惊散毒，还不知真这样灵呢。"钱鼎一听，这才明白，黄伟打出暗器，娄辰所以不怕的缘故。

当下卢春带好雄精，提了龙头拐，离了焦山，过江到了瓜州，顺着运河半天就到扬州。在扬州住了一夜，第二天又上了船，不到半天，就到了淮阴，进了城，找了一个客店，吃了点儿东西。跟店里一打听，店里告诉离这里不远。

卢春吃完了饭，在街上闲遛，忽听有几个人说道："这个人不像卖艺的，功夫还是真不坏，我想约恽老师一起去看看去。"

卢春一听，心里就是一动。心想这里离着荷叶岛既是不远，明天再去，也不至于误事，今天且在这里住一天。方才听人家说，这里有什么卖艺的，不知是什么人，也许又是刺儿岛派来的探子，何妨自己去看一看。想到这里，便紧走两步，向那前边走道的两个人问道："劳驾，跟您打听，您说什么卖艺的住在什么地方？"

两个人看了卢春一眼道："噢，打听卖艺的，就在前边漂母祠，顺着我手指的地方往东，见了巷子，再往北一拐，有座小庙，那就是漂母祠了。"

卢春又说了一声"劳驾"，便顺着那人手指，径往东走去。出了胡同，往北一拐，果然有座小庙，就在那庙门口堆着一大圈人。卢春顺着人缝往里一看，只见正中间站着一个汉子，年纪也就在五十岁上下，身高在七尺，膀扇宽，脯子厚，紫微微的一副脸膛儿，紫中透黑，黑中透亮，剑眉，环眼，大鼻子大嘴，一片络腮胡子，上身蓝绸子小褂，蓝绸子中衣，脚下青缎子方官皂，手里拿着一对儿护手如意钩。卢春猛一看，有点儿眼熟，细一看，不是别人，正是自己同门师兄弟，排行在六，姓马名彰字文常，江湖人称笑判官。卢春一看，心里好生纳闷儿，知道六师哥从前也是镖行生理，后来因为剩了钱，早就洗手不干了，前几年还见过两次，后来便久已不通音信，没想到今天怎么会来到此地，又不知道为什么要在街头卖艺。心里想着去问，忽然又一想，几年没见，不知师哥现在功夫长了没有，今天闲着也是没事，何不看看到底是怎么一回事，然后再进去搭话也不为晚。

想着一撤身，站在大家身后，往里头看着，只听马彰把双钩钩对钩一搭，探背躬身向大家道："众位，人穷街头卖艺，虎瘦拦路伤人。在下原不是这本地人，家住在山东莱州府，只因到这里来找一个朋友，不想这朋友已然先我而死，在下就叫探亲不着，访友未遇，囊中川资业已用尽，便算困在了贵宝地，住房没房钱，吃饭没饭钱。自幼练过几趟乡下笨拳脚，没有师父，没有徒弟，说不上哪一门，谈不到哪一家，这就算是遮住羞脸，跟众位找顿饭钱、店钱。我也不知道哪位老师父是练过是看过，反正既在江边站，就有爱景的人。诸位老师，哪位都有公干，恳其赏脸在这里一站一立，就是有心捧场，我练两趟笨功夫，给众位逗个笑。功夫练不好，气力是真的，众位看我出一身汗，说我力气没藏私，众位带着有富余钱，不拘哪位帮我一点儿饭钱、店钱，我可以对付着回到我们山东，将来众位有从我们山东经过的时候，众位只管找我，我们乡村里没有旁的，凉水温成热水，凉饭温成热饭，也得表点敬意。话也说完了，我再练一趟。方才练过一趟，那是三十六手'蜈蚣钩'，现在咱们再练三十六手，可不叫'蜈蚣钩'了，这三十六手叫'龙形剪腕天罡式'，讲究的是'双钩不离腕，龙形如一线'，我说得好，练得可不准能好。没别的，众位您就上眼。"

卢春一听马彰这套话，心里不由好笑，几年不见，也不知从什么地方又学了这么一套贫口来，看他这个样子，绝不能真是卖艺求钱，这里头一定还是有事，且看他练完了再说。这时马彰已然把双钩扯开了，先还是一手一式，瞧得很真，后来越来越快，分不出人、钩，只是一团白光在场子里滚来滚去。外圈里圈围的人，足有二百多人，连一个出气儿的人都没有，真是掉下一根绣花针，都可以听得见。

大家正在看得兴高采烈，只见从圈外嗖的一声，从大家头上蹿过一个人来，手里拧着一杆花枪，一抖手就奔那圈白光扎去。卢春暗喊一声"不好！"一提手里龙头拐，就要闯进圈去。只听马彰大喊一声："这是哪位老师捧场？"随着声音，又是锵的一声响，白光一裹，大家再看，拿枪的手里枪就剩了半截了。马彰抱着双钩笑容满面地往场子里一站，大家不由齐声喊了一个震天彩。拿枪的手里剩了半截枪杆，不由恼羞成怒，喊一声"我跟你拼了！"一抡手里半截木杆，直奔马彰胸口点去。马彰一见喊道"好！"左手钩往上一立"白鹤展翅"，抖手往上一迎，只听又是锵的一声响，半截枪杆，又去半截，大家不叫好全都哈哈一阵敞笑。

拿枪的羞臊难当，一回头向圈外喊道："老刘啊，你这可不对，你叫我打头阵，怎么你不接应我了？你要再不来，我可要骂了！"

一言未了，只听圈外有人答言道："少大爷别着急，老刘来了！"

正是：

良友相逢未一语，恶魔已自追踪来。

要知后事如何，且看下回分解。

第四回

含沙射影英雄遭陷
明镜照人令尹辨冤

嗖的一声，从外圈蹿进一个人来，等他站定，大家一看，不由全都哈哈大笑。原来蹿进来这个人，身高不到五尺，年纪不过四十多岁，一身蓝布短裤褂，上头除了油就是泥，两只青布鞋，上头也都油泥不堪，一条辫子盘在头上，最可怪的是，蓝布褂子上还系着一条蓝布围裙。大家异口同音全都说了一句："这不是唐家的厨师傅吗？怎么跑到这里来帮场子来了？"卢春一看这个人，却不住暗暗点头，心里准知道这个人不是厨子，可是这个人准是干什么的，自己也没有看出来。

只见马彰把那人上下一打量道："怎么着？您也是来捧场的吗？想不到榆杨之木，竟会引出凤凰，这真是想不到的事。请问这位老师贵姓高名，怎么称呼？"

那人道："老师父，咱们也不是捧场的，刚才您给削折了家伙的那位，那是我们饭东家的二少爷，没想到让您把他家伙削折了。我是跟着我们二少爷出来的，说不得只有求您也把我给扔个筋斗，我回去也好交代，老师父你就多让两招吧！"说着话左手掌一晃马彰面门，右手掌就奔了马彰胸膛搓去。马彰也准知道这个人不是厨子，本打算用两句话试探试探，不想人家是一句话不说，上来就动手。马彰也未免挂点气，心说不用管你是谁，你这也未免太目中无人了，说不得先把你颠翻了，有什么话再说。心里想着，这手就接上了，左手一搭那个人的脉门，意思是往里边一捋，没想到自己手才往上一递，那人的手收回去更快，马彰手就空了。那人见马

330

彰手一空，双拳平举，往上面一晃，左边一条腿，先往马彰腰上扫去，马彰提气一纵身，那人腿就走空了。马彰平气往下一落，那个人右腿横着一抽，嘴里喊道："你再躲这只！"马彰一看，认得人家使的这手叫"连环腿"，就知道不好，打算往起再纵，稍微慢了一点儿，叭的一声，抽个正着，扑咚一声，马彰竟自摔倒。

那人一见，哈哈一笑道："就是您这两手功夫，也敢走南闯北，对不过，失陪了！"说完这句话，一拉那个手里攥着一截木棍的那个汉子道："少爷，咱们走吧！"说完拉着那个人抹头就走。

卢春早就看出来人不是厨子，必定身有绝艺，又见马彰轻敌，就知道不好，才要出头，马彰已经被人家使"连环腿"给抽倒了。卢春本来没气，皆因自己人不好，不该轻敌，及至一听那人一卖味儿，又说了两句狂话，卢春这气就撞上来了，一垫步就要闯进场子，却见那个厨子，已然到了人群里。才待要追，猛见那个厨子狂喊一声，仿佛有人给扔起来一般，就给扔进来了，扑咚一声，照样儿摔倒在地。大家正在一怔，卢春眼快，只见从外圈走进三个人来，两个年轻的，就是自己在前边跟他打听道路的那两个，两个人扶着一个老头子，弯着腰龙钟老态，一摇三晃地走了进来。马彰一时大意被人家给扔了个筋斗，心里好生难过，正待收拾东西走路，忽见踹自己场子的那个厨子，忽然又倒着摔了回来，心里也觉乎可怪，再一看从外边走进这么三个人来，准知道那个厨子就是败在这几个手里，这几个人手里，一定很可以。便不敢大意，走过去一抱拳道："老爷子，您今天怎么这样闲在？"

老头子一阵咳嗽道："我哪里有那么闲在，皆因今天听见人家说这个地方来了个卖艺的，我长这么大还没有看见过卖艺的是什么样，所以同着他们到这里来看看。您就是这场子的师傅哇？怎么不练了？您练两手我们也好开开眼哪！"

马彰一听，这简直比骂人还厉害，便赔着笑道："老爷子，我可不会练什么，左不是些笨力气。再说，我又不是打算卖艺，实在是被穷所逼，被事所挤，实在没有法子。老爷子您要看其我们外乡人困在外边不易，您就帮我一点儿盘川钱，小子我是感激不尽。"

老头子还没有说什么，只见方才那个拿枪的向那厨子道："老刘哇，你看这个老头子，够多可恶，他碰完了人，一声儿不言语，往那里一站，还要装没事人儿，你过去也把他弄一个筋斗，咱们也痛快痛快！"

那个厨子一摇头道："少爷，你先别忙，我自有法子把这个老家伙制倒了。"说着又一附耳，说得那个人不住点头，两个人径自转身向人群里走去。卢春一见，哪里容得，拧腰一垫步，喊一声"哪里去？"往那个厨子背后只一扯，只听扑咚一声，哎呀一声，两个人里已然倒了一个，倒的可不是那个厨子，却是卢春。

不说卢春为何摔倒，且说这个马彰是个什么样人，因为什么要来到这个地方，以清耳目。

马彰原是吃镖局子饭的，只因看着保镖这条路子，终是有危险，历年所积，回到家里，也可以吃一碗太平饭了，便辞了镖局子，一径回到莱州府西马家镇家里，在家里买了几十亩地，自种自吃。除去自己一个老伴儿庞氏之外，并没有什么人，过得也还不错，反觉得比从前吃那碗镖局子饭心里安逸得多。自己虽然在外头保镖多年，乡里人并不知道自己是干那种事的，每天下地，到外边看看庄稼，跟那些做活的张不长李不短随便一扯，到了晚上，在场院里一坐，心里着实舒服。辞了镖店，已经有了半年，也没有事。

一天，在地里看着他们拔麦子，地里收获还是真不坏，心里十分高兴，意思之间，回去打点酒，炖上一锅肉，大家吃顿犒劳。高高兴兴正往家里走，才走到村子外边，只见迎面来了一个人，飞也似的向前跑，马彰在他迎面，仿佛都没有看见，一下子正撞在马彰身上。马彰一看，正是这村里的一个地保，名叫施登，便一闪身让开道："施头儿什么事这么忙啊？"

施登碰了人，也正自过意不去，一见马彰，便赔着笑道："马大爷对不住，我得赶紧报案去！"

马彰一听就是一怔，忙问道："报什么案？"

施登道："人命案！大小一共七口人命案！"说着迈步就走。

马彰一听，就知道村子里出了怪事，便一把扯住道："什么大小七条命案？谁家？"

施登着急道："我的马大爷，我都快急死了，您还这么慢条斯理的。

我也知道您的脾气，不跟您说清了，我也走不了，您听着我草草跟您一说。您知道咱们东村口住着那个韩老头子吧？"

马彰道："我知道，你说的是不是那个卖豆子的那个韩老头子？"

施登道："不是他还有谁？每天他都是从早晨上街卖豆子，到了晚上才回家。今天他从一清早就没出来，最可怪他们一家子连一个出来的人都没有，可是在先谁也没有理会，直到方才，有一个催地租子的去叫门，叫了足有半个时辰，一直也没有人应声，这位催租子的一着急，一脚就把门端开了，到了里头一看，可了不得了，韩老头子一家人，横七竖八躺了这么一屋子，仔细一看，才知道满门都被人杀死，凶手可没看见。他出来报了案，我到那里一看，死得不用提够多惨了，一家七口，全都躺在血里头，人是早就死了。这没头没尾的一死就是七口，谁担得了这种沉重？所以我要赶到城里去报案去。得了，您快让我走吧！"

马彰噢了一声道："怎么会出了这么大的案子？你快去报案吧，等到老爷下乡验完了之后，到底是怎么一回事，你可以告诉我一声儿，我在家里等！"

施登点点头道："就是，就是，回头见吧！"说完抹头就跑。

马彰一壁往家里走，一壁想，这个姓韩的，虽和自己不熟，在一个村子里，也时常见着，这个人非常和气，绝不至于招出人家下这种毒手，怎么突然会闹出这种事来？听来虽不知道是什么人干的，可是这件事出在旁的村子，自己当然可以不管，如今事情出在本村，自己怎么能够袖手不管？等施登回来，看他是怎样说，如果我能帮他们一臂之力，我定要访查个水落石出。心里想着，信步往家里走，一道儿上碰见的就多了，全都是嚷嚷的这件事，听了听，也没有一个能说出所以然，便也不再打听，一直回到家里，把这件事向庞氏一说。

庞氏道："这件事我也听说了，到底为了什么事，可是不知道，不过我可有一句话要跟你说，你在外头那么多年，这个村里可是谁也不知道你是干什么的，咱们现在是自扫门前雪，休管他人瓦上霜，多一事可不如少一事，最好咱们只做没有听见这回事，自有官家会给他们办这件事。少管闲事少惹烦恼，难道你又忘了从前在裴家湾那档子事了？好在这件事又不是咱们干的，总以少管闲事为是。"

马彰一听笑道："你瞧你这话有多少？我又没说我要去管，我要不是怕事，我还不辞镖行的事呢。你放心吧，我绝不管这回事。"

庞氏也笑道："你不用说得嘴响，只要有人一来找你，你就顾不得了。"

说完商量弄饭请工人吃犒劳，马彰道："我到村子外边去打点酒来，这就来。"庞氏还直嘱咐少管闲事，快快回来，马彰笑着答应。

刚刚走出村口，只见施登迎面飞也似的又跑了回来，一眼看见马彰，便登时站住脚步儿，向马彰一挤眼道："马大爷您这里来。"抹头就走。马彰不知有什么事，便也跟着他走去。施登一回头，一看四外无人，这才悄声道："马大爷您胆子真不小啊！一刀连伤七命，敢是您干的，您怎么还不快跑？"

马彰一听，笑着向施登道："你别随便闹着玩儿，咱们彼此都认识，这还没有什么，倘若叫旁人听见，这个事可能大能小。"

施登着急道："我的马大爷，您自己干了这样事，自己不想主意，怎么还以为我是打哈哈？我因为您在这村里，很有个不错，所以才透消息让您赶紧走，您要一定不走，一会儿做公的来了，您可就走不了啦。"

马彰一听施登说得这样顶真，当时心里轰的一下子，便急问施登道："你所说的，我实是一个字不知，并不是成心装不知道，你这是从什么地方得来的消息？"

施登道："怎么您会不知道？您自己留的字儿，怎么会说不知道？"

马彰道："什么字条儿？我是一概不知。"

施登道："怎么您真的不知道？听我告诉您，方才我去报案，刚走到半路，就碰见县大老爷的轿子下来了，里头有一个跟县大老爷当差的，是我的舅子，我见他，问县大老爷到什么地方去，他说就是到我们这马家镇来，马家镇出了事，问我知道不知道，我说我就是为这件事去打报呈的。他说叫我回来赶紧预备尸场，老爷就要来验尸了，这件事大老爷早已知道了。我问他怎么知道的，他说昨天夜晚，大老爷才睡不多一会儿，忽然听人说话，大家进去之后，大老爷就问有人认得马家镇不认得。马家镇离城不远，差不多谁都知道，当下就有人说知道。大老爷又问，谁认得马彰，里头有人认得您，便说出来了您。大老爷便问您平常为人如何，有人说您

334

在当地是个老实人，大老爷听了一笑，拿出一张纸条交给大家看，大家接过来一看，上头是四句流口辙：'家花不如野花香，为寻芳踪过邻墙。流水有情花无意，踏烂群枝名马彰。'底下还有一行小字，是：'夜入邻家，求乐不得，愤杀贱辈全家七人，以泄愤慨，马家镇马彰留字。'大家看完了这个字条，知道当地出了事，都向大老爷请罪。大老爷倒没有生气，笑着向大家道：'这件事出得太怪，在我才睡不多一会儿，忽然案上一响，等我起来一看，这张字条，就摆在桌上了。所以我才问你们有没有马家镇马彰这个人。你们说有，又说他是个老实人。这件事我就明白一半了。这个马彰也绝不是什么老实人，从前也许在外面干过什么事，得罪过人，现在这件事，我想不是他办的。如果是他办的，他自己杀了人，干吗要跑到县衙门里来留字条儿？他又不是跟我过去，那不是自己跟自己过不去，天下再傻的人，也不肯做这样人。一定是有仇人记恨前仇，前来报仇，故意来陷害他的。我们如果就把马彰弄来，恐怕是一点儿什么也弄不到，反而使杀人的正凶，逍遥法外。我的意思，现在咱们走到马家镇验尸，就道儿把马彰带来，可以开脱他，叫他想法子帮咱们破案。一来可以不使无罪的人受罪，二来可以不使死人负冤于地下，你们以为如何？'马大爷您听这位大老爷能够多么明白？要是按着他的话办够多好？谁知道马大爷您犯小人，旁边有两个红鼻子师爷，一定不答应。他说，这件事一定是马大爷您自己干的，故意和县官下不去，迅雷不及掩耳，先得把您拿到案，否则您闻风远飏，就不好办了。再者一个做大老爷的，要跟一个杀人的凶犯彼此私通来往，要让上司知道了，也是了不得。大老爷听他一说，说得没了主意，这才带了二十个弟兄，一清早就传出话来，今天下乡来看，不然早半天就来了，因为府里派了两个委员下来查一件什么事，老爷绊住了身，才耗到这个时候才下乡，现在轿子差不多就快到了。马大爷您先躲一躲，等这件事过去之后，您再回家，您瞧好不好？"

马彰一听，这才是闭门家中坐，祸从天上来，凭空地会闹出这么一件怪事来。低头想了一想，笑着向施登道："施头儿我平常对于您可没有好处，您今天对于我这样热心，我实是感激不尽。不过这件事，不是一跑就能了事的，县大老爷就要来了，您快去预备尸场吧。"

施登一看马彰意思是不走，可不知道因为什么，遂也不便深劝，一转身说了一声："马大爷您可拿准了主意！"飞跑而去。

马彰有心回去把这话跟庞氏说了，又怕庞氏害怕，更想着简直事出多变，不如径到尸场看一看，也许会当场碰见陷害自己的仇人，亦未可知。刚刚想到这里，只听一片锣声，从远远敲来，马彰一想，这一定是县官验尸来了，不如跟在轿后，看看到底是怎么一回事，倘若自己能够看出一些行迹，可以帮助县官把案子破了，也是一件好事。想到这里，便把身子隐起。不大一会儿，轿子已然过去，马彰探出身来，跟在轿子后边，远远地跟着，不一时就到了尸场。轿子落平，县官带着衙役们全都进了院子，马彰一看，自己却不能跟进去，心想既已来到这里，不进去如何能够知道里头有什么情形，前边既是有人，何不绕到后面，也许会能够听见点儿什么消息。来到后边一看，还真是凑巧，这所房子后头也是临街，四外也没有人。马彰一纵身，就上了后墙，轻轻跳到院里，恰好这房子有后窗户，便趴在窗户外边，用手蘸湿了把窗户纸抠了一个小窟窿，往屋里头看。只见县官在屋门口当中摆了一张桌子，县官坐在当中，吩咐仵作检验。

马彰顺着仵作去的地方一看，只见在堂屋地下躺着三个死尸，仵作报："验得男尸一具，年约五十左右，头南脚北，肩背受刀伤一处，流血致死。又男尸一具，年约三十左右，头东脚北，胸前刀扎伤一处，深入腑脏致死。"

跟着又是一个稳婆走过去检验女尸报道："验得女尸一口，年约五十左右，头西脚东，项上受刀伤一处，割伤气管致死。"

县官听报，把袖子一抹脸道："还有四具死尸，也快一并报来。"

仵作答应一声，直奔里间。马彰看不见听得见，只听得稳婆验报："验得东屋床上，死有女尸二口，一系已婚妇人，年约三十左右，咽喉受刀伤一处，肩背受击伤一处，衣服全被扯破，生前有撑拒之状，刀入咽喉二寸七分，因致毙命；又女子一口，年约二十左右，浑身衣裳被扯破多处，右手四指被削掉，左肋受刀扎伤一处，深透后背，伤重致死，并验有被奸之状。又有男孩一名，女孩一口，均在顶门受铁器击伤一处，伤重致死。"

马彰一听，浑身气得乱战，不知是什么人竟会做出这样惨无人道之事。再看仵作和稳婆都到县官面前回话，所说与报验尸格不差往来，县官

336

听了点点头，一摆手仵作、稳婆退在两边。县官叫道："传本村地方。"

只见施登走过去，单腿打千儿向县官道："地保施登伺候大老爷。"

县官道："你是本村的地保，你可知道他们这一家子平常干什么？家里都有什么人来往？"

施登道："大老爷问他们家小的知道。他们家老公母两个是以卖豆子为生，那个年轻的，是他们的儿子，在东村张大户家里帮着做工，他们家都是好人，平常并不和人来往。死鬼老头子还有个外号叫'狗不理'，因为他生前非常古板，不爱说笑，因此大家都那样叫他，只不知什么事得罪了人，家里会出了这样的逆事。"

县官道："你这可是实话？"

施登道："小的不敢欺骗大老爷。"

县官道："我再问你，你们这村里，可有一个叫马彰的吗？"

施登道："有一个马彰，这个人可是好人，不知道大老爷问他有什么话？"

县官点点头道："你怎么知道他是好人？"

施登道："马彰原是本村土著，他在这村里，不用说为非作歹，真是平常跟谁都没有拌过一句嘴，这并不是小的这样说，大老爷不信可以传村里人挨个儿问，就知道小的说的不是谎话了。"

县官又点点头道："你现在赶紧出去，买上几口棺材，先把死尸装起来，找个地方埋了，这里屋子，从外头把它锁好，不准放人进来。"

施登连连答应："是，是，小的知道。"

县官站起来又在屋里转了一转，这才吩咐众人把轿子抬到马彰家里，马彰再看施登，仿佛脸上颜色都不对了，答应了一声"是"，县官就出来了。马彰在后头一看，县官都走了，也没有什么再可看的，并且听见县官吩咐这就到自己家里，不由心里一动，想着这个县官，看来倒不失一个好官。自己对于这件事，固然是真不知情，如果遇见一个糊涂官，真要闹到公堂，只怕也是有口难分诉，那是自己难免有一场无妄之灾。如今幸遇这位明白官，不如自己投案打官司，爽得把这件事情说明，当堂跟县官讨限，帮着他们把这案破了，也可以洗清自己。想到这里，便要跑出去，拦轿说话，忽然又一想不妥，县官虽然说出自己，可并没当着自己的面，如

337

果自己这时一出去，岂不把施登给埋在里头，人家好心好意，给自己洗刷，给自己送信，自己反把人家葬送在里面，未免也有点儿说不下去。不如趁着县官未到，赶紧先跑回家里，假装不知道，等到见了面再说，也还不迟，想着一侧身，就从轿子旁边跑下去了。

进了家门，庞氏已然等得不耐烦了，一看马彰便问道："你的酒打到什么地方去了？"

马彰一摆手，刚要说你别问，只听门外一阵人声喊嚷："先把这里前后围了！"

庞氏一听，站起来就要往外跑，马彰一把拉住道："你忙什么？别乱动，没有事。"庞氏才要说什么，只听咔嚓一声，外头门就碎了，跟着呼噜一声，院子里人就满了。马彰向庞氏道："你不用害怕，什么事都没有。"

话还没完，只听院里有人喊道："马彰在家没有？出来有话说。"

马彰答应一声有，就要往外走，庞氏又一把把马彰揪住道："你别太大意了，等我先出去问问再说。"

马彰道："我出去一点儿事都没有，如果你揪着我工夫一大，倒许惹人家疑心，你别着急，不要紧。"说着一推庞氏，庞氏就坐在地下了。马彰不顾庞氏，一甩身，就来到院里。

只见院里站着好几个身穿灰布大褂，头戴红缨帽的官人，手里可全没拿兵器，地保施登也站在其内。大家一见马彰便喊道："你是马彰吗？大老爷查乡来了，叫你出去，有两句话要问问你。"

马彰答应一声道："我是马彰，大老爷现在什么地方？诸位带我去回话吧！"

施登道："你跟着我来。"施登在前，马彰在后，大家围着马彰就出来了。

马彰到了外边一看，只见一顶官轿，就放在对面道儿上，施登一拉马彰，来到轿前，单腿打千儿道："回大老爷，马彰传到了。"

轿子里说一声："好，把他给我带到县里。"

旁边答应一声，因为县官没有吩咐锁，大家便也没锁，轿子一起，官役护着轿，马彰跟在轿后，便一径到了县里。这时候天就黑了，有人把马彰带到班房，不多工夫，就听里头有人传话出来："大老爷有话，把马彰带到内签押房问话。"

大家都是一怔，准知道马彰事情很大，怎么不坐大堂，倒往里头带，大家都不明白是怎么一回事，只得答应，就把马彰带进去了。到了屋外，喊一声"马彰带到"，屋里有人说"叫他进来"，官人一打帘子，马彰就进去了。

官人喊："见了大老爷，还不跪下！"

马彰身不由己就要往下跪，只听县官说道："不用跪，你们给他搬一张小凳叫他坐下。"

马彰低着头不敢乱看，压着嗓子说了一声："大老爷，小的有罪，小的不敢坐。"

县官微微一笑道："我还没有问你，你怎么就知道你有罪？"

马彰一听这句话，可太厉害，便赶紧答道："大老爷既是把小的带到这里，小的就有罪。"

县官又微微一笑道："马彰，我这个衙门里没有屈死的人，我虽把你找来，自有找你的缘故，有罪没罪，现在还说不定。我想这件事如果你肯实话实说，也许会一点儿罪都没有，你坐下吧。"

马彰一听，只得答应一声："谢谢大老爷。"官人们搬过一张小几凳，马彰跨角儿坐下。

县官向那些官人道："你们先出去，我不叫你们，你们不许进来。"官人们答应一声，全都退了出去，屋里就剩了马彰和县官两个，马彰还是低着头。只听县官道："马彰你抬起头来。"马彰一抬头，可就看清楚了，方才虽然看见一次，因为是在明地往暗处看，所以没看清楚，如今屋里掌着灯，脸对脸，县官又把墨镜摘去了，看得非常清楚。只见这位大老爷，年纪也就在四十多岁，不到五十，白脸膛儿，大眼睛，虽然留了胡子，可是不多，仿佛在什么地方见过，非常眼熟，就是一时想不起来了，便怔怔地一声儿不言语。

只听县官问道："马彰你可还认识我？"

马彰吓了一跳，赶紧答道："小的看着仿佛在什么地方见过大老爷，只是一时粗心想不起来了。"

县官扑哧一笑道:"马大哥你把我忘了。你可还记得从前咱们在一块儿的朋友有个姜谨吗?"

马彰一听,陡然想起,从前在三十年前,自己还在吃江湖饭的时候,一起有一个姜谨,彼时还是小孩子,不知现在怎么突然会来到这里,又做了官。便赶紧赔着笑道:"大老爷您可就是姜大老爷?"

姜谨哈哈一笑道:"不是我是谁?马大哥你别一口一个大老爷,我听着真不痛快。我还记得咱们从前在一起时候,您不是管我叫小姜吗?现在还叫我小姜就成了。"

马彰道:"那我可不敢,我大胆问您一句,您怎么做了官了?"

姜谨叹了一口气道:"提起这话就长了,我的上辈,本来都是为官的,只因我看着做官的没有好人,便投身在江湖道里,意思是打算把那些不伦不类的官宰掉几个,也好给老百姓们出出气。谁知道这些官比咱们吃江湖饭的还多干起事来,比咱们当山贼的还狠,咱们不肯干的,他们都干得出来。干脆说,杀一个,出八个,宰八个,出二百,简直是杀不胜杀,宰不胜宰。究其实,他们也不是不怕杀,不怕宰,不惜命,但是他们只要一看见钱,杀也不怕了,宰也不怕了,命也不要了。我一想咱们的意思,就是为救苦人,咱们何妨换个样子,也弄个官做做,只要不见钱迷心,多少也可以做点儿好事,倒许能多救几个人。好在现在的官,只要有钱,买什么顶子都可以办到,我就大大地做了一票买卖,把那笔钱就捐了这个官……"

刚说到这里,只听房后有人扑哧一笑。

正是:

> 路旁草间说不得,怕有偷听早起人。

要知后事如何,且看下回分解。

340

第五回

一好汉风火五路军
两班头月夜双失盗

姜谨站起来就要吹灯，马彰过去一把就给拦住道："且慢，您别忘了这是衙门。"

姜谨一听，也不由扑哧一笑，赶紧咳嗽一声叫道："来呀！"外面答应一声，进来几个官人，姜谨道："你们到后边去看看有什么人。"

官人答应自去。姜谨把凳子又往前挪了一挪，悄声儿道："马大哥，你看一定是有江湖上的朋友，知道了我的来踪去迹，故意来和我开玩笑的。"

马彰道："这件事倒也许不是这样，这个可以想法子探出来。我先问您，您今天带了许多人，把我带到这里，可是又有什么事？"

姜谨道："这件事幸亏是遇见我在这里，如果不是遇见我，恐怕就要闹大了。我来到这里，原不知道大哥您在这里，昨天夜里，见了一张字帖儿，我才知道大哥您在这里。要是据字帖儿所说，大哥那就够了罪名。我和大哥在一处日子不少，我深知大哥绝不会干出那样事，不过我不准知道字帖儿上所说是大哥不是。方才我在大哥门前，一看果然是大哥，所以我才把大哥带到这里，我想这件事一定是大哥得罪了朋友，所以才烧起这把野火，意思当然是打算陷害大哥。如果不是我在这里，那就不定能闹出什么事来，如今我既在这里，我一定信大哥绝不会干出来这样事。不过我现在既然装模作样干了这个官，我可不能出去亲自缉捕盗贼，这件事既然大哥蹚上这坑黑水，没别的说的，只有求大哥帮我的忙，咱们把这件事办完了，不知大哥肯帮我的忙不肯？"

马彰道："您这话却说远了，不用说这件事还是我本身的事，承您不以正犯办我，我已然感激不尽，当然我不能不努力破案。就算这件事没有我在内，这里也不是您在这里，地面儿上出了这样淫乱贼人，我本着咱们江湖上除暴安良这番意思，我也得帮着官面儿把这种败类除去。只不知您让我是怎么样办这件事？"

姜谨道："这件事既然您肯帮忙，那就再好没有了。我想您可不能正式出头露面，我派人单去办这个案子，您可以暗中访查，只要访查出来一点儿头绪，您就赶紧来告诉我，只要我这里办得到的，我都可以派人帮您。"

马彰道："就是这样。我想贼人做下这个案子，既是要陷害我，他绝不肯做完这案就走，也许还在本地多做几案。他如果在本地作案，有您在这里，还不要紧，所怕就是他越界作案，栽赃陷害，那时候人家要是到这里来一要案，那可就不好办了。事不宜迟，今天就派人，明天就出去踩访，总以能够早早得手，免得迟生他变。"

姜谨道："既然如此，那我就把这里人都传齐了，大哥您可以挑选几个，帮着您办这件事。"说着又喊了一声"来呀"，外面答应一声，下人进来，姜谨道："你快把班上都传齐了进来。"

下人答应，不一会儿，帘子一起，外头进来有二十名官人，另外有两个头儿，进来给姜谨打千儿往两边一站。姜谨用手一指马彰道："这位是我的朋友马义士，本县特请出来帮着办这次案子的，你们可以听马义士派遣，上紧拿贼。"说着又向马彰道："大哥您就分派他们吧！"

马彰赶紧站了起来笑着道："诸位头儿，咱们一向都少亲近，今天大老爷因为地面儿上出了无头案子，找我给帮个忙。不瞒众位说，从前我也吃过粮，当过差，不过已然有几年不干，这里头也就生了。咱们既是都凑在一块儿，就得算是有缘，别瞧大老爷这样分派我，我一个人可什么也干不了，还得诸位帮忙，咱们才能顺手。"

大家异口同音道："马大爷您不用这么客气，您既跟我们大老爷是至好，您就跟我们大老爷一样，有什么话，您只管分派，我们没有一个不听您指挥的。"

马彰道："二位头儿贵姓？怎么称呼？"

两个头儿中一个道："我叫鲍玉。"

一个道："我叫花达。马大爷您多照应。"

马彰道："咱们这件事，人少不成，人太多了也不成，您二位在众位弟兄里给选四个，今天晚上咱们就得出去，这种贼心黑手辣，如果一个大意，今天晚上就许又闹出点儿事来，他做完了案子，要是再一跑，那可就不好办了。"

鲍花二位当时选了四位，余下全都退了出去。

马彰向姜谨道："我们人已然选齐了，不便在您这里打搅，跟您告假，我们到外头去分派差事，您办公。"

姜谨一抱拳说道："马大哥，您就多费心，好在都是给地面儿上办事，我也不说什么客套了。"

马彰也一抱拳，同了两个头儿、四个伙计来到外班房，商量当时出去拿贼。鲍花二位班头，请马彰坐下。马彰道："二位头儿不必客气，咱们是办事要紧。"

鲍花二位班头道："马大爷您就吩咐吧，只有我们哥儿两个力量办得到的事，我们没有不听马大爷吩咐的。"

马彰道："这话可也不是这说法，我说来的，也未必一定准对，反正咱们大家在一起想法子，谁的法子对，咱们使谁的，谁的不对，咱们说完了再改。我看作案的这个点子，他不但和大老爷过不去，他也有点儿跟我过不去，有仇没仇，固然还不能说一定，可是反正我准知道是个半熟脸儿。下五门的恶贼，唯独他们这一门儿，可以说是无恶不作，既然做出来这一手儿，他绝不肯就走，一定还得接着闹几手儿。今天咱们事不宜迟，赶紧预备，昨天他闹的城外，是为离着我近，碰巧了今天就许闹到城里头来，咱们现在先想一个法子，在城里安上卡子，只要他一露面儿，咱们总可以知道个大概，跟着咱们再往一块儿凑人。只要一处见着他，可别先动手，稳住了再拿他，不然他要一滋了，底下可不好办。二位头儿赶紧派人传话，可不准高声喊叫，悄悄地告诉他们，不拘哪一条街，都要那里的地保，预备铜锣一面，不要问更，挨户送信，今天晚上特别留神。家家要预备铜锣一面，如果没有铜锣，就是铜器也可，只要听见声响，赶紧筛锣报

343

警，地方只要听见什么地方报警，赶紧往这里传，千万可别耽误。咱们哥儿几个，可也别闲着，你们二位，带着四位弟兄，分成三路，我自己算一路，一共算是四路，分成东西南北四面，围着转，谁走在什么地方，遇见报警的，谁就先去出事的地方。这是我这么一点儿意思，不知二位以为何如？"

鲍花二位班头道："马大爷的主意太高啦，咱们就那样办。事不宜迟，咱们就赶紧出去吧。"

当下大家都带好了家伙，马彰也向伙计手里先借了一对儿护手钩，比自己用的略微轻了一点儿，对付着也还能用，拾掇拾掇身上，不绷不丢，这才出了衙门。鲍、花告诉那十六个伙计，也分头去给各住户送信，然后这才分路。鲍玉带着一个伙计，分南边，花达带着一个伙计分西边，马彰一个人站北边，还有两个伙计占东边，大家彼此道声"辛苦"，各自分途而去。

单说那两个伙计，一个叫米英，一个叫郑固，这两个伙计，虽说功夫不如头儿，可是也都很不错，年纪也轻，办事儿也漂亮。米英手使一把金背刀，郑固是两把夹钢斧，外带一根链子鞭，眼里嘴里，都很有点儿本事，原是鲍花手底下得用的伙计。今天一听分派，两个人分成一路，心里就高兴。米英笑着向郑固道："二哥，您瞧还是咱们这两个头儿，要说对咱们哥们儿，实在说得下去。别管这趟事怎么样，反正他是瞧得起咱们，这就是多卖点力气也值。"

两个人里头，郑固大一点儿，一听米英所说，便也笑着道："兄弟，你倒是岁数小一点儿，分不出轻重来。别瞧他派咱们这个事，仿佛像是瞧得起咱们哥们儿，其实这是拼命的行当，不去才是便宜呢。不过咱们既吃人家粮，做人家事，如今地面儿上，既有了这种事，咱们怎么能够不管？兄弟少说话，你随我来！"

说着用手一拉米英，就往东边跑下去了，跑着跑着，只见大街上一座酒铺，里头还有灯光，郑固一拉米英，就要进去。米英悄悄道："二哥，咱们身上可有事，咱们要是一贪酒误事，那可就糟了。"

郑固一拉米英道："别言语！"米英就不敢再说什么了。

两个人一进去，掌柜的认得，过来就让："二位，喝两壶吧？"

344

郑固点点头道："给我们先来两壶。"掌柜的答应自去。"

郑固这时候，不住用眼在屋里四下乱找一阵。这屋子不大，除去他们两个之外，至多不过有个七八个人，郑固挨个儿全都瞧了一遍，仿佛全不是的样子。恰好掌柜的泡茶过来，郑固道："掌柜的，前天在这里喝酒的那个主儿没露？"

掌柜的一摇头："今天还没来，昨天可来了。"

刚说到这句，只听铺子外头板门一响，从外头进来一个。米英一看，吓了一跳，郑固当时喜形于色。只见进来这人，身高不过四尺，细腰驼背，挺长的头发，一脸油泥，穿的一身衣裳，也都肮脏不堪，让泥给带的，连五官都看不清了。只见他踢里踏拉来到酒桌旁边，一屁股就坐了下去，喊了一声："掌柜的，先给我来十斤好白干儿！"

米英又吓了一跳，再看郑固，却依然声色不动，端起一杯酒来向那人道："您先喝我们这个！"

那人一见，便也一欠身道："不让，不让。"

米英一看，以为是彼此熟人，便也不往下问，喝了几壶酒。米英一想，时候已然不早便道："咱们该走了吧。"

郑固道："走，走！"站起来又向那人道："今天您的酒钱让我来吧！"

那人又一欠身道："不让，不让。"

郑固付了酒钱，说声"再见"，同米英就走出来了。走出几步，米英回头一看，后头没人，才悄声问道："大哥您干什么忙忙叨叨地到这小铺里喝这么两壶，平常您又不怎么喝酒，今天怎么犯了瘾？那个人是谁？穿得乱七八糟，亚似要饭的一样，又怎么会跟您认识？"

郑固道："兄弟你还是差一点儿事，干咱们这个营生的，讲究是究情问事，设法拿贼，机灵见儿，眼力变儿，没事时候，就得搁心。等到事情出来，伸手就可办事，要是一天浑吃闷睡，万事不走心，净等事后想事，那无异于海底寻针，不用打算能够把步走对了。我不喝酒，兄弟你是知道的，可是茶楼酒馆、澡堂子，完全是是非之地，要知心腹事，须听口中言，不串这些地方，没地方能打听这些事。前天我歇班，路过此处，原没意喝酒，不过想借个地方歇歇腿，我就进去了。那天比这个时候还晚，屋里不过还有两三个人，就是那个要饭似的那个人正在屋里，我先以为着他

345

不过是普通一个酒座儿，也没在意，及至我一坐下，可就看出他不是普通
人了。他一个人足足喝了有二十壶，仿佛意思之间，还有未足。我已然觉
得奇怪了，以他身上穿着打扮，不用说喝那么些酒他不够格儿，就是少喝
一半，他也会不了账，谁知他一给酒钱，我更知道不对了。他一掏就是一
个小元宝，往柜上一扔，要掌柜的找钱，掌柜的一看，告诉他找不开，叫
他换些零的，你猜他怎么说？他微微一笑，告诉掌柜的，他身上银子还
有，可是有比这个元宝大的，没有比这个小的，既是柜上找不开，留在柜
上，改日再喝，多会儿喝完了再给。掌柜的胆子小，不敢收，告诉他酒账
不多，先给他记上，改日再喝再算，他又是一笑，告诉掌柜的，你放心
我，我不放心你，别看我今天趁银子，明天就许连一个铜钱都不趁，可是
也许明天多进个二百三百的，也说不定，只看风顺不顺。银子往柜上一
扔，迈着大步他就走了。掌柜的赶紧追出去看，连个人影儿也没瞧见。掌
柜的回来直皱眉，我一问这个人是不是常来喝酒，掌柜的说，连今天才来
过两次。我一听这个意思，简直不对，慌着忙着给了酒钱，我就追出来
了。这条街是南北大街直胡同，连条横胡同儿都没有，要说刚出来的人，
怎么也得看见一点儿影儿，谁知两头儿看到头，也没看见个人毛儿，我就
记在心里了，本打算第二天再去一趟，没想到有事耽搁住了。到了晚上，
就出了这件事，我想这个人可大有嫌疑，因此我才想起再到那里去探看一
遍，不想恰好碰见。我看这件事，十成有九成是他办的，咱们不可远离，
兄弟你站在南边，我站在北边，给他来一个二鬼拍门，他一出来，咱们就
随着他，倒要看看他是干什么。真要是咱们哥儿两个官运临头，就许干脆
地把这件事给办下来，那一来咱们哥儿两个的脸可就露大了。兄弟你说办
事不搁心行不行？”

郑固说完这一大套，米英点点头道：“大哥，到底是您阅历多，兄弟
可不成。不过今天咱们出来，上头可有差派，咱们要是把差派往旁边一
扔，真要从这个地方出点儿岔子，大哥咱们可就包了。”

郑固微然一笑道：“兄弟，一根棍打了八个狼，竟顾差派，咱们可就
把人放走了，别瞧他们说得那么准，碰巧就许白折腾一夜，什么也见不
着。兄弟你听我的，出了错儿，都有我一个人担包。”

米英一想，这话也许不错，哪里会那么凑巧，就真会遇见差事呢。想

着便点头答应，米应在南边，郑固在北边，贴着墙根儿一站，工夫不见甚大，只听那酒铺门一响，两个人全都往那里看，只见一条黑影儿，如同箭一样，就往北下去了。郑固就觉着一阵凉风一样，从自己面前过去，赶紧跟着就追，米英那边也看见了，也跟着追了下去。要说米郑两个脚下虽不能说很快，可也不能算慢，要是跟那条黑影儿一比，可就差远了。眼看着人家出了北口，依着米英，就不追了，因为自己派的差事，是走东边，如今一个劲儿往北，倘若东边出了事，岂不糟糕。郑固因为认准了是那条黑影儿，脚底下哪里肯让，使出十二分气力往前追去，追着追着，只觉眼前一晃，眼前那条黑影儿，登时不见，一着急往远里看，只见那条黑影儿，跑得没有以先快了。心里不由大喜，想着果然不出自己所料，这要是把正凶当场拿获，别的不用说，这个脸可就露大了。头里跑的脚步儿一慢，追得也就没有那么急了，跑出去没有多远，米英从后边就赶到了，悄声问道："大哥，咱们别紧白瞎追了，大概不是吧。"

郑固道："没错儿，你瞅见过谁家好好走道的都讲跑？"

米英道："您说瞅出他准是，您怎么倒不紧追了？"

郑固道："兄弟你是太年轻，说出来的话，始终没有把事情认清了，咱们六扇门里办事，讲究是贼证俱全，这个人虽然十成占九成是杀人的正点儿，可是咱们没拿着他什么，现在过去把他拿住，到了堂上，还得废话。他既然黑夜之间形迹可疑，不用说又是要去作案，咱们不如藏在后头，给他插个尾巴，咱们岂不干个漂亮到底。"

两个人一塌腰，脚不沾尘就追下去了，正追之间，只见那条黑影儿，突然止住脚步儿，抬头一看，一座高楼，微然一怔，一挤身就纵上了墙。郑固一拉米英道："兄弟你看见了没有？他可已然进去了，他们这路贼，可都手黑，如果咱们进去得一慢，可怕他就干出来了，要是再一落命案，他可当时就走，咱们还得赶紧跟进去。"

米英道："大哥，您说怎么样进去，我是听您的。"

郑固道："我看他刚才看这座楼一怔，不用说他一定是奔这个楼来了。兄弟你沉住了气，别着急，看准了给他一下子，咱们可就大功告成，扛着回去，见到大老爷一交差，等他们回来，看他们跟咱们说什么。"

米英答应一声，二人分手，米英勾奔楼后不提。郑固来到楼底下，一伸手先把自己家伙取出来，是一条链子鞭，提鞭一拧腰，就上了墙头。往里头一看，是人家一个偏院，里头就是三间楼，楼下没有灯光，也没有人声。楼上三间，靠尽东头这间，里头有灯光，仿佛还有人影儿乱晃。郑固站在墙上，长身一纵，嗖的一声，就到了楼檐上，把手把住檐子，侧着耳朵往里听。

只听一个男子说道："娘子，我跟你说了好几句，你要是执意不听，你来看！"就见窗户上人影儿手里，突然多了一把刀的影子。

郑固就知道不好，刚要喊，就听又有女人说道："你是干什么的？黑天半夜，怎敢撞入人家？满口胡言乱语，你要知道事的，趁早儿快走，如若不然，我可要喊了。我们家里人要是一来，只怕你性命难保，你快快走吧！"郑固不由点点头。

又听那个男子哈哈一笑道："贱婢！你家大太爷跟你说好话你不懂，这也是你死数已到！"就见窗上人影儿往前一撞。

郑固不由心火怒发，高喊一声："胆大恶贼，怎敢无礼，出来领死吧！"屋里噗的一声，当时灯灭，屋里就黑了。只听楼上窗户咔嚓一响，郑固是急劲，举起手里鞭，哗棱就是一鞭，打个正着，又听叭嚓一声，随着鞭就掉下去了。郑固知道自己性太急了，这一鞭却中了敌人移影换形之计，打在椅子上，不由大怒。正待转身，只听嗖的一声，一个人从自己身后，和鸟儿一般就纵到对面墙上去了。郑固顾不得再说什么，提鞭一纵，已到了对面墙上，抢手里鞭往下就砸。那人喊一声"好！"却不迎敌，双腿一飘，就跳下去了，郑固也追着跳了下去。

却怪那人并不走，站在那里，用手一招道："朋友，你为什么破坏你家太爷的好事？！"

郑固大声道："呸！恶贼！你昨天在本地刀伤七命，正在寻你不着，你又到这里来做伤天害理之事。要是明白的，趁早儿把家伙扔下，到衙门打官司，如若不然，我可要拿鞭砸你！"郑固说这句话，嗓门儿特别大，意思是打算叫米英知道，心里着急，米英也不是跑到什么地方去了，这里人都照面了，他倒找不着了，真是岂有此理。大声喊了几声，依然不见米英到来。

那人不由哈哈一笑道："朋友，你不用喊了，这里没人听得见。你既敢破坏你家太爷的好事，你手里必定得有两下子，趁早儿在你家大太爷跟前头练两下子真格的，我瞧着不错，我放你逃生。要是大言欺人，对不起，我今天要消我胸中恶气，叫你有死无活！"

郑固一听，心中大怒，抢起手里鞭，喊一声："胆大恶贼，竟敢拒捕，你拿命来吧！"话到鞭到，"乌龙出水"式，鞭式一道径奔那人胸口点去。那人见鞭到，只微微一笑，一侧身鞭就点空了，往前一进步，左手往上一托鞭，右掌直奔郑固胸膛。郑固一看不好，意思要躲，势子太急，焉得能够，打个正着，扑咚咚退出有五六步，才坐在地下。

那人又是哈哈一笑道："朋友，就是这么两手玩意儿，也敢大胆，对不过，今天要取你狗命！"说着抢进几步，双拳一举，往下就砸。郑固今天可吃了兵器的亏了，他的外号叫急旋风，平常得意的是一对儿板斧，使得十分不坏，没有想到，今天一则因为是一半暗探，一半拿贼，带着这对斧子容易招眼，二则因为板斧不容易藏藏掖掖，这才带上了那根链子鞭。链子鞭也练得不坏，不过要是跟双斧比那可差一点儿，如今一递鞭，便把那人冲了进来，他可就知道不好，急忙一敛气，意思之间，是打算就地一滚，可以躲过当时的凶险。谁知人家打人的是行家，双拳往下一捣，脚步儿就站好了，任凭你是左躲右躲，反正也不容易躲开。郑固一看，可了不得，原来这人是大行家，就知今天性命难保，双睛一闭，等人拳头下来吧。

谁知才闭上眼，就听耳边有人叫："大哥你什么地方受了伤了？"

郑固睁眼一看，不由大喜，原来站在旁边的不是别人，正是自己好朋友米英，心里不由暗暗佩服，别看人家岁数小，能为武艺见识全不小，看着仿佛不如我，其实敢情比我强得多。不过这孩子干事可有点儿促气，我虽然和他说了几句，可并没有欺他之处，怎么他就跟我使了这么一手儿，我跟人家对上手，他才出来，非得看我倒在地下，他都不出来，这可未免差点儿事，损他几句，瞧他懂不懂。想着便一笑向米英道："兄弟，要不是你来，我就完了。兄弟手法儿真准哪，一照面贼就跑啦，我身上没受伤，承问了。"说着蹭的一声纵了起来，站在那里，面向着米英笑。

米英怔呵呵道："大哥您说了半天，我是完全不懂。方才我才转到楼后，就听有人说话，话还未能听清，咔嚓一声，前头窗户就开了，我没敢动，怕是贼从后边走，等了一等，先听贼没过来，再听前边动上手了，我就急往前来。才一过墙，迎面来了一个黑影儿，我还以为大哥您呢，我一拍巴掌那条黑影儿一声儿不言语，到了我跟前仿佛一阵风相似，就从我头上纵过去了。我才要回头，他在后头推了我一把，我就到了这里，什么也没看见，就看见您躺在地下了，我还以为您受了人家兵器之伤，所以躺在地下，赶紧过来一叫您。您对我说出这么一大套话，我是一字不懂。"

郑固一听这话，好生诧异，心想方才明明有人在我眼前站着，他拿双拳砸我，怎么米英会没有看见人呢。米英所见那条黑影儿，是不是自己所见那个人？还是来了两个人？心里想着，不由害怕，心想自己今天实在不敢贪功，险遭不测，不如赶紧往回走，别耽误了正事。想着便向米英道："你不明白，我也不跟你说了，等明天没事时候，我再告诉你。咱们追半天人，也没办出所以然来，赶紧走，往东，别误了正事。"说话向后一转身，抹头往南就跑。米英简直摸不清头绪，看见人家跑只好在后头也跟着跑。将将跑到东北交界角儿上，再听北边，忽然锣声大起。郑固向米英道："这事可真透邪，刚才咱们从那边来，还一点儿动静都没有，怎么突然之间，就响起来了？"

米英道："大哥，您不用管它怪不怪，咱们赶紧往回走，不然待会儿人家全到了，就差咱们两个，可差点儿劲儿。"说着两个人就又往回跑下去了，越听锣声越响，知道近了，加紧几步，来到前边一看，正是方才来过的那座大楼里。

郑固向米英道："兄弟这件事可是要不好，赶紧走！"

又向前走了几步，就听里头是人声一片："追呀，别让他们跑了呀，两位总班都让他们给伤了哇！"

郑固一听，可了不得，急忙往上抢，来到邻近，一看那所宅门已开，里头拥出不少人来。里头有人举着火把，看得清楚，只见一群人里，就有一个自己弟兄，余外全都是本街的人，另外有四个人搭着一块板，上头躺着一个人，因为盖着被褥，没看清楚是什么脸色，不知是谁。才要过去问话，里头那一个伙伴早喊起来了："众位，别让他们跑了，这个紫脸的可就是刀伤事主的恶犯郑固，众位帮个忙儿可别让他跑了！"大家一听，当时一阵大乱，呼噜一声，便把两个围在当中。

郑固不由大怒，向那个伙计呸地啐了一口道："你这小子，敢是疯了？为什么满嘴胡言乱道，真乃可恶！"

那个伙计哈哈一笑道："得了老郑，胖子不是吹的，泰山不是堆的，你这小子，既敢干，就敢当，为什么这样出乎反乎，真乃小人之辈！"

郑固大怒道："呸，你休得满嘴乱道，我做了什么事我不敢当？你说，你说！"

那个伙计道："老郑你别充什么汉子啦，你身在公门之内，竟做出禽兽不如之事，你真是给我们丢人。你怎敢在大家眼底下，逼死官家小姐，杀死丫头，临完你还敢留字害人。你也披人皮，长人骨，怎么这样胆大妄为，无羞无耻……"

他还要往下骂，旁边怒了米英，举手里刀一纵拦住那个伙计道："你住了！"

正是：

　　　　浑浊未分鲢共鲤，不到水清不分鱼。

要知后事如何，且看下回分解。

第六回

笑判官负罪缉盗
病尉迟吵家装疯

那人一看，也是大家一起的，便冷笑一声道："不用说，你和他走的都是一路了，如此说来，连你也不用走了，看刀！"说着话，刀就递进去了，直取米英胸膛。米英一闪，怒了郑固，狂喊一声道："我把你们这一堆不分陇的野兔子！难道谁怕了你！"一抢手里鞭，照那人刀底下往起一翻，正磕在那人刀上，只听锵地一响，当啷一声，刀就落在十几步开外了。郑固提手里鞭往下就砸，米英抢一步就把郑固腕子给横住了，喊一声"大哥别价！"

郑固鞭就往回一撤，瞪着眼道："像这样翻脸无情的小辈，留他干什么？"

米英劝道："大哥不是这样说法儿，我也知道是他的不对，不过他一定也是受了人家反间之计，在这个时候，咱们应当自己洗刷自己，没有把屎盆子往自己脑袋上扣的。如果手起鞭落，您把他伤了，咱们可就显出是无私有弊来了。这件事，依着我，咱们也别管谁对谁不对，干脆这里咱们也不必说，赶紧回到县衙门，见了大老爷，有什么话咱们都可以分说分说，真的假不了，假的真不了，走！"

郑固一想，也只好是如此，大家这才一同到了衙门。大家进去，只见县官正坐在二堂上，两旁边站着众差役，在旁边有个座位，就是马彰、鲍花二位班头，却一个不见。

姜知县一看米郑两个便问道："你们两个跑到什么地方去了？"

郑固上前单腿打千儿，遂把自己如何同了米英，怎样看见一条黑影儿，形迹如何可疑，便追了下去，怎样追到楼前，见那人进了院内，自己追踪进去，便听见那人在里面怎样说，自己如何在外头喊，以及如何动手，自己失败，正在危急之时，突然那人走去，才同米英走出不远，听见这里有响动，等到回来一看，不想从里面走出人来，全是咱们衙门里的人，过来要逮捕自己的话，全都说了一遍。

　　姜知县一听，向马彰道："马义士您看这到底是怎么一回事？"

　　马彰想了一想道："这件事情，我已料着八九了，不过这件事不像从前想得那么容易。这个案子的正凶，我已然知道是谁了，可是这个人能为本事比咱们这里强，要全凭这些弟兄，恐怕是拿不了。现在还有一样最要紧的事，就是鲍花二位班头，身上所受的暗器伤，可不是普通暗器伤，那是下五门里最毒的暗器，打上之后，至多不过七天，就不能治了，目下得赶紧找药救治二位班头伤痕才好。"

　　姜知县道："马义士既然说得如此紧急，您可有什么法子给我找这种药来？"

　　马彰一皱眉道："这件事却很不容易，他们下五门的人，打的暗器全是自己配的，里头是什么药咱们不知道，解药更不用说了。还有一节儿，他们所用的暗器，每人跟每人用的也不一样，张三打的，非用张三的药不能治，李四打的，非用李四的药不能治，如果错用，不但治不了，还有性命之忧。现在二位班头受的是哪路贼人伤的，虽然知道一点儿，可是解药弄不到手。我倒知道江湖上有位老英雄，他老人家有一种妙药，名叫一消散，专门能治一切毒气。不过这个人脾气古怪，他有许多事不爱管，我又和他没有什么深交情，恐怕要不来。"

　　姜知县道："您提的这位是谁？"

　　马彰道："我提的这位姓庄，住家在淮安府荷叶岛。"

　　姜知县道："是不是人称庄疯子的那位老英雄？"

　　马彰道："不错，正是这位老前辈。"

　　姜知县道："既然您知道有这么个地方可以找药，咱们事不宜迟，总得想法子去一趟才好。虽说庄老英雄脾气不好，如果知道恶贼伤人这些事，也许会帮助一臂之力，我想就请您辛苦一趟吧。"

马彰道："这种毒药暗器所伤，可是至多不能过七天，从咱们这里到淮安府，不是近道儿，倘若到了那里，一有耽搁，这里二位班头出点儿情形，那个责任，可就全扣在我一人身上了。"

姜知县道："您话虽是这样说，可是除去这一条路，更没路可走了，这总算有这一线的希望，我想请您别推辞，就辛苦一趟吧。"

马彰一听，只可点头，又告诉姜知县，鲍花二位班头现在既然受了伤，这里也不能没有人，最好就先派米郑两个暂时先给补充一下。在自己没有回来之先，千万不要出去人，任他纵横几天，等自己回来必有办法。二位班头伤口，赶紧用绿豆砸烂，敷在上面，只要看那绿豆色一变黄，赶紧就换，这样还可以多耽延两天。说完之后，赶紧回到家里，换了衣裳，拿了自己双钩，把话向庞氏说明，庞氏才把心放下。

在家里吃完了饭，带好兵刃暗器，出了村子，正要奔大道往南走，只见迎面来了一个人，穿得非常破烂，喝得是酒气熏天，横冲直撞，一脚正踏在马彰脚上。马彰正要翻眼看那人，只听那人却先骂道："什么人？见了我不知躲避，真乃无礼！"

马彰一听，这倒不错，他撞了人，一句和气话不说，反倒要和人家过不去，对不起，我今天非管教管教他不可。想着正待过去质问，忽然一想不好，自己身上有很重要的事，倘若要是跟他一斗口舌，耽误时候一久，二位班头性命有险，忍一口气也就过去了，何况他又是个醉鬼。便忍了一口气，一斜身从旁边便让了过去，走出去有十几步远近，再听身后那个醉鬼，还在骂呢："你别以为你有多大的神通，大摇大摆，混充人物，眼看就要丢人栽锞子，还有什么可美！"马彰一听，不由心里轰地一惊，急忙回头看，哪里还有个人影子，不由站住了脚，长吁了一口气，心想真是"是非只为多开口，烦恼皆因强出头"，这件事想不到会有这么多的麻烦。但愿这次到了荷叶岛，见着庄疯子，跟他把药找来，把二位班头伤痕治好，然后再看，如果能够帮着他们了了此案，倘若不能，自己也得赶紧走，旁的不说，自己闯荡江湖这么多年，现在已然洗手不干，再要弄得身败名裂，实在对不起自己。心里想着事，认定官道，一路就跑下来了。

到淮安府，两指头掐着算，三天半还多，马彰心里就烦了，准知道二位班头暗器所伤，不能出七天。自己这一来的路径，已是三天半还多，当

354

天见着姓庄的，一点儿麻烦没有，拿起药来就走，恐怕也没有那么快的腿，等自己回到山东，二位班头，已然死去多时，那自己又何必跑这一趟冤枉路！心里急可也没有法子，既到了这里，还能说出什么别的，赶紧跟人一打听，知道荷叶岛在什么地方，赶紧勾奔荷叶岛。到了那里，一问姓庄的在哪个门里住，有人指引，来到那里一看，只见好大一座瓦房，大广梁门，上面有门灯，写着斗大的一个红庄字。门洞里有门凳，可没坐着人。

马彰一看，这个势派很不小，赶紧一叩门环，里面有人答言问是什么人。随着问从里走出一个人来，仿佛是个底下人打扮，年纪约在四十岁上下，一见马彰便问道："您贵姓？找谁？"

马彰道："我姓马，您这里可是庄府？"

那人点点头道："不错，正是姓庄。不知您找什么人？有什么事？"

马彰道："我跟您打听，有一位姓庄的老前辈，单名一个化字，江湖人称他老人家庄疯子庄侠士，可是您这府上？"

那人听了，又上下一打量，才慢条斯理地道："不错，那就是我们这里的老当家的，您找他有什么事吗？"

马彰一听，知道没错了，这才把自己姓什么叫什么，为什么来到这里，全都细说了一遍，并且告诉他要面见庄老英雄。

那人听了，把头一摇，在嗓子哼了一声道："噢！原来您就是帮着县衙办案的马老爷，实在不知道，请您千万别见怪。按说马老爷来到我们这小地方，我们应当把马老爷您请进去，凉酒温成热水儿，也得让您喝一盅儿，凉馒头蒸成熟扁食，也得请您吃饱了。不过有一节儿，我们这里老当家的，现在不在家，没有人能够奉陪你老，我们不敢擅作主张，您请吧。等到我们老当家的回来，我必叫他赶紧到您府上去请罪，今天可不让您进去坐了！"说着话一撒步，双手一摆，砰的一声，把两扇朱漆大门，关了个严丝合缝。

马彰僵在那里，走了不对，不走又不成。忽地心里一动，看那个底下人，方才一出来时候，非常和气，为什么忽然态度大变，这一定是里头有什么毛病，看这个样子，就是再叫门，他也是不理，不如等到今天夜晚，暗探他家，倘若庄疯子真是不在家，什么话也没有，赶紧回到山东再说；

庄疯子如果在家，那可说不得，要费一番事，非得把这药要到手里，自己绝不回去。想到这里，一抹身就离开了这座大门，出了荷叶岛，没回淮安府，找了附近一个地方，吃了点儿东西，歇了一会儿神，拾掇拾掇自己身上，一点儿绷吊的地方没有，这才慢慢往回走。

到了荷叶岛，天也就在将黑之际，四外看得很清，白天来的时候，明明白白是一条小桥，过去不远，就是庄家的大门，现在到这里一看，那条石桥，竟自踪迹不见。不由心里一笑，这要是旁人，也许过不去了，唯独姓马的，不用说就是你这两丈来长的一条小沟，挡不住姓马的，就是再比这个宽上一倍两倍，也拦不了姓马的过去。想到这里，往后一撤身，正要施展"燕子点水"绝技过河，只听有人喊道："了不得，有人要跳河！"马彰一听，就吓了一跳，四外一看，并没有一个人影儿，不管还有什么，猛地往起一纵身，足有一丈七八，起在空中，右手往上一立，左手紧贴着胯股，斜着就往对岸纵去，真跟一个小燕儿相仿，只两挺腰，已然到了对岸。定住神一看，还分得出白天来的那条道，紧走几步，就到了庄家那个大门，四外一看，旁边是一个人都没有，一拧腰就上了墙，准知道像庄疯子那么大的人物，家里绝不能有陷坑翻板。一飘腿脚落实地，一看里头这片房子，真高真大，迎面这个院子，是南北七间，东西五间，北房有灯亮，赶紧闭住气提轻脚步儿，一步一步往前挪。来到北窗户底下一看，窗户未遮挡，看得挺真，只见屋子正中间摆着一个架儿案，案子前头是一张八仙桌，两旁边两把太师椅，在上边这把椅子上坐着一个人，年纪也就在五十来岁，穿着一身粗布衣裳，嘴里叼着一根大锅儿旱烟袋，坐在那里仿佛是在盘算什么事。马彰一想，这位庄疯子，我可没见过，岁数多大，我也不知道，看这个人神气可不像，一则岁数仿佛太年轻，二则穿章打扮也不像一个上等人。不用管他是不是，我先下去，把他弄住，从他嘴里，只要能够问出庄疯子果然在家，自有办法；倘若庄疯子真不在家，赶紧回到山东，有什么话再说。想到这里，又往前挪了一挪，手勾着帘子，只一挑，便纵了进去，伸手就勾奔那张太师椅，却不由大吃一惊，原来两手竟自抓空。定神再看，座上哪里有个人影儿，就知道不好，正要转身，就觉脖子上哧的一声，烫得马彰一咧嘴，差一点儿没有喊出声儿来，急忙回头，依然不见一个人影儿。明知今天吃了亏，不敢再停，一退步，就要从屋里纵到院子里，赶紧回去。咪的一声，脖子后头又着了一下儿，忍住疼，一纵身往屋里横着一脚，把帘子踹飞，平着身儿就纵出去了，慌不择路，急忙纵身就要上墙。谁知刚往起一纵，就觉眼前一道火亮，正在自己脑门儿上，咪的一声，又是一下儿，腰上一撒劲，人可就掉下来了。抬头一看，除去墙任什么也没有，不由心慌意乱，一抹头奔到正房，又是一拧腰，噌的一声，纵了上去，幸喜这边是任什么人也没有，赶紧三纵两纵，奔到围墙，飘腿下去，抹头就跑。

只听身后有人哈哈大笑道："就是你这么一个小蟊贼儿，也敢往荷叶岛里来找便宜，真是不知死活。快跑吧，老爷子不追你，摔了跟头，可别哭！"

马彰听着，心里不用提够多难受了，心想凭自己在外头闯荡江湖，虽不能属一属二的侠客，自己也不能算连个小名儿都没有，如今到了人家这里，连个人影儿都没看见，就让人家给追得这么望影而逃，实在是难堪。有心回去，和人家一死相拼，也绝不是人家对手，再者自己和人家又无仇无恨，为的是讨药救二班头，如今要是跟人家一死相拼，胜过人家，当然是没那么一回事，如果久在这里耽搁工夫，岂不误了两个班头之命，不如趁早儿离开此地，再想旁的法子。后头尽管说便宜话，只是一个不理，连蹿带纵，不大一会儿工夫，就到了河岸，依然用"燕子点水"式渡了过去，到了对岸，不由长叹了一口气，一摸脑袋，肿起有核桃大小的一个包，摇摇头无精打采往回走。到了淮安府，天就亮了，肚子里咕噜噜一阵响，打算找一个小饭铺进去吃点儿什么，手一摸口袋，不由叫了一声，自己带的银子，竟自一点儿都没有了。心里着急，这可怎么好？一个钱没有，怎么回山东？眼前就是饥荒，忽地一掐手里双钩，把脚一跺道"只好拿它来救一救急吧"，提着双钩，在城里跑了两个来回儿，还是不好意思。肚子里就跟打雷一样，实在忍不住了，这才找到漂母祠，把地下画了一个圆圈，在当中一站，说了两句话，练了一趟钩，叫好给钱的还真是不少。心里正喜，这一顿饭钱有了，不想进来一个人要和自己对手，马彰真不愿意接手，怕是一下子伤了人家，自己又惹麻烦。可是时候不够了，没法子，只好拿手里钩往上一裹，把人家杆子裹折，就知道不好，果然又进来一个厨子模样的人，马彰准知道不是厨子，并且手儿还不软，又准知道不过手是不行，这才过去接招。要按马彰本事说，不在那人之下，只因肚里没食，身上没劲，一动上手，可就不如人家了，被人家用"连环腿"踹倒。正在不得劲，猛见那个厨子似的人，又让人家给扔进圈儿里头来了，一看又进来了几个人，细一留神，里头竟有自己师弟卢春在内，不由心中大喜。正待过去招呼，却见那个厨子往外一走，卢春一追。马彰和卢春是师兄弟，谁什么本事，大家心里都知道，一看卢春要追，准知道卢春不是人家的对手，才要喊贤弟莫追，卢春已然吃那人回手一掌，打在肋条上，"哎呀"一声，翻身栽倒。马彰大怒，一摆手里双钩就纵上去了，喊一声"别走，这里还有一个哪！"双钩搂头就下去了。那人一见钩到，哈哈一笑道："怎么还没有摔够吗？"一回头先躲过了双钩，一扬右手，分马彰左手钩，左手往前一递，就奔马彰肋头上戳去。马彰一侧身，躲开那一掌，双手钩用一个"双龙出水"式，先往起平着一立，跟着双钩一错，锵的一声，左手钩奔那人肩头，右手钩奔那人脖子。那人一见钩到喊一声"好！"缩头藏颈，大坐腰，双钩全都从头上过去，跟着低腰平着一腿，直往马彰迎面骨上踹去。马彰方才已然吃过他"连环腿"的亏，哪里还敢怠慢，提腰一纵，那人腿就踹空了。马彰往下一落，斜着双钩，直奔那人左右太阳穴，那人一仰身，钩势就缓了。那人双腿一绷，使了一个"铁板桥"，横着就纵出去了。

马彰才要进步追赶，只见卢春已然赶了过来拦住道："哥哥，小弟又没有受伤，你老何必生真气。他已然跑了，咱们也不必再追，叫他去吧。这里也不好说话，咱们先找一个饭铺吃点儿什么，有什么话回头再说。"

马彰答应，向大家作了一个罗圈揖道："众位，在下原不是卖艺的，只因走在这里，缺了饭钱，为是练上两套俗玩意儿，赚一个饭钱，如今遇见了朋友，不用再劳动诸位了，众位捧场，我这里谢谢，改日咱们再见吧！"说着拾起地下的钱，揣在怀里，同了卢春就走。大家一看，没有热闹了，便也全都散去。马彰同卢春走出去三五步，忽然"哎呀"一声，撇下卢春，抹头就往回跑，卢春不知道什么事，也跟在后面。

只见马彰把脚一跺道："哎呀！怎么这样大意！"

卢春道："什么事您这么着急？"

马彰道："方才有两个人扶着一个老头子也站在这里，你可曾看见？"

358

卢春道："我看见了，仿佛那个厨子打扮的人，就是被那个老头子给摆翻了的。"

马彰道："可不是，你要知道凭咱们两个人一齐上手，也未必赢得了那个厨子，只因他看见了那个老头子，心里有些害怕，所以才没有敢就在此处逗留，如果不是这样，只怕你我今天要在此处丢脸！"

卢春道："果然如此，这位老英雄实在不该放过的。"

马彰道："现在已经走了，说也无益。我肚子却饿极了，咱们先找一个地方吃点儿什么才好。"

卢春道："您还说巧了，前边就是一个饭馆。"

马彰抬头一看，果然前面不远，就是一座饭馆，二人进去，伙计过来，二人要了些酒菜饭。一边吃着，卢春问道："大哥您什么时候到的这里？为什么想起卖艺来了？"马彰遂把自己以往之事，从头至尾细说了一遍。卢春不等说完，双手一拍道："噢！哥哥你也是来找庄疯子的？那好极了！"马彰忙问所以，卢春也把自己到荷叶岛来的意思细说了一遍。

马彰喜道："你既是奉命来找庄疯子，我想他绝不能不见你，见面之后你可想着，无论如何，跟他讨取一消散，好救那二位班头之命，我可就不去了。"

卢春摇头道："不成，哥哥你不知道庄疯子为人，一生只好要戏，我要是拍门找他，他一定也说没在家，不如咱们想个计策，把他逗了出来，只要他一见面，有什么话当面再跟他说。我正愁我一个人没有帮手，恰好碰见了哥哥你，今天夜晚，咱们二位一块儿去，到了那里，哥哥您听我的，我准有法子把他逗出来。"

马彰道："怎么多年不见，贤弟你还是这样爱要笑？我想他既是脾气古怪，我们只有恭恭敬敬地去求他，如若跟他一要笑，他要和你我弟兄一开玩笑，那岂不是把事完全闹糟？依我想还是规规矩矩地办才好。"

卢春一笑道："哥哥您是不知道，我可有底，您放心吧，我必有法子把他找出来，绝不能把事弄僵了。"

马彰见他执意这样，也就不好再拦他了，又吃了点儿喝了点儿，说了会子闲话儿，看看天时还很早，出了饭馆儿，信步游行，就到了荷叶岛对岸。卢春趴在马彰耳朵边一阵啾咕，马彰只是摇头，卢春急道："哥哥你听我的没有错儿。"马彰只好点头答应。两个人从小桥上过去，到了门口，马彰用手一指道："就是这个门儿。"卢春点头，一伸手把自己辫子绳儿解开，头发就披散开了，在地下抓了一把土，闭上眼，自己往自己脸上就撒上了，把小褂子也撕了，敞胸露怀，一手抄起龙头拐，镗的一声，照大门上就是一拐。一回头告诉马彰先退后一点儿，马彰才往后一退。

只听大门轰隆一声，门分左右，从里面走出一个仆人，才问了一声"什么人在这里放肆"，卢春抢手就是一拐，直奔那人两腿砸去。那人一见，赶紧往后一撤身，一看卢春两眼发直一句话都没有，不由大吃一惊，抹头往里就跑，嘴里可喊"了不得了，疯子进来了！"卢春一听，知道自己这个主意算对了，爽得以疯撒疯，随后就追。一看迎门影壁前头，就是一个大荷花缸，一抡拐杖，只听叭嚓一声，荷花缸砸成粉碎。不管荷花缸，就进了二门。再看那个仆人，已然进了上房。卢春一提龙头拐，就上了台阶。正要掀帘子进屋里，只听屋里有人说话："小九儿跑什么？"跟着就见帘子一起，屋里出来一个五十来岁的一个老头子，穿着粗布衣裳，拿着一根旱烟袋，迎门一站。卢春这时候，已经拿定主意，不管是谁，就是给他个以疯撒邪，一抡手里龙头拐，直奔那人腰上砸去。只见那人微然一闪身，拐就空了，才待进一步，再给他一拐，却见那人用手里烟袋向自己面门，虚虚一晃，卢春急忙一撤身，不想慢了一点儿，那人手往下一落，烟袋锅正戳在自己软肋上，就觉得浑身一软，四肢一点儿劲儿也没有了，当啷一声，龙头拐出手，头眼发晕，身上仿佛抽去了筋一样。心里可明白，就是说不出来，动不了，这才后悔，不该使这装疯之计。

再听那人说道："真是世界上什么事都有，没想到居然又有了疯子找上这里来！"说着话一掀帘子，又进屋里去了，换出先前那个仆人，手里拿了一根长绳子，先把卢春双手往后一背，用绳子捆好，然后横着一脚，正踹在卢春腿洼子上，卢春本来浑身就不得力，再加上这一踹，登时腿儿一软，摔倒在地。那人过去，把两条腿错着一别，也用绳儿捆好弯腰一伸手，就把卢春给提起来了，提到屋里，往地下一放。再看那个老头儿，已然坐在上首椅子上，点着烟袋，在那里啪嗒啪嗒抽起旱烟。卢春这时候身上，一阵比一阵难受，觉得周身上下，都和有针往里扎一样，汗就下来了。

那个老头子抽完一袋烟，又往地下看了一眼，这才向那仆人道："小九儿，你瞧他是疯子不是疯子？"

　　小九儿道："是疯子。"

　　老头子哈哈一笑道："小九儿，你一天到晚，挨着疯子，你会不知道真疯子是什么样儿？要据我看，这个小子，一定不是什么好人，假装疯魔，无非是为混进来，趁人心里一乱，抄点儿什么东西。我瞧他岁数也不小了，怪可怜的，你先过去，把他绑绳解了，让他起来遛遛，把他受的禁法解了，周济他几个钱，赶紧让他走。"

　　卢春一听，心里不用提够多高兴了，心说只要你先别让我受罪，有什么话回头再说。这个人究竟是谁，自己虽不明白，反正也是一个好手，昨天马彰所遇也一定就是他，只要自己能够说得出话来，底下就好办了。

　　谁知老头儿说完之后，再听那个小九儿道："您可别这么说，我瞧他可是真疯子，如果您一放他起来，回头他又胡抡乱砸，虽说再把他弄躺下，不过跟扔个鸡蛋皮儿相似，究属得多费一回事。莫如就这么捆着，把他往地面儿一交，有什么叫他们到那里说去好了。"

　　卢春一听，心说这个小子可损透了，真要是那么一来，到不了他们往外交，自己就残废了。

　　又听老头儿哈哈一笑道："小九儿，你这孩子怎么不听话，叫你怎么办你就怎么办，拿咱们爷们儿跟这种臭下三烂一般见识，传说出去，岂不让人家笑话，快快给他解开。"

　　小九儿不敢再说什么，一低头先把绳儿解了，单手抓住卢春胸口衣裳，往起一扯，卢春就起来了。又见小九儿举单掌嘣地照着自己软肋上就是一下，觉得浑身一酸，不由喊出一声"哎呀"来，再一提胳膊，也活动了。已然吃过这么大的亏，哪里还敢说什么，只怔呵呵地站在那里，翻着眼看着那个老头子。

　　老头子满脸笑容向卢春道："怎么样？觉乎着不得劲吗？这么大的岁数，别干这个，我帮你二两银子，以后可别再来了。"

　　卢春一听，也明知道他是有点儿成心耍笑自己，眉毛一皱，计上心头，不容他往下再说，也哈哈一笑道："呸，你这老小子，既是把你家太爷制住，任凭你处置，怎敢戏耍你家太爷！不瞒你说，大爷今天来到这里，要报以往远仇，既然仇不能报，你家大太爷要失陪了！"说着话，猛地往后一撤身，意思是把他诳到院里，好施展自己第二个主意。谁知就在刚一撤身儿，就觉乎腿下唰的一下，仿佛被什么兜住，才要低头看，只听小九儿一声喊道："你还是躺下吧。"手一扯扑咚一声，卢春二次摔倒。

老头子急问道："你说你的仇人是谁？"

卢春道："就是那采花淫贼庄化庄疯子！"

正是：

激起无名火，可探真实情。

要知后事如何，且看下回分解。

第七回

浪里钻夜奔莱州城
庄疯子气走剌儿岛

卢春这句话一说不要紧，再看老头儿脸上颜色都变了，瞪着眼睛向卢春道："你说什么？"

卢春知道这回行了，便故意把牙一咬道："我的仇人，就是那采花淫贼庄化庄疯子。"

老头儿道："你可曾见过那姓庄的？"

卢春摇头道："没见过。"

老头儿道："既是没见过，你怎么知道他是采花淫贼？"

卢春道："不但我知道，知道的人太多了。他在莱州府因奸不允，刀伤四十多条命案，临走时候，留下姓名，谁能不知，谁能不晓？"

老头子一听，脸上颜色又变了过来，笑着向卢春道："这个人我倒认得，你先坐下，等我告诉你。"

卢春道："现在我奉了上官之命，到这里来办案，没有工夫多说闲话，你要知道他在什么地方，赶紧告诉我，我把他带到当官，不怕我拿不了他。被他把我毁了，我也死而无怨。"

老头儿突然一声怪笑道："你要找姓庄的，不瞒你说，在下就姓庄，名化。"

卢春一听他就是庄化，心里十分高兴，不过还有一点儿不相信，不是旁的，据江湖上人说，庄疯子岁数不到九十，也有八十多岁了，如今这个老头儿，虽然显着有点儿老态，至大也过不去六十岁，怎么会是庄疯子，

363

便笑道："我没看出你来，倒是血性朋友，你冒充姓庄的字号，不知有什么便宜？"

老头儿一瞪眼道："呸！凭姓庄的走荡江湖，好几十年，岂肯冒充他人名姓？"

卢春一听，他果然就是庄疯子，便赶紧一掀帘子，向房上喊一声道："哥哥下来吧，姓庄的在这里了。"

庄疯子正在一怔之间，马彰已然从房上跳下来了。庄疯子一见马彰，不由就是一怔，当时心里明白，知道是上了卢春的当，也不言语。卢春用手一指道："这位就是庄老英雄。"马彰一听，赶紧撩衣跪倒，卢春也跟着跪下了。

庄疯子倒吃了一惊，急忙问道："你们两个，到底是怎么回事？快快起来说。"

卢春知道庄疯子脾气和沈驼子一样，不好这些虚礼，便赶紧站了起来，马彰一看卢春起来了，便也跟着站了起来。

庄疯子道："你们有什么话说吧。"

卢春改口叫道："师大爷，您可别动气，我们两个，谁也不是办案的。只因我这个哥哥，昨天到了你老的府上，找你老人家，有性命关系之事求你老人家，你老人家不但没见，反要笑他一场。路上碰见小佺，说起原因，小佺也是奉了一位前辈之命，来给你老人家送信，怕是你老人家，又是不见，所以才想出这个主意，你老人家可千万别生气才好。"

庄疯子一听，不由一跺脚道："好！闯荡江湖半辈子，想不到今天会输在你们两个手里头。我先问你们，都姓什么叫什么？来在我这里有什么事？"

卢春向马彰道："哥哥你先说，您的事情比我要紧，里头有好几条人命案！"马彰遂把以往之事，以及现在前来求药的意思全都说了一遍。

庄疯子一听嗐了一声道："这样一说，实在是我的不是了，我是这两天有点儿不舒心的事，所以才不愿意见人，没有想到会有这样事出来。现在我就是把药给你，恐怕你也赶不及了。他们下五门的毒药暗器，只要一入骨，简直就是没救儿，这可怎么好！"

才说到这里，旁边那个小九儿道："老爷子，我去一趟行不行？"

庄疯子大喜道："怎么我还真把你忘了，你去一趟吧，事情可是紧急，千万别偷懒，到后边拿上药，快快去快快回来。"说着又向马彰道："这件事就是昨天不耽误，也来不及，现在只有叫他去一趟，或者还可以赶得上。这个人是我一个挂名儿徒弟，他本事没有什么，天生两条快腿，一天一夜，可以跑一千五六百里地，你把地名儿告诉他，药到了交给谁，你说明白了，赶紧叫他去一趟，那人要是不该死，或者也许有救，你要去反正是来不及了。"

马彰道："不知这位哥哥贵姓，怎么称呼？"

小九儿一听赶紧答道："马爷，不敢，我叫浪里钻何久，您多照应。"

马彰遂把药到了莱州，交给谁全都告诉了他，何久一弯腰，说一声"回头见"，滴溜一转，便没了影子。

庄疯子又向卢春道："你是怎么回事？"

卢春道："师大爷，我这次是奉了沈师大爷之命，来给您送信的。"

庄疯子道："怎么？是沈罗锅子叫你来的？你有什么凭证？"

卢春赶紧往腰里一摸，掏出那对球来道："师大爷，这可以算是凭证吗？"

庄疯子道："倒是不假，可是你找我为什么事呢？"卢春就把钱鼎在刺儿岛丢镖，龙玉柱生死不明的话说了一遍。庄疯子道："我还不知道为什么呢，敢情就为这么一点儿小事呀，我早就知道了，我让你看一点儿东西。"说着一转身进了屋子，从屋子提出一个大包袱来，往地下一扔道"你打开瞧瞧！"

卢春打开一看，不由大吃一惊。原来里头，正是丢镖被获的龙玉柱。卢春跟马彰谁也不认识龙玉柱，只因这个包袱上有一张黄纸，上面写的是："阁下高足龙玉柱，不幸在刺儿岛失事，玉与娄辰，合谋盗出，唯受毒颇甚，苦无良药，望阁下速救。伯玉。"

卢春才知道是龙玉柱，便赶紧向庄疯子道："既是龙老弟已然被人送回来了，那刺儿岛之事，不用说你老人家也一定知道很详细，沈师大爷为了这件事也很着急，所以才叫小侄来给您老人家送信，请你老人家赶紧到趟焦山，一同想个什么法子，好把那只镖要回来。"

庄疯子道："这件事据我看里头恐怕还有事，就连这个包袱，恐怕也不是左金丸送来的。往不好里想，左金丸和姓娄的朋友，也许都受了人家算计。如果真是左金丸送来的龙玉柱，他和我交称莫逆，为什么他不面见我，却扔下包袱就走？那个娄朋友我们虽无深交，也见过一两次面，我知道他手里有一种专能解毒的雄精，既是他在旁边，为什么不用雄精解救，却要送到这里来？这个包袱还是前天晚上送来的，我也曾用我的一消散解救过，却是一点儿效力没有。这件事岂不是还有不实不尽之处？"

卢春先听说是有娄拱北，就要说出自己和他有关系，如今一听说龙玉柱所受的毒伤，非雄精不能救，便赶紧答言道："师大爷你老不用着急了，雄精现在小侄这里。"说着一伸手把那块雄精掏出。

庄疯子一见，如获至宝，赶紧接到手里问道："怎么你也有这种东西？"卢春遂把娄拱北如何把这块雄精交给钱鼎的话细说了一回，庄疯子点头道："这就是了，我说他怎么拿着救人的东西不救人呢？你们两个坐一坐，等我把龙玉柱先救了过来再说。"说着把龙玉柱从包袱里提了出来，把雄精拿在手里，在龙玉柱两太阳穴、心口、手心，足足摩擦了一阵，依然还是不见醒过来，庄疯子显出十二分急躁的样子，卢春和马彰，也觉诧异。

卢春突然一眼看出龙玉柱仿佛脑袋上显着厚出一块，心里不由一动，便向庄疯子道："师大爷，我看龙老弟不是受了毒药，多一半许是受了邪了！"

庄疯子呸的一口道："你别胡说了，哪里会有那些邪事！"

卢春道："你老先别啐我，什么事总得有证据才行呢，小侄幼年曾遇异人，授以奇门遁甲，神机妙算，你老要不信，当场我给你老看看。"

庄疯子道："你简直越来越胡说八道了，你当面施展给我看，要是诳言，你可留神我揭掉你的皮！"

卢春一笑道："你老别揭皮，请你老先把脸回过去，等我好请六丁六甲。"

庄疯子一赌气把脸转过去，卢春又向马彰道："哥哥你也回过脸去，回头六丁六甲来了招呼吓着你！"马彰准知道卢春是有把握，可不知道他究竟是怎么回事，便也把脸回过去。卢春一伸手一摸龙玉柱脑袋，不由大喜。原来在头发里头，果然贴着有一个小药饼，赶紧把药饼揭下，从桌上端起一碗凉茶，嘴里念道："天灵灵，地灵灵，土地爷爷不把药王爷请到，等到何时！"含了一口凉茶，对着龙玉柱迎头，噗地就是一口，就见龙玉柱激灵一个冷战。卢春又喊一声"六丁六甲，速将龙玉柱扶起！"庄疯子、马彰全回头了，一看龙玉柱，果然一翻身从地上坐起。

庄疯子便把两个巴掌一拍道："真有你的！"卢春出其不意，吓了一跳，不由手一松，把一个药饼掉在地下。庄疯子一见哈哈一笑道："你这小子，不拘到了什么时候，都忘不了嬉皮笑脸，你可留神，我不定什么时候收拾你！"

卢春一笑道："那可别价，咱们爷儿两个不玩笑。"

龙玉柱睁开眼一看屋里这些人，不由就是一怔，赶紧爬起给师父磕头。庄疯子道："得了得了，我教的徒弟，都成了荷包儿了，快起来，把以往之事说说。"

龙玉柱遂把以往之事说了一遍，卢春一听，他还没有钱鼎说得详细呢，便在旁又给补充了几句。

庄疯子道："不管怎么说，反正镖是丢了，咱们总得想法子把这只镖要回来，丢人家三胜镖局面子还不说，咱们爷们儿也栽不起这个跟斗。不过有一节儿，看他们这种做法，并不是成心和三胜镖局过不去，整个儿是跟咱爷们儿过不去。罗锅子办事向例没紧没慢，要等跟他商量好了，只怕这只镖就要不回来。我想事不宜迟，我当时就走，拼着这条老命，也得和这些小子们玩儿一下子！"

马彰道："老前辈，你老别净顾自己的事，小侄的事，你老也得帮忙才好！"

庄疯子道："你的事都也要紧，我给你一封信，你顺便就把这件事办了。徐州府城里住着有一位隐姓埋名的老英雄，只要他肯帮忙，这件事可以手到拿稳，我的事也得请他帮下子忙才好。"说着把书信写好，交给马彰。马彰一看，只见上面写的是"交徐州城里二道街曹凤占亲拆"。马彰一听，赶紧拜倒在地。庄疯子道："别来这一手儿，我最怕见这个。"

马彰赶紧站了起来道："这次承蒙你老人家帮了小侄不少的忙，小侄也不会说什么，将来你老人家如果有用小侄之处，小侄万死不辞。"

庄疯子道："你就不用说这些话了，快快去吧。"

马彰又向卢春道："兄弟你现在到什么地方去？"

卢春道："我这次出来，是受了卞方之托，给沈老前辈送信，沈老前辈又派我到这里来，这里事情，大概还不能算完。我想先回到焦山，然后听沈老前辈怎样分派。如果不是这里有事绊住了，我很想也回到山东去一趟，因为我已然出来有十几年了。哥哥你先走吧，我回到焦山，如果没有事，我也许随后追来。"

庄疯子向龙玉柱道："柱儿给他拿上十两银子当盘川，别让他回头又到街上去卖艺。"

马彰一听，陡然想起道："这样一说，我上回丢的银子，一定是你老人家拿去了。"

庄疯子笑道："你别瞎讹人，银子不是我拿去的，倒是有个拿银子的主儿，现在也不便对你细说，将来你必明白。"

卢春道："师大爷，您说到这里，我还想起一件事，不知道你老人家可有耳闻？"

庄疯子道："什么事？"

卢春就把马彰卖艺，遇见那个老头子和那个厨子说了出来。

庄疯子道："噢，我当你说的是谁呢，原来就是他们两个呀。听我告诉你，那个老头子，倒是一个老练家子，姓恽名时，别号人称超然叟。那个厨子，可不是厨子，从前也很是一个角儿，他姓唐，双名绪章，别号人叫朱砂手。这两个全在淮安府，可不是一个路子。恽时不但武功夫好，文章也好，能写能作，还画得一笔好花卉，中过举人，可不愿意做官，原是常州人，移籍到淮安，文武全才，却一点儿不想炫露，是一个高人。那唐绪章可就不同了，他原是吃江湖饭的，看过家，护过院，也做过没本钱的买卖，后来在陕山一带闹得风声大了，官府里非要这个人不可，他没有法子安身，才跑到这里来，更名改姓，叫什么刘桂，就在淮安城一家财主家里当了厨子。我和他没有见过，我可知道这个人，他也知道我，本地他却没有留下案，所以我也没有去惹他。今天他和姓恽的已然见了高低，只怕他又要去了。"马彰听到这里，便重又告辞，带好了钱，一径去了。

卢春道："师大爷，沈师大爷请你老去，不知你老几时可以动身？"

庄疯子道："听我告诉你，按说你这次从老远地来找我，我原该和你去焦山一趟，不过罗锅子他可不对，他明知道龙钱两个是我保荐的，这两个人失了手，就等于我失了手，他就该赶紧到我这里来，我们两个一同到趟刺儿岛，不怕要不来镖，两个人全都失了手，也算是江湖上的义气。如今他在焦山一坐，派你来找我去，我真要是去了，他当着面儿问我两句，我可说什么？对不过，我现在就要走，我要单人独马到趟刺儿岛，看看姓袁的是不是三头六臂！"

卢春一听，庄疯子挂上僵了，便赶紧笑着道："你老人家，可别这么想。钱鼎一回来，身受重伤，几乎不治，是我告诉沈师大爷，请他老人家不必到淮安府荷叶岛，小侄讨了这个差事。不想现在您误会了这件事，疑心是沈师大爷和你老过意不去。你老人家如果往刺儿岛一去，那刺儿岛既是安心和你老二位为难，必有一定防备，倘若你老到了那里，不用说是有点儿磕碰，就是镖要不回来，你老英名，就完全付诸流水。据小侄想，你老人家还要平心静气想想，千万不要挂僵火，免得后悔！"

庄疯子哈哈一笑道："你的话倒说得不错，只是有一节儿，姓庄的向倒没有说完话不算。你要有胆子的，可以跟我走一趟，到了刺儿岛，也许出头露脸，可是也许栽跟斗跆脸。你要没胆子，越早儿回去送个信儿，底下是任话没有。"

卢春听着庄疯子说话，眼睛可看着龙玉柱，却怪龙玉柱是连一声儿都不言语，心里一动，何不就随他走一趟，跟着他反正没有亏吃。想到这里，便笑着向庄疯子道："只要你老人家肯其带小侄，小侄是万死不辞！"

庄疯子一挑大指道："好！好小子，不愧你是侠客的徒弟。咱们是明天一清早就走，今天你先歇了吧。"说着又向龙玉柱道："今天晚上，还要留神，为什么我今天觉得浑身不得劲，别是还要闹出点儿什么事吧！"说着话叨着烟袋，往后边去了。

龙玉柱道："大哥你也歇歇吧，明天还要赶路呢！"

卢春道："我不累，说会子话倒好。"

两个人越说越高兴，天也就在二更多天，不到三更天，只听院里叭的一声响，龙玉柱一看卢春，卢春一看龙玉柱，两个人就全明白了。龙玉柱一撤身，进了东里间，卢春一撤身进了西里间，凝神息气，往外头再听动静。龙玉柱一手扶着窗台，曲一目向外观看，只见对面南房坡上，趴着一个人，背上仿佛还插着刀，便赶紧从墙上摘下一口刀来，手里执着刀，静等动静。只见那人从后房坡慢慢移到前房，往下看了一看，仿佛毫不犹豫一飘腿就从上头跳到地下，真跟一个棉花团儿相似，连一点儿声儿都听不见，就知道来者不弱，便格外提起十二分精神，留神瞧着。只见他走在院子当中，往屋里一看，忽地一长右胳膊，嗖的一声，撒出一口刀来，一纵身就到了北房门口。这次离得近，可就看清楚了，只见他穿着一身旧青布的裤褂，青洒鞋，手帕勒着头，看年纪也就在四十上下，右手轧着刀，到了窗根儿底下，侧耳往里听。龙玉柱知道他是要听屋里的动静，便赶紧往后一撒身，蹲在炕上，假装做出呼声。再看窗户外头火折子一亮，龙玉柱吓了一跳，知道来人也是下五门的人，这一定是要使熏香之类，准知道一闻上就坏，便赶紧捏住自己鼻子，一伸手把炕底下纸掏出一张来，一只手里裹着卷儿，裹了两个卷，把鼻子堵好。再看果然窗户外头送进一根香火来，把刀拿好，跟着阿嚏一声，假装打了一个喷嚏，香火头儿又拿出去了。龙玉柱知道来人一定熏完了这屋，熏那间屋，怕是卢春一个没防备，受了人家暗算，便赶紧下了地，顺着门槛一扒，用蛇行术，慢慢爬到那边屋里。站起身来一看，窗户上已然香火都送进来了，心里一急，赶紧用手向炕上一摸，谁知连个人影子也没有，不由焦急万分。正在一怔神之际，只觉肩膀上被什么东西碰了一下，急忙一回头，不由喜出望外，原来卢春却好端端坐在后窗台上，后窗户已经也打开了，拿着龙头拐正在冲自己点手，便走了过去。

卢春悄声道："你怎么还不躲一躲，闻上可就趴下。"龙玉柱笑着一指自己鼻子，卢春会意，便也点了点头。龙玉柱准知道来人必定先到那边屋，便向卢春耳边一啾咕，卢春一点头，从后窗户飘腿就出去了。龙玉柱站在这边屋里，正着脸往那边屋里看，只见外屋人影儿一晃，一个人从外头一直就奔到那间屋里去了，只听叭的一声，"哎呀"一声，龙玉柱就知道他砍空了，便赶紧一轧刀，拧腰一纵就到了那边房外，高声吓喊"哪里来的小蟊贼，竟敢到这里来讨野火吃！"说着一刀早已递了进去。谁知屋里那人，一声儿也不言语，一闪身先躲过了一刀，跟着一回手，从底下往上一撩，就是一刀。龙玉柱知道来人不软，要是动手工夫长了，恐怕不是人家对手，便赶紧一纵身，先让过这一刀，跟着一平手里刀，直往那人头

370

子上削去。那人一低头，大坐腰，刀从头上削了过去。龙玉柱站在屋门口一堵，那个人就出不去了，一抬头看见后窗户，对着龙玉柱面门虚砍一刀，龙玉柱往旁边一闪，那个人一拧身就上了后窗台，左胳膊一挎，右手就推窗户，吱的一声，窗户就开了。那人一回头冲着龙玉柱道："小伙子，咱们外头！"说着双腿往起一甩，脚就够上了窗户。龙玉柱刚要喊不好，来人要去，只听上面"哎呀"一声，那个人踢出去的双腿，又收回来了，左手也扶不住窗台，一个收不住劲，竟从上面二次又跳了下来。龙玉柱不等他站稳，蹦过去就是一刀，那人用手里刀往上一磕，只听铛的一声，龙玉柱刀几乎不曾脱手。卢春这时也从窗户上跳下来了，一举手里龙头拐，照那人软肋就砸。那人提腰一纵，就上了炕，照着大玻璃窗就是一脚，哗啦一声，玻璃粉碎，那人一顺身儿，就从窗户里纵出去了。龙玉柱喊声"不好，追！"两个人可没敢也从窗户里出去，怕是受了人家算计，绕出门口。

再看那人已然纵上南房，站在房檐上，哈哈一笑道："两个小子你们以多为胜，今天暂时留下你们的狗命，明天见！"说着一纵两纵，登时不见。

龙玉柱还要追，卢春赶紧拦住道："算了吧，咱们就是追上他，也未必能把他怎么样。他让咱们堵在屋里，还一点儿伤没受，太太平平走了，真要到了旷地，咱们不准找得出便宜来。"

龙玉柱忽然"哎呀"一声道："怪呀！我师父他老人家进去工夫不多，怎么会前边闹得这么热闹，他老人家连面儿都没露，别是后头也出了什么事吧！"

卢春一听，可不是，便道："咱们赶紧到后边看看。"两个人来到后边一看，里头一片漆黑连个灯亮儿都没有，不由诧异。龙玉柱便喊一声"师父！师父！"依然不见有人答应，龙玉柱急说一声"不好！"一拉卢春就进到屋里，找着火种点着灯亮一看，几间屋子里，也没有庄疯子的影儿，龙玉柱急得满屋子乱转。

卢春道："老兄弟，你先别着急，听我问你，这里都有什么人？"

龙玉柱道："这里什么人也没有，我师父他老人家一辈子童子功，并没有娶过师娘，那当然没有师兄弟了，这里除去那个送药的何久之外，还有一个老厨子，除此并无别人。"

卢春道："这就真怪了，他老人家不但武术说得第一，就是江湖上的道儿，他老人家也没有一样不懂的，绝不至于上人家当，这他老人家是上什么地方去了？"

龙玉柱又在屋里一转，忽然一看桌上砚台底下压着一张纸，急忙扯出一看，"哎呀"一声道："可了不得！敢情他老人家一个人上刺儿岛去了！"

卢春急忙接过纸条看时，只见上面写的是："袁济欺我特甚，势不得不与彼一较雌雄，汝之技能，不能助我，且为我看守家室。我去刺儿岛，多则一月，少则二十天，即可安返，不必声张，致为他人所乘。卢友如能留，同留更佳，不能任其自去，嘱其不必告沈驼也。一切谨慎，至要，至要！"

卢春道："果然是走了，却为什么不叫我们知道？"

龙玉柱道："大哥您不知道，我师父这人一辈子好强，从来没有走过下风。这次我们钱师哥保这趟镖，全是我师父一人主张，不想真出了岔子，他老人家受不了这个，所以才一气单人独马就走下去了。他老人家脾气，向例就是不服气，又不愿意找人帮忙，他老人家成名，也就是这样闯出来的。不过这次刺儿岛，不比寻常，里头藏龙卧虎，有的是能人，虽不能说到了那里，准不能得手，可得说一定准没一点儿失闪，这话也不敢那么说。可是现在他老人家已然走了，这里只剩下我一个人，也没有旁的法子可想。卢大哥，咱们虽是初交，您总是沈师大爷托您来送信儿的，这件事您总得想个法子才好。"

卢春道："我现在也没有旁的法子，只有赶回焦山，告诉沈师大爷，请他老人家急速赶到刺儿岛，无论如何，也得请他老人家赶紧追去，有他们老两位能在一起，我想也许不至于有多大失闪，不知老弟以为如何？"

龙玉柱道："事到如今，也只好烦您一趟。"

卢春道："不过有一节儿，这里就剩下您一个人，未免势孤一点儿。"

龙玉柱道："这里您倒不用费心，何久也快回来了，有我们两个在这里也许没有什么事。现在天也快亮了，您吃点儿什么东西，赶紧就去，咱们是事不宜迟，越快越好。"

当下找了一点儿东西，卢春吃了，别了龙玉柱，一径回到焦山，却不见沈洵，只有钱鼎一个人在那里。

钱鼎见了卢春道："卢大哥，庄师大爷走了吗？"

卢春道："您怎么知道？"

钱鼎道："我也不知道。昨天听师父说起，庄师大爷一定见着您之后，必不肯到焦山来，必会单人独马去趟刺儿岛。这件事不用说还是从我身上所起，就是没有我，他老人家也不能看着庄师大爷失风，所以昨天晚上，约了狗屠户方卫一直奔刺儿岛下去了。"

卢春一听，这才把心放下，便向钱鼎道："这样就好极了，因为庄师大爷一个走下去，不放心，才赶回来请沈师大爷走趟，不想沈师大爷倒先去了。"

钱鼎道："大哥您不知道，他们老二位要讲本事，原不相上下，只是庄师大爷的脾气，却输给我师父一头。别看庄师大爷那么大的岁数，沉不住气，一点儿不要紧的事，就爱动真气，又好强，向倒不肯服人，就在这个上头，不如我师父。这次上刺儿岛，别看去的几位，全都不含糊，可是刺儿岛也非软弱，那天丢镖，里头能人连面儿都没露，只是几个孩子就把我给毁了。"

卢春道："怎么孩子都这么厉害，您没问问他们姓什么叫什么吗？"

钱鼎道："我都问了，一个叫火麒麟苗凤。"

卢春道："是不是穿一身红，手使两把蒲铲那个孩子？"

钱鼎道："不错，您怎么知道？"

卢春道："我们已经见过一次了。"遂把燠陵谷会火麒麟，刺伤范玉海的一节儿说了一遍。

钱鼎道："这就是了，第二个您可认得？那个孩子叫什么田住。"

卢春一听，就是一怔，急问道："这孩子有多大岁数？说哪里口音？"

钱鼎道："这个孩子，一大关有上十二岁，听他说话，仿佛像河南口音。"

卢春一听，不由"啊"了一声道："难道真是他?!"

钱鼎道："谁？难道您也认识他？"

卢春道："要真是那个孩子，不但认识，而且里头还有一件事呢。"遂又把从前如何救田家二弟兄，半途失去一个的话，细说了一遍。

钱鼎道："这个孩子手里可不软哪，我挨的那一'梅花攒'，就是他打的。"

卢春道："如果要真是他，我倒有法子，把他给叫过来。"

钱鼎摇头道："只恐怕未必那么容易吧。"

当下二人又谈了许多闲话，卢春在焦山住了一夜，第二天向钱鼎告辞。

钱鼎道："您到什么地方去？"

卢春道："我现在有好几个地方要去，您师哥那里，我也应当回去给他送一个信儿，再者就是碰见的那位我们马师哥，家里闹了乱子，我不能不去帮一下儿，再还有就是你说的刺儿岛那个孩子，是不是就是田家那个孩子，我也急于要去看一看。现在我想先到我们马师哥那里，帮他办完那件事，再想上什么地方去。也许不久，我还回到这里来，咱们再见吧！"

钱鼎道："您要是见着娄大哥，您可想着给我道谢。"

卢春答应，从焦山往山东去不提。

且说疯子庄化，只因负气，让钱鼎保了一次镖，临完镖还是真丢了，龙玉柱让人家偷着给送回来了，平常最好强的人，当然吃不住这个，又听沈洵派人来找，气更大了，心里误会，如果到了焦山，沈洵要问自己两句，自己说什么，一赌气这才留下字条独自出走，一路无话。

这一天来到刺儿岛，一进山口，只见山势果然十分凶险，便放慢脚步儿，往里面慢慢走去。刚走了没有多远，只见迎面走来两个人，全都是小衣襟，短打扮，年纪都在三十上下，各人手里都提着一根哨棒，把庄疯子去路拦住。

正是：

才入虎狼穴，已见豺狗形。

要知后事如何，且看下回分解。

第八回

欧阳平智赚庄疯子
沈罗锅戏斗九爪蝎

　　走到庄疯子面前，忽然全都立住脚步儿，用手里哨棒向庄疯子一指道："你是干什么的？怎么在这里摆来摆去？"

　　庄疯子道："有路就有人走，你问我干什么？"

　　就这一句，两个里头，早恼了一个，一抡手里哨棒，照着庄疯子腿上就砸，嘴里骂道："我打死你这不要脸的老小子！"

　　庄疯子一见棒到，连躲都不躲，立住了腿一迎，只听咔嚓一声，哨棒当时两截，庄疯子一声都不言语，依然往前走去。那两个一见，就知道不好，本是往东走的，抹头往西就跑。庄疯子心里好笑，知道他们两个是往山里报信儿去了，也不追赶，仍然慢慢往里边走去。这时候离着里山口可就近了，眼看那两个人已然跑进山口，山口上仿佛有点子喽啰兵。来到临近，迈步往里就走，只听山上有人喊嚷："什么人？别往里走，留神性命！"庄疯子仍然不睬，迈步就进了山口，又听山头有人喊："有奸细进了山啦！"接着当啷锣声一片，又有梆子响，梆、梆梆，滚木擂石就扔下来了。庄疯子一提身，滚木全从脚底下过去了，擂石打在庄疯子身上，庄疯子一较劲，擂石激起来多高，就在这一晃身的工夫，庄疯子就进去了。来到里头一看，白费劲了。敢情这座山口进来之后，离着里头还远得很，里头又是一座高山，后一面当然瞧不见。外面这三面，全都是大水环绕，这山的形势，也非常特别，一个小山峰，挨着一个小山峰，堆起无数的山峰。心里这才明白，原来这里叫刺儿岛的缘故，果然这座山真像长着刺儿一样。别看庄疯子武学精通，对于水性，可是一点儿也不明白，一看这一片大水，当时就是一怔。空谷传音，这时候锣声更响了，方才跑进来两个人也看不见了。正在诧异之间，只听对面水上，也有锣声响应，工夫不大，只见从两边钻出两只船来，船身足有两丈多长，八个水手划着一只，每船上头有二三十号人，每人都拿着兵器，每船上有一个为头的。船临近岸，大家全都弃船登岸，雁字式排成两行，各亮兵刃把庄疯子去路拦住。

庄疯子还是不言语，往当中一站，只见那两个为头的，用手向庄疯子一指道："你是什么人？来到这里，是要找谁？不要随便乱走，丢了性命！"

庄疯子哈哈一笑道："你要问我，我也不找谁！我可不怕死，我听人说，你们这山里有点儿钱，我是从此路过，打算找你们里山的小头儿叫他借给我点银子，我们交个朋友。二位可以给我说一声个吗？"

那两个一听，彼此互相一看，然后才向庄疯子道："你说的这个事，倒没有什么不可以，不过你也得说说你是谁，我们好给你进去送信儿抬银子。"

庄疯子道："不敢不敢，还没请教二位尊姓怎么称呼？"

那两个道："我叫劫江水鬼佟旺。""我叫夺江水鬼谢胜。"

庄疯子道："怎么二位鬼爷，失敬了！我叫什么，二位可知道？"

两个道："问你还没说呢。"

庄疯子一笑道："我叫镇山管海都阎王。"

两个一听，敢情人家是阎王，自己是小鬼，名儿上可吃着亏呢。又一想，天下事没有那么凑巧，我们叫小鬼，他就叫阎王，不用说这小子是找便宜，干脆不用废话，把他弄翻了就好了。

佟旺手里是一根虎尾三节棍，一晃棍哗啦一响向庄疯子道："老小子，不要用口齿赢人，这个地方不是卖嘴的地方，别走接棍！"

话到棍到，就奔庄疯子头上砸下去了，庄疯子故意要和他们耍笑，一见棍到，抬头一迎，只听叭嚓一声，正砸在庄疯子脑门子上，庄疯子"哎呀"一声，摔倒就地。

佟旺一晃棍哈哈一笑道："老小子，这你就不找便宜了。来呀，抬回山去！"旁边答应一声，过来就要往船上搭人，庄疯子心里高兴，心说小子们把我搭进去也倒不错，省得老爷子往里走了。

再听谢胜叫道："二哥且慢，我看这里头不对。这个老头子不是等闲之人，绝不能就挨这么一下子当时就晕过去，恐怕其中有诈。"

佟旺道："别管他有诈没诈，咱们不是把他弄倒了吗，咱们先把他捆上，到了里头，他也就没什么，真格的里头的人，谁也比他强，还怕他能怎么样。"

谢胜道："也好，咱们就那么办。"掏出绳子过去就捆，捆好了之后，往船上一扔，船就回去了。庄疯子眯着眼往四外看，只见这两只船走出不远，就靠了岸，有人把自己搭了起来，一直来到一个屋里，方把自己往地下一放。

屋子里坐着有不少人，就听那两个人向上首一个人道："回教主，这个人在外山搅扰，是我弟兄把他放倒抬了进来，请教主验看。"

只听座上那个人道："把他捆绳放了。"

庄疯子一听要解绑绳，心说我要让你们解开，我就不体面了。想着双腿一绷，一个鲤鱼打挺，已然直条条站起来，稍微一用力，只听咔嚓一阵响，绑绳碎成了几十段，全都抖落在地下。屋子里的人，当时就是一惊。

上头坐的那个人把身站起，一声喊道："佟旺，谢胜，两个无用的蠢材，既是有朋友到了，怎么这样怠慢，真乃无礼！"说着又向庄疯子一抱拳道："朋友，您这是从什么地方来的？弟兄无知，多有得罪，请您不要见怪才好！"

庄疯子哈哈一笑道："承问承问，我正要多谢他们几位把我抬上贵山，您这么一说，倒不好意思了。我还真是特意到这里来的，我要访一位朋友。"

那人道："您要访哪一位？"

庄疯子道："我要访的，不过是您这贵山一个牵马坠镫的小卒儿。"

那人道："您问的是谁？"

庄疯子笑道："就是那人称虎面观音的袁济。"

庄疯子这句话不要紧，当时这大厅上就乱了。正中间那人把手向大家一摆道："你们先别乱。"走过来向庄疯子道："这位朋友，既是要见我们袁教主，可是与他素来认识，还是闻名来见他？可还是有什么其他的事情?"

庄疯子道:"我和他素不相识,也不是慕名来认他,只因我听人说,你们这岛里新近得了一笔外水,很是不错,我想跟他借个三十万五十万的高乐高乐。我倒不一定非见他不可,不拘哪位,只要能够拿得了这个主意,给我银子,我是当时就走。"

大家一听,这简直是斜碴儿,不由全都一声怪叫:"这小子满嘴胡说八道,二爷不用跟他废话,干脆咱们把他废了吧!"

那人把大家一拦道:"众位先别忙,等我再问问他。"说着又向庄疯子道:"这位朋友,您说的话原没有什么,我们山上,不错是做了一笔买卖,油水不小,您说的那个数目也不大,我们袁教主还真是交朋友的人,不用说三十万五十万,就是百八十万,交个朋友也没有什么。在下姓温,单名一个禄字,在这山上,也能办点小事,也能替袁教主做主,您说的这件事,我是全能办到。不过有一节儿,您说了半天,还没提出您的尊姓大名,我们要就把银子送给您,知道的是我们袁教主好交朋友,原没有什么,不知道的,还要说我们刺儿岛怕事,却有些不便。请您告诉我们尊姓大名,府上在什么地方住,我们不怕把银子给您送上府上去都行,只要我们见了袁教主好有个交代。"

庄疯子一听,这全是废话,现在急于见袁济,不愿再和他们说这些废话,便哈哈一笑道:"提起我来,简直算不了一个人物,说出来也是让众位见笑,既是再三见问,不说又怪不合适,说出来众位可多照应一点儿。在下姓庄,单名一个化字,住家在淮安府管荷叶岛,诸位多分一点儿神,给我回一声袁岛主吧!"

庄疯子这话一说完,再看厅上众人,仿佛都跟傻了一样儿。本来人的名儿,树的影儿,袁济斗的是庄疯子,大家谁都有个耳闻,如今一看人家单人独个人就来到刺儿岛,来者不善,善者不来,谁不知道庄疯子是绿林道的魔头,江湖上的活报应,今天既敢上山上来,这不定得闹出什么事来,人人提心吊胆。方才说损话的几位,早跑到后头去了。

温禄在这岛里也是一个小寨主,无论如何,也比别人要强一点儿,一听庄疯子说完字号,便赶紧一拱拳赔着笑道:"噢,我当是谁,原来您就是庄老英雄。我们袁教主想您可不是一天了,早就吩咐过我们,哪时你老人家驾到，叫我们赶紧通报。方才不知，可实在失礼，您可别见怪。您在这里暂时坐一坐，等我赶紧禀告我家袁教主，再来迎接您到内寨。"说着叫人赶紧往里送信儿，这里请坐倒茶，十分恭敬。

工夫不大，只见方才那个送信儿的已然跑回来了，一见温禄道："袁教主有请庄老英雄到后山谈话。"

温禄站起来向庄疯子道："庄老英雄，我家教主有请，你老请吧！"说着便在前头引路，庄疯子在后头跟着，一干人也紧随在后面。

庄疯子跟着温禄过了这道山头一看，里面又是一层山，地面可比前边山宽大。到了山里，只见迎着这座山口，站着足有一百多位，有认得的，也有不认得的，都是高一头，宽一臂，七山八岳五湖四海绿林的朋友，可全没有拿着兵器，一见庄疯子便全都一拱手道："老英雄请吧！"

庄疯子一笑道："冒昧，冒昧！"说着往里就走。一看这里有儒家，有道家，高矮胖瘦不等，内中单有一个矮胖子，身高不过四尺，膀大腰圆，十分雄壮，一张紫微微的脸，长得却非常凶恶，知道就是这里岛主虎面观音袁济。两个人从前见过，可是两个人没有对过手。

庄疯子便假装不认识，来到大厅里头，庄疯子微微一笑道："哪位是袁岛主？容我见个礼儿。"

袁济一听，赶紧一抱拳道："庄老英雄，您别客气，您今天能够赏光，来到我们这块草地，实在是三生之幸，您请坐下谈！"

庄疯子冲袁济一抱拳道："噢，您就是袁岛主，在下今天实在来得鲁莽，先请您恕个罪儿。我还有几句话说，咱们是明人不做暗事，我姓庄的一辈子不会在背地琢磨人，今天我到您贵山来，没有别的事，只因贵山前些日子做了一票买卖，那边是三胜镖店。话可要说明白，我可不保镖，人家镖局子也没有请出我来，不过那个保镖的孩子，是我的徒弟，劫镖不要紧，临走的时候，贵山不该说要镖就得叫姓庄的来，姓庄的要是不来，这个跟头栽不起。今天话说到这里，诸位要是交姓庄的这个朋友呢，请您把三胜那只镖，交给姓庄的，姓庄的把镖给人家送回去，从今以后，有你们几位在这里，是姓庄的朋友徒弟，绝不让他们再来到这里，咱们算交个朋友。如果众位意思不在劫镖，是安心要斗姓庄的，姓庄的旁的没有，一口气，一把老骨头要跟众位撒个野，纵然命丧此处，也是死而无怨！"

袁济还没有答言，从旁边便蹦过来一个，短打扮，一身青，手里一对儿夹钢斧，用手里斧一指道："住了，姓庄的，别卖弄口舌，这里就是你的葬身之处，别走，且吃我一斧。"

话到斧到，这一斧照着庄疯子劈头盖脸就砍下去了。庄疯子这时正坐在椅子上，一看这斧子带着风就到了，连往起站都没站，只把手里烟袋往上一迎，正磕在斧子把儿上，说来不信，那把斧子便像被一种铁锥磕上一样，只听铛的一声，那把斧子便从那人手里脱手而出，荡出去足有二三丈远近，才听铛的一声，落在地下。那人不但斧子出手，而且震得虎口生疼不住直甩腕子，那把斧子也砍不下去了，瞪着眼看着庄疯子不住发怔。

庄疯子哈哈一笑道："这是怎么了，别这么闹着玩儿呀，我可爱脸急！"

袁济急忙喝那人道："庄老英雄到了，我们还没有尽地主之谊，略加招待，周隆贤弟怎敢无礼，幸亏庄老英雄不与你一般见识，还不快快退下。"周隆提着一把斧子，羞眉臊眼，退下去了。袁济笑着向庄疯子道："庄老英雄，您不可听信片面之词，这里头不是这样一件事，可否略坐一坐，听我把话说明，然后究应如何，您再指示，袁某无不奉陪。"

庄疯子点点头道："你说你说，可是拣简便的说，我可没有这么长的工夫。"

袁济道："只有几句话。我和庄老英雄虽然没有谈过话，从前也曾见过您，彼此可没有什么过节儿，刺儿岛弟兄朋友不少，其中谁和您过不去，我可不知道。这次三胜镖局的镖，并不是我们劫来的，其中还有个缘故，只因三胜镖局在扬州声势太大，旁家镖局子都受了影响，同行是冤家，早就有人要毁三胜镖局。也怪三胜镖局陶镖主粗心大意，不加详查，旁的镖局子派人在三胜卧了底，他还不知道。可巧这次应了这只镖，走这么远的趟子，在镖没到北京，早就有人到我们山上来送信儿，叫我们帮着他们下手。偏是三胜请的掌舵的，又是一位新上跳板的朋友，对于这条路上坑坎儿不熟，听了人家的话，把镖送到了刺儿岛。我们山上和三胜镖局也都有个不错，原不想来做这一水买卖，只因听说三胜镖局这回请的掌舵的朋友，是我们对头沈罗锅子的徒弟。我和沈罗锅子虽没有什么大过节儿，可是姓沈的在江湖上太不顾面子，不管什么人，他完全是意气用事，我们一块跳板上的朋友，吃他亏的实在不少，因此才决心把这只镖留下，不敢说是斗姓沈的，不过要请他来，和我们这一拨儿朋友见见面。他如果还念江湖义气，对于我们有个照应，我们算是交了这个朋友，四十万镖银纹丝儿不动，还要给他照应送到地头。倘若他以为江湖上没有旁人，就是他一个，到了那时，说不得也只好分个真假虚实，这就是三胜镖局这一段。不过今天您来到我们山上，口口声声要和我们过不去，可不知道您到底为了什么？如果你老人家受人家镖局子所请前来要镖，我看你老人家大可以不管，等我们见着姓沈的，不拘我们这里是成是败，镖银一两也错不了，准可以还他，现在可不行。您要不是为这个，别有用意而来，我们不是怕你老，却不愿意得罪你老，依我这里说，愿意留着这一点儿江湖义，不知你老以为如何？"

庄疯子一听，敢情这件事，是这么一个首尾，便微微一笑道："袁岛主您说得太客气了。我和姓沈的究竟是怎么个交情，大约您也有所耳闻，这都可以扔开不提，不过您说和我没有什么过不去，我请问您，劫镖进山为什么要提出我来？姓沈的得罪了众位，自有他来料理，我也不添油，不拨灯，可是既点名叫我来，就有和我过不去的意思，再者我的徒弟也承诸位给送去了，是不是安心要臊我的老脸皮！"袁济听到这里，忽然脸上一红，要说什么可没说上来，庄疯子又接着道："也别管是怎么一件事吧，我想总是多一事不如少一事。我既来到这里，我愿替两造把这件事说和了。您把镖银起出，我今天领奏，不出十天，我必叫姓沈的到您山上来，以后总叫诸位在江湖上过得去，不知众位以为怎么样？"

袁济一听，简直真是要硬胳膊，便老大不愿意，正要说什么，只听身后有人微微笑道："教主，庄老英雄所说之话，实在不错，我想您就答应，事不宜迟请庄老英雄到库里点镖，咱们派人护送才好。"

庄疯子一看，说话这人，身高也就在三尺上下，猛一看就仿佛和小孩儿一个样，小鼻子，小眼睛，小眉毛，一张薄片子嘴，两只小薄片耳朵，别看身个儿小，岁数可不小，薄片子嘴上乱七八糟长着有个十来根狗蝇胡子，穿着一件青绸子大褂，留着一根像烂柴火似的小辫儿，脚下穿着两只草鞋，手里拿着一把桑皮纸扇子，说话有点儿绍兴口音。

正在诧异这是什么人，何以敢说这么担沉重的话，就见袁济一点头向庄疯子道:"庄老英雄,您这话说得也不错,我们斗的是姓沈的,不想弟兄说错了话,劳你老人家远走这一趟,实在是对不过。今天您既说到这里,我们愿意交您这个朋友,请您今天把镖点清,我们可以派人给您护送到地头,就请到库房里去验镖吧!"

庄疯子一听,急忙一拱手道:"江湖都称岛主是个朋友,今天一见,果然话不虚传,这实在是承让了。改日事过,我必要重重相谢,岛主您多分神吧!"

于是袁济在前,一干众人跟在后面,庄疯子在旁边跟着,出了正厅,往后一拐,又是一片正房七间,比前头还高还大。来到门口,袁济站住脚,一拱手道:"庄老英雄,镖就在这屋里,您请进吧!"

庄疯子久闻江湖,什么事没见过,今天一见袁济慨然还镖,心里就犯了犹疑,准知道刺儿岛不比小地方,绝不是虚名就能镇住,这里头一定有事,可也不便说破,反正准知道必有一场恶斗。往后边一走,就留上心了,现在听袁济往屋里一让,便也站住脚步儿道:"袁岛主,承您的情,赏给我偌大的脸,我实在感谢,不过我既烦了岛主在先,爽得再麻烦岛主一下,您既是把镖赏给我,就绝不能里头有什么不实不尽。干脆,这么办,您让他们把镖车套好,再烦几位弟兄,跟着帮个忙儿,把镖银搬出,往车上一装,我也不必点,当时就走,省好些事,岛主您就再多分分神吧!"

袁济一听庄疯子不进屋里,当时就是一怔,就要想说什么,只听身后有人狂喊一声:"姓庄的,老小子,你别看你走南闯北,你不过是虚名儿蒙事,你的胆子还没耗子大呢。不瞒你说,这间屋里,简直就是龙潭虎穴、铁壁铜墙,你不进去是你的便宜,只要你前腿一进门槛,老小子你就得挫骨扬灰……"

庄疯子一听,刚要回头看是什么人,却听袁济一声喝道:"什么人这样大胆,真是无礼。既是庄老英雄不愿进屋验镖,来呀,你们把镖银抬出,请庄老英雄处分!"

庄疯子讲能为阅历,全都好到了十分,就是一样儿,别看这么大的岁数,就是压不住气。一听袁济所说,实有轻薄之意,哪里还压得住火,哈哈一笑道:"你要不说这里虎穴龙潭,姓庄的倒不进去,现在倒要领教领教里头是怎样厉害！请！"说着一挺胸脯就撞进去了。

这个地方可不是庄疯子少阅历，实在就一口气，可就忘了把袁济也拉进去了。谁知面脚刚一着地，就见脚下忽地一转，准知道不好，打算再撤身回来，那焉得能够，就听呼噜一声响，脚底下不住乱转，连抬腿也不敢，又听咔吧一阵响，所有窗户完全没了，屋里是漆墨乌黑，更不敢乱动了。转了一会儿，脚底下才停住，忽忙闭眼定了一定神，身上带着有抽烟的火种，晃开一照，脚站在屋里砖地下，四面全是铁板，连一点儿空儿也找不出来，拿手里烟袋，敲了敲地下，也是实在的，也不转了，自己心里好生纳闷儿，怎么会受了人家这样一个诡计。屋里四壁皆空，任什么也没有，连个凳儿都找不着，只好盘膝坐在地下，闭目养神。

再说袁济一干众人，见庄疯子已中计，全都心里大喜，站在院里。温禄向袁济道："这我们总算除去一害了，这全是欧阳大哥的妙计。"

袁济道："咱们先别高兴，庄疯子和沈驼子，两个就是一个。姓庄的虽然被咱们软因在这里，可是当时要不了他的命，倘若姓沈的这个时候赶到，咱们事机可不好办，还得小心才对。"

袁济话还未完，那个绍兴口音的南蛮子道："岛主，也不是我欧阳平说一句大话，不用说一个姓沈的，就是十个姓沈的，就怕他不到我们刺儿岛来，只要他敢到我们刺儿岛，我要不把罗锅儿给他弄直了，我就不叫赛小诸葛。"

欧阳平这句话还没有说完，就听身后有人喊："小地丁，风大别闪了舌头，罗锅子请你治病来了！"

大家不由全都一怔，急忙回头，一看来的还不是一个。一排站着三个人，当中一个上了年纪的满脸笑容，大家一看认得，正是沈驼子沈洵。挨着沈洵上垂首一个，年纪有四十来岁，厨子打扮，手里提着一个包袱，大家不认得。挨着沈洵下垂首一个，年纪在五十岁开外，花白胡须，手里拧着一杆点钢枪，这里头有认得的，正是三胜镖店的镖主神枪教师陶进。

袁济一看，就知道不好，才要搭话，不防身后嗖的一声，纵出去一个孩子，手里是一对儿蒲铲，到了临近，照着沈洵抡右手就是一铲，嘴里说道："姓沈的别卖味儿，且留下老命去！"这一铲直奔沈洵胸前，沈洵一见铲到，哈哈一笑道："好孩子，别淘气！"迎着铲刃一鼓肚，只听嗖的一声，"哎呀"一声，那个小孩子飞出去有一丈远近，摔在地下。沈洵又是哈哈一笑道："快起来，瞧瞧屁股蛋儿摔两半儿没有？"话犹未完，只听咔吧一声，一股白光，直奔沈洵面门。神枪教师陶进，不知道白光厉害，一拧手里点钢枪，就要往白光上磕，沈洵可知道狼牙弩的厉害，急忙一托陶进胳膊肘儿，陶进手一软，枪就垂下来了，枪虽然没有磕上那道白光，那道白光已然到了面前，再打算破，可来不及了。沈洵准知道这种东西，只要一掉在地上，依然会炸裂，人闻了一样也得躺下，危机已到眼前，顾不得再说什么，右手一托陶进，左手一托方卫，喊一声"起!"幸得都是练家子，经沈洵这一托，便借着劲往对面房上纵去。脚才挨着房檐，只听地下叭嚓一声，回头看时，冒起一股白烟。

陶进道："这是什么玩意儿？"

沈洵低声道："您留神，这就是他们下五门镇山的法宝，只要一闻上，当时就完。"陶进点头，才知道厉害。

九爪金蝎黄伟，自从劫镖伤了钱鼎，回来就趾高气扬，自谓不费吹灰之力，便把四十万镖银得到手里，说话就不免有些狂言大话。刺儿岛的军师，就是赛诸葛欧阳平，他原是人家一个红笔师爷，从这山下路过，被人劫上山来，凭着他一张嘴，说动了袁济，便把他留在山上做了军师。此人虽没有多大学问，可是脑筋十分灵活，来到山上之后，出了几次主意，全都不错，袁济便也十分把他当了一个人物。黄伟把镖劫上山来，一发狂卖味儿，欧阳平就告诉袁济，这件事可不能算完，三胜镖局不是无名少姓，这回护镖的又都是侠义的门徒，这件事只怕未能善罢甘休，好在咱们这次劫镖，原斗的是庄沈两个，不过咱们可也得有点儿准备，以免临时措手不及。袁济当时就跟他要主意，欧阳平把狗蝇胡子一催道："这件事情恐怕要大费周折，想那姓沈的、姓庄的，咱们可不是长他人威风，灭自家锐气，凭着一手一式跟人家走，虽不敢说我们甘拜下风，要是生擒活拿他们两个，可也未必那么容易。我现在倒是有个主意，岛主你附耳我告诉你。"说着趴在袁济耳朵边说了两句，袁济不住点头，连说不错。欧阳平把小脑袋瓜儿一晃道："岛主，我也不是吹，将在谋而不在勇，兵在精而不在多，只要你依了我这话去办，管保姓庄的、姓沈的一鼓成擒，岛主之仇可报。"说着又哈哈一笑。这山上的寨主足有六七十位，谁听着也不高兴。欧阳平偏又把嘴一撇道："岛主你不要看我手无缚鸡之力，我可会擒龙伏虎，绝不是一勇之夫可比呀！"说着摇头晃脑陪了袁济一乱扯。这里头最不痛快的就是五爪金蝎黄伟，心想自己舍死忘生把镖劫上山来，没听见袁济夸一句，就凭这个糟南蛮子任什么也不会，全凭两排牙支着一张嘴冒大气，真是岂有此理。明天无论如何，只要见了姓沈的、姓庄的，我先打头一阵，倒要看看是谁成谁不成！主意打得挺好，当天晚上，就把龙玉柱给丢了，也不知什么人干的，一回袁济，益发加了小心。到了今天，一听外头人报进来，黄伟就要出去，谁知一看庄疯子，却有惊奇的本领，没敢在明着动手，意思是乘其不备，抽冷子给庄疯子一下子。没想到来到后边，一看袁济只用三言五语，就把庄疯子给诓进铁库，心里一半痛快，一半不痛快。就在这时，正赶上沈洞露面，黄伟一想机会到了，低头告诉火麒麟苗凤，叫他出其不意，过去给沈洞一下子。苗凤过去一铲没有把沈洞打伤，苗凤反摔了出去，黄伟更动了火了，一拉狼牙弩，咔吧一声，就奔了沈洞，准知道沈洞只要一接，当时就可以把沈洞熏了过去。谁知沈洞不上这个当，一托左右两个人，全都上了房，一点儿什么也没受着，白费了一弩。

黄伟恼羞成怒，用手向房上一指道："姓沈的，你既敢上刺儿岛来，你就是好小子，怎么畏刀避剑，不肯动手，你算什么英雄？你是好的，下来和你家道长较量三五十合，我才佩服你是条汉子。"

沈洞哈哈一笑道："我既到贵山来，就没有看起贵山这一拨儿英雄，当然打算挨个儿领教领教。不过有一节儿，大丈夫做事，讲究是光明磊落，要像那不得人意的狗一样，尽讲藏藏躲躲，冷不防就咬人一口，那种朋友，我可没有工夫陪他玩儿。如果真要是英雄，不拘哪位，只要往院子里一站，一拳一脚，一手一式，比个拳来脚往，我还可以消遣两下子，有敢明旗明鼓来比画比画的吗？"

袁济一听，气往上撞，才要还口，欧阳平一扯道："岛主，您怎么忘了？咱们用气赢的庄疯子，现在姓沈的也使这一套，怎么您还上这个当呢！"

袁济一听，这才恍然大悟，便笑着向房上一拱手道："沈老英雄，我们这山上，实在是短于教导他们，以致他们无礼。既是您把话说在头里，袁某不才，愿意奉陪老英雄走几趟。"

沈泃微微一笑道："好！来了半天才听见这么一句人话。二位，咱们下去，跟他们玩儿会子。"说着三个人飘腿而下，站住了南边，袁济这一拨儿人站在北边。

沈泃道："二位先来一场。"

神枪教师陶进道："您这次出来，全是为了我们的事，我愿意先和诸位讨教！"

沈泃道："您可小心他们的冷不防！"

陶进说声知道了，一抖手里点钢枪，往当中一站道："哪位过来，先赏我几招？"

话还未完，只听有人答言："老小子别发狂，咱们比画比画！"

要知后事如何，且看下回分解。

第九回

勇陶进神枪败三猛
侉伯玉宝刃吓群贼

　　顺着声音，从北边蹦过一个人来。陶进一看这人，只见这人身高在七尺，背厚腰圆，手里拿着一条熟铜棍，站在那里，颇显雄壮的样儿。

　　陶进用手里枪一指道："猛汉不要口出不逊，姓什么叫什么，说上来！"

　　那人一拄棍道："你要问我，姓岳名先，人称铜棍将，老小子你叫什么？"

　　陶进道："你要问我，我就是三胜镖局软弱无能的神枪教师陶进。"

　　岳先道："你就是陶进，别走，接棍！"话到棍到，搂头盖顶，这一棍就下来了。陶进跨步一闪，棍就空了，一抖手中枪，迎胸就刺。岳先一立手里棍，往外一拨，只听当啷一声，正磕在枪上，把枪磕开。陶进暗道一声"好力气"，虚晃一枪，转身就走，枪可是倒拉着。岳先一见，喊一声"没见输赢，别走！"一提手里棍，一纵身，提腰就往陶进砸来。陶进往前走，可留神后头，准知道他必要追，果然听见棍子带风到了，往前一抢步，棍子就过去了。岳先力气用得猛，棍子打空，依然荡了过去，正待往回收棍，只见陶进猛地一拧身，前脚改为后脚，后脚一错步，就转过脸来了，前把一松，后把往前一紧，喊一声"着！"这一枪直奔岳先腰上扎去。岳先吃了身子重的亏，一看陶进一翻身，就知道枪递进来了，打算往外纵，却没有纵得开，哧的一声，正扎在腰上，啊呀一声，往后一撤，血就下来了。岳先把手腾出一只，捂住伤口，瞪眼看着陶进。

陶进心说真是浑人，身受重伤，还不退下，便一拧手里枪，喊一声道："傻小子，你挂了彩了，还不快快回去，再换一个人来！"

岳先一提铜棍道："老小子，你真成，你这手儿叫什么？"

陶进心说这人真有点儿意思，便微微一笑道："傻小子，你要问这叫'回马枪'，你可明白了？"

岳先这才一只手捂着伤口，一只手提着铜棍跑了回去，往袁济面前一站道："我让人家'回马枪'给扎回来了。"袁济一摆手，岳先退到后边。

袁济这里才要派人过去，只听陶进喊嚷："刺儿岛总瓢把子请了，今天我们来到贵山，请的是那只镖，如果你肯把镖赏还在下，必当图报。如果贵山以为非要过过招取个笑儿不可，也请您把您贵山硬手给烦出两位来，如果专派这些菜包饭桶，那可是有意瞧不起朋友，平白多耽搁些时候，袁岛主，那您可就不是款待朋友之意了！"

话言未了，只听一声霹雳相似，有人喊道："老小子，你别得了便宜卖乖，咱们来两下子！"

顺着声音又蹦出一个来，陶进一看，这个人身高在八尺，从头上到脚下，都比岳先还高出一头来，手里是一根铁棍。陶进看着纳闷儿，这个山上，怎么会有这么多的大个儿，又用手里枪一指道："又是一个傻小子，你又叫什么将？"

大个儿一怔道："我没告诉你，你怎么就知道了？我正是铁棍将蒋义。老小子，你扎了我哥哥，别走，也让我砸你一棍，咱们算完。"说着话，一抢手里棍，使了一个"力劈华山"式迎着陶进脑门就劈下来了。陶进一看，这个和那个招法一样，这回就不躲了，拿手里枪，往棍上一滑，只听锵啷一声，棍就滑下来了，陶进不等他往起涮棍，一垫步，这枪就递进去了，直取蒋义咽喉。蒋义一看枪奔嗓子进来了，喊一声"这个地方不让动！"立手里棍，往上就磕。陶进知道他的力猛，磕上难免要震一下，急忙一撤枪，让过棍，往里又一递，蒋义没有防备回来这么快，打算躲，可来不及了，噗的一声，正扎在右肩头。

蒋义才一发怔，陶进道："傻小子，你不用问，这手儿叫'锁喉三式'……"

话犹未完，只听有人喊道："陶进，你虽伤了我们两个弟兄，你可不算英雄，别走，咱们来试试！"嗖的一声，就跟一个白棉花团儿一样，纵到了陶进面前。

陶进定神一看，只见这人，身高不足四尺，小胳膊，小腿，小脑袋，尖下颏，小圆眼睛，滴溜溜乱转，狗蝇胡，上七根下八根，穿着一身青袖子裤褂，两只爬山靸鞋，手里拿着两只仿佛大铁钉子。陶进可认得，这种兵器，叫作判官笔，非有真功夫可使不了，并且差不多还都会点穴，就知道这个人是个能手，按住枪道："这位朋友贵姓？怎么称呼？"

矮子微微一笑道："陶教师，在下姓乔名旺，人称缩地判官。陶教师，我可是初学乍练，艺业不精，我可大胆要讨教了！"说着话往起一纵身，左手笔往起一领，右手笔就奔陶进肋上点去。陶进一看笔到，赶紧往外一闪身，缩地判官左手笔就走空了。陶进跟缩地判官手，可不敢像跟铜铁两个棍将一样，一则使这种兵器的人，武学比使棍的高得多，二则自己的兵器跟这种兵器碰在一起，自己先吃着亏。一看缩地判官左手笔一走空，不敢容他还手，借着往后一闪身，一个错步，退出去有三四尺，一拧手里枪，唰的一声，一枪直奔缩地判官咽喉。缩地判官一见枪到，左手笔一分，右手往里一长，一垫步，打算再裹进去。陶进不容他往里进，后把一撤，枪头缩回来有一尺，二次拧枪，直奔缩地判官左肩头。缩地判官才把枪分开，一看枪又到了肩头，赶紧一矮身，枪从肩头上滑过去，缩地判官就势提身一纵，足有一丈来高，起在空中，双脚一绷，头朝下，就仿佛一只小燕儿相似，直奔陶进头顶，离着脑门儿不远，双笔齐下，直取陶进双耳。陶进知道再用枪封闭是不行了，右手托着枪杆，左手一抬，枪往上一绷，缩地判官喊声"不好！"赶紧双脚一踹，退出去有四五尺，才落在平地。陶进一看，急忙两个垫步，就到了面前，一拧手里枪，往缩地判官当胸便扎。缩地判官又用左手笔一分，陶进一看他的笔挨到枪上，这次不撤枪，借着他往里一靠，双手合力，喊一声"开！"铛的一声，跟着又是当啷一声，陶进枪杆正敲在缩地判官笔上，缩地判官左手笔就撒手了。

陶进赶紧往后一撤身，单手挂枪，微然一笑道："朋友你的笔没拿稳，捡起来，我再请教！"

缩地判官脸一红，一抱拳道："果然不愧人称神枪教师，实在佩服，某家领教了！"说完话一扭身跑了回去。

陶进一连赢了三个，刺儿岛上就是一乱，赢铜铁二棍，原不足为奇，唯独缩地判官，在这山上，除去几个大头子之外，很算一个角儿，过去才三五招，就认败服输，心服口服，谁能不害怕。虎面观音袁济，看人家来了三个人，头一个就赢了山上三个，并且大家都透出害怕之意，没有什么说的，只好是自己出头试试。才一回头，只听身后有人说话："袁大哥，不要着急，等我上前会来人一会。"

袁济回头一看，正是自己挨肩的弟兄，阴阳扇子屈世和，便道一声："须要小心！"屈世和一点头，迈步往外就走。

陶进正在看着，只见出来这人，身高在六尺，细腰扎背，穿着一件蓝色茧绸道袍，云履、白袜，腰系丝绦，手里拿着拂尘。要论穿章打扮，应当有个五十岁往上，才是这样儿，这个人可不然，年纪至大不到三十岁，白净脸皮，两道浓眉，一双大眼，不用提够多漂亮。陶进虽说久走江湖，这回他可输了眼了，心想就是那个缩地判官，功夫总算不错，到了姓陶的面前，他都甘拜下风，就凭你这个样儿，还能有多大来头，也敢到场上，较量较量，真是有点儿自不量力，我今天要不让你栽个元宝跟斗，我就不算吃江湖饭的。

想到这里，才要问来人是谁，谁知人家不等他问，便单掌一打稽首道："陶兄请了！在下屈世和，今天你们几位来到刺儿岛，我们实在缺礼招待，您可别见怪。方才我看陶爷连败我们山上三个朋友，实在佩服您的神枪招数，我想奉陪您走几招，跟您学几招，请您不要吝教才好！"

陶进微然一笑道："您太客气了，在下愿意给您接接招，请！"说着话一拧手里枪，直取屈世和左肋。屈世和一见枪到，并不躲闪，迎着枪往上一顶，陶进这枪扎个正着，就听扑哧一声，屈世和道袍撕了一大块，人可一点儿伤也没受，枪从肋上就滑了下去。陶进不由大吃一惊，心想瞧他不出来，敢情他身上有横练儿，这可不可轻敌。想到这里，才要往回撤枪，屈世和微然一笑，伸手一摸就把枪杆儿撂住，陶进浑身力一拧，纹丝儿没动，就要撤手。屈世和搭住枪杆，进左脚，一扬右脚，就照陶进小肚子踹去。陶进知道完了，把眼一闭，净等挨这一脚，就在这个时候，只觉胸口一紧，底下一脚没挨上，胸口上让人给推了一掌，腾腾腾倒退出去有三五步，才得站住。回头再看，推自己的不是旁人，正是同自己一场来的狗屠户方卫，心里好生感激，要不是方卫去得快，只怕难免挨那一脚。赶紧撤身来到沈洵面前，脸一红道："多亏方爷出去，不然险遭不测！"

沈洵一皱眉道："你不用客气了，今天咱们人太单，恐怕未必是人家对手，方老二位也未必干得过人家。"

原来陶进过去动手，连赢三场，方卫向沈洵道："不愧人称神枪教师，这杆枪真来一气。"

沈洵摇头道："这话可不敢说，现在人家高手还都没有出来，枪挑喽啰兵，那算什么英雄。"屈世和一出来，连方卫都输了眼，沈洵可知道屈世和是个高手，刺儿岛上的人物，就要叫方卫出去给替换回来，话没三句，陶进的枪就让人家给撂住了。方卫不敢再耽误，左手提着包袱，赶紧一纵身，就到了两个人当中，把双手左右一分，救出陶进。可就是用拿包袱的那只左手，屈世和正在分脚踏陶进小肚子，没有想到方卫赶到，自己是个发式，一时收不回来，一撤腿，方卫这掌就按上了。

屈世和往后一坐腰，把抢过来的枪，往地上一扔，一看来人，正是那个厨子似的汉子，便微然一笑道："朋友，冷不防的功夫真不错，您怎么称呼？"

方卫道："在下方卫，江湖人称狗屠户。"

屈世和哈哈一笑："原来是狗屠户，您不去杀狗，来到刺儿岛干什么？"

方卫也一笑道："我这个狗屠户，不但杀狗，还管宰人，咱们别闹口齿，来来来，咱们也玩儿玩儿。"说着话，把手里提的包袱打开，用手一抖，原来里头是条"缠绵棒"，仿佛跟一根板带相似，头上有一个把儿，拿在手里，把包袱往身上一围，点手叫"咱们也玩儿玩儿"。

屈世和一伸手从道袍底下一扯，拿出一尺多长一根木棍，一抖手，唰的一声打开，原来是一把一面金、一面银的折扇。屈世和指着这把扇子可享过大名，在外行看着是普通一把扇子，他这扇子可不是纸的，也不是绢的，九根小股子是纯钢打造，能够点周身穴道，专破金钟罩、铁布衫、混元一气童子功，这是九根小股子。两个大股子，是两根红毛铁打造，能够削一切钢铁五金，扇叶子是薄钢片，一面涮金，一面涮银，在扇轴上有个簧，用哪一根只要一按簧，哪一根就能出去。在江湖上成了名的英雄，毁在他这扇子底下的，也不知有多少，因为他这扇子一面金、一面银，故而人称他是阴阳扇子。屈世和在外表上看着他还不到三十岁，实在他已有七十开外，只因一身童子功，又在江湖上遇见高人，学会了呼元导精之法，每日刻苦用功，功夫已入化境，所以练得显着越来越年轻。他原和圣手伽蓝毕纲是师兄弟，原是正门正派，只为传教老师把掌道的衣钵传给了毕纲，屈世心中不忿，一气叛教，就投到下五门，正遇见袁济在刺儿岛约请朋友帮忙，有人就把屈世和荐到刺儿岛，按岁数屈世和大，按着入门先后说，屈世和可得算是师弟，因此屈世和来到这山上管袁济叫大哥。袁济来到这里，日子已然不少，又收了不少徒弟，三手金刚范玉海、九爪金蝎黄伟、小徒弟火麒麟苗凤。后来因为袁济说起沈洄如何与下五门为仇作对，屈世和自告奋勇，想到雪岭和沈洄一斗，走在路上，正赶上卢春带领田正、田柱两个也要到雪岭去，卢春一大意，让屈世和架走一个，就是田柱。带了孩子，也是走路不便，便告诉同去的范玉海、苗凤、黄伟去趟雪岭，自己带了田柱，又回到刺儿岛。过了些天，黄伟几个回来了，范玉海掉了一只脚，屈世和大怒，当时就要二上雪岭，反被袁济拦住，告诉他不要忙，日后自有机会。屈世和在山上闲住没事，一看田柱非常聪明，每日就教给他拳脚功夫，先前柱儿还哭着紧找哥哥，日子一长，也就忘了，每天便跟着屈世和练功夫。屈世和还是真爱他，给他改了个名字，就叫田住，把自己所会的功夫，全都细意传授。这个孩子，也真十分聪明，不拘什么，只要一教就会，日子不多，就学会了不少精奇的功夫。自从把三胜镖局子镖劫上山来之后，屈世和就知道沈洄不久就要来了。头一个庄疯子到山，依着屈世和就要跟他一手一势拿功夫赢他。袁济不让，说是沈洄不久必到，咱们得留着精神对付他。再说咱们正点子是姓沈的，姓庄的和咱们并没有深仇宿恨，只要把姓沈的除治了，姓庄的咱们可以把他放走，他一个人也反不到什么地方去。这话一说，便依了欧阳平之计，把庄化诓入铁库，跟着沈洄带着方卫、陶进赶到，屈世和闻沈洄之名，未见沈洄之面，不知沈洄究竟是怎么样，先看人家过去试两场。谁知头一个不是沈洄，却是陶进，陶进连赢三场，屈世和就火了，不能再等沈洄，便一挺身来到场上，空手夺枪，用"鸳鸯腿"要踹陶进，不想从中间来人，自己一个不防备，险些不曾被人推倒。屈世和就是一怔，一听那人报名，原来也

392

是江湖上有名的人物狗屠户方卫，两个人一亮兵器，真有好些人不知道两样兵器叫什么。

方卫一抱拳，喊声"请！"一抖"缠绵棒"直取屈世和双腿。屈世和一见，准知道这种兵器也不软，可不敢大意，赶紧提身一纵，把棒让了过去，一抖手里扇子，直取方卫前胸。方卫虽不知道他这扇子都是纯钢作数，可是准知道这把扇子，一定不软，便赶紧一含胸，侧身一走腰，扇子就空了。方卫右手往后一撤，一抖手"缠绵棒"照着屈世和脑袋上砸了下来，屈世和看这条棒到了当头，往起一抬手，唰的一声，扇子就并上了，用扇骨子横着一迎。屈世和的意思是打算迎着棒往上一顶，棒就可以削折了，他可不知道方卫这条棒，不见兵器谱，是一种软家伙，完全用细鹿筋跟头发拧成，不怕硬家伙。屈世和往上一顶，只听喳的一声，"缠绵棒"就拐弯了，前半截正打在屈世和脖子上。屈世和虽然身有横练，敢情也禁不住，不由吭哧一声。方卫道："你吭哧什么？再瞧这下子。"一撤"缠绵棒"，一抖手又往屈世和腰上缠去。屈世和一看自己的扇子，削不折方卫的兵器，当时就大吃一惊，准知道今天遇见劲敌，便把精神一振，一见棒横腰到了，赶紧往后一排腰，用手里扇子一分棒头，跟着一错步，往里一进身，扇子直奔方卫肋上点去。方卫一看棒走空了，便往回一收棒，扇子就到了，一偏身，脸朝外，扇子走到外首，一抖手才要提棒进招，只听咔吧一声响，方卫急忙一纵身跳出有十好几步，再回头看，一道白光，已然到了方才自己站的地方，掉在地下叭的一声，白光炸开，里头冒出一股白烟，屈世和也蹦回去了。

沈洵点手一声喊："老方，快回来，他们又要冒臭气了。"方卫一纵身，来到沈洵面前，沈洵一笑道："狗屠户，你真可以，会没让他们臭阴阳给算计了。"

方卫还没有说什么，只见袁济手里捧着一对儿"苏锐"，来到场上，向沈洵一拱手道："沈老英雄，还是咱们来较量较量。只要沈老英雄能够踢我一脚，打我一拳，我当时就把镖银送出，不知沈老英雄以为如何？"

沈洵哈哈一笑道："袁岛主，咱们可都是汉子，只要肯把镖银退还，我就把您弄个跟斗吧！袁爷，请！"

袁济拿着"苏锐"，比普通的锐小有一半，普通的锐是单支，苏锐是一对儿，其情形跟牛头叉差不多，也没有雁翅，分量不轻，这一对儿兵器，足有六十斤。一听沈洄说声请，左手镋就搂头下来了。沈洄心说，你可真不够一个朋友，今天要不叫你知道厉害，你也不知道沈某人是何许人也。一见镋到，一探身一迈步，起左手往上一探，单手就要掠他的镋杆。袁济一看，这可是真干，任家伙没有往里怔递手，这要搁在别人身上，也许怕了你，唯独姓袁的使这一套未免差一点儿，似乎迹近以术欺人，别走，也得让你知道知道厉害，左手镋往回一撤，右手镋直奔沈洄左肋。沈洄喊了一声"来得好，别走了"，这回连躲都不躲，猛地一伸手，把他镋杆掠住。袁济一看大喜，心里正想他使这一手儿呢，准知道他掠住镋杆，必定得往回一夺，借力使力，自己一定可以得手，右胳膊一用力，静等沈洄往回夺，好使自己那手"千斤闸"，取沈洄性命。就见沈洄手里拿住了镋杆，果然往怀里使劲一带，袁济大喜，跟着往里头一送，意思是一松手，跟着再用右手镋往里一追，虽说沈洄是江湖上有名的人物，也难免落个骄敌必败。左手镋往里一送，右手就要往起运镋，谁知忽然觉得左手镋先松后紧，往回里直走，就觉着自己这只左手简直是不得劲，往前去既是不行，往后撤也觉手不得力，就知道中了沈洄诱敌之计，这要一等沈洄再往里送，只怕难免落败。一着急右手镋就起来了，忽地一涮，一阵风这镋就下来了。在袁济想，沈洄一见镋到，他必得往后撤，只要他一撤，这口力可就缓了。哪里知道沈洄一见镋到，不但不躲，反而一上步，往里一送掠住的镋杆，袁济就觉得有如千斤大力往里直送，自己如果不是一个取式还可以卸了这点儿力，自己吃亏两只手完全是往前取式，一时收不回来，打算撤手都不成，准知道一撤手，这镋就得落在自己身上。一狠心，退了半步，一抢右手镋，往下就砸，右手一使力，左手就空了，这一镋还没有抢到地方，沈洄一声喊"走人吧！"掠镋杆的那只手往里使劲一送，袁济正在退半步，沈洄借着这个意思，左脚就进去了，一扬手喊声走人，这一掌噗的一声，正打在袁济左肩头上，袁济那么大的英雄，敢情会禁不住那一掌，只打得一晃两晃，往后退了好几步。

沈洄急忙一拱手道："承让，承让，袁岛主，咱们镖银在什么地方？请您赏还给我！"

一句话未完，只听身后叭地一响，沈洄可是久经大敌，一听弦的响声，出在自己身后，就知道不好，因为敌人都在自己对面，怎么后头会有了响动，这一定是他们有了计划。这一处一有响动，别的地方也有响动，要全凭着真实本领动手，就是强弓铁弹，四面八方，姓沈的也不怕。无奈这件事不好办，他们都是下五门的毒玩意儿，顾首不能顾尾，首尾兼顾，势必受制，说不得，先躲一步吧！心里就在这一动念之间，白光已然到了，侧身一扭脸，一个弹丸从耳旁打了过去，掉在地下，轰地一响，一股白烟，往起飞腾。沈洵不敢缓气，往起提身一纵，嗖的一声，足有两丈来高，脚还没有落地，就听四面咔吧咔吧一阵响，镖、箭、弩、针，全都往这场子当中射来。沈洵意思告诉方陶两个，快快一同躲避，谁知就在这个时候，脚要落没落，就闻一阵奇臭，头一晕，知道不好，打算躲开场子往下落，焉得能够，正落在场子里，可就人事不知了。欧阳平一看沈洵露面，就把温禄、黄伟叫到一边，告诉他们四面预备可别大意，如果我们要是不能得手，今天刺儿岛就得瓦解冰消，众位可千万留心！当下大家一分配，有的占东，有的占西，有的占了南北。方卫刚一见面，温禄就打了一弹，沈洵把方卫叫了回去，沈洵一上来，大家就把脚步儿都占好了，袁济铠一出手，头一个温禄，一伸手从后头就是一弹弓，沈洵一纵身没有打着，四面的弹弓、镖、箭、针，全都打出来了。黄伟一看，方卫、陶进已然躺下了，只有沈洵要走，一着急，把狼牙弩上好，一抬手咔吧一声，就奔了沈洵。沈洵静顾四外探看，可就没有防备着有人往空里打弹子，等到闻见了，人也掉下来了。袁济一看，来了三个，拿了一对儿半，不由大喜，便叫人把三个全都搭到大厅，可不敢给救过来，知道凭本事，什么东西也捆不住这几位，又叫人到铁库想法子把庄疯子也押到这里。

去不多时，那人慌慌张张跑了回来道："回禀岛主，大事不好，铁库门从里面打开，庄疯子不知去向。"

袁济不由大吃一惊，正在一怔之际，只听院里有人喊道："姓袁的出来，咱们再较量较量！"

袁济带着大家一拥而出，只见迎面站着两个人，一个正是已经被获又走了的庄疯子，那一个却是个身背大红葫芦的出家和尚，这里头就是九爪金蝎黄伟认识，这个和尚正是在燠陵谷破狼牙草出家长离山醉行者百了禅师。知道这个和尚武学高强，不在庄沈二人以下，心里就是一动，正要找自己师父屈世和告诉他一声儿，一看袁济已然走出去了，一抱拳向庄疯子道："庄老英雄，可不是我们故意诓哄您受骗，只因我们刺儿岛的仇人是姓沈的，我们斗的也是姓沈的，没有想到您会在这个时候，来到此地，我们想把您暂时屈尊几天，等我们事情了完之后，再向您赔礼。如今姓沈的已经被我们得手，冤有头债有主，您就请吧，我们绝不愿意和您为难。"

庄疯子哈哈一笑道："姓袁的，咱们都是干这个的，你真拿我当傻子看待吗？姓沈的不为姓庄的他不会来到你们这里，即或来到这里，你们也赢不了他，这话你骗别人则可，你要骗我，可就错了。要说你们对我不起，这话谈不到，凭你们的本事，原来不够和我对手，所以你们才施出诡计，这只怨我不该以君子待小人，才上了你们一当。现在我已经出来了，旁的话不用说，我是为了镖银，才来到此地，现在还是那句话，请你顾念江湖义气，快快把镖银交给我，咱们是废话不说，彼此心照，不拘哪位不服，我有家有地，可以到家里找我，我虽不能特别款待，可也绝不能插圈弄套儿叫好朋友栽跟头。如果以为你们山上人多，非得较量两下子不可，那也说不得，姓庄的今天在这里等候了！"

袁济一听，知道庄疯子不信沈洵被获遭擒这一节儿，便一回头向温禄道："你到屋里单把沈洵提了来。"

温禄答应，才要往回走，就听对面有人喝喊一声："姓袁的，咱们不敢劳动您请，已然久候多时了！"

袁济一听，抬头一看，来者不是别人，正是大厅上捆的沈洵、方卫、陶进，三个之外又多添了两个，一个是油光放亮的大秃子，一个是身背长弓的怯侉子，全都笑嘻嘻地迎面一站。这一来，当时刺儿岛上的人就乱了。

袁济赶紧一摆手道："别乱，别乱。"再看沈洵已然归到庄疯子一起了，自己一想，别无良法，只有施行绝户计，一网打尽，不然人无害虎心，虎有伤人意。便一低头告诉温禄，温禄点头，转身自去预备。袁济便笑着向沈洵道："沈老英雄，今天实在对不过，好话已经都说过去，再说旁的，反闲着厌气了。干脆说，您是到我们山上来要镖的，镖现在山上，可是凭谁一句话，镖也要不了去，咱们两方人俱在此地，请你即刻派人，咱们两方比拼比拼，谁不能打了，谁算输。我们山上输了，退还镖银，如果老英雄们要是有个筋疲力尽，应当如何?"

沈洵哈哈一笑道："只要我们来人完全失手，不但镖银不敢再要，就是连脖子上长的人头，也绝不带回去，就请袁岛主您派人吧。"

袁济点点头，一回身向大家道："哪位过去，和沈老英雄领教领教!"

话还没有说完，只听有人答话："教主，不必生气，我和这个老头儿比画比画!"随着说话，从里头蹦出一个小孩儿来。

袁济就是一皱眉，心里说，就凭你这么一个小孩子能够有多大本事，怎么敢如此大胆。头一个又不好意思叫他回去，只好说一声："你要小心了!"这个孩子就蹦出去了。

沈洵一看出来一个小孩儿，身高不到四尺，身着一身红绸子裤褂，梳着冲天小辫儿，大红靸鞋，手里提着一对儿蒲铲，小圆脸又红又白，双眼皮大眼睛，长得十分好看。来到邻近，一错手里双铲道："老头儿，咱们干干!"说着话，左手铲就递进去了。沈洵、庄疯子、陶进、醉行者和那个秃子、侉子，都站在一起，小孩儿一出来，直奔沈洵，照着左上胳就是一铲，沈洵一撤步，铲就空了。沈洵打算一进步，把他铲给掠住。

正要上步，只听身后有人侉声侉气地道："您先靠后，等我跟这个小伙子玩儿玩儿。"

沈洵回头一看，正是左金丸俞伯玉，便笑着道："你来也好，可是留神他人小心不小。"

俞伯玉把身上背的包袱往下一解，锵啷一声，从里头把龙雀宝刀取了出来。这把刀，一边是龙鳞，一边是一只朱雀，刀头上有一个环子，往外一拔，借着山音，听出有几里地去。俞伯玉把刀往手里一捧，他可有他的心思。因为俞伯玉为人忠厚，虽然疾恶如仇，绝不肯多伤人命，一看今天这个局势，庄沈两个，必要大开杀戒，虽说这班人为非作歹，应该身遭恶报，不过这种人多半是没有遇见好人教化，才落到这下流途径，如果惨遭杀戒，未免使人难过，不如借着自己宝刀，威吓这班小贼，使他们知道怕惧，自然就会往逃生之路跑去，能够多活几条人命，也是好的。

当下把刀一捧，向那个小孩儿道："你这孩子姓什么叫什么? 为什么这么一点儿年纪，就甘心跟着他们当贼呢?"

那个孩子呸的一口道："你这怯小子，哪里来的废话，别走，接铲!"

双手铲齐奔俞伯玉心口，俞伯玉可不挂气，看见铲临切近，把手里刀往下一立平着刃往外一推，小孩子打算往回撤铲，可是焉得能够，只听锵的一声，双铲全折。俞伯玉往前一进步，意思把小孩儿揪住，斗他两句，谁知险些把命送掉。

正是：

众生好度人难度，宁度众生莫度人。

要知后事如何，且看下回分解。

第十回

醉行者杯酒破毒兵
病尉迟长途传凶讯

就见小孩儿突然一转身，叭地一拍胸口，嗖嗖就是三支箭，分上中下向俞伯玉射来。俞伯玉也是一大意，没有防备，中下两支躲过，上头这支没躲开，正打在左肩头上，就听轰的一声，在那肩头之上火就起来了，俞伯玉撒腿就跑。

庄疯子喊道："怯小子，摘弓，打滚，火就灭了，别跑！"

俞伯玉一听，赶紧站住了脚步儿，一伸手先把背的弓摘了下来，就势往地下一躺，平着一滚，果然把火扑灭，饶是这样，身上的衣裳，左鬓的头发，全都烧了不少，提弓，捧刀，摇头，想这小孩子实在厉害。

娄拱北喊一声："俞爷您退后，等我会会这火麒麟苗凤。"

苗凤一听，来人知道自己名字，心里好生诧异，抬头一看，原来正是在刺儿岛山前救了钱鼎的那个大秃子。自己在人家手底下打过败仗，有道是败军之将不足以言勇，可是今天当着大家，自己要是撒身一走，岂不叫人笑话。想到这里，一错手里双铲道："秃子，咱们是死约会不见不散。"一起左手铲，直取娄辰胸口。娄辰一撒身，一伸手，把兵器掏了出来，是一条软家伙，仿佛和十三节鞭相似，可没那么多节，一头是一个枪头，一头是一个圆球。娄辰手里掌着当中微微一笑道："小苗子，咱们爷儿两个干干。"苗凤可知道娄辰的厉害，眉毛一皱，主意拿定，喊一声："别废话，看铲！"呼的一声，左手铲平着一推，右手铲就奔了娄辰小肚子。娄辰一颠手里兵器，枪尖拨开左手铲，圆球就奔了右手铲。苗凤双手往回就撤，右手稍微慢了一点儿，只听铛的一声，圆球正挂在铲上，苗凤就觉得手里一麻，拿不住铲，当啷一声，铲已落地。苗凤一转身抹头就走，娄辰知道他要打暗器，仗着艺高人胆大，却依然挺身追下，苗凤一边往回走，右手铲就交到了左手，右手摸出三个弹丸，一点前脚，忽地一转身，喊一声"着!"叭、叭、叭，三个弹子，就跟一条线穿着相似，就打出来了。娄辰准知道他这弹丸是火药装的，如果一碰在身上，当时就得起火，赶紧站定脚步儿。头一个弹子奔肩头，娄辰一侧身，第二个奔胸口，娄辰赶紧一矮身，弹子从背上过去，第三个弹子，奔小肚子，娄辰是一个伏势，打算再往起纵，可不容易，再说三个弹丸，出手是一个时候，躲上头两个，底下一个就到了。娄辰知道躲这下子不易，趁着往下一矮，两个手把兵器一横，铛的一声，正打在兵器上，只听嘭的一声，当时就是一片火光。娄辰一看三个弹丸，全都躲开，双脚一使劲，嗖的一声，平腰而起，一涮手里兵器，直取苗凤。苗凤发出三弹，心想怎么样还不得打上一下子，正在那里凝神细看，一瞅娄辰连躲二弹，破了一弹，心里就是一怔，正要上步，打娄辰一个措手不及，没有想到娄辰一提身，那兵器已到了头上。苗凤一看不好，赶紧举单铲往上一迎，忽听噗的一声，娄辰"哎呀"一声，兵器没有往下落，人却往旁边歪了下去，脸上颜色也变了，浑身不住乱抖。苗凤凝神一看，只见娄辰眉攒上显出一朵红桃花相似的伤痕，从那里不住往外流血。苗凤一见大喜，知道是师弟田住帮了自己的忙儿，暗中打了娄辰一"梅花攒"，不由当时精神一振，一抢手里铲，往前一进步，喊一声："秃子，今天我要你的狗命!"往起一纵，铲奔娄辰当头砸下。娄辰这时浑身无力，四肢发麻，手里兵器也拿不住了，当啷一声，落在地下，眼看苗凤纵身提铲往头上就砸，要躲可由不了自主，心里可明白，把双眼一闭，只等一死。苗凤一看娄辰连动都不动了，心里大喜，双手往下压一铲，实拍拍就砸下了，离着娄辰也就有半尺多高。

只听对面有人侉声侉气喝喊："小孩子，别不害臊了，下去躺着吧!"咔吧，叭的一声，一粒弹子，正打在苗凤肩窝，苗凤只觉疼彻肺腑，掌不住劲，掉了下来。左金丸俞伯玉虽然挨了一下子烧，并没有受着重伤，一看娄辰过去，只一下就把苗凤铲给磕去了一只，心里就佩服，再看苗凤转身发出三弹，娄辰躲过两弹，破了一弹，心里更佩服了，可见人家江南七义名不虚传，确有真实本领。再看娄辰兵器奔了苗凤头上，俞伯玉闭眼一跺脚，心说可惜这个孩子，听见扑咚一响，以为是苗凤倒了，睁眼一看，苗凤没躺下，娄辰歪在那里，连脸上颜色都变了，不由好生诧异。又见苗凤纵身一抡铲要取娄辰性命，俞伯玉可就急了，一伸手摸出一个弹子，搭上弓一松手，打个正着，打了苗凤，救了娄辰，跟着一纵身，跑了过去，就把娄辰给夹回来了。

沈洵道："可了不得，这又是'梅花攒'所伤，谁有解毒的药，先给他敷上一点儿。"

庄疯子道："我家里倒是有药，可是我没带出来，先让他躺一躺，我过去把他们头子弄住，不怕没有解药。"

庄疯子话还没有说完，醉行者哈哈一笑道："我瞧你现在真快疯了，他们下五门的暗器，打上之后，还能等你回去取药，我瞧你不但疯，快成傻子了。"

庄疯子道："我也知道厉害，难道把这里扔下，先回去取药？"

和尚道："你别装疯卖傻了，快把他扶起来坐在地下。"俞伯玉把娄辰扶起，和尚一伸手从僧袍里掏出一小瓶儿来道："你把这药末给他撒在伤口一点儿，再给他灌下去一点儿。"

俞伯玉道："敷倒容易，灌可没有水。"

和尚道："不要紧，这里有酒。"

俞伯玉把药倒出来，给娄辰抹在伤口，又倒了一点儿，给娄辰放在嘴边，和尚一摘大葫芦，葫芦嘴对着娄辰的嘴，咚咚就是三下，娄辰"哎呀"大叫一声，突突直冒紫血。

和尚哈哈一笑道："真是好朋友！"

庄疯子道："这话怎么讲？"

和尚一笑道："扎一刀子冒紫血，这还不是好朋友吗？"

俞伯玉道："您就别打哈哈了，这伤到底要紧不要紧？"

和尚道："不用说是他们下五门的这种暗器伤，就无论什么，只要是毒气，敷上我这药，当时就可起死回生。不过他们这山上，专用这种东西残害人命，实在是有伤天理，我和尚不赶上也就不去找寻他们，如今既已遇见，却不能这样轻易放过。你们在这里看着，等我过去看一看。"说着话一迈步来到临近，用手一点指道："阿弥陀佛，哪位过来，咱们结个善缘！"

这时候，黄伟早告诉屈世和这个和尚是什么人了，屈世和又告诉了袁济，大家谁都知道陕甘一带，有这么一位和尚，平常可全都没有见过，也不知手底下究竟如何。如今一看和尚已然身临场上，点手叫人，袁济一想，这座刺儿岛，可是有几位能人，不过事机不巧，有好几位都进了京了，剩下这些位，除去自己，就得让屈世和，不过两个人究竟是不是人家对手，这话可不敢说，事到临头，没有法子，只有自己先出去试试再说。

想到这里，一捧手里苏锐，就走出来了，向着百了一抱拳道："这位师兄请了，您的上下怎么称呼？来到刺儿岛有什么事？"

醉行者哈哈一笑道："姓袁的，你不要在我跟前闹这个鬼吹灯。我这个出家人，可不比旁的出家人，不懂什么叫慈悲为本、方便为门，我就知道除去一个坏人，就是我和尚一样功德。像你们这路人，也受父精母血，也吃五谷天粮，不知披人皮做人事，专一伤天害理，残害生命，在你们手里糟践的不知多少，今天见了我，还敢和我花言巧语。我和尚不会说诳话，我叫百了，今天来在你们山上，一不是朋友所约，二不是官面儿所请，风闻你们这里无法无天，特意到这里来要教训教训你们。如果你们是个明白的，把劫人家的镖车赶紧点清，交给人家，大家散伙，把山一烧，各人去找各人吃饭的道儿，是你们的便宜。如若不然，我今天要大开杀戒，多做一点儿功德，把你们全都斩尽杀绝，到了那时，你们做鬼，可不要怨我和尚一点儿慈悲心肠没有！"

袁济一听，气得浑身乱抖，连话都说不出来了。屈世和一看不好，刚要上前，却听身后一声喊嚷道："秃驴你休得满口胡言，留下你的狗命！"话到兵器到，出来的是两个，一个是铜棍将岳先，一个是铁棍将蒋义，两个人两条棍，一个搂头，一个横腰，就全都到了。

百了一见，哈哈一笑道："我把你们两个替死的！"拿秃脑袋一迎铜棍，铛的一声，撞回去足有二尺高，铜棍将虎口震裂，"哎呀"一声，再看铁棍将的棍，已然被和尚单手揪住，往里只一拧，只听嗖的一声，铁棍将就撒手了。和尚单手一抢铁棍，横着一下，正扫在铁棍将脖子上，噗的一声，恰把脖子打断，脑袋飞起来有七八尺高，扑咚一声，死尸栽倒。铜棍将抹头就跑，和尚一撒手道："小子，别跑，给你一个出手儿的！"呼的一声，铁棍正打在铜棍将后脑海上，扑咚一声，脑浆迸裂，死尸摔倒。和尚单手一打问心道："善哉！善哉！还有哪位来结个善缘！"

袁济一看这个和尚太凶了，回头向欧阳平一努嘴，欧阳平手里拿着一个小梆子，梆地一响，大家就往四边散，梆地又响了一声，各人全都摸兜儿，梆地又是一响，就听咔吧咔吧一阵响，沈洵大家看得明白，刺儿岛这班人全都分四面站好，准知道他们是要齐发暗器，便赶紧告诉大家留神。再一看，不要紧，敢情大家全都是瞄准了醉行者打，叭、叭、叭，镖、箭、弹、弩，就全都打出来了，一想醉行者这回可完了，任凭他有多大的本事，一个人顾不了四面，这些暗器里，没有一样不厉害，只要挨上一样，当时就得倒，只要倒，这些人恨他入骨，还不过去把他碎尸万段。干着急，可没有法子，自己还得想怎么保住自己。

再看醉行者仰天哈哈一笑道："好孽障，今天我要不把你们这些坏玩意儿全给收了，你们也不知道马王爷三只眼！"说着话，手里可不闲着，把僧袍就甩下来了，大葫芦也摘下来了，赤身露体往当中一站。袁济一看，可高兴极了，心想隔着一层衣裳，正嫌打不着，这倒好，自己全都脱了，只要有一件打在肉上，可就行了。再看醉行者把衣裳往地下一扔，骑马裆一站，手里捧着大葫芦，大葫芦嘴对着和尚嘴，和尚一扬脖，咕嘟咕嘟就是好几口。这时候，四面八方全都打出暗器，和尚身上挨了足有几十下，针也扎上了，箭也钉上了，镖也打上了，狼牙弩烟也冒出来了，和尚就是不倒。

黄伟一拉苗凤道："你的硫黄弩呢？"

苗凤道："就还有三个弹儿。"

黄伟道："打！"

苗凤掏出一个弹儿，往弩上一放，一撒手，吧嗒一声，弹儿就到了和尚眼头里。

和尚一看说声："不好，要走水！"那颗弹子呼的一声已然着了，一片火光，直奔和尚脑门。

沈洵、庄疯子都急了，庄疯子就要往前蹦，俞伯玉道："疯子你先慢着，不要紧，我看你今天不但疯，而且有点儿傻。你想和尚如果不是因为有把握，你看见过谁防备暗器，有把衣裳都脱了去的？你瞧你瞧，怎么样？"

庄疯子再看，只见醉行者已然对着那堆火，噗的一声，喷出一口酒去，酒一见火，当时轰的一声，这片火光就大了，就有一样怪，这片火被和尚噗的一口，迎着头又回去了。打火弹的可就是火麒麟苗凤，一看和尚光着脊梁，浑身都是暗器，仿佛都成了刺猬了，就是不躺下，黄伟告诉他，叫他打出硫黄弹，弹子一出去，苗凤就喜欢了，心想这下子，只要打在和尚身上，和尚身上任什么没穿，打上他还能受得了。没想到和尚使劲往回一喷，这片火比自己打出去的得大十几倍，一片红光，往自己身上喷来，苗凤一看，赶紧把双铲往自己面门前一立。苗凤自从在燠陵谷兵器被人毁了以后，自己便觉得就是两把铲不够使，回到刺儿岛，当时就打了一样的八把，手里拿两把，身上还带两把敷余，今天还正用上，被俞伯玉削毁了两把，赶紧又换了两把，如今一看火奔面门，赶紧把双铲迎门一封。他以为总可以不至于再烧着面门，哪知那铲没有多宽多大，虽然把面门护住，依然从旁边跑进火去，衣裳也着了，小辫儿也着了，喊一声"不好！"撒手扔铲，就地打滚，算是把火扑灭。袁济一看不好，正要叫人止住暗器别放，却听和尚一声狂喊道："小子们，收暗器！"就见和尚把大肚子往里一收，跟着往外一鼓，只听"叭嚓，叭嚓，哗啦哗啦"一阵乱响，大家打在和尚身上的暗器，全都从身上往回蹦。这一来，刺儿岛上的人，可就乱了，就有喊："了不得，和尚可会妖术邪法，跑呀！"有的就嚷："可了不得，和尚要放火烧山哪，逃命吧！"人多声音杂，借着山环回音，这片声音就听得远去了。

沈洵一拉庄疯子道："你听见了没有？这山上可要乱，咱们可得盯着袁济一点儿，这小子要一走，咱们镖银可就没有地方要了。"

庄疯子点头，当时就要分派人，正在这个时候，只见嗖嗖两道白光，从人群里飞了进来，当时大家一怔凝神一看，只见场子上已然又多添了两个人。两个人都在六十上下，道家打扮，穿得可非常难看，全都是一身白绸子道袍，白绸子中衣，脚底下也是两只白鞋，手里各拿蝇刷一把，庄沈两个全都不认得。

正在诧异，只听袁济喊道："二位师哥快来，现有庄化、沈洵同着醉行者百了前来搅闹刺儿岛，您快把他们制住，好保住咱们刺儿岛！"

两个老道一听，并不答言，来到醉和尚面前打一稽首道："师兄请了！"

和尚把火吹回去，把衣裳也穿好了，一看老道说话，便也一笑道："二位老道哥哥您烦恼了！"

老道一听就是一怔，齐声问道："我们有什么烦恼之事？"

和尚一笑道："二位既没有烦恼之事，为什么全都身穿重孝？"

老道一听，敢情和尚是见面就开玩笑，便忍住气道："师兄休得取笑，这是我们教中的道服。请问师兄今天来到刺儿岛不知意欲何如？"

和尚听了一笑道："噢，你问我和尚到你们刺儿岛干什么来了，我先问问你，你们在这山上是打算造反，还是打算干什么？"

两个老道道："师兄您这话说得我不懂，我们这山上，都是自耕自种，一不抢，二不夺，不知师兄为什么说这些话？"

和尚道："你合着跟我连一句真话都没有啊，你既说你们山上一不抢，二不夺，那么扬州三胜镖局四十万的镖银怎么会到你们山上？"

老道一听就是一怔，点手叫袁济，袁济来到面前。两个老道异口同音向袁济道："这位大师傅所说你们什么劫夺镖银的话，我怎么一点儿不知道？我才出去了几天，怎么你们就闹出这些个事来？"

袁济遂把三胜镖局如何有人先到山上卧底，欧阳平如何设计，才把这只镖劫上山来，为的是斗庄沈两个，以致闹到现在这般光景，全都说了一遍。

两个老道一听就摇头向袁济道："我们才走了这么两天，你们就闹出这样事来，将来怎么能做大事？姓沈的、姓庄的有家有户，跟人家劫镖不合适，可以到家里去找人家，这算怎么一回事？镖银呢？"

袁济道："现在后山。"

两个老道笑着向和尚道："师兄你可曾听明白？这件事我是完全不知，我现在愿意把劫他们的镖银，给您交回，请您在当中给美言一句，咱们算是没有这一回事，您看怎么样？"

和尚一听老道所说的话，太也和气，不知道他安着什么意思，好在和尚是任什么也不怕，便笑着点点头道："老道哥哥，您要愿意，我们还有什么不愿意的吗？不但愿意，而且我还得叫他们给您二位道谢。"

老道道："这本来是我们山上不对，您请众位就到后山点镖吧。"

庄疯子方才上了一回当，如今一听老道又让和尚到后山点镖，和尚是慨然应许，一想这不定在后山又安着什么诡计，诓骗大家到后山又上一当，当下赶紧上前拦住道："和尚你先慢打法器，我还有两句话说。"

和尚道："什么话？"

庄疯子道："他们这山上，一定还有什么埋伏，方才我拿他们当人，却上了他们一当，如今又是那样，说不定又怀着什么鬼胎。他既是要把镖银退还我们，我们不如就在这里一等，等他们把镖车装好，咱们下山点镖，也还不迟，不知和尚你以为怎么样？"

百了哈哈一笑道："疯子，人家还称你是英雄呢，我看你成了狗熊了。不要说他们一个刺儿岛，就算是龙潭虎穴，咱们也不能怕他分厘丝毫，你们只管随着前去，有什么事都有我一个人担当。"

话才说到这里，两个老道全都上前一笑道："庄老英雄，咱们从前只是闻名没有见过面，今天一见，实属有幸。您今天来到敝山，弟兄们不知道，实在是多有得罪，我们弟兄也是一步回迟，才至闹到这个样子。别看我们弟兄虽是领山占寨，却也懂得什么叫义气，我们自知情屈理亏，所以才愿意把劫来的镖银，完全给您送到地头，一言既出，绝无翻悔。不想庄老英雄竟自如此见疑，这也怪不得庄老英雄，实是我们山上不讲信义于先所致，现在庄老英雄，既是愿意在前山点镖，那样也好。"说着便回头叫了一声："袁老弟，先前劫镖是谁出去的？"

袁济道："是九爪金龙黄伟。"

老道一点头道："黄伟。"黄伟赶紧答应一声，站在一边，老道道："黄伟，前者你不该违反山令下令劫镖，今天两下已经把话说明，你可快把原劫镖银在前山备齐，备齐之后，快报我来，我好请人家点镖起车。"黄伟答应一声，转身走去。老道向和尚道："师兄你老如果不弃，可否全都请到屋里暂时屈坐，等到镖车备齐，再请诸位点镖，不知师兄您认为如何？"

和尚还没有说话，头一个神枪教师陶进走过来一抱拳道："二位道长，在下陶进，在扬州开了一个买卖，就是三胜镖店，一向都承江湖上一班朋友十分携带，在下实在感激不尽。没有想到，这次因为派出来的伙计是一个新上板的孩子，走在贵山，言语不周，礼貌不到，才惹众位瓢把子把水剪了，在下知道了这个信儿，就赶紧往您贵山来，不是敢凭什么跟您贵山要镖，只是替那不会说话的伙计，到您山上来请罪，虽然小有不合适，总还怪我们礼路不到。如今二位道长不念旧恶，情愿把我们镖银原数赏给我们，在下只有感激，别无可说，又承二位道长叫我们进去一坐，我们也正想向二位道长讨一杯水喝，有什么话屋里说。"

依着庄沈，全都不进去，一看陶进已然说了出来，再要不进去，面子上也不是劲儿，便也异口同音喊了一声"请!"和尚头一个，陶进第二个，庄沈俞娄跟在后面，全都进到大厅。

大家落座沈洵微然一笑道："咱们这倒可以说是不打不成相识了，只是还未曾请教二位道长怎样称呼?"

两个老道微然一笑道："粗鄙之人，不足挂齿。贫道澄尘，人称百炼子。"

"贫道玄一，人称九都法师。"

两个老道一通名，大家可就全都吓了一跳。这两个老道，不但是武学不错，而且两个人全都深通道法，不是江湖上这一班人可比，但不知他们为什么会跟下五门的人联合一起，并且今天镖局子杀伤他们山上不少人，他见面之后，一句旁的话没有说，就愿意了这一回事，搁着一个没本事的人，都不肯如此虚心下气，怎么他有这么大的能耐，反而如此软弱，这可真是出乎人意料外。

这里头要讲肚子和口才，哪位都不错，沈洵头一个站起来一抱拳道："久仰，久仰，我们久已闻名。今天不是二位道长肯其从中为力，只怕还有不了。"

沈洵话犹未完，两个老道哈哈一笑道："沈老英雄，您这话错了，我们是刺儿岛的人，胳膊折了，还能往下弯吗? 为什么我们山上死伤这些人，我们倒一力主和? 并不是怕你们三胜镖店约出来的这一班朋友，只因江湖上讲的是信义二字。我们山上为什么要劫镖? 不瞒几位说，实因庄沈二位欺我们特甚，所以才有此一举，不过冤有头，债有主，既然愿意找庄沈二位朋友讲过节儿，好在二位府上都很有名，我们应当到府上去拜访，

407

他们不该劫了人家镖车，虽然到手都不算体面，贫道因为就是这一样，情愿把镖银如数送回。但还一件事，我们也打算当面请求一下子。"

沈洵一听，不问可知，他要和自己争斗，那如何肯输这一口气，便陡地站起来道："有话只管请讲。"

澄尘微然一笑道："我想是个疮就要出脓，纸里包不住火，庄沈二位朋友，平常我们也不好请，今天既是来到敝山，那是最好的一个机会，我愿意领着他们，亲手领教几招，不知庄沈二位以为如何？"

庄疯子坐在椅子上连动都不动，沈洵觉乎可怪，心想他不是这样人，回头一看，不由暗自扑哧一笑，原来两只手一只被和尚按住，一只被俞伯玉按住，可是这一笑两个老道都听见了。

陶进是怕把事情闹大了，一时镖银又下不了山，便赶紧站了起来道："庄沈二位老英雄，澄玄二位道长，且听我一句。今天这件事，全是从在下一人身上所起，现在既已把话说到好处，我想今天一切事，咱们全都揭过去，不拘谁受了委屈，全算受在我一人身上。事情过去之后，谁有什么不痛快，咱们谁既都有家，最好还是那时理论，不知众位肯赏我这一点儿薄面不肯？"

两个老道还没有张嘴，和尚陡地站了起来道："这话对，这话对。两位老道哥哥，今天有什么事，暂时全算完了。明年四月二十八日，我约众位到我们那个穷乡僻村，长离山香檀寺聚会聚会，愿意彼此往下交个朋友，固然最好，即或不然，谁和谁有什么过意不去，咱们也可以在那里从长较量。如果你们两方谁要以为长离山是龙潭虎穴，不敢露面，非要借着这块山地，在这里看个上下输赢，我和尚身无一技之长，愿意退在一边，静观两方上下。可是有一样，不拘哪边赢了，我和尚可是打赢家，话要简便，方是小子。"

沈、庄一听，当然全都不说什么，两个老道哈哈一笑道："师兄你这话倒说对了我的心思，既是这样，诸位到前山点镖，咱们就一准四月二十八日贵宝寺见面再讨教了！"

陶进头一个站起来当头就是一揖道："多承二位道长相让，陶进这里谢谢了。"

两个老道一声儿不言语，庄、沈一听，也不便再说什么，全都一拱手道："承让，承让！"

当下大家便全都走出山来，两个老道带着一干人往下送，来到前山一看，只见三胜镖局子镖车全都排齐了，陶进过去一点，一封银子都不少。就是有一样，自己店里的伙计一个也没有了，所有押镖车的，全都换了新人，不由一怔。

澄尘赶紧搭话道："陶镖主，您不必犹疑，所有您店里的人，我因为祸从他们所起，已然全都替陶镖主给除治了。这一班人，虽不一定比您手底下伙计强，反正这一路之上，绝出不了岔子，您只管放心，到了地头，您再打发他们回家好了。镖已点齐，您就喊趟子走货吧，恕我们不能远送，明年再见！"说着全都一拱手。

陶进心里好生感激，也赶紧把双手一拱喊道："陶进今天借光了！"一摇鞭，口喊威武二字，车轱辘一响，这一趟镖就出了刺儿岛。和尚以及庄、沈大家，也全都说了一声"承让"，便也跟着镖车出了山口。

离着刺儿岛已然有半里来地，和尚喊一声："让镖车头里先走着，咱们慢行一步。"大家一听，便全都止住脚步儿。和尚一看，镖车已然出去不近，这才说道："咱们今天，可算险中透险，后来这两个老道，可不是省事的，如果真要过起招来，还不定是谁行谁不行。无论如何，这一关总算过去了，不过我想，他们山上还有旁的事，不然他可绝不能这样平平安安叫我们走。"

庄疯子道："我看也有这个意思，只是不知他们到底为了什么事？"

和尚道："这个咱们也可以不必管它，他们今天这口气可忍下了，明年的约会，他们绝不能不去，咱们这里可显着人单薄一点儿，总也得预备预备才好。"

沈洵道："这件事您倒可以不必过虑，我们已然派人四下去约朋友了。"

和尚道："既是如此，我也要去约几个人凑个热闹儿。三胜的镖车，就是陶爷不去，道儿上也出不了错儿，有陶爷一个人跟着也就够了，咱们从此就分手吧。"大家齐声道"好"，正要分手之际，只听后面噌噌噌有人追下来的声音，和尚一笑道："怎么小子们又觉着不是味了？"

大家全都回头一看，跑的人已然到了面前，沈洵头一个就看出来了，不由大吃一惊。原来头一个跑的，正是病尉迟九头狮子卢春，后面还有两个，一男一女，不认得。正要问卢春为什么跑得这么急，只见卢春已然慌慌张张向庄、沈、娄辰、方卫、和尚，跪了下去，后头两个也跟着跪了下去。

沈洵道："什么事？快起来说。"

卢春趴在地下喘成一团道："师大爷，可了不得了。我先前跟您提过，祝庄、祝静两个女贼，在前半月回到桃柳渡，火烧杨花堡，急急风江飞身受重伤，这位姑娘就是我跟您提的那位肝胆书生舒铁的姑娘舒紫云，力敌群贼，救了这位江飞江少爷，逃出杨花堡，到焦山求救。焦山家里说出您和庄师大爷都到这里来了，他们又往这里跑，半路上正遇见我，我们便一同跑到这里来了……"说着气喘不止。

庄疯子等他歇了一歇又问道："那么你为什么又到这里来了？"

卢春"哎呀"一声道："师大爷，我又是一档子事。您知道我们师兄马彰不是和您讨药回去吗？路过徐州，便请上了曹凤占，一同赶回莱州。谁知道就在这几天之内，莱州城里连出三十八条命案，知县大人身受重伤。正赶上我也到了莱州，帮助我师哥办案，没有想到贼人势众人多，我师哥也身受重伤，曹老英雄不幸被贼人毒药弩，打在咽喉，竟致身死。我想这件事十分紧急，便星夜赶到此处，没有旁的说的，请众位大爷、师哥全都帮我一步，替我师兄报仇才好！"

卢春话犹未了，旁边气坏一轮明月娄辰娄拱北，一拍卢春肩膀道："兄弟你跟我走，我倒要看看，谁长了三头六臂，竟敢这样无法起来！"

和尚陡的一声喝道："秃子你先等等，什么事这么乱七八糟的？"

正是：

一波未平一波起，风声不息接雨声。

要知以下便是醉行者威震长离山，慈济师祥照香檀寺，莱州府七雄会义，冷竹塘二女叛师，奚红雪血战桃柳渡，舒紫云抢护杨花堡，俞伯玉盗宝救友，娄拱北请客拿贼，田正弟兄初次见面，祝庄姊妹二度寻仇，哭丧计三请庄疯子，探口风双激孙志柔，卞方下山，丁威打虎，枫凌渡，龙虎滩，英雄会，这些热闹节目，请看第四集《碧血鸳鸯》，便知分解。

410

图书在版编目（CIP）数据

碧血鸳鸯. 第一部 / 徐春羽著. — 北京：中国文史
出版社，2018.6

（民国武侠小说典藏文库·徐春羽卷）

ISBN 978 - 7 - 5034 - 9984 - 5

Ⅰ. ①碧… Ⅱ. ①徐… Ⅲ. ①侠义小说 - 中国 - 现代
Ⅳ. ①I246.5

中国版本图书馆 CIP 数据核字（2018）第 010009 号

整　　理：卢　军　卢　斌　金文君
责任编辑：薛媛媛

出版发行　**中国文史出版社**

社　　址：北京市西城区太平桥大街 23 号　邮编：100811
电　　话：010 - 66173572　66168268　66192736（发行部）
传　　真：010 - 66192703
印　　装：廊坊市海涛印刷有限公司
经　　销：全国新华书店
开　　本：720 × 1020　1/16
印　　张：27　　　　字数：394 千字
版　　次：2018 年 6 月第 1 版
印　　次：2018 年 7 月第 1 次印刷
定　　价：85.00 元